NICCI FRENCH

Ein sicheres Haus
Der Glaspavillon

Ein sicheres Haus

Die Ärztin Samantha Laschen, Spezialistin für posttraumatische Medizin, zieht mit ihrer kleinen Tochter Elsie in ein einsam gelegenes Haus in Essex. Doch kurz nach ihrer Ankunft wird im benachbarten Stamford das wohlhabende Ehepaar Mackenzie brutal ermordet. Nur Fiona, die neunzehnjährige Tochter, überlebt unter Schock. Als die Polizei für das Mädchen eine sichere Bleibe sucht, scheint Samanthas Haus die ideale Lösung zu sein. Doch eines Tages ist Fiona verschwunden. Und es kommt noch schlimmer: Wenig später wird ein Auto mit Fionas verbrannten Überresten gefunden ...

Der Glaspavillon

Immer an einem Wochenende im Spätherbst treffen sich die Mitglieder der Martello-Familie auf ihrem feudalen Landsitz zur Pilzsuche. Es ist jedes Jahr ein fröhliches Zusammenkommen, der Auftakt für die noch folgenden gesellschaftlichen Ereignisse. Doch diesmal wird im Park des Anwesens ein Skelett gefunden. Bei der Toten handelt es sich um Natalie, die seit fünfundzwanzig Jahren verschwundene Tochter des Hauses. Nach den ersten Untersuchungen steht fest, daß Natalie ermordet wurde. Die Familie ist schockiert. Vor allem Jane, Natalies Schwägerin und beste Freundin, ist zutiefst beunruhigt. Auf eigene Faust macht sie sich auf die Suche nach der Lösung des dunklen Geheimnisses ...

Autorin

Nicci French sorgt mit jedem ihrer Spannungsromane erneut für Furore und hat sich längst einen Namen als Englands neue „Lady of Crime“ gemacht. Die Journalistin lebt mit ihrer Familie auf dem Land im Süden von London.

Von Nicci French außerdem lieferbar:

Höhenangst. Roman (44894)
Der Sommermörder. Roman (45425)
In seiner Hand. Roman (gebunden, 00594)
Das rote Zimmer. Roman (gebunden, 00589)

Nicci French

Ein sicheres Haus
Der Glaspavillon

Zwei Romane in einem Band

GOLDMANN

Die Originalausgabe von
»Ein sicheres Haus«
erschien 1998 unter dem Titel »A Safe House«
bei Michael Joseph, London

Die Originalausgabe von
»Der Glaspavillon«
erschien 1997 unter dem Titel »Memory Game«
bei William Heinemann, London

Umwelthinweis:
Alle bedruckten Materilaien dieses Taschenbuches
sind chlorfrei und umweltschonend.

Der Wilhelm Goldmann Verlag, München, ist ein
Unternehmen der Verlagsgruppe Random House GmbH

Einmalige Sonderausgabe Juni 2004
»Ein sicheres Haus«

Umschlaggestaltung: Design Team München
Umschlagfoto: Photonica/Gesinger
Druck: GGP Media, Pößneck
Verlagsnummer: 13408
Made in Germany
ISBN 3-442-13408-0
www.goldmann-verlag.de

Ein sicheres Haus

Roman

Aus dem Englischen von
Elke vom Scheidt

FÜR PAT UND JOHN

1. KAPITEL

Mit der Tür fing es an. Die Tür war geöffnet. Sonst stand die Haustür nie offen, nicht einmal bei der wunderbaren Hitze im vorigen Sommer, die sie so an zu Hause erinnert hatte; aber da war sie, leicht nach innen geöffnet, und das an einem so kalten Morgen, daß die in der Luft hängende Feuchtigkeit Mrs. Ferrer in die pockennarbigen Wangen stach. Sie drückte ihre behandschuhte Hand gegen das weißlackierte Türblatt und prüfte nach, was ihre Augen ihr sagten.

»Mrs. Mackenzie?«

Stille. Mrs. Ferrer rief noch einmal nach ihrer Arbeitgeberin, lauter diesmal. Als ihre Worte in der großen Eingangshalle widerhallten, war es ihr peinlich. Sie trat ins Haus und streifte ihre Schuhe dabei gründlich an der Fußmatte ab; das tat sie immer. Sie zog die Handschuhe aus und hielt sie in der linken Hand. Jetzt nahm sie einen Geruch wahr. Schwer und süßlich. Er erinnerte sie an etwas. So roch es auf dem Hof vor einer Scheune. Nein. Drinnen. In einer Scheune vielleicht.

Jeden Morgen um Punkt halb neun sagte Mrs. Ferrer Mrs. Mackenzie mit einem Nicken guten Morgen, ging geräuschvoll an ihr vorbei, über das blankgebohnerte Parkett der Eingangsdiele, nahm die Treppe gleich rechts in den Keller, zog ihren Mantel aus, holte den Staubsauger aus dem Geräteraum und verbrachte eine Stunde mit dessen ohrenbetäubendem Lärm. Die große Treppe auf der Vorderseite des Hauses hinauf, durch die Flure im ersten Stock, die Flure im zweiten Stock, dann über die kleine Hintertreppe wieder hinunter. Aber wo war Mrs. Mackenzie? In ihrem fest zugeknöpften, haferschleimfarbenen Tweedmantel stand Mrs. Ferrer unsicher an der Tür und verlagerte ihr Gewicht von einem Fuß auf den anderen. Sie konnte einen Fernsehapparat hören. Der Fernseher lief sonst nie. Sorgfältig streifte sie die Sohlen beider Schuhe an der Matte ab. Sie sah nach unten. Hatte sie das nicht eben schon getan?

»Mrs. Mackenzie?«

Sie trat von der Matte auf das harte Holz – Bienenwachs, Weinessig und Paraffin. Sie ging hinüber zum vorderen Zimmer, das nie zu irgend etwas benutzt wurde und kaum gesaugt werden mußte, obwohl sie es trotzdem tat. Natürlich war niemand darin. Alle Vorhänge waren zugezogen, das Licht brannte. Sie ging hinüber zum Fuß der Treppe und zum zweiten vorderen Zimmer. Sie legte die Hand auf den Treppenpfosten, der von einer ornamentreichen Schnitzerei aus dunklem Holz gekrönt wurde, die aussah wie eine Ananas mit Schnabel. Afrormosia, ein Tropenholz – Leinöl brauchte man dafür, abgekocht, nicht roh. Niemand da. Sie wußte, daß der Fernseher im Wohnzimmer stand. Sie trat einen Schritt vor, ihre Hand streifte die Wand, als wollte sie sich abstützen. Ein Bücherschrank. Ledergebundene Bände, die Lanolin und Klauenfett benötigten, zu gleichen Teilen. Es war möglich, überlegte sie, daß, wer immer da fernsah, ihren Ruf nicht gehört hatte. Und was die Tür betraf – vielleicht wurde etwas geliefert, oder der Fensterputzer hatte sie beim Hereinkommen offengelassen. So beruhigt, ging sie zur Rückseite des Hauses und in das Hauptwohnzimmer. Sehr schnell, binnen weniger Sekunden nach dem Betreten des Raums, hatte sie sich heftig auf den Teppich übergeben, den sie seit achtzehn Monaten an jedem Werktag gestaubsaugt hatte.

Sie stand vorgebeugt, mit gesenktem Oberkörper, und keuchte. Sie suchte in ihrer Manteltasche herum, fand ein Papiertaschentuch und wischte sich den Mund ab. Sie war über sich selbst überrascht, fast verlegen. Als Kind war sie einmal von ihrem Onkel durch ein Schlachthaus außerhalb von Fuenteobejuna geführt worden. Er hatte auf sie herabgelächelt, weil sie nicht in Ohnmacht fallen wollte beim Anblick des Blutes und der abgehackten Gliedmaßen und vor allem des Dampfes wegen, der von dem kalten Steinboden aufstieg. Das war der Geruch, an den sie sich erinnert hatte. Ganz und gar kein Scheunengeruch.

Blutspritzer waren so weiträumig verteilt, bis hinauf an die Decke, bis an die gegenüberliegende Wand, als wäre Mr. Mackenzie explodiert. Doch das meiste Blut befand sich in dunklen Lachen auf seinem Schoß und auf dem Sofa. Es war so viel. Konnte das von einem einzigen Menschen stammen? Das, wovon ihr schlecht geworden war, war vielleicht die Normalität seines Pyjamas, so englisch, sogar der oberste Knopf war geschlossen. Mr. Mackenzies Kopf lag in einem unnatürlichen Winkel nach hinten gebeugt. Sein Hals war durchtrennt, und nichts außer der Rückenlehne des Sofas hielt den Kopf mehr aufrecht. Sie sah Knochen und Sehnen und die Brille, die immer noch nutzlos auf seiner Nase saß. Das Gesicht war sehr weiß. Und stellenweise gräßlich blau verfärbt.

Mrs. Ferrer wußte eigentlich, wo das Telefon stand, aber sie hatte es vergessen und mußte danach suchen. Sie fand es auf einem kleinen Tisch auf der anderen Seite des Zimmers, weit weg von all dem Blut. Sie kannte die Nummer aus einer Fernsehsendung. Neun, neun, neun. Eine weibliche Stimme antwortete.

»Hallo. Ein schrecklicher Mord ist passiert.«

»Wie bitte?«

»Ein Mord ist passiert.«

»Gut, in Ordnung. Beruhigen Sie sich, weinen Sie nicht. Sprechen Sie Englisch?«

»Ja, ja. Entschuldigung. Mr. Mackenzie ist tot. Umgebracht.«

Erst als sie den Hörer wieder aufgelegt hatte, fiel ihr Mrs. Mackenzie ein, und sie ging nach oben. Mrs. Ferrer brauchte nur eine Sekunde, um zu sehen, was sie befürchtet hatte. Ihre Arbeitgeberin war an ihr Bett gefesselt. Sie schien fast in ihrem eigenen Blut zu schwimmen, ihr Nachthemd auf dem hageren Körper glänzte von Blut. Zu dünn, hatte Mrs. Ferrer insgeheim immer gedacht. Und das Mädchen? Sie fühlte ein Gewicht auf der Brust, als sie eine weitere Treppe hinaufging. Sie stieß die Tür des einzigen Zimmers im Haus auf, das sie nicht saubermachen durfte. Sie konnte kaum etwas von der Person sehen, die an das Bett gefesselt war. Was hatten sie mit ihr gemacht? Braunes, glänzendes Klebeband auf dem Gesicht. Ausgestreckte Arme, die Handgelenke an die Ecken des metallenen Bettgestells gebunden, dünne rote Streifen auf der Vorderseite des Nachthemds.

Mrs. Ferrer sah sich in Finn Mackenzies Schlafzimmer um. Flaschen lagen verstreut auf der Kommode und auf dem Boden. Fotos waren zerfetzt und zerrissen, Gesichter ausgestochen. An einer Wand stand in einem schmierigen, dunklen Rosa ein Wort, das sie nicht verstand: Piggies. Schweine? Plötzlich drehte sie sich um. Vom Bett war ein Geräusch zu hören. Ein Gurgeln. Sie stürzte hinüber. Sie berührte die Stirn über dem ordentlich angebrachten Klebeband, das die Augen verschloß. Sie war warm. Sie hörte draußen einen Wagen und schwere Schritte in der Diele. Sie rannte die Treppe hinunter und sah Männer in Uniform. Einer von ihnen blickte zu ihr auf.

»Lebt noch«, keuchte Mrs. Ferrer. »Lebt noch.«

2. KAPITEL

Ich sah mich um. Dies war keine Landschaft, sondern Brachland, in das man Bröckchen von Landschaft gestreut und dann aufgegeben hatte, einen Baum oder Busch hier und da, eine winterlich kahle Hecke, plötzlich ein Feld, gestrandet in Schlamm und Marschland. Ich wollte ein geographisches Merkmal – einen Hügel, einen Fluß – und konnte keines finden. Mit den Zähnen zog ich einen Handschuh aus, um auf die Landkarte zu schauen, und ließ ihn in das schleimige Gras fallen. Das große Blatt flatterte wild im Wind, bis ich es mehrfach faltete und mir die blaßbraunen Konturen, die rot gepunkteten Fußwege und die rot gestrichelten Reitwege anschaute. Kilometerweit war ich der gepunkteten roten Linie gefolgt, hatte aber die Ufermauer, die mich an den Ort zurückführen würde, von wo ich losgegangen war, nicht erreicht. Ich spähte in die Ferne. Der Horizont war ein dünner Streifen Grau vor Himmel und Wasser.

Wieder sah ich auf die Karte, die sich unter meinem Blick aufzulösen schien, ein unentzifferbarer Code aus Kreuzen und Linien, Punkten und Strichen. Ich würde zu spät bei Elsie sein. Ich hasse es, zu spät zu kommen. Ich komme nie zu spät. Ich bin immer zeitig da, immer bin ich diejenige, die man warten läßt – die verärgert unter der Uhr steht, die vor einer kalt werdenden Tasse Tee in einem Café sitzt, ein Zucken der Ungeduld unter dem rechten Auge. Ich komme nie, niemals zu spät zu Elsie. Dieser Spaziergang sollte exakt dreieinhalb Stunden dauern.

Ich drehte die Karte. Ich mußte eine Weggabelung übersehen haben. Wenn ich nach links ging, an dieser dünnen schwarzen Linie entlang, konnte ich den Weg über die sumpfige Landspitze abkürzen und die Ufermauer erreichen, bevor sie an den Weiler stieß, wo mein Auto geparkt war. Ich stopfte die Karte, die jetzt an den Faltstellen brach, in meine Anoraktasche und hob den Handschuh auf. Seine kalten, schlammigen Finger schlossen sich um meine taub werdenden. Ich ging los. Meine Wadenmuskeln schmerzten, und meine Nase lief; schleimige kleine Tropfen, die stechend meine Wangen hinunterrannen. Der riesige graue Himmel drohte mit Regen.

Einmal flog ein dunkler Vogel, den langen Hals ausgestreckt und mit schwer schlagenden Schwingen, niedrig über mich hinweg, doch sonst war ich ganz allein in einer Landschaft aus graugrünem Sumpf und graublauem Meer. Vermutlich ein seltenes und interessantes Tier, aber ich kenne die Namen von Vögeln nicht. Auch nicht die von Bäumen, bis auf die bekanntesten, Trauerweiden und Silberbirken, die in jeder Londoner Straße stehen und mit ihren Wurzeln die Häuser untergraben. Auch nicht die von Blumen, bis auf die gewöhnlichen, wie Butterblumen und Gänseblümchen, und die, die man freitags abends im Blumengeschäft kauft und in eine Vase stellt, wenn Freunde zu Besuch kommen: Rosen, Iris, Chrysanthemen, Nelken. Aber nicht die der schwachen Pflänzchen, die an meinen Stiefeln kratzten, als ich auf einen kleinen Wald zuging, der nicht näher zu kommen schien. Manchmal, als ich noch in London wohnte, fühlte ich mich bedrückt von all den Plakattafeln, Ladenschildern, Hausnummern, Straßenschildern, Grundstücksgemarkungen und Lieferwagen mit Aufschriften wie »Frische Fische« oder »Ihre freundlichen Möbelpacker«, Neonschriften, die am orangefarbenen Himmel aufleuchteten und verblaßten. Jetzt hatte ich für nichts mehr Worte.

Ich kam zu einem Stacheldrahtzaun, der den Sumpf von etwas trennte, das wie beackertes Land aussah. Ich drückte den Draht mit dem Daumenballen fest nach unten und schwang ein Bein über den Zaun.

»Kann ich Ihnen helfen?« Die Stimme klang freundlich. Ich drehte mich nach ihr um, und der Stacheldraht verfing sich im Schritt meiner Jeans.

»Danke, ich komme schon zurecht.« Ich schaffte es, das andere Bein hinüberzuheben. Er war ein bärtiger Mann mittleren Alters in einer braunen Steppjacke und grünen Stiefeln und kleiner als ich.

»Ich bin der Farmer.«

»Wenn ich in gerader Linie hier weitergehe, komme ich dann auf die Straße?«

»Mir gehört dieses Feld.«

»Nun ja ...«

»Dies ist kein öffentlicher Weg. Sie betreten Privatbesitz. Mein Land.«

»Oh.«

»Sie müssen da entlanggehen.« Ernst zeigte er in die Richtung. »Dann erreichen Sie einen Fußweg.«

»Kann ich nicht einfach ...?«

»Nein.«

Er lächelte mich an, nicht unfreundlich. Sein Hemd war am Hals falsch zugeknöpft.

»Ich dachte immer, auf dem Land kann man überall frei herumlaufen.«

»Sehen Sie meinen Wald da drüben?« fragte er grimmig. »Jungen aus Lymne« – er sprach es aus wie »Lumney« – »haben angefangen, auf dem Weg durch den Wald Fahrrad zu fahren. Dann kamen sie mit Motorrädern. Sie haben die Kühe erschreckt und den Weg unpassierbar gemacht. Letztes Frühjahr sind ein paar Leute mit einem Hund über das Feld meines Nachbarn gegangen und haben drei von seinen Lämmern getötet. Ganz zu schweigen von all den Gattern, die sie offenlassen.«

»Das tut mir leid, aber ...«

»Und Rod Wilson, gleich da drüben, der hat früher Kälber rüber nach Ostende geschickt. Sie haben angefangen, Streikposten am Hafen in Goldswan Green aufzustellen. Vor ein paar Monaten wurde Rods Scheune niedergebrannt. Nächstesmal ist es vielleicht ein Haus. Und dann sind da das Winterton und die Thell-Jagd.«

»Schon gut, schon gut. Wissen Sie, was ich machen werde? Ich werde wieder über diesen Zaun klettern und in einem großen Bogen um Ihr Land herumgehen.«

»Kommen Sie aus London?«

»Früher habe ich in London gewohnt. Ich habe Elm House auf der anderen Seite von Lymne gekauft. *Lumney.* Sie wissen schon, das Haus, wo es überhaupt keine Ulmen gibt.«

»Also ist es denen endlich gelungen, es loszuwerden.«

»Ich bin aufs Land gekommen, um dem Großstadtstreß zu entkommen.«

»Sind Sie ja. Wir haben immer gern Besucher aus London. Ich hoffe, wir sehen uns wieder.«

Freunde hatten gedacht, ich mache Witze, als ich sagte, ich würde am Krankenhaus in Stamford arbeiten und auf dem Land wohnen. Ich habe immer nur in London gelebt – in London oder zumindest seinen Vorstädten bin ich aufgewachsen, zur Universität gegangen, habe meine Assistenzzeit absolviert und gearbeitet. Was ist mit Geschäften, die Essen ins Haus liefern? hatte einer gefragt. Und was ist mit Spätfilmen, Läden, die rund um die Uhr geöffnet haben, Babysitten, M&S-Mahlzeiten, Schachpartnern?

Und Danny, als ich endlich den Mut aufbrachte, es ihm zu sagen, hatte mich mit Augen voller Wut und Verletzung angesehen.

»Was soll das, Sam? Willst du dich auf irgendeiner verdammten Dorfwiese ganz intensiv deinem Kind widmen? Sonntags Lunchs geben und Blumenzwiebeln pflanzen?« Ich hatte *tatsächlich* an ein paar Blumenzwiebeln gedacht.

»Oder«, hatte Danny weiter gesagt, »verläßt du mich endlich? Ist es das, worum sich alles dreht, ist das der Grund, warum du dich nie damit aufgehalten hast, mir wenigstens mitzuteilen, daß du dich um einen Job auf dem flachen Land bewirbst?«

Ich hatte mit den Schultern gezuckt, kühl und feindselig, weil ich wußte, daß ich mich schlecht benahm.

»Ich habe mich nicht darum beworben. *Die* sind zu *mir* gekommen.

Und vergiß nicht, Danny, wir leben nicht zusammen. Du wolltest deine Freiheit.«

Er hatte eine Art Ächzen von sich gegeben und gesagt: »Hör mal, Sam, vielleicht ist die Zeit gekommen...«

Aber ich hatte ihn unterbrochen. Ich wollte nicht, daß er sagte, wir sollten endlich zusammenleben, und ich wollte auch nicht, daß er sagte, wir sollten uns endlich trennen, obwohl ich wußte, daß wir uns bald würden entscheiden müssen. Ich hatte eine Hand auf seine widerstrebende Schulter gelegt. »Es ist nur anderthalb Stunden entfernt. Du kannst kommen und mich besuchen.«

»Dich *besuchen*?«

»Bei mir bleiben.«

»Oh, ich werde kommen und bei dir bleiben, mein Liebling.« Und er hatte sich vorgebeugt, ganz dunkles Haar und Bartstoppeln und Geruch von Sägemehl und Schweiß, und hatte mich an dem Gürtel, der durch die Schlaufen meiner Jeans gezogen war, an sich gerissen. Er hatte meinen Gürtel geöffnet und mich auf das Linoleum der Küche hinuntergedrückt, auf die warme Stelle, unter der ein Heizungsrohr verlief, und seine Hände unter meinem Kopf mit den kurzen Haaren hatten verhindert, daß er auf den Boden aufschlug, als wir hinfielen.

Wenn ich rannte, würde ich vielleicht noch rechtzeitig zu Elsie kommen. An der Ufermauer pfiff der Wind, und der Himmel wurde vom Wasser verschluckt. Ich atmete stoßweise. In meinem linken Schuh befanden sich ein paar Steinchen, die beim Gehen in den Ballen drückten, aber ich wollte nicht anhalten. Es war erst ihr zweiter Tag in der Schule. Die Lehrerin wird denken, daß ich eine schlechte Mutter bin. Häuser! Endlich sehe ich Häuser. Häuser aus den dreißiger Jahren, rote Ziegel, quadratisch, Häuser, wie Kinder ihr Zuhause zeichnen. Perfekt gekräuselter Rauch, eins, zwei, drei Wölkchen aus der ordentlichen Reihe der Schornsteine. Und da war das Auto; vielleicht würde ich doch nicht zu spät kommen.

Elsie wiegte sich von den Fersen auf die Fußspitzen, von den Zehen auf die Fersen. Ihr glattes, helles Haar schwang bei der Bewegung. Sie trug eine braune Regenjacke, ein rot und orange kariertes Kleid und rosa getupfte Strumpfhosen an den staksigen Beinen, die an den sich ständig drehenden Fußknöcheln Falten warfen. (»Du hast gesagt, ich dürfte mir meine Kleider aussuchen, und ich will diese anziehen«, hatte sie beim Frühstück aufsässig gesagt.) Ihre Nase war rot, und ihr Blick leer.

»Komme ich zu spät?« Schuldbewußt umarmte ich ihre abweisende Gestalt.

»Mungo war bei mir.«

Ich sah mich auf dem verlassenen Spielplatz um.

»Ich sehe niemanden.«

»Jetzt nicht mehr.«

An diesem Abend, nachdem Elsie eingeschlafen war, fühlte ich mich in meinem Haus am Meer einsam. Die Dunkelheit draußen war wirklich sehr dunkel, die Stille geradezu unheimlich. Ich saß am unangezündeten Kamin, Anatoly auf dem Schoß, und sein Schnurren, wenn ich ihn hinter den Ohren kraulte, schien das Zimmer zu erfüllen. Unschlüssig stöberte ich im Kühlschrank herum, aß ein Stück hart gewordenen Käse, einen halben Apfel, einen Riegel Milchschokolade mit Rosinen. Ich rief Danny an, es meldete sich aber nur seine unpersönliche Stimme auf dem Anrufbeantworter, und so hinterließ ich keine Nachricht.

Ich schaltete den Fernseher ein, um die Abendnachrichten zu sehen. Ein reiches Ehepaar aus der hiesigen Gegend war brutal ermordet worden; man hatte ihnen die Kehlen durchgeschnitten. Auf ein Bild ihrer förmlich lächelnden Gesichter, seines gerötet und plump, ihres blaß, mager und zurückhaltend, folgte eine Ansicht ihres großen roten Hauses vom Ende einer breiten, kiesbestreuten Einfahrt aus. Ihre Tochter im Teenageralter »erhole sich« im Stamford General Hospital. Es gab ein verwackeltes Schulfoto, das Jahre alt sein mußte; ein glückliches, rundes, plumpes Gesicht. Das arme Ding. Ein großer Polizeibeamter sagte etwas von keine Mühe scheuen, ein lokaler Politiker äußerte Betroffenheit und Empörung und verlangte, daß Maßnahmen ergriffen würden.

Ich dachte kurz an die Tochter und ihre zerstörte Zukunft. Dann befaßten sich die Nachrichten damit, daß irgendwo in der Welt der Friedensprozeß ins Stocken geraten war, und schon bald hatte ich das Mädchen vergessen.

3. KAPITEL

Nach dir.«

»Nein, nach dir.«

»Herrgott, nun gieß schon ein, du Blödmann.«

Sie standen zu viert um die Kaffeemaschine herum, Uniformierte und Anzugträger kämpften um den Zucker und das Milchkännchen. Sie hatten es eilig. Die Sitzplätze in dem normalerweise unbenutzten Konferenzraum waren begrenzt, und keiner wollte zu diesem Anlaß zu spät kommen.

»Für eine Fallkonferenz ist es noch ein bißchen zu früh, was?«

»Der Super will es aber.«

»Ich würde sagen, es ist noch ein bißchen früh.«

Der Konferenzraum befand sich im neuen Anbau der zentralen Polizeidienststelle von Stamford, ganz Resopal, Leuchtröhren, summende Heizanlage. Der Chef des CID, Superintendent Bill Day, hatte das Treffen für 11.45 Uhr an diesem Vormittag anberaumt, an dem die Leichen entdeckt worden waren. Die Jalousetten waren hochgezogen und gaben den Blick auf das Bürogebäude gegenüber frei, dessen verspiegelte Fenster einen hellen Winterhimmel zurückwarfen. Einen Overhead-Projektor und einen Videorecorder hatte man in die hintere Ecke des Raums geschoben. Plastikstühle wurden von Stapeln an der Wand genommen und um den langen Tisch herum verteilt. Detective Inspector Frank »Rupert« Baird bahnte sich einen Weg durch das Gedränge der Beamten – er überragte die meisten von ihnen – und nahm seinen Platz am Ende des Tisches ein. Er legte ein paar Aktenordner vor sich auf den Tisch und sah auf seine Uhr, sich nachdenklich über seinen Schnurrbart streichend. Bill Day und ein älterer Mann in Uniform betraten den Raum, in dem plötzlich aufmerksame Stille herrschte. Day setzte sich neben Rupert Baird, der Uniformierte aber blieb demonstrativ gleich neben der Tür stehen und lehnte sich leicht an die Wand. Bill Day sprach als erster.

»Guten Morgen, meine Herren«, sagte er. »Und Damen«, fügte er hinzu, als er den ironischen Blick von WPC MacAllister am anderen Ende des Tisches auffing. »Wir werden Sie nicht lange aufhalten. Dies ist nur eine vorbereitende Sitzung.« Er hielt inne und musterte die Gesichter um den Tisch herum. »Also, Leute, wir müssen diese Sache ordentlich hinkriegen. Kein Herumpfuschen.« Es gab zustimmendes Nicken. »Ich möchte die Gelegenheit nutzen, um Ihnen Chief Superintendent Anthony Cavan vorzustellen, den die meisten von Ihnen noch nicht kennen dürften.«

Der uniformierte Mann an der Tür nickte den Köpfen zu, die sich nach ihm umwandten.

»Danke, Bill«, sagte er. »Guten Morgen allerseits. Ich bin wegen der Pressekonferenz hier, aber ich wollte gern hereinschauen und Ihnen etwas Mut machen. Tun Sie so, als wäre ich gar nicht da.«

»Ja«, sagte Bill Day mit einem dünnen Lächeln. »Ich habe Detective Inspector Baird gebeten, die Leitung der Versammlung zu übernehmen. Rupert?«

»Danke, Sir«, sagte Baird und schob mit wichtiger Miene einige Papiere auf dem Tisch vor sich herum. »Der Sinn dieser vorbereitenden Besprechung ist, von Anfang an Klarheit zu schaffen. Die Polizei von Stamford wird im Rampenlicht stehen. Machen wir uns nicht zum Narren. Erinnern Sie sich an den Fall Porter.« Alle kannten den Fall Porter, selbst wenn sie nur davon gehört hatten: die Fernsehdokumentationen, das öffentliche Interesse, die Bücher, die vorzeitigen Pensionierungen, die Versetzungen. Die Atmosphäre wurde merklich kühler. »Ich werde versuchen, die Sache so schnell wie möglich darzulegen. Fragen Sie, was Sie wollen. Ich möchte, daß mich jeder richtig versteht.« Er setzte seine Lesebrille auf und schaute auf seine Notizen. »Die Leichen wurden gegen halb neun heute morgen gefunden, Donnerstag, den achtzehnten Januar. Die Opfer sind Leopold Victor Mackenzie und seine Ehefrau Elizabeth. Mr. Mackenzie war der Firmenchef von Mackenzie und Carlow. Sie stellen Medikamente, Arzneien und dergleichen her. Ihre Tochter Fiona wurde ins Stamford General Hospital gebracht.«

»Wird sie überleben?«

»Ich habe noch nichts gehört. Wir haben sie in ein besonders gesichertes Zimmer im Krankenhaus gebracht, zu dem nur wenige Personen Zutritt haben. Ihr Hausarzt hat darauf bestanden, und wir denken, daß er recht hat. Zwei Polizisten halten Wache.«

»Hat sie irgend etwas gesagt?«

»Nein. Gerufen wurden wir von der spanischen Putzfrau der Familie, einer Mrs. Juana Ferrer, und zwar um kurz nach halb neun. Binnen zehn Minuten war der Tatort gesichert. Im Augenblick ist Mrs. Ferrer unten.«

»Hat sie irgend etwas gesehen?«

»Anscheinend nicht, sie ...«

Baird verstummte und blickte auf, als sich die Tür öffnete. Ein Mann mittleren Alters mit wirrem Haar und dicken Brillengläsern betrat den Raum. Er trug eine vollgepackte Aktentasche, und er war außer Atem.

»Danke, daß Sie vorbeigekommen sind, Philip«, sagte Baird. »Könnte ihm jemand einen Stuhl bringen?«

»Ich habe keine Zeit. Ich komme gerade aus dem Haus und bin unterwegs zur Farrow Street. Ich möchte mir die Leichen sofort vornehmen. Ich kann Ihnen ungefähr eine Minute widmen. Außerdem glaube ich sowieso nicht, daß ich Ihnen hier sehr viel nutzen kann.«

»Das ist Dr. Philip Kale, der Rechtsmediziner«, erklärte Baird den Versammelten. »Was können Sie uns sagen?«

Dr. Kale stellte seine Tasche auf den Boden und runzelte die Stirn.

»Wie Sie wissen, bin ich als Gerichtspathologe unter anderem dafür verantwortlich, daß keine verfrühten Theorien aufgestellt werden. Aber ...« Er fing an, an den Fingern abzuzählen.

»Auf der Basis der Untersuchung der Leichen am Tatort scheinen die beiden Fälle auffallend ähnlich. Todesursache: anämische Anoxie, zurückzuführen auf die Schnittwunden in den Kehlen, die einige von Ihnen gesehen haben. Todesart: Ihre Kehlen wurden mit einer möglicherweise nicht gezähnten Klinge von mindestens zwei Zentimeter Breite durchtrennt. Das könnte alles sein, von einem Stanley-Messer bis zum Schnitzmesser. Todesmodus: Tod durch Fremdeinwirkung.«

»Können Sie uns die Todeszeit nennen?«

»Nicht genau. Sie müssen verstehen, daß alles, was ich sage, noch sehr vorläufig ist.« Er hielt einen Moment inne. »Als ich die Leichen am Tatort untersuchte, hatte die Hypostase eingesetzt, war aber noch nicht voll entwickelt. Ich schätze, daß der Tod mehr als zwei Stunden vor dem Auffinden der Leichen eintrat und nicht länger als, sagen wir, fünf oder sechs Stunden zurücklag. Auf keinen Fall länger als sechs Stunden.«

»Die Tochter hätte mit durchschnittener Kehle keine fünf Stunden überleben können, oder?«

Dr. Kale dachte nach.

»Ich habe sie nicht gesehen. Wahrscheinlich nicht.«

»Noch irgend etwas, was Sie uns sagen können? Irgend etwas über den Mord?«

Dr. Kale zeigte die winzige Andeutung eines Lächelns. »Die Person, die das Messer geführt hat, hat dazu die rechte Hand benutzt. Sie hat offenbar keine Aversion gegen Blut, die ihr das unmöglich gemacht hätte. Und jetzt muß ich gehen. Die Autopsien dürften am späten Nachmittag beendet sein. Sie bekommen einen Bericht.«

Als er gegangen war, erhob sich ein leises Gemurmel, das abbrach, als Baird mit den Fingerknöcheln auf den Tisch klopfte.

»Gibt es irgend etwas von der Spurensicherung?«

Kopfschütteln.

»Ich habe mit der Putzfrau geredet.«

Das kam von Detective Chris Angeloglou.

»Ja?«

»Sie sagte, daß Mrs. Mackenzie in dem Haus vorgestern eine Party gegeben hat. Es waren zweihundert Personen da. Schlechte Nachrichten, tut mir leid.«

»Herrgott. Haben Sie das Foster gesagt?«

»Ja.«

»Wir müssen unsere Leute einfach weitermachen lassen. Wir brauchen eine Liste der Anwesenden.«

»Ich bin schon dabei.«

»Gut. Wir haben bislang noch keine Anzeichen für ein gewaltsames Eindringen gefunden. Aber es ist noch früh am Tag. Wie auch immer, man könnte die Haustür mit einer Kreditkarte, einem Plastiklineal oder irgend etwas anderem öffnen. Eine flüchtige Untersuchung des Inhalts ergab, daß Schubladen und Schränke durchsucht worden sind. Jede Menge Schäden. Zerrissene und zerbrochene Fotos und Bilder.«

»Wurde nach etwas Bestimmtem gesucht?«

»Die Theorien lassen wir, bis wir die Informationen gesammelt und abgeglichen haben. Ich will nicht, daß Beamte nach Beweisen suchen, um eine Theorie zu erhärten. Ich will zuerst das gesamte Beweismaterial. Mit dem Denken können Sie hinterher anfangen.« Er schaute auf seine Notizen. »Was haben wir sonst noch? Da war diese Schrift, an der Wand, mit Mrs. Mackenzies Lippenstift. Piggies, Schweine.«

»Manson«, sagte DC Angeloglou.

»Was ist das?«

»Hat das nicht die Manson-Bande mit Blut an die Wand geschrieben, als sie in Kalifornien all diese Leute umbrachte? Es ist aus einem Beatles-Song.«

»Also gut, Chris. Gehen Sie der Sache nach, aber lassen Sie sich zu nichts hinreißen. Vermutlich ist es eine Sackgasse. Soweit sind wir also im Moment, und wir haben nicht viel. Ich komme gleich zum Schluß. Wenn Sie hinterher bei Christine vorbeigehen, wird sie Ihnen Kopien des Dienstplans aushändigen. Bei den Ermittlungen untersuchen Sie jeden Zentimeter des Hauses, Sie klopfen bei den Nachbarn in der Gegend an, Sie reden mit Mackenzie und Sowieso, wie immer die Firma heißt, und befragen die Leute, die auf der Party waren. Wir haben bereits Beamte auf dem Bahnhof, die sich nach Zeugen umhören, und Straßensperren auf der Tyle Road errichtet. Ich hoffe, wir kriegen die Schweinehunde binnen vierundzwanzig Stunden. Wenn nicht, möchte ich eine Menge Informationen, auf die ich zurückgreifen kann. Irgendwelche Fragen?«

»Hatten sie Feinde?«

»Das ist der Grund, warum wir ermitteln.«

»Gab es viele Wertgegenstände im Haus?«

»Gehen Sie, und finden Sie es heraus. Sie sind Polizist.«

»Es könnte doch ganz einfach sein, Sir.«

Bairds buschige Augenbrauen hoben sich und bildeten einen Winkel von fünfundvierzig Grad. Alle Augen richteten sich auf Pam MacAllister am anderen Ende des Tisches.«

»Klären Sie uns auf, PC MacAllister.«

»Wenn sie überlebt, kann uns die Tochter das vielleicht sagen.«

»Ja«, sagte Baird kühl. »Und inzwischen, bis sie soweit ist, daß sie eine Aussage machen kann, könnten wir so tun, als ob wir Polizisten wären. Oder Polizistinnen. Wenn Sie es tun, tue ich es auch.«

Pam MacAllister wurde rot, sagte aber nichts.

»Also«, meinte Baird, nahm seine Papiere und stand auf. »Wenn Sie auf irgend etwas Bedeutsames stoßen, kommen Sie zu mir. Aber vergeuden Sie nicht meine Zeit.«

Dreh dein Fenster hoch.«

»Aber mir ist heiß.«

»Es ist eiskalt; wir werden uns beide eine Lungenentzündung holen. Dreh es hoch!«

Mürrisch kämpfte Elsie mit der Kurbel. Das Fenster ging nur ein Stück weit nach oben.

»Ich kann's nicht.«

Ich beugte mich zu dem Fenster auf ihrer Seite hinüber. Der Wagen geriet aus der Spur.

»Können wir mein Band anmachen? Das mit den Würmern.«

»Gefällt es dir in der Schule?«

Schweigen.

»Was habt ihr gestern gemacht?«

»Weiß nicht.«

»Sag mir drei Dinge, die du gestern gemacht hast.«

»Ich hab gespielt. Und gespielt. Und gespielt.«

»Mit wem hast du gespielt?« Munter. Eifrig.

»Mungo. Kann ich mein Band hören?«

»Der Recorder ist kaputt. Du hast Münzen reingesteckt.«

»Das ist nicht fair. Du hast es versprochen.«

»Ich habe es nicht versprochen.«

»Doch, hast du.«

Wir waren schon drei Stunden wach, und es war noch nicht einmal neun Uhr. Elsie war vor sechs in mein Bett gekrochen, hatte sich neben mir zusammengerollt, mir in der eisigen Morgendämmerung die Daunendecke weggezogen, meine Beine mit ihren Zehennägeln zerkratzt, die ich vergessen hatte zu schneiden, mir ihre kalten kleinen Füße an den Rücken gedrückt, den Kopf unter meinen Arm geschoben, mich mit einem warmen, nassen, gespitzten Mund geküßt, mir mit kundigen Fingern die Augenlider hochgezogen und das Licht neben dem Bett angeknipst, so daß für einen Augenblick das Zimmer voller unausgepackter Kartons und Kisten, aus denen zerknitterte Kleider quollen, in einem schmerzhaften Nebel verschwamm.

»Warum kannst du mich nicht abholen?«

»Ich muß arbeiten. Und du magst doch Linda.«

»Mir gefallen ihre Haare nicht. Warum mußt du arbeiten? Warum kann Daddy nicht arbeiten, damit du zu Hause bleiben kannst wie andere Mütter?«

Sie hat keinen Daddy. Warum sagt sie so etwas?

»Ich komme und hole dich bei Linda ab, sobald es geht, das verspreche ich dir. Und ich mache dir etwas zum Abendessen.« Ich ignorierte das Gesicht, das sie daraufhin zog. »Und ich bringe dich morgens zur Schule. In Ordnung?« Ich versuchte, an etwas Fröhliches zu denken. »Elsie, warum spielen wir nicht unser Spiel? Was ist im Haus?«

»Weiß ich nicht.«

»Doch, du *weißt* es. Was ist in der Küche?«

Elsie schloß die Augen und runzelte vor Anstrengung die Stirn.

»Ein gelber Ball.«

»Fabelhaft. Was ist im Bad?«

»Eine Packung Coco Pops.«

»Phantastisch. Und was ist in Elsies Bett?«

Aber ich hatte ihre Aufmerksamkeit verloren. Elsie starrte aus dem Fenster. Sie zeigte auf eine langsam dahinziehende graue Wolke. Ich schaltete das Radio ein. »... frostiges Wetter ... starke nordöstliche Winde ...« Bedeutete das *aus* Nordosten oder *in Richtung* Nordosten? Was spielte es schon für eine Rolle? Ich drehte den Knopf, Rauschen, Jazz, Rauschen, eine dumme Diskussion, Rauschen. Ich schaltete aus und konzentrierte mich auf die Landschaft. Flach, gefurcht, grau, naß, gelegentlich eine industriell aussehende Scheune aus Aluminium oder Leichtbausteinen. Kein guter Ort, um sich zu verstecken.

Als ich versucht hatte, zu einer Entscheidung über den Job in Stamford zu kommen, hatte ich eine Liste aufgestellt. Auf eine Seite hatte ich die Dinge geschrieben, die dafür, auf die andere die, die dagegen sprachen. Ich mag Listen – an jedem Arbeitstag schreibe ich eine Liste, auf der ich die Dinge, die Priorität haben, mit verschiedenfarbigen Sternchen kennzeichne. Das gibt mir das Gefühl, daß ich mein Leben unter Kontrolle habe; und ich liebe es, die Dinge, die ich erledigt habe, sauber durchzustreichen. Manchmal schreibe ich sogar ein paar ordentlich durchgestrichene Aufgaben ganz oben auf die Liste, um mich ein bißchen in Schwung zu bringen, weil ich hoffe, daß ich so auch die Sachen in den Griff bekomme, die ich noch nicht erledigt habe.

Was hatte für den Job gesprochen? Die Liste sah ungefähr so aus:

Landleben
Größeres Haus
Mehr Zeit für Elsie
Job, den ich mir immer gewünscht habe
Mehr Geld
Zeit, das Trauma-Projekt zu beenden
Spaziergänge
Haustier für Elsie (?)
Kleinere Schule
Klärung der Beziehung zu Danny
Abenteuer und Veränderung
Mehr Zeit (Das war mit mehreren Sternchen versehen, da es alle anderen Gründe einschloß.)

Auf der Seite mit den Kontras hieß es schlicht: London verlassen. Ich bin in den Vorstädten groß geworden, und während meiner Teenagerjahre wollte ich immer bloß ins Zentrum gelangen, in die Mitte, ins Schwarze sozusagen. Als ich klein war und meine Mutter noch meine Kleider auswählte (sittsame Röckchen, Polohemden, ordentliche Jeans, blaue Sandalen mit diskreten kleinen Schnallen, vernünftige Mäntel mit Messingknöpfen, dick gerippte Strumpfhosen, die immer rutschten – »also schau mal einer an, wie du gewachsen bist«, pflegte meine Mutter zu sagen, wenn sie versuchte, meinen schlaksigen Körper in Kleider für zierliche kleine Mädchen zu zwängen), gingen wir immer in der Oxford Street einkaufen. Ich saß oben im Doppeldeckerbus und starrte auf die Menschenmenge, den Schmutz, das Chaos, die Jugendlichen mit den wilden Frisuren, die über die Gehsteige schlenderten, Paare, die sich in den Ecken küßten, die heißen, hellerleuchteten Läden, die ganze Unordnung, den Schrecken und das Entzücken. Ich sagte immer, ich würde Ärztin werden und ins Zentrum Londons ziehen. Während Roberta ihre Puppen anzog, an die Brust drückte, hätschelte und herumtrug, amputierte ich den meinen die Gliedmaßen. Ich wollte Ärztin werden, weil niemand, den ich kannte, Arzt war, weil die Hälfte der Mädchen in meiner Klasse Krankenschwester werden wollte und weil meine Mutter jedesmal die Augenbrauen hob und mit den Schultern zuckte, wenn ich meinen Ehrgeiz erwähnte.

Für mich bedeutete London Müdigkeit, Aufbruch am frühen Morgen, Spätfilme, Verkehrsstaus, freche Radiosendungen, sobald man nur den Knopf drehte, Schmutz in meinen Kleidern, Hundekot auf den Gehsteigen; bedeutete, daß Männer, die aussahen wie mein Vater, »Doktor« zu mir sagten; bedeutete Vorankommen und Geld auf der Bank, das ich für riesige Ohrringe und unvernünftige Mäntel und spitze Schuhe mit auffallenden Schnallen ausgab; bedeutete Sex mit Fremden an seltsamen Wochenenden, an die ich mich jetzt kaum noch erinnern konnte, bis auf das Gefühl in meinem euphorischen Körper, daß ich Edgware hinter mir gelassen hatte, nicht Edgware als geographischen Ort, sondern das Edgware in meinem Kopf, mit seinen Sonntagsessen und den drei Straßen, durch die man gehen mußte, um irgendwo hinzukommen, wo keine Häuser standen. London bedeutete, Elsie zu haben und ihren Vater zu verlieren. London bedeutete Danny. Es war die Geographie meines Erwachsenwerdens. Als ich nach Stamford hineinfuhr, nachdem ich Elsies Finger von meiner Jacke gelöst und ihre plötzlich geröteten Wangen geküßt und ihr impulsiv versprochen hatte, sie selbst von der Schule abzuholen, vermißte ich

London plötzlich wie einen Liebhaber, ein weit entferntes Objekt der Begierde. Obwohl die Stadt mich nach Elsies Geburt eigentlich verraten hatte: Sie war ein Raster aus Spielplätzen und Kinderkrippen, Babysitten und Beratungsstellen für Mütter. Ein paralleles Universum, das ich niemals auch nur bemerkt hatte, bis ich es betrat, bis ich wochentags arbeitete, samstags und sonntags einen Kinderwagen schob und Rache schwor.

Das war es, wovon ich geträumt hatte. Zeit. Ich, allein im Haus, und kein Kind und kein Kindermädchen und kein Danny und kein Terminplan, der in meinem Kopf abschnurrte. Ich hörte ein Miauen und spürte das Kratzen von Krallen an meinem Bein. Mit gestrecktem Arm öffnete ich die Dose mit Katzenfutter, füllte Anatolys Napf und schob ihn und den Napf zur Hintertür hinaus. Ein Windstoß blies mir den Geruch von Thunfisch und Kaninchen in Gelee ins Gesicht, was einen würgenden Hustenreiz und Erinnerungen an Seekrankheit auslöste. Wie konnte so etwas gut sein, selbst für eine Katze? Ich wusch Elsies Teller und Becher vom Frühstück ab und machte mir eine Tasse Pulverkaffee mit Wasser, das nicht richtig gekocht hatte, so daß die Kaffeekörnchen auf der Oberfläche schwammen. Draußen fiel Regen auf meinen Garten; die rosa Hyazinthen, die ich gestern so aufregend gefunden hatte, hingen seitlich geknickt in der mit Steinen durchsetzten Erde, und ihre gummiartigen Blütenblätter sahen schlammig aus. Abgesehen vom Geräusch des Regens konnte ich nichts hören, nicht einmal das Meer. Ein Gefühl der Trostlosigkeit beschlich mich. Normalerweise wäre ich jetzt schon seit zwei, vielleicht drei, in Ausnahmefällen sogar vier Stunden in der Arbeit; das Telefon würde läuten, mein Posteingangskorb würde überfließen, meine Sekretärin würde mir eine Tasse Tee bringen, und ich wäre entsetzt darüber, wie rasch der Vormittag verging. Ich schaltete das Radio ein: »Vier kleine Kinder starben bei einem …« und hastig wieder aus. Ich wünschte, jemand hätte mir einen Brief geschickt; selbst Postwurfsendungen wären besser als nichts.

Ich beschloß zu arbeiten. Die Zeichnung, die Elsie letzte Woche für mich gemacht hatte, als ich mich über die Leere der gelblichen, abblätternden Wände meines Arbeitszimmers beklagt hatte, starrte mich anklagend von der Wand über meinem Schreibtisch an, wo ich sie festgepinnt hatte. Das Zimmer war feucht und kalt, also schaltete ich den Heizofen ein; er erwärmte mein linkes Bein und gab mir das Gefühl, ein Vormittagsschläfchen zu brauchen.

Der Bildschirm meines Computers schimmerte grün. Der Cursor pulsierte mit gesunden sechzig Schlägen pro Minute. Ich klickte mit der Maus die Festplatte und dann eine leere Datei mit dem Titel BUCH an. »Selbst eine Reise von tausend Meilen beginnt mit einem einzelnen Schritt«, hatte irgend jemand einmal gesagt. Ich legte eine Datei an und betitelte sie mit »Einleitung«. Ich öffnete die Datei und schrieb erneut »Einleitung«. Das Wort stand, bemitleidenswert klein, oben über einer grünen, leeren Fläche. Ich druckte es fett und größer und wählte dann eine andere Schriftart, so daß es dicker und farbiger aussah. So, das war besser; jedenfalls wirkte es eindrucksvoller.

Ich versuchte mich zu erinnern, was ich in dem Exposé für meinen Verleger geschrieben hatte. Mein Gehirn fühlte sich so leer an, wie es der Bildschirm vor mir war. Vielleicht sollte ich mit dem Titel anfangen. Wie nennt man ein Buch über traumatische Erlebnisse? In meinem Exposé hatte ich es einfach »Trauma« genannt, aber das klang ein bißchen schlicht, wie eine Art gelehrter Idiotenführer, und ich wollte etwas Kontroverses, Polemisches und Aufregendes; ich wollte mich damit beschäftigen, wie Trauma als Begriff mißbraucht wird, so daß die Menschen, die wirklich darunter leiden, keiner bemerkt, während Leute, die sich von Katastrophen angezogen fühlen, als Trittbrettfahrer davon profitieren. In großer Druckschrift schrieb ich über »Einleitung« »Die verborgene Wunde« und zentrierte die Wörter. Das hörte sich an wie ein Buch über Menstruation. Mit einem kurzen Wischen der Maus löschte ich die Buchstaben. »Vom Geburtsschock zum Kulturschock«. Nein, nein, nein. »Traumata – Opfer und Süchtige«? Aber das war nur ein kleiner Aspekt des Buches, nicht der Gesamtinhalt. »Seelensuche«, ein passender Titel für ein religiöses Pamphlet. »Auf den Spuren der Trauer«. Na ja. Wie wär's mit »Die Trauma-Jahre«? Das würde ich mir für meine Memoiren aufheben. Doch jetzt verging wenigstens die Zeit. Fast eine Dreiviertelstunde tippte und löschte ich Titel, bis ich schließlich wieder am Anfang war. »Einleitung«.

Ich ließ mir ein Bad ein, goß teure Badeöle hinein und lag in dem glitschigen Wasser, bis meine Finger schrumplig wurden; ich las ein Buch über Endspiele von Schachpartien und lauschte dem Geräusch des Regens. Dann aß ich zwei Scheiben Toast mit zerdrückten Sardinen darauf und den Rest eines Käsekuchens, der seit Tagen unter Klarsichtfolie im Kühlschrank gestanden hatte, zwei Schokoladenkekse und eine ziemlich mehlige Scheibe Melone.

Ich ging zurück in mein Arbeitszimmer zum melancholischen Grün des Bildschirms und tippte entschlossen: »Samantha Laschen wurde 1961 geboren und wuchs in London auf. Sie ist leitende Psychiaterin am neuen Zentrum für posttraumatische Persönlichkeitsstörungen mit Sitz in Stamford. Sie wohnt mit ihrer fünfjährigen Tochter und ihrer Katze im ländlichen Essex und spielt in ihrer Freizeit Schach.« Das mit der Katze strich ich wieder aus: zu versponnen. Und das mit dem Schach auch. Ich löschte mein Alter (zu jung, um eine Autorität zu sein, zu alt für ein Wunderkind), das über das Aufwachsen in London und den Wohnsitz in Essex ebenfalls (langweilig). Ich löschte Elsie – ich würde meine Tochter nicht tragen wie ein Accessoire. Dann fing ich an herumzuspielen. Kannten wir Ärzte nicht auch ein gewisses Statusdenken? So, das gefiel mir: »Samanatha Laschen ist Fachärztin für Psychiatrie.« Oder wie wär's einfach mit: »Samantha Laschen ist…« Minimalismus war immer mein Stil. Ich lehnte mich auf meinem Stuhl zurück und schloß die Augen.

»Keine Bewegung«, sagte eine Stimme, und zwei warme, schwielige Hände legten sich über meine geschlossenen Augen.

»Mmmm«, sagte ich und lehnte den Kopf nach hinten. »Ein fremder Mann, der mir die Augen zuhält.«

Ich spürte Lippen an meiner Kehle. Mein Körper rutschte tiefer in den Sessel, und ich fühlte, wie seine Spannung sich löste.

»›Samantha Laschen ist …‹ Na, dagegen kann ich nichts sagen. Aber vielleicht gibt es bessere Arten, wie du deine Tage verbringen kannst, als drei Wörter zu schreiben, was?«

»Zum Beispiel?« fragte ich, noch immer blind, noch immer schlaff, das Gesicht von seinen rauhen Händen umschlossen.

Er drehte den Stuhl um, und als ich die Augen aufschlug, war sein Gesicht nur ein paar Fingerbreit von meinem entfernt: so braune Augen unter den geraden, dunklen Brauen, daß sie fast schwarz wirkten, wirres, ungewaschenes Haar über einer abgetragenen Lederjacke, stoppeliges Kinn, Geruch von Öl, Sägespänen, Seife. Wir berührten uns nicht. Er sah in mein Gesicht, und ich sah auf seine Hände.

»Ich hab dich nicht kommen hören. Ich dachte, du würdest ein Dach bauen.«

»Gebaut. Installiert. Bezahlt. Wie lange haben wir Zeit, bis du Elsie abholen mußt?«

Ich sah auf meine Uhr.

»Ungefähr zwanzig Minuten.«

»Dann müssen zwanzig Minuten reichen. Komm her.«

»Mummy?«

»Ja.«

»Lucy hat gesagt, daß dein Haar getötet ist.«

»Sie hat nicht gemeint, daß es getötet ist, sie hat vermutlich gemeint, daß es getönt ist. Daß ich es färbe.«

»Ihre Mummy hat braune Haare.«

»Nun ja …«

»Und Mias Mummy hat auch braune Haare.«

»Möchtest du, daß ich auch braune Haare hätte?«

»Es ist ein ganz helles Rot, Mummy.«

»Ja, da hast du recht, das ist es.« Manchmal bin ich selbst noch schockiert, wenn ich morgens verschlafen ins Bad komme und mein

Gesicht zufällig in dem fleckigen Spiegel sehe: weißes Gesicht, feine Linien, die sich allmählich um die Augen herum ausbreiten, und ein flammend roter Schopf auf einem schlanken Hals.

»Es sieht aus wie ...«, sie starrte aus dem Fenster, ihr widerspenstiger Körper stemmte sich gegen den Gurt, »... wie diese rote Ampel.«

Dann folgte Stille, und als ich mich das nächste Mal umsah, war sie fest eingeschlafen, wie ein Baby mit dem Daumen im Mund, den Kopf zur Seite gelegt.

Ich saß auf einer Kante von Elsies schmalem Bett und las ihr ein Buch vor, zeigte gelegentlich auf ein Wort, das sie stockend buchstabierte oder – wild drauflos und meist fehlerhaft – zu erraten versuchte. Danny saß auf der anderen Bettkante und faltete kleine Stücke Papier zu einer eckigen Blume, einem flinken Mann, einem schlauen Hund. Elsie saß zwischen uns, den Rücken gerade, die Augen leuchtend, die Wangen rot, befangen, lieb und ernst. Wir waren wie eine richtige Familie. Elsies Blick schnellte zwischen uns hin und her, verband uns. Mein Körper glühte in der Erinnerung an meine kurze Begegnung mit Danny auf dem staubigen Boden meines Arbeitszimmers und in der Vorfreude auf den Abend, der vor uns lag. Während ich las, spürte ich Dannys Blick auf mir. Die Luft zwischen uns war erotisch aufgeladen. Und als Elsie immer undeutlicher redete und schließlich einschlief, gingen wir ohne ein Wort in mein Schlafzimmer, zogen uns gegenseitig aus, berührten uns, und das einzige Geräusch, das man hörte, war das Tropfen des Regens draußen oder manchmal ein Atemzug, der wie ein schmerzliches Aufstöhnen klang. Es war, als hätten wir uns wochenlang nicht gesehen.

Später nahm ich eine Pizza aus der Tiefkühltruhe und schob sie in den Backofen, und wir aßen sie vor dem Feuer, das Danny angezündet hatte. Dabei erzählte ich ihm von meinen Fortschritten mit der Trauma-Station, von Elsies ersten Schultagen, von dem Versuch, mit dem Buch anzufangen, und von meiner Begegnung mit dem Farmer. Danny sprach davon, welche Freunde er in London gesehen und wie er in bitterer Kälte auf feuchten, baufälligen Sparren gehockt hatte, und dann lachte er und sagte, während ich durch meinen Beruf aufstiege, würde er absteigen: vom Theater zum Nichtstun, dann zur Zimmererarbeit und schließlich zu Gelegenheitsjobs; im Augenblick baute er ein Dach für eine streitsüchtige alte Frau.

»Tu's nicht«, sagte er, als ich anfing, hastig etwas darüber zu sagen, daß Erfolg mehr sei als Arbeit. »Spiel es nicht herunter. Du brauchst dir nicht solche Sorgen zu machen. Dir gefällt, was du tust, und mir gefällt, was ich tue.«

Als das Feuer erlosch, gingen wir wieder die knarrende Treppe hinauf, schauten nach Elsie, die in einem Nest aus Daunen und weichen Spielsachen schlief, legten uns in das Doppelbett und wandten einander müde und wie selbstverständlich das Gesicht zu.

»Vielleicht könnten wir...«, sagte er.

»Könnten was?«

»...zusammenleben. Sogar...«, seine Hand rieb meinen Rücken, und seine Stimme wurde ganz leicht und beiläufig, »...sogar daran denken, ein Kind zu haben.«

»Vielleicht«, murmelte ich schläfrig. »Vielleicht.«

Es war einer unserer besseren Tage.

5. KAPITEL

Alles in Ordnung, Sir?«

»Nein.«

»Ich werde Sie aufheitern. Vielleicht etwas zu lesen?«

Detective Angeloglou warf eine Zeitschrift auf Rupert Bairds Schreibtisch. Baird nahm es auf und knurrte, als er den verblichenen Druck sah.

»*Rabbit Punch?* Was ist das?«

»Haben Sie das nicht abonniert? Wir haben unten sämtliche Ausgaben. Das ist die Hauszeitschrift von ARK.«

»ARK?«

»Das steht für Animal Rights Knights, die militanten Tierschützer.«

Baird stöhnte. Sanft tätschelte er die Haare oben auf seinem Kopf, die die kahle Stelle darunter bedeckten, aber nicht verbergen konnten.

»Wirklich?«

»Allerdings. Das sind die, die 1992 drüben in Ness in die Nerzfarm eingebrochen sind. Sie haben die Nerze befreit.« Angeloglou zog die Akte zu Rate, die er in der Hand hielt. »Dreiundneunzig haben sie den Brandsatz im Supermarkt in Goldswan Green gelegt. Dann war nichts mehr bis zur Explosion in der Universität im letzten Jahr. Sie sind auch in einige der extremeren Protestaktionen wegen der Kälber verwickelt, in die direkten Aktionen gegen Farmer und Transportfirmen.«

»So?«

»Schauen Sie sich das an.«

Angeloglou schlug die Zeitschrift in der Mitte auf, wo ein Artikel mit der roten Titelzeile »Schlächter des Monats« überschrieben war.

»Ist das irgendwie von Bedeutung?«

»Das ist eine der Dienstleistungen für ihre Leser. Sie drucken die Namen und Adressen von Leuten ab, die sie beschuldigen, Tiere zu quälen. Sehen Sie, hier steht Professor Ronald Maxwell vom Linnaeus-Institut. Er erforscht den Gesang der Vögel. Dazu benutzt er Vögel, die in Käfige gesperrt sind. Dr. Christopher Nicholson hat jungen Katzen die Augenlider zugenäht. Charles Patton führt die Pelzfirma seiner Familie. Und hier haben wir Leo Mackenzie, Firmenchef von Mackenzie und Carlow.«

Baird griff nach der Zeitschrift.

»Was soll er denn tun ... getan haben, meine ich?«

»Tierversuche, steht hier.«

»Ach du Scheiße. Gut gemacht, Chris. Haben Sie das überprüft?«

»Ja. In ihren Labors in Fulton arbeitet die Firma an einem Projekt, das teilweise vom Landwirtschaftsministerium finanziert wird. Es geht um Streß bei der Tierhaltung, hat man mir gesagt.«

»Und was machen die da?«

Angeloglou lächelte breit.

»Das ist das Gute«, sagte er. »Zu den Untersuchungen gehört es, Schweinen Elektroschocks zu versetzen und verschiedene Verletzungen zuzufügen und dann ihre Reaktionen zu testen. Haben Sie je gesehen, wie ein Schwein geschlachtet wird?«

»Nein.«

»Sie schneiden ihm die Kehle durch. Überall Blut. Daraus machen sie Blutwurst.«

»Ich kann Blutwurst nicht ausstehen«, sagte Baird und blätterte mehrere Seiten der Zeitschrift um. »Ich finde kein Datum. Wissen wir, wann das veröffentlicht wurde?«

»Sie bekommen den *Rabbit Punch* nicht bei Ihrem örtlichen Zeitungshändler. Sein Erscheinen bezeichnet man wohl am besten als unregelmäßig, die Verteilung als lückenhaft. Wir haben uns dieses Exemplar vor sechs Wochen besorgt.«

»Wurde Mackenzie davor gewarnt?«

»Man hatte ihm davon erzählt«, sagte Angeloglou. »Aber das war nichts Neues. Wie mir seine Geschäftsleitung sagte, war er an derartige Dinge gewöhnt.«

Baird runzelte konzentriert die Stirn.

»Was wir jetzt brauchen, sind ein paar Namen. Wer war noch für die Aktionen dieser Tierfreunde zuständig? Mitchell, nicht?«

»Ja, aber der hat im Augenblick in den West Midlands alle Hände voll zu tun. Ich habe mit Phil Carrier telefoniert, der sein DI war. Seit Monaten läuft er dort herum und sieht sich abgefackelte Scheunen und zerstörte Lastwagen an. Er wird uns ein paar Namen liefern.«

»Gut«, sagte Baird, »dann mal ran an die Sache. Was gibt's Neues über die Mackenzie-Tochter?«

»Sie ist bei Bewußtsein. Außer Lebensgefahr.«

»Irgendwelche Chancen, daß sie aussagt?«

Angeloglou schüttelte den Kopf.

»Im Augenblick nicht. Die Ärzte glauben, daß sie unter einem schweren Schock steht. Sie hat noch nichts gesagt. Außerdem, Sie erinnern sich, hatte man ihr die Augen verbunden. Ich würde mir davon vorerst nicht allzuviel versprechen.«

1990 war Melissa Hollingdale noch Biologielehrerin an einer Gesamtschule und vollkommen unbescholten; nicht einmal einen unbezahlten Parkschein konnte man ihr zur Last legen. Inzwischen aber war sie ein häufiger Gast in den Vernehmungszimmern der Polizei, und auf dem Bildschirm rollte Seite um Seite ihre Akte ab. Chris Angeloglou saß hinter dem nur einseitig transparenten Spiegel und starrte die Frau mit dem unbewegten Gesicht an, die etwa Mitte Dreißig war. Ihr langes, dichtes dunkles Haar war im Nacken zusammengebunden, sie trug kein Make-up. Ihre Haut war blaß, glatt, sauber. Sie kleidete sich praktisch. Rollkragenpullover, Jeans, Turnschuhe. Ihre Hände, die mit den Handflächen nach unten ruhig auf dem Tisch vor ihr lagen, waren überraschend zierlich und weiß. Sie wartete ohne jedes Zeichen von Ungeduld.

»Wir fangen also mit Melissa an?«

Angeloglou drehte sich um. Es war Baird.

»Wo ist Carrier?«

»Unterwegs. Es gab eine Meldung über eine Bombe, die an eine Truthahnfarm adressiert war.«

»Großer Gott.«

»In einer Weihnachtskarte.«

»Himmel. Bißchen spät, nicht?«

»Er kommt später her.«

Ein Constable erschien mit einem Tablett, auf dem drei Tassen Tee standen. Angeloglou nahm es ihm ab. Die beiden Detectives nickten einander zu und traten ein.

»Danke, daß Sie gekommen sind. Möchten Sie eine Tasse Tee?«

»Ich trinke keinen Tee.«

»Zigarette?«

»Ich rauche nicht.«

»Haben Sie die Akte, Chris? In welcher Eigenschaft ist Miss Hollingdale hier?«

»Sie ist Koordinatorin der *Vivisection and Export Alliance*. VEAL.«

»Nie davon gehört«, sagte Hollingdale in ruhigem Ton.

Angeloglou schaute in seine Akte.

»Wie lange sind Sie jetzt draußen? Zwei Monate, nicht? Nein, drei. Mutwillige Sachbeschädigung, Angriff auf einen Polizisten, Störung der öffentlichen Ordnung.«

Hollingdale gestattete sich ein resigniertes Lächeln.

»Ich habe mich in Dovercourt vor einen Lastwagen gesetzt. Was soll das hier alles?«

»Welche Tätigkeit üben Sie zur Zeit aus?«

»Ich habe Schwierigkeiten, eine Arbeitsstelle zu finden. Anscheinend stehe ich auf verschiedenen Schwarzen Listen.«

»Warum glauben Sie das?«

Sie sagte nichts.

»Vor drei Tagen wurden ein Geschäftsmann namens Leo Mackenzie und seine Ehefrau in ihrem Haus in Castletown, einem Vorort von Stamford, ermordet. Ihre Tochter liegt in kritischem Zustand in einem Krankenhaus.«

»Ja?«

»Lesen Sie manchmal eine Zeitschrift namens *Rabbit Punch*?«

»Nein.«

»Das ist ein Untergrundmagazin, das von einer terroristischen Tierschützergruppe herausgegeben wird. In der letzten Ausgabe standen Name und Adresse von Mr. Mackenzie. Sechs Wochen später wurden ihm, seiner Frau und seiner Tochter die Kehlen durchgeschnitten. Was haben Sie dazu zu sagen?«

Hollingdale zuckte mit den Achseln.

»Was halten Sie von Aktionen dieser Art?« fragte Baird.

»Haben Sie mich hierhergeholt, um über die Rechte der Tiere zu diskutieren?« fragte Hollingdale mit sarkastischem Lächeln. »Ich bin dagegen, daß irgendeiner Kreatur die Kehle durchgeschnitten wird. Ist es das, was Sie von mir hören wollen?«

»Würden Sie solche Akte verurteilen?«

»Ich bin nicht an Gesten interessiert.«

»Wo waren Sie in der Nacht vom siebzehnten zum achtzehnten Januar?« Hollingdale schwieg lange.

»Ich nehme an, ich lag im Bett, wie alle anderen auch.«

»Nicht alle. Haben Sie irgendwelche Zeugen dafür?«

»Vermutlich kann ich ein oder zwei Leute finden.«

»Ich wette, daß Sie das können. Übrigens, Miss Hollingdale«, fügte Baird hinzu, »wie geht es Ihren Kindern?«

Sie zuckte zusammen, ihre Miene wurde hart.

»Das sagt mir ja keiner. Werden *Sie* es mir sagen?«

»Mark Featherstone, oder möchten Sie bei Ihrem angenommenen Namen Loki genannt werden?«

Loki trug eine extravagante Mischung verschiedener Stoffe, die zu einer formlosen Tunika zusammengenäht waren, über weiten weißen Baumwollhosen. Sein rotes Haar war zu Dreadlocks gezwirbelt und hing ihm steif wie riesige Pfeifenreiniger bis auf den Rücken. Er roch nach Patschuliöl und Zigaretten.

»Reimt sich Loki auf ›Hockey‹ oder auf ›Chokey‹*? Ich würde eher auf Chokey tippen.« Angeloglou sah in seine Akte. »Einbruch. Einbruchsdiebstahl. Körperverletzung. Ich dachte, Sie wären gegen Gewalt?«

Loki sagte nichts.

»Sie sind ein kluger Mann, Loki. Chemieingenieur. Doktorgrad in Naturwissenschaften. Nützliches Training für die Herstellung von Sprengstoffen, nehme ich an.«

»Wurden sie denn in die Luft gesprengt, dieses Ehepaar?« fragte Loki.

»Nein, aber meine Kollegen werden Sie zweifellos nach dem Päckchen fragen, das bei der Geflügelfarm Marshall's Poultry eingegangen ist.«

»Ist es hochgegangen?«

»Zum Glück nicht.«

»Na, dann«, sagte Loki verächtlich.

»Mr. und Mrs. Mackenzie wurden die Kehlen durchgeschnitten. Wie finden Sie das?«

Loki lachte.

»Ich denke, er wird es sich zweimal überlegen, bevor er wieder Tiere foltert!«

»Sie kranker Mistkerl, was wollen Sie eigentlich erreichen, indem Sie auf diese Weise Leute umbringen?«

»Wollen Sie einen Vortrag über die Theorie revolutionärer Gewalt?«

»Versuchen Sie's ruhig«, sagte Baird.

»Das Foltern von Tieren ist Teil unserer Wirtschaft, Teil unserer Kultur. Das Problem unterscheidet sich nicht von dem, vor dem die Gegner der Sklaverei oder der Kolonisierung Amerikas standen. Man muß die Aktivität einfach unökonomisch machen, wirtschaftlich unattraktiv.«

»Selbst wenn dazu Mord gehört?«

*Deutsch etwa: Knast (A. d. Ü.)

Loki lehnte sich auf seinem Stuhl zurück.

»Befreiungskriege haben ihren Preis.«

»Sie kleiner Scheißer«, sagte Baird. »Wo waren Sie in der Nacht des siebzehnten Januar?«

»Ich habe geschlafen. Und wurde gestört. Wie die Mackenzies.«

»Hoffentlich haben Sie dafür einen Zeugen.«

Loki lächelte und zuckte mit den Schultern.

»Wer hofft denn hier?«

»Ich möchte Ihnen etwas vorlesen, Professor Laroue«, sagte Baird, der ein maschinengeschriebenes Blatt in der Hand hielt. »Bitte entschuldigen Sie, wenn ich dem Stil nicht gerecht werde:

Jeder von uns akzeptiert Grenzen unserer Verpflichtung, dem Gesetz zu gehorchen. Nach dem Holocaust dürfen wir ferner feststellen, daß es Zeiten gibt, in denen wir gezwungen sind, gegen das Gesetz zu verstoßen, sogar die Grenzen dessen zu überschreiten, was wir normalerweise als akzeptables Verhalten betrachten. Ich sehe voraus, daß zukünftige Generationen uns nach unserem eigenen Holocaust fragen werden, dem Holocaust an Tieren, und danach, wie wir dabeistehen konnten, ohne etwas zu tun. Wir in Großbritannien leben jeden Tag mit Auschwitz. Nur, daß es diesmal schlimmer ist, weil wir uns nicht auf Unwissenheit berufen können. Wir essen es zum Frühstück. Wir ziehen es an. Was werden wir unseren Kindern eines Tages sagen? Vielleicht werden die einzigen Menschen, die ihr Haupt noch erheben können, diejenigen sein, die etwas getan, die Widerstand geleistet haben.

Erkennen Sie das wieder, Professor?«

Frank Laroues Haar war so kurz geschnitten, daß es fast wie ein Gazefilm seinen Schädel bedeckte. Er hatte sehr blasse blaue Augen mit merkwürdig winzigen Pupillen, so daß er aussah, als habe Blitzlicht ihn geblendet. Er trug einen makellosen rehbraunen Anzug mit weißem Hemd und Leinenschuhen. In der Hand hielt er einen Stift, den er zwanghaft drehte und mit dem er manchmal auf den Tisch klopfte.

»Ja. Das ist der Teil einer Rede, die ich letztes Jahr bei einer öffentlichen Versammlung hielt. Nebenbei bemerkt ist sie nie veröffentlicht worden. Es würde mich interessieren, wie Sie an dieses Exemplar gekommen sind.«

»Oh, wir gehen abends gern aus. Was haben Sie mit dieser Passage gemeint?«

»Was soll das alles? Meine Ansichten über unsere Verantwortung den Tieren gegenüber sind allgemein bekannt. Ich habe mich bereit erklärt herzukommen und Fragen zu beantworten, aber ich verstehe nicht, was Sie wollen.«

»Sie haben für *Rabbit Punch* geschrieben.«

»Nein, das habe ich nicht.« Mit einem halben Lächeln zeigte er, daß er erkannt hatte, wovon die Rede war. »Vielleicht sind Dinge, die ich geschrieben oder gesagt habe, dort wiedergegeben worden wie in anderen Zeitschriften auch. Das ist eine ganz andere Sache.«

»Sie lesen ihn also?«

»Ich kenne ihn. Ich habe ein Interesse an dieser Materie.«

Chris Angeloglou lehnte an der Wand. Baird zog sein Jackett aus und hängte es über den Stuhl, der Laroue gegenüber am Tisch stand. Dann setzte er sich hin.

»Ihre Rede ist eine klare Anstiftung zur Gewalt.«

Laroue schüttelte den Kopf.

»Ich bin Philosoph. Ich habe einen Vergleich gezogen.«

»Sie haben suggeriert, daß Menschen die Pflicht haben, zur Verteidigung der Tiere gewaltsame Aktionen durchzuführen.«

Eine kurze Pause trat ein. Dann, geduldig: »Es dreht sich nicht um etwas, was ich suggeriert habe. Ich glaube, daß Menschen objektiv die Pflicht zu handeln haben.«

»*Sie* auch?«

»Ja.« Er lächelte. »Das folgt daraus.«

»*Rabbit Punch* glaubt das gleiche, nicht wahr?«

»Wie meinen Sie das?«

»Die Zeitschrift veröffentlicht die Namen und Adressen von Leuten, denen sie vorwirft, Tieren Schaden zuzufügen. Soll das ein Aufruf zu gewaltsamen Aktionen gegen diese Leute sein?«

»Oder vielleicht gegen deren Eigentum.«

»Das war eine Unterscheidung, die Sie in Ihrem Vortrag nicht gemacht haben.«

»Nein.«

Baird lehnte sich schwer über den Tisch.

»Glauben Sie, daß es falsch war, Leo Mackenzie und seine Familie zu töten?«

Tap, tap, tap.

»Objektiv gesprochen, nein, das glaube ich nicht«, sagte er. »Könnte ich Tee oder Wasser oder irgend etwas bekommen?«

»Was ist mit den unschuldigen Opfern?«

»Unschuld ist ein schwer zu definierender Begriff.«

»Professor Laroue, wo waren Sie in der Nacht des siebzehnten Januar?«

»Ich war zu Hause, im Bett, mit meiner Frau.«

Baird wandte sich an Angeloglou.

»Würden Sie mir bitte die Akte geben? Danke.« Er öffnete sie und blätterte einige Seiten durch, bevor er fand, was er suchte. »Ihre Frau ist Chantal Bernard Laroue, nicht wahr?«

»Ja.«

Baird fuhr mit dem Finger an der Seite entlang.

»Jagdsabotage, Jagdsabotage, Störung der öffentlichen Ordnung, Störung der öffentlichen Ordnung, Behinderung des Verkehrs, und hier ist sie sogar zu Körperverletzung geschritten.«

»Gut für sie.«

»Aber nicht unbedingt gut für Sie, Professor Laroue. Möchten Sie mit Ihrem Anwalt sprechen?«

»Nein, Officer.«

»Detective Inspector.«

»Detective Inspector.« Ein Lächeln breitete sich auf Laroues blassem, knochigem Gesicht aus, und er hob zum erstenmal den Blick, um

Baird anzusehen. »Das ist alles Quatsch. Vorträge und wo ich in der Nacht des Ich-weiß-nicht-Wievielten war. Ich gehe jetzt. Wenn Sie wieder mit mir sprechen wollen, dann sorgen Sie dafür, daß Sie etwas haben, worüber Sie mit mir sprechen wollen. Würden Sie bitte die Tür öffnen, Officer?«

Angeloglou sah Baird an.

»Sie haben den Mistkerl gehört«, sagte Baird. »Machen Sie ihm die Tür auf.«

In der Tür drehte sich Laroue nach den beiden Detectives um: »Wir werden siegen, glauben Sie mir.«

Paul Hardy sagte überhaupt nichts. Er saß in seinem langen Leinenmantel da, als wäre es bereits ein Zugeständnis, ihn auszuziehen. Ein- oder zweimal fuhr er sich mit der Hand durch das lockige braune Haar. Er sah durch seine Brille mit den Drahtbügeln abwechselnd Baird und Angeloglou an, aber die meiste Zeit starrte er einfach in die Luft. Er antwortete nicht auf Fragen und gab nicht einmal zu erkennen, daß er sie gehört hatte.

»Wissen Sie von den Mackenzie-Morden?«

»Wo waren Sie in der Nacht des siebzehnten?«

»Sie wissen, wenn Sie angeklagt werden, kann Ihr Schweigen als Beweis gegen Sie verwendet werden.«

Nichts. Nach mehreren vergeblichen Minuten klopfte jemand an die Tür. Angeloglou ging hin. Es war eine junge Polizistin.

»Hardys Anwältin ist da«, sagte sie.

»Führen Sie sie herein.«

Sian Spenser, eine Frau Anfang Vierzig mit energischem Kinn, war außer Atem und gereizt.

»Ich möchte fünf Minuten mit meinem Mandanten allein sprechen.«

»Man wirft ihm nichts vor.«

»Was zum Teufel soll er dann hier? Gehen Sie. Sofort.«

Baird atmete tief ein und verließ das Zimmer, gefolgt von Angeloglou. Als Spenser sie zurückholte, saß Hardy mit dem Rücken zur Tür.

»Mein Mandant hat nichts zu sagen.«

»Zwei Menschen sind ermordet worden«, sagte Baird mit erhobener Stimme. »Wir haben Hinweise darauf, daß Tierschutzaktivisten damit zu tun haben. Ihr Mandant ist wegen Verschwörung zu strafbarer Sachbeschädigung verurteilt worden. Er hat verdammtes Glück gehabt, daß er nicht mit dem Sprengstoff erwischt wurde. Wir wollen ihm ein paar Fragen stellen.«

»Meine Herren«, sagte Spenser, »ich möchte, daß mein Mandant innerhalb von fünf Minuten dieses Gebäude verlassen kann, oder ich werde Rechtsmittel einlegen.«

»DC Angeloglou.«

»Sir?«

»Nehmen Sie zu den Akten, daß Paul Michael Hardy jede Mitarbeit an diesen Ermittlungen verweigert hat.«

»Sind Sie fertig?« fragte Spenser mit fragender Miene, die fast amüsiert wirkte.

»Nein, aber Sie können Ihr Stück Dreck mitnehmen.«

Hardy stand auf und ging zur Tür. Vor Angeloglou blieb er stehen. Ihm schien etwas einzufallen.

»Wie geht es dem Mädchen?« fragte er und ging dann hinaus, ohne auf eine Antwort zu warten.

Eine Stunde später trafen sich Baird und Angeloglou zu einer Nachbesprechung in Bill Days Büro. Bill Day stand am Fenster und schaute hinaus in die Dunkelheit.

»Gibt's irgend etwas?« fragte Day.

»Nichts Konkretes, Sir«, sagte Angeloglou vorsichtig.

»Das hatte ich eigentlich auch nicht erwartet«, sagte Baird. »Ich wollte bloß ein Gefühl für die Leute bekommen. Für das Atmosphärische.«

»Und?«

»Ich denke, es lohnt sich, diese Richtung weiterzuverfolgen.«

»Was haben wir?«

»Fast nichts. Den Hinweis in der Zeitschrift, die Schrift am Tatort.«

»*Fast* nichts?« fragte Day sarkastisch.

Baird schüttelte den Kopf.

»Das ist nicht gut. Es gab ein paar Tage vorher diesen Riesenempfang. Haare und Fasern sind ein totales Desaster. Vielleicht ist es im Zimmer des Mädchens besser.«

»Was ist mit dem Mädchen?« fragte Day. »Sind wir mit ihm weitergekommen?«

Baird schüttelte den Kopf.

»Was machen wir mit ihr?«

»Sie wird bald entlassen.«

»Ist das ein Problem?«

»Es wäre immerhin möglich, daß sie in einer gewissen Gefahr ist.«

»Durch diese Tierfritzen?«

»Durch wen auch immer.«

»Können Sie sie noch ein paar Tage im Krankenhaus festhalten?«

»Das kann Monate dauern, nicht Tage.«

»Wie ist ihr psychischer Zustand?«

»Sie ist durcheinander. Traumatischer Streß, so etwas in der Art.«

Day knurrte.

»Herrgott, wir haben zwei Weltkriege ohne verdammte Streßberater überstanden. Hören Sie, Rupert, ich bin nicht glücklich mit all dem, aber machen Sie weiter, und finden Sie für das Mädchen irgendeinen diskreten Platz. Sorgen Sie um Gottes willen dafür, daß die Presse sie nicht findet.«

»Wo?«

»Ich habe keine Ahnung. Fragen Sie Philip Kale, vielleicht kann er Ihnen ein paar Namen nennen.«

Baird und Angeloglou wandten sich zum Gehen.

»Ach, Rupert?«

»Ja?«

»Finden Sie irgendwelche verdammten Beweise. Ich werde allmählich nervös.«

6. KAPITEL

Innerhalb weniger Wochen war es mir gelungen, mir ein eigenes Leben einzurichten. Ich hatte ein Haus und einen Garten. Das Haus war alt, hatte große Fenster, eine solide quadratische Form und stand auf etwas, das vor langer Zeit ein Kai gewesen sein mußte. Jetzt schaute es verloren über Marschland hinweg aufs Meer, das eine halbe Meile entfernt war.

In den hektischen Tagen nach dem Kauf des Hauses im November hatte ich bei den Immobilienmaklern und im Laden, der ein paar Meilen die Straße hinauf in Lymne lag, herumgefragt und ein Kindermädchen gefunden. Linda war klein und schmächtig, hatte einen blassen Teint und wirkte älter als zwanzig. Sie wohnte in Lymne, und obwohl sie kein Diplom als Kinderpflegerin hatte, besaß sie die beiden Hauptqualifikationen, an denen ich interessiert war: einen Führerschein und eine ruhige Art. Als Elsie sie zum erstenmal traf, ging sie zu ihr und setzte sich ohne ein Wort auf ihren Schoß, und das reichte mir. Gleichzeitig sorgte ich dafür, daß Lindas beste Freundin, Sally, zwei- oder dreimal pro Woche kam, um das Haus zu putzen.

Die nächstgelegene Grundschule, St. Gervase, liegt in Brask, etwa fünfzig Kilometer auf der anderen Seite von Lymne. Ich fuhr hin und besichtigte sie durch den Zaun. Da gab es einen grünen Spielplatz, leuchtende Malereien an den Wänden, und ich entdeckte keine weinenden Kinder oder solche, die sich selbst überlassen waren. So war ich ins Büro gegangen, hatte das Formular ausgefüllt, und Elsie war sofort aufgenommen worden.

Das alles war fast beunruhigend einfach gewesen: ein erwachsenes Leben, das zu meinem bevorstehenden erwachsenen Job paßte. Ein paar Wochen später, im Januar, als England nach Weihnachten allmählich wieder in Gang kam und Danny schon seit fünf Tagen da war, ohne irgendwelche Anzeichen dafür zu zeigen, daß er wieder gehen wollte, als er mein Haus mit Bierdosen und mein Bett mit Wärme gefüllt hatte, fuhr ich ins Stamford General Hospital, um den stellvertretenden Leiter des Gremiums kennenzulernen, das das Krankenhaus verwaltete. Er hieß Geoffrey Marsh, ein Mann ungefähr in meinem Alter, und war so makellos gekleidet, als wollte er gleich ein Nachrichtenprogramm im Fernsehen moderieren. Und sein Büro war groß und elegant genug, um auch als Studio dienen zu können. Ich hatte sofort das Gefühl, nicht gut genug angezogen zu sein, was sicher mit zum Sinn dieser Inszenierung gehörte.

Geoffrey Marsh nahm mich bei der Hand – »nennen Sie mich Geoff, Sam« – und sagte mir, er sei vollkommen begeistert von mir und meiner Station. Er war überzeugt, wir würden damit ein neues Modell für den Umgang mit Patienten schaffen. Er führte mich Treppen hinauf und Gänge entlang, um mir den leeren Flügel des Gebäudes zu zeigen, den ich beziehen würde. Es gab fast nichts zu sehen, außer daß er groß war. Er lag im Erdgeschoß, was mir gefiel. Von einem Fenster blickte man auf ein Fleckchen Grün. Damit konnte ich etwas anfangen.

»Was war hier früher?« fragte ich.

Er schüttelte den Kopf, als sei das ein unwichtiges Detail.

»Gehen wir zurück in mein Büro. Wir müssen ein paar Brainstorming-Konferenzen abhalten, Sam«, sagte er. Er sprach meinen Namen wie ein Mantra aus.

»Worüber?«

»Über die Station.«

»Haben Sie mein Exposé gelesen? Ich dachte, die Personalausstattung und die therapeutischen Vorgehensweisen, die ich darin dargelegt habe, wären klar genug.«

»Ich habe es gestern abend gelesen, Sam. Ein faszinierender Ausgangspunkt, und ich kann Ihnen versichern, ich bin fest überzeugt, daß diese Station und Sie das Stamford General weithin bekanntmachen werden; mir geht es darum, daß die Station so erstklassig wie möglich wird.«

»Ich werde natürlich mit den Sozialdiensten zusammenarbeiten müssen.«

»Ja«, sagte Marsh, als hätte er mich nicht gehört oder nicht hören wollen. »Zuerst möchte ich Sie mit meinem Personalmanager und dem Management bekannt machen, das unser laufendes Erweiterungsprogramm betreut.« Inzwischen waren wir wieder in seinem Büro. »Ich möchte Ihnen die Struktur des Energieflusses zeigen, die mir vorschwebt.« Er zeichnete ein Dreieck. »Also, hier an der Spitze ...« Sein Telefon läutete; stirnrunzelnd nahm er den Hörer ab. »Wirklich?« sagte er und sah mich an. »Es ist für Sie. Dr. Scott.«

»Dr. Scott?« fragte ich ungläubig und nahm den Hörer. »Thelma, sind Sie das? ... Wie in aller Welt haben Sie mich gefunden? ... Ja, natürlich, wenn es wichtig ist. Möchten Sie mich in Stamford treffen? ... Gut, wie Sie wollen. Dann können Sie gleich mal sehen, wie ich jetzt lebe.« Ich gab ihr meine Adresse und die ausgefeilte Wegbeschreibung, die ich bereits auswendig konnte, über die dritte Ausfahrt aus dem Kreisverkehr, über Bahnübergänge und Ententeiche ohne Enten. Dann legte ich auf. Marsh telefonierte bereits auf dem anderen Apparat. »Ich fürchte, ich muß gehen. Es ist dringend.« Er nickte mir zu und winkte kurz, während er pantomimisch kundtat, wie beschäftigt er war. »Ich rufe Sie nächste Woche an«, sagte ich, und als Antwort nickte er, offensichtlich von etwas anderem in Anspruch genommen.

Ich fuhr direkt nach Hause. Dannys Lieferwagen stand noch in der Einfahrt, aber er war nicht im Haus, und seine Lederjacke hing nicht mehr am Haken. Ein paar Minuten später kam Thelma mit ihrem alten Morris Traveller angeknattert. Ich lächelte, als ich sie zum Weg hinübergehen sah. Ihr Blick wanderte herum und schätzte ab, wo ich gelandet war. Sie trug Jeans und einen langen Tweedmantel. Thelma konnte in allem unelegant aussehen. Ich fand sie jedoch nicht komisch. Keiner, bei dessen Forschungsprojekten Thelma die Leitung hatte, fand sie komisch. Ich öffnete die Tür und nahm sie herzlich in die Arme, was eine gewisse Geschicklichkeit erforderte, weil sie mehr als einen Kopf kleiner war als ich.

»Das Haus sehe ich«, sagte sie. »Und wo sind die Ulmen?«

»Ich kann Sie hinters Haus führen und Ihnen die Baumstümpfe zeigen. Dies ist der erste Ort, den die Käfer erreichten, als sie von der Fähre aus Holland kamen.«

»Ich bin erstaunt«, sagte sie. »Grüne Wiesen, Stille, ein Garten. Schlamm.«

»Schön, nicht?«

Sie zuckte zweifelnd mit den Schultern und ging an mir vorbei in die Küche.

»Kaffee?« fragte sie.

»Machen Sie es sich bequem.«

»Wie geht's dem Buch?«

»Ausgezeichnet.«

»So schlecht? Ist Danny noch da?«

»Ja.«

Ohne zu fragen öffnete sie den Vorratsschrank und nahm ein Paket gemahlenen Kaffee und ein paar Kekse heraus. Sie gab mehrere Eßlöffel Kaffee in eine Kanne. Dann streute sie ein bißchen Salz darauf.

»Eine Prise Salz«, sagte sie. »Das ist mein Geheimnis für guten Kaffee.«

»Und was ist das Geheimnis Ihres Kommens?«

»Ich mache eine Untersuchung für das Innenministerium. Wir sehen uns die neurologische Pathologie kindlicher Erinnerung an. Es dreht sich um die Fähigkeit kleiner Kinder, bei Strafprozessen als Zeugen auszusagen.« Sie goß den Kaffee mit demonstrativer Konzentration in zwei Becher. »Einer der Vorteile, wenn man in den Club der ziemlich Großen und Guten aufgenommen wird, ist, daß man Karten für Sachen kriegt, für die man früher nie welche bekommen hat.«

»Hört sich schön an. Sind Sie hier, um mich in die Oper einzuladen?«

»Eine weitere Folge ist, daß Leute einen mit merkwürdigen Ansinnen anrufen. Gestern hat mich jemand nach posttraumatischen Persönlichkeitsstörungen gefragt, über die ich so gut wie gar nichts weiß.«

Ich lachte.

»Glücklich die Ärztin, die *weiß*, daß sie nichts über posttraumatische Persönlichkeitsstörungen weiß!«

»Nicht nur das, es betraf ein Problem, das sich in Stamford ergeben hat. Mir fiel der bemerkenswerte Zufall ein, daß die beste Expertin, die ich auf diesem Gebiet kenne, ganz in die Nähe von Stamford gezogen ist, also bin ich hergekommen, um Sie zu sehen.«

»Ich bin geschmeichelt, Thelma. Wie kann ich Ihnen helfen?«

Thelma biß in einen Keks und runzelte die Stirn.

»Sie sollten Kekse in einer Büchse aufbewahren, Sam«, sagte sie. »Wenn man sie in der offenen Packung läßt, werden sie weich. Wie dieser.« Aber sie aß ihn trotzdem auf.

»Nicht, wenn Sie das ganze Paket an einem Tag aufessen.«

»Wir haben ein neunzehnjähriges Mädchen, dessen Eltern ermordet worden sind. Man hat auch die Tochter zu ermorden versucht, aber sie hat überlebt.«

»Wenn ich meinen berühmten forensischen Spürsinn einsetze, kann ich wohl erraten, von welchem Fall Sie sprechen. Es geht um den Mord an diesem Arzneimittelmillionär und seiner Frau.«

»Ja. Haben Sie ihn gekannt?«

»Vielleicht habe ich gelegentlich sein Shampoo benutzt.«

»Sie kennen also die Details. Fiona Mackenzies Leben ist nicht in Gefahr. Aber sie spricht kaum. Sie will niemanden sehen, den sie kennt. Soviel ich weiß, hat sie sonst keine Verwandten in England, aber sie will auch keine Freunde der Familie sehen.«

»Überhaupt keinen, meinen Sie? Es geht mich ja nichts an, aber man sollte sie ermutigen, irgendwie Kontakt mit Menschen aufzunehmen.«

»Sie hat dem Hausarzt der Familie gestattet, sie zu besuchen. Das ist alles, glaube ich.«

»Es ist ein Anfang.«

»Was würden Sie in einem Fall wie ihrem empfehlen?«

»Kommen Sie, Thelma, ich kann nicht glauben, daß Sie aus London hergekommen sind, um meinen Rat für eine Patientin einzuholen, von der ich nur in den Zeitungen gelesen habe. Was ist los?«

Thelma lächelte und füllte ihren Becher nach.

»Es gibt da ein Problem. Die Polizei meint, ihr drohe vielleicht noch Gefahr durch die Leute, die ihre Eltern ermordet und sie zu töten versucht haben. Sie muß einigermaßen sicher untergebracht werden, und ich wollte einen Rat von Ihnen, was am besten wäre für jemanden, der das durchgemacht hat, was ihr passiert ist.«

»Möchten Sie, daß ich sie mir ansehe?«

Thelma schüttelte den Kopf.

»Das ist alles inoffiziell. Ich wollte bloß wissen, was Ihnen als erstes zu dem Thema einfällt.«

»Wer behandelt sie? Colin Daun, nehme ich an.«

»Ja.«

»Er ist in Ordnung. Warum fragen Sie nicht *ihn*?«

»Ich frage Sie.«

»Sie wissen, was ich sagen werde, Thelma. Sie sollte in einer vertrauten Umgebung mit Angehörigen oder Freunden sein.«

»Es gibt keine Angehörigen. Die Möglichkeit, sie bei Freunden unterzubringen, ist erörtert worden, aber das ist akademisch, weil sie den Gedanken sofort von sich gewiesen hat.«

»Nun, ich glaube nicht, daß es ihr guttun wird, längere Zeit im Krankenhaus zu bleiben.«

»Das ist sowieso unpraktisch.« Thelma trank ihren Kaffee aus. »Dies ist ein reizendes Haus, Sam. Groß, nicht? Und ruhig.«

»Nein, Thelma.«

»Ich habe nicht gesagt …«

»Nein.«

»Nun warten Sie einen Moment«, sagte Thelma, jetzt in hartnäckigerem Ton. »Es handelt sich um ein schwer gestörtes Mädchen. Lassen Sie sich berichten, was ich über sie weiß. Dann können Sie nein sagen.« Sie lehnte sich zurück und ordnete ihre Gedanken. »Fiona Mackenzie ist neunzehn Jahre alt. Sie ist recht intelligent, wenn auch nicht brillant, und offensichtlich war sie immer eifrig bestrebt zu gefallen und sich anzupassen. Mit anderen Worten, ein etwas ängstliches Mädchen. Ich nehme an, daß sie ziemlich von ihrem Vater dominiert wurde, der eine sehr starke Persönlichkeit war. Seit der Pubertät war sie immer etwas übergewichtig.« Ich erinnerte mich an das plumpe, lächelnde Gesicht des Mädchens in den Nachrichten. »Als sie siebzehn war, hatte sie einen Nervenzusammenbruch und wurde für fast sechs Monate in eine gräßliche Privatklinik oben in Schottland gesteckt. Dabei verlor sie fast die Hälfte ihres Körpergewichts, und aus ihrer Rundlichkeit wurde eine Anorexie, die sie fast umgebracht hätte.«

»Wie lange war sie schon wieder draußen?«

»Sie wurde im Sommer entlassen und hat das letzte Schultrimester und ihre erstklassigen Noten verpaßt; ich glaube, sie sollte dieses Jahr auf ein Paukinstitut gehen, um ihre Versäumnisse nachzuholen. Und dann verbrachte sie sofort ein paar Monate auf einer Rundreise durch Südamerika; ich glaube, ihre Eltern meinten, das wäre so etwas wie ein Neuanfang. Sie ist erst seit ein paar Wochen zurück, höchstens. Anscheinend haben die Leute, die diese Morde begangen haben, nicht damit gerechnet, daß sie im Haus sein würde. Das ist vielleicht die Schwachstelle bei diesem Verbrechen. Daher die Gefahr, in der sie schwebt, und die eventuelle Hilfe, die sie braucht. Fasziniert Sie das nicht?«

»Tut mir leid, Thelma, die Antwort ist nein. In den letzten achtzehn Monaten habe ich Elsie nur an den Wochenenden gesehen, und samstags und sonntags habe ich, sobald sie eingeschlafen war, bis zwei Uhr nachts irgendwelchen Papierkram erledigt. Hauptsächlich erinnere ich mich an Kopfschmerzen vor lauter Erschöpfung. Wenn Sie ernstlich gedacht haben, ich könnte eine traumatisierte junge Frau in mein Haus aufnehmen, in dem auch meine kleine Tochter lebt, und sie könnte hierbleiben, weil sie vielleicht in Gefahr ist, dann haben Sie sich getäuscht – nein, das geht nicht.«

Thelma nahm das mit einem Kopfnicken zur Kenntnis, aber ich kannte sie gut genug, um zu wissen, daß sie nicht überzeugt war.

»Wie geht's der kleinen Elsie?«

»Sie ist unleidlich, aufsässig. Das Übliche. Sie hat gerade in einer neuen Schule angefangen.« Mich machte Thelmas interessierter, raubtierhafter Gesichtsausdruck besorgt, als ich Elsie und mein Zuhause erwähnte. Ich mußte von etwas anderem reden. »Ihre Untersuchung klingt interessant.«

»Mmm«, sagte sie und tunkte geschäftig ihren Keks in den Kaffee. So plump ließ sie sich nicht ablenken.

»Ich habe mich mit einigen Arbeiten über traumatisierte Kinder befaßt, die Sie vielleicht interessieren könnten«, fuhr ich unbeirrt fort. »Sie wissen natürlich, daß Kinder in wiederholendem Spiel vergangene Traumata erneut durchleben. Ein Team unten in Kent versucht, die Auswirkungen abzuschätzen, die das auf ihre Erinnerung an das Geschehnis hat.«

»Das sind also nicht Ihre eigenen Forschungen?«

»Nein«, sagte ich mit einem Lachen. »Meine Forschungsarbeiten über das kindliche Gedächtnis beschränken sich auf ein mnemonisches Spiel, das Elsie und ich spielen.«

»Ein was?«

»Mnemonisch. Mit ›m‹. Nur zum Spaß, aber mich haben Systeme, mentale Prozesse zu organisieren, immer interessiert, und das ist eines der ältesten. Elsie und ich haben die Vorstellung eines Hauses erfunden, und im Kopf wissen wir, wie es aussieht; wir können uns an Dinge erinnern, indem wir sie an verschiedene Stellen im Haus legen, und sie dann zurückholen, wenn wir uns an sie erinnern wollen.«

Thelma schaute zweifelnd.

»Schafft sie das?«

»Erstaunlich gut. Wenn sie gute Laune hat, können wir etwas an die Tür hängen, auf die Fußmatte, in die Küche, auf die Treppe und so weiter legen, und normalerweise kann sie sich später daran erinnern.«

»Hört sich nach harter Arbeit für eine Fünfjährige an.«

»Ich würde das nicht machen, wenn es ihr nicht gefiele. Sie ist stolz, daß sie es kann.«

»Oder freut sich, von Ihnen Anerkennung zu bekommen«, sagte

Thelma. Sie stand auf, eine pummelige, unordentlich aussehende Gestalt voller Kekskrümel. »Und jetzt muß ich gehen. Wenn Ihnen zu unserem Problem noch etwas einfällt, rufen Sie mich an.«

»In Ordnung.«

»Sie können sich eine Erinnerung daran an die Haustür von Elsies imaginärem Haus kleben.«

Ich hatte das Gefühl, etwas sagen zu müssen.

»Wissen Sie, als ich Ärztin wurde, hatte ich die Vorstellung, die Welt zu einem gesünderen, rationaleren Ort machen zu können. Manchmal denke ich, als ich anfing, Trauma-Opfer zu behandeln, habe ich die Welt aufgegeben und bloß noch versucht, Menschen zu helfen, besser mit ihr fertig zu werden.«

»Das ist doch schon was«, sagte Thelma.

Ich begleitete sie zur Tür und sah ihr nach, als sie zu ihrem Wagen ging. Als sie abgefahren war, blieb ich noch ein paar Minuten an der Tür stehen. Es war lächerlich, es kam überhaupt nicht in Frage. Ich setzte mich aufs Sofa und dachte darüber nach.

7. KAPITEL

Die Kruste ist ein bißchen zu weich.« Danny hielt einen biegsamen braunen Streifen hoch, der aussah, als sei er von der Sohle eines Schuhs abgezogen worden und nicht vom Rücken eines Schweins.

»Daran ist der Hersteller schuld. Oder die Mikrowelle. Ich habe bloß die Anweisungen auf der Packung befolgt.«

»Ich mag es zäh. Es ist wie Kaugummi.«

»Danke, Elsie, und nimm die Füße vom Tisch – bloß weil du einen Tag länger schulfrei hast, kannst du dich nicht benehmen wie Danny. Gib mir die Apfelsauce, Danny. Aus der Dose«, fügte ich hinzu.

»Hat deine Mutter dir jemals das Kochen beigebracht?«

»Nimm dir selbst vom Spinat. In der Verpackung in der Mikrowelle heißgemacht.«

Ich legte zwei Scheiben weißliches Fleisch auf meinen Teller.

»Mach einen Vogel«, sagte Elsie.

»Warte«, sagte Danny.

»Bloß einen kleinen Vogel.«

»In Ordnung.«

Danny riß eine Ecke von einem Zeitungsblatt und führte mit seinen großen, rauhen Fingern ein paar überraschend geschickte Bewegungen aus; nach ein paar Sekunden stand keck etwas auf dem Tisch, das zwei Beine und einen Hals hatte und mit etwas gutem Willen als Vogel durchgehen konnte. Elsie kreischte begeistert. Ich war beeindruckt wie immer.

»Wie kommt es, daß immer Männer diese Sachen können?« fragte ich. »Ich habe Origami nie gelernt.«

»Das ist kein verdammtes Origami. Das ist bloß eine nervöse Angewohnheit, wenn ich nichts Besseres zu tun habe.«

Das stimmte allerdings. Winzige Geschöpfe aus Papier machten sich im Haus breit wie Motten. Elsie sammelte sie.

»Jetzt will ich einen jungen Hund«, sagte sie.

»Warte«, sagte Danny.

»Können wir nach dem Mittagessen malen? Ich bin sowieso fertig. Mir schmeckt das nicht. Kann ich statt Pudding Eis haben?«

»Iß noch zwei Bissen. Nach dem Mittagessen machen wir alle einen Spaziergang, und…«

»Ich will keinen Spaziergang machen!« Elsies Stimme wurde immer höher. »Ich mag keine Spaziergänge. Meine Beine sind müde. Ich habe Husten.« Sie hustete wenig überzeugend.

»Kein Spaziergang«, sagte Danny rasch. »Ein Abenteuer. Wir suchen Muscheln und machen eine…« Ihm fiel nichts ein. »Eine Muschelschachtel«, sagte er lahm.

»Kann ich bei dem Abenteuer auf deinen Schultern reiten?«

»Wenn du das erste Stück gehst.«

»Danke, Danny«, sagte ich, als Elsie aus dem Zimmer marschierte, um eine Tüte für die Muscheln zu suchen. Er zuckte mit den Schultern und schaufelte eine Gabel voll Fleisch in seinen Mund. Wir hatten eine gute Nacht gehabt, und jetzt hatten wir einen vernünftigen Tag; kein Gezänk. Er hatte überhaupt nichts über seinen nächsten Job gesagt oder darüber, daß er nach London zurück mußte – er sprach immer über London, als sei es eine Verabredung und keine Stadt –, und ich hatte auch nicht gefragt. Wir kamen besser zurecht. Wir mußten reden, aber nicht gerade jetzt. Ich reckte mich, schob meinen Teller weg, müde, träge und behaglich.

»Es wird mir guttun, aus dem Haus zu kommen.«

Ich kam nie zu diesem Spaziergang, denn als ich Elsies rote Elefantenstiefel auf ihre ausgestreckten Füße schob und sie schrie, ich würde ihr weh tun, hörten wir draußen einen Wagen vorfahren. Ich richtete mich auf und spähte aus dem Fenster. Ein großer, kräftiger Mann mit rötlichem Gesicht, auf dem sich bereits ein Lächeln andeutete, kletterte aus dem Wagen. Vom Beifahrersitz stieg Thelma aus, die einen besonders unansehnlichen Trainingsanzug trug. Ich drehte mich zu Danny um.

»Vielleicht wäre es schön für dich und Elsie, wenn ihr euer Abenteuer allein bestehen würdet.«

Sein Ausdruck veränderte sich nicht, aber er nahm ihre Hand und führte Elsie, die nur einen einzigen Protestschrei ausstieß, durch die Küche und zur Hintertür hinaus.

»Nein.«

»Miss Laschen …«

»Doktor Laschen.«

»Verzeihung. Doktor Laschen, ich versichere Ihnen, daß ich Ihr Widerstreben verstehe, aber das wäre nur eine ganz kurzfristige Regelung. Sie braucht einen sicheren Ort, anonym und geschützt, bei jemandem, der ihre Lage versteht, nur für kurze Zeit.«

Detective Inspector Baird lächelte beruhigend. Er war so groß, daß er, als er in mein Wohnzimmer trat, den Kopf unter dem Türrahmen einziehen mußte; als er sich an den Kaminsims lehnte, wirkte das Haus auf einmal so zerbrechlich wie die auf Rahmen gespannte Leinwand einer Bühnenkulisse.

»Ich habe eine Tochter und einen zeitraubenden Beruf und …«

»Dr. Scott hat mir gesagt, daß Ihr Job im Stamford General erst in ein paar Monaten beginnt.«

Ich warf Thelma einen giftigen Blick zu; sie saß teilnahmslos auf dem Sofa, streichelte entschlossen Anatoly und hörte augenscheinlich überhaupt nicht zu, was gesprochen wurde. Sie blickte auf.

»Haben Sie zu dieser Tasse Tee auch irgend etwas anderes zu essen als diese muffigen Cremekekse?« fragte sie.

»Das ist nicht durchführbar«, sagte ich.

Inspector Baird trank Tee. Thelma nahm ihre Brille von der Nase, und ich konnte die tiefe rote Rille sehen, die sie dort hinterlassen hatte. Sie rieb sich die Augen. Keiner von beiden sagte etwas.

»Ich bin gerade erst hier eingezogen. Ich wollte ein paar Monate Zeit für mich haben.« Meine Stimme, vor Empörung zu laut, füllte den stillen Raum. Halt den Mund, sagte ich mir; halt einfach den Mund. Warum kamen Danny und Elsie nicht nach Hause? »Diese Zeit ist wichtig für mich. Das mit dem Mädchen tut mir leid, aber …«

»Ja«, sagte Thelma, »sie braucht Hilfe.« Sie schob einen ganzen Cremekeks in den Mund und kaute geräuschvoll.

»Ich wollte gerade sagen, daß es mir ihretwegen leid tut, aber ich glaube nicht, daß es …« Der Satz blieb in der Luft hängen, und ich wußte nicht mehr, wie ich ihn beenden wollte. »Wie lange, haben Sie gesagt?«

»Davon habe ich nichts gesagt. Und Sie müssen selbst entscheiden.«

»Ja, ja. Inspector Baird, wie lange?«

»Es wären nicht mehr als sechs Wochen, vermutlich viel weniger.«

Ich schwieg und dachte wütend nach.

»Wenn ich es in Erwägung ziehen würde, woher wüßte ich, daß ich meine Tochter nicht in Gefahr bringe? Falls ich beschließen würde, sie aufzunehmen.«

»Es würde diskret vor sich gehen«, sagte Baird. »Ganz diskret. Keiner würde wissen, daß sie hier ist. Woher sollte es jemand erfahren? Es ist bloß eine Vorsichtsmaßnahme.«

»Thelma?«

»Ja.« Sie sah zu mir auf, ein Troll, der aus der Kälte kam.

»Was denken Sie?«

»Sie haben das richtige Fachgebiet, Sie wohnen in der Nähe. Es lag auf der Hand, an Sie zu denken.«

»Falls sie käme«, sagte ich schwach, »wann würde sie dann kommen?«

Bairds Stirn runzelte sich, als versuche er, sich an die Abfahrtszeit eines Pendlerzugs zu erinnern.

»Ach«, sagte er beiläufig, »wir dachten, morgen früh wäre ein passender Zeitpunkt. Sagen wir halb zehn.«

»Passend? Halb zwölf wäre besser.«

»Gut, das bedeutet, daß ihr Arzt sie begleiten kann«, sagte Baird. »Also ist alles geregelt.«

Thelma nahm meine Hand, als sie ging.

»Es tut mir leid«, sagte sie, aber es tat ihr nicht leid.

»Ich werde weg sein, bevor sie kommt.«

»Danny, du brauchst nicht zu gehen; ich glaube bloß, es wäre keine gute Idee, in der Nähe zu sein, wenn ...«

»Red keinen Scheiß, Sam. Bin ich in deinen Überlegungen vorgekommen, als du über dieses Mädchen entschieden hast?« Er starrte mich an. »Nein, oder? Du hättest wenigstens mit mir darüber reden können, bevor du ja gesagt hast, so tun können, als spiele es eine Rolle, was ich darüber denke. Ist die Zukunft dieses Mädchens dir wichtiger als unsere?«

Ich hätte sagen können, daß er recht hatte und es mir leid tat, nur wußte ich, daß ich meine Einwilligung, das Mädchen aufzunehmen, nicht widerrufen würde. Ich hätte bitten können. Ich hätte auch wütend reagieren können. Statt dessen versuchte ich, unsere Meinungsverschiedenheiten auf die alte, vertraute Weise beizulegen. Ich schlang die Arme um ihn, strich sein Haar zurück, streichelte seine stoppelige Wange, küßte seine wütend verzogenen Mundwinkel und fing an, sein Hemd aufzuknöpfen. Aber Danny stieß mich zornig zurück.

»Wir vögeln, und ich vergesse, was?«

Er zog seine Schuhe an und nahm die Jacke, die er über einen Stuhl gehängt hatte.

»Gehst du?«

»Sieht so aus, nicht?« In der Tür blieb er stehen. »Wiedersehen, Sam, bis demnächst. Vielleicht.«

8. KAPITEL

Wenn man einen Gast erwartet – oder, wie in diesem Fall, einen Pseudogast –, ist die Konvention, daß man für ihn aufräumen muß, am unangenehmsten. Fiona Mackenzie sollte am späten Vormittag kommen. So hatte ich, nachdem ich Elsie zur Schule gebracht hatte, ein paar Stunden Zeit, um im Haus herumzupusseln. Ich mußte taktisch vorgehen. Das Haus gründlich aufzuräumen, war natürlich unmöglich. Eine prinzipielle Ordnung herzustellen, war eine noch vergeblichere Hoffnung, die eingehend mit Sally erörtert werden mußte. Aber Sally war sehr langsam, sie hatte ein kompliziertes Gefühlsleben, und jedes Gespräch mit ihr ging in dessen Labyrinthen unter. Für den Augenblick hatte ich Zeit, ein paar Sachen aus dem Weg zu räumen, so daß man Türen öffnen, durch Flure gehen und auf Stühlen sitzen konnte.

Die Platte des Küchentischs war fast nicht zu sehen, aber es waren nur der Transport von Elsies Becher und Teller ins Spülbecken, der Getreideflockenpackung in einen Schrank und der geöffneten Post einiger Tage in die Mülltonne erforderlich, und fast die Hälfte der Tischplatte stand wieder zum Gebrauch zur Verfügung. Ich schob das Fenster über der Spüle ein Stückchen nach oben und öffnete die Tür zum Garten. Das Haus würde wenigstens ein bißchen sauberer riechen. Ich wanderte herum und suchte nach sonstigen Dingen, die ich aufräumen konnte. Einer der Heizkörper leckte und ließ eine rostige Flüssigkeit auf den Boden tropfen, also stellte ich eine Tasse darunter. Ich schaute in die Toilette und dachte daran, sie sauberzumachen. Ich brauchte Bleichmittel oder eine dieser Flüssigkeiten mit Sprühdüse, die dazu bestimmt sind, unter den Beckenrand zu reichen. Ich begnügte mich damit abzuwaschen. Das war genug für einen Tag.

Als ich aus einem Fenster im ersten Stock schaute, sah ich Sonnenlicht auf dem Rasen, und ein Vogel trillerte. Solche Dinge gehörten vermutlich zu den schöneren Seiten, wenn man in dieser gottverlassenen Gegend wohnte. War das eine Feldlerche? Eine Nachtigall? Oder sangen die bloß nachts? Ein Rotkehlchen? Eine Taube? Aber ich wußte, Tauben singen nicht, sie gurren. Dann gingen mir die Vögel aus. Ich sollte mir ein Buch über Vogelstimmen besorgen. Oder eine CD oder so.

Das war alles falsch. Ich war neugierig, aber vor allem war ich gereizt, weil ich mich auf eine Vereinbarung eingelassen hatte, die außerhalb meiner Kontrolle lag. Ich hatte ein schlechtes Gefühl Danny gegenüber; mehr als schlecht, unbehaglich. Ich wußte, ich sollte anrufen und zugeben, daß ich unrecht hatte, aber ich schob es immer wieder auf. Mir fällt es schwer, unrecht zu haben. Ich machte mir einen Pulverkaffee und stellte im Kopf eine Strichliste zusammen. Es war eine Ablenkung, vergeudete meine Zeit, war eine unprofessionelle Art, mit einem Menschen umzugehen, der Hilfe brauchte; es könnte sogar gefährlich sein; es würde Elsie nicht guttun; mir gefiel der Gedanke nicht, noch jemanden in meinem Haus zu haben; mir gefiel der Gedanke an unklare Verpflichtungen auf unbestimmte Zeit nicht. Ich fühlte mich ausgenutzt und war beleidigt. Ich nahm einen der alten Briefumschläge aus dem Mülleimer und machte eine richtige Liste.

Als es halb zwölf wurde, schlich ich in der Nähe des Fensters herum, von dem aus man sehen konnte, wer sich dem Haus näherte. Noch ein vergeudeter Vormittag. Ich versuchte mir einzureden, ich solle diese völlig unnützen Versuche, die Zeit totzuschlagen, genießen. Nach Jahren ohne eine freie Minute wanderte ich von Zimmer zu Zimmer, ohne auch nur den geringsten Antrieb zu verspüren. Endlich hörte ich einen Wagen vorfahren. Ich schaute aus dem Fenster, blieb aber weit genug dahinter, um nicht von jemandem gesehen zu werden, der am Haus hochschaute. Es war ein vollkommen anonymer, viertüriger Wagen, keilförmig wie ein Stück Käse im Supermarkt. Es gab weder blaue Lichter noch orangefarbene Streifen. Drei der Türen öffneten sich sofort. Baird und ein anderer Mann in einem Anzug stiegen vorne aus. Aus der rückwärtigen Tür kam ein Mann in einem langen, anthrazitgrauen

Mantel. Er richtete sich offensichtlich erleichtert auf, denn er war groß. Er sah sich kurz um, und ich erhaschte einen Blick auf schwingendes, glattes, dunkelblondes Haar, ein schmales, scharf geschnittenes Gesicht. Er beugte sich nieder und schaute in den Wagen hinein, und ich dachte daran, wie ich noch vor einem Jahr die Gurte von Elsies Kindersitz verflucht hatte, den unpraktischen Winkel, in dem ich sie aus dem alten Fiat heben mußte. Zuerst tauchte ein jeansbekleidetes Bein auf, und dann folgte die junge Frau, der es gehörte. Durch das körnige Glas des alten Fensters konnte ich sie nur undeutlich erkennen. Ich sah Jeans, eine marineblaue Jacke, dunkles Haar, blasse Haut, sonst nichts. Ich hörte ein Klopfen an der Tür und ging nach unten.

Baird trat mit onkelhaftem, besitzergreifendem Gehabe, das mich abstieß, in mein Haus. Ich hatte den Verdacht, daß all das nicht seine Idee war, daß zumindest *ich* nicht seine Idee war, daß er aber eine Schau daraus machte, die Sache nun durchzuziehen. Er trat zur Seite, um die anderen vorbeigehen zu lassen. Der Mann im langen Mantel führte das Mädchen am Arm, behutsam.

»Das ist DC Angeloglou«, sagte Baird. »Und das ist Dr. Daley.« Der Mann nickte mir kurz zu. Er war unrasiert, sah aber deswegen nicht schlechter aus. Mit zusammengekniffenen Augen schaute er sich um. Er wirkte argwöhnisch, mit Recht. »Und das ist Miss Fiona Mackenzie. Finn Mackenzie.«

Ich streckte ihr meine Hand hin, aber sie sah mich nicht an und merkte es daher nicht. Ich machte aus der Geste eine sinnlose, flatternde Bewegung. Ich bat alle in den Raum, in dem ein Sofa stand. Verlegen nahmen wir Platz. Ich bot ihnen Tee an. Baird sagte, Angeloglou würde ihn aufgießen. Angeloglou stand auf, er wirkte gereizt. Ich ging mit ihm hinaus und ließ die anderen schweigend zurück.

»Ist das wirklich eine gute Idee?« flüsterte ich, während ich einen Becher ausspülte.

Er zuckte mit den Schultern.

»Es könnte etwas nützen«, sagte er. »Alles andere hat nicht geklappt, aber erzählen Sie keinem, daß ich das gesagt habe.«

Als wir zurückkehrten, herrschte noch immer Schweigen. Baird hatte eine alte Zeitschrift vom Boden aufgehoben und betrachtete sie abwesend. Dr. Daley hatte seinen Mantel ausgezogen; er trug ein ziemlich verblüffendes gelbes Hemd, das ebenso von einem teuren italienischen Designer wie aus einem Oxfam-Laden stammen konnte, und saß neben Finn auf dem Sofa. Ich reichte ihnen zwei Becher Tee. Daley nahm sie beide und stellte sie auf den Tisch. Er suchte in seinen Hosentaschen herum, als hätte er etwas verloren und wüßte nicht, was es war.

»Darf ich rauchen?« Daleys Stimme war fast unnatürlich tief und klang ein wenig träge gedehnt. Ich erinnerte mich von der medizinischen Fakultät her an seinen Typ. Soziale Selbstsicherheit, wie ich sie nie empfunden habe.

»Ich hole einen Aschenbecher«, sagte ich. »Oder etwas Ähnliches.«

Er sah nicht so aus, wie ich mir einen Landarzt vorstellte, und deswegen fühlte ich mich mit ihm sofort vertrauter als mit Baird oder Angeloglou. Er war groß, gut über einsachtzig; das Zigarettenpäckchen wirkte ein bißchen zu klein in seinen langfingrigen Händen. Er zündete sich sofort eine Zigarette an und schnippte die Asche bald in die Untertasse, die ich ihm gab. Er mußte Mitte Vierzig sein, aber das war auf den ersten Blick schwer zu beurteilen, weil er müde und zerstreut aussah. Er hatte dunkle Ringe unter den grauen Augen, und seine glatte Mähne war ein wenig fettig. Sein Gesicht war eine seltsame Mischung aus wild wuchernden Augenbrauen, hohen Wangenknochen und einem breiten, höhnischen Mund. Finn wirkte neben ihm klein und zerbrechlich und ziemlich farblos. Die Blässe ihres Gesichts wurde von dem dichten, dunklen Haar und ihrer dunklen Kleidung betont. Sie hatte offensichtlich tagelang nichts gegessen; sie war hager, und ihre Wangenknochen standen hervor. Sie war unnatürlich still, nur ihre Augen flackerten, blieben auf nichts haften. Ihr Hals war bandagiert, und die Finger ihrer rechten Hand fuhren dauernd an den Rand des Verbandes und zupften daran herum.

Man hätte vielleicht erwarten können, daß mir angesichts dieses grausam mißhandelten Geschöpfs das Herz aufging, aber dazu fühlte ich mich zu überrumpelt und verwirrt. Für eine Begegnung mit einer neuen Patientin war das ein absurder Rahmen, aber sie war ja auch nicht meine Patientin, oder? Doch was genau war sie dann? Was sollte ich sein? Ihre Ärztin? Ältere Schwester? Beste Freundin? Ein Lockvogel? Eine Art Amateur-Gerichtspsychologin, die nach Indizien schnüffelte?

»Gefällt Ihnen das Leben auf dem Land, Dr. Laschen?« fragte Baird leichthin.

Ich ignorierte ihn.

»Dr. Daley«, sagte ich, »ich denke, es wäre eine gute Idee, wenn Sie und Finn sich das Zimmer ansehen würden, in dem Finn wohnen wird. Wenn Sie oben sind, ist es der Raum ganz links hinten mit Blick über den Garten. Sie können sich umschauen und mir sagen, ob ich vielleicht irgend etwas vergessen habe.«

Dr. Daley sah Baird fragend an.

»Ja, jetzt«, sagte ich.

Er führte Finn aus dem Zimmer, und ich hörte sie langsam die Treppe hinaufgehen. Ich wandte mich an Baird und Angeloglou.

»Sollen wir vielleicht ein bißchen in die freie Natur hinausgehen, die ich so sehr genießen soll? Sie können Ihren Tee mitnehmen.«

Baird schüttelte den Kopf, als er den Zustand meines Küchengartens sah.

»Ich weiß«, sagte ich und trat ein rosa Plastikding, das Elsie liegengelassen haben mußte, aus dem Weg. »Ich hatte diese Vision, mich aus dem eigenen Garten zu ernähren.«

»Nicht dieses Jahr«, sagte Angeloglou.

»Nein«, sagte ich. »Anscheinend habe ich anderes zu tun. Schauen Sie, Inspector ...«

»Nennen Sie mich Rupert.«

Ich lachte. Ich konnte nicht anders.

»Im Ernst? Also gut. Rupert. Bevor ich mit irgend etwas anfange, muß ich mit Ihnen über ein paar Dinge reden«

Ich zog den alten Briefumschlag aus der Tasche meiner Jeans.

»Ist das offiziell?« fragte er.

Ich schüttelte den Kopf.

»Es ist mir völlig egal, ob es offiziell ist oder nicht. Man hat Ihnen meinen Namen als Autorität für Traumata genannt.«

»Eine Autorität für Traumata mit einem einsam gelegenen Haus auf dem Land in der Nähe von Stamford.«

»Gut, schön, zunächst mal sollte ich sagen, und sei es nur zu Ihnen beiden, daß ich das hier in meiner beruflichen Eigenschaft als unprofessionell betrachte.«

»Es ist praktisch.«

»Ich weiß nicht, für wen das praktisch ist, aber Finn sollte sich in einer vertrauten Umgebung aufhalten, mit Menschen, die sie kennt und zu denen sie Vertrauen hat.«

»Die Menschen, die sie kennt und denen sie vertraut, sind tot. Abgesehen davon hat sie sich absolut geweigert, irgend jemanden zu sehen, den sie kennt. Bis auf Dr. Daley natürlich.«

»Wie man Ihnen sicher gesagt hat, Rupert, ist das eine Reaktion auf das, was sie durchgemacht hat, und als solche keine Rechtfertigung dafür, sie in eine völlig neue Umgebung zu verpflanzen.«

»Und wir haben gewisse Gründe zu der Annahme, daß ihr Leben in Gefahr sein könnte.«

»Okay, darüber werden wir nicht diskutieren. Ich wollte Ihnen nur meine objektive medizinische Auffassung darlegen.« Ich schaute auf meinen Umschlag. »Zweitens: Betrachten Sie mich bloß nicht als eine Art inoffizieller Mitarbeiterin bei Ihren Ermittlungen, denn sollte das der Fall sein …«

»Keineswegs, Dr. Laschen«, sagte Baird in einem beruhigenden Ton, der mich wütend machte. »Ganz im Gegenteil. Wie Sie wissen, hat Miss Mackenzie über die Morde nichts gesagt. Aber es kann keine Rede davon sein, daß man von Ihnen erwartet herumzustochern, um vielleicht ein paar Erinnerungen zutage zu fördern und Indizien zu finden. Das würde mehr schaden als nutzen. Wie auch immer, ich habe verstanden, daß das nicht Ihr therapeutischer Stil ist.«

»Ganz recht.«

»Falls Miss Mackenzie eine Aussage machen möchte, wird sie nicht anders als jeder andere Bürger behandelt. Setzen Sie sich einfach mit mir in Verbindung, und wir werden uns gerne anhören, was sie zu sagen hat. Wir unsererseits werden sie vielleicht im Zuge unserer Ermittlungen gelegentlich hier besuchen.«

»Weshalb denken Sie, daß sie in Gefahr ist?«

Baird tat so, als würde er stutzen.

»Haben Sie ihren Hals gesehen?«

»Kehren Mörder normalerweise zurück, wenn sie beim erstenmal nicht zum Ziel kamen?«

»Dies ist ein ungewöhnlicher Fall. Sie wollten die ganze Familie umbringen.«

»Rupert, die Details Ihrer Ermittlungen interessieren mich nicht. Aber wenn Sie mir Finn anvertrauen, müssen Sie mir auch alle relevanten Informationen anvertrauen.«

»Das ist nur fair. Chris?«

Angeloglou, der gerade den Mund voll Tee hatte, hustete und spuckte.

»Verzeihung«, sagte er. »Es ist möglich, daß eine Verbindung zu den Tierschützern besteht. Das ist eine Richtung, in die unsere Ermittlungen gehen.«

»Warum sollten sie Finn umbringen wollen?«

»Um kleine Schweine davor zu bewahren, daß man Lotionen und Tinkturen auf Wunden in ihrem Fleisch aufträgt, die ihnen absichtlich zugefügt wurden. Finn ist sozusagen durch Sippenhaftung schuldig.«

Mir kam plötzlich ein Gedanke.

»Als ich auf der Universität war, gehörte ich zu einer Gruppe, die Jagden sabotierte. Eine Zeitlang. Ich wurde festgenommen und verwarnt.«

»Ja, das wissen wir.«

»Also, woher wollen Sie wissen, daß sie bei *mir* sicher ist?«

»Sie haben den hippokratischen Eid abgelegt, nicht wahr?«

»Ärzte legen nicht den hippokratischen Eid ab. Das ist ein Märchen.«

»Oh«, sagte Baird verwirrt. »Nun, bitte bringen Sie sie nicht um, Dr. Laschen. Die Ermittlungen sind so schon langwierig genug.«

Ich sah noch einmal auf meinen Umschlag.

»Ich habe Freunde, ein Kind, Leute, die ins Haus kommen. Was soll ich ihnen erzählen? Danny – meinem, äh, Freund – habe ich schon gesagt, wer sie ist.«

»Je einfacher, desto besser. Komplizierte Geschichten gehen leicht schief. Könnte sie nicht eine Art Studentin sein, die bei Ihnen wohnt? Wie wär's damit?«

Ich schwieg lange Zeit. Damit konnte ich nichts anfangen.

»Ich bin nicht an all diesen Mantel-und-Degen-Spielen interessiert. Ich beherrsche sie nicht, und für Finn werden sie keine große Hilfe sein.«

»Deswegen machen wir es so einfach, wie es nur geht. Dr. Laschen, ich weiß, es ist nicht ideal, aber andere Regelungen wären vermutlich schwieriger.«

»In Ordnung, ich nehme an, ich habe bereits eingewilligt.«

»Sie könnte Ihnen bei Ihrem Buch helfen.«

»Das wäre zu schön.«

»Und Sie brauchen ihren Namen nicht sehr zu verändern. Nennen Sie sie Fiona Jones. Das können wir uns alle leicht merken.«

»Gut. Aber hören Sie, Rupert, ich behalte mir das Recht vor, dieses Arrangement jederzeit zu beenden. Wenn Sie damit nicht einverstanden sind, können Sie sie gleich wieder mitnehmen. Wenn ich irgendwann das Gefühl habe, daß diese Scharade schlecht für mich ist, schlecht für meine Tochter oder, Gott bewahre, schlecht für Finn, dann ist sie zu Ende. Ist das klar?«

»Natürlich, Dr. Laschen. Aber es wird funktionieren. Wir setzen alle großes Vertrauen in Sie.«

»Wenn das so ist, sind Sie ziemlich vertrauensselig.«

Als wir wieder ins Haus kamen, bat ich Dr. Daley, mir zu helfen, die Becher in die Küche zurückzutragen. Ich wollte ihn allein sprechen. Daß Finn uns folgen würde, war nicht zu befürchten. Es schien überhaupt nichts zu geben, was dieses arme, schwer angeschlagene Mädchen aus eigenem Antrieb getan hätte.

»Tut mir leid, daß ich Sie in die Küche gelockt habe«, sagte ich. »Wir hätten ausführlich miteinander sprechen müssen, bevor Finn hierherkam, aber darauf scheine ich keinerlei Einfluß zu haben. Und das paßt mir gar nicht.«

Dr. Daley lächelte höflich. Ich trat einen Schritt näher und sah ihn an. »Wie geht es *Ihnen*?«

Er erwiderte meinen prüfenden Blick. Er hatte sehr tiefe, dunkle Augen. Das gefiel mir. Dann entspannte sich sein Gesicht, und er lächelte.

»Es ist keine gute Zeit«, sagte er.

»Können Sie schlafen?« fragte ich.

»Es geht mir gut«, sagte er.

»Mich brauchen Sie nicht zu beeindrucken. Das können Sie sich für Ihren Vorgesetzten aufsparen. Ich mag verwundbare Männer.«

Er lachte und schwieg dann einen Moment. Er zündete sich eine neue Zigarette an.

»Ich habe das Gefühl, ich hätte das besser handhaben können. Und all das tut mir auch leid«, sagte er mit einer vage wohlwollenden Geste, als meine er die ganze Situation, in der wir uns befanden. »Ich befolge nur Anweisungen.«

Ich sagte nichts. Er begann zu reden, als könne er das Schweigen nicht ertragen.

»Übrigens habe ich mir eine Gelegenheit gewünscht, Ihnen zu sagen, daß ich Ihren Artikel im BMJ gelesen habe, ›Die Erfindung eines Syndroms‹ oder wie er hieß, den, der dieses ganze Theater ausgelöst hat. Er war fabelhaft.«

»Danke. Ich hatte nicht gedacht, daß Ärzte wie Sie ihn lesen würden.«

Er errötete ganz leicht, und seine Augen verengten sich.

»Sie meinen Allgemeinärzte draußen in der Provinz.«

»Nein, das habe ich nicht gemeint. Ich meinte Ärzte außerhalb des Fachgebiets.«

Es war ein peinlicher Augenblick, aber dann lächelte Daley wieder.

»Ein bißchen davon weiß ich noch auswendig: ›Ein Dogma, basierend auf ungeprüften Prämissen und durch keinerlei Nachweis gestützt‹. Die psychologischen Berater müssen selbst einige Beratung nötig gehabt haben, nachdem sie das gelesen hatten.«

»Was glauben Sie, warum ich hier draußen auf dem Land meine eigene Station aufbaue? Wer sonst würde mich beschäftigen? Übrigens, mit ›auf dem Land‹ meine ich durchaus nichts Negatives.«

»Das ist schon in Ordnung«, sagte Dr. Daley. Er krempelte seine Hemdsärmel auf und nahm die Becher. »Sie spülen, ich trockne ab.«

»Nein, *Sie* spülen und stellen sie dann aufs Abtropfbrett, wo sie allein trocknen können. Wie geht es Finn?«

»Nun ja, die oberflächlichen Schnittwunden ...«

»Das meine ich nicht. Sie sind ihr Arzt, wie beurteilen Sie ihren Zustand?«

»Dr. Laschen ...«

»Nennen Sie mich Sam.«

»Nennen Sie mich Michael. Wenn Sie ihre Stimmung meinen, den Grad ihres Schocks, dann rede ich über etwas, das meine Fachkompetenz übersteigt.«

»Andere lassen sich davon nicht abhalten. Was denken Sie?«

»Ich denke, sie ist durch das, was passiert ist, schwer traumatisiert. Verständlicherweise traumatisiert, würde ich sagen.«

»Was ist mit ihrer Sprache?«

»Durch die Verletzungen, meinen Sie? Sie ist beeinträchtigt. Es besteht eine gewisse Kehlkopfparalyse. Vielleicht gab es auch geringfügige Läsionen der Stimmbänder.«

»Stridor oder Dysphonie?«

Daley hielt im Abspülen inne. »Ist das Ihr Fachgebiet?«

»Eher ein Hobby. Eine Stufe höher als Briefmarkensammeln. Oder eine tiefer.«

»Vielleicht sollten Sie mit Dr. Daun am Stamford General reden«, sagte Daley und spülte weiter. »Jedenfalls gehört sie jetzt ganz Ihnen.«

»Nein, das tut sie nicht«, antwortete ich. »Sie ist Ihre Patientin. Darauf bestehe ich. Das hier ist so schon ausgefallen genug. Ich bin nur inoffiziell und hoffentlich hilfreich beteiligt. Aber wie ich hörte, waren Sie seit Jahren ihr Hausarzt, und es ist absolut entscheidend, daß Sie in ihren Augen Ihre Stellung als ihr Arzt behalten. Können Sie das akzeptieren?«

»Sicher. Ich werde helfen, wo ich kann.«

»Dann hoffe ich, daß Sie sie regelmäßig besuchen werden; Sie sind ihre einzige Verbindung zu der Welt, aus der sie kommt.«

»So, fertig«, sagte er, nachdem er nicht nur die Becher abgewaschen hatte, sondern auch mein Frühstücksgeschirr und das vom gestrigen Abendessen. »Ich sollte wohl noch erwähnen, daß ich meine Zweifel an dieser Sache habe. Ich meine, an diesem Plan. Aber so, wie es gelaufen ist, glaube ich nicht, daß Finn in besseren Händen sein könnte.«

»Ich hoffe, alle werden auch dann noch zu mir stehen, wenn alles schiefgegangen ist.«

»Warum sollte es schiefgehen?« fragte Daley, aber er lachte dabei, und seine Augenbrauen verzogen sich zu einem dunklen, umgedrehten V. »Ich wollte bloß sagen, daß ich mir Sorgen mache, weil Finn so von ihrer normalen Umgebung abgeschnitten ist, von den Leuten, die sie kennt.«

»Ich empfinde genauso, das kann ich Ihnen versichern.«

»Sie wissen über solche Dinge Bescheid, aber wenn ich nur einen einzigen Vorschlag machen dürfte, dann würde er lauten, daß wir dafür sorgen sollten, daß sie Leute sieht. Falls sie das möchte und die Polizei zustimmt, natürlich.«

»Eine Zeitlang werden wir es langsam angehen, ja?«

»*Sie* sind die Ärztin«, sagte Daley. »Na ja, ich bin auch Arzt, aber ich meine, Sie sind *die* Ärztin.«

»Ich weiß nicht, was Sie meinen«, protestierte ich. »Ich bin Ärztin, und Sie sind Arzt. Und wir werden einfach versuchen, aus dieser dummen und tragischen Situation nach Kräften das Beste zu machen. Einstweilen hätte ich gern die Details der Medikation, Krankengeschichte und dergleichen und Ihre Telefonnummer. Ich möchte mich nicht jedesmal an Baird wenden müssen, wenn ich eine Information brauche.«

»Das ist alles in meiner Tasche im Auto.«

»Noch etwas. Die Situation ist lächerlich vage, also möchte ich eines klarstellen. Ich sage Ihnen, und ich werde es auch Baird sagen, daß ich eine klare zeitliche Begrenzung für all das wünsche.«

Daley sah erstaunt aus.

»Was meinen Sie damit?«

»Wenn die Sache läuft, besteht die Gefahr, daß wir zu einer Art Ersatzfamilie für Finn in ihrem neuen Leben werden. Das ist nicht gut. Welches Datum haben wir heute, den fünfundzwanzigsten Januar, nicht?«

»Den sechsundzwanzigsten.«

»Ich werde Finn ganz klar sagen, was immer auch passiert, wie immer die Dinge sich entwickeln, dieses Arrangement gilt bis Mitte März – sagen wir, bis zum fünfzehnten – und nicht länger. In Ordnung?«

»Gut«, sagte Daley. »Ich bin sicher, daß es sowieso nicht so lange dauert.«

»Gut. Also, gehen wir wieder zu den Damen?«

»Sie halten das wohl für einen Witz, Sam. Warten Sie, bis Sie von den Nachbarn zum Dinner eingeladen werden.«

»Ich freue mich darauf. Mein Make-up steht schon bereit.«

9. KAPITEL

Ich drehte mich zu dem Mädchen um. Bis jetzt hatte ich sie mir noch nicht richtig angesehen. Ihr blasses ovales Gesicht hinter dem Vorhang dunkelbrauner Haare wirkte vollkommen ausdruckslos. Die Augen unter den klar gezeichneten, dichten Augenbrauen waren blicklos. Sie war attraktiv, unter anderen Umständen mochte sie sogar sehr hübsch sein, aber ihr Gesicht schien jeden Ausdruck verloren zu haben.

»Komm, ich zeige dir das Haus«, sagte ich.

Sie stand auf und nahm den kleinen Koffer, der neben ihr stand, obwohl sie zu schwach und lustlos wirkte, um irgend etwas zu tragen.

»Gib mir das. Wir fangen mit deinem Schlafzimmer an, das du ja schon gesehen hast.« Sie zuckte zusammen, als meine Hand die ihre am Griff des Koffers berührte. »Du hast kalte Hände. Ich stelle gleich die Heizung an. Komm hier entlang.«

Ich ging die Treppe hinauf, und Finn folgte mir gehorsam. Bisher hatte sie noch kein Wort gesagt.

»So, da sind wir. Tut mir leid, daß hier all die Kartons stehen, aber wir können sie später auf den Speicher bringen.« Ich setzte ihren Koffer neben dem Bett ab, wo er stehenblieb, klein und verloren in dem Zimmer mit der hohen Decke. »Es ist alles ein bißchen kahl, fürchte ich.« Finn stand mitten im Zimmer, ohne sich umzusehen. Ihre Arme hingen seitlich herunter, die blassen Finger schlaff, als gehörten sie nicht zu ihr. Ich wies mit einer vagen Geste auf den Kleiderschrank und die kleine Kommode, die Danny in einem nahen Dorf für mich gefunden hatte. »Da kannst du deine Sachen unterbringen.«

Ich führte sie zurück auf den Korridor und sah etwas Kleines, Weißes, Rechteckiges auf dem Boden liegen. Ich bückte mich und hob es behutsam mit zwei Fingern auf.

»Und das, Finn, ist ein Papiervogel, den mein halb von mir getrennter Lebensgefährte Danny gemacht hat.« War er noch halb von mir getrennt, oder hatte er sich ganz gelöst? Ich schob den Gedanken für später beiseite. »Schau, ich kann ihn die Flügel bewegen lassen. Hübsch, findest du nicht? Wenn du ein paar Tage in diesem Haus wohnst, wirst du diese kleinen Kreationen überall finden: in deinen Kleidern, in deinem Haar, auf deiner Haut, in deinem Essen. Sie breiten sich einfach aus. Männer, nicht?«

Ich redete weitgehend mit mir selbst.

»Das ist mein Zimmer. Und dies« – sie ging zwei Schritte hinter mir und blieb stehen, wenn ich stehenblieb – »ist das Zimmer meiner kleinen Tochter, Elsie.« Die Tür blieb in einem Durcheinander aus blondmähnigen Barbie-Puppen, Federmäppchen und Plastikponys stecken. »Elsie ist die Abkürzung von Elsie.« Ich sah Finn an, aber sie lachte nicht – na ja, was ich gesagt hatte, war nicht besonders lustig –, nickte nur einmal kurz, was eher wie eine einzelne konvulsivische Zuckung aussah. Ich sah den Gipsverband um ihren Hals.

Unten zeigte ich Finn mein Arbeitszimmer (»Betreten verboten für jeden«), das Wohnzimmer, die Küche. Ich zog die Tür des Kühlschranks auf.

»Du kannst dir nehmen, was immer du willst. Ich koche nicht, aber ich kaufe ein.«

Ich zeigte ihr Tee und Kaffee und die Lücke, wo die Waschmaschine stehen würde, und ich erzählte ihr von Linda und Sally und unserer alltäglichen Routine. »Das wäre so ziemlich alles, bis auf den Garten natürlich« – ich deutete aus dem Fenster auf den schlammigen Boden, die Haufen welker Blätter, die nicht weggeräumt worden waren, die ausgefransten Kanten des kahl werdenden Rasens –, »in dem keiner gärtnert.«

Finn drehte den Kopf, aber ich wußte noch immer nicht, ob sie überhaupt irgend etwas sah. Ich schaute erneut in den Kühlschrank und nahm eine Packung Gemüsesuppe heraus.

»Ich werde uns etwas Suppe wärmen. Warum gehst du dich nicht oben im Bad frisch machen, und dann können wir zusammen zu Mittag essen.« Sie stand wie gestrandet in der Küche. »Oben«, sagte ich aufmunternd und zeigte in die Richtung, und dann sah ich zu, wie sie sich langsam umdrehte und die breiten, flachen Stufen hinaufging, eine nach der anderen, und auf jeder Stufe innehielt, so langsam wie eine sehr alte Frau.

Es gibt Trauma-Patienten, die wochenlang nicht sprechen; bei anderen stürzen die Worte heraus wie eine unaufhaltsame, schlammige Flut. Erst vor kurzem kam ein Mann in mittleren Jahren zu mir, nachdem er einen Eisenbahnunfall überlebt hatte. Sein ganzes Leben lang war er zurückhaltend gewesen, zugeknöpft. Bei dem Unfall hatte er im Schock seinen Darm entleert (so hatte er sich ziemlich verlegen ausgedrückt), und das schien ihn ebenso tief getroffen zu haben wie all die Toten, die er gesehen hatte. Danach, als er aus dem Krankenhaus entlassen wurde, war er verbal inkontinent. Er erzählte mir, wie er in einen Laden gegangen und vor seiner Haustür gestanden war, wie er an der Bushaltestelle gewartet und jedem, der in seine Nähe kam, berichtet hatte, was ihm zugestoßen war. Er spielte die Szene immer und immer wieder durch, doch das Erzählen verschaffte ihm keine Erleichterung. Es war, als kratzte er sich an einer unerträglich juckenden Stelle. Finn würde reden, wenn ihr danach zumute war; wenn sie sprach, würde ich dasein, um ihr zuzuhören, falls sie mit mir sprechen wollte. Inzwischen brauchte sie einen festen Rahmen, in dem sie sich sicher fühlen konnte.

Ich beobachtete sie, als sie mit ihrem Löffel sehr kleine Mengen Suppe vorsichtig zum Mund führte. Worüber würde sie sprechen, wenn sie in der Lage wäre zu reden?

»Elsie kommt um sechs zurück«, sagte ich. »An manchen Tagen vielleicht auch früher; oft hole ich sie selbst von der Schule ab. Sie ist ganz aufgeregt über dein Kommen. Ich hab ihr nur erzählt, was wir auch anderen Leuten sagen werden: daß du eine Studentin bist, die bei uns wohnt. Fiona Jones.«

Finn stand auf, und der Stuhl schabte geräuschvoll über die Fliesen der Küche, in der es viel zu still war; sie nahm ihren Suppenteller, noch halb voll, und trug ihn zum Spülbecken. Sie wusch ihn ab und stellte ihn auf das Abtropfbrett zwischen all das andere Geschirr. Dann setzte sie sich wieder an den Tisch, mir gegenüber, ohne mich anzusehen. Sie legte ihre Hände um die Tasse Tee, die ich ihr hingestellt hatte, und zitterte. Dann hob sie den Blick und starrte mich an. Es war das erste Mal, daß sie das tat, und es erschreckte mich. Ich hatte das Gefühl, als könnte ich in ihren Schädel hineinsehen.

»Du bist hier sicher, Finn«, sagte ich. »Du brauchst mir nichts zu erzählen, wenn du nicht willst; und du brauchst auch nichts zu tun. Aber du bist sicher.«

Der Sekundenzeiger auf der Küchenuhr, die grün leuchtenden Digitalziffern meines Radioweckers, das tiefe monotone Ticken der großväterlichen Pendeluhr im Hausflur, sie alle pflichteten mir bei, daß es ein langer, gedehnter Nachmittag war. Die Zeit, die sonst durch meine Tage gerast war, zog sich schmerzhaft träge in die Länge.

Ich ließ Finn ein heißes Bad ein und gab mein Lieblingsöl ins Wasser. Sie ging ins Badezimmer, verschloß die Tür. Ich hörte, wie sie sich auszog und in die Wanne stieg. Aber in weniger als fünf Minuten war sie wieder draußen und trug die gleichen Kleider wie zuvor. Ich bat sie, mir bei der Auswahl von Vorhängen für ihr Zimmer zu helfen. Wir knieten vor den Stoffstapeln, die ich unter meinem Bett hervorzog, wo ich sie aufbewahrte. Sie sah zu, wie ich die gefalteten Bahnen hochhob, und schwieg. Also wählte ich für sie etwas Fröhliches in mattem Rot, Gelb und Blau, obwohl es viel zu lang war für das kleine, quadratische Fenster, und hängte es auf. Ich ließ sie in ihrem Schlafzimmer, damit sie auspacken und vielleicht ein Weilchen allein sein konnte. Ehe ich aus dem Zimmer ging, sah ich, wie sie in den offenen Koffer und auf Kleidungsstücke starrte, die sich alle noch in der Verpackung befanden. Ein paar Minuten später kam sie wieder nach unten und stand in der Tür meines Arbeitszimmers, wo ich Ordner einräumte. Ich ging mit ihr hinaus in den Garten und hoffte, daß die Blumenzwiebeln, die der

Vorbesitzer angeblich eingepflanzt hatte, durch den vernachlässigten Boden sprossen; aber alles, was wir fanden, waren ein paar Schneeglöckchen in einem gesprungenen Blumentopf.

Wir gingen wieder hinein, und ich schürte ein Feuer an (das im wesentlichen aus Zündwürfeln und fest zusammengeknülltem Zeitungspapier bestand). Sie saß eine Weile in meinem einzigen Sessel und starrte in die unregelmäßig züngelnden Flammen. Ich hatte mich neben ihr auf dem Teppich niedergelassen und studierte Schachaufgaben, die ich aus den Zeitungen dieser Woche ausgeschnitten hatte. Anatoly kam klappernd durch die Katzentür ins Wohnzimmer und stieß ein paarmal mit seiner feuchten Schnauze gegen meine angezogenen Knie; dann legte er sich zwischen uns. Zwei Frauen und eine Katze am Kamin; es war beinahe gemütlich.

Dann sprach Finn. Ihre Stimme war leise und heiser.

»Ich blute.«

Ich sah entsetzt auf ihren Hals, aber das meinte sie natürlich nicht. Sie hatte die Augenbrauen verwirrt hochgezogen.

»Das ist okay.« Ich stand auf. »Ich habe im Badezimmer jede Menge Tampax und Binden und alles. Ich hätte daran denken sollen, es dir zu sagen. Komm.«

»Ich blute«, sagte sie wieder, diesmal fast flüsternd. Ich ergriff ihre dünne, kalte Hand und zog sie auf die Füße. Sie war ein ganzes Stück kleiner als ich und sah schrecklich jung aus. Zu jung, um zu bluten.

»Das«, sagte Elsie, »ist eine Schulter.« Sie tunkte ihr dünnes Rechteck aus Toast in das flüssige Eigelb und saugte geräuschvoll daran; es lief über ihr Kinn wie gelber Leim. »Hast du Schultern?« Sie wartete nicht auf eine Antwort; es war, als hätte Finns Schweigen ihre Zunge gelöst. »Wir hatten heute Chicken-Nuggets, und Alexander Cassell« – sie sprach es Ale-xxonder aus – »hat seine in die Tasche gesteckt, und sie pappten zusammen.« Sie quietschte begeistert und saugte wieder an ihrem Toast. »Fertig. Willst du mitkommen und meine Zeichnung ansehen?« Sie rutschte von ihrem Stuhl. »Hier entlang. Meine Mummy sagt, daß ich besser zeichnen kann als sie. Meine Lieblingsfarbe ist Rosa und Mummys Schwarz, aber ich hasse Schwarz, nur Anatoly nicht, und dabei ist er ganz schwarz wie ein Panther. Was ist deine Lieblingsfarbe?«

Elsie schien nicht zu merken, daß Finn nicht antwortete. Sie zeigte ihr das Bild ihres Hauses mit einer Tür, die bis zum Dach reichte, und zwei schiefen Fenstern. Sie zeigte ihr, wie sie Purzelbäume schlagen konnte, wobei sie gegen die Beine des Stuhls krachte. Und dann verlangte sie ein Video, und zusammen sahen sie sich den ganzen Film *101 Dalmatiner* an, Finn im Sessel, Elsie auf dem Teppich. Sie starrten beide auf den Bildschirm voll junger Hunde, Finn mit leerem Blick, Elsie gierig, und als ich Elsie aufhob und mit nach oben ins Bad nahm (»Warum muß ich *immer* baden?«), blieb Finn zurück und hielt weiter ihren Blick auf den leeren Bildschirm gerichtet.

Die Abende würden am schlimmsten werden, dachte ich; über lange Zeitspannen nur wir beide, keine Struktur, Finn einfach dasitzend und wartend, aber auf was? Ich dachte daran, wie sie mich angesehen hatte. Ich kramte im Tiefkühlschrank herum: Steak and Kidney Pudding von Marks and Spencer, Chicken Kiev von Sainsbury's, eine Packung Lasagne (zwei Portionen), Spinat- und Käseauflauf (eine Portion). Ich nahm die Lasagne heraus und stellte sie zum Auftauen in die Mikrowelle. Vielleicht waren noch Tiefkühlerbsen da. Ich fragte mich, wo Danny war; ich fragte mich, ob er anderswo Trost und Vergnügen gefunden, seine Wut ihn in ein anderes Bett getrieben hatte. War er jetzt mit jemand anderem zusammen, während ich eine stumme Kranke versorgte? Legte er seine rauhen Hände auf den willigen Körper einer anderen? Bei dem Gedanken verschlug es mir ein paar Augenblicke lang den Atem. Ich nehme an, er hätte gesagt, daß ich ihm untreu war, auf meine Art. Finn, die passiv im Zimmer nebenan saß, repräsentierte eine Art Verrat. Ich wünschte mir, er wäre jetzt hier, und ich würde statt für sie für Danny Lasagne und Erbsen wärmen; dann hätten wir uns im Fernsehen einen Film ansehen und zusammen nach oben ins Bett gehen und dicht aneinandergekuschelt im Dunkeln liegen können. Ich wünschte, ich könnte Finn und meinen ganzen dummen und übereilten Entschluß, sie aufzunehmen, ungeschehen machen und zu der Vergangenheit von vor zwei Tagen zurückkehren.

»So, fertig.« Ich trug das Tablett ins Wohnzimmer, aber Finn war nicht dort. Ich rief nach oben, zuerst verhalten, dann etwas ungeduldiger. Keine Antwort. Schließlich klopfte ich an ihre Schlafzimmertür und öffnete sie dann. Sie lag, voll bekleidet, auf dem Bett und hatte den Daumen im Mund. Ich deckte sie zu, und dabei öffnete sie die Augen. Sie schaute mich an und drehte dann den Kopf zur Wand...

Und so endete Finns erster Tag. Nur, daß ich später, als ich selbst zu Bett gegangen und es draußen so dunkel geworden war, wie es nur auf dem Land sein konnte, aus Finns Zimmer einen dumpfen Schlag hörte. Dann noch einen, lauter. Ich zog meinen Morgenrock an und tappte durch den eisigen Korridor. Sie schlief, beide Hände vor dem Gesicht wie jemand, der sich vor einer aufdringlichen Kamera vesteckt. Ich ging zurück in mein warmes Bett und hörte bis zum Morgen nichts außer dem Schrei einer Eule, dem Seufzen des Windes, schrecklichen, unverfälschten Landgeräuschen.

10. KAPITEL

Finns Gegenwart im Haus verströmte eisige Kälte. Ich konnte sie aus dem Augenwinkel sehen: irgendwo herumlungernd, irgendwo herumschlurfend. In allen Debatten über Sicherheit und ihren Zustand war eines nicht diskutiert worden, nämlich, was sie eigentlich die ganze Zeit über in meinem Haus *tun* sollte. In den ersten paar Tagen wachte sie früh auf. Manchmal hörte ich das Tappen nackter Füße auf den blanken Dielen des Treppenabsatzes. Zur Frühstückszeit klopfte ich an ihre Zimmertür und fragte, ob ich ihr etwas bringen könne. Ich erhielt keine Antwort. Ich sah nichts von ihr, bis ich zurückkam, nachdem ich Elsie zur Schule gebracht hatte. Sie saß auf dem Sofa und sah sich das Morgenprogramm im Fernsehen an, Spielshows, Talk-Shows, Nachrichtensendungen, australische Seifenopern. Ihr Gesicht war ausdruckslos, und bis auf das Gefummel am Gips um ihren Hals bewegte sie sich kaum. Fummel, fummel, fummel. Ich brachte ihr Kaffee, schwarz und ohne Zucker, und sie nahm ihn und hielt ihre Hände um die Tasse, als wollte sie seine Wärme in sich aufnehmen. Das war für den ganzen Tag das, was menschlichem Kontakt am nächsten kam. Ich brachte ihr Toast, aber eine halbe Stunde später war er noch immer unangerührt.

Wenn ich Finn im Haus begegnete, redete ich beiläufig mit ihr, wie man mit einem Patienten redet, der im tiefen Koma liegt und bei dem man nicht weiß, ob er es vielleicht doch hört. Hier ist Kaffee. Gib auf deine Hände acht. Ein schöner Tag. Rück mal ein Stückchen. Was schaust du dir an? Die gelegentlichen Fragen entschlüpften mir versehentlich und provozierten peinliche Stille. Ich war verlegen und wütend auf mich selbst, weil ich verlegen war. Ich fühlte mich beruflich und persönlich verunsichert. Dies war eigentlich mein Fachgebiet, und mein Verhalten war absurd und auch ineffizient. Aber es war die Situation selbst, die verheerend war, nicht mein Benehmen in der Situation. Daß ich eine schwer traumatisierte Frau in mein Haus und sozusagen in den Kontext meiner eigenen Familie aufgenommen hatte, widersprach jeglichem normalen Verhalten. Und ich vermißte Danny auf eine Art, die mich überraschte.

Als ich am Nachmittag des dritten Tages, an dem Finn nicht gesprochen hatte, zu Elsies Schule fuhr, ging ich im Kopf die Möglichkeiten durch. Ich betrat Elsies Klassenzimmer und fand sie mit einem Bild beschäftigt, das fast so groß war wie sie selbst. Sie schaute äußerst konzentriert und brachte mit einem schwarzen Stift energisch ein paar letzte Striche an. Ich kniete mich neben sie und schaute ihr über die Schulter. Ich konnte ihre weiche Haut riechen, ihr flaumiges Haar an meiner Wange spüren.

»Das ist ein schöner Elefant«, sagte ich.

»Das ist ein Pferd«, sagte sie entschieden.

»Es *sieht aus* wie ein Elefant«, protestierte ich. »Es hat einen Rüssel.«

»Es *sieht aus* wie ein Elefant«, sagte Elsie, »aber es *ist* ein Pferd.«

So leicht gab ich nicht nach.

»Ich sehe aus wie eine normale Frau. Könnte *ich* ein Pferd sein?«

Elsie sah mit neu erwachtem Interesse zu mir auf.

»*Bist* du eins?«

Ich spürte einen Anflug von Reue über das, was ich diesem störrischen, flachshaarigen kleinen Kobold zumutete. Ich sollte etwas für sie tun. Ich mußte etwas tun. Jetzt gleich. Ich sah mich um.

»Mit wem hast du gespielt, Elsie?«

»Mit niemand.«

»Nein, wirklich, mit wem?«

»Mungo.«

»Außer Mungo.«

»Niemand.«

»Sag mir jemanden, mit dem du gespielt hast.«

»Penelope.«

Ich ging zur Lehrerin, Miss Karlin, dem Traum einer Lehrerin, in langem, geblümtem Kleid, mit randloser Brille und achtlos aufgestecktem Haar, und bat sie, mir Penelope zu zeigen. Sie sagte mir, es gebe in der Klasse, ja in der ganzen Schule niemanden dieses Namens. Ob sie mir jemanden zeigen könne, mit dem Elsie gespielt oder neben dem sie länger als zwei Minuten gestanden habe. Miss Karlin zeigte auf ein Mädchen mit mausbraunem Haar namens Kirsty. Ich lungerte also wie ein Privatdetektiv an der Wand des Klassenzimmers herum, und als eine Frau sich Kirsty näherte und versuchte, sie in einen kleinen Dufflecoat zu stecken, sprach ich sie an.

»Hallo«, sagte ich rücksichtslos, »ich bin so froh, daß Elsie – das ist meine kleine Tochter, da drüben auf dem Fußboden – und Kirsty so gute Freundinnen geworden sind.«

»Ach ja? Ich wußte nicht…«

»Kirsty muß unbedingt zum Spielen zu uns kommen.«

»Na ja, vielleicht…«

»Wie wär's mit morgen?«

»Ach, Kirsty ist eigentlich nicht gewöhnt…«

»Es wird nett werden, Miss Karlin hat mir erzählt, daß sie absolut unzertrennlich sind. Linda wird beide abholen, und ich fahre Kirsty dann nach Hause. Könnten Sie mir Ihre Adresse geben? Oder möchten Sie sie lieber selbst abholen?«

Damit war Elsies gesellschaftliches Leben geregelt. Der Rest des Tages war unbefriedigend. Nachdem wir zu Hause angekommen waren, hielt ich Elsie so weit wie möglich von Finn fern, aß allein mit ihr zu Abend und brachte sie dann nach oben in ihr Zimmer. Sie badete, und ich saß anschließend an ihrem Bett und las ihr vor.

»Ist Fing hier?«

»Finn.«

»Fing.«

»Finn.«

»Fing.«

»Fin-n-n-n-n.«

»Fing-ng-ng-ng-ng.«

Ich gab auf.

»Ja, ist sie.«

»Wo ist sie?«

»Ich glaube, sie schläft«, log ich.

»Warum?«

»Sie ist müde.«

»Hat sie viel Arbeit?«

»Nein. Sie braucht bloß Ruhe.«

Das brachte Elsie lange genug zum Schweigen, um das Thema zu wechseln.

Am folgenden Morgen machte ich einen kläglichen Versuch, mich in mein Zimmer zurückzuziehen. Ich starrte auf den Computerbildschirm. Mit einem Doppelklicken rief ich das Schachprogramm auf. Ich konnte mir ebensogut eine schnelle Partie leisten. Ein Königsbauer eröffnete, und das Programm führte mich in eine komplizierte Version der sizilianischen Verteidigung. Ohne viel Nachdenken brachte ich die Bauern in eine günstige Stellung und vereinfachte das Spiel, indem ich einige Figuren abtauschte. Das Programm war in der Verliererposition, aber ich brauchte eine lange und komplizierte Serie von Manövern, um einen Bauern gegen eine Dame einzutauschen. Ich ließ mich auf das Spiel des Computers ein, und eine ganze Stunde verging. Verdammter Mist. Zeit zum Arbeiten.

Ich nahm eine Visitenkarte aus der Tasche und kratzte damit durch die Öffnungen in meiner Tastatur. Es gelang mir, eine überraschende Menge Staub, Flusen und Haare herauszupulen, die sich darin festgesetzt hatten. Deshalb fing ich an, das Problem systematisch anzugehen. Ich führte die Karte in den Schlitz zwischen der Zahlenreihe und der Reihe mit den Buchstaben QWERT, dann zwischen diese und die Reihe mit ASDF, dann zwischen die ASDF-Reihe und die mit YXCV. Am Ende hatte ich ein kleines Häufchen Schmutz, ungefähr ausreichend, um das Kopfkissen einer Haselmaus zu füllen. Ich blies kräftig dagegen, und es verschwand hinter meinem Schreibtisch.

Der bloße Gedanke, irgendeine Arbeit zu erledigen, war mir zuwider. Ich hasse Spinnen. Ein lächerlicher Widerwille, weil ich weiß, wie interessant sie sind und all das, aber ich kann sie nicht ertragen. Ich fühlte mich, als hätte ich eine Spinne im Zimmer entdeckt, und sie sei davongeflitzt. Ich wußte, daß sie irgendwo im Zimmer war, und konnte an nichts anderes denken. Finn war im Haus, und es kam mir vor, als würde sie in meinem Gehirn herumkrabbeln. Ich sah mir die Visitenkarte an, deren Ecken jetzt schmutzig und geknickt waren. Es war die, die Michael Daley mir gegeben hatte. Ich wählte die Nummer seiner Praxis. Er war nicht da, und ich hinterließ meinen Namen. Nach weniger als einer Minute rief er zurück.

»Wie geht es ihr?« fragte er sofort.

Ich beschrieb Finns Verhalten und äußerte meine Zweifel an der ganzen Sache. Als ich fertig war, folgte ein langes Schweigen.

»Sind Sie noch da?«

»Ja.« Daley wollte etwas sagen und schwieg dann einen Moment. »Ich weiß nicht genau, was ich sagen soll. Ich denke, daß man Sie in eine unmögliche Situation gebracht hat. Und über Finn mache ich mir auch Sorgen. Lassen Sie mich darüber nachdenken.«

»Um ehrlich zu sein, Michael, ich finde, das ist eine Farce. Ich glaube nicht, daß sie irgend jemandem irgend etwas nutzen wird.«

»Vermutlich haben Sie recht. Wir müssen reden.«

»Aber wir *reden* doch gerade.«

»Entschuldigung, ja. Kann ich kommen und sie sehen?«

»Wann?«

»Jetzt sofort.«

»Haben Sie nicht eine Praxis?«

»Jetzt ist sie geschlossen, und ich habe eine Stunde frei.«

»Gut. Herrgott, Michael, ein Arzt, der sich bereit erklärt, Hausbesuche zu machen. Wir sollten Sie ausstopfen lassen.«

Daley kam eine knappe Viertelstunde später. Er war fertig für die Sprechstunde gekleidet, trug einen dunklen Anzug, einen hellen Schlips und ein Jackett, hatte sich rasiert und das Haar gebürstet, wirkte aber trotzdem erfreulich lässig. Sein Ausdruck war besorgt, ja nervös.

»Kann ich sie sehen?«

»Sie sieht bestimmt fern. Lassen Sie sich soviel Zeit, wie Sie wollen. Möchten Sie Tee oder etwas anderes?«

»Später. Geben Sie mir fünf Minuten. Ich würde sie mir gern ansehen.«

Daley verschwand im Wohnzimmer und zog die Tür hinter sich zu. Ich schnappte mir die Zeitung und wartete. Durch die Wand konnte ich nur die Geräusche des Fernsehers hören, sonst nichts. Nach einer Weile tauchte Daley wieder auf und sah genauso düster aus wie zuvor. Er kam zu mir in die Küche.

»Jetzt würde ich gern Tee trinken«, sagte er. Er fuhr sich mit der Hand durch die Haare.

Ich füllte den Wasserkocher und schaltete ihn ein.

»Nun?«

»Mit mir hat sie auch nicht gesprochen. Ich habe sie mir kurz angesehen. Körperlich geht es ihr gut, wie Sie bereits wissen.«

»Aber darum geht es nicht, oder?«

»Nein.«

Ich schob Becher herum, fand Teebeutel und verbeulte Löffel, während ich wartete, daß das Wasser kochte.

»Ein Wasserkocher, den man beobachtet, braucht etwa drei Minuten, bis das Wasser kocht«, sagte ich.

Michael antwortete nicht. Endlich stellte ich zwei Becher Tee vor ihn hin und setzte mich ihm gegenüber.

»Ich kann Ihnen meine ungeteilte Aufmerksamkeit nicht lange widmen«, sagte ich. »Linda kommt gleich mit Elsie und Elsies neuer Freundin oder wenigstens Ersatzfreundin zurück.«

»Ich muß sowieso gehen«, sagte Michael. »Hören Sie, Sam, es tut mir leid, daß Sie all das am Hals haben. Es funktioniert nicht. Und das ist nicht Ihre Schuld. Tun Sie gar nichts. Geben Sie mir einen Tag oder so. Ich werde Baird anrufen, und wir werden sie Ihnen vom Hals schaffen.«

»Das meine ich nicht«, sagte ich unbehaglich. »Es geht nicht darum, mir jemanden vom Hals zu schaffen.«

»Nein, nein, natürlich nicht. Ich spreche als Finns Arzt. Ich glaube nicht, daß dies hier für sie angemessen ist. Und abgesehen davon, ist es auch nicht gut für Sie. Ich rufe Sie morgen nachmittag an und lasse Sie wissen, was wir tun werden.«

Er stützte den Kopf in eine Hand und lächelte mich an. »Okay?«

»Es tut mir leid, Michael«, sagte ich. »Ich hasse das Gefühl, nichts tun zu können, aber dies…« Ich zuckte mit den Schultern.

»Natürlich«, sagte er.

Kirstys erstes Erscheinen war nicht vielversprechend. Elsie lief schnurstracks an mir vorbei. Linda kam herein, ein grimmig dreinblickendes Kind an der Hand.

»Hallo, Kirsty«, sagte ich.

»Ich will zu meiner Mummy«, jammerte sie.

»Möchtest du einen Apfel?«

»Nein.«

»Ich will nach Hause«, sagte Kirsty und begann zu weinen, richtig zu weinen. Dicke Tränen liefen ihr über die roten Wangen.

Ich hob sie hoch und trug sie ins Wohnzimmer. Finn war nicht dort, Gott sei Dank. Ich hielt Kirsty im linken Arm, zog eine Schachtel mit Spielsachen hinter dem Sofa hervor und rief Linda zu, sie solle Elsie herunterbringen, notfalls mit Gewalt. Es gab Puppen ohne Kleider und Kleider ohne Puppen.

„Möchtest du die Puppen anziehen, Kirsty?« fragte ich.

»Nein«, sagte Kirsty.

Eine ebenso störrische Elsie wurde ins Zimmer geschleppt.

»Elsie, möchtest du Kirsty nicht helfen, die Puppen anzuziehen?«

»Nein.«

Im Flur läutete das Telefon.

»Gehen Sie ran, Linda. Du liebst doch die Puppen, nicht, Elsie? Warum zeigst du sie Kirsty nicht?«

»Keine Lust.«

»Verdammt, ihr sollt Freundinnen sein.«

Beide weinten, als Linda ins Wohnzimmer zurückkam.

»Es ist Thelma«, sagte sie.

»Herrgott, sagen Sie ihr… nein, ich nehme besser in meinem Arbeitszimmer ab. Lassen Sie keinen aus diesem Zimmer heraus.«

Thelma rief an, um sich zu erkundigen, wie es lief, und ich beschrieb die Situation, so knapp ich konnte. Trotzdem dauerte es mehr als zwanzig Minuten, bis ich das Gespräch beenden konnte, und als ich mein Arbeitszimmer verließ, war ich auf Schreie und Blut an den Wänden, auf eine Klage von Kirstys Mutter, die Intervention des Sozialdienstes von Essex und eine amtliche Untersuchung gefaßt, die in meiner Verurteilung kulminierte. Statt dessen war das erste Geräusch, das ich hörte, ein kurzes, glockenhelles Lachen. Linda muß Wunder gewirkt haben, dachte ich bei mir, aber als ich um die Ecke kam, sah ich Linda im Flur vor der halbgeöffneten Tür stehen.

»Was…?« begann ich, aber sie hielt einen Finger an die Lippen und winkte mich mit einem Lächeln heran.

Auf Zehenspitzen ging ich zu ihr und schaute durch den Türspalt. Ich hörte einen leisen Entzückensschrei, der dann in gurgelndem Gelächter endete.

»Wo ist er?«

»Ich weiß es nicht.«

Wessen Stimme war das? Das konnte nicht sein.

»Doch, weißt du wohl, weißt du wohl«, beharrten zwei kleine Stimmen.

»Aber ich glaube, er könnte in Kirstys Ohr sein. Sollen wir nachsehen? Ja, da ist er.«

Weitere kleine Quietscher.

»Noch mal, Fing. Mach es noch mal.«

Elsie und Kirsty knieten auf dem Teppich. Ganz vorsichtig spähte ich um die Türkante herum. Finn saß vor ihnen und hielt einen kleinen gelben Ball aus der Spielkiste zwischen Daumen und Zeigefinger der linken Hand.

»Ich glaube nicht, daß ich das kann«, sagte sie, rieb die Hände aneinander und nahm den Ball von der linken in die rechte Hand. »Aber vielleicht können wir's versuchen.« Sie streckte die linke Hand aus. »Könnt ihr pusten?«

Elsie und Kirsty bliesen mit gerunzelten Brauen und runden Backen.

»Und das Zauberwort sagen.«

»Abrakadabra.«

Finn öffnete die linke Faust. Der Ball war natürlich verschwunden. Es war ein furchtbar plumper Zaubertrick, aber die beiden kleinen Mädchen schnappten überrascht nach Luft und kreischten und lachten. Keine von ihnen bemerkte uns, und ich trat in den Flur zurück.

»Stören wir sie bloß nicht«, flüsterte ich, und wir entfernten uns auf Zehenspitzen.

»Ich bin erstaunt«, sagte Kirstys Mutter, als sie zwei Stunden später an der Tür stand und darauf wartete, ihre Tochter in Empfang zu nehmen. »So war Kirsty noch nie bei anderen Leuten.«

»Oh«, antwortete ich bescheiden, »wir haben uns Mühe gegeben, damit sie sich wohl fühlt.«

»Ich weiß nicht, wie Sie das geschafft haben«, sagte Kirstys Mutter. »Komm, Kirsty. Auf Wiedersehen, Elsie. Würdest du gern einmal zu uns nach Hause kommen und mit Kirsty spielen?«

»Ich will nicht gehen«, sagte Kirsty und hatte wieder Tränen in den Augen. »Ich will bei Fing bleiben.«

»Wer ist Fing?« fragte Kirstys Mutter. »Sind *Sie* das?«

»Nein«, gestand ich. »Es ist – Fiona – sie wohnt bei uns.«

»Ich will nicht gehen«, kreischte Kirsty.

Kirstys Mutter nahm sie auf den Arm und trug sie hinaus. Ich schloß die Tür hinter ihr. Die Schreie entfernten sich in der Dunkelheit und verstummten dann, als eine Autotür zugeschlagen wurde. Ich kniete mich zu Elsie nieder und drückte sie an mich.

»Hat es dir gefallen?« fragte ich leise in ihr Ohr.

Sie nickte. Irgendwie strahlte sie.

»Gut«, sagte ich. »Lauf nach oben und zieh dich aus. Ich komme in einer Minute nach und setze dich in die Wanne.«

»Kann Fing kommen? Kann sie mir eine Geschichte vorlesen?«

»Wir werden sehen. Und nun geh.«

Von hinten sah ich ihren kleinen, kräftigen Körper die Treppe hinaufstürmen. Ich drehte mich um und ging ins Wohnzimmer zurück. Der Fernseher war eingeschaltet. Finn saß davor. Ich setzte mich neben sie; sie gab nicht zu erkennen, ob sie mich bemerkte. Ich schaute auf den Bildschirm und versuchte herauszufinden, worum es gerade ging. Plötzlich spürte ich ihre Hand auf meiner. Ich wandte mich zur Seite und sah, daß sie mich anstarrte.

»Ich bin eine Last«, sagte sie.

»Das ist schon in Ordnung«, antwortete ich.

»Elsie hat mir ein Geschenk gemacht.«

Unwillkürlich mußte ich lachen.

»Und was könnte das sein?«

»Schauen Sie«, sagte Finn und streckte die Faust aus. Langsam öffneten sich die Finger, und da, auf ihrer Handfläche hockte einer von Dannys Papiervögeln.

An diesem Abend rief ich Danny an. Ich versuchte es um zehn und um elf, dann um zwölf, und da meldete er sich mit belegter Stimme, als hätte ich ihn geweckt.

»Ich vermisse dich«, sagte ich.

Er grunzte.

»Ich denke die ganze Zeit an dich«, fuhr ich fort. »Und du hattest recht. Es tut mir leid.«

»Ach, Sammy, ich vermisse dich auch«, sagte er. »Ich kriege dich anscheinend nicht aus dem Kopf.«

»Wann kommst du?«

»Ich baue eine neue Küche für ein Paar, das anscheinend denkt, Schlaf sei ein Luxus und Wochenenden existierten nicht. Gib mir eine Woche.«

»Kann ich es ertragen, noch eine Woche zu warten?« fragte ich.

»Aber dann müssen wir reden, Sam.«

»Ich weiß.«

»Ich liebe dich, du schwierige Frau.«

Ich antwortete nicht, und er sagte düster: »Ist das Wort für dich so schwer auszusprechen?«

11. KAPITEL

Wir standen nebeneinander vor dem langen Spiegel in meinem Schlafzimmer und sahen aus wie zwei Hexen bei einer Hexenversammlung. Ich trug einen schwarzen, knielangen Rock, ein schwarzes Hemd aus Rohseide und eine schwarze Weste, und dann, erstaunt darüber, wie sehr sich meine roten Haare von dieser dunklen Aufmachung abhoben, hatte ich noch einen schwarzen Glockenhut aufgesetzt. Finn trug ihren schwarzen Pullover mit Polokragen und darüber ein formloses, tiefschwarzes Mantelkleid, das ich ihr geliehen hatte. Es reichte ihr bis zu den Waden, und sie sah darin rührend und anmutig aus. Ihr Kopf mit dem glänzenden Haar reichte mir kaum bis zur Schulter; ihr Gesicht war blaß, und ihre Lippen sahen leicht angeschwollen aus. Plötzlich, ohne einen Blick von ihrem Spiegelbild zu wenden, machte sie eine kleine, verwirrende Wackelbewegung; eine knochige Hüfte ragte aus der Hülle hervor. Unter anderen Umständen hätte ich vielleicht gekichert und irgendeine spöttische oder selbstironische Bemerkung gemacht. Doch nun schwieg ich. Was konnte ich schon sagen?

Außerhalb des Spiegelbildes saß – nur eines ihrer rundlichen Knie ragte hinein – Elsie, die wegen einer Erkältung, theatralisch schniefend alle zwanzig Minuten demonstriert, nicht in der Schule war. Wenn ich mich umgedreht hätte – was ich noch nicht tun wollte, weil ich spürte, daß für Finn vor diesem Spiegel irgendein subtiles Drama ablief –, hätte ich sie dort sitzen sehen, die Beine unter den Körper gezogen, während sie sich mit den billigen runden Perlen schmückte, die sie aus einer Schatulle mit Deckel hervorkramte. So hörte ich sie vor sich hin murmeln: »*Das* sieht schön aus. Ich bin so stolz auf dich. Eine kleine Prinzessin.«

Draußen regnete es. Auf dem Land ist es bei Regen feuchter als in der Stadt. Das hat damit zu tun, daß all die Blätter und Grashalme mehr Oberfläche bieten. Ein großer Teil der Nässe schien auch noch in der Luft zu hängen, als seien das Sumpfland und der Schlamm schon so vollgesogen, daß sie nicht noch mehr Flüssigkeit aufnehmen konnten. Dies war mein Stückchen England, und es schien unklar, ob es sich im Meer oder an Land befand. Ein lautes Motorengeräusch und aufspritzender Kies signalisierten, daß sich ein Auto näherte.

»Danny«, sagte ich. Elsie rutschte von meinem ungemachten Bett, ein Durcheinander von Daunendecken hinter sich herziehend, Schnüre mit bunten Glasperlen um den Hals, eine Krone aus rosa Plastik auf dem Kopf, die von ihren wirren Haaren rutschte, als sie zur Treppe lief.

»Bist du sicher?« fragte ich Finn noch einmal. Sie nickte.

»Und du bist sicher, daß du mich auch dort haben willst? Weißt du, ich werde nicht in deiner Nähe sitzen können.«

»Ja. Sicher.«

Ich war nicht sicher. Ich weiß, daß Beerdigungen uns helfen zu erkennen, daß geliebte Menschen tot sind und nicht wiederkommen; ich weiß, daß wir bei einer Beerdigung adieu sagen und zu trauern beginnen können. Ich war auf Beerdigungen – nun ja, speziell auf einer Beerdigung – gewesen, wo das tatsächlich geschehen ist. Die vertrauten Worte berühren uns, und die Gesichter ringsum, die alle den gleichen trauernden, kummervollen Ausdruck haben, machen uns zu einem Teil der Gemeinschaft. Die Musik, das Schluchzen in der eigenen Brust, der Anblick des Sargs – das alles leitet die Trauerarbeit ein.

Doch bei dieser Beerdigung würden Polizei und Journalisten, Fotografen und Wichtigtuer anwesend sein, die sie neugierig beobachteten. Finn würde all die Leute treffen, vor denen sie sich seit dem Tag, an dem sie ihre Eltern verlor, versteckt hatte. Wir würden von Polizisten in Zivil begleitet werden, die während der ganzen Zeremonie an ihrer Seite blieben, Leibwächter für ein noch immer gefährdetes Mädchen. Die Leute haben leicht reden, sich einem Verlust zu stellen, ihn zu bewältigen. Finn schien mehr Schutz als Selbsterkenntnis nötig zu haben. Vermeidung ist eine häufige und wenig empfehlenswerte Bewältigungsstrategie für Menschen, die nach einem traumatischen Erlebnis depressiv sind; und Finn ging ganz bestimmt vielem aus dem Weg. Aber ungefährliche, beruhigende Routineabläufe können den Heilungsprozeß fördern.

»Du hast die Wahl«, sagte ich. »Wenn du gehen willst, sag mir einfach Bescheid. In Ordnung?«

»Ich brauche nur …«

Sie sprach ihren Satz nicht zu Ende.

»Dann komm und laß uns Danny begrüßen.«

Sie sah mich flehend an.

»Er wird dich nicht beißen. Zumindest nicht auf unangenehme Weise.«

Ich nahm Finn bei der Hand und zog sie aus dem Zimmer. Später lachte Danny über den ersten Anblick von Finn, wie wir beide in melodramatischem Schwarz die Treppe herunterkamen, aber in diesem Moment sah er zu uns nach oben. Das Haar fiel ihm über die Schultern, und er lächelte nicht. Auch Finn lächelte nicht, doch sie zögerte auch nicht. Sie ließ meine Hand los, und wir beide – ich hinter ihr laut klappernd in meinen ledernen Schnallenschuhen, sie leise vorneweg in ihren Pumps – gingen nach unten. Sie blieb vor ihm stehen, winzig vor seiner massigen Gestalt, und sah zu ihm auf. Noch immer kein Lächeln, weder bei ihm noch bei ihr.

»Ich bin Finn«, murmelte sie leise hinter ihrem seidigen Haarvorhang hervor.

Danny nickte. Er streckte die Hand aus, und statt sie zu schütteln, legte sie ihre dünnen Finger in seine Handfläche wie ein kleines Kind, das beschließt, jemandem zu vertrauen. Erst dann sah Danny an Finn vorbei zu mir.

»Hi, Sammy«, sagte er ungezwungen, als wäre er nur eine Stunde fort gewesen und nicht beinahe zwei Wochen. »Weißt du, wie du aussiehst?«

»Ich bin sicher, du wirst es mir sagen.«

»Später.«

Elsie kam aus der Küche.

»Da ist ein Mann, der Mike heißt.«

»Es wird Zeit, daß wir gehen, Finn.«

Danny beugte den Kopf und küßte mich auf die Lippen. Ich legte die Handfläche an seine Wange, und er lehnte sich kurz dagegen. Wir lächelten uns an. Ich roch seine Haut. Dann gingen Finn und ich hinaus in den Regen. Daley stieg aus seinem Wagen. Er trug einen zerknitterten marineblauen Anzug mit breitem Revers. Er sah eher wie ein leicht verkaterter Jazzmusiker aus als wie ein Trauergast. Finn hielt plötzlich inne, mit einem Fuß schon im Wagen.

»Nein.«

Ich legte ihr eine Hand auf den Rücken.

»Finn?«

Daley trat vor.

»Komm schon, Finn«, drängte er. »Es wird…«

Ich unterbrach ihn.

»Du mußt das nicht tun«, sagte ich.

»Sie gehen«, sagte Finn plötzlich. »Sie und Michael gehen für mich.«

»Finn, du solltest hingehen, finden Sie nicht auch, Sam?« sagte Daley. »Du solltest Leute sehen.«

»Bitte, Sam. Bitte, gehen Sie für mich!«

Daley sah mich an.

»Sam, meinen Sie nicht, daß es gut für sie wäre, wenn sie hinginge? Sie kann nicht so weitermachen, überhaupt niemanden sehen zu wollen.«

Ein Ausdruck von Panik trat in Finns Augen. Ich wurde naß und wollte aus dem schlammigen Kies und dem strömenden Regen fort. Wir konnten sie nicht zwingen.

»Sie sollte selbst entscheiden«, sagte ich.

Ich winkte den Gestalten an der Tür zu, die herausgerannt kamen, um von der Änderung der Pläne zu erfahren. Mein letzter Blick galt

Finn, als sie ins Haus geführt wurde, ein kleine, nasse Gestalt, die sich schlaff gegen Danny lehnte, während Elsie hinter ihnen herhüpfte und der Regen vom Himmel strömte.

Während des Gottesdienstes schwieg ich und verhielt mich still. Daley schwieg ebenfalls, zappelte aber unablässig herum. Er fuhr sich mit den Fingern durch das Haar, rieb sein Gesicht, als könne er die dunklen Schatten unter seinen Augen wegwischen, die ihn so mitgenommen aussehen ließen, verschob sein Gewicht von einem Fuß auf den anderen. Endlich legte ich ihm beruhigend eine Hand auf den Arm.

»Sie brauchen Urlaub«, flüsterte ich. Er lächelte zurück, weiße Zähne blitzten aus dem düsteren Grau. Eine ältere Frau, die links von mir saß, einen flachen Hut fest auf dem Kopf, sang. »Bro-o-o-t des Hi-hi-hi-mmels«, trällerte sie in leidenschaftlichem Vibrato. Ich bildete die Worte nur mit den Lippen und sah mich um. Ich versuchte, ein Gefühl für Finns Welt und ihre Familie zu bekommen. Für mich war Finn einstweilen beklagenswert isoliert. Diese Beerdigung erschien mir unwirklich. Ich hatte überhaupt keine Beziehung zu dem toten Ehepaar, außer durch ihre Tochter. Ich wußte kaum, wie sie aussahen, bis auf das Foto, das ich in allen Zeitungen gesehen hatte – ein unscharfes Bild, das bei einem Wohltätigkeitsball aufgenommen worden war, er rundlich, sie hager, beide höflich jemandem außerhalb des Bildes zulächelnd, während die Tatsache ihres gräßlichen Todes sie in die Geschichte eingehen ließ. »Spei-ei-ei-se mich, bis ich gesä-ättigt bin.«

Manchmal frage ich mich, ob Menschen die Vorstadt an mir riechen können, wie Hunde angeblich die Angst wittern. Ich glaube, ich kann Reichtum und Ehrbarkeit aus einer Meile Entfernung riechen, und hier roch ich beides. Züchtige schwarze Röcke und ordentliche schwarze Handschuhe, graue Gabardinekostüme mit etwas Glänzendem am Hals, glatte schwarze Strumpfhosen, einfache, flache Schuhe (meine Schnallenschuhe glänzten auffallend in der dumpfen Atmosphäre der viktorianischen Kirche), kleine Ohrringe an hundert Ohrläppchen, Make-up, das man nicht sah, von dem man aber wußte, daß es sich auf den Gesichtern all der Frauen in mittleren Jahren befand, zurückhaltende Trauer, eine diskrete Träne hier und da, dezente und teure Sträuße aus Frühlingsblumen auf den beiden Särgen, die so kahl auf dem Katafalk standen. Einmal hatte ich eine Beerdigung arrangieren müssen, die Kataloge durchgesehen und das Vokabular gelernt. Ich schaute von Gesicht zu Gesicht. In einer Bank vor mir saßen sieben Mädchen im Teenageralter; aus dem Winkel, in dem ich sie sah, überschnitten sich ihre hübschen Profile wie die von Engeln auf einer vergoldeten Weihnachtskarte. Ich bemerkte, daß sie sich alle an den Händen hielten, sich anstießen und gelegentlich die Köpfe schräg legten, um ein geflüstertes Wort von der einen oder anderen Seite aufzufangen. Finns Schulfreundinnen, entschied ich und beschloß, später einen Versuch zu machen, sie kennenzulernen. Mir gegenüber schluchzte eine plumpe Frau in glänzendem Schwarz mit einem großen Hut in ihr großes Taschentuch. Ich wußte sofort, daß sie die Reinemachefrau war, die, welche die Leichen gefunden hatte. Sie war der einzige Mensch, der geräuschvolle, würdelose Trauer an den Tag legte. Was würde aus ihr werden?

Schweigend knieten wir nieder, um der lieben Verstorbenen zu gedenken, und Dutzende alternder Knie knackten. Ich fragte mich, woran all diese Menschen sich erinnerten – welches Gespräch, welcher Streit, welcher kleine Vorfall ließ sie an die Toten denken? Oder dachten sie daran, ob sie den Herd angelassen hatten, überlegten, was sie zu dem Konzert heute abend anziehen sollten, fragten sich, ob vielleicht Schuppen auf ihren dunkel bekleideten Schultern sichtbar waren? Wer hatte Finn nahegestanden – wer waren die alten Freunde der Familie, die sie während ihrer ganzen Kinderjahre gekannt hatten, die sie hatten leiden sehen, die miterlebt hatten, wie sie zu einer hübschen jungen Frau heranwuchs, wie aus dem häßlichen Entlein ein anmutiger Schwan wurde? Wer waren die entfernten Bekannten, die nur aus Sensationslust gekommen waren?

»Vater unser«, intonierte der Vikar.

»Der Du bist im Himmel«, setzten wir gehorsam fort. »Geheiligt werde Dein Name…« Und die Putzfrau, wie auch immer sie hieß, schluchzte weiter.

Ferrer, so war ihr Name. Sie blieb zurück, als sich die Menschen durch das Kirchenschiff nach draußen schoben. Ich bewegte mich gegen den Strom auf sie zu. Sie war kaum zu sehen, hockte geduckt zwischen zwei Bankreihen. Ich kam näher und sah, daß sie Dinge vom Boden aufhob und in ihre Tasche steckte. Sie schickte sich an, ihren Mantel anzuziehen, und stieß dabei ihre Tasche wieder um.

»Lassen Sie mich Ihnen helfen«, sagte ich, bückte mich und tastete unter den Bänken nach Schlüsseln und einer Geldbörse, nach Münzen und gefalteten Zetteln, die herausgefallen waren. »Kommen Sie mit nach nebenan?« Ich sah ihr Gesicht aus der Nähe, die Haut war blaß, die Augen waren geschwollen vom Weinen. »Nebenan?«

Jemand tippte mir auf den Rücken. Ich drehte mich um und sah Detective Baird. Er nickte mir lächelnd zu, dann besann er sich und schaute finster drein.

»Sie kennen Mrs. Ferrer schon«, sagte er.

»Hat irgend jemand irgend etwas für diese Frau getan?« fragte ich.

Baird zuckte mit den Schultern.

»Ich weiß nicht, sie geht in ein paar Tagen nach Spanien zurück.«

»Wie geht es Ihnen?« fragte ich die Frau. Sie antwortete nicht.

»Es ist schon gut«, sagte Baird mit der lauten, langsamen Stimme, die Engländer benutzen, wenn sie mit Ausländern reden. »Das ist Dr. Laschen. Sie ist Ärztin.« Mrs. Ferrer sah ängstlich und abwesend aus. »Ähm…, Doctoray, Medico.«

Mrs. Ferrer ignorierte mich und begann schnell und unzusammenhängend auf Baird einzureden. Sie hatte Sachen für das kleine Mädchen. Wo war es? Sie wollte nach Hause gehen und Miss Mackenzie Sachen bringen. Ihr auf Wiedersehen sagen. Sie mußte sich verabschieden, konnte nicht gehen, ehe sie sie gesehen hatte. Baird schaute nervös zu mir.

»Nun, Mrs. Ferrer, wenn Sie mir die Sachen geben, dann werde ich dafür sorgen ...« Er sah mich an und nickte, mich auf diese Weise verabschiedend. »Keine Sorge, Doktor, ich bringe sie nach drüben.«

»Sie sehen aus, als würden Sie Bridge spielen. Helfen Sie uns aus?«

Zwei Frauen – eine mit kräftigem braunen Haar und einer stark ausgeprägten Nase, die andere kleiner, mit makellosem weißen Haar unter einem winzigen schwarzen Hut – zogen mich ins Gespräch. Als ich ungefähr dreizehn war, hatte meine Mutter mich gezwungen, dem Bridgeclub der Schule beizutreten; das sollte Teil meiner aufstiegsorientierten gesellschaftlichen Erziehung sein. Ich hatte etwa zwei Wochen durchgehalten, genug, um zu lernen, wie man die Punkte der Court-Karten zählt, aber das war alles.

»Wenn ich mit zwei Nichttrümpfen eröffne, was bedeutet das dann für Sie, eh?«

»Trümpfe«, sagte ich ernst. »Sind das die schwarzen Karten oder die roten?«

Ihre Gesichter wurden lang, und ich zog mich zurück, die Teetasse in der Hand, ein entschuldigendes Lächeln auf den Lippen. Drüben auf der anderen Seite der Halle sah ich Michael in ein Gespräch mit einem kahl werdenden Mann vertieft. Ich fragte mich, wer das alles arrangiert hatte – den Saal gemietet, die Sandwiches gemacht, den großen Teekessel bestellt. Doch plötzlich erregte etwas meine Aufmerksamkeit.

»Ich hatte gehofft, Fiona zu sehen, das arme Kind. Hat irgend jemand mit ihr gesprochen?«

Ich blieb stehen und trank aus meiner leeren Tasse.

»Nein«, kam die Antwort, »ich glaube nicht. Ich habe gehört, sie wäre ins Ausland geschickt worden, damit sie sich erholt. Ich glaube, sie haben Verwandte in Kanada oder sonstwo.«

»Ich habe gehört, sie wäre noch im Krankenhaus oder in einem Pflegeheim. Sie wäre fast gestorben, wissen Sie. Das arme Herzchen. So ein nettes, vertrauensvolles Mädchen. Wie soll sie das jemals überwinden?«

»Monika sagt« – die Stimme hinter mir senkte sich zu einem Bühnenflüstern, so daß ich sie deutlicher als zuvor verstehen konnte –, »daß sie, nun ja, vergewaltigt wurde, wissen Sie.«

»Nein, wie schrecklich.«

Ich entfernte mich, dankbar, daß Finn das erspart geblieben war. Die Trauerarbeit konnte warten. Baird hatte gehorsam mit Mrs. Ferrer in einer Ecke gestanden, und ich sah sie zusammen in Richtung Tür gehen. Ich fing Mrs. Ferrers Blick auf, und sie kam zu mir herüber, ergriff meine Hand und murmelte etwas, das sich nach Dank anhörte. Ich versuchte ihr zu sagen, wenn ich irgend etwas für sie tun könne, wäre ich gern dazu bereit, und ich würde mir von Baird ihre Adresse geben lassen und sie besuchen. Sie nickte, aber ich war nicht sicher, ob sie mich verstanden hatte. Dann ließ sie meine Hand los und wandte sich ab.

»Wie geht es der Reinemachefrau?« sagte eine Stimme hinter mir. Es war Michael Daley.

»Sind Sie nicht ihr Arzt?«

»Sie steht in meiner Kartei. Ich habe sie aufgenommen, um den Mackenzies einen Gefallen zu tun.« Daley drehte sich um und sah ihr stirnrunzelnd nach, während sie aus dem Saal ging, ehe er sich wieder zu mir wandte. »Weiß sie, wer Sie sind?«

»Baird hat uns bekannt gemacht, aber ich glaube nicht, daß sie die Verbindung zwischen mir und Finn versteht«, sagte ich.

»Was wollte sie?«

»Hilfe, würde ich sagen, und dringende dazu. Und sie möchte Finn ein paar von ihren Sachen geben. Und sie sehen, bevor sie nach Spanien zurückgeht.«

Daley nippte nachdenklich an seinem Sherry.

»Für mich hört sich das gut an«, sagte er. »Ich würde meinen, es wäre auch gut für Finn, jemanden zu sehen, den sie kennt.«

»Ich weiß nicht, ob es ungefährlich ist, aber andererseits ist sie vielleicht ein Besuch, der nicht bedrohlich wirkt«, sagte ich.

»Das ist schon in Ordnung«, meinte er.

Es trat eine Pause ein. Halb lächelnd sagte er: »Da sind ein paar

Leute, mit denen ich vielleicht reden sollte. Ich nehme Sie dann mit, wenn ich gehe.«

In einer Ecke des Raums standen zusammengedrängt die Mädchen, die ich in der Kirche bemerkt hatte. Ich ging zu ihnen hinüber, und als eine von ihnen mich ansah, trat ich in ihren Kreis.

»Sie sind sicher Freundinnen von Finn.«

Ein großes Mädchen mit dunklem, schulterlangem Haar und Sommersprossen auf der kecken Nase streckte die Hand aus und sah mich und dann ihre Freundinnen argwöhnisch an. Wer war ich?

»Nur aus der Schule«, sagte sie.

Ich hatte etwas über Finn von Leuten erfahren wollen, die sie kannten, aber jetzt fiel mir nichts ein, was ich hätte sagen können.

»Ich kannte ihren Vater. Beruflich.«

Sie nickten mir alle zu, waren aber nicht neugierig. Sie warteten darauf, daß ich weiterging.

»Wie ist Finn?« fragte ich.

»Wie sie ist?« Das kam von einem blonden Mädchen mit kurzem Haar und scharfgeschnittener Nase. »Sie ist lieb.« Sie sah sich um, Bestätigung heischend. Die Mädchen nickten.

»Sie *war* lieb«, sagte ein anderes Mädchen. »Ich bin im Krankenhaus gewesen, um sie zu besuchen. Man ließ mich nicht mal in ihre Nähe. Kommt mir ziemlich blöd vor.«

»Ich nehme an ...«

»Können wir gehen?«

Ich fuhr herum und sah Michaels Gesicht. Er hakte einen Arm unter meinen Ellbogen und nickte den Mädchen zu. Sie erwiderten sein Lächeln in einer Weise, wie sie es bei mir nicht getan hatten.

Der Parkplatz der kleinen Pfarrkirche in Monkeness lag direkt an der Ufermauer, und wir blieben einige Minuten dort sitzen. Ich knabberte an einem Stück Nußkuchen, das ich mir beim Hinausgehen von einem Tablett genommen hatte, und Michael zündete sich eine Zigarette an. Er brauchte mehrere Streichhölzer.

»Kam Finn gut mit ihren Eltern aus?«

Er zuckte mit den Schultern.

»Standen sie sich nahe? Haben sie gestritten? Helfen Sie mir, Michael, ich lebe mit diesem Mädchen.«

Er nahm einen tiefen Zug aus seiner Zigarette und machte eine hilflose Geste.

»Ich denke, sie standen sich ziemlich nahe.«

»Michael, da muß es Probleme gegeben haben. Sie kam wegen Depression und Anorexie ins Krankenhaus. Sie waren ihr Arzt.«

»Ja, das war ich«, sagte er und schaute von mir weg über das dunstige Meer. »Sie war ein Teenager, das ist für die meisten von uns eine schwierige Zeit, und so ...« Er zuckte mit den Schultern und ließ seinen Satz in der Luft hängen.

»War es schlimm für Sie? Sie waren doch mit ihren Eltern befreundet, nicht?«

Daley wandte sich um und sah mich mit seinen dunklen, müden Augen an.

»Es war sehr schwer für mich als Freund von Leo und Liz. Hat die Polizei Ihnen erzählt, was man ihnen angetan hat?«

»Ein bißchen. Es tut mir leid.«

Wir stiegen in den Wagen und fuhren los. Die Landschaft wirkte grau, struppig, konturlos. Ich wußte, daß es an meiner eigenen Stimmung lag. Ich war bei einer Beerdigung gewesen und empfand keine Trauer. Ich hatte bloß unnötig nachgedacht. Ich sah aus dem Fenster. Nichts als Schilf.

»Ich bin nicht die Richtige für Finn«, sagte ich. »Und ich war heute nicht besonders stolz auf mich.«

Michael sah mich an.

»Warum?«

»Ich glaube, Finn hat mir etwas mitgeteilt, indem sie wollte, daß ich zur Beerdigung ihrer Eltern gehe, und ich habe bloß herumgeschnüffelt und herauszufinden versucht, wie sie war.«

Michael schien überrascht.

»Warum haben Sie das getan?« fragte er.

»Ich kann eine Patientin nicht in einem Vakuum sehen. Ich brauche einen Kontext.«

»Und was haben Sie erfahren?«

»Nichts, was ich nicht schon wüßte: daß wir auch unsere engen Freunde und Verwandten nur merkwürdig vage kennen. Lieb. Ich habe erfahren, daß Finn lieb ist.«

Er legte die Hand auf meinen Arm, nahm sie weg, um einen anderen Gang einzulegen, und legte sie dann wieder hin.

»Sie hätten es mir sagen sollen. Wenn Sie möchten, mache ich Sie mit einigen Leuten bekannt, die die Familie gut kannten.«

»Das wäre gut, Michael.«

Er drehte sich zu mir und lächelte mich verschmitzt an.

»Ich bin Ihr Passierschein für die bessere Gesellschaft auf dem Land, Sam.«

»Sie werden mich nicht wollen, Michael. Ich stamme aus der unteren Mittelklasse.«

Er lachte.

»Ich bin sicher, daß sie in Ihrem Fall eine Ausnahme machen werden.«

Sie hält mich für einen Nichtstuer. Warum sollte ich höflich zu ihr sein?«

»Du bist ein Nichtstuer! Versuch, wenigstens nicht allzu ruppig zu sein. Oder mach einen langen Spaziergang und sei überhaupt nicht hier.«

Danny legte eine Hand um meine Taille, während ich am Spülbecken stand, und biß mich in die Schulter.

»Ich habe Hunger, und ich bin gern hier.«

»Ich wasche das Geschirr ab«, sagte ich unwirsch. Danny ging mir heute auf die Nerven, wie er mir gestern auf die Nerven gegangen war. Nachdem wir von der Beerdigung zurückgekommen waren, Finn ausführlich davon erzählt hatten und Michael Daley auf einen Drink geblieben war – Danny hatte ihn düster angestarrt, als hätten er und ich den Tag zusammen im Bett verbracht und nicht auf einer Beerdigung, während Michael merkwürdig nervös auf ihn reagierte –, hatten wir eine leidenschaftliche Wiedervereinigung gefeiert, als Elsie im Bett war; aber die beiden folgenden Tage waren nicht gut verlaufen. Danny hatte rumgehangen, wie es seine Art war, hatte ausgiebig gefrühstückt, während Sally um ihn herum saubermachte, war erst gegen Morgen ins Bett gekommen und hatte sich mit nach Bier riechendem Atem an mich gedrückt – und das hatte mich geärgert. Er hatte sich für Finn nicht zusammengenommen, obwohl er auch nicht richtig grob gewesen war, und auch das hatte mich gereizt. Er hatte sein Geschirr ungewaschen im Spülbecken stehenlassen und seine Kleider ungewaschen in die Ecke meines Zimmers geworfen, er hatte meinen Kühlschrank fast leergegessen, ohne irgend etwas Neues zu besorgen, und dann war ich über meine eigene Pingeligkeit verärgert. Wollte ich nicht, daß

Danny Danny war? »Kannst du nicht wenigstens den Tisch decken oder so?« beschwerte ich mich.

»Den Tisch decken? Laß sie doch ihre Gabel selbst aus der Schublade nehmen. Sie wird frühestens in einer Viertelstunde hier sein. Warum gehen wir nicht einfach nach oben?« Jetzt waren seine Hände unter meiner Bluse.

Ich stieß seine herumwandernden Finger mit meinen seifigen weg.

»Elsie und Finn sind nebenan.«

»Sie haben erst das halbe Rätsel gelöst.«

»Es ist ganz nett, sie hierzuhaben, nicht?«

Danny ließ mich los und setzte sich schwerfällig an den Küchentisch. »Tatsächlich?« fragte er.

»Was paßt dir daran nicht?«

»O Gott«, er fuhr sich mit der Hand durch die Haare, »ich will nicht über deine Patientin reden.«

Ich nahm fünf Gabeln aus dem Plastikkorb neben der Spüle und knallte sie vor ihn auf den Tisch.

»Im Kühlschrank ist Quiche. Mach sie warm. Eiscreme ist im Tiefkühlschrank. Ich glaube, du bist eifersüchtig auf sie.«

»Warum sollte ich denn eifersüchtig sein?« Jetzt hatte Danny die Arme vor der Brust verschränkt und sah mich an.

»Weil ich sie mag und Elsie sie mag und du dich nicht ganz so sehr als Schloßherr fühlst, wenn du geruhst, uns auf dem Land zu besuchen – deswegen.«

»Und weißt du, was ich denke, Sam? Ich denke, du hast aufgehört, Arbeit und Privatleben zu trennen. Du bist in Schwierigkeiten. Und denk auch *darüber* nach, wenn du schon einmal dabei bist: Zuerst muß ich mit einem toten Mann um deine Liebe konkurrieren und dann mit einem kranken Mädchen. Wie kann ich da jemals gewinnen?«

Jemand klopfte laut an die Haustür. Diesmal war ich froh, daß Roberta zu früh gekommen war.

Manchmal bin ich unfreundlich zu Roberta, weil ich Angst vor den gemischten und widersprüchlichen Gefühlen habe, die sie in mir hervorruft. Ich will nicht wissen, ob sie unglücklich ist. Als wir Mädchen waren, war Roberta die designierte Schönheit, und ich war die Intelligente. Sie hatte nie eine Chance. Sie trug die rosa Kleider und hatte im Regal in ihrem Zimmer Reihen von Puppen stehen; ich trug Hosen (auch wenn sie, was ich verabscheute, Stege an den Hosenbeinen und keine Taschen hatten) und las mit der Taschenlampe unter der Bettdecke Bücher. Sie bemalte ihre manikürten Fingernägel mit Perlmuttlack (ich biß meine ab), trug hübsche Blusen und zupfte sich die Augenbrauen. Als ihre Brüste sich zu entwickeln begannen, unternahmen sie und Mutter eine besondere Einkaufsfahrt zu Stacey's, wo sie niedliche kleine Büstenhalter und passende Höschen erstanden. Als sie ihre Periode bekam, umgab etwas Glamouröses und Geheimnisvolles die Damenbinden und die Blutflecken. Sie war ein unsicheres kleines Mädchen, das tapfer und voller Angst zur Frau wurde, als sei das ihre schreckliche Berufung.

Während ich im Sussex Zweiundsiebzig-Stunden-Schichten als Assistenzärztin ableistete, wurde sie Mutter und wohnte in Chigwell, und während ich dünn und abgehärmt und schließlich älter wurde, wurde sie runder, müder und ebenfalls älter. Ihr Mann nannte sie »Bobbsie« und erzählte mir einmal, meine Schwester backe die besten Scones in ganz Essex. Was aber dachte sie, wenn sie mich betrachtete? Sah sie eine erfolgreiche Ärztin? Oder sah sie eine hagere, unverheiratete Mutter mit einem vulgären Gelegenheitsfreund und ordinären roten Haaren, die nicht einmal Quiche backen konnte, wenn ihre Schwester zum Mittagessen kam?

»Und wie gefällt es Ihnen, bei Sam zu wohnen, Fiona?«

»Es ist nett.«

Finn hatte ihr Essen kaum angerührt. Einmal Anorexie, immer Anorexie, heißt es, wie bei Alkoholikern und Rauchern. Sie hatte mit einem halb ängstlichen Lächeln auf den Lippen dagesessen, während Danny schlaff am Tisch hing und flapsig kokettierende Bemerkungen machte, ich schimpfte und Bobbie fröhlich verkündete, wir müßten uns alle viel häufiger sehen.

»Gefällt Ihnen das Landleben, oder ziehen Sie die Stadt vor?« Bobbie, in Gesellschaft immer ein wenig unsicher, klang, als redete sie mit einer Sechsjährigen.

»Ich weiß nicht recht...«

»Tante Bobbie?« Elsie hatte darauf bestanden, so dicht bei Roberta zu sitzen, daß sie praktisch auf ihrem Schoß hockte. Ihre spitzen kleinen Ellbogen stießen meine Schwester jedesmal an, wenn sie mehr Schokoladeneis in ihren verschmierten, gierigen Mund schob.

»Ja, Elsie.«

»Rate mal, was ich werden will, wenn ich groß bin.«

Das war die Art von Gespräch, mit der Bobbie umgehen konnte. Sie wandte sich von den drei erwachsenen Gesichtern ihr gegenüber ab.

»Laß mich mal überlegen. Ärztin wie deine Mummy?«

»Nie im Leben!«

»Äh, Krankenschwester?«

»Nein.«

»Tänzerin?«

»Nein. Gibst du auf? Eine *Mummy*, so wie du.«

»Ach, das ist ja süß.«

Danny grinste und löffelte mehr Eis auf seinen Teller, verzehrte es laut schmatzend. Ich schaute ihn an.

»Du bist ihr Rollenmodell, Roberta«, sagte er.

Bobbie lächelte unsicher. Wir schikanieren sie, dachte ich.

»Laß mich abwaschen«, sagte sie und stapelte klappernd die Teller aufeinander.

»Ich setze Wasser auf«, sagte ich, »und dann können wir vielleicht alle einen Spaziergang machen.«

»Ich nicht«, sagte Danny. »Ich bleibe hier und lege mich ein bißchen hin, denke ich. Das tue ich *wirklich* gern, was, Sammy?«

Finn folgte Roberta und mir in die Küche. Sie wandte sich an meine Schwester, die wütend bereits saubere Teller schrubbte.

»Wo haben Sie Ihren Pullover gekauft?« fragte sie. »Er ist hübsch. Er steht Ihnen.«

Ich blieb mitten im Raum stehen, den Wasserkessel in der Hand. Bobbie lächelte entzückt und verlegen.

»In einem kleinen Laden ganz bei uns in der Nähe, ich dachte, ich würde darin vielleicht zu dick aussehen.«

»Überhaupt nicht«, sagte Finn.

Eine Welle von Gefühlen überrollte mich – Erstaunen über Finns Sicherheit im Auftreten, Scham, weil ich Bobbie so vernachlässigte, Zärtlichkeit für meine Schwester, die man mit einer so kleinen Bemerkung glücklich machen konnte. Aber dann hörte ich, wie Bobbie Finn fragte, was genau sie denn eigentlich studiere. Es läutete an der Haustür, ich hörte Stimmengemurmel, und dann erschien Danny an der Küchentür.

»Ein Mann namens Baird«, sagte er.

»Ich spreche in der Küche mit ihm. Kannst du die anderen ins Wohnzimmer bringen?«

»Ich fühle mich wie ein verdammter Butler«, sagte Danny und sah zu Roberta hinüber.

Baird setzte sich an meinen Küchentisch und spielte mit einem Becher herum.

»Möchten Sie einen Kaffee?«

»Nein, danke. Ihr Dunstabzug muß repariert werden. Ich könnte ihn mir ansehen, wenn Sie wollen. Ihn auseinandernehmen.«

Ich setzte mich ihm gegenüber.

»Was gibt es?«

»Ich kam zufällig vorbei.«

»Niemand kommt zufällig an Elm House vorbei.«

»Dr. Daley sagt, daß Miss Mackenzie gewisse Anzeichen von Besserung erkennen läßt.«

»Ein paar.«

»Hat sie irgend etwas über das Verbrechen gesagt?«

»Rupert, ist etwas passiert?«

»Alles bestens«, sagte er förmlich. »Ich wollte nur sehen, wie es Ihnen geht.«

»Bei uns ist auch alles bestens.«

Er stand auf, als wollte er gehen.

»Ich möchte Sie nur bitten«, sagte er, als sei ihm das gerade erst eingefallen, »daß Sie weiterhin auf alles Ungewöhnliche achten.«

»Natürlich.«

»Nicht, daß da irgend etwas wäre, aber wenn Ihnen etwas Ungewöhnliches auffällt oder wenn Miss Mackenzie irgend etwas sagt, wählen Sie 999, und verlangen Sie Stamford Central 2243. Das ist der schnellste Weg, mich jederzeit zu erreichen, Tag und Nacht.«

»Aber ich werde diese Nummer natürlich nicht brauchen, Rupert, weil Sie mir ja erklärt haben, wie vollkommen ungefährlich die Situation ist und daß ich mir keine Sorgen zu machen brauche.«

»Absolut nicht. Und das gilt noch immer, obwohl wir gehofft hatten, es wäre inzwischen schon zu einer Verhaftung gekommen. Ist das die einzige Tür nach draußen, abgesehen von der Haustür?« Er griff nach der Klinke und probierte sie aus. Sie schien nicht sehr stabil.

»Sollte ich Gitter anbringen lassen?«

»Natürlich nicht.«

»Rupert, es wäre bestimmt hilfreicher, wenn Sie mir sagen würden, nach wem ich Ausschau halten soll.«

»Sie sollen überhaupt nach niemandem Ausschau halten.«

»Haben Sie einen Verdächtigen oder eine Beschreibung oder ein Phantombild?«

»Wir gehen verschiedenen Möglichkeiten nach.«

»Rupert, hier wird nichts passieren. Keiner kümmert sich um Finn, und keiner weiß, daß sie hier ist.«

»Das ist der Sinn der Sache.«

»Mein Gott, Rupert, da war doch dieser Brand in einem Fuhrpark am Montag. Wie viele Kälbertransporter wurden zerstört? Vierzig?«

»Vierunddreißig Lastwagen erlitten Schäden verschiedenen Ausmaßes.«

»Sollten Sie also nicht unterwegs sein und den Tierfreunden Schwierigkeiten machen, statt mir Angst einzujagen?«

»Ich denke, daß einige meiner Kollegen auch dort ermitteln. Tatsächlich…« Er beendete den Satz nicht.

»Haben Sie einen Verdächtigen? Weshalb sind Sie wirklich hier?«

»Ich wollte nur mal vorbeischauen. Und jetzt gehe ich. Wir bleiben in Verbindung.«

»Möchten Sie Finn sehen?«

»Besser nicht. Ich will sie nicht nervös machen.«

Wir gingen zusammen zu seinem Wagen. Mir kam ein Gedanke.

»Haben Sie von Mrs. Ferrer gehört?«

»Nein.«

»Sie wollte Finn besuchen, ihr ein paar Sachen bringen, und ich dachte, es könnte Finn helfen, sie zu sehen.«

»Das ist im Augenblick wohl keine so gute Idee.«

»Aber vielleicht könnte ich sie besuchen. Ich fürchte, keiner hat sich in irgendeiner Weise um sie gekümmert. Und ich würde mit ihr auch gern über die Familie sprechen, über Finn. Könnten Sie mir vielleicht ihre Adresse geben?«

Baird blieb stehen und schaute zu meinem Haus zurück, anscheinend tief in Gedanken versunken. Er rieb sich die Augen.

»Ich werde darüber nachdenken.«

Wir verabschiedeten uns, und für den Bruchteil einer Sekunde hielt er meine Hand fest. Ich hatte das Gefühl, er wollte mir etwas sagen, aber er schwieg und nickte nur zum Abschied. Als ich mich umdrehte, um ins Haus zurückzugehen, sah ich Finns blasses Gesicht am Fenster. So leicht würde ich mich nicht abspeisen lassen. Und alles, was die Begegnung mit Danny und Roberta um ein paar Minuten hinauszögerte, war mir recht. Ich nahm den Telefonhörer und rief Michael Daley an.

Wie kommen Sie zurecht?« fragte Daley.

»Womit?«

Er lachte.

»Ich weiß nicht, wo ich anfangen soll. Mit Finn. Mit einem Kind. Mit dem Umzug aufs Land. Einem tollen neuen Job.«

»Ich komme zurecht. Ja, das tue ich.«

Michael fuhr mich auf der Ringstraße von Stamford in die Gegend von Castletown, wo Mrs. Ferrer wohnte. Michael hatte sich zuerst gesträubt, aber ich sagte ihm, nachdem ich Mrs. Ferrer getroffen hätte, fühlte ich eine gewisse Verantwortung für sie. Ich machte mir Sorgen um ihre Gemütsverfassung. Und ich dachte, wenn sie Finn sehen wollte, wäre das vielleicht für beide gut. Ich wollte sie unbedingt dazu ermutigen. Gewiß, sie hatte ziemlich entschlossen gewirkt, Finn aufzuspüren und sich zu verabschieden. Ich wollte in jedem Fall mit ihr sprechen. Nein, ich wollte mich nicht am Telefon mit ihr unterhalten, denn nach meiner Erfahrung bei der Beerdigung würde es viel Geduld erfordern – von Zeichensprache ganz zu schweigen –, einen sinnvollen Kontakt zu ihr herzustellen.

»Geben Sie mir einfach ihre Adresse, und ich werde vormittags hinfahren.«

»Ich glaube, daß sie vormittags arbeitet. Wenn Sie bis zum Nachmittag warten können, komme ich mit. Schließlich gelte ich als ihr Arzt. Es könnte wie ein Hausbesuch aussehen.«

Unterwegs zeigte Michael mir Überreste römischer Festungen, die Spuren einer Belagerung im Bürgerkrieg, einen alten Berg, aber dann ließen wir die interessanten lokalen Sehenswürdigkeiten hinter uns und fuhren zwischen Schulsportplätzen, Siedlungen des sozialen Wohnungsbaus, Einkaufsmärkten und Tankstellen dahin, über die es nichts zu sagen gab.

»Wie kommen *Sie* zurecht?«

»Gut«, sagte Daley ein wenig scharf. »Warum fragen Sie?«

»Aus Höflichkeit.«

»Zu mir brauchen Sie nicht höflich zu sein.«

»Sie haben mich noch nicht erlebt, wenn ich unhöflich bin.«

»Ich würde damit fertig.«

Michael wandte den Blick nicht von der Straße, und ich konnte den Ausdruck seiner Augen nicht sehen.

»Paßt es Ihnen nicht, daß ich hier bin?« fragte ich.

»In meinem Wagen?«

»Hier, auf der Bildfläche. Schließlich sind Sie doch Finns Arzt.«

»Ich habe Ihnen schon gesagt, daß ich nichts dagegen habe.«

»Es wäre nur natürlich.«

»Sie meinen, weil ich ein schlichter Allgemeinarzt in der Provinz bin und Sie eine hochgestellte Chefärztin?« Er schaute zu mir, um sich zu vergewissern, ob ich schockiert war.

»Sie sind nicht gerade das, was ich mir unter einem Landarzt vorstelle«, sagte ich. »Das ist ein Kompliment, glaube ich. Oder so etwas Ähnliches. Aber ich bin überrascht, daß Ihnen das genügt.«

Jetzt befanden wir uns in einer Wohngegend mit Terrassenhäusern.

»Wenn wir hier links abbiegen würden, kämen wir zum alten Haus der Mackenzies. Aber wir biegen rechts ab, in den etwas zweifelhaften Teil von Castletown. Ich glaube, wir sind uns ähnlich, Sie und ich.«

Ich grinste über seinen offensichtlichen Flirtversuch.

»Wieso?«

»Wir mögen Herausforderungen. Wir gehen auf die Dinge zu.«

»Worauf gehen Sie zu?«

»Als Kind hatte ich Höhenangst. Es gab eine Art Turm in der Nähe meiner Schule, ein Denkmal, das ein exzentrischer alter Herzog hatte erbauen lassen. Es hatte hundertsiebzig Stufen, und wenn man ganz oben war, hatte man ein Gefühl, als würde man fallen. Ich zwang mich während des Schuljahres, jede Woche hinaufzugehen.«

»Und, hat Sie was von Ihrer Höhenangst kuriert?«

»Nein. Dann wäre es langweilig geworden. Meine Arbeit ist bloß ein Job. Außer für Leute wie Mrs. Ferrer natürlich. Aber mein wirkliches Leben spielt sich woanders ab. Ich zwinge mich zu Dingen. Gleitschirmfliegen. Reiten. Sind Sie je gesegelt?«

»Nein, ich hasse Wasser.«

»Sie können nicht hier wohnen und nicht segeln. Sie müssen mal auf mein Boot kommen.«

»Tja…«

»Dieses Auto ist ein anderes Beispiel. Verstehen Sie etwas von Autos?«

»Mir kommt es nicht so vor, als wären wir uns ähnlich. Ich tue niemals Dinge, vor denen ich Angst habe.«

»Hier irgendwo muß es sein.«

»Hier? Dürfen wir denn hier parken?«

»Vertrauen Sie mir. Ich bin Arzt. Ich habe einen Aufkleber an der Windschutzscheibe. Ich mache einen Hausbesuch.«

»Wohnt sie bei Woolworth?«

Wir befanden uns in einer geschäftigen Einkaufsstraße. Mrs. Ferrer wohnte in einer der Wohnungen, die man nicht bemerkt. Eine Haustür zwischen Geschäften führte in den ersten Stock, von dem man nicht angenommen hätte, daß es ihn gibt. Durch eine Tür gelangte man von der Straße aus über ein paar mit grauem Teppich belegte Stufen zu einem Treppenabsatz, von dem zwei Türen abgingen. An der einen hing das Namensschild eines Zahnarztes, an der anderen stand nichts.

»Das muß es sein«, sagte Daley. »Praktisch zum Einkaufen jedenfalls.«

Es gab weder eine Klingel noch einen Türklopfer. Er klopfte mit dem Fingerknöchel an die Tür. Wir warteten in unbehaglichem Schweigen. Niemand erschien. Er klopfte noch einmal. Nichts.

»Vielleicht arbeitet sie«, schlug ich vor.

Daley drehte am Türknopf. Die Tür ließ sich öffnen.

»Ich glaube nicht, daß wir reingehen sollten«, sagte ich.

»Das Radio ist an.«

»Vermutlich hat sie vergessen, es auszuschalten, als sie wegging.«

»Vielleicht kann sie uns nicht hören. Gehen wir nach oben und sehen nach.«

Es folgten weitere Stufen. Diesmal ohne Teppich. Als ich oben angekommen war, wehte mir stickige heiße Luft entgegen. Michael schnitt eine Grimasse.

»Stimmt etwas mit der Stromversorgung nicht?« fragte ich.

»Erinnerung an Spanien, nehme ich an.«

»Mrs. Ferrer!« rief ich. »Hallo? Wo ist das Radio?«

Michael wies nach vorn in die winzige, schmutzige Küche.

»Ich suche die Heizung«, sagte er.

Ich ging in die Küche, in der blechern die Musik spielte. Ich fand das Radio neben dem Spülstein, drückte vergeblich auf Knöpfe und zog dann den Stecker aus der Wand. Ich hörte einen Schrei, den ich zuerst für ein verspätetes Plärren aus dem Radio hielt, aber dann erkannte ich, daß es mein Name war: »Sam! Sam!« Ich rannte weiter ins andere Zimmer und stieß auf eine seltsame Szene. Als ich, nur wenige Minuten später, daran zurückdachte, konnte ich mich nicht mehr erinnern, wie ich sie in meinem Kopf gedeutet hatte. Ich konnte eine vollständig bekleidete Frau auf dem Bett liegen sehen, in einem grauen Rock mit buntem Nylonpullover. Kein Kopf. Doch, da war ein Kopf, aber er wurde von etwas verdeckt, und Michael zog und riß hektisch daran herum. Es war Plastik, eine Tüte, wie man sie im Supermarkt für Obst bekommt. Michael steckte der Frau die Finger in den Mund und drückte dann fest auf ihre Brust, während er etwas mit ihren Augen machte. Ich sah mich nach einem Telefon um. Dort. Ich wählte.

»Bitte einen Krankenwagen. Was? Wo wir sind? Michael, wo sind wir?«

»Quinnan Street.«

»Quinnan Street. Bei Woolworth. Über Woolworth, glaube ich.

Und die Polizei auch.« Wie hieß er noch? Rupert. Rupert. »Sagen Sie Inspector Baird vom Stamford CID Bescheid.«

Ich legte den Hörer auf und sah mich um. Michael saß jetzt reglos da, verdeckte den größten Teil von Mrs. Ferrers Körper, obwohl ich ihre offenen Augen und ihr wirres graues Haar sehen konnte. Er stand auf und ging an mir vorbei. Ich hörte in der Küche einen Wasserhahn laufen. Ich ging hinüber und setzte mich neben die Leiche. Ich berührte ihr Haar und versuchte, es ein wenig zu ordnen, nur konnte ich mich nicht erinnern, wie es liegen sollte. Wer war noch da, der es wußte?

»Es tut mir leid«, sagte ich laut zu mir selbst, zu ihr. »Es tut mir so furchtbar leid.«

Der Krankenwagen war innerhalb von fünf Minuten da. Ein Mann und eine Frau in grünen Overalls kamen hereingerannt, wurden dann langsamer und hielten nach einer kurzen Untersuchung der Leiche inne. Sie sahen sich um, als erwachten sie aus einem Traum und sähen uns zum erstenmal. Während wir uns vorstellten, kamen zwei junge Constables die Treppe herauf. Ich fragte nach Baird, und einer von ihnen sprach in ein Funkgerät. Ich flüsterte mit Daley, fühlte mich schuldig, als wären wir Verschwörer.

»Wie ist sie gestorben?« Ich kannte die Antwort.

Er sah benommen aus.

»Plastiktüte«, murmelte er. »Über den Kopf. Erstickt.«

Ich spürte Schmerzen im Magen, die durch den Ösophagus aufzusteigen schienen und zu pochenden Kopfschmerzen wurden. Ich konnte nicht klar denken, wußte nur, daß ich am liebsten gegangen wäre, aber es nicht konnte. Ich war seltsam erleichtert, als ein paar Minuten später Baird erschien und in Begleitung eines zerstreut und zerknittert aussehenden Mannes, der mir als Kale, der Polizeipathologe, vorgestellt wurde, ins Zimmer trat. Mit einem Nicken ging Baird an mir vorbei und stand einen Moment schweigend vor der Leiche. Dann drehte er sich zu mir um.

»Was wollen Sie hier?« fragte er in gedämpftem Ton.

»Ich machte mir Sorgen um sie«, sagte ich.
»Aus gutem Grund, wie es scheint. Ist die Leiche bewegt worden?«
»Nein. Michael hat versucht, sie wiederzubeleben.«
»Ist der Tod erst vor kurzem eingetreten?«
»Keine Ahnung. Bei dieser Hitze ist das schwer zu sagen.«
Baird schüttelte den Kopf.
»Schrecklich«, sagte er.
»Ja«, sagte ich.
»Sie brauchen nicht zu bleiben. Keiner von Ihnen.«
»Ich denke, wir sollten es Finn besser sagen.«
»Das würde ich gern selbst tun, wenn es Ihnen recht ist.« Das war Michael. »Ich bin schließlich ihr Arzt.«
»Ja, das sind Sie.«

Und so fuhren wir auf lächerlich umständliche Art zurück nach Elm House. Michael fuhr mich zu seiner Praxis, wo ich meinen Wagen abgestellt hatte. Dann fuhren wir im Konvoi aus Stamford hinaus. Während der ganzen Fahrt dachte ich an diese Frau, die an den Schauplatz eines Verbrechens kommt, das Blut und das Leid sieht, damit nicht fertig wird, aber niemand hat, der ihr hilft. Und ich hatte das bereits gewußt und war zu spät gekommen.

Wir trafen Finn in der Küche an, wo sie mit Elsie Buchstaben malte. Ohne ein Wort nahm ich Finn und Elsie bei der Hand und ging hinaus zu Michael. Ich hielt Elsie fest in meinen Armen und redete mit ihr über den Tag in der Schule, während ich beobachtete, wie Michael und Finn zum Meer hinuntergingen. Ich sah ihre Silhouetten, und hinter ihnen hatte das Schilf in der tiefstehenden Sonne goldene Spitzen, obwohl es noch nicht mal vier Uhr war. Sie redeten und redeten und lehnten sich manchmal aneinander. Endlich kamen sie zurück. Ich setzte Elsie ab, und wortlos fiel Finn in meine Arme und drückte mich an sich, so daß ich ihren Atem an meinem Hals spürte. Ich fühlte, wie Elsie seitlich an mir zog, und wir alle lachten und gingen ins Haus.

14. KAPITEL

Bin ich Ihre Patientin?«

Ich fühlte mich wie eine Mutter, die gefragt wird, woher die Babys kommen, als hätte ich mir bereits die verschiedenen Antworten überlegt, die ich geben konnte, wenn die Frage gestellt wurde. Für einen Augenblick war ich hin- und hergerissen zwischen dem Wunsch zu trösten und der Verpflichtung, mich klar auszudrücken.

»Nein. Du bist Dr. Daleys Patientin. Aber du solltest dich nicht als Patientin betrachten.«

»Ich rede nicht von mir, ich rede von Ihnen.«

»Was meinst du?«

»Ich weiß nicht, was ich in Ihrem Haus mache. Verstecke ich mich? Bin ich auf der Flucht? Bin ich eine Untermieterin? Eine Freundin? Eine Kranke?«

Wir saßen in einer Art Bistro in der Nähe des alten Hafens in Goldswan Green, eine halbe Stunde die Küste hinauf und fast leer an diesem kalten Montag im Februar. Ich aß einen Teller Pasta, und Finn stocherte mit der Gabel in einem Beilagensalat, den sie als Hauptgericht bestellt hatte. Sie spießte ein Blatt von irgendeinem bitteren Salat auf, den ich ungenießbar fand, und drehte es.

»Ich nehme an, von allem etwas«, sagte ich. »Bis auf die Kranke.«

»Ich *fühle* mich krank. Ich fühle mich die ganze Zeit krank.«

»Ja.«

»Sie sind die Expertin, Sam«, sagte Finn, den Salat auf ihrem Teller herumschiebend. »Was *sollte* ich fühlen?«

»Finn, in meiner beruflichen Eigenschaft achte ich normalerweise darauf, daß ich den Leuten nicht sage, was sie tun oder fühlen sollten. Aber in diesem Fall werde ich eine Ausnahme machen.«

Finns Gesichtszüge verhärteten sich.

»Was meinen Sie?«

»Als Autorität auf dem Gebiet der posttraumatischen Persönlichkeitsstörungen würde ich dir dringend raten, daß du aufhörst, mit deinem Salat herumzuspielen und mit der Gabel über den Teller zu kratzen, denn das geht mir auf die Nerven.«

Finn fuhr zusammen, schaute nach unten und entspannte sich dann mit einem halben Lächeln.

»Andererseits«, fuhr ich fort, »könntest du etwas davon von deinem Teller in deinen Mund befördern.«

Finn zuckte mit den Schultern, steckte das große Salatblatt in den Mund und kaute es. Ich empfand ein Gefühl des Triumphes.

»Siehst du«, sagte ich. »Das war nicht so schwierig.«

»Ich habe Hunger«, sagte Finn, als registriere sie das Verhalten eines fremdartigen Geschöpfs.

»Ausgezeichnet.«

»Vielleicht könnte ich mir auch solche Nudeln bestellen wie Sie.«

»Nimm meine.«

Ich schob den Teller zu ihr hinüber, und sie begann zu essen, ganz aufgeregt von der Neuheit dessen, was sie da versuchte. Mehrere Minuten lang sprach keine von uns ein Wort. Mir genügte es, sie essen zu sehen.

»Vielleicht habe ich jetzt zuviel gegessen«, sagte Finn, als die beiden Teller leer waren.

»Soviel war es gar nicht. Eigentlich nur das, was ich übriggelassen habe. Möchtest du Kaffee?«

»Ja. Mit Milch.«

»Gut, Finn. Noch ein bißchen Eiweiß und Kalzium. Wir können anfangen, dich aufzupäppeln.«

Sie begann zu lachen, hielt dann aber inne.

»Warum hat sie es getan?«

»Wer? Mrs. Ferrer?« Ich zuckte mit den Schultern, und dann machte ich einen Versuch. »Sie wollte dich besuchen kommen, weißt du. Sie wollte nach Spanien zurück, aber vorher wollte sie dich gern sehen.« Ich erinnerte mich an ihr hektisches Verlangen, das »kleine Mädchen« zu sehen – und dann dachte ich daran, wie sie in ihrem farbenfrohen Pullover tot auf dem Bett gelegen hatte.

Finns Gesicht verdüsterte sich. Sie schien durch mich hindurch auf etwas sehr Fernes zu blicken.

»Ich wünschte – das glaube ich jedenfalls –, daß sie es getan hätte. Ich hätte sie gern gesprochen. Es war der Horror vor dem, was sie gesehen hat, nehme ich an.«

»Irgend etwas muß es gewesen sein«, sagte ich abwesend.

»Sie hören sich argwöhnisch an.«

»Das wollte ich nicht.«

»Meinen Sie, daß ich dumm war? Wegen dem Feuer?«

An diesem chaotischen Samstag nachmittag war Danny kurz nach Rupert und Bobbie gegangen – er hatte seine Reisetasche und die Schultertasche genommen, Michael und Finn ignoriert und mir kurz zugenickt. Als ich versuchte, ihn zurückzuhalten (»Ich weiß, daß es nicht ideal ist, aber laß uns später darüber reden«), hatte er müde gesagt, er habe drei Tage darauf gewartet, mit mir zu reden, und ich sei bloß schnippisch und feindselig gewesen, und ob ich inzwischen nicht gemerkt hätte, daß mein »Später« niemals kam. Außerdem habe er ohnehin in London zu tun. Worauf ich kindisch zischte, daß er sich wie ein Baby benehme. Dann war er in einer Abgaswolke verschwunden. Das wurde zur Gewohnheit. Weder Finn noch Michael sagten irgend etwas dazu, und Elsie schien kaum zu bemerken, daß er nicht mehr da war. Mrs. Ferrers Tod, meine Konzentration auf Finn, all das hatte ihn an die Peripherie meines Bewußtseins gedrängt. Dann, am folgenden Sonntagmorgen, war plötzlich Michael Daley aufgetaucht. Ich war im Garten und sammelte Bretter, Holzreste und abgebrochene Äste für ein Feuer, als sein Audi in die Einfahrt bog. Er kam nicht zu mir herüber, sondern nahm ungefähr ein Dutzend oder mehr Einkaufstüten von Waitrose aus dem Kofferraum. Kaufte er jetzt unsere Lebensmittel ein?

Doch dieses Glück war uns nicht beschieden. Er hatte ein paar von Finns Kleidern mitgebracht, die die Polizei aus dem Haus freigegeben hatte.

»Wo soll ich das alles hintun?« fragte ich, als wir die Tüten über den Weg in den Flur trugen.

»Ich dachte, das wäre vielleicht ein Schritt in die Normalität«, sagte Daley.

»Ich habe mich schon gefragt, wie lange Finn wohl in meinen aufgekrempelten Jeans herumlaufen muß.«

»Tut mir leid, daß ich nicht bleiben kann«, sagte Daley. »Grüßen Sie sie von mir?«

»Grüße«, sagte ich. »Ich weiß nie, was das ist.«

»Sie können sich etwas ausdenken.«

»Sind Sie in Ordnung?«

»Was meinen Sie?«

»Sie haben noch eine Patientin verloren.«

»Soll das ein Scherz sein?« fragte er scharf und schwieg dann. Er ging, ohne Finn gesehen zu haben. Ich rief sie nach unten.

»Sieh mal, was der Arzt dir gebracht hat«, sagte ich.

Sie war sichtlich verblüfft. Sie zog eine braune, zerknitterte Samtbluse aus einer der Tüten und hielt sie hoch.

»Ich habe draußen zu arbeiten«, sagte ich. »Ich verbrenne so ungefähr alles, was sich im Garten bewegen läßt. Wenn du willst, lasse ich dich jetzt allein, damit du deine Sachen durchsehen kannst.«

Sie nickte, sagte aber nichts. Ich ging, und als ich mich noch einmal umschaute, bevor ich die Haustür schloß, sah ich sie im Flur knien und den Samt an ihre Wange drücken, als wäre sie ein kleines, verlorenes Kind.

Gärtnern wird mir immer ein Geheimnis bleiben, aber ich zünde gern Feuer an. Es hatte geregnet, und es war nicht einfach, aber das machte die Sache nur spannender. Ich hatte Zeitungspapier zu Bällen zusammengeknüllt und an verschiedenen Stellen auf der Windseite meines Müllhaufens verteilt. Ich zündete sie an, und sie knisterten, glühten und verloschen. Ich sah im Schuppen nach und fand eine fast leere Schachtel mit Zündwürfeln und eine Spülmittelflasche, die nicht mehr nach Spülmittel roch. Ich wickelte die ganze Schachtel in Zeitungen und schob sie tief in den Müllhaufen. Dann schüttete ich alles, was von der benzinähnlichen Flüssigkeit noch übrig war, darüber. Ich war nicht sicher, ob mein Müllhaufen zu brennen anfangen oder einfach in die Luft fliegen würde. Ich zündete ein Streichholz an und warf es auf den Haufen. Es gab einen lauten Knall, als sei ein Punchingball auf einen Betonboden gefallen. Ich sah ein gelbes Licht, hörte Knistern, und dann schlugen Flammen aus dem Haufen, und ein weiches, unsichtbares Kissen aus Hitze an meinen Wangen und meiner Stirn trieb mich zurück.

Wie immer faszinierte mich das Feuer am stärksten, wenn es sich nach dem Ende der ersten widerspenstigen Phase plötzlich nicht mehr stoppen ließ. Ich fing an, die Flammen mit Abfällen aus dem Garten zu füttern. Da waren alte, graue Holzgitter, ein Stapel alter Bretter an der Rückwand des Hauses, und alle knackten und knisterten bald mitten in der Glut und sprühten Funken. Ich spürte jemanden neben mir. Es war Finn. Die Flammen spiegelten sich tanzend in ihren Augen.

»Tolles Feuer, was?« sagte ich. »Ich hätte Pyromanin werden sollen. Ich *bin* Pyromanin. Ich kann mir nicht vorstellen, eine Bank auszurauben oder jemanden umzubringen, aber ich kann die Lust verstehen, ein großes Gebäude anzuzünden und zu beobachten, wie es verbrennt. Aber das hier muß reichen.«

Finn lehnte sich dicht an mich und legte eine Hand auf meine Schulter. Ich konnte die Berührung ihrer Lippen spüren, als sie mir ins Ohr flüsterte. Als sie alles gesagt hatte, trat sie ein wenig zurück, war aber immer noch nahe. Ich konnte den goldenen Flaum auf ihren Wangen sehen.

»Bist du sicher?« fragte ich.

Sie nickte.

»Möchtest du sie nicht in einen Secondhandladen bringen oder so?«

Sie schüttelte den Kopf.

»Ich will nicht, daß jemand anders sie trägt.«

»Was immer du möchtest, ist richtig.«

Sie ging ins Haus zurück, und eine Minute später kam sie mit einem Arm voller Röcke, Kleider und Blusen zurück. Sie ging an mir vorbei und warf sie auf den brennenden Haufen. Die bunten Stoffe bliesen sich auf wie Luftballons, warfen Blasen und zerplatzten. Finn holte eine Tüte nach der anderen. Es waren ein paar schöne Kleidungsstücke darunter, Dinge, die sie gekauft haben mußte, nachdem sie abgenommen hatte. Finn mußte einen wehmütigen Ausdruck auf meinem Gesicht wahrgenommen haben, denn nach einem ihrer Gänge stülpte sie mir einen Filzhut auf den Kopf und wickelte mir einen pflaumenfarbenen Kaschmirschal um den Hals. Der Hut paßte mir genau.

»Miete«, sagte sie mit einem Lächeln.

Sie selbst behielt überhaupt nichts. Als alles vorüber war, betrachteten wir gemeinsam das Feuer, sahen zu, wie die Reste von Borten und Bändern von den Flammen verzehrt wurden, und mir war ein bißchen übel dabei.

»Und was machen wir jetzt?« fragte Finn schließlich.

»Ich denke, daß ich dich morgen zum Einkaufen fahre.«

»Es tut mir leid, Sam«, sagte Finn, während sie den Rest ihres Kaffees austrank. »Oh, ist der bitter. Schön. Ich weiß, daß es melodramatisch war, alles so zu verbrennen, aber mein Gefühl sagte mir, daß ich es tun müßte.«

»Du brauchst es mir nicht zu erklären.«

»Doch, ich möchte es aber. Es ist schwer für mich, das in Worte zu fassen, aber ungefähr so empfinde ich. In gewisser Weise fühle ich mich angesteckt von diesen Leuten, die versucht haben ... Sie wissen schon. Durch sie ist mein Leben auseinandergerissen und völlig verändert worden. Verstehen Sie, was ich meine? Man möchte doch das Gefühl haben, daß das eigene Leben eine gute Richtung eingeschlagen hat. Aber ich fühlte, ich fühle, daß mein Leben von Menschen, die uns gehaßt haben, in eine bestimmte Richtung gedrängt worden ist. Ich mußte all das kappen und noch einmal neu geboren werden. Mich selbst neu definieren. Verstehen Sie, was ich meine?«

»Ich verstehe vollkommen«, sagte ich mit absichtlich freundlicher Billigung. »Aber du bist daran gewöhnt, nicht?«

»Wie meinen Sie das?«

»Du hast an Anorexie und Bulimie gelitten, und das war lebensbedrohlich. Aber du hast weitergemacht. Du weißt, wie man wieder gesund wird, und das ist wunderbar.« Ich schwieg einen Moment und fragte mich, wie weit ich gehen konnte. »Weißt du, es ist komisch. Das erste Mal habe ich dich auf irgendeinem alten Foto gesehen, rundlich und ängstlich. Und nun bist du hier, ein anderer Mensch, in Sicherheit, lebendig.«

Ich sah Finn an. Ihre Hand zitterte so, daß sie das Messer hinlegen mußte.

»Ich habe dieses Mädchen gehaßt. Die fette Fiona Mackenzie. Ich spüre keine Verbindung zu ihr. Ich habe mir ein neues Leben aufgebaut, oder ich dachte, ich hätte das getan. Aber es fällt mir schwer, das Gute zu akzeptieren. Sie und Elsie kennengelernt zu haben und all das. Manchmal denke ich, daß ich Sie und Elsie durch, Sie wissen schon, durch *die* kennengelernt habe. Ich weiß nicht recht, ob ich darüber reden sollte. Soll ich darüber reden?«

Ich hatte immer wieder andere Gefühle und fürchtete, daß ich mich zu verschiedenen Zeiten unterschiedlich äußerte. Wenn ich Fionas Fall mit einem Kollegen diskutiert hätte, dann hätten wir die verschiedenen therapeutischen Möglichkeiten und deren unterschiedliche und sehr umstrittene Erfolgsaussichten diskutiert. Einem oder zwei besonders vertrauten Freunden gegenüber hätte ich vielleicht angemerkt, daß wir bei der Behandlung posttraumatischer Persönlichkeitsstörungen noch im Mittelalter stecken, im Zeitalter von Aberglauben, Körpersäften, Wechselfieber und Blutungen. Finn suchte bei mir die Art von Autorität, die die Leute von Ärzten erwarten. Und ich wußte so viel über das Thema, daß ich mir nicht so sicher war wie jemand, der vielleicht weniger Ahnung hatte. Das meiste, was die Menschen über Traumata und deren Behandlung zu wissen glaubten, war falsch. Die Wahrheit scheint eher so zu sein, daß es manchen Leuten hilft, wenn sie über ihre Erfahrung sprechen können, wohingegen sich bei anderen der Zustand verschlechtert und bei wieder anderen ziemlich unverändert bleibt. Und das hören die Leute von einem Arzt nicht gern.

Ich atmete tief ein und versuchte, so wahrheitsgetreu zu antworten, wie wir beide es ertragen konnten.

»Ich weiß nicht, Finn. Ich wünschte, ich könnte dir eine einfache Antwort geben, durch die du dich besser fühlst, aber das kann ich nicht. Ich möchte nur, daß du weißt, daß du mir alles sagen kannst. Andererseits bin ich nicht die Polizei. Ich will von dir keine Indizien. Und ich kann es nicht oft genug sagen: Ich bin nicht deine Ärztin. Hier geht es nicht um irgendeinen Therapieplan. Aber wenn ich meinem großen und edlen Beruf für einen Augenblick untreu werden kann, dann ist das vielleicht nicht nur schlecht.« Ich griff über den Tisch und nahm Finns Hand. »Manchmal denke ich, daß es Ärzten besonders schwerfällt, Leiden zu akzeptieren. Dir ist etwas überaus Schreckliches, Unaussprechliches zugestoßen. Alles, was ich sagen kann, ist, daß der Schmerz mit der Zeit nachlassen wird. Vermutlich wird es besser, wenn die Mistkerle, die das getan haben, geschnappt worden sind. Aber wenn du besondere physische Symptome an dir feststellst, dann mußt du mit mir oder Dr. Daley reden, und er wird sich darum kümmern. In Ordnung?«

»Wahrscheinlich.«

»Das genügt.«

»Sam?«

»Ja?«

»Ich bin im Weg, oder?«

»Alles in meinem Leben war immer allem anderen im Weg. Aber ich habe entschieden, daß du eines von den guten Dingen bist, und das ist alles, was zählt.«

»Sie müssen nicht denken, Sie müßten nett zu mir sein, Sam. Ich hindere Sie beispielsweise daran, Ihr Buch zu schreiben.«

»Ich war im Nichtschreiben auch schon ganz gut, bevor du gekommen bist.«

»Wovon handelt es?«

»Ach, weißt du, Traumata, das, was ich mache, dieses ganze Zeug.«

»Nein, wirklich, wovon handelt es?«

In gespielter Ungläubigkeit kniff ich die Augen zusammen. Ich rief die Kellnerin und bestellte noch zwei Tassen Kaffee.

»Gut, Finn, du hast danach gefragt. Die Grundlage des Buches ist der Status von posttraumatischen Persönlichkeitsveränderungen als Krankheit. Es ist immer die Frage, ob eine Pathologie, ich meine, eine spezielle Krankheit, tatsächlich schon existiert hat, bevor sie identifiziert und mit einem lateinischen Namen versehen wurde. Bobbie, ausgerechnet, hat mir einmal eine gute Frage gestellt. Sie hat gefragt, ob die Steinzeitmenschen nach einem Kampf mit einem Dinosaurier an posttraumatischen Persönlichkeitsstörungen gelitten hätten. Zuerst habe ich ihr erklärt, daß es in der Steinzeit keine Dinosaurier gab, aber ihre Frage ließ mich nicht los. Wir wissen, daß Neandertaler Knochenbrüche hatten, aber hatten sie nach schrecklichen Erlebnissen auch schlechte Träume, zeigten sie Reaktionen oder Vermeidungsverhalten?«

»Und, hatten sie?«

»Das weiß Gott allein. Mein Plan ist, die Geschichte dieses Zustands kurz zu umreißen, der oftmals mit falschen Analogien zu sichtbaren physischen Traumata beschrieben wurde. Und dann werde ich die erstaunlichen Widersprüche in Diagnose und Behandlung dieser Störung im heutigen Großbritannien analysieren.«

»Werden Sie *mich* als Fallbeispiel nehmen?«

»Nein. Und jetzt laß uns ein bißchen Geld ausgeben.«

Wir verbrachten ein paar Stunden wie im Delirium, indem wir in der gepflasterten Fußgängerzone des Einkaufszentrums von Goldswan Green herumliefen. Ich probierte einen absurd aussehenden kleinen Pillbox-Hut mit Schleier an, der perfekt zu einem schwarzen Kleid, schwarzen Strümpfen und schwarzen Schuhen gepaßt hätte, was ich alles nicht besaß. Aber ich kaufte eine marineblaue Samtweste und dachte an ein Paar Ohrringe, bis ich mir klarmachte, daß der Sinn unserer Expedition darin bestand, Finn auszustatten und nicht mich; ich wandte meine Aufmerksamkeit also ihr zu. Wir fanden einen großen Laden und kleideten sie von Grund auf ein: Socken, Unterhosen, Unterhemden, T-Shirts, zwei Jeans – eine schwarz, eine blau. Ich tendiere eher dazu, hastig herumzugehen und mehr oder weniger im Schnellverfahren einzukaufen, aber Finns Ernsthaftigkeit und Genauigkeit beeindruckten mich. Ihre Wahl hatte nichts Frivoles oder Leichtfertiges. Sie suchte ihre Kleider mit der Präzision eines Menschen aus, der sich darauf vorbereitet, einen Berg zu besteigen, wo jedes überflüssige Gramm Gewicht eine Belastung darstellt.

Während wir durch das Geschäft schlenderten, fiel mir auf, daß eine andere Frau uns beobachtete. Ich fragte mich, ob das daran lag, daß wir so viel kauften, und vergaß sie schließlich, bis ich hinter mir eine Stimme hörte.

»Bist du nicht, Sam, oder irre ich mich?«

Ich drehte mich um und hatte nicht das Gefühl, sie zu kennen. Die Frau war mir irgendwie vertraut, aber ich wußte nicht, wo ich sie unterbringen sollte.

»Hallo ...«

»Ich bin Lucy, Lucy Myers.«

»Hallo ...«

»Aus Barts.«

Jetzt wußte ich, wer sie war. Christian Society. Eine Brille, die sie nicht mehr trug. Sie hatte Pädiatrie belegt.

»Lucy, wie geht es dir? Tut mir leid, ich habe dich nicht sofort erkannt. Das muß an deiner Brille liegen, die du nicht mehr trägst.«

»Ich war auch nicht ganz sicher, ob du es bist, Sam, wegen deiner Haare. Sie wirken richtig ... richtig ...« Lucy suchte nach dem passenden Wort. »Mutig«, sagte sie verzweifelt. »Interessant, meine ich. Aber ich weiß alles über dich. Du bist jetzt am Stamford General.«

»Richtig, du auch?«

»Ja, seit Jahren. Ich bin dort in der Gegend aufgewachsen.«

»Oh.«

Eine Pause trat ein. Lucy sah Finn erwartungsvoll an.

»Oh«, sagte ich. »Das ist Fiona. Jones. Wir arbeiten zusammen.«

Sie nickten einander zu. Ich wollte das nicht in die Länge ziehen.

»Also, Lucy, schön, dich zu sehen. Wenn du im Krankenhaus bist, müssen wir, weißt du…«

»Ja.«

»Also, ich muß weiter einkaufen.«

»Ja.«

Lucy wandte sich ab.

»Sie waren nicht sehr nett zu ihr«, flüsterte Finn mir zu, während wir ein paar Strickjacken betrachteten.

»Sie war keine Freundin, wir waren bloß im gleichen Studienjahr. Ich möchte auf keinen Fall, daß wir hier draußen mitten in der Wildnis plötzlich als Seelenfreundinnen gelten.«

Finn kicherte.

»Und ich sehe Leute gern nur auf Verabredung«, fügte ich hinzu. »Hier.« Ich hielt ihr eine graue Strickjacke vor. »Ich befehle dir, die zu kaufen.«

»Kaufen Sie sie für sich.«

»Wenn du meinst.«

Ich lag mit offenen Augen in der Dunkelheit im Bett. Übermorgen war Valentinstag. Würde Danny mit einer roten Rose, einem sarkastischen Lächeln, einem ärgerlichen Wort und einem freundlichen Blick erscheinen? Würde er überhaupt je wiederkommen? Oder hatte ich ihn verloren, achtlos, ohne es wirklich zu wollen, nur weil ich nicht in seine Richtung geschaut hatte? Ich würde ihm morgen schreiben, nahm ich mir vor, ich würde die Dinge wieder in Ordnung bringen, und mit diesem Vorsatz schlief ich ein.

15. KAPITEL

Als ich am Mittwoch, in Dannys Morgenrock gehüllt, den er bei seinem hastigen Aufbruch vergessen hatte, die kalte Treppe heruntergeschlurft kam, hatte ein Brief auf der Fußmatte gelegen. Aber für den Postboten war es zu früh, und das »SAM« auf dem Umschlag, mit blauem Filzstift geschrieben, zeigte, daß er von Elsie stammte und nicht von Danny. Nachdem der Thermostat hochgedreht und der Wasserkessel aufgesetzt war, hatte ich mit dem Finger den zugeklebten Umschlag aufgerissen. Sie hatte ein rosa Herz aus Kreppapier auf eine weiße Karte geklebt. In der Karte stand in schiefen Buchstaben, die Elsie gemalt hatte, zweifellos nach Finns Diktat: »Alles Gute zum Valentinstag. Wir lieben Dich.«

Das »Wir« hatte mich irritiert, aber auch gerührt. In einem Augenblick der Schwäche hatte ich Elsie gestattet, mit einer weiteren, nicht sehr schweren Erkältung zu Hause zu bleiben, und wir hatten zu dritt am Küchentisch gesessen und Reiscrispies und Toast gegessen. Von Danny war nichts gekommen – keine Karte, kein Anruf, kein Zeichen, daß er an mich dachte. Ich wünschte, ich hätte ihm den gestrigen, ziemlich groben Brief nie geschickt. Nun ja, wem lag denn überhaupt etwas am Valentinstag? Mir.

Am Vormittag hatten wir im Haus herumgewerkelt. Eine Weile sah Finn das Bündel von Briefen durch, die Angeloglou am Vortag vorbeigebracht hatte – Briefe, die Freunde ihr geschrieben und bei der Polizei abgegeben hatten, damit sie sie ihr zustellte. Es war ein ziemlich dickes Päckchen, das sie ein bißchen geheimniskrämerisch auf den Knien hielt. Ich beobachtete sie sehr genau, um zu sehen, ob sie sich aufregte, aber sie blieb seltsam unberührt. Es war fast, als hätte sie kein Interesse an den Briefen. Nach kurzer Zeit schob sie alle wieder zusammen und trug sie nach oben in ihr Zimmer. Sie erwähnte sie mir gegenüber nie, und ich sah auch nicht, daß sie sie noch einmal zur Hand nahm.

Inzwischen war Finn fasziniert vom Thema Trauma, vielleicht auch von sich selbst, und ich erzählte ihr von den Anfängen, von abnormer Angst vor Eisenbahnfahrten und vom Granatschock und daß die Ärzte im Ersten Weltkrieg gedacht hatten, das sei die Folge von Artillerieeinschlägen. Finns Interesse amüsierte mich; ich war nur ein bißchen darüber besorgt, ob die Beschäftigung mit ihrem eigenen Zustand ihr nicht schadete. Wir wollten zu einem Spaziergang aufbrechen, sobald der Regen nachließ. Aber der Regen ließ nicht nach. Er wurde immer stärker und dichter, und die Fenster waren jetzt beinahe undurchsichtig, als wohnten wir hinter einem Wasserfall.

»Es ist, als wären wir in einer Arche«, sagte ich, und natürlich wollte Elsie wissen, was eine Arche sei. Wo sollte ich anfangen?

»Das ist eine Geschichte«, sagte ich. »Vor langer Zeit kam Gott – in der Geschichte hatte er vorher die Welt gemacht – zu dem Entschluß, die Welt sei nicht gut geworden und alle Menschen würden sich schlecht benehmen. Also beschloß er, es regnen und regnen und regnen zu lassen, bis die ganze Welt unter Wasser stand, und so alle umzubringen ...«

Ich unterbrach und schaute ängstlich zu Finn hinüber, die ausgestreckt auf dem Sofa lag. Schon allein das Aussprechen dieses Worts schien taktlos. Wie hatte sie es aufgenommen? Finn sah mich nicht an. Sie blickte zu Elsie hinüber, rollte sich vom Sofa auf den Boden und kroch zu Elsie, die neben ihrer Spielzeugkiste saß.

»Aber er hat nicht alle umgebracht«, sagte Finn. »Da gab es einen Mann, der hieß Noah, und Noahs Frau und seine Kinder, und Gott hatte sie lieb. Darum sagte Gott zu Noah, er solle ein ganz großes Boot, eine Arche, bauen und alle Tiere auf das Boot bringen, damit sie gerettet werden könnten. Also baute Noah die Arche und brachte alle Tiere hinein, die er finden konnte. Hunde und Katzen zum Beispiel.«

»Und Löwen«, sagte Elsie. »Und Pandabären. Und Haifische.«

»Haifische nicht«, sagte Finn. »Den Haifischen ging es gut. Die konnten ja schwimmen. Aber die anderen, die Familie und die Tiere, die blieben alle in der Arche. Und es regnete und regnete, und die ganze Welt stand unter Wasser, und sie blieben heil und trocken.«

»Hatte sie ein Dach?«

»Ja. Die Arche war wie ein Haus auf einem Boot. Und am Ende, als das Wasser wieder fort war, versprach Gott, er würde es nie wieder tun. Und weißt du, was er getan hat, um sein Versprechen zu bekräftigen?«

»Nein«, sagte Elsie mit offenem Mund.

»Schau, ich werde es dir zeigen. Wo sind deine Filzstifte?« Finn griff in Elsies Spielkiste und nahm ein paar Stifte und ein Blatt Papier heraus. »Mal sehen, ob du raten kannst, was ich zeichne.« Sie zeichnete eine zinnoberrote Kurve. Dann zog sie darüber eine gelbe Linie und über dieser eine blaue.

»Ich weiß es«, sagte Elsie. »Das ist ein Regenbogen.«

»Richtig. Den hat Gott in den Himmel gesetzt als Zeichen für sein Versprechen, daß es nie wieder passieren wird.«

»Können wir einen Regenbogen sehen? Jetzt?«

»Vielleicht später. Falls die Sonne herauskommt.«

Das tat sie nicht. Wir nahmen ein gutes, altmodisches, ländliches Mittagessen zu uns, das irgendein großstädtischer Idiot erfunden hatte. Schönes frisches Brot, halb gebacken im Supermarkt gekauft. Ich pulte die Frischhaltefolie von einem Stück Käse. Ein paar Tomaten aus einer Folienpackung. Ein Glas Relish. Margarine aus Sonnenblumenkernen. Finn und ich teilten uns eine große Flasche belgisches Bier. Elsie plapperte, aber Finn und ich waren ziemlich schweigsam. Bier und Käse und der Regen auf dem Dach. Mir reichte das.

Ich holte ein paar Scheite aus dem Schuppen an der Seite des Hauses und zündete im Wohnzimmerkamin ein Feuer an. Als die Flammen loderten, nahm ich das Schachbrett und die Figuren und stellte alles auf den Teppich. Während ich eine Weltmeisterschaftspartie zwischen Karpow und Kasparow nachspielte, hockten Finn und Elsie auf der anderen Seite des Kamins. Elsie malte mit wilder Entschlossenheit, und Finn erzählte ihr mit leiser, verschwörerischer Stimme eine Geschichte. Manchmal flüsterte Elsie etwas zurück.

Ich schaute auf das Brett und verlor mich in Karpows strategischen Spinnennetzen, die den winzigsten Vorteil in einen durch nichts aufzuhaltenden Angriff verwandelten, und in Kasparows Kopfsprüngen in furchterregende Komplikationen, immer in der Gewißheit, daß er es schaffte, wieder herauszukommen. Ich spielte mit Variationen herum, und so dauerte die Partie sehr lange. Nach einer gewissen Zeit, wie lange, weiß ich nicht mehr, nahm ich das Klirren von Porzellan und einen warmen, vertrauten Duft neben mir wahr. Finn kniete mit einem Tablett auf dem Teppich. Sie hatte Tee und Toast und ein paar heiße Brötchen für Elsie gemacht.

»Wie soll ich es schaffen, je wieder in eine Praxis zu gehen?« sagte ich.

»Ich begreife nicht, wie Sie sich so in ein Spiel vertiefen können«, sagte Finn. »Spielen Sie bloß etwas nach, das jemand anderer schon gespielt hat?«

»Richtig. Es ist, als würde man Gedanken in Aktion sehen.«

Finn rümpfte die Nase.

»Für mich hört sich das nicht sehr spaßig an.«

»Ich weiß auch nicht, ob *Spaß* das richtige Wort ist. Wer hat gesagt, daß das Leben Spaß machen soll? Kennst du die Züge?«

»Wie meinen Sie das?«

»Daß ein Läufer sich diagonal bewegt, daß ein König nur jeweils ein Feld weitergehen darf und all das.«

»Ja, soviel weiß ich.«

»Dann schau dir das an.«

Ich stellte die Figuren rasch wieder in die Ausgangsposition und begann, eine Partie nachzuspielen, die ich auswendig konnte.

»Wer gewinnt?« fragte Finn.

»Schwarz. Er war dreizehn Jahre alt.«

»Ein Freund von Ihnen?«

Ich lachte.

»Nein. Das war Bobby Fisher.«

»Nie von ihm gehört.«

»Er wurde Weltmeister. Sein Gegner traute sich jedenfalls zuviel zu und vernachlässigte die Entwicklung seiner Figuren.«

Ich spielte den siebzehnten Zug von Weiß.

»Schau auf das Brett«, sagte ich. »Was kannst du sehen?«

Finn bedachte die Stellung mehr als eine Minute lang mit ihrer ernsthaften Konzentration, die mich so beeindruckte.

»Es sieht so aus, als wäre Weiß in der besseren Position.«

»Sehr gut. Warum?«

»Sowohl die Dame von Schwarz als auch sein Springer...«

»Ja?«

»Sie sind... beide bedroht. Er kann sie nicht beide retten. Also, wie hat Schwarz gewonnen?«

Ich griff nach dem Läufer und zog ihn über das Brett. Amüsiert beobachtete ich Finns Verblüffung.

»Aber das bewirkt doch nichts, oder?«

»Doch. Ich liebe diese Stellung.«

»Warum?«

»Weiß hat viele verschiedene Möglichkeiten. Er kann die Dame oder den Springer nehmen. Er kann den Läufer abtauschen. Er kann gar nichts tun und versuchen, alles dichtzumachen. Was immer er macht, er verliert auf vollkommen andere Weise. Versuch's mal, probier was.«

Finn überlegte einen Augenblick und nahm dann den schwarzen Läufer. Nach nur vier Zügen gab es ein wunderschönes Matt mit dem Springer.

»Das ist toll«, sagte Finn. »Wie konnte er das alles im Kopf vorhersehen?«

»Das weiß ich nicht. Es tut mir weh, wenn ich bloß dran denke.«

»Trotzdem, das ist kein Spiel für mich«, sagte Finn. »Die Figuren stehen alle offen da. Mein Spiel ist Poker. Das ganze Bluffen und Täuschen.«

»Laß das bloß nicht Danny hören, sonst hält er dich die ganze Nacht damit wach. Jedenfalls ist das die Schönheit des Spiels. Des Schachspiels, meine ich. Zwei Leute sitzen sich am Brett gegenüber, alle Figuren sind sichtbar, und sie manipulieren sich gegenseitig, bluffen, locken, halten sich zum Narren. Es gibt kein Versteck. Warte eine Sekunde.« Ich griff nach einem Buch, das neben dem Brett lag, und schlug das Motto auf. »Hör dir das an: ›Auf dem Schachbrett können Lüge und Heuchelei nicht lange überleben. Die kreative Kombination deckt die Anmaßung der Lüge auf; das gnadenlose Faktum, das im Schachmatt gipfelt, stellt den Heuchler bloß.‹«

Finn zog eine fast kokette kleine Schnute.

»Für mich hört sich das ein bißchen angsterregend an. Ich möchte nicht bloßgestellt werden.«

»Ich weiß«, sagte ich. »Wir brauchen unsere kleinen Selbsttäuschungen und Strategien. Im wirklichen Leben, meine ich, was immer das wirkliche Leben ist. Schach ist eine andere Welt, wo all das abgelegt wird. In der Partie, die ich dir gerade gezeigt habe, hat ein kleiner Junge einen erwachsenen Meisterspieler dazu verleitet, sich ganz offen selbst zu zerstören. Laß mich dir etwas zeigen. Als du heute morgen mit Elsie gesprochen hast, habe ich daran denken müssen.«

Ich stellte die Figuren wieder auf und spielte die ersten paar Züge der Abtauschversion der Ruy-Lopez-Eröffnung.

»Du bist Weiß. Was würdest du tun?«

Finn dachte einen Augenblick nach.

»Den Bauern nehmen, denke ich.«

»Also gut. Tu es.«

Nach wenigen erzwungenen Zügen hatte sie ihren Läufer verloren. Finn lächelte.

»Erwischt«, sagte sie. »Wieso mußten Sie bei meiner Bibellektion für Elsie daran denken?«

»Weil es einen Namen hat. Es heißt ›die Arche-Noah-Falle‹.«

»Wieso denn das?«

»Keine Ahnung. Vielleicht sieht die Linie der schwarzen Bauern, die deinen Läufer gefangen haben, wie das geneigte Dach einer Arche aus. Vielleicht ist es einfach eine sehr alte Falle. Ich wollte nur versuchen, dir zu zeigen, daß Schach kein zivilisiertes Spiel ist.« Ich merkte, daß mir ihre Aufmerksamkeit entglitt. »Wir müssen irgendwann einmal spielen. Aber nicht heute.«

»Nein, heute bestimmt nicht«, sagte Finn entschieden. »Ich möchte Ihnen nicht ausgeliefert sein. Jedenfalls nicht mehr, als ich es schon bin. Noch Tee?«

»Ich möchte Schach spielen.«

Das war Elsie, die ihre Zeichnung beendet oder aufgegeben hatte.

»Schach«, sagte ich. »In Ordnung. Wie nennt man diese Figur?«

»Weiß nicht.«

»Wie können Sie sich all diese Züge merken?« fragte Finn.

»Weil sie mich interessieren.«

»Mein Gedächtnis ist vollkommen unbrauchbar.«

»Das bezweifle ich. Ich will dir etwas zeigen. Such dir sieben oder acht Gegenstände hier im Raum aus und sag uns, welche es sind.«

Nachdem Finn das getan hatte, schickten wir sie für ein paar Minuten aus dem Zimmer und riefen sie dann wieder herein. Sie hockte sich zu Elsie und mir auf den Fußboden.

»Also, Elsie, was war es?«

Elsie schloß die Augen und runzelte die Stirn und ihre kleine, runde Nase.

»Es war eine Schachfigur … und eine Tasse … und eine Lampe … und ein Bild von einem Schaf und ein rosa Filzschreiber und ein gelber Filzschreiber … und Fings Schuhe und Mummys Uhr.«

»Großartig«, sagte ich.

»Das ist sehr gut für eine Fünfjährige, nicht?« sagte Finn. »Wie macht sie das?«

»Sie übt«, sagte ich. »Vor Jahrhunderten war die Erinnerung an Dinge eine Kunst, die die Leute gelernt haben. Man macht das, indem man ein Gebäude im Kopf hat und Dinge an verschiedene Orte in diesem Gebäude bringt, und wenn man sich an sie erinnern möchte, geht man in das Gebäude – mit dem geistigen Auge – und holt sich die Gegenstände wieder heraus.«

»Was hast du, Elsie?« fragte Finn.

»Ich hab mein besonderes Haus«, sagte Elsie.

»Und wo war die Schachfigur?«

»An der Haustür.«

»Und wo war die Tasse?«

»Auf der Fußmatte.«

»Wie ist jemand auf so was gekommen?« fragte Finn.

»Darüber gibt es eine alte Geschichte«, sagte ich. »Eine Art Mythos. Im alten Griechenland hat einmal ein Dichter bei einem Festmahl rezitiert. Vor dem Ende des Fests wurde er abgerufen, und ein paar Minuten später stürzte die Festhalle ein, und alle kamen um. Die Leichen waren so entstellt, daß die nächsten Angehörigen sie nicht für die Bestattung identifizieren konnten. Aber der Dichter konnte sich erinnern, wo jeder gesessen hatte. Er erinnerte sich an alle Gäste, weil er sie an einer bestimmten Stelle gesehen hatte, und ihm wurde klar, daß das eine Möglichkeit war, sich auch andere Dinge zu merken.«

Finns Gesicht war jetzt nachdenklich.

»Erinnerung und Tod«, sagte sie. »Ich würde nicht wagen, im Haus meines eigenen Geistes herumzuwandern. Ich hätte Angst vor dem, was ich da vielleicht fände.«

»*Ich* nicht«, sagte Elsie stolz. »*Mein* Haus ist sicher.«

Ich blieb lange auf. Kein Danny…

16. KAPITEL

Am nächsten Abend ging ich zu etwas, das Michael Daley als gesellschaftlichen Anlaß bezeichnet hatte, als er mich einlud, ihn zu begleiten. »Sie wollten, daß ich Sie in die hiesige Gesellschaft einführe«, sagte er, also mußte ich fair sein und ja sagen.

Ich zog Kleider von den Bügeln und warf sie aufs Bett. Da war ein langes, kastanienbraunes Wollkleid mit hoher Taille, das ich mochte, aber es wirkte zu düster. Ich legte auch ein paar schwarze Miniröcke, das zarte blaue Kleid mit dem weichen Schalkragen und den dreiviertellangen Ärmeln, das ich nicht wegwarf und auch nie trug, und die weite schwarze Seidenhose beiseite, die allmählich aussah wie ein Schlafanzug. Schließlich zog ich ein schwarzes Kleid mit einem Oberteil aus Voile und wadenlangem Satinrock an. Ich kramte meine Lieblingsschuhe heraus, schwarz, flach (ich überrage ohnehin die meisten Männer) und mit einer schweren Silberschnalle, und hängte Ohrringe aus einem Durcheinander leuchtender Farben an meine Ohrläppchen. Dann musterte ich mich im Spiegel; ich sah nicht sehr honorabel aus. Ich schminkte mich nicht bis auf einen Tupfer Rouge, der zu meinen Haaren paßte. Ich nahm Finns Filzhut von der Garderobe und stülpte ihn mir auf den Kopf. Ich wünschte, es wäre Danny gewesen, der mich zu dieser Party mitnahm; ohne ihn fühlte ich mich feingemacht und irgendwie im Bühnenbild des falschen Stücks. Wo war Danny jetzt? Ich hatte meinen Stolz hinuntergeschluckt und versucht, ihn anzurufen, aber ich hatte ihn nicht erreicht, nicht einmal die Stimme auf seinem Anrufbeantworter, die mir sagte, er sei nicht da, würde mich aber so bald wie möglich zurückrufen.

Elsie schlief bereits in einem Nest aus Daunen. Ich kniete mich neben sie und atmete ihren reinen Duft ein; ihr Atem roch nach Heu, ihr Haar nach Klee. Mein Hut berührte sie an der Schulter, und sie verzog im Schlaf das Gesicht und rollte sich zusammen. Dabei murmelte sie etwas, das ich nicht verstand. Ihre Zeichnungen lagen über das ganze Zimmer verstreut, es wurden jeden Tag mehr. Regenbogen und Leute mit schielenden Augen, denen Arme und Beine direkt aus den voluminösen Köpfen wuchsen; Tiere mit fünf Beinen, grellbunte Farbflecken. Finn hatte jedes Bild sorgfältig mit Elsies Namen und dem Datum versehen, an dem sie es gezeichnet hatte. Manchmal gab es Titel: Eines, ein purpurnes Gekritzel, bei dem Augen und Hände in einem Chaos von Farbe verflossen, hieß »Mummy bei der Arbeit«. Mir kam der Gedanke, wenn ich jetzt sterben würde, hätte Elsie wohl keine wirkliche Erinnerung an mich. Sie würde Finn vermissen, wenn die Zeit für ihr Fortgehen käme, aber sie würde es schnell überwinden.

Linda und Finn auf dem Sofa wandten sich mir zu, als ich ins Wohnzimmer trat. Sie saßen vor dem Fernseher, aßen Popcorn aus der Mikrowelle und tranken Cola. Finn hatte sich hartnäckig all meinen Vorschlägen widersetzt, Kontakt mit ihren alten Freunden aufzunehmen, aber zwischen ihr und Linda war eine ungewöhnliche Freundschaft entstanden, kameradschaftlich und tröstlich.

»So, ich gehe jetzt. Was seht ihr euch da an?«

»Linda hat ein Video von *Der mit dem Wolf tanzt* mitgebracht. Sie sehen gut aus.« Finn lächelte liebenswürdig und stopfte sich eine Handvoll Popcorn in den Mund. Sie schien sich vollkommen wohl zu fühlen; sie hatte ihre Schuhe abgestreift und die Beine unter sich gezogen. Ein weiter Pullover verhüllte ihren Körper. Ihr Haar war geflochten, und sie sah sehr jung aus. Ich versuchte, sie mir fett vorzustellen, aber es gelang mir nicht.

Kevin Costner tanzte nackt herum, seine niedlichen weißen Pobacken leuchteten.

»Ein aufreizender Schauspieler«, sagte ich bissig. Linda sah mich schockiert an.

»Er ist sagenhaft.«

Draußen ertönte eine Hupe. Ich nahm meinen Mantel.

»Das wird Michael sein. Ich bleibe nicht lange, Linda. Nehmen Sie sich, was Sie möchten. Finn, ich sehe dich morgen früh.«

Und fort war ich, zuerst in der kalten Nachtluft, dann in der Wärme von Michaels Auto, wo ich seinen anerkennenden Blick auffing und mich, in meinen Mantel gehüllt, in den Sitz lehnte. Ich liebe es, gefahren zu werden, wahrscheinlich, weil das so selten vorkommt. Michael fuhr umsichtig, sein großer Wagen glitt zügig über schmale Straßen. Er trug einen marineblauen Mantel über einem dunklen Anzug, der ziemlich teuer und weniger unordentlich wie seine übliche Kleidung aussah. Er spürte meinen Blick, drehte sich zur Seite, sah mich an, lächelte.

»Was denken Sie, Sam?«

Ich antwortete, bevor sich mein Gehirn einschaltete.

»Ich frage mich, warum Sie nie geheiratet und Kinder gekriegt haben.«

Er runzelte die Stirn.

»Sie hören sich an wie meine Mutter. Mein Leben ist so, wie ich es haben möchte.«

»Sie sind nicht das, was ich mir unter einem Landarzt vorstelle«, sagte ich.

»Gleich sind wir da« – wir waren in Castletown mit seinen steinernen Löwen auf Torpfosten und Rasenflächen –, »in ein paar Minuten.«

Ich richtete mich ein bißchen gerader auf, schob eine Haarsträhne zurück, die aus dem Hut gerutscht war.

»Wie viele Leute werden da sein?«

»Ungefähr dreißig. Es wird ein Buffet geben. Laura ist eine der erträglicheren Ärztinnen an Ihrem Krankenhaus. Ihr Mann Gordon arbeitet in London, in der City. Sie sind sehr reich. Es werden auch ein paar andere Ärzte da sein.« Michael lächelte ein wenig spöttisch. »Ein Querschnitt durch die Gesellschaft der Provinz.«

Er bog von der Straße ab und hielt am Beginn der Einfahrt. Das Haus dahinter war beeindruckend groß. War ich richtig angezogen?

»Ich stelle mir vor, daß Finns Eltern in so einem Haus gewohnt haben«, sagte ich.

»Es liegt nur ein paar Straßen entfernt«, sagte Michael und sah einen Moment sehr ernst aus. Er stieg aus dem Wagen, ging um ihn herum und öffnete meine Tür. So etwas würde Danny nie tun. »Laura und Gordon waren enge Freunde von Leo und Liz. Ich nehme an, es werden auch noch ein paar andere da sein.«

»Denken Sie daran, daß ich sie nicht kenne, Michael.«

»Sie kennen Finn nicht«, sagte Michael mit verschwörerischem Lächeln. »Ich werde versuchen, daran zu denken.«

Er nahm meinen Ellbogen und führte mich die von Rhododendren gesäumte Einfahrt hinauf. Ein Mercedes parkte vor dem georgianischen Haus, dessen Veranda von einer Lampe erhellt wurde. Hinter den dünnen Vorhängen konnte ich die Umrisse von Gästegruppen sehen, das Klirren von Gläsern, Stimmengewirr und das Lachen von Leuten hören, die sich amüsierten. Ich hätte doch das zarte blaue Kleid anziehen und mir die Lippen rosa schminken sollen. Michael schnupperte demonstrativ in die Luft.

»Können Sie es riechen?« fragte er.

»Was?«

»Geld. Es liegt in der Luft. Überall. Und wir können es bloß riechen.« Einen Augenblick lang klang er bitter. »Haben Sie manchmal das Gefühl, daß Leute wie Laura und Gordon drinnen und wir draußen sind und unsere Nasen gegen die Scheiben drücken?«

»Wenn Sie läuten, lassen sie uns vielleicht auch hinein.«

»Jetzt haben Sie mir das Bild verdorben«, sagte er.

Er betätigte den schweren Messingklopfer, und fast sofort öffnete eine hübsche Frau mit eisgrauen Locken und bodenlangem Taftrock die Tür; die Halle hinter ihr war groß, die Wände hingen voller Gemälde. »Michael!« Sie küßte ihn nach französischer Art dreimal auf die Wangen. »Und Sie müssen Dr. Laschen nein. Ich bin Laura.«

»Samantha«, sagte ich. Ihr Händedruck war fest. »Vielen Dank für die Einladung.«

»Wir freuen uns so darauf, Sie am Krankenhaus zu haben. Jetzt dauert es nicht mehr lange, oder?«

Aber sie wartete nicht auf Antwort. Vermutlich sollte ich nicht aus dem Nähkästchen plaudern. Und Finn konnte ich nicht erwähnen. Damit blieb nicht viel, was für mich von Interesse war. Der Raum war voll mit Leuten, die in exklusiven Grüppchen herumstanden, in den Händen Gläser mit bernsteinfarbenem Wein. Alle Männer trugen dunkle Anzüge; Männer gehen nur bei ihren Krawatten Risiken ein. Die meisten Frauen waren in langen Kleidern erschienen, und feine Juwelen funkelten an ihren Ohren und Fingern. Michael schien sich überraschend zu Hause zu fühlen. Er brach in einen geschlossenen Kreis von vier Leuten ein und sagte freundlich: »Hallo, Bill« – ein großer Mann in, Gott, einem dieser Dinger, die man sich um die Taille wickelt, schüttelte ihm herzlich die Hand –, »Karen, Penny, Judith, nicht wahr? Darf ich Ihnen unsere neue Nachbarin vorstellen? Das ist Samantha Laschen – Samantha ist Ärztin. Sie richtet im Stamford General ein eigenes neues Zentrum ein.«

Gedämpft interessiertes Gemurmel wurde laut. »Irgend etwas mit Trauma. Leute, denen Unfälle auf die Psyche geschlagen sind, so in der Art, nicht?«

Ich brummelte etwas Belangloses. Die Trauma-Industrie herunterzuspielen, war *mein* Job. Ich war nicht so scharf darauf, derlei von bornierten Amateuren zu hören. Es setzte ein Chor höflicher Begrüßungen ein, dann gab es eine kleine Pause. Aber diese Leute waren gesellschaftliche Profis. Binnen einer halben Stunde hatte ich mich mit Bill über Gartenarbeit unterhalten und über Landleben versus Stadtleben mit einem rundlichen Mann mit heiserer Stimme und beständig hochgezogenen Augenbrauen, dessen Namen ich nie herausfand. Eine aufgeputzte Frau namens Bridget erzählte mir von den neuesten Aktivitäten der Tierschutzterroristen, von Hunden, die aus einem Forschungslabor entführt worden waren, von Sabotage an der Universität und Vandalismus an Lastwagen von Bauern

»Ich selbst esse ja kein Kalbfleisch«, gestand sie. »Einmal habe ich einen Artikel darüber gelesen, daß die Kälber so schwach sind, daß sie nicht mal stehen können, die armen Tiere. Ich fand das Fleisch ohnehin immer ziemlich fade. Aber das, was die machen, das ist etwas anderes. Es geht darum, daß diese Leute aus der Stadt die ländlichen Traditionen nicht verstehen.«

»Sie meinen, daß beispielsweise Beagles dazu gezwungen werden, Zigaretten zu rauchen?«

Ich sah mich nach dem Sprecher zu meiner Rechten um. Ein melancholischer junger Mann mit raspelkurz geschnittenen Haaren und ungewöhnlich hellen Augen nickte mir zu und schlenderte dann zu einem Tablett mit Drinks davon.

»Hören Sie nicht auf ihn«, sagte Bridget. »Das tut er nur, um die Leute zu ärgern.«

Ich wurde fachmännisch von Gruppe zu Gruppe weitergereicht, während Frauen in schwarzen Röcken und weißen Blusen Wein in mein Glas gossen oder mir winzige Canapés mit einer knackigen Krabbe oder einem Stückchen Räucherlachs mit Dill in der Mitte servierten, bis ich mich erneut neben Laura wiederfand.

»Samantha, das ist mein Mann Gordon. Gordon, Samantha Laschen, du erinnerst dich, Michaels Freundin. Und das ist Cleo.« Cleo war größer als ich. Und breit. Sie trug ein knallrotes Kleid, und ihr Haar, das einmal blond gewesen sein mußte, jetzt aber rostig grau wirkte, hing lose herab.

»Wir sprachen gerade von Leo und Liz.«

Ich setzte eine Miene ausdruckslosen Interesses auf und fragte mich, ob ich vielleicht Mayonnaise am Kinn hatte. Ich strich wie nachdenklich darüber. Nichts. Vielleicht hatte ich sie aber auch bloß verteilt.

»Sie müssen sich doch erinnern. Leo und Liz Mackenzie, die letzten Monat in ihrem eigenen Haus ermordet wurden.«

»Ich habe darüber gelesen«, sagte ich.

»Und Ihre Tochter natürlich, Fiona, ein reizendes Mädchen. Sie hat aber überlebt, hielt sich eine Zeitlang im Stamford General auf. Sie war schrecklich verletzt und verstört, wie ich hörte. Furchtbare Sache.«

»Entsetzlich«, sagte ich.

»Sie waren Freunde von uns, fast Nachbarn. Wir haben jeden ersten Donnerstag im Monat zusammen Bridge gespielt. Leo hatte das beste Kartengedächtnis, das ich je gesehen habe.«

»Eine solche Vergeudung«, sagte Gordon, nickte energisch und verzog sein Gesicht zu einer geübt traurigen Grimasse. Sie hatten diese Zweipersonenvorstellung schockierter Erinnerung offenbar schon häufiger gespielt.

»Was ist mit Fiona passiert?« Das kam von Cleo, die es geschafft hatte, sich einen Teller zu besorgen und nun eine Handvoll in Speck gewickelten Spargel von dem Tablett der vorbeigehenden Serviererin zu angeln.

»Keiner weiß, wo sie sich im Augenblick aufhält. Sie scheint verschwunden zu sein.«

»Michael wird es natürlich wissen.« Gordon wandte sich an mich. »Er war ihr Hausarzt. Aber er ist die Diskretion in Person.«

»Wie war Fiona denn so?« Ich war Cleo dafür dankbar, daß sie Fragen stellte, die ich nicht stellen konnte; gleichzeitig bemerkte ich, daß die anderen über das Mädchen redeten, als sei es tot.

»Reizend. Sie hatte natürlich diese Gewichtsprobleme, das arme Ding. Donald«, Laura ergriff den Arm eines totenblassen Mannes, der vorbeischlenderte, und zog ihn in unseren Kreis. »Cleo hat gerade gefragt, wie Fiona war. Sie traf sich doch häufiger mit Ihrer Tochter, nicht?«

»Fiona?« Er runzelte die Stirn. Eine Spargelstange rutschte aus ihrem Speckmantel, als ich sie an den Mund hob, und landete zwischen meinen Füßen.

»Sie wissen schon, Fiona Mackenzie, deren Eltern beide …«

»Ach, Finn.« Er dachte einen Augenblick nach. »Ziemlich nettes Mädchen, nicht so laut wie manche, oder frech. Cleo hat sie natürlich nicht mehr gesehen, seit sie fortging, aber ich glaube, sie hat bei der Polizei einen Brief für sie abgegeben.«

Ich versuchte, Näheres von ihm zu erfahren.

»Schwieriges Alter, nicht? Die ersten Liebschaften, Partys, all das.« Diese Bemerkung warf ich ein und schloß dann fest den Mund, als sei sie nicht von mir gekommen.

»Liebschaften? Oh, ich glaube nicht, daß sie so etwas hatte. Nein, wie ich schon sagte, sie war sehr angenehm und höflich; ein bißchen unter Leos Knute, habe ich immer gedacht. Nettes Mädchen, wie ich schon sagte.«

Das war alles. Das Essen wurde um halb zehn serviert. Wildpastete und grüner Salat, kleine Halbmonde aus Brandteig, mit Fisch gefüllt, Hähnchen-Satay an Spießen, viele verschiedene Käse, die, auf einem großen Holzbrett arrangiert, wunderbar aussahen, eine übervolle Schüssel mit Mandarinen. Ich trank und aß und nickte und lächelte, und die ganze Zeit dachte ich daran, daß Finn in diesem Haus gewesen sein mußte – wie war es möglich, daß sie aus dieser feinen Gesellschaft stammte und sich doch so leicht in meine Welt einfügte? Ich saß auf einem gelb bezogenen Stuhl, den Teller auf den Knien, und einen Moment lang überkam mich das quälende, vertraute Gefühl, nicht dazuzugehören, nicht hierher, nicht in die Doppelhaushälfte, in der ich aufgewachsen bin und der ich entkommen wollte, und jetzt (ich spürte eine Art Panik) auch nicht in mein eigenes Haus, wo ein junges Mädchen mit weichem Haar auf meine Tochter aufpaßte und ihr Schlaflieder vorsang, wie das eigentlich nur Mütter tun sollten. Wenn ich allein gewesen wäre, hätte ich vielleicht sogar die Arme um meinen Körper geschlungen und mich in der uralten Geste der Verzweiflung gewiegt, die ich oft bei meinen Patienten sah. Ich wollte Elsie, ich wollte Danny, und sie waren alles, was ich wollte. »Scheiße, Danny, ich werde nicht rumsitzen und Trübsal blasen«, murmelte ich unhörbar.

»Clockwork Orange.«

»Was?« Ich runzelte die Stirn und sah mich um, unsanft aus meinen Gedanken gerissen. Es war der Mann mit den kurzgeschorenen Haaren.

»Ihre Aufmachung. Sie sind als Figur aus *Clockwork Orange* gekommen.«

»Nie gesehen.«

»Das war ein Kompliment. Sie sehen aus wie eine der Gestalten, die in das Haus ahnungsloser, ehrbarer Leute eindringen und sie ein bißchen aufmischen.«

Ich sah mich im Raum um.

»Sie meinen, daß die Leute hier das nötig hätten?«

Er lachte.

»Sie können mich einen schlappschwänzigen Liberalen nennen, aber nach so einem Abend fange ich an zu denken, daß die Roten Khmer die richtige Idee hatten. Alle Städte ausradieren. Alle umbringen, die Brillen tragen. Den Rest hinaus auf die Felder treiben und körperlich arbeiten lassen.«

»Sie tragen selbst eine Brille.«

»Nicht die ganze Zeit.«

Ich sah den Mann an, und er sah mich an. Nach dreißig Sekunden Bekanntschaft hätte ich gesagt, er sei der attraktivste Mann, den ich kennengelernt hatte, seit ich aus London weggezogen war. Er hob sein Glas zu einem ironischen Toast, und dabei sah ich seinen Ehering. Aha.

»Sie sind eine Freundin von Dr. Michael Daley.«

»Freunde sind wir eigentlich nicht.«

»Der jagende Arzt.«

»Was?«

»Na, Sie haben doch sicher von den fliegenden Ärzten gehört. Und vom funkenden Arzt. Und von der singenden Nonne. Michael Daley ist der jagende Arzt.«

»Was meinen Sie?«

»Was ich sage. Er reitet Pferde, die wilden Tieren nachsetzen, die manchmal eingefangen und zerrissen werden. Und dann schmieren sich die triumphierenden Jäger gegenseitig die Eingeweide dieser Tiere ins Gesicht. Noch eine von diesen ländlichen Traditionen, über die man Sie belehrt hat.«

»Ich wußte nicht, daß Michael das tut. Ich kann mir irgendwie nicht vorstellen, daß er auf die Jagd geht.«

»Ich heiße übrigens Frank.«

»Ich bin…«

»Ich weiß, wer Sie sind. Sie sind Dr. Samantha Laschen. Ich habe einige Ihrer sehr interessanten Artikel über Krankheitsstrukturen gelesen. Und ich weiß, daß Sie die neue Trauma-Station am Stamford General einrichten. Die potentielle neue Melkkuh des Stamford-Trusts.«

»Das ist eigentlich nicht der Sinn der Sache«, sagte ich, so schroff ich konnte und mit unbeweglichem Gesicht. Franks zweideutige Bemerkungen und seine launige Art zogen mich an, verunsicherten mich aber gleichzeitig.

»Also, Sam, wir müssen uns wirklich mal an einem realen Ort zu einem Drink treffen und beispielsweise darüber diskutieren, inwiefern Funktion und Zweck eines Projekts wie Ihre Trauma-Station anders sein können, als man auf den ersten Blick vermuten sollte.«

»Das hört sich für mich ein bißchen abstrakt an.«

»Wie weit ist die Station?«

»Ich fange im Sommer an.«

»Und was machen Sie jetzt?«

»Ein Buch schreiben und verschiedene andere Dinge.«

»Dinge?«

Frank nahm kein Glas, sondern eine ganze Flasche Weißwein von einem vorbeigetragenen Tablett und füllte unsere beiden Gläser. Ich schaute nachdenklich noch einmal auf seinen Ehering; ein Gefühl der Tollkühnheit, das nur eine weitere Art von Unglücklichsein war, stieg in mir auf. Er sah mich nachdenklich mit zusammengekniffenen Augen an.

»Sie sind ein Paradox, wissen Sie. Sie sind hier im Haus von Laura und Gordon Simms, aber Sie sind, Gott sei Dank dafür, kein Mitglied ihres Zirkels von Bridgespielern und Jägern. Sie kommen mit Michael Daley zur Party, aber Sie behaupten, keine Freundin von ihm zu sein. Das ist alles ziemlich geheimnisvoll. Warum sollte eine Expertin für traumatischen Streß…?«

»Hallo, Professor.«

Frank drehte sich um.

»Ach, der jagende Doktor. Ich habe Dr. Laschen von Ihren Hobbys erzählt.«

»Haben Sie ihr auch von Ihren eigenen erzählt?«

»Ich habe keine Hobbys.«

Ich wandte mich zu Michael um und war überrascht, weil er wütend die Zähne zusammenbiß. Er sah mich an.

»Ich sollte Ihnen erklären, Sam, daß Frank Laroue einer der Theoretiker ist, die hinter all den verbrannten Scheunen, den Protesten gegen die Kälbertransporte und den Einbrüchen in Labors stehen.«

Frank neigte ironisch den Kopf.

»Sie schmeicheln mir, Doktor, aber ich glaube nicht, daß Aktivisten Anweisungen von einem bescheidenen Gelehrten wie mir brauchen. Sie sind auf der anderen Seite wesentlich effizienter.«

»Was meinen Sie damit?«

Frank zwinkerte mir zu.

»Sie sollten bezüglich Ihrer Freizeitaktivitäten nicht so bescheiden sein, Dr. Daley. Lassen Sie mich sein Lob singen. Er ist Berater eines inoffiziellen und geheimen Komitees aus Akademikern und Polizisten und anderen beherzten Bürgern, das die Aktionen und Veröffentlichungen von Leuten wie mir überwacht, die sich für ökologische Fragen interessieren, damit man uns gelegentlich Schwierigkeiten machen kann, *pour encourager les autres*. Ist das ungefähr richtig?«

Michael antwortete statt dessen: »Ich fürchte, wir müssen jetzt gehen, Sam.«

Er hatte meinen Arm genommen. Ich war versucht, Widerstand zu leisten und zu bleiben, aber ich gab dem Druck nach.

»Bis demnächst«, sagte Frank leise, als ich an ihm vorbeiging.

»Stimmt das, was Frank über Sie gesagt hat?« fragte ich Michael, als wir wieder im Auto saßen. Er ließ den Wagen an, und wir fuhren los.

»Ja, ich reite Treibjagden. Ja, ich berate ein Komitee, das die Aktivitäten dieser Terroristen überwacht.« Ein langes Schweigen folgte, während wir Stamford verließen. »Ist das für Sie ein Problem?« fragte er schließlich.

»Ich weiß nicht«, sagte ich. »Etwas daran hinterläßt einen üblen Geschmack. Sie hätten es mir sagen sollen.«

»Ja, ich weiß, das hätte ich«, sagte er. »Es tut mir leid.«

»Das ist alles so kindisch«, sagte ich. »Leute, die sich gegenseitig ausspionieren.«

Michael fuhr scharf an den Straßenrand, bremste und hielt. Er drehte den Schlüssel, und der Motor bebte und erstarb. Ich konnte unten leise das Meer hören. Er drehte sich zu mir. Ich sah nur seinen Umriß, nicht seinen Gesichtsausdruck.

»Es ist nicht kindisch«, sagte er. »Erinnern Sie sich an Chris Woodeson, den Verhaltensforscher?«

»Ja, das tu ich.«

»Wir alle wissen, daß Verhaltensforscher Ratten in Labyrinthe setzen, nicht? Also hat ihm jemand eine Paketbombe geschickt, die ihm das Gesicht wegpustete und ihn erblinden ließ. Er hat drei Kinder, wissen Sie.«

»Ja, ich weiß.«

»Frank Laroue kann manchmal sehr charmant sein, die Frauen mögen ihn, aber er spielt mit Ideen, und manchmal setzen andere Leute sie in die Tat um, doch dafür übernimmt er keine Verantwortung.«

»Ja, aber ...«

»Es tut mir leid, ich hätte Ihnen das früher sagen sollen, nur hat Baird mir geraten, es nicht zu tun. Aber jetzt tue ich es doch. Es gibt eine Zeitschrift, die von den Tierschutzaktivisten veröffentlicht wird. Sie ist illegal und erscheint im Untergrund, und sie druckt die Adressen von Leuten ab, von denen behauptet wird, sie seien Tierquäler, was natürlich eine Einladung für andere Leute ist, Strafaktionen gegen sie durchzuführen. Im Dezember erschien eine Ausgabe der

Zeitschrift mit der Privatadresse von Leo Mackenzie, Pharmamillionär.«

»Um Gottes willen, Michael, warum hat man mir nichts davon gesagt? Baird hat die Tierschutzaktivisten nur am Rand erwähnt, als eine Möglichkeit; er hat nie etwas von einem direkten Zusammenhang gesagt.«

»Das war nicht meine Entscheidung.«

Ich konnte sein Gesicht nicht sehen. Zeigte es Reue? Trotz?

»Jetzt, da ich das weiß und die Polizei auch, kann ich nicht glauben, daß Sie es für eine gute Idee gehalten haben, Finn in meinem abgelegenen Haus unterzubringen.«

»Wir hätten das nicht in Erwägung gezogen, wenn wir nicht davon ausgegangen wären, daß es ungefährlich ist.«

»Das können *Sie* leicht sagen, Michael.«

»Vielleicht sollte ich Ihnen erzählen, daß ich von dieser Zeitschrift zuerst durch Philip Carrier erfuhr, einen der Detectives, die die Ermittlungen gegen die Tierschützer leiten. Die Veröffentlichung von Leos Adresse war nicht der Grund, warum er mich anrief.«

»Nein? Was dann? *Meine* Adresse, nehme ich an. Das reicht mir.«

»Nein, Sie haben *meinen* Namen und meine Adresse abgedruckt.«

»Ihre?« Ich wurde verlegen. »Gott, das tut mir leid.«

»Schon in Ordnung.«

»Und was unternehmen Sie dagegen?«

Michael startete den Wagen, und wir fuhren weiter.

»Ich schließe die Tür nachts zweimal ab, das ist so ungefähr alles. Machen Sie sich keine Sorgen, ich kann mich wehren.«

»All diese Jagden mit den Hunden.«

»Ich mache auch andere Sachen. Ich muß Ihnen mein Boot zeigen. Wir sollten mal einen Tag rausfahren. Weg von all dem.«

Ich murmelte etwas.

»Was machen Sie am Samstag?«

Ich murmelte noch etwas.

»Ich hole Sie nach dem Frühstück ab.«

In dieser Nacht konnte ich nicht schlafen. Ich zog meinen Morgenrock an – Dannys Morgenrock, in dessen Frotteefalten sein Geruch hing –, saß am Fenster und lauschte dem Meer. Ich glaube, ich weinte. Wenn Danny ins Zimmer gekommen wäre, hätte ich ihn ohne ein Wort zum Bett geführt, hätte ihn langsam ausgezogen und zärtlich geküßt und seine Blöße mit meinem Körper bedeckt, meinen Mantel geöffnet, mich über ihn gesenkt, ihn in mich eindringen lassen und dabei die ganze Zeit in sein Gesicht geschaut. Ich hätte ihn gebeten, uns wegzuholen, mit uns zu leben, mich zu heiraten, mir ein Kind zu machen.

Im Morgengrauen schlief ich endlich ein.

17. KAPITEL

Eine Melkkuh?«

Geoff Marsh sah amüsiert, fast geschmeichelt aus über den Ausdruck.

»Das hat der Mann zu mir gesagt.«

»Sie sollten nicht alles glauben, was fremde Männer Ihnen auf Partys erzählen. Wer war das?«

»Ein Mann namens Frank Laroue, ein Wissenschaftler.« Geoff Marshs Gesicht verzog sich zu einem wissenden Lächeln. »Ein Freund von Ihnen?«

»Ich kenne Laroue. Er glaubt wahrscheinlich, daß die ganze westliche Medizin eine kapitalistische Verschwörung ist, damit die Arbeiter krank bleiben, aber in diesem Fall hat das etwas für sich. Posttraumatische Persönlichkeitsstörungen sind eine Wachstumsbranche, zweifellos.«

Es war der Montag nach der Party, und Geoff und ich saßen mit Kaffee und Croissants bei einem Arbeitsfrühstück. Ich hatte Laroue für Geoff scherzhaft zitiert und war überrascht, daß er es ernst nahm.

»Da kann keine Menge Geld drinstecken«, sagte ich.

Marsh schüttelte energisch den Kopf und schluckte einen Bissen von seinem Croissant hinunter.

»Sie würden überrascht sein. Sie haben von dem Urteil letzte Woche zugunsten der Feuerwehrleute von Northwick, die ein Trauma erlitten hatten, gehört. Wie hoch waren die Schäden und die Kosten? Fünf Millionen und etwas?«

»Gut für die Feuerwehrleute.«

»Gut für uns. Ich nehme an, wir werden jetzt Versicherungsgesellschaften finden, die auf einer Politik vorbeugender psychologischer Beratung bestehen, um sich gegen zukünftige Rechtsstreitigkeiten abzusichern. Und wir können diese Beratung zur Verfügung stellen, da sind wir dem Markt voraus.«

»Ich dachte, der Zweck dieser Station bestünde darin, einen therapeutischen Bedarf zu decken, nicht darin, die Investitionen von Versicherungsgesellschaften zu schützen.«

»Beides läuft Hand in Hand, Sam. Sie sollten stolz sein auf dieses Potential. Schließlich ist die Station Ihr Baby.«

»Manchmal habe ich das Gefühl, daß mein Baby nicht so wird, wie ich mir das vorgestellt hatte.«

Geoff trank seinen Kaffee aus, und sein Gesicht nahm einen salbungsvollen Ausdruck an.

»Nun ja, wissen Sie, man muß seinen Kindern gestatten, eigene Wege zu gehen.«

»Vielen Dank, Dr. Spock«, sagte ich säuerlich. »Bis jetzt ist das Baby noch nicht mal geboren.«

Geoff stand auf und wischte sich mit einer Serviette den Mund ab.

»Sam, ich möchte Ihnen etwas zeigen. Kommen Sie hierher.«

Er führte mich an ein Fenster seines großen, hoch gelegenen Eckbüros. Er zeigte hinunter auf eine Stelle des Krankenhausgeländes, wo einige Männer mit orangefarbenen Helmen verloren vor einem Baucontainer standen.

»Wir expandieren«, sagte er. »Stamford expandiert. Wir sind am richtigen Ort, an der richtigen Küste Englands. Nahe bei London, nahe bei Europa, und in grüner Lage. Ich habe einen Traum, Sam. Stellen Sie sich vor, daß dieser Krankenhaustrust sein volles Potential ausschöpft und an die Börse geht. Wir könnten in der Gesundheitsfürsorge das sein, was Microsoft im Computerbereich ist.«

Bestürzt folgte ich seinem Blick.

»Ich nehme an, Sie werden mich bitten, Steine in Brot zu verwandeln. Leider kann ich nicht die vollen vierzig Tage hier in der Wildnis bleiben, weil ich zurück muß, damit mein sogenanntes Buch vorankommt.«

Geoff sah verwirrt aus.

»Wovon reden Sie, Sam?«

»Nichts Wichtiges, Geoff. Wir sehen uns nächste Woche, wenn Sie wieder in der realen Welt sind.«

»Dies *ist* die reale Welt, Sam.«

Als ich auf der inzwischen vertrauten Strecke aus Stamford hinausfuhr, kam mir der düstere Gedanke, daß er wahrscheinlich recht hatte, und dann dachte ich an den Rest meiner Welt – Elsie, Danny, Finn, mein Buch – und fühlte mich noch schlechter. Elsie war in der Schule, Danny weiß Gott wo, aber als ich nach Hause kam, saß Finn auf dem Sofa, eine Zeitschrift in den Händen, die sie nicht las. Es gab mir einen Stich, als ich in Richtung Arbeitszimmer schaute. Dann holte ich tief Luft und ging zu ihr.

»Unternehmen wir einen Spaziergang?« schlug ich vor.

Schweigend machten wir uns auf den Weg, wandten uns nach links und gingen ungefähr eine Meile parallel zum Meer. Dann bogen wir wieder scharf nach links ab. Wir wanderten am Rand eines gepflügten Feldes an einem Graben vorbei, der fast so breit war wie ein Kanal. Vor uns konnten wir nur dünne Baumreihen sehen, gerade ausgerichtet wie Zaunpfähle – zum Schutz gegen den Wind, vermutete ich.

Mein Geist arbeitete heftig. Wir schrieben den neunzehnten Februar. Finn war jetzt vier Wochen bei uns. Noch zwei, vielleicht drei Wochen, dann würde ich dem ein Ende bereiten. Aber für Elsie war eine vorübergehende Maßnahme das Lebens geworden. Sie liebte es, jeden Morgen nach unten zu kommen und uns beide (Finn in meinem alten Morgenrock, ich in Kleidern, die nur für das Haus geeignet waren) plaudernd beim Kaffee am Küchentisch vorzufinden. Sie mochte es, daß ich sie jeden Morgen zur Schule fuhr, mit den anderen Eltern an der Tür des Klassenzimmers stand, rasch ihre kalte Wange küßte, wenn die Glocke läutete, und sagte: »Ich hole dich heute nachmittag ab.« Und jeden Tag, wenn die Glocke um zwanzig vor vier wieder läutete, rannte sie mit ihrem Mantel und ihrem Schulranzen und gewöhnlich einem Blatt Papier mit buntem Gekritzel darauf hinaus, und ich konnte sehen, daß sie sehr glücklich war, genau so zu sein wie die anderen Kinder. Ich achtete sogar darauf, meine am wenigsten exotischen Kleider zu tragen, wenn ich sie abholte. Ich versuchte, mit den anderen Müttern über Lotionen gegen Kopfläuse und den nächsten Schulbasar zu plaudern. Für ein Weilchen hatte ich den Wunsch, wir würden mit der Szenerie verschmelzen. Zur Teezeit machte Finn Toast mit Honig für Elsie; das wurde zu einer Art Ritual. Wenn es Zeit zum Schlafengehen war, erschien sie schweigend in Elsies Zimmer, um ihr gute Nacht zu sagen, während ich ihr vorlas. Eines Tages merkte ich, daß sie uns das Gefühl gegeben hatte, eine richtige Familie zu sein und nicht nur Mutter und Tochter; so hatten wir uns bei Danny nie gefühlt. Und ich wußte auch, es lag daran, daß ich Danny das niemals erlaubt hatte.

Aber sowohl für Finn als auch für mich war das eine falsche, eine Märchenexistenz. Bald würde sie in ihre eigene Welt zurückkehren. Gute Noten, Verpflichtungen, Partys, Wettbewerb, Sex, Universität, Chancen, Schmerzen.

Wir kamen zu einer kleinen, armseligen Kirche, kaum mehr als eine Hütte, mit einem einzigen Fenster und einer an der Außenmauer angebrachten Tafel, die besagte, daß sie aus dem achten Jahrhundert stamme. Man hatte sie als Scheune, als Kuhstall und, wie es der hiesigen Tradition entsprach, als Lager für geschmuggelte Weinfässer benutzt. Und bitte keine Abfälle hinterlassen. Ich fragte Finn direkt, ob sie sich überlegt habe, was sie tun werde. Sie zuckte mit den Achseln, trat einen Stein aus dem Weg, schob die Hände tiefer in die Taschen.

»Du kannst nicht dableiben, das weißt du. In ein paar Monaten fängt mein Job an. Und dein Leben ist sowieso nicht hier.«

Sie murmelte etwas.

»Was?« Ich schaute zu ihr hinüber. Ihr Gesicht war mürrisch gegen den Wind gerichtet.

»Ich habe gesagt«, antwortete sie wütend, »daß mein Leben nirgends ist.«

»Schau, Finn …«

»Ich will nicht darüber reden, okay? Sie sind nicht meine *Mutter.*«

»Da wir gerade beim Thema sind«, sagte ich so sachlich wie möglich, genervt von ihrem Ton, »*meine* Mutter kommt morgen zum Mittagessen.«

Finn blickte auf. Ihr Gesicht verlor den Ausdruck von Verschlossenheit.

»Wie ist sie? Ist sie Ihnen ähnlich?«

»Ich glaube nicht.« Ich stockte und lächelte. »Vielleicht doch, mehr, als mir lieb ist. Vielleicht ist sie auch mehr wie Bobbie. Sehr konservativ. Sie findet es furchtbar, daß ich nicht verheiratet bin. Ich glaube, das ist ihr gegenüber ihren Freundinnen peinlich.«

»Möchte sie, daß Sie Danny heiraten?«

»Gott, nein.«

»Kommt Danny bald wieder?«

Ich zuckte mit den Schultern, und wir gingen weiter, setzten den weiten Bogen fort, der uns nach Hause zurückführen würde.

»Sam? Wer war Elsies Vater?«

»Ein netter Mann«, antwortete ich kurz angebunden. Dann wurde ich weich und war über mich selbst erstaunt, als ich etwas zu Finn sagte, was ich fast niemandem sonst anvertraut hatte. »Er starb ein paar Monate vor Elsies Geburt. Er hat sich umgebracht.«

Finn schwieg. Das war die einzig richtige Reaktion. Ich sah eine Gelegenheit.

»Du sprichst nie über deine Vergangenheit, Finn. Ich verstehe das. Aber erzähl mir etwas. Erzähl mir von etwas, das für dich wichtig war, eine Person, eine Erfahrung, irgendwas.«

Finn marschierte weiter und gab nicht zu erkennen, daß sie mich gehört hatte. Ich machte mir Sorgen, sie vielleicht verprellt zu haben. Nach ungefähr hundert Metern fing sie an zu sprechen, noch immer gehend, noch immer nach vorn blickend.

»Haben Sie gehört, wie ich das letzte Jahr verbracht habe?«

»Jemand hat mir erzählt, du wärst durch Südamerika gereist.«

»Ja. Das kommt mir jetzt alles so unwirklich und weit entfernt vor, so sehr, daß ich ein Land kaum vom anderen unterscheiden kann. Es war eine seltsame Zeit für mich, eine Art Genesung und Wiedergeburt. Aber an eines erinnere ich mich genau. Ich war in Peru und ging nach Machu Picchu, das im Reich der Inka irgendeine wichtige Bedeutung hatte. Wenn man zur Zeit des Vollmonds dort ist, kann man sieben Dollar für etwas bezahlen, das *boleto nocturno* heißt, und man kann die Sehenswürdigkeit bei Nacht besichtigen. Ich ging hin und schaute mir den Intihuatana an – das ist der einzige steinerne Kalender, der nicht von den Spaniern zerstört wurde –, und ich stand da im Mondschein und dachte über Licht und darüber nach, daß Reiche zerfallen und sterben wie Menschen. Das Reich der Inka gibt es nicht mehr. Auch das spanische Imperium gibt es nicht mehr. Als ich da stand, dachte ich darüber nach, daß nur diese Ruinen überlebt haben, die Bruchstücke, und das schöne Licht.«

So hatte ich Finn noch nie reden hören und war tief berührt.

»Das ist schön, Finn«, sagte ich. »Warum wolltest du mir das jetzt erzählen?«

»Sie haben mich gefragt«, sagte sie, und ich fühlte mich ein klein wenig zurückgewiesen.

Als das Haus wieder in Sicht kam, sagte Finn:

»Was werden Sie für Ihre Mutter kochen?«

»Für meine Eltern. Dad kommt auch. Ach, ich weiß nicht. Ich werde in den Supermarkt gehen und irgendwas Fertiges kaufen.«

»Kann ich für sie kochen?«

»Kochen?«

»Ja. Das würde ich gern machen. Und könnten wir auch Dr. Daley einladen?«

Ich war überrascht, als ich feststellte, daß ein kleiner Teil von mir Finns Anhänglichkeit an Michael Daley übelnahm. Das war zwar verständlich, denn er war ein Kontakt zur Normalität, er sah gut aus, er war der Hausarzt. Aber gegen alle Vernunft wollte meine Eitelkeit, daß sie von mir abhängig war, obwohl ich mir andererseits fest vorgenommen hatte, sie in zwei Wochen wegzuschicken.

»Ich werde ihn anrufen.«

»Und Danny?«

»Danny diesmal vielleicht nicht.«

Für einen kurzen Augenblick sah ich Dannys Nachtgesicht, zärtlich und stopplig und ganz ohne seine tagsüber zur Schau getragene Ironie – das Gesicht, von dem ich hoffte, daß nur ich es kannte –, und ich spürte ein panikartiges Verlangen nach ihm. Ich wußte nicht einmal, wo er sich aufhielt. Ich wußte nicht, ob er in London oder anderswo war. Was in aller Welt machte ich überhaupt in dieser sumpfigen Einöde, warum kümmerte ich mich um ein verstörtes Mädchen, während ich meinen Geliebten verlor?

Das unbehagliche Gefühl hielt den ganzen Tag über an wie schlechtes Wetter und wollte nicht einmal vergehen, als ich zur Schule fuhr, um Elsie abzuholen. Sie war ebenfalls mürrisch, und ich versuchte sie aufzuheitern, indem ich ihr erzählte, daß Finn und ich eine Kirche besichtigt hatten, die früher ein geheimes Piratenlager war, wo sie den Schatz versteckten, den sie von ihren Piratenschiffen an Land geschmuggelt hatten.

»Was für einen Schatz?« fragte Elsie.

»Goldene Kronen und Perlenketten und silberne Ohrringe«, sagte ich. »Und dann vergruben sie alles und zeichneten eine Karte, die sie mit ihrem eigenen Blut unterschrieben.«

Als wir nach Hause kamen, war Elsie entschlossen, ihre eigene Schatzkarte zu zeichnen. Finn und ich saßen mit unseren Kaffeebechern in der Küche, während Elsie sich über den Tisch beugte, die Stirn gerunzelt, die Zungenspitze zwischen den Lippen, und nahezu jede Farbe aus der bunten Auswahl ihrer Malstifte verwendete. Das Telefon läutete. Linda nahm ab.

»Es ist für Sie!« rief sie von oben.

»Wer ist es?«

»Ich weiß nicht«, sagte sie.

Ich schnaubte und nahm den Hörer im vorderen Zimmer ab.

»Ist da Dr. Laschen?«

»Ja, wer ist am Apparat?«

»Frank Laroue. Es hat mich gefreut, Sie am Samstag kennengelernt zu haben, und ich hatte gehofft, wir könnten uns wiedersehen.«

»Ja, das wäre nett«, sagte ich gleichmütig, während sich meine Gedanken überschlugen. »Was würden Sie gern unternehmen?«

»Ich hätte gern, daß Sie mich zum Tee in Ihr neues Haus einladen. Ich sehe immer gern die Häuser von Leuten.«

»Und Ihre Frau?«

»Meine Frau ist verreist.«

»Ich fürchte, mein Haus ist im Moment noch nicht in dem Zustand, um es irgend jemandem vorzuführen. Wie wär's mit einem Drink in der Stadt?«

Wir einigten uns auf Zeit und Ort und hängten ein, bevor ich die Möglichkeit hatte, es mir anders zu überlegen. Ich fragte mich, ob ich es Michael Daley sagen sollte, verwarf den Gedanken aber rasch. Ich würde auf sein Boot mitkommen. Das war genug. Ich schuldete mir selbst ein bißchen Spaß, und zum Teufel mit Danny.

»Wir sind wie drei Piraten, nicht, Elsie?« sagte Finn, als ich wieder in der Küche auftauchte. »Mummy und ich und du.«

»Ja«, sagte Elsie.

»Ist es fertig?«

»Ja.«

Sie lachte.

»Sollen wir deinen Schatzplan jetzt alle unterschreiben, du und ich und Finn?«

Elsies Augen leuchteten.

»Ja-a-a-a!« rief sie begeistert.

»Dann laß uns den roten Stift suchen.«

»Nein«, sagte Elsie. »Blut. Mit Blut unterschreiben.«

»Elsie!« sagte ich scharf und sah ängstlich zu Finn hinüber. Sie stand auf und verließ den Raum. »Elsie, so etwas darfst du nicht sagen.«

Finn kam in die Küche zurück und setzte sich neben mich.

»Schauen Sie«, sagte sie. Sie hielt eine Nadel zwischen Daumen und

Zeigefinger und lächelte. »Ist schon in Ordnung, Sam. Es geht mir besser. Noch nicht toll, aber besser. Sieh mal, Elsie, es ist ganz einfach.« Sie stach mit der Nadel in die Spitze ihres linken Daumens, beugte sich dann vor und drückte einen roten Tropfen auf Elsies Karte. Mit dem Nadelöhr malte sie aus dem Tropfen etwas, das halbwegs wie ein F aussah. »Jetzt Sie, Sam.«

»Nein, ich hasse Nadeln.«

»Sie sind Ärztin.«

»Deswegen bin ich ja Ärztin geworden, da kann ich Nadeln in andere Leute stechen.«

»Ihre Hand«, sagte Finn entschlossen. »Ist schon gut, ich nehme eine neue für Sie.« Widerstrebend streckte ich die linke Hand aus und zuckte zusammen, als sie mir in die Daumenspitze stach. Sie drückte das Blut auf das Papier.

»Und jetzt soll ich wohl Samantha schreiben«, brummte ich.

»Ein S reicht«, lachte Finn.

Ich schrieb mit meinem Blut ein S.

»Und jetzt Elsie«, sagte Finn.

»Ich nehme Mummys Blut«, sagte Elsie sehr entschieden.

Finn drückte noch einen Tropfen aus meinem Daumen, und Elsie verschmierte ihn zu etwas, das eher wie eine zertretene Himbeere aussah. Ich betrachtete meinen Daumen.

»Es tut weh«, sagte ich.

»Lassen Sie mal sehen«, meinte Finn. Sie nahm meine Hand und schaute sich den Daumen an. Er wies einen roten Fleck auf. Sie beugte sich vor und tupfte ihn mit ihrer Zunge ab, dann sah sie mich mit ihren großen, dunklen Augen an.

»So«, sagte sie. »Jetzt sind wir Blutsschwestern.«

18. KAPITEL

Sam, Sam, wachen Sie auf.«

Ein Flüstern dicht an meinem Ohr riß mich aus wirren Träumen. Ich sah in ein weißes Gesicht, hörte ein angstvolles Wimmern. Ich setzte mich auf und schaute auf die blaßgrünen Zahlen meines Radioweckers.

»Finn, es ist drei Uhr früh.«

»Ich habe draußen was gehört. Da ist jemand.«

Ich runzelte ungläubig die Stirn, aber dann hörte ich es auch. Etwas knarrte. Jetzt war ich hellwach in der pechschwarzen Kälte. Ich nahm Finn bei der Hand und rannte mit ihr den Gang zu Elsies Zimmer hinunter. Ich hob Elsie samt Daunendecke, Teddy und allem auf und trug sie in mein Schlafzimmer. Sie hatte den Daumen noch im Mund und einen Arm ausgestreckt. Ich legte sie auf mein Bett. Sie murmelte etwas, rollte sich mit Daunendecke und Bär zusammen und schlief weiter. Ich nahm den Telefonhörer ab. Neun, neun, neun.

»Hallo, Sie wünschen?«

Ich konnte mich nicht an die Nummer erinnern, die Baird mir gegeben hatte. Vor Frustration heulte ich beinahe.

»Ich bin in Elm House in der Nähe von Lymne. Da ist jemand auf dem Grundstück. Wir brauchen die Polizei. Bitte sagen Sie Inspector Baird vom CID Stamford Bescheid. Mein Name ist Samantha Laschen.« O Gott, sie wollte, daß ich es buchstabierte. Warum konnte ich nicht Smith oder Brown heißen? Endlich war sie fertig, und ich legte den Hörer auf. Ich dachte an die Autopsieberichte über die Mackenzies, und plötzlich hatte ich ein Gefühl, als krabbelten Insekten über meine Haut. Finn klammerte sich an mich. Was war jetzt am besten zu tun? Mir schwirrte der Kopf. Die Tür zum Schlafzimmer verbarrikadieren? Allein nach unten gehen und vielleicht irgendeinen Eindringling so lange hinhalten, bis die Polizei kam? Auf einmal ging es mir nur noch um Elsie. Sie hatte das nicht gewollt, sie war für nichts von all dem verantwortlich. Würde sie sicherer sein, wenn ich sie irgendwie von Finn fernhalten könnte?

»Finn, komm mit«, zischte ich.

Ich hatte den vagen Plan, mir irgendwo eine Waffe zu besorgen, aber plötzlich – sicher zu schnell, um schon die Reaktion auf meinen Anruf zu sein – hörte ich Automotoren, aufspritzenden Kies, sah blinkende Lichter. Ich schaute aus dem Fenster. Da standen Polizeiwagen, dunkle Gestalten liefen umher, ich sah Taschenlampen aufblitzen und einen Hund. Ich ging zu Finn, nahm sie in die Arme und murmelte in ihr Haar.

»Jetzt ist es gut, Finn. Du bist in Sicherheit. Die Polizei ist da. Das hast du gut gemacht, Schätzchen, sehr gut. Du kannst dich jetzt entspannen.«

Es klopfte an der Tür. Ich sah aus dem Fenster. Eine Gruppe uniformierter Beamter stand auf dem Weg, eine zweite befand sich weiter entfernt. Noch ein Wagen fuhr vor. Ich rannte die Treppe hinunter, warf mir einen Morgenrock über und öffnete.

»Sind alle in Ordnung?« fragte der vorderste Beamte.

»Ja.«

»Wo ist Fiona Mackenzie?«

»Oben, mit meiner Tochter.«

»Dürfen wir hereinkommen?«

»Natürlich.«

Der Mann drehte sich um.

»Sichert den ersten Stock!« befahl er.

Zwei Beamte, einer davon weiblich, drängten sich an mir vorbei und rannten die Treppe hinauf; ihre Füße polterten auf dem Holz.

»Was ist eigentlich los?«

»Haben Sie einen Moment Geduld«, sagte der erste Beamte. Ein anderer Polizist kam angerannt und flüsterte ihm ins Ohr. »Wir haben einen Mann gefaßt. Er sagt, daß er Sie kennt. Können Sie kommen und ihn identifizieren?«

»Ja.«

»Möchten Sie sich erst anziehen?«

»Nein, ist schon gut.«

»Dann kommen Sie bitte hier entlang. Er sitzt dort drüben im Auto.«

Mein Herz klopfte so heftig, daß es fast weh tat, als ich mich den schattenhaften Umrissen im Wagen näherte, und dann mußte ich einfach lachen. Da saß Danny, völlig zerzaust, fest zwischen zwei Polizisten eingeklemmt.

»Das ist in Ordnung«, sagte ich. »Er ist ein Freund. Ein enger Freund.«

Widerstrebend ließen die Polizisten ihn los. Ich sah, daß einer von ihnen sich ein Taschentuch an die Nase drückte.

»Nun, Sir«, sagte der andere. »Ich würde mich in Zukunft davor hüten, mitten in der Nacht in fremden Gärten herumzuschleichen.«

Danny antwortete nicht. Finster sah er die Polizisten und dann mich an und ging zum Haus. An der Haustür holte ich ihn ein.

»Was hast du denn gemacht?«

»Mein verdammter Kombiwagen hat im Dorf den Geist aufgegeben, also bin ich zu Fuß gegangen. Jemand hat mich gepackt, und ich habe zurückgeschlagen.«

»Ich bin froh, daß du gekommen bist, o mein Gott, bin ich froh«, sagte ich und schlang die Arme um seine Taille. »Und es tut mir leid.« Ein Kichern stieg in meiner Kehle auf wie ein Schluchzen.

Wieder hörte ich in der Einfahrt hinter mir Kies aufspritzen. Ich drehte mich um und sah ein ziviles Fahrzeug quietschend anhalten. Die Tür öffnete sich, und eine stämmige Gestalt stieg aus. Baird. Er kam auf uns zu. Dann blieb er stehen und musterte Danny mit verschlafenen Augen.

»Verdammter Sauhaufen«, sagte er und ging an uns vorbei ins Haus. »Jetzt habe ich einen verdammten Kaffee nötig.«

»Ihre Leute waren unwahrscheinlich schnell hier«, sagte ich.

Baird saß am Tisch, den Kopf in die Hände gestützt. Danny stand in der entfernten Ecke, ein Glas Whisky in der Hand, das er gelegentlich aus der Flasche in seiner anderen Hand auffüllte.

»Meine Leute waren in der Nachbarschaft«, sagte Baird.

»Warum?«

»Wie ich hörte, haben Sie Frank Laroue kennengelernt.«

»Hat Daley Ihnen das erzählt?«

»Wir halten ihn für einen gefährlichen Mann, Sam. Und jetzt hat er Kontakt mit Ihnen aufgenommen.«

Einen Augenblick lang war ich verwirrt.

»Wieso ...? Hören Sie etwa mein Telefon ab?«

»Das war doch eine naheliegende Vorsichtsmaßnahme«, sagte Baird.

»Scheiße«, sagte Danny und ging hinaus.

»Wieviel weiß er?« fragte Baird.

»Wieviel weiß *ich*? Warum hat man mir das alles nicht gesagt? Ist Laroue ein Verdächtiger?«

Baird runzelte die Stirn und sah auf seine Uhr.

»Verdammter Mist«, sagte er. »Ich glaube, es ist wahrscheinlich, daß die Mackenzie-Mörder mit der Terrorismuswelle in der Stamford-Gegend von Essex in Verbindung stehen. Wir hielten es für möglich, daß hier ein Anschlag auf Fiona Mackenzie verübt werden könnte. Bitte sagen Sie Ihrem Freund, daß ich mich entschuldige.« Er stand auf, um zu gehen. »Zu Ihrer Information: Morgen ...« Er stockte und lächelte matt. »*Heute* wird eine Operation stattfinden, geleitet von einem Kollegen namens Carrier, und es wird in der ganzen Gegend Festnahmen geben. Darunter auch die von Frank Laroue, dem man verschiedene Vergehen, wie das der Verschwörung und des Aufrufs zur Gewalt, zur Last legt.«

»Ach du liebe Güte«, sagte ich. »Dann kann ich wohl davon ausgehen, daß mein Drink mit ihm verschoben werden muß.«

»Das war nicht besonders vorsichtig«, sagte Baird. »Wie auch immer, ich bin überzeugt, daß Sie jetzt vollkommen sicher sind.«

»Und was ist, wenn es *nicht* die militanten Tierschützer waren, die die Mackenzies umgebracht haben?«

»In dem Fall waren die Mörder vermutlich Einbrecher.«

»Was haben sie gestohlen?«

»Es ging schief. Sie wurden gestört. Wie auch immer, Sie sind jetzt sicher.«

»Nein, bin ich nicht. Gegen Abend kommen meine Eltern zum Essen.«

Später an diesem Morgen, um zehn Uhr, klopfte jemand schüchtern an die Tür. Ein dünner junger Mann, eigentlich noch ein Junge, dessen Haar zu einem Pferdeschwanz zurückgebunden war, stand mit einer Tüte und einem nervösen, anbetenden Lächeln davor. Als er mich sah, verschwand das Lächeln.

»Miss Fiona wollte ein wenig Gemüse«, sagte er und drückte mir die Tüte in die Hand.

»Frisch vom Bauernhof. Was kommt als nächstes?« fragte Danny. »Vielleicht echte Hausmannskost?«

Finn und Elsie kamen aus der Küche. Beide hatten die Ärmel hochgekrempelt, und um Elsies Taille war ein Geschirrtuch geschlungen.

»Warum machen Sie beide nicht einen Spaziergang, bevor Ihre Mutter kommt?« fragte Finn.

War das das Mädchen, das noch vor ein paar Wochen kaum ein Wort herausgebracht hatte? Sie trug ihre neuen dunkelblauen Jeans und ein weißes Baumwollhemd; ihr dunkles Haar war zu einem Pferdeschwanz gebunden und wurde von einer Samtschleife gehalten. Ihr Gesicht war jetzt gebräunt von unseren Spaziergängen und gerötet von der Hitze des Ofens. Sie sah sauber und mädchenhaft aus mit ihren biegsamen Gliedern und ihren starken, schmalen Schultern; ich wußte, wenn ich näher bei ihr stünde, könnte ich ihre Seife und den Talkumpuder riechen. Sie gab mir das Gefühl, alt und verwittert zu sein. Sie kam näher, nahm mir die Tüte aus den Händen und schaute hinein.

»Kartoffeln«, sagte sie. »Und Spinat. Genau, was wir wollten, nicht, Elsie?«

»Wer war dieser Junge?« fragte ich.

»Och, das war Roy, Judiths Sohn«, sagte sie beiläufig. Sie kannte wesentlich mehr Leute aus der Gegend als ich. Sie kicherte. »Ich glaube, er ist in mich verknallt«, und dann wurde sie rot von den Haarwurzeln bis zum Hals, auf dem die Narbe bereits verblaßte.

Danny sah ihr nach, als sie ging.

»Sie sieht gut aus.«

»Du und dieser Junge mit dem Pferdeschwanz!« sagte ich.

Danny lachte nicht.

Draußen war der Himmel von einem blassen Hellblau, und obwohl es vor ein paar Tagen geschneit hatte – nadelspitze, gemeine kleine Schneeflocken, die sich an den Rändern der rötlichen Felder sammelten –, war die Luft mild. Ich hatte alle Heizkörper ausgeschaltet und die Fenster geöffnet. Im Garten leuchteten die ersten Narzissen, und die Tulpen, noch mit geschlossenen Knospen, standen in einer dichten Reihe.

»Ja, sollen wir einen Spaziergang machen?« fragte Danny. »Wann kommen deine Eltern?«

»Wir haben noch gut zwei Stunden Zeit. Laß uns über Stone-on-Sea gehen« – obwohl die Ufermauern das Meer längst zurückgedrängt hatten und das Dorf von ödem Marschland und merkwürdigen, auf dem Trockenen stehenden Hafenmolen umgeben war – »und von da aus ans Wasser.«

Es war so mild, daß wir nicht einmal Jacken brauchten. Durch das Küchenfenster konnte ich Finn erkennen, die sich mit konzentriert gerunzelter Stirn über irgend etwas beugte. Elsie war nicht zu sehen. Danny zog mich enger an sich, und lange gingen wir im Gleichschritt schweigend nebeneinander her. Dann begann er zu sprechen.

»Sam, da ist etwas, worüber ich mit dir reden muß.«

»Was denn?« Sein Ton war ungewöhnlich ernst, und mich überkam eine unerklärliche Angst.

»Es hat mit Finn zu tun, natürlich, und mit dir und auch mit Elsie. Ach, Mist, ich weiß nicht, komm her.«

Er blieb stehen, zog mich eng an sich und vergrub sein Gesicht an meinem Hals.

»Was ist los, Danny? Sag's mir, wir hätten schon längst reden sollen, bitte, sag es mir.«

»Nein, warte«, murmelte er. »Körper reden besser.«

Ich schob meine Hände unter seinen Pullover und sein Hemd und fühlte seinen warmen, starken Rücken nackt unter meinen Fingern. Das Gesicht noch immer an meinem Hals, während seine Bartstoppeln meine Wange kitzelten, öffnete er den Gürtel meiner Jeans, schob eine Hand hinein und umfaßte meinen Po. Mein Atem wurde flacher und keuchend.

»Nicht hier, Danny.«

»Warum? Es sieht uns keiner.»

Um uns herum breitete sich in alle Richtungen Marschland aus, durchsetzt von verkümmerten Bäumen und verrottenden Booten, die gestrandet waren, als die See von den Mauern gezähmt wurde. Mit kundiger Hand öffnete Danny meinen BH. Ich zog seinen Kopf an den langen, nicht ganz sauberen Haaren zurück und sah, daß sein Gesicht in einer Art konzentrierter Unruhe verzogen war.

»Keine Angst, Liebster«, sagte ich, knöpfte seine Hose auf und ließ ihn meine herunterziehen, und verzweifelt stieß er in mich hinein, während mein Jeans und mein Slip wie Fesseln um meine Fußgelenke hingen. So standen wir ineinander verschlungen inmitten des großen, leeren Raums unter einer milden Sonne, und ich dachte, wie würdelos ich aussehen mußte. Ich hoffte, daß kein Farmer beschloß, diesen Weg zu nehmen, und fragte mich, was meine Mutter wohl dazu sagen würde.

»Das«, sagte Danny mit vollem Mund, während meine Mutter ihn über den Tisch hinweg mißbilligend ansah, »ist toll, Finn.«

Finn hatte uns gebratene Lammkeule mit Knoblauch und Rosmarin, Folienkartoffeln mit Sauerrahm und Butter und grob gehackten

Spinat serviert, und sie hatte gestern im Supermarkt sogar daran gedacht, Minzsauce zu kaufen. Mein Vater – so angezogen, wie er es für lässig hielt: in Tweedjackett, Hose von unbestimmbar gräulicher Farbe, mit offenem Kragenknopf am makellos gebügelten Hemd und einem Scheitel, der wie eine neue, rosafarbene Straße durch sein dünn werdendes graues Haar verlief –, hatte zwei Flaschen Wein zutage gefördert. Meine Mutter aß höchst manierlich, tupfte sich nach jedem Bissen die Lippen ab und trank hin und wieder vorsichtig ein Schlückchen von ihrem Wein. Finn aß fast gar nichts, saß aber mit leuchtenden Augen am Tisch, ein nervöses Lächeln um die Lippen. Danny hatte neben ihr Platz genommen und legte sein bestes Benehmen an den Tag, war aber ziemlich zurückhaltend, wie ich fand. Auf der anderen Seite saß Michael Daley, bemüht lebhaft und eifrig darauf bedacht, alle zu bezaubern. Er war mit einem großen Strauß gelber Rosen (für mich), Anemonen (für Finn, die sie an sich drückte wie eine scheue Braut), Wein und festem Händedruck erschienen. Er hörte meiner Mutter aufmerksam zu, als sie über den schrecklichen Vormittag sprach, den sie hinter sich hatte, ließ sich von meinem Vater respektvoll die Route schildern, die sie genommen hatten, um mich zu besuchen, lud sich die kichernde Elsie auf die Schultern, beugte sich tröstend zu Finn, wann immer er mit ihr sprach, wobei ihm das dunkelblonde Haar über die Augen fiel. Er raspelte kein Süßholz, sondern war auf angenehme Weise bemüht zu gefallen. Er drehte sich auf seinem Stuhl wie ein Wetterhahn, wandte sich bei jeder Bemerkung dem Sprecher zu. Er reichte Gemüse herum, sprang auf, um Finn in der Küche zu helfen. Er war voll seltsam nervöser Energie. Plötzlich schoß mir der Gedanke durch den Kopf, ob er womöglich im Begriff war, sich in Finn zu verlieben, und dann fragte ich mich, ob er vielleicht in mich verliebt war, und falls ja, was ich davon hielte.

Ich sah mir die beiden Männer rechts und links von Finn an; der eine dunkel, mürrisch und hinreißend, der andere heller, rätselhafter. Und bei jedem Bissen, den sie fleißig kaute, konnte ich sehen, welcher von beiden meiner Mutter gefiel. Zwischen den Männern herrschte eine eigenartige Spannung; sie konkurrierten miteinander, wußten aber nicht so genau, worum. Danny faltete unaufhörlich Papierfiguren, indem er Stückchen von seiner Papierserviette in Blumen und Boote verwandelte.

Als wir bei den Backäpfeln angelangt waren (mit Rosinen und Honig gefüllt von Elsie, die sich jetzt in ihr Zimmer zurückgezogen hatte, angeblich, um ein Bild zu malen) sagte meine Mutter mit ihrer interessiertesten Stimme:

»Und wie geht die Arbeit voran, Samantha?«

Ich murmelte etwas von Wartezeit, und das Gespräch wäre versickert (tatsächlich sah ich, daß Michael sich gerader hinsetzte und darauf wartete, galant das Schweigen zu brechen, das sich auszubreiten drohte), als mein Vater sich förmlich räusperte und seine Serviette beiseite legte. Alle Blicke richteten sich auf ihn.

»Als ich in Japan in Gefangenschaft war«, begann er, und mir sank das Herz; das hatte ich schon öfter gehört, »habe ich viele Männer sterben sehen. Sie wurden dahingerafft wie die Fliegen.« Er machte eine Pause, und wir warteten mit dem automatischen Respekt von Leuten, die vor einer Tragödie den Kopf neigen. »Ich sah mehr, als irgendeiner von euch jemals sehen wird; und mehr, da bin ich sicher, als irgendeiner deiner kostbaren Patienten sieht.«

Ich schaute Finn an, aber sie hielt den Kopf gesenkt und schob mit der Gabel eine Rosine auf ihrem Teller herum.

»Dann kam ich wieder nach Hause und machte einfach weiter. Ich erinnere mich noch an alles.« Er legte die Hand auf den Tweed über seiner Brust. »Aber ich schob es beiseite. Das ganze Gerede über Traumata und Streß und Opfer, weißt du, das tut nicht gut, das reißt nur alte Wunden auf. Am besten läßt man die Dinge ruhen. Ich zweifle nicht an deinen Motiven, Samantha. Aber ihr jungen Leute denkt, ihr hättet ein Recht auf Glück. Dabei muß man seine Erfahrungen einfach aushalten. Trauma!« Er nahm sein Weinglas und trank einen Schluck; seine Augen sahen über den Rand des Glases. Meine Mutter wirkte ängstlich.

»Nun ja…«, begann Michael in verständnisvollem Ton.

»Dad …«, fing ich in einem jammernden Tonfall an, den ich als den Tonfall meiner Kindheit erkannte.

Aber Finns Stimme, weich und klar, setzte sich durch.

»Soweit ich das verstehe, Mr. Laschen, ist Trauma ein Wort, das zu häufig benutzt wird. Die Leute verwenden es, wenn sie einfach Kummer oder Schock oder Trauer meinen. Ein wirkliches Trauma ist etwas anderes. Das überwinden die Menschen nicht einfach so. Sie brauchen Hilfe.« Einen Moment lang traf mich ihr Blick, und ich lächelte ihr zu. Es war merkwürdig still im Raum. »Manche Leute, die traumatisiert sind, empfinden das Leben buchstäblich als unerträglich. Sie sind keine schwachen Feiglinge oder Narren; sie sind einfach verletzt, und man muß sie heilen. Ärzte heilen unsere körperlichen Wunden, aber manchmal kann man die Wunden nicht sehen. Sie sind aber trotzdem da. Nur, weil Sie gelitten und sich nicht beklagt haben, glauben Sie, andere Menschen sollten auch leiden?« Niemand sprach. »Ich glaube, daß Sam den Menschen sehr hilft. Sie rettet Menschen. Wissen Sie, es geht nicht um Glück, es geht darum, überhaupt leben zu können.«

Michael beugte sich zu ihr und nahm ihr die Gabel aus der Hand, die sie noch immer auf dem Teller herumschob. Er legte ihr einen Arm um die Schultern, und sie lehnte sich dankbar an ihn.

»Finn und ich werden jetzt Kaffee für alle machen«, sagte er und führte sie aus dem Zimmer.

Meine Mutter stapelte geräuschvoll unsere Dessertteller aufeinander.

»Mädchen im Teenageralter reagieren immer sehr heftig«, sagte sie verständnisvoll.

Ich schaute zu meinem Vater hinüber.

»Weißt du, was das Problem ist?« sagte er.

»Nein«, sagte ich.

»Deine Tür klemmt. Ich wette, es liegt an den Angeln. Ich sehe sie mir später an. Hast du Kohlepapier?«

»Kohlepapier? Wozu brauchst du das?«

»Man breitet es unter dem Türsturz aus, um zu sehen, wo die Reibung ist. Dazu gibt es nichts Besseres als Kohlepapier.«

19. KAPITEL

Einmal, als ich ungefähr zehn war, fuhren wir in den Sommerferien nach Files Bay oben an der Ostküste. Ich war nie wieder dort, und alles, woran ich mich erinnere, sind Sanddünen und ein heftiger, schmutziger Wind – wie er abends am Ufer entlangfegte, die Dosen klappern ließ, die auf den Gehsteigen lagen, und kratzige Pflanzenreste in die Luft wirbelte wie kleine, zerfledderte Drachen. Und ich weiß auch noch, daß mein Vater in einem Tretboot mit mir hinausfuhr. Meine Beine reichten kaum bis zu den Pedalen, und ich mußte auf dem Sitz ganz nach vorn rutschen, während er sich zurücklehnte und seine Beine – mager und glänzend weiß in den ungewohnten Shorts – fleißig strampelten. Ich schaute ins Wasser hinunter und konnte auf einmal den Grund nicht mehr sehen, nur ein bodenloses Graubraun. Als sei es gestern gewesen, kann ich mich an die Panik erinnern, die bis in die hintersten Winkel meines Bewußtseins drang. Ich schrie und schrie, klammerte mich an den Arm meines verwirrten Vaters, so daß meine Mutter, die am Ufer wartete, dachte, irgend etwas Schreckliches sei passiert, obwohl unser kleines rotes Tretboot ungefährdet nur ein paar Meter entfernt auf dem Wasser dümpelte. Wenn es um Wasser geht, fühle ich mich niemals sicher; ich kann zwar schwimmen, vermeide es aber nach Möglichkeit. Wenn ich mit Elsie ins Schwimmbad gehe, bleibe ich da, wo es nur knietief ist, und sehe zu, wie sie herumplanscht. Das Meer ist für mich kein Ort, wo man Spaß hat, kein riesiges Freizeitzentrum, sondern ein unheimlicher Moloch, der Boote und Leichen, radioaktiven Müll und Scheiße verschluckt. Manchmal, besonders abends, wenn die verschiedenen Grautöne des Meeres mit dem dunkler werdenden Himmel verschmelzen, stehe ich vor meiner Tür und schaue auf die glänzende Wasserfläche; dann stelle ich mir die andere Welt vor, die unter dem Wasser verborgene – und mir wird ganz schwindlig.

Was also dachte ich mir, als ich mit Michael Daley segeln ging? Als er angerufen hatte, um sich mit mir zu verabreden, hatte ich mit begeisterter Stimme geantwortet, ich würde sehr gern auf seinem Boot hinausfahren. Ich mag es, wenn die Leute denken, ich wäre mutig und unerschrocken.

»Was soll ich mitbringen?« fragte ich.

»Nichts. Ich habe einen wasserdichten Overall, der Ihnen passen müßte, und natürlich Schwimmwesten. Denken Sie daran, Handschuhe mitzunehmen.«

»Wasserdichter Overall?«

»Wissen Sie, so eine Art Gummianzug, wie Taucher ihn tragen – er wird Ihnen gut stehen. Ohne den würden sie um diese Jahreszeit erfrieren, falls wir kentern.«

»Kentern?«

»Hat dieses Telefon ein Echo, oder sind Sie das?«

»Der paßt mir nie im Leben.«

Ich schaute auf etwas, das einem Bündel von schwarzen und limonengrünen Eingeweiden glich.

»Sie müssen vorher Ihre Kleider ausziehen.« Wir waren in meinem Wohnzimmer. Danny war nach Stamford gefahren, um Farbe zu kaufen, Finn war zum Laden an der Ecke gegangen, um Milch und Brot zu besorgen, und Elsie befand sich in der Schule. Michael trug bereits seinen Gummianzug unter einer gelben Regenjacke. Er sah lang und schlank aus, aber irgendwie komisch, wie ein Astronaut ohne Raumschiff oder ein Fisch auf dem Trockenen.

»Oh.«

»Lassen Sie die Unterwäsche an, vielleicht auch Ihr T-Shirt.«

»Gut. Ich denke, ich ziehe mich im Schlafzimmer um. Nehmen Sie sich Kaffee.«

Oben entkleidete ich mich bis auf BH und Slip und fing an, meine Beine in das dicke schwarze Gummi zu zwängen. Gott, war das eng. Es legte sich elastisch um meine Schenkel, und ich zog es über die Hüften hoch. Meine Haut fühlte sich an, als müßte sie ersticken. Am schwierigsten war es, die Arme in die Ärmel zu befördern; ich hatte das Gefühl, als würde mein Körper sich unter dem Zug des Gummis zusammenrollen. Der Reißverschluß saß auf dem Rücken, aber ich konnte ihn nicht erreichen – tatsächlich konnte ich die Arme kaum höher als waagerecht heben.

»Alles in Ordnung?« rief Michael.

»Ja.«

»Soll ich helfen?«

»Ja.«

Er kam ins Zimmer, und ich sah uns beide im Spiegel, langbeinige Mondspaziergänger.

»Ich hatte recht, er steht Ihnen«, sagte er, und ich zog verlegen den Bauch ein, als er den Reißverschluß schloß und ich das kalte Metall und seine warmen Finger auf meinen Rückenwirbeln spürte. Ich fühlte seinen Atem in meinem Haar.

»Ziehen Sie die Stiefel an« – er reichte mir ein Paar saubere Gummischuhe« –, »und dann können wir gehen.«

Der Wind wehte in eisigen Böen über den steinigen Strand, wo Michaels Boot mit anderen Dinghis in einer Reihe lag. In seinem Bootshaus lagerte er anscheinend nur seine Surfbretter und Reservesegel; Dinghis blieben bei jedem Wetter draußen. Die kahlen Boote verursachten mit all ihren Schnüren (»Wanten«, sagte Michael), die die Masten hielten, ein merkwürdig summendes Geräusch, ein bißchen wie Wälder in einer kalten Winternacht. Die kleinen Wellen hatten weiße Schaumkronen. Ich sah, wie Böen das graue Wasser kräuselten. Michael legte den Kopf zurück.

»Mmm. Gutes Segelwetter.«

Mir gefiel nicht, wie das klang. Draußen in der Mündung konnte ich ein einziges kleines Dinghi mit weißen Segeln sehen, das beunruhigend schräg lag, so daß sein Unterbau (»Rumpf«) aus dem Wasser zu ragen schien. Sonst konnte ich weit und breit niemand entdecken. Der Horizont verschwand in grauem Dunst. Es war einer dieser Tage, an denen es nie richtig hell wird; feuchte Gaze schien über dem Wasser zu liegen.

Michael zog die dicke grüne Persenning von seinem Boot (ein Wayfarer namens Belladonna, sagte er mir, wegen des schwarzen Spinnakers; ich fragte nicht, was ein Spinnaker ist). Er beugte sich über den Boden des Bootes und nahm eine Schwimmweste heraus.

»Ziehen Sie die an. Ich takle nur rasch auf.«

Er schüttelte ein großes, rostfarbenes Segel aus einem Nylonsack und fing an, lange, flache Stäbe in Taschen im Stoff zu schieben.

»Spanten«, erklärte er. »Sonst würden die Segel überall herumflattern.«

Dann hakte er einen Draht vom Ansatz des Masts los und hängte ihn in die Spitze des Segels ein; das untere Ende schob er durch einen Schlitz im Baum – diesen Namen kannte ich – und befestigte es.

»Das ist das Hauptsegel«, sagte er. »Wir ziehen es erst hoch, wenn wir das Boot im Wasser haben.«

Das nächste Segel hängte er an einen anderen Draht, den er vom Mast losmachte. Mit vielen kleinen Haken befestigte er es am Vorstag und ließ es eingerollt an Deck liegen. Dann zog er eine lange Kordel durch ein Loch am unteren Rand des Dreiecks, führte die beiden Enden durch zwei Ösen auf beiden Seiten des Bootes und knüpfte zwei Knoten in Form einer Acht, damit sie nicht aus den Ösen rutschen konnten. Schließlich förderte er eine kleine schwarze Flagge zutage, band sie an einen am Mast befestigten Draht und zog sie hoch, bis sie an der Mastspitze flatterte.

»So, und jetzt ziehen wir das Boot ins Wasser.«

Mir fiel auf, welche Autorität er ausstrahlte. Seine Hände arbeiteten kräftig und sorgfältig, er war ganz bei der Sache. Ich dachte, daß er ein guter Arzt sein mußte, und fragte mich, wie viele seiner Patientinnen sich wohl in ihn verliebten. Zusammen zogen wir Belladonna, noch auf dem Trailer, an den Rand des Wassers, wo Michael sie in die kabbeligen Wellen schob, während ich das Tau hielt.

»Es macht nichts, wenn Sie naß werden!« rief er, während er in das Boot kletterte und anfing, das Ruder einzuhängen und die flatternden Segel aufzuziehen. »Es wird Ihnen sogar wärmer sein, wenn ein bißchen Wasser zwischen Anzug und Haut kommt.«

»Gut«, sagte ich mit etwas belegter Stimme und watete ins Wasser, die Leine in den blau gefrorenen Händen, die schmerzten, wo sie noch nicht taub geworden waren, denn ich hatte meine Handschuhe vergessen. »Wann?« schrie ich.

»Wann was?«

»Wann wird mir wärmer? Mir ist eiskalt, Dr. Daley.«

Er lachte, seine ebenmäßigen weißen Zähne strahlten, die Segel flatterten wild um ihn herum. Plötzlich, als das Vor- und dann das Hauptsegel hochgezogen waren, hörte das Boot auf herumzuhüpfen; es fühlte sich nicht mehr an, als müßte ich einen zuckenden Drachen bändigen, sondern eher einen Hund, der begierig ist loszurennen.

»Schieben Sie die Nase ein bißchen an!« rief Michael. »Und dann springen Sie rein; *springen*, sagte ich, nicht fallen.«

Strampelnd landete ich im Rumpf des Bootes und stieß mir das Knie an. Sofort legte sich das Boot schräg. Wasser schwappte über den Rand. Mein Gesicht war ungefähr zehn Zentimeter davon entfernt.

»Kommen Sie auf meine Seite«, wies Michael mich an, der nicht übermäßig besorgt schien. »So, und jetzt setzen Sie sich hier neben mich und schieben die Zehen unter diese Leine dort. Dann fallen Sie nicht ins Wasser, wenn Sie sich hinauslehnen.«

Er hielt die Pinne mit einer Hand, mit der anderen zog er die Leine an, die das kleine Segel hielt, und straffte es. Die Segel blähten sich, und ich merkte, daß das Boot nun nicht mehr seitwärts trieb, sondern Fahrt aufnahm. Für meinen Geschmack viel zuviel Fahrt.

»So, Sam, bis es richtig losgeht und solange der Wind noch schwach ist...«

»Schwach!« ächzte ich.

»Wir kriegen erst richtig Fahrt, wenn wir um die Landspitze herum und im offenen Wasser sind.«

»Oh!«

»Alles, woran Sie denken müssen ist, daß wir den Wind benutzen, um dahin zu gelangen, wo wir hinwollen. Manchmal wird er von der Seite kommen, dann liegen wir schräg, manchmal von hinten, dann segeln wir vor dem Wind, und manchmal fast von vorn, dann …«

»Dann kippen wir um, nehme ich an«, stöhnte ich.

Er grinste mich an.

»Sie brauchen bloß diese Leine zu halten« – er warf mir das Ende des Taus zu, an dem das kleinere Segel befestigt war – »und zu kontrollieren. Je mehr wir in den Wind gehen, desto fester müssen Sie anziehen. Wenn wir Fahrt machen, lassen Sie locker. Wenn wir halsen, brauchen Sie nur loszulassen und auf der anderen Seite anzuziehen. Um alles andere kümmere ich mich. In Ordnung?«

»In Ordnung.«

»Im Bug liegen noch Handschuhe.«

Ich beugte mich vor, um sie zu holen, aber plötzlich neigte das Boot sich stark zur Seite.

»Lehnen Sie sich zurück; nein, Sam, *zurück*, damit wir das Boot aufrecht halten. Zurück, Sam!«

Ich lehnte mich zurück und hatte das Gefühl, über dem Wasser zu hängen, nur von meinen schwachen Zehen gehalten. Meine Hände kribbelten vor Kälte, mein durchgedrückter Rücken schmerzte, mein Hals war verdreht, so daß ich, wenn ich die Augen ein wenig rollte, das Wasser unter uns sehen konnte – beunruhigend weit entfernt. Das Schwert kam aus dem Wasser; wenn ich nach vorn schaute, konnte ich sehen, daß auf der anderen Seite Wasser ins Boot schwappte. Ich schloß die Augen.

»So, Sam, wenn ich ›Wenden!‹ rufe, lassen Sie die Leine locker und das Segel flattern. Und dann rutschen Sie schnell auf die andere Seite, wenn das Boot sich dreht. Alles klar?«

»Nein. Wenn ich mich bewege, kippen wir um.«

»Kentern.«

»Verdammt, nennen Sie es, wie Sie wollen, ich sage umkippen.«

»Keine Sorge, Sam, wir kentern nicht; so windig ist es nicht.« Ich mochte den herablassenden Ton in seiner Stimme nicht.

»Also los!« schrie ich und zog das Tau mit einem Ruck aus der Halterung. Das Segel flatterte wild, das Boot hüpfte, der Lärm war ohrenbetäubend. Ich rutschte in die Mitte des Bootes und stieß mich am Schwertkasten. Michael drückte das Ruder hinüber und setzte sich ganz ruhig auf die andere Seite, wobei er meinen Kopf nach unten hielt. Der Baum sauste knapp über mir vorbei. Michael zog erst sein Segel und dann meins an. Der Lärm hörte auf, das Flattern auch, und das Boot lag gerade auf dem grauen Wasser. Ich rutschte an seine Seite. Wenn meine Hände nicht vor Kälte steif gewesen wären, hätten sie gezittert.

»Beim nächstenmal warten Sie, bis ich ›Wenden‹ sage, ja?« meinte er nachsichtig.

»Verzeihung.«

»Sie werden es schnell heraushaben. So ist es doch gut, oder?« Das Boot lag jetzt ganz gerade, die Segel straff im Wind. »Lehnen Sie sich zurück, und genießen Sie es. Sehen Sie, da ist ein Reiher. Die sehe ich oft, wenn ich segle. Dort drüben« – er wies auf eine Felsformation in dem dunklen Wasser – »ist Needle Point. Da treffen zwei Strömungen aufeinander. Ziemlich schwieriges Gewässer, vor allem, wenn im Frühjahr Flut ist.«

»Aber da fahren wir jetzt nicht hin, oder?« fragte ich nervös.

»Ich denke«, antwortete er ernst und zog an seinem Segel, »das heben wir uns für einen anderen Tag auf.«

Für ein paar Minuten, solange die Belladonna auf diesem Kurs blieb und ich nur stillsitzen und das Wasser vorbeirauschen lassen mußte und dabei Michaels ruhiges Profil im Wind sah, genoß ich die Fahrt beinahe. Die Wellen unter uns plätscherten in einem stetigen Rhythmus, und am bleiernen Himmel zeigte sich kurz die Sonne. Ein anderes Dinghi fuhr hinter uns vorbei, und die beiden Segler hoben grüßend die behandschuhten Hände; es gelang mir, das Winken zu erwidern und dabei halbwegs fröhlich zu lächeln. Einmal konnten wir sogar fast so etwas wie ein Gespräch führen.

»Sie hassen es, in jemandes Hand zu sein, nicht?«

»Es gibt nicht viele Leute, deren Hände ich traue«, antwortete ich.

»Ich hoffe, Sie trauen meinen.«

Flirtete er etwa? Dazu war jetzt wirklich nicht der Moment.

»Ich versuche es.«

»Es muß schwierig sein, mit Ihnen zu leben, Dr. Laschen. Findet Danny Sie nicht schwierig?«

Ich gab keine Antwort; feuchter Wind stach mir in die Wangen, und das graue Meer rauschte vorbei.

»Obwohl er den Eindruck macht, daß er ganz gut auf sich selbst aufpassen kann und sich zu schützen weiß. Ein ziemlich weltgewandter Bursche, würde ich meinen.«

Wenn ich mich nicht so auf die ferne Uferlinie und die Lage des Bootes konzentriert hätte, hätte das Wort »Bursche« meinen Widerspruch herausgefordert. Doch so nickte ich bloß und fummelte an dem nassen Knoten in meinem Tau herum, das müßig in meinem Schoß lag.

Aber dann zog Michael das Ruder an sich, bis der Wind direkt von hinten kam, hob mit einer glatten Bewegung das Schwert an, ließ sein Segel aus, bis es sich öffnete wie eine üppige Blüte, und wies mich an, mein Segel anzuziehen, bis es sich von der anderen Seite mit Wind füllte.

»Ich denke, so geht es ganz gut«, sagte er. »Rutschen Sie rüber, wir müssen unser Gewicht gleichmäßig verteilen.«

Der Bug des Dinghis hob sich, und wir glitten durch die Wellen.

»Aufgepaßt, Sam. Wenn der Wind wechselt, müssen wir halsen.«

»Halsen? Nein, erklären Sie mir nichts, sagen Sie bloß, wie ich es verhindern kann.«

Michael konzentrierte sich, schaute zu dem Fähnchen hoch, um festzustellen, aus welcher Richtung der Wind kam, justierte ein wenig die Stellung der Segel. Das Boot hob und senkte sich so, daß mir ganz komisch im Magen wurde; wir stiegen und fielen mit einer gierenden Bewegung, die seltsame Dinge mit meinen Eingeweiden anstellte. Meine Zunge fühlte sich an, als lägen Kieselsteine darauf.

»Äh, Michael?«

»Mmm.«

»Könnten Sie einen Moment aufhören, das Boot so zu bewegen? Mir ist ein bißchen ...«

»Der Wind wechselt, wir halsen. Lassen Sie Ihr Segel flattern.«

Es kann nur eine Sekunde gedauert haben. Für einen kurzen Augenblick schienen wir im Wasser stillzustehen, und die Segel hingen schlaff herunter. Dann sah ich entsetzt, wie der Baum aus seiner Position schwang und seitlich auf uns zukam. Das Boot kippte plötzlich zur Seite. Mein Magen hob sich, und ich stand auf, dachte nur daran, an den Rand zu kommen, bevor ich mich übergeben mußte.

»Kopf runter, Sam!« rief Michael.

Der Baum traf mich direkt über dem Ohr, und zwar mit solcher Wucht, daß die Welt für einen Augenblick schwarz wurde. Ich stürzte und rutschte durch das Boot, das sich schräg legte, und der Baum schwang zurück. Diesmal verfehlte er mich, traf dafür aber Michaels Kopf, als er aufstand, um mir zu helfen. Wie zwei große schwarze Käfer lagen wir auf dem nassen Boden des Bootes, beide Segel waren locker und flatterten wild im Wind. Ich fühlte mich viel sicherer, wenn ich nicht sehen konnte, was passierte.

»Halten Sie still!« befahl er.

»Aber ...«

Er hob eine Hand und machte ganz sanft und vorsichtig einen Ohrring, der sich gelöst hatte, wieder an meinem Ohrläppchen fest.

»Wie kann man zum Segeln nur solche baumelnden Dinger tragen! Alles in Ordnung?«

Tatsächlich war ich auf einmal und ziemlich grundlos ganz ruhig. Die Übelkeit in meinem Magen verging; mein Herz raste nicht mehr.

Nur eine Schläfe fühlte sich schmerzhaft und geschwollen an. Das Boot hüpfte noch immer auf und nieder, aber da die Segel jetzt schlaff waren, konnte der Wind ihm nichts mehr anhaben. Michael neben mir hatte eine beruhigende Wirkung, weil er seiner selbst so sicher war. Ich konnte den dunklen Schatten seines Bartwuchses, seine geschwungene Oberlippe, die großen Pupillen seiner grauen Augen sehen.

»Ich würde Sie nicht in Gefahr bringen, Sam«, sagte er leise und starrte mich an.

Ich brachte ein Grinsen zustande.

»Michael, könnten wir vielleicht ins Kino gehen, wenn wir uns das nächste Mal treffen?«

20. KAPITEL

Auf dem Rückweg zum Haus saßen Michael und ich schweigend im Auto. Ich hatte das Gefühl, ihn enttäuscht zu haben, und ich hasse es so sehr, jemanden zu enttäuschen, daß ich dann immer schlechte Laune bekomme. Ich fürchtete, ich würde schroff zu ihm sein, und ich wollte nichts sagen, was ich später vielleicht bereuen könnte. Deshalb schwieg ich lieber. Er legte eine Kassette mit klassisch klingender Musik ein, und ich tat so, als hörte ich zu. Die Dämmerung ging in Dunkelheit über, und während wir über die Straßen glitten, die der Küstenlinie folgten, sah ich gelegentlich das erleuchtete Innere von Häusern. Die Dunkelheit verbarg die öde Landschaft und ließ die Gegend fast so beruhigend wirken, wie man es auf dem Land erwartet. Als wir ankamen, spürte ich, daß der Vulkan in meiner Brust wieder erloschen war. Ich holte tief Luft.

»Ich glaube nicht, daß ich zum Segler geboren bin.«

»Sie haben sich ganz gut gehalten.«

»Ja, ich weiß. Und Admiral Nelson war jedesmal seekrank, wenn er aufs Meer hinaus mußte. Aber es war wirklich nett von Ihnen, mich mitzunehmen.« Michael sagte nichts, fast ein Lächeln auf dem Gesicht, und ich plapperte weiter, um die Leere zu füllen. »Wir können es ja ein andermal wieder versuchen. Ich bin sicher, daß ich meine Sache dann besser machen werde.«

Verdammter Mist. Worauf hatte ich mich da eingelassen? Aber Michael schien zufrieden.

»Das würde ich sehr gern tun«, sagte er.

»Und bald werde ich dann das Halsen und Wenden und all das wie nichts beherrschen!«

Er lachte, und wir stiegen aus und gingen zum Haus. Dabei nahm er meinen Arm. Es war jetzt dunkel, und durch das Fenster konnte ich Bewegung im Haus sehen. Ich trat näher heran und schaute hinein. Ein Feuer brannte. Danny saß neben dem Kamin in einem Sessel. Er wandte mir den Rücken zu, und ich konnte nur seinen Hinterkopf und die Bierflasche sehen, die er mit der rechten Hand auf der Armlehne des Sessels hielt. Aber ich wußte, welchen Gesichtsausdruck er hatte. Er starrte verträumt in die Flammen. Elsie war im Schlafanzug, das Haar gewaschen und ordentlich gekämmt. Ihr Gesicht war rot und fleckig vor Erregung und dem Widerschein der Flammen. Sie stapelte ihre hölzernen Bauklötze aufeinander. Ich konnte nichts hören, aber ich sah, daß sich ihre Lippen ständig bewegten. Sie sprach zu Finn, die neben ihr lag, ebenfalls mit dem Rücken zu mir. Ob Finn antwortete, konnte ich nicht sehen. Vermutlich lag sie einfach nur mit halbgeschlossenen Augen da. Ich argwöhnte, daß Elsie auf Finns Sinn für Ruhe und auf ihre Jugend reagierte. Sie waren zwei Mädchen, die eine Art Gemeinschaft bildeten, zu der ich nie gehören würde. Es war eine hübsche Szene, so hübsch, daß ich mich fast ausgeschlossen fühlte. Oder fühlte ich mich schuldig, weil ich fort gewesen war?

Eine Hand auf meiner Schulter. Michael.

»Idyllische Familienszene«, sagte ich etwas ironisch.

Michael ließ sich Zeit mit seiner Antwort. Er schaute fasziniert durch das Fenster. Sein Kinn drückte Zufriedenheit aus.

»Das sind Sie, wissen Sie«, sagte er.

»Was meinen Sie?«

»Als ich zuerst mit der Polizei sprach und wir herumfragten, sagten alle, wie wunderbar Sie wären. Und das waren Sie auch. Ich kann gar nicht glauben, was Sie bei Finn erreicht haben.«

Ich runzelte die Stirn und stieß Michael spielerisch zurück.

»Sie brauchen mir nicht zu schmeicheln, Dr. Daley. Übrigens habe ich keinerlei Therapie gemacht. Alles, was Finn erreicht hat, hat sie allein erreicht.«

»Sie unterschätzen sich.«

»Ich habe mich noch nie in meinem Leben unterschätzt.«

»Sie irren sich, wissen Sie. Als Allgemeinarzt frage ich mich oft, wie unser Job vor hundert Jahren aussah, als es noch keine Antibiotika gab, kein Insulin, bloß Morphin, Digitalis und ein oder zwei andere Dinge. Ein Arzt hatte fast nichts in seiner Tasche, um den Verlauf einer Krankheit zu beeinflussen. Er war ein Heiler. Er saß bei seinem Patienten, und seine Gegenwart half dem Kranken, vielleicht nur, weil er ihm die Hand hielt.« Michaels Gesicht war jetzt nur Zentimeter von meinem entfernt, und er sprach im Flüsterton. »Sie sind eine unmögliche Frau. Sie sind arrogant. Sie sind tüchtig. Sie können sehr hart zu uns anderen sein. Aber Sie haben sie, wissen Sie, diese menschliche Qualität.«

Ich sagte nichts. Michael hob die Hand und berührte mit einem Finger ganz leicht mein Haar. Würde er mich küssen, hier draußen, nur wenige Meter von Danny entfernt? Was würde ich dann tun? In weniger als einer Sekunde stellte ich mir vor, ein Verhältnis mit Michael zu haben, wir beide nackt zusammen, und dann all die Konflikte, Qualen, Betrügereien. Auf freundschaftliche, schwesterliche Art nahm ich seine Hand.

»Danke für das Kompliment, Michael, auch wenn Sie sich irren. Kommen Sie herein, und trinken Sie etwas. Grog oder was euch Seglern so schmeckt.«

Er lächelte und schüttelte den Kopf.

»Ich muß nach Hause und aus diesen Sachen raus. Gute Nacht, kluge Frau.«

Ich ging mit diesem warmen Gefühl ins Haus, das sich nur einstellt, wenn einem jemand sehr geschmeichelt hat. Als ich die Tür zum Wohnzimmer aufstieß, wandten sich mir drei Köpfe, drei Gesichter zu. Danny mit einem leichten ironischen Lächeln. Nahm er mir etwas übel? Elsies Gesicht glühte, als habe sie ein Feuer in sich. Finn räkelte sich ein wenig wie eine Katze, die sich an meinem Herdfeuer breitgemacht hatte und aus einem langen Schlaf erwachte. Ich spürte tief im Innern eine leise Unruhe.

»Schau doch, Mummy«, sagte Elsie, als sei ich die ganze Zeit dagewesen.

»Unglaublich. Was ist das?«

»Ein Geheimnis. Rate mal.«

»Ein Haus.«

»Nein.«

»Ein Boot.«

»Nein.«

»Ein Zoo.«

»Es ist kein Zoo. Es ist ein Geheimnis.«

»So, und wie war dein Tag?«

»Ich war mit Dan und Fing draußen.«

Erwartungsvoll sah ich die anderen an.

»Wir haben eine Sandburg gebaut«, sagte Finn. »Mit Steinen und Büchsen.«

»Danke, Finn«, sagte ich. Ich ging hinüber zu dem mürrischen Danny, setzte mich auf die Armlehne des Sessels und küßte ihn auf den Kopf. »Danke, Danny.«

»Ich fahre morgen in die Stadt«, sagte Danny.

»Arbeit?«

»Nein.«

Es war ein peinlicher Moment, da Finn und Elsie sich direkt neben uns befanden.

»Ist alles in Ordnung?« murmelte ich.

»Warum sollte es nicht?« antwortete Danny in einem Tonfall, den ich schwer deuten konnte.

»Nur so«, sagte ich.

Ein etwas peinliches Schweigen folgte, und ich sah, daß Finn und Elsie lächelnd Blicke tauschten.

»Was ist los?« fragte ich.

»Fragen Sie Elsie, was an der Tür hängt«, sagte Finn.

»Was hängt an der Tür von deinem sicheren Haus, Elsie?«

In ihrer Aufregung sah Elsie aus wie ein Ballon, den man zu fest aufgeblasen hat und der, wenn man ihn losläßt, unkontrolliert im Zimmer herumfliegt.

»An der Tür hängt ein Spaten«, sagte sie.

»Und fragen Sie Elsie, was auf der Fußmatte ist.«

»Was ist auf der Fußmatte, Elsie?«

»Eine Sandburg«, kreischte Elsie.

»Eine Sandburg auf der *Fußmatte*? Das ist ja komisch.«

»Und fragen Sie Elsie, was in Mummys Bett liegt.«

»Was liegt in Mummys Bett?«

»Ein dicker Kuß.« Elsie kam zu mir gerannt und schlang die Arme um mich. Der leichte Druck auf meinen Schultern brachte mich fast zum Weinen. Über Elsies Schulter hinweg hauchte ich Finn ein Danke zu.

Elsie wollte, daß Finn sie ins Bett brachte. Ich wollte mich nicht ausschließen lassen und bestand darauf mitzukommen. Und dann wurde sie eigensinnig, und ich trug sie gegen ihren Willen die Treppe hinauf und versprach ihr, Finn würde kommen und ihr einen Gutenachtkuß geben *und* eine Geschichte erzählen. Nachdem ich mich aus dem nassen Anzug geschält und Jeans und T-Shirt angezogen hatte, ließ ich Elsie die Zähne putzen und las ihr dann ziemlich mürrisch aus einem Buch mit Zungenbrechern vor.

»Kann Fing jetzt kommen?«

»Gib mir erst einen Gutenachtkuß.«

Mit einem Seufzer spitzte sie die Lippen zum Kuß, und dann wurde ich nach unten entlassen, um Finn zu holen. Finn schlüpfte an mir vorbei, um ihre Verabredung mit der Missetäterin einzuhalten. Danny saß noch immer im Sessel, aber ich sah, daß er eine frische Flasche Bier vor sich stehen hatte. Ich bemerkte drei leere Flaschen auf dem Boden neben dem Sessel.

»Gib mir einen Schluck«, sagte ich, und er reichte mir die Flasche. »Was ist los?«

»Es ist Zeit, daß ich wieder nach London fahre, das ist alles.«

»In Ordnung.«

Ein Schweigen folgte, das nicht angenehm war. Ich saß auf dem Boden zu seinen Füßen, lehnte mich an ihn, fühlte seine Knie an meinen Schulterblättern. Ich trank aus der Flasche und gab sie ihm dann zurück.

»Was hältst du von Finn?« fragte ich.

»Was meinst du?«

»Wie kommt sie dir vor?«

»Ich bin kein Arzt, Frau Doktor.«

»Du bist ein menschliches Wesen.«

»Vielen Dank, Sam.«

»Du hast den Tag mit ihr verbracht, Danny. Sag mir, was du denkst.«

»Interessantes Mädchen.«

»Interessantes *geschädigtes* Mädchen«, sagte ich.

»Du bist die Ärztin.«

»Findest du sie attraktiv?«

Danny runzelte die Stirn.

»Wovon redest du, verdammt?«

»Als Michael mich abgesetzt hat, haben wir durchs Fenster geschaut. Ich habe Finn vor dem Feuer auf dem Boden liegen sehen und mir gedacht, wenn ich ein Mann wäre, könnte ich sie sehr attraktiv finden. Ein reizendes, verführerisches Geschöpf.«

»Du bist aber kein Mann.«

Schweigen. Ich lauschte auf Finns Schritte auf der Treppe. Dann hörte ich Elsie in der Ferne kichern. Finn würde noch ein paar Minuten wegbleiben.

»Danny, hast du ein Problem damit?«

»Womit?«

»Mit Finn, mit der Situation, du weißt schon.«

Ich spürte Dannys Hand auf meinem Haar. Plötzlich zog er meinen Kopf nach hinten. Ich fühlte seine Lippen auf meinen, schmeckte seine Zunge. Seine linke Hand streichelte meinen Bauch. Ich empfand Verlangen nach ihm. Er hörte auf und lehnte sich zurück. Lächelte boshaft.

»Du weißt, daß ich dir nie sagen würde, wie du dein Leben zu führen hast, Sam, aber ...«

»Pssst«, sagte ich.

Draußen hörte ich Schritte, und Finn kam herein und setzte sich in unserer Nähe auf den Teppich vor dem Feuer.

»Elsie schläft schon fast. Ich habe ein paar Salate gemacht«, sagte sie. »Und Knoblauchbrot. Ich dachte nicht, daß Sie großen Hunger haben würden. Ich hoffe, Sie sind damit einverstanden.«

»Du hattest ja wohl keine anderen kulinarischen Pläne oder, Sam?« fragte Danny spöttisch.

Finn kicherte.

»Hört sich gut an«, sagte ich.

Danny trank noch ein paar Flaschen Bier. Ich trank Wein, Finn Wasser. Die Salate waren knackig und bunt und zum Verwechseln ähnlich mit denen, die man in Plastikbechern bei Marks and Spencer kaufen konnte. Ich erzählte ein bißchen vom Segeln. Finn stellte ein paar Fragen. Danny sagte fast gar nichts. Hinterher nahmen wir unsere Kaffeebecher mit ins Wohnzimmer, wo das Feuer heruntergebrannt war. Danny trank noch eine Flasche Bier. Ich legte kleine Scheite Holz nach und blies und blies, bis wieder Flammen aufloderten. Der Wind rüttelte an den Fensterrahmen und klatschte den Regen gegen die Scheiben.

»An solchen Abenden ist es wunderbar, wenn man am Feuer sitzt«, sagte ich.

»Hör mit dem Quatsch auf, Sam«, sagte Danny.

»Was meinst du?«

»Du redest wie eine verdammte Werbung für irgendwas.«

Er ging zum Fenster hinüber.

»Das bist nicht du, Sam. Was machst du hier? Da draußen sind bloß Bäume und Sumpf und Morast und Regen und dann das Meer. Wirkliche Menschen können hier nicht leben, bloß aufgeputzte Dummköpfe, die auf die Jagd gehen.«

»Hör auf, Danny«, sagte ich und bemerkte, daß Finn schockiert war.

»Warum? Was denkst du darüber, Finn? Gefällt es dir, hier draußen zu leben?«

Finn sah aus, als würde sie in Panik geraten.

»Ich weiß nicht«, murmelte sie. »Ich muß noch ein bißchen aufräumen. In der Küche.«

Sie eilte aus dem Zimmer, und ich wandte mich wütend Danny zu.

»Du verdammter Spaßvogel«, zischte ich. »Was spielst du hier eigentlich?«

Danny zuckte mit den Schultern.

»Ich finde das Landleben zum Kotzen. Ich finde die ganze Sache zum Kotzen.«

»Wie konntest du vor Finn so reden? Wie *konntest* du nur? Was ist eigentlich los? Bist du sauer wegen Finn oder wegen Michael? Bist du eifersüchtig?«

Danny nahm die Flasche und leerte sie.

»Ich gehe ins Bett«, sagte er und verließ das Zimmer.

Ich blätterte ein paar Minuten in einer Zeitschrift, bis Finn wiederkam.

»Ich entschuldige mich«, sagte ich. »Danny kann manchmal komisch sein.«

»Schon in Ordnung«, sagte Finn. »Ich mag Danny. Ich mag die Art, wie er einfach alles sagen kann. Ich mag, daß er schwierig ist. So grimmige Männer haben mir immer gefallen.«

»Mir nicht.«

Finn lächelte und setzte sich neben mir auf den Teppich vor dem Feuer. Sie war sehr nah. Ich konnte ihre weiche, warme Haut riechen.

»Hast du einen Freund?« fragte ich.

»Wissen Sie, was ich an all dem hasse, was mir passiert ist?«

»Was denn?«

»Daß Leute denken, das Leid hätte mich zu einem zarten, heiligmäßigen Geschöpf gemacht, und ständig Angst haben, etwas Falsches zu sagen, wenn ich in Hörweite bin. Nein, ich habe keinen Freund. Als ich fett war, hat sich natürlich keiner für mich interessiert, und ich glaube, ich selbst war auch nicht interessiert. Oder ich hatte Angst. Vielleicht ist das teilweise der Grund, warum ich fett war. Nachdem ich so viel abgenommen hatte und trotzdem nicht aussah wie eine Bohnenstange, fühlte ich mich völlig anders, und ich hatte ein paarmal Sex mit Jungen. Vor allem in Südamerika; das gehörte zu diesem Abenteuer. Na ja« – sie stieß ein rauhes, gekünsteltes Kichern aus –, »Mummy hat immer gesagt, ich wäre noch zu jung, um flachgelegt zu werden Schockiert Sie das?«

Äh, ja.

»Nein, natürlich nicht. Ich fürchte, daß ich und all das« – ich wies auf unsere Umgebung – »dir ein bißchen bieder vorkommen müssen.«

»Aber nein, Sam.« Finn wandte mir das Gesicht zu. Sie streichelte meine Wange und küßte sie ganz leicht. Am liebsten wäre ich zurückgewichen, aber ich zwang mich, es nicht zu tun. »Ich finde nicht, daß Sie bieder sind.« Sie setzte sich wieder hin. »Früher war ich jemand – mein Gott, ich bin es noch –, der sehr impulsiv handelte. Als Danny vom Landleben sprach, war ich im großen und ganzen seiner Meinung. Aber gleichzeitig ist es für mich nicht langweilig. Ich habe diesen Gedanken im Kopf, der nicht verschwinden will. Da draußen im Dunkeln sind Menschen, die mir mit Klebeband das Gesicht verklebt und mir die Kehle durchtrennt haben, und wenn sie könnten, würden sie es wieder tun.«

»Nicht, Finn.«

»Aber es ist mehr als das, Sam. Ich habe da so ein Bild, das immer wieder in meinem Kopf auftaucht. Ich weiß nicht, ob das ein Traum ist. Ich stelle mir dieses Haus vor, mitten in der Nacht. Draußen Licht von Taschenlampen, ein Fenster wird aufgeschoben. Knarren auf der Treppe. Ich wache auf und habe Klebeband über dem Mund und ein Messer an der Kehle. Und dann gehen sie in Ihr Zimmer. Dann in Elsies …«

»Finn. Hör auf damit!« Ich schrie fast. »Du darfst das nicht sagen. Du hast kein Recht, das zu sagen.«

Ich hatte einen sauren Geschmack im Mund. Am liebsten hätte ich mich übergeben.

»Wessen Gefühle schützen Sie?« fragte Finn. »Meine oder Ihre?«

»Diesmal meine.«

»Dann wissen Sie mal, wie das ist.«

»Das wußte ich schon vorher, Finn. Ich wußte es. Es war falsch von dir, das über Elsie zu sagen. Zieh nicht meine Tochter da mit hinein.«

»Ich will unbedingt, daß sie gefaßt werden, Sam.« Die Szene hatte etwas Unheimliches, Theatralisches an sich.

»Das wollen wir alle.«

»Ich will dabei mithelfen. Ich denke immer wieder nach, versuche mich an etwas zu erinnern, irgendwas, was der Polizei einen Hinweis geben könnte. Ein Geruch vielleicht, ein Geräusch. Ich weiß nicht.«

Mein Gehirn war wie vernebelt, vom Wein, von der Wärme des Feuers, der späten Stunde. Ich gab mir Mühe, mich zu klarem Denken zu zwingen. Versuchte sie, mir etwas zu sagen?

»Finn, gibt es da etwas, das du verschweigst, das du der Polizei nicht gesagt hast?«

»Ich glaube nicht. Wenigstens ...«

»Ist dir während des Überfalls sonst noch etwas passiert? Hast du der Polizei alles gesagt?«

»Warum sollte da etwas sein? Ich wünschte, es wäre so. Vielleicht gibt es etwas, dem ich mich nicht stelle. Vielleicht bin ich feige. Sam, ich möchte helfen. Können Sie irgend etwas für mich tun?«

Sie legte die Arme um mich und hielt mich so fest, daß ich ihren Herzschlag spüren konnte. Verzweifelt klammerte sie sich an mich. Das war unheimlich, es war falsch, es war, als würde ich von jemandem verführt, der wußte, daß ich ihn nicht zurückweisen konnte. Ich legte die Arme um sie wie eine Mutter, die ein Kind tröstet, aber gleichzeitig beobachtete ich mich selbst dabei, fragte mich, was ich da tat. Ich zweifelte an meiner Rolle als Finns Ärztin, zweifelte an meiner Rolle als ihrer Freundin, und jetzt erwartete sie von mir, daß ich eine Art Psychodetektiv oder Seelenfreundin wurde.

»Sam, Sam«, stöhnte sie, »ich fühle mich so allein und hilflos.« Falls das eine Krise war, wünschte ich mir, sie ein bißchen besser unter Kontrolle zu haben, weniger manipuliert zu werden.

»Hör damit auf, beruhige dich. Hör auf!« Ich stieß sie zurück. Ihre Augen waren verschwollen und naß, und sie atmete heftig. »Hör mir zu. Wir sind hier, um dir zu helfen. Du bist sicher. Niemand wird dir etwas tun. Klar? Zweitens, es ist gut möglich, daß du teilweise die Erinnerung verloren hast; das kommt bei emotionalen und physischen Traumata vor, und man kann etwas dagegen tun. Aber jetzt, spät in der Nacht, wo wir müde und erschöpft sind, ist nicht die richtige Zeit, um darüber zu reden. Man kann etwas tun, aber ich bezweifle, daß ich die richtige Person dafür bin. Aus verschiedenen Gründen. Vor allem gibt es Arten therapeutischer Hilfe, die du von mir nicht bekommen kannst, die du in dieser Umgebung hier nicht bekommen kannst. Darüber müssen wir nachdenken. Ich betrachte dich als … Das ist jetzt zu klinisch. Du bist eine liebe Freundin. Aber wir müssen über manches nachdenken. Doch nicht jetzt. Und morgen auch nicht. Jetzt geh ins Bett.«

»Ja, Sam«, sagte sie mit schwacher, demütiger Stimme.

»Jetzt gleich«, sagte ich.

Sie nickte, nahm einen letzten Schluck von ihrem Kaffee und verließ den Raum, ohne noch ein Wort zu sagen. Als sie fort war, entfuhr mir ein tiefer Seufzer. Was hatte ich mir da ins Haus geholt? Und Elsie betete Finn jetzt mehr an als irgend jemanden sonst auf der Welt. Was tat ich uns allen an?

Ich ging nach oben. Ich ließ meine Kleider fallen, schlüpfte im Dunkeln zwischen die Laken und spürte die Wärme von Dannys Körper. Ich berührte ihn mit den Händen, überall. Ich hatte ihn verzweifelt nötig. Er drehte sich um und drückte mich wild an sich. Er küßte mich leidenschaftlich, seine Zähne gruben sich in meine Lippen. Ich spürte seine Hände rauh auf meinem Körper. Ich biß in seine Schulter, um nicht in einer Lust zu schreien, die fast Angst war. Mit einer Hand hielt er meine Hände über dem Kopf, die andere tastete über meinen Körper, als müßte er ihn neu entdecken. »Beweg dich nicht«, sagte er, als ich mich unter ihm wand. »Lieg ganz still.« Und als er in mich eindrang, spürte ich, daß er mich mit all der unterdrückten Leidenschaft, ja Wut des Abends vögelte. Er sprach meinen Namen nicht aus, sah mich aber unverwandt an, und ich schloß die Augen, um seinem Blick zu entgehen. Hinterher fühlte ich mich wie nach einer Schlacht – geschlagen und verwundet. Dannys Atem wurde langsam und regelmäßig, und ich dachte, er sei eingeschlafen. Als er sprach, hatte seine Stimme den benommenen, verwischten Ton eines Menschen, der schon im Halbschlaf liegt und keinen klaren Gedanken mehr fassen kann.

»Hast du dir Finn angesehen?« murmelte er. »Wirklich angesehen? Als die große Ärztin, die du bist?« Ich wollte antworten, aber er sprach weiter, als sei ich nicht vorhanden oder als denke er nur laut. »Oder dreht sich alles nur um Sam und Elsie und das Haus und das Landleben und eine neue beste Freundin?« Das Bett knarrte, als er sich umdrehte, und ich spürte seinen Atem auf meiner Wange. »Hast du sie dir angesehen, Sam? Wie heißt das noch bei dir? Objektiv? Wissenschaftlich?«

»Bist du von ihr besessen, Danny?« Ein schrecklicher Gedanke kam mir in den Sinn. »Ist es das? Hattest du Phantasien über Finn?«

Ich bekam keine Luft, mein Herz raste. Ich konnte in den Ohren fühlen, wie es klopfte.

»Du kapierst einfach nicht, oder?«

Ich spürte, wie er sich von mir wegdrehte.

»Nacht, Danny.«

»Nacht, Sam.«

Als ich am nächsten Morgen aufwachte, war er fort.

21. KAPITEL

Darf ich reinkommen?«

»Solange Sie nicht versuchen, sich einzumischen«, antwortete Finn.

»Keine Sorge.«

Meine Küche sah aus wie das Labor eines verrückten Wissenschaftlers, Dampf und Hitze und geheimnisvolles Klappern und Summen. Alles war in Benutzung. Auf der Herdplatte zischte eine Pfanne, und der Deckel eines Topfs klapperte, während Dampf darunter hervorquoll. Eine Schüssel mit Wasser enthielt etwas, das nach eingeweichten Blättern aussah. Die Hühnerbrüste schmorten im Ofen. Finn hackte sehr schnell etwas auf einem Brett, rat-a-tat-tat, wie Trommelwirbel.

»Was ich nicht verstehe«, sagte ich, »ist, wie du all das gleichzeitig tun kannst. Wenn ich zu kochen versuche, muß ich eins nach dem anderen machen und kriege es doch nicht richtig hin.«

Ein paar alte Freunde hielten sich in der Gegend auf und kamen zum Abendessen vorbei. Normalerweise hätte ich in einem Schnellimbiß etwas eingekauft oder verschiedene Fertiggerichte in die Mikrowelle geschoben, aber Finn bot mir an, alles ihr zu überlassen; sie würde etwas Einfaches zubereiten. Nachdem wir Elsie zur Schule gebracht hatten, waren wir dreißig Kilometer an der Küste entlang durch die Dörfer gefahren, vorbei an Antiquitätenläden und den Pferdekoppeln von Reitschulen, und dann in einen Supermarkt gegangen, der dem, in dem ich auf dem Heimweg von der Arbeit einkaufte, als ich noch in London wohnte, ähnlich sah. Ich kaufte Tiefkühlgerichte und Mülltüten und Spülmittel, und Finn machte sich auf die Suche nach richtigem Essen: Hühnerbrüste, die nicht in Zellophan verpackt waren, Pilze und Reis in teuren kleinen Packungen, Rosmarin, Knoblauch,

Olivenöl, Gemüse, Rot- und Weißwein. Während sich der Einkaufswagen füllte, versuchte ich ihr das auszureden.

»Sarah und Clyde sind genau wie ich. Sie haben von Fertiggerichten aus Imbißbuden gelebt, seit sie berufstätig sind. Ihre Geschmacksknopsen sind degeneriert. Sie werden den Unterschied gar nicht bemerken.«

»Man soll genießen, solange man lebt«, antwortete Finn. »Weil man noch sehr lange tot ist.« Ich hatte Mühe, nicht überrascht nach Luft zu schnappen.

»Deswegen habe ich mich nie darum gekümmert, was ich esse.«

»Schande über Sie, Sam. Sie sind Ärztin.«

Finn wurde beunruhigend herrisch und ich seltsam passiv, fast wie ein Gast in meinem eigenen Haus. Mir kam der Gedanke, den ich aber schnell wieder von mir schob, daß sie sich in den letzten Wochen erholt hatte und aufgeblüht war, während ich ein bißchen die Herrschaft über mein eigenes Leben verlor. Elsie schien beinahe in Finn verliebt zu sein, Danny hatte sich wieder aus dem Staub gemacht, und meine Trauma-Station war der kapitalistische Traum von jemand anderem geworden, mein Buch blieb ungeschrieben.

Am frühen Abend sah meine Küche aus wie eine Unfallstation. Ich arbeitete ein wenig, spielte ein bißchen mit Elsie und brachte sie zu Bett. Als ich zwei Stunden später wiederkam, sah die Küche, ohne daß viel geschehen zu sein schien, ein wenig aufgeräumter aus: vielleicht wie eine Intensivstation. Es piepste und blubberte, doch Aktivitäten erfolgten nur gelegentlich, hier ein Umrühren, dort ein prüfendes Schnuppern.

Sarah und Clyde trafen kurz nach sieben ein, keuchend und ziemlich eindrucksvoll in ihren fluoreszierenden Radleranzügen. Sie hatten den Zug nach Stamford genommen und waren von da aus mit den Rädern gefahren. Sie gingen nach oben, um zu duschen, und erschienen danach in Jeans und weiten Hemden. Und nun passierte das eigentliche Wunder. Selbst wenn das Abendessen bloß aus Pizza in Pappschachteln, von einem Motorradfahrer ins Haus gebracht, und Sechserpackungen Bierdosen bestanden hätte, wäre ich in Panik herumgehetzt. Doch an diesem Abend herrschte eine gelassene Atmosphäre. Ein paar Flaschen Wein standen geöffnet auf dem Tisch, daneben Oliven und ein par kleine Snacks mit Salami und Käse, die Finn hergerichtet hatte. Der Tisch war gedeckt, und im ganzen Haus duftete es nach gutem Essen, aber ohne das Gefühl zu erwecken, daß irgend jemand wirklich etwas arbeitete. Finn hatte kein rotes Gesicht und rannte auch nicht alle zwei Sekunden in die Küche, um irgendeine Krise zu bewältigen. Sie war da, schenkte Wein ein und benahm sich unauffällig. Sie hatte eine helle Hose und ein weites schwarzes T-Shirt angezogen und ihr Haar zurückgebunden. Verdammt, ich war von ihr beeindruckt.

Vielleicht hatte ich mich nicht nur deshalb mit Sarah und Clyde angefreundet, weil wir zusammen studiert hatten, sondern auch, weil sie groß und langgliedrig waren wie ich. Sarahs glatte Haare waren jetzt grau, und sie hatte Falten um die Augen. Clyde hatte noch immer den kantigen Superman-Look des Ruderers, der er an der Universität gewesen war, aber er war dünner geworden, und sein hervorstehender Adamsapfel wirkte noch größer.

Clyde und Sarah führten zusammen eine Allgemeinpraxis in Tower Hamlets. Wenn sie ein freies Wochenende hatten, stiegen sie mit ihren Fahrrädern in den Zug, fuhren von London hinaus aufs Land und legten bis Sonntagabend ein paar hundert Kilometer zurück, wobei sie immer wieder in den Häusern von Freunden Station machten. Ich war der erste Zwischenstopp auf der Route dieses Wochenendes.

»Und morgen übernachten wir bei Helen, du weißt schon, Helen Farlowe.«

»Wo wohnt sie?«

»Blakeney. Im Norden von Norfolk.«

»Großer Gott, da habt ihr euch aber euer Essen morgen abend wirklich verdient.«

»Das ist ja der Sinn der Sache.«

Wir nahmen unsere Drinks mit nach draußen und wanderten über das Anwesen, wie ich den vernachlässigten Garten sarkastisch nannte. Sarah erkannte Vögel am Gesang, und Clyde nannte mir die Namen von Pflanzen im Garten; wie sich herausstellte, hatte ich in einem Anfall von Tatendrang einige der hübschesten ausgejätet und auf den Komposthaufen geworfen. Finn rief uns herein und servierte uns kleine Schalen saftigen Reis mit Pilzen, gefolgt von Huhn, in Olivenöl, Knoblauch und Rosmarin gebraten, und dazu neue Kartoffeln und Frühlingsgemüse.

»Im Gegensatz zu mir«, erklärte ich Finn über den Tisch hinweg, »sind Sarah und Clyde in London geblieben und haben eine richtige Arbeit.«

»Sie sollten sich nicht so klein machen, Sam«, sagte Finn mit Inbrunst.

Sarah lachte.

»Keine Sorge, Fiona«, sagte sie. »Sam ist eigentlich nicht für ihre englische Bescheidenheit und Zurückhaltung bekannt.«

»Außerdem ist es keine Bescheidenheit«, sagte ich. »Man macht sich selbst herunter, damit andere widersprechen und einem sagen, wie toll man ist. So kann man auch Komplimente angeln.«

Finn schüttelte mit einem traurigen Lächeln den Kopf.

»Das glaube ich nicht«, sagte sie. »Ich glaube, daß die meisten Menschen nicht unabhängig genug sind, um sich anzusehen, was jemand tut, und sich dann selbst eine Meinung darüber zu bilden. Das ist viel zu anstrengend. Die Leute sehen einen so, wie man sich selbst darstellt. Wenn Sie sagen, daß Sie gut sind, glauben Ihnen das die meisten. Und wenn Sie bescheiden sind, werden die anderen auch so von Ihnen denken.«

Auf Finns mit Leidenschaft vorgetragene Feststellung folgte tiefes Schweigen, das Clyde endlich brach.

»Und was tun *Sie*? Wir erwarten nicht, daß Sie sich bescheiden dazu äußern.«

»Ich schreibe an einer Doktorarbeit«, sagte Finn.

»Worüber?«

»Es hat mit der Geschichte der Wissenschaft zu tun.«

»In welcher Weise?«

»Sie wollen doch nicht alles über meine Arbeit hören.«

»Doch, wir wollen«, beharrte Sarah. »Denken Sie daran, wir haben jetzt alle die Erlaubnis zu prahlen.«

Finn sah mich über den Tisch hinweg an. Ich versuchte, mir etwas einfallen zu lassen, um die Katastrophe abzuwenden, aber alles, was mir in den Sinn kam, schien die Dinge nur noch schlimmer zu machen. Eine lange Pause trat ein, während Finn sich über den Tisch beugte, um die Weinflasche zu nehmen, ihr Glas füllte und dann einen Schluck trank.

»Wollen Sie wirklich etwas darüber hören?« fragte sie.

»Wir sind schon ganz gespannt«, sagte Clyde.

»Also gut, Sie haben es so gewollt. Ich schreibe eine Arbeit über die Taxonomie mentaler Störungen, wobei ich posttraumatischen Streß als Hauptthema behandle.«

»Und was bedeutet das, wenn Sie es einfach ausdrücken?«

Finn zwinkerte mir über den Tisch hinweg unmerklich zu, bevor sie antwortete.

»Die grundlegende Frage, die mich fasziniert hat, betrifft das Ausmaß, in dem eine bestimmte Pathologie existiert, bevor sie einen Namen bekommen hat. Ist sie entdeckt, identifiziert oder erfunden worden? Gebrochene Beine und Tumore hat es immer gegeben. Aber litten die Neandertaler unter posttraumatischem Streß, nachdem sie mit Steinmessern und Äxten miteinander gekämpft hatten?«

»Nach dem Ersten Weltkrieg gab es den Granatschock, nicht?« sagte Clyde.

»Ja. Aber wissen Sie, woher der Begriff stammt?«

»Nein.«

»Man dachte, die Explosion der Granaten führe zu Erschütterungen des Gehirns. Der Zustand fand zum erstenmal medizinische Beachtung, nachdem Überlebende eines viktorianischen Eisenbahnunglücks Schocksymptome aufwiesen, aber keine körperlichen Verletzungen.

Man nahm an, daß sie trotzdem physische Ursachen hatten, und bezeichnete das als ›Eisenbahnschock‹. Als ähnliche Symptome in Schützengräben auftraten, war man davon überzeugt, sie seien durch die Schockwellen der Granaten verursacht. Man wollte glauben, daß es sich da um eine andere Version der Dinge handelte, die man als Verletzung bezeichnete. Vielleicht zeigten die Soldaten bloß eine natürliche Reaktion auf den Wahnsinn in den Schützengräben. Aber dann nannten Leute mit Einfluß diese Verhaltensformen Symptome, erklärten sie zu einer Störung und behandelten sie medizinisch.«

»Und Sie glauben, daß das eine Erfindung ist?«

»Das ist es, was Sam untersucht.«

»Wie seid ihr beide zusammengekommen?«

»Jemand in meiner Fakultät wußte von Sams Forschungsarbeiten. Ich habe Kenntnisse in Statistik, und Sam hatte ein freies Zimmer, und es schien eine gute Idee, daß ich für eine Weile bei ihr bleibe. Ich denke, Sams Arbeit wird das Thema ganz neu definieren und zum erstenmal auf eine richtige, systematische Basis stellen. Ich habe einfach das Glück, daß ich für ein Weilchen hinter ihr herlaufen darf.«

Sarah schaute zu mir herüber.

»Bei Fiona klingt das faszinierend. Wie läuft die Arbeit?« Schweigen.

»Sam?«

»Was?«

»Wie läuft die Forschungsarbeit?«

»Verzeihung. Ich war meilenweit weg. Gut. Sie läuft gut.«

»Und kochen kann sie auch.«

»Ja«, sagte ich schwach.

Ich wollte absolut nicht, daß Finn abwusch. Ich schickte sie mit Clyde ins Wohnzimmer, während ich spülte und Sarah abtrocknete.

»Wie läuft's mit deinem Buch?«

»Gar nicht«, antwortete ich.

»Ach du liebe Güte – nun ja, wenn du es geschrieben hast und es willst, würde ich's mir gern ansehen.«

»Das wäre toll, aber da wirst du vielleicht lange warten müssen.«

»Und wie geht es Danny?«

»Das weiß ich eigentlich nicht«, sagte ich, und zu meinem Entsetzen spürte ich, daß Tränen hinter meinen Augenlidern lauerten.

»Alles okay mit euch beiden?«

Ich zuckte mit den Schultern, da ich meiner Stimme nicht traute.

Sarah sah mich an, trocknete dann sorgfältig einen Löffel ab und legte ihn in die Schublade. »Fiona ist eine echte Entdeckung«, sagte sie.

»Ja«, antwortete ich etwas finster.

»Sie idealisiert dich, weißt du.«

»Oh, das glaube ich nicht.«

»Natürlich tut sie das. Ich habe sie während des Essens beobachtet. Sie schaut ständig zu dir. Sie ahmt deinen Gesichtsausdruck, deine Haltung nach. Nach allem, was sie sagte, schien sie sich jedesmal versichern zu wollen, ob du es billigst, bloß für den Bruchteil einer Sekunde, so als hätte sie es nötig, daß du bestätigend reagierst.«

»Das hört sich ja schaurig an.«

»So habe ich es nicht gemeint.«

»Wie auch immer, das gibt es doch oft, nicht, zwischen… äh, Schülern und Lehrern? Es ist so, wie wenn Patienten eine Bindung an ihren Arzt entwickeln. Das dauert nicht lange.«

Sarah zog eine Augenbraue hoch.

»Wirklich? Ich dachte, sie würde dir bei deinem Projekt helfen.«

»Im Moment tut sie das, aber es ist kein dauerhaftes Arrangement.«

»Ich wundere mich, daß du ohne sie auskommst.«

Sarah und Clyde wollten so ungefähr im Morgengrauen aufbrechen, und so gingen sie nach dem Kaffee und ein bißchen Geplauder zu Bett. Finn lag mit einem Buch auf dem Fußboden.

»Das war außerordentlich.«

»Was?«

»Ich habe fast einen Herzanfall gekriegt, als Clyde anfing, dich nach deiner Arbeit zu fragen.«

Finn legte das Buch beiseite und setzte sich auf, die Beine eng an die Brust gezogen.

»Es war mir schrecklich peinlich Ihretwegen«, sagte sie. »Ich habe bloß versucht, mir etwas auszudenken, was überzeugend klang. Ich hoffe, das war in Ordnung.«

»In Ordnung? Du hast mich neugierig gemacht auf deine Doktorarbeit. Ich kann es nicht fassen, wieviel du mitbekommen hast. Du bist ein erstaunliches Mädchen, Finn. Eine erstaunliche Frau.«

»Nein, nicht ich, sondern Sie, Sam. Ich interessiere mich bloß für Sie und Ihre Arbeit. Als Clyde mich gefragt hat, was ich mache, war ich eine Sekunde lang total in Panik. Und wissen Sie, was ich dann gemacht habe? Ich habe mir vorgestellt, ich wäre Sie, und versucht, zu sagen, was Sie sagen würden.«

Ich lachte.

»Ich wünschte, ich wäre genauso gut darin, ich zu sein, wie du«, sagte ich.

Ich wollte den Raum verlassen, aber Finn sprach weiter.

»Ich möchte, daß all das so weitergeht, wissen Sie.«

»Was meinst du?«

»Es gefällt mir. Lächeln Sie nicht. Es gefällt mir wirklich. Ich habe Sie gern, und ich bin gern mit Elsie zusammen und kümmere mich um sie. Ich finde Danny wunderbar. Und Michael… er hat mir eigentlich das Leben gerettet. Ohne ihn wäre ich nichts. Ich weiß nicht, wie ich ihm das je danken soll.« Sie schaute zu mir auf, beinahe flehend. »Ich möchte, daß es immer so weitergeht.«

Das war der Moment, auf den ich gewartet hatte, und jetzt war ich erleichtert, weil er gekommen war. Ich kniete mich neben sie.

»Finn, das geht nicht. Du hast ein eigenes Leben. Du mußt dorthin zurückkehren, und zwar bald. Schau dich doch an, du kannst alles. Du schaffst es.«

Finns Augen füllten sich mit Tränen.

»Ich fühle mich sicher hier, in diesem Haus«, sagte sie. »Vor draußen habe ich Angst.«

22. KAPITEL

Das erste Mal traf ich Danny auf einer Party, obwohl ich in der Regel auf Partys niemanden kennenlerne, sondern nur Leute treffe, die ich ohnehin schon kenne. Der Abend war bereits in das Stadium getreten, in dem die meisten Gäste schon fort sind und die Gastgeber Gläser in die Küche tragen oder überquellende Aschenbecher leeren, während die verbliebenen Gäste sich vollkommen ungezwungen fühlen und die Musik schmeichelnd und gefühlvoll ist. Der Leistungsdruck ist weg, und man braucht nicht mehr klug zu sein oder zu lächeln, man weiß, der Abend ist zu Ende, und auf einmal möchte man ihn noch ein bißchen in die Länge ziehen. Und Danny kam durch den Raum geschlendert, die Augen auf mich gerichtet. Ich weiß noch, daß ich hoffte, er möge Verstand haben, als könne jemand, der so gut aussah, nicht auch noch Intelligenz besitzen. Bevor er überhaupt ein Wort mit mir wechselte, wußte ich, daß wir ein Verhältnis haben würden. Er nannte mir seinen Namen und fragte nach meinem; er sagte, er sei ein erfolgloser Schauspieler und ein ziemlich erfolgreicher Zimmermann, und ich entgegnete, daß ich Ärztin bin. Dann sagte er ganz einfach, er würde mich gern wiedersehen, und ich antwortete, das würde ich auch. Und dann, als ich in meine Wohnung zurückkam, nachdem ich den Babysitter bezahlt und meine Schuhe abgestreift und nach der schlafenden Elsie gesehen hatte, hatte ich mir die Nachrichten auf meinem Anrufbeantworter angehört, und da war seine Stimme. Er lud mich für den nächsten Tag zum Abendessen ein. Er mußte mich angerufen haben, kaum daß ich die Party verlassen hatte.

Die Sache ist die, daß Danny keine Spielchen spielt. Er kommt und er geht, und manchmal höre ich tagelang nichts von ihm und weiß nicht einmal, wo er steckt. Aber er war immer aufrichtig zu mir; wir streiten, und dann versöhnen wir uns, wir schreien, und dann entschuldigen wir uns. Er ist nicht hinterhältig. Er würde nicht wegbleiben, um mir eine Lektion zu erteilen. Er würde mich nicht mit Absicht nicht anrufen, nur damit ich auf ihn wartete und litt.

Ich wartete. Tagelang wartete ich darauf, daß Danny mich anrief. Ich hörte meinen Anrufbeantworter jedesmal ab, wenn ich nach Hause kam. Ich achtete darauf, daß Elsie den Hörer nicht von der Gabel stieß. Wenn das Telefon läutete, war ich so nervös wie ein Teenager; ich wartete auf das zweite und dritte Läuten, ehe ich abnahm, aber es war niemals Danny. Abends blieb ich, wenn Finn zu Bett gegangen war, noch lange auf, weil ich dachte, er würde einfach so zur Tür hereinkommen, als sei er niemals fort gewesen. Ich wachte im Dunkeln auf und dachte, er sei da, und mein Körper war angespannt vor Hoffnung. Ich hatte einen leichten Schlaf, wurde bei jedem Geräusch wach – ein Auto auf der fernen Straße, Wind in den Bäumen, die entnervenden Schreie einer Eule im Dunkeln. Ich bekam nie eine Antwort, wenn ich in seiner Wohnung anrief, und er schaltete auch seinen Anrufbeantworter nicht ein. Nach fast einer Woche rief ich seinen besten Freund an, Ronan, und fragte ihn, so beiläufig ich konnte, ob er Danny kürzlich gesehen habe.

»Schon wieder Krach gehabt, Sam?« sagte er fröhlich. Und dann: »Nein, ich habe Dan nicht gesehen. Ich dachte, er wäre bei dir.«

Ich bedankte mich und wollte schon auflegen, als Ronan hinzufügte: »Aber weil du gerade von Dan sprichst, ich hab mir in letzter Zeit Sorgen um ihn gemacht. Ist er okay?«

»Wieso? Was meinst du?«

»Es ist bloß, daß er ein bißchen, na ja, ein bißchen mürrisch war. Vergrübelt. Weißt du, was ich meine?«

»Mummy?«

»Ja, mein Schatz?«

»Wann kommt Danny wieder?«

»Ich weiß nicht genau, Elsie. Er hat zu tun. Warum, vermißt du ihn?«

»Er hat versprochen, daß er mit mir in ein Puppentheater geht, und ich will ihm zeigen, daß ich jetzt radschlagen kann.«

»Da wird er aber stolz auf dich sein. Komm her und gib mir einen Kuß, einen dicken Kuß.«

»Au, du tust mir weh, Mummy. Nicht so fest drücken. Ich bin doch noch klein.«

»Sam?«

»Mmm?«

»Kommt Danny bald wieder?«

»Ich weiß nicht. Um Gottes willen, Finn, fang du nicht auch noch von Danny an. Er wird schon kommen, wenn ihm danach ist.«

»Sind Sie okay?«

»Ja, natürlich. Ach, Scheiße, ich mache einen Spaziergang.«

»Möchten Sie, daß ich ...«

»Allein.«

»Sam, dein Vater und ich haben überlegt, ob du und Elsie und Danny vielleicht am Sonntag für einen Tag rüberkommen wollt. Wir dachten, nun ja, wir dachten, es wird Zeit, daß wir uns bemühen, deinen jungen Mann besser kennenzulernen.«

»Mum, das würden wir gern, das ist wirklich nett von euch, ich weiß das zu schätzen – aber können wir das verschieben? Im Augenblick ist dafür keine gute Zeit.«

»Ach so« – der vertraute, pikierte Tonfall von verletztem Stolz, bei dem mich ein fremdes und gar nicht willkommenes Heimwehgefühl überkam –, »wie du meinst, Liebes.«

Keine gute Zeit.

Ich raste durch den Supermarkt wie eine Furie: Mein Kopf schmerzte nach einem langen, deprimierenden Vormittag, an dem ich im Krankenhaus Sekretärinnen interviewt hatte. Tiefkühlerbsen. Schaumbad mit einer Comicfigur, die ich auf der Flasche nicht erkannte. Fischstäbchen. Nudeln in drei Farben. Teebeutel. Verdauungskekse und Marmeladenplätzchen. Scheiß auf Danny. Scheiße, Scheiße, Scheiße. Knoblauchbrot. Sonnenblumenmargarine. Dunkles Brot in Scheiben. Erdnußbutter. Ich wollte ihn zurückhaben, ich wollte ihn. Was sollte ich denn bloß machen? Knackige grüne Äpfel, aus Südafrika importiert, aber das war heutzutage okay. Drei Pakete Suppe, Linsen, Spinat und Pastinaken mit Curry, geeignet für die Mikrowelle. Vanilleeis. Pecankuchen, aus der Tiefkühltruhe direkt in den Backofen. Belgisches Bier. Ich hätte nie aufs Land ziehen sollen, und ich hätte nie Finn aufnehmen sollen. Cheddarkäse, Mozzarella. Katzenfutter in den Geschmacksrichtungen Kaninchen, Huhn und Lachs mit der fetten Fratze eines schnurrenden Katzenviehs auf der Dose. Crackers. Nüsse. Fertiggerichte für eine Person.

Die Tür war abgeschlossen, als ich nach Hause kam. Ich sperrte sie auf und rief nach Finn, aber es war niemand da. Also packte ich die ganzen Einkäufe aus, schob Gerichte in den bereits überfüllten Tiefkühlschrank, ließ Wasser in den Kessel laufen, schaltete das Radio ein, schaltete es wieder aus. Dann holte ich tief Luft und ging in mein Arbeitszimmer, um den Anrufbeantworter abzuhören. Das kleine grüne Lämpchen blinkte nicht: Es hatte überhaupt niemand angerufen.

Aber auf meinem Schreibtisch lag ein Umschlag mit meinem Namen darauf. Und – ich legte meine Hand einen Moment auf die Tischplatte – es war Dannys Handschrift. Er war hiergewesen, gekommen, als ich nicht zu Hause war, und hatte eine Nachricht hinterlassen, damit er es mir nicht mündlich sagen mußte. Ich nahm den Umschlag und drehte ihn um, hielt ihn einen Moment fest. Er enthielt zwei Bogen Papier. Der obere war von ihm. Das Papier war schmuddelig und verschmiert. Nur wenige Worte standen darauf, offensichtlich hastig und achtlos hingekritzelt, aber sie stammten unverkennbar von ihm.

Sam,
leb wohl. Tut mir leid.
Danny

Das war alles. Anscheinend war ihm der Versuch, sich zu rechtfertigen, nicht geglückt, und er hatte sich nicht weiter damit aufgehalten. Heftig atmend hob und senkte sich meine Brust. Der Schreibtisch unter meiner Hand fühlte sich rauh an. Ich legte Dannys Brief vorsichtig zurück. Meine Hände zitterten. Dann schaute ich das Blatt Papier darunter an, einen Wald aus blauen Kringeln und Unterstreichungen.

»Liebste Sam« – wie intim sie auf einmal geworden war; vielleicht hatte sie jetzt fast schwesterliche Gefühle für mich, nachdem sie mit meinem Liebhaber durchgebrannt war –, »es ist Wahnsinn, ich weiß. Wir können ohne einander nicht leben.« Wie rührend, dachte ich, Liebe, wie sie in den Zeitschriften beschrieben wird; Liebe als Erdrutsch, Schicksal, Wahnsinn. »Tut mir leid, Sie zu verletzen, sehr leid. Alles Liebe, Finn.«

Ich faltete Dannys erbärmliches Gekritzel und Finns Brief wieder zusammen, steckte beides in den Umschlag und legte ihn dahin, wo er vorher gelegen hatte. Danny und Finn, Danny und Finn. Ich nahm das Foto von Danny, einen Schnappschuß, auf dem er der Kamera den Rücken zudrehte und überrascht das Gesicht umwandte, und legte es ordentlich in die Schublade meines Schreibtischs. Ich rannte in Finns Zimmer. Das Bett war gemacht, darauf lag ein sauber gefaltetes Handtuch. Ich polterte die Treppe hinunter. Eine von Finns Jacken, die marineblaue, fehlte. War das irgendein verrückter Witz, den ich nicht kapierte? Nein. Sie waren weg. Ich sagte es laut, als könne ich nur so begreifen, was passiert war. »Sie sind weggelaufen. Finn.« Ich zwang mich, es auszusprechen. »Danny.« Ich sah auf meine Uhr. In zwei Stunden würde Elsie zurückkommen. Die Erinnerung an ihren kleinen Körper, der sich um Finns zarte Gestalt schlang, an das Radschlagen, das sie abends übte, um sich auf Dannys Rückkehr vorzubereiten, ließ mich für einen Moment reglos innehalten. Galle stieg in mir hoch. Ich ging zur Spüle in der Küche und spritzte mir kaltes Wasser ins Gesicht, trank zwei Gläser kaltes Wasser. Dann kehrte ich in mein Arbeitszimmer zurück, nahm den Telefonhörer ab und drückte dreimal auf den Knopf.

»Stamford Central 2243.« Eine Pause folgte. »Chief Inspector Frank Baird, bitte. Nun, dann holen Sie ihn.«

Baird kam nach weniger als einer halben Stunde; Angeloglou begleitete ihn. Beide sahen erregt und ernst aus. Sie konnten mir kaum in die Augen schauen. Plötzlich fiel mir der Kontrast zwischen ihnen auf. Baird war massig, hatte rote Haare auf einem großen Schädel, und sein Anzug spannte unter den Armen. Angeloglou sah ordentlicher aus, sein Krawattenknoten saß ganz oben am Kragen, er hatte volle, dunkle Locken. Wie bürstete er die? Beide schienen plötzlich vor mir auf der Hut zu sein. Ich war jetzt keine professionelle Ärztin mehr, sondern eine sitzengelassene Frau. Und obwohl sie es nicht sagten, dachten offensichtlich beide, Danny sei fast so etwas wie ein Krimineller, weil er mit Finn durchgebrannt war. Ich konnte ihnen nicht viel sagen, die Geschichte war einfach genug. Jeder Dummkopf konnte sie verstehen. Angeloglou schrieb einiges in sein Notizbuch, sie lasen die Briefe, die die beiden hinterlassen hatten, und zusammen gingen wir in Finns Zimmer und starrten in den Kleiderschrank. Zwischen all den leeren Bügeln baumelte eine Bluse; keine Unterwäsche, keine Schuhe, nichts. Sie hatte das Zimmer ordentlich hinterlassen, ein einziges zusammengeknülltes Papiertaschentuch lag im Abfallkorb, die Daunendecke war gefaltet. Ich fürchte, ich war ziemlich unfreundlich zu Baird, aber ich glaube, er verstand es. Ehe er ging, blieb er an der Tür stehen, drehte den schlichten Ehering an seinem dicken Finger, wurde rot vor Verlegenheit.

»Miss Laschen ...«

»Doktor Laschen ...«

»Doktor Laschen, ich ...«

»Sagen Sie nichts«, sagte ich. »Aber trotzdem, danke.«

Mir blieben noch dreißig Minuten, bis Elsie kam. Ich räumte die Küche auf, wischte den Tisch sauber, öffnete das Fenster, weil draußen inzwischen ein milder Frühlingstag herrschte. Ich pflückte vier orangefarbene Tulpen aus meinem vernachlässigten Garten und stellte sie ins Wohnzimmer. Ich lief in Elsies Zimmer und machte ihr Bett, dann schlug ich das Laken zurück und legte ihren kahl werdenden Teddy auf das Kopfkissen. Danach kramte ich in den Küchenschränken nach einem Abendessen für sie. Nudeln in Igelform, die liebte sie. Und ich hatte doch im Supermarkt dieses Eis gekauft. Ich putzte mir im Badezimmer die Zähne und starrte auf das Gesicht, das mir aus dem Spiegel entgegenblickte. Ich lächelte ihm zu, und gehorsam lächelte es zurück.

Elsie aß ihre Nudeln und das Eis und nahm anschließend ein Schaumbad. Dann spielten wir ein ziemlich tristes Scharadenspiel, und ich las ihr drei Bücher vor. Dann sagte sie: »Wo ist Fing?«

Was hatte ich mir vorgenommen zu antworten?

»Sie ist im Augenblick nicht da.« Nein, das war es nicht. »Finn ist fortgegangen, mein Schatz. Sie sollte doch nur ein Weilchen bleiben. Sie muß ihr eigenes Leben führen.«

»Aber sie hat sich nicht verabschiedet.«

»Sie hat gesagt, ich soll dir von ihr auf Wiedersehen sagen«, log ich. »Sie schickt dir einen Kuß.« Ich küßte Elsies Stirn und ihr weiches, glänzendes Haar. »Und eine Umarmung.« Ich umarmte Elsie und spürte, wie sich ihre Schultern unter meinen nervösen Händen versteiften.

»Aber wo ist sie hingegangen?«

»Nun ja, tatsächlich« – schreckliche Fröhlichkeit in meiner Stimme – »wird sie ein Weilchen bei Danny bleiben. Das ist doch schön, nicht?«

»Aber Danny gehört *uns.*«

»Ach, mein Schatz, wir gehören uns sowieso.«

»Mummy, nicht so *fest* drücken.«

Nachdem Elsie schlief, nahm ich ein ausgedehntes Bad. Als ich im heißen Wasser lag, dachte ich an Danny und Finn. Ich stellte sie mir vor. Ihr glatter junger Körper mit seinem starken verschlungen; der

Pfeil aus dunklen Haaren auf seiner Brust; ihre zarten Brüste. Ich stellte mir ihre Beine vor, ihre bleich, seine behaart und muskulös, die auf meinem Bett ineinander verhakt waren; Dannys einfühlsame Füße, deren zweiter Zeh viel länger war als der große, unter ihre Wade gehakt. Hatte er sie mit dem gleichen Ernst betrachtet, mit dem er mich anzusehen pflegte? Natürlich hatte er. Sie liebten sich, oder, das hatte Finn doch geschrieben. Sie mußten es sich auch gesagt haben. Wie hatte mir das entgehen können? Selbst jetzt sah ich es noch nicht richtig; wenn ich rückblickend die Wochen betrachtete, war es, als wäre auf einmal Dunkelheit über die Abfolge der Tage gefallen. Hatten sie es in diesem Haus miteinander getrieben, ihr Stöhnen unterdrückt? Sie mußten es hier getan haben, in diesem Haus, an dem Ort, den ich ihnen durch mein Vertrauen bereitet hatte. Durch meine Blindheit. Wir waren zu dritt zusammengesessen, und ich hatte die ganze Zeit gedacht, ich wäre der Mittelpunkt, und dabei war ich die ganze Zeit draußen, während sie einander ansahen, elektrische Impulse zwischen ihnen hin- und hergingen, sie sich unter dem Tisch mit den Füßen berührten, zwischen den Zeilen sprachen. Hatte er gestöhnt, wenn er in ihr kam, diesen herzzerreißenden Klagelaut ausgestoßen? Vor meinem geistigen Auge sah ich sie vor mir, er auf ihr, Schweiß auf dem angespannten Rücken, und sie lächelte in sein stirnrunzelndes, angestrengtes Gesicht. Ich wusch mich energisch, massierte Shampoo in meine Kopfhaut, und obwohl ich mich erschöpft fühlte, war ich schrecklich wach. Als ich danach in den Spiegel sah, das gräßliche rote Haar am Kopf festgeklebt, berührte ich die leichten Tränensäcke unter meinen Augen, fuhr mir mit der Hand über die trockene Gesichtshaut. Ich sah aus wie eine alternde Krähe.

Dann zog ich einen alten Trainingsanzug an und machte ein Feuer, knüllte Zeitungspapier zusammen, mischte leere Briefumschläge, die Reste von Klopapierrollen und leere Getreidepackungen unter die Scheite, bis helle Flammen aufloderten, die bald ersterben würden. Jemand klopfte an die Tür.

»Sam.«

Michael Daley stand auf der Schwelle, die Arme ausgebreitet: theatralisch, tragisch, lächerlich. Was erwartete er von mir? Daß ich mich hineinstürzte? Er sah so aus, wie ich mich fühlte. Blaß und schockiert.

»Ach, Michael, so eine Überraschung. Ich frage mich, was Sie zu mir führt«, sagte ich sarkastisch.

»Sam, seien Sie nicht so abweisend. Ich habe gerade eine Stunde mit diesem Polizisten verbracht, mit Baird. Es tut mir leid, ich kann es nicht glauben, aber es tut mir so leid. Und ich fühle mich verantwortlich. Ich möchte wissen, ob ich vielleicht irgend etwas tun kann. Ich bin unterwegs nach London, aber ich mußte vorbeikommen und Sie sehen.«

Zu meinem Entsetzen spürte ich Tränen in meinen Augen. Wenn ich jetzt anfinge zu weinen, würde ich nicht mehr aufhören. O Gott, ich wollte nicht, daß Michael Daley mich weinen sah. Ich mußte mich zusammenreißen.

»Was machen Sie denn in London?«

»Nichts Wichtiges. Ich fliege zu einer Konferenz nach Belfast. Fondsanteile. Ein Alptraum. Es tut mir leid...« Seine Stimme erstarb. Ich wandte mich halb um, um wieder ins Haus zu gehen, und spürte auf einmal seine Hände auf meinen Schultern, die mich festhielten. Er roch nach Zigaretten und Wein. Seine Pupillen waren geweitet.

»Bei mir brauchen Sie nicht tapfer zu sein, Sam«, sagte er.

»Doch«, versetzte ich und schüttelte ihn ab.

Aber er nahm mein Kinn in eine Hand und fuhr mit der anderen einer Träne nach. Wir starrten uns einen langen Moment an. Was wollte er von mir?

»Gute Nacht, Michael«, sagte ich und schloß die Tür.

23. KAPITEL

Ich werde nicht verlassen. Ich verlasse selbst. Man demütigt mich nicht. Das ist etwas für andere Leute. Als Heranwachsende war immer ich diejenige, die sich mit dem Jungen hinsetzte und ihm in die Augen sah – oder, wenn ich keine Zeit hatte, die ihn anrief – und sagte, es sei an der Zeit, Schluß zu machen und all das. Es waren meine Freunde, meine Exfreunde, die rot wurden und sich verletzt und zurückgewiesen fühlten. Und ich habe nie an Schlaflosigkeit gelitten. Selbst in den schlimmsten Zeiten, zumindest bis ich aufs Land zog, schlief ich ungestört. Aber in der Nacht danach, als Danny und Finn fort waren, wurde ich wach, meine Haut prickelte, in meinem Kopf summte es, als sei ein Elektromotor eingeschaltet, der nutzlos lief und lief und sich erschöpfte. Ich spürte einen vertrauten Druck am rechten Arm. Nicht Danny, es war Elsie, die sanft atmete und fest schlief. Sie mußte in mein Bett gekommen sein, ohne daß ich es bemerkt hatte. Ich küßte ihr Haar und ihre Nase. Mit einer Ecke der Daunendecke wischte ich ihre Stirn ab, auf die eine heiße Träne gefallen war. Ich schaute zum Fenster hinüber. Kein Licht drang durch die Vorhänge. Ich konnte meine Uhr nicht sehen. Und das Zifferblatt des Radioweckers war auch nicht zu erkennen; wenn ich mich bewegte, würde ich Elsie wecken.

Ich hätte gern ein Skalpell gehabt und tausendmal in Dannys Körper geschnitten, langsam, ein Schnitt nach dem anderen. Ich konnte nicht glauben, daß er mir das angetan hatte. Ich wollte ihn finden, wo immer er war, um ihn zu fragen, ob ihm bewußt war, was er Elsie angetan hatte, die so sehr an ihm hing. War ihm klar, was er mir angetan hatte? Ich wollte ihn wiederhaben, verzweifelt wollte ich ihn wiederhaben, ich wollte ihn finden, um ihm zu sagen, wenn er zurückkäme, könnten wir alles in Ordnung bringen, würden wir alles regeln. Ich könnte wieder nach London ziehen, wir könnten heiraten, alles, nur, damit die Dinge wieder so wurden, wie sie gewesen waren.

Und Finn. Ich hätte gern ihr hübsches kleines Gesicht genommen und immer wieder hineingeschlagen. Nein. Darauf getreten. Es zerquetscht. Ich hatte sie in mein Haus gelassen, in die intimsten Ecken meines Lebens, hatte ihre Geheimnisse enthüllt, von denen kein anderer wußte, hatte ihr Elsie anvertraut. Ich war ihr näher gewesen als meiner eigenen Schwester. Dann erinnerte ich mich an die Details von Dr. Kales Autopsie ihrer Eltern und den Verband um ihren Hals, als ich sie zum erstenmal gesehen hatte, ängstlich und still auf meinem Sofa. Sie war zerbrechlich wie Porzellan gewesen. Ich hatte gesehen, wie sie sich wieder den Menschen öffnete – und das war der Dank dafür. Oder war das bloß ein weiteres Symptom? War es der Hilfeschrei eines traurigen, einsamen Mädchens? Und war Dannys Flucht nichts weiter als das charakteristische Verhalten eines schwachen Mannes? War es nicht genau das, was Männer tun, wenn ihnen die Aufmerksamkeit eines schönen jungen Mädchens entgegengebracht wurde? Tränen liefen mir über die Wangen. Sogar meine Ohren waren naß.

Nach einer Stunde Schluchzen tauchte ich hinab in die kühle Stille. Ich konnte meine Reaktionen objektiv betrachten, zumindest glaubte ich das. Ich spürte den Schmerz schichtweise. Der Kern war der Verrat Finns, war die Tatsache, daß Danny Elsie und mich im Stich gelassen hatte. Ich fühlte mich wie verbrannt, als könne nie wieder etwas anderes wichtig sein, aber die Empfindung stumpfte ab, und ich dachte an andere Dinge. Da war das Gefühl, beruflich versagt zu haben. Ich hatte immer wieder gesagt, Finn sei nicht meine Patientin, ich hatte mich dem ganzen dummen Arrangement widersetzt. Aber auch wenn man all das mit einbezog, war es eine totale Katastrophe. Das traumatisierte Opfer eines Mordanschlags war in meiner Obhut gewesen, und die Angelegenheit hatte nicht mit Heilung geendet, sondern mit einer entsetzlichen Farce. Das Opfer war mit meinem Liebhaber durchgebrannt. Ich fühlte mich stolz in dem Bewußtsein, jemand zu sein, der allein auf die Jagd geht und sich nicht darum kümmert, was andere Leute von ihm denken, aber unwillkürlich mußte ich das jetzt doch tun. Die Gesichter von beruflichen Rivalen und Feinden tauchten vor mir auf. Ich dachte an Chris Madison oben in Newcastle und Paul Mastronarde in London, die das amüsant finden und den Leuten erzählen würden, es sei natürlich schrecklich, aber offen gestanden geschähe es mir ganz recht, weil ich immer so arrogant sei. Ich dachte an Thelma, deren Idee es gewesen war, Finn aufzunehmen. Ich dachte an Baird, der mich von Anfang skeptisch betrachtet hatte, und die ganze Bande auf dem Polizeirevier. Sie alle hatten jetzt guten Grund zu lachen.

Und dann – o Gott – fielen mir meine Eltern ein und Bobbie. Ich wußte nicht, was schlimmer war: die Mischung aus Schock, Scham und Mißbilligung, die ich als erste Reaktion erwartete, oder das Mitgefühl, das darauf folgte, die für Samantha, die verlorene, verlassene Tochter, ausgebreiteten Arme. Für einen kurzen Augenblick verspürte ich den unwiderstehlichen Drang, mich lieber wieder schlafen zu legen und nie mehr aufzuwachen, als mich der gräßlichen Wirklichkeit zu stellen, die das Tageslicht für mich bereithielt. Es würde so schrecklich und entnervend sein, daß ich nicht die Kraft hatte es durchzustehen.

Zu niedriger Blutzuckerspiegel, natürlich; der sich verlangsamende Stoffwechsel, typisch für den frühen Morgen. Er wurde durch Aktivität und Nahrung wieder in Schwung gebracht. Jetzt schimmerte graues Licht durch die Vorhänge. Elsie bewegte sich auf meinem Arm. Sie öffnete die Augen und setzte sich auf, als habe sie eine Spiralfeder im Körper. Mein Arm war eingeschlafen, und ich massierte ihn wie wild. Prickelnd erwachte er wieder zum Leben. Verdammte Welt. Ich würde es überleben, und ich würde mich nicht darum kümmern, was irgend jemand dachte. Keiner würde mich dabei ertappen, daß ich Schwäche zeigte. Ich faßte Elsie unter den Achseln, warf sie hoch und ließ sie wieder fallen. Sie kreischte vor Schreck und Vergnügen.

»Noch mal, Mummy. Noch mal.«

Aus unserem gemeinsamen Frühstück machte ich ein Erlebnis. Schinken und Eier, Toast und Marmelade und eine Grapefruit, und Elsie aß ihre Hälfte und stibitzte dann begeistert noch Teile von meiner. Ich trank Kaffee. Um halb neun fuhr ich Elsie zur Schule.

»Wie sieht dieser Baum aus?«

»Wie ein Mann mit grünen Haaren und einem grünen Bart. Wie sieht *der* Baum aus?«

»Baum habe ich schon gesagt.«

»Nein, ich, ich.«

»Also gut, Elsie. Er sieht aus ... Bei diesem Wind sieht er aus wie eine grüne Wolke.«

»Nein, tut er nicht.«

»Tut er doch.«

»Tut er nicht.«

»Tut er doch.«

»Tut er nicht.«

Das Spiel endete in einem Crescendo von Lachen und gegenseitigem Widersprechen.

Auf dem Rückweg sah ich die Wolken deutlicher, und die Gebäude hoben sich klarer vom Himmel ab. Ich hatte ein Gefühl der Entschlossenheit. Ich würde mich um Elsie kümmern, und ich würde arbeiten. Alles andere war Zeitverschwendung. Ich machte mir frischen Kaffee und ging nach oben in mein Arbeitszimmer. Auf dem Computer löschte ich alles, was ich bisher geschrieben hatte. Es war Mist, das nutzlose Produkt halbherziger Aktivität. Ich sah mir eine Datei an, um mich an einige Zahlen zu erinnern, schloß sie dann wieder und begann zu schreiben. Ich hatte ohnehin alles im Kopf. Die Quellenangaben konnte ich hinterher prüfen. Ich schrieb fast zwei Stunden lang, ohne den Blick vom Bildschirm zu wenden. Es flutschte nur so, und ich wußte, daß die Sätze gut waren. Wie Gott bei der Erschaffung der Welt. Um kurz vor elf hörte ich, wie die Haustür geöffnet wurde. Sally. Es war ohnehin Zeit, meinen Becher mit Kaffee aufzufüllen. Bis das Wasser im

Kessel kochte, gab ich ihr eine kurze, zensierte Zusammenfassung dessen, was passiert war. Meine Stimme war ruhig, meine Hände zitterten nicht, und ich wurde auch nicht rot. Sie interessierte sich nicht sonderlich dafür, und ich interessierte mich nicht dafür, was sie dachte. Sam Laschen hatte wieder die Kontrolle. Sally begann zu putzen, und ich ging wieder nach oben. Zur Mittagszeit kam ich für fünf Minuten herunter. Im Kühlschrank stand noch eine halbe Packung Lasagne. Ich aß sie kalt. Die Ära richtiger Ernährung war vorbei. Nach einer weiteren Stunde hatte ich ein Kapitel beendet. Ich klickte ein paarmal mit der Maus. Viereinhalbtausend Wörter. In diesem Tempo würde das Buch in ein paar Wochen fertig sein. Ich griff in meinen Aktenschrank und nahm zwei Ordner mit Datenmaterial heraus. Ich arbeitete sie sehr schnell durch, um meine Erinnerung aufzufrischen. Es dauerte nur ein paar Minuten, dann standen sie wieder im Schrank. Ich legte eine neue Datei an: Kapitel zwei. Definitionen der Heilung.

Eine Bewegung fiel mir ins Auge. Draußen. Ein Auto. Baird und Angeloglou stiegen aus. Einen Moment lang nahm ein Teil von mir an, es müsse sich um eine Art Erinnerung oder Halluzination handeln. Das war gestern geschehen. Mußte ich diesen schrecklichen Alptraum noch einmal durchleben? Es klopfte an der Tür. Nur eine Routineangelegenheit, ein Formular, das ich unterschreiben mußte oder so.

Als ich die Tür öffnete, sahen sie sich gegenseitig vielsagend an.

»Ja?« sagte ich.

»Wir dachten, Sie hätten vielleicht etwas gehört«, sagte Baird.

»Danny hat nicht angerufen, und wenn er es tut, verdammt…«

Wieder sahen die beiden Polizisten sich an. Was war los?

»Das haben wir nicht gemeint. Können wir hereinkommen?« sagte Baird und versuchte vergeblich, beiläufig zu klingen. Keine Spur von dem üblichen Lächeln und Zwinkern. Baird sah aus wie ein Mann, der professionelles polizeiliches Verhalten imitiert. Schweißperlen standen ihm auf der Stirn, obwohl es kalt war.

»Was soll das?«

»Bitte, Sam.«

Ich führte sie hinein, und sie saßen wie Plisch und Plum nebeneinander auf meinem Sofa. Baird strich sich mit der rechten Hand über den behaarten Rücken der Linken. Ein Mann, der im Begriff stand, eine Rede zu halten. Angeloglou verhielt sich still und wich meinem Blick aus. Seine Wangenknochen traten hervor, so sehr mußte er sich beherrschen.

»Bitte, setzen Sie sich, Sam«, sagte Baird. »Ich habe schlechte Neuigkeiten für Sie.« Noch immer fingerte er an seiner Hand herum. Die Härchen darauf waren leuchtendrot, röter als die auf seinem Kopf. Ich konnte den Blick nicht davon abwenden. »Gestern abend wurden wir zu einem ausgebrannten Auto gleich hinter der Bayle Street gerufen, ungefähr zwanzig Meilen die Küste entlang. Wir stellten schnell fest, daß es sich um einen Renault-Kombi handelte, der auf Daniel Rees zugelassen war.«

»Mein Gott«, sagte ich, »hatte er einen Unfall?«

»Im Wagen befanden sich zwei verbrannte menschliche Körper. Tot. Die Auswirkungen des Feuers waren sehr schwer, und die Leichen müssen noch identifiziert werden. Aber ich möchte Sie darauf vorbereiten, daß es sich mit an Sicherheit grenzender Wahrscheinlichkeit um die Leichen von Mr. Rees und Miss Mackenzie handelt.«

Ich versuchte, den Augenblick festzuhalten, den Schock und die Verwirrung zu begreifen, als handle es sich um einen kostbaren Gemütszustand. Schlimmer konnte es nicht mehr werden.

»Haben Sie gehört, was ich gesagt habe, Dr. Laschen?«

Baird sprach leise, wie zu einem kleinen Kind, das auf seinem Schoß saß. Ich nickte. Nicht zu heftig. Keine Hysterie, kein Übereifer.

»Haben Sie gehört, was ich gesagt habe, Dr. Laschen?«

»Ja, natürlich. Also, vielen Dank, daß Sie gekommen sind, um es mir zu sagen, Mr. Baird. Ich möchte Ihre Zeit nicht länger in Anspruch nehmen.«

»Haben Sie irgendwelche Fragen? Möchten Sie uns etwas sagen?«

»Es tut mir leid«, sagte ich mit einem Blick auf meine Uhr. »Das Problem ist, daß ich gleich weg muß, um … äh … mein Kind abzuholen.«

»Macht das nicht Linda?«

»Ja? Ich kann nicht…«

Als Baird gesprochen hatte, war mir vollkommen klar gewesen, was passiert war. Während ich der Information lauschte, hatte ich sogar mit professionellem Interesse verfolgt, in welcher Art er schmerzhafte Nachrichten überbrachte. Und ich hatte meine eigene Reaktion mit absoluter Klarheit beobachtet. Jetzt spürte ich Tränen über mein Gesicht rinnen und bemerkte, daß es mich vor Schluchzen schüttelte. Ich weinte und weinte, bis ich fast das Gefühl hatte, an Trauer und Schmerz zu ersticken. Ich spürte eine Hand auf meiner Schulter; dann wurde mir ein Becher Tee an die Lippen gedrückt, und ich war überrascht darüber, daß soviel Zeit vergangen war, um Wasser zu kochen und Tee aufzugießen. Ich nahm ein paar Schlucke Tee zu mir und verbrannte mir den Mund. Ich versuchte zu sprechen und konnte es nicht. Ich atmete ein paarmal tief durch und versuchte es erneut.

»Ein Unfall?« fragte ich.

Baird schüttelte den Kopf.

»Was dann?« Ich brachte kaum mehr als ein Krächzen heraus.

»Beim Wagen wurde ein Zettel gefunden.«

»Was bedeutet das?«

»Er war an Sie gerichtet.«

»An mich?« fragte ich.

»Die Nachricht wurde von Miss Mackenzie geschrieben. Sie schrieb, nachdem sie erkannt hätten, was sie getan, vor allem Ihnen angetan haben, hätten sie das Gefühl, nicht weiterleben zu können, und sich entschlossen, gemeinsam zu sterben.«

»Sie haben Selbstmord begangen?« fragte ich töricht.

»Das ist unsere Arbeitshypothese.«

»Das ist lächerlich.« Die beiden Männer schwiegen. »Haben Sie nicht gehört, was ich gesagt habe? Es ist lächerlich und unmöglich. Danny hätte sich niemals das Leben genommen. Unter keinen Umständen. Er… wie sind sie gestorben?«

Ich sah Baird an. In einer Hand hatte er ein Paar Handschuhe gehalten, und jetzt drehte er daran herum, als wollte er sie auswringen.

»Wollen Sie das wirklich wissen?«

»Ja.«

»Der Wagen wurde mit einem Lappen angezündet, der in den Tank gesteckt wurde. Es sieht so aus, als hätten sich die beiden mit je einem Kopfschuß getötet. Die Waffe wurde am Unfallort gefunden.«

»Die Waffe?« sagte ich. »Woher hatten sie eine Waffe?«

Rupert schluckte verlegen und veränderte seine Haltung.

»Die Waffe war auf Leopold Mackenzie zugelassen«, murmelte er leise.

Ich brauchte einen Moment, um zu begreifen, was ich da hörte, und als ich es begriff, wurde mir schwindlig vor Zorn.

»Wollen Sie damit sagen, daß Finn sich in den Besitz der Waffe ihres Vaters gebracht hatte?« Baird zuckte beschämt mit den Achseln. »Und daß sie sie in diesem Haus hatte? Wußten Sie nicht, daß Mackenzie eine Waffe besaß und diese nicht mehr auffindbar war?«

»Nein«, sagte Baird. »Das ist schwierig für uns, und ich weiß, daß es auch für Sie schwierig sein muß.«

»Seien Sie nicht so herablassend mit Ihrem psychologischen Jargon, Rupert.«

»Das meinte ich nicht, Sam«, sagte Baird leise. »Ich meinte, daß es für *Sie* schwierig sein muß.«

Ich fuhr zusammen.

»Was meinen Sie?«

»Ich meine, daß es wieder passiert ist, zum zweitenmal.«

Ich sank auf meinen Sessel zurück, elend und resigniert.

»Sie Mistkerl. Sie haben gründlich recherchiert, was?«

Ich kann bis hundert zählen!«

»Kann ich mir nicht vorstellen! Dann mach mal.«

»Eins, zwei, ein paar lasse ich aus, neunundneunzig, hundert.«

Ich kicherte anerkennend, die Hände am Steuer, den Blick auf die Straße gerichtet, eine Sonnenbrille vor den geröteten Augen.

»Und jetzt hör zu. Wie ruft Batmans Mutter ihn zum Abendessen?«

»Weiß ich nicht. Wie ruft Batmans Mutter ihren Sohn denn zum Abendessen?«

»Dinner-Dinner-Dinner-Dinner, Dinner-Dinner-Dinner-Dinner, Batman!«

»Wer hat dir das erzählt?«

»Joshua, der liebt mich und küßt mich, wenn die Lehrerin nicht hinguckt, und wenn wir groß sind, heiraten wir. Und wie viele Ohren hat Davy Crocket?«

»Ich weiß nicht, wie viele Ohren Davy Crocket hat.«

»Drei. Ein linkes Ohr, ein rechtes Ohr und ein wildes Ohr. Den Witz verstehe ich nicht.«

»Na ja, es ist ein wildes Ohr *vorne*. Wer hat dir das erzählt?«

»Danny. Danny hat das mal gesungen, und dann hat er sehr gelacht.«

»Sieh mal«, sagte ich fröhlich, »da ist Kirstys Haus.«

Kirsty kam an die Tür, weiße Strümpfe bis an die rundlichen Knie hochgezogen, in einem blauen, gesmokten Kleid mit frischem weißen Kragen, einen roten Mantel hinter sich herziehend. Ihr glänzendes braunes Haar war mit einer Spange aus dem Gesicht gehalten.

»Kommt Fing nicht mit?« fragte sie, als sie mich und Elsie sah. Hinter ihr formte Mrs. Langley lautlos die Worte: »Ich habe es ihr noch nicht gesagt.«

»Fing ist...«, begann Elsie wichtig.

»Heute nicht, Kirsty, aber wir werden es uns schön machen. Hast du deine Schwimmsachen? Komm, spring ins Auto. Du siehst aber heute hübsch aus. So, es geht los«, rasselte ich herunter, als könnte ich, wenn ich nur schnell genug sprach, die Frage wegschieben, sie durch den Gedanken an gechlortes Wasser oder die Dunkelheit in dem alten Kino, wo unter den abgewetzten Klappsesseln aus Samt Popcorn auf dem Boden liegt, wo man Zeichentrickfilme zeigte, in denen die Figuren verprügelt und zerquetscht und in kochendes Öl geworfen werden und hinterher doch weiterleben, vertreiben.

Mrs. Langley beugte sich durch mein Fenster, sah überaus mitfühlend aus und legte eine glatte Hand auf meine schwielige, die das Lenkrad umklammerte. Sie feilt ihre Nägel, dachte ich.

»Wenn ich irgend etwas für Sie tun kann...«

»Danke. Ich bringe Kirsty am Nachmittag zurück.« Ich nahm meine Hand weg und drehte den Zündschlüssel. »Seid ihr beide angeschnallt, Kinder?«

»Ja«, antworteten sie im Chor vom Rücksitz aus, Seite an Seite, mit baumelnden Füßen in Lackschuhen und von Eifer geröteten Gesichtern.

»Okay, dann geht es los.«

Kirsty und Elsie planschten dekorativ in ihren Gummiringen und Schwimmflügeln herum, die so fest aufgeblasen waren, daß ihre Oberkörper kaum naß wurden. Ihre weißen Beine strampelten im Wasser, und ihre Gesichter waren ganz rot vor Stolz darüber, wie mutig sie waren.

»Sieh mich an«, sagte Kirsty. Für eine Nanosekunde tauchte sie Nase und Kinn ins Wasser und kam triumphierend wieder hoch. »Ich kann tauchen. Ich wette, das kannst du nicht.«

Elsie sah mich einen Moment an, meine ängstliche kleine Landratte. Ich dachte, sie würde gleich weinen. Dann tauchte sie den Kopf ebenfalls kurz ins Wasser.

»Ich hab's getan!« krähte sie. »Ich hab's getan! Hast du gesehen, Mummy?«

Am liebsten hätte ich sie in den Arm genommen.

»So, meine beiden kleinen Fische«, sagte ich. »Soll ich den Haifisch spielen?«

Unter Wasser war ich gewichtslos und halb blind, meine Augen blinzelten, und die Beine bewegten sich wie Seetang; meine Hände streckten sich nach undeutlich sichtbaren Knöcheln aus. Der Beckenrand war beruhigenderweise nur wenige Zentimeter von meinem untergetauchten Körper entfernt. Ich hörte die Mädchen quietschen und kichern, als ich unter ihnen vorbeischwamm. Ich bin kein Fisch. Ich mag nur festen Boden.

Im Umkleideraum stieß ein junges Mädchen seine Freundin an, als ich Hemden über nasse Köpfe streifte, störrische Füße in widerspenstige Schuhe zwängte, feste Schleifen band. Sie zeigte mit den Augen auf mich.

Chicken Nuggets und Pommes frites und leuchtend rosafarbene Lutscher zum Mittagessen. Popcorn, salzig und süß durcheinander, und Orangenlimonade in einem riesigen Pappbecher mit zwei gestreiften Strohhalmen darin. Sie sahen einen Zeichentrickfilm, der vor meinen Augen verschwamm, als ich den Blick in die Ferne richtete; sie saßen rechts und links von mir, und beide hielten meine Hand. Ihre Finger waren klebrig, ihre Köpfe an meine Schultern gelehnt. Die Luft war abgestanden. Ich versuchte im gleichen Rhythmus zu atmen wie die Kinder, aber ich konnte es nicht. Mein Atem ging stoßweise und schmerzte in den Lungen. Ich setzte die Sonnenbrille wieder auf, als wir das Foyer erreichten.

»Mummy?«

»Ja, mein Schatz?« Kirsty hatten wir sicher wieder bei ihrer Mutter abgeliefert, und wir fuhren durch milchige Dämmerung nach Hause.

»Kennst du das Video«, Elsie sprach es Vidjo aus, ein Überbleibsel ihrer Babysprache – wie das letzte schwache, braune Blatt an einem Baum –, »von dem Löwen und der Hexe?«

»Ja.«

»Wenn er von der bösen Hexe umgebracht wird und bei den Mäusen liegt?«

»Ja.«

»Und dann wird er wieder lebendig. Ja, das wird er. Also …«

»Nein. Danny und Finn kommen so nicht zurück. Wir werden sie vermissen, und wir werden uns an sie erinnern, und dann werden wir miteinander über sie sprechen; du kannst mit mir über sie reden, wann immer du willst, und hier sind sie dann nicht tot.« Ich legte eine Hand auf mein pochendes Herz. »Aber wiedersehen werden wir sie nicht.«

»Wo sind sie denn jetzt? Sind sie jetzt im Himmel?«

Verkohlte Fleischklumpen, grinsende Schädel mit ausgebrannten Augen, Gesichtszüge, die sich gräßlich verformen und dann auflösen, geschmolzene Glieder auf einem Metalltablett in einem Kühlschrank ein paar Kilometer von der Stelle entfernt, an der sie gefunden wurden.

»Ich weiß nicht, mein Schatz. Aber sie haben jetzt Frieden.«

»Mummy?«

»Ja.«

»War ich mutig, den Kopf unter Wasser zu halten?«

»Das war *sehr* mutig. Ich war stolz auf dich.«

»Mutig wie ein Löwe.«

»Mutiger.«

Als wir auf das Haus zufuhren, sah es aus, als fände dort eine Party statt. Helle, weiße Lichter schimmerten, eine Reihe von Autos stand davor. Wir hielten an, und ich berührte sanft mit dem Finger Elsies Nasenspitze.

»Piep«, sagte ich. »Wir werden jetzt an diesen vielen Männern mit ihren Kameras und Tonbandgeräten vorbeirennen. Leg den Kopf auf meine Schulter, und dann schauen wir mal, ob ich zur Haustür komme, bevor du bis hundert gezählt hast.«

»Eins, zwei, ein paar lasse ich aus...«

»Dein Vater und ich denken, du solltest für ein paar Tage zu uns kommen und hierbleiben, bis sich der ganze Trubel gelegt hat.«

»Mum, das ist...«, ich hielt inne und suchte nach Worten..., »das ist nett von euch, aber es geht mir gut. Wir müssen hierbleiben.«

Meine Eltern waren gleich nach uns gekommen. Sie marschierten ins Haus wie zwei Wächter, rechts, links, rechts, links, Kopf hoch, Augen geradeaus. Ich war dankbar für ihre Unverwüstlichkeit. Ich wußte, wie sehr ihnen all das mißfallen mußte. Sie brachten einen Obstkuchen in einer großen braunen Blechdose, einen Blumenstrauß in Zellophan sowie Smarties und ein Malbuch für Elsie mit, die Malbücher haßt, Smarties aber liebt. Sie ging damit in die Küche, um sie gewissenhaft aufzuessen, eine Farbe nach der anderen, wobei sie die orangefarbenen bis zuletzt aufhob. Mein Vater zündete ein Feuer an. Er schichtete ordentlich dünne Stückchen über einen halben Zündwürfel und legte vier Scheite obenauf. Meine Mutter machte geschäftig Tee und stellte ein Stück Obstkuchen vor mich hin.

»Dann laß uns wenigstens hierbleiben.«

»Ich komme schon zurecht.«

»Du kannst nicht alles allein machen.«

Etwas im Ton meiner Mutter ließ mich zu ihr aufblicken. Hinter ihren Brillengläsern sahen ihre Augen feucht aus; ihre Lippen waren vor Rührung zusammengekniffen. Wann hatte ich sie zuletzt weinen sehen? Ich beugte mich auf meinem Stuhl vor und berührte linkisch ihr Knie unter dem dicken Wollrock. Wann hatte ich sie zuletzt berührt, abgesehen von den förmlichen Wangenküssen?

»Laß es gut sein, Joan. Siehst du nicht, daß Samantha erschüttert ist?«

»Nein! Nein, ich sehe *nicht*, daß sie erschüttert ist. Das ist es ja, Bill. Sie sollte erschüttert sein; sie sollte – sie sollte in tiefer Trauer sein. Ihre

Freundin, ich habe ja immer vermutet, daß sie hinterhältig ist, und ich habe es dir an dem Tag gesagt, an dem wir sie kennengelernt haben, ihre Freundin und ihr Freund laufen zusammen weg und bringen sich im Auto um, es steht in allen Zeitungen. Und alles.« Vage wies sie auf das Fenster, auf die Welt dort draußen. »Und Samantha sitzt hier so ruhig wie nur etwas, und dabei will ich ihr doch nur *helfen.*« Sie machte eine Pause, und vielleicht hätte ich mich vorgebeugt und sie umarmt, aber ich sah, wie sie sich einen Ruck gab und das sagte, was sie sich vorgenommen haben mußte, *nicht* zu sagen. »Es ist ja nicht so, als ob Samantha das zum erstenmal passiert wäre.«

»Joan …«

»Ist schon gut, Dad«, sagte ich und meinte es ernst. Der Schmerz, daß meine Mutter so etwas zu mir sagte, war so intensiv, daß er fast wie eine perverse Lust wirkte.

»Elsie sollte überhaupt nicht hier sein«, sagte meine Mutter. »Sie sollte mit zu uns kommen.«

Sie erhob sich halb, als wollte sie sich auf der Stelle mit meiner Tochter auf den Weg machen.

»Nein«, sagte ich. »Elsie bleibt hier.« Wie auf ein Stichwort erschien Elsie im Wohnzimmer, ihre letzten Smarties kauend. Ich hob sie auf meinen Schoß und legte das Kinn auf ihren Kopf.

Es klopfte an der Tür.

»Wer ist da?« rief ich.

»Ich. Michael.«

Ich ließ ihn ein und machte schnell die Tür hinter ihm zu. Er zog seinen Mantel aus, und ich sah, daß er alte Jeans und ein verblichenes Baumwollhemd trug, aber sonst sah er entspannt aus, gelassen.

»Ich habe Räucherlachs und dunkles Brot und eine Flasche Sancerre mitgebracht, ich dachte, wir könnten … oh, hallo, Mrs. Laschen, Mr. Laschen.«

»Sie gehen gerade, Michael«, sagte ich.

»Aber Samantha, wir sind doch eben erst …«

Mein Vater nickte meiner Mutter heftig zu und nahm ihren Arm.

Schweigend half ich ihnen in die Mäntel und lotste sie zur Tür. Meine Mutter drehte sich nach Michael und mir um. Ich weiß nicht, was mich mehr beunruhigte, ihre Verwirrung oder ihre Zustimmung.

An diesem Abend wartete Elsie in meinem Bett auf mich. Als ich unter die Decke schlüpfte, bewegte sie sich, schlang einen Arm wie einen Tentakel um meinen Hals, bettete ihr Gesicht an meine Schulter, seufzte. Und dann, mit der wunderbaren Leichtigkeit, die Kinder besitzen, machte sie die Augen zu und schlief wieder ein. Ich lag lange wach. Draußen herrschte mondlose Finsternis. Alle waren nach Hause gegangen; ich hörte nur den Wind in den Bäumen und ein- oder zweimal den schwachen Schrei eines Vogels draußen auf dem Meer. Ich legte eine Hand auf Elsies Brust und spürte ihren Herzschlag. Ab und zu murmelte sie etwas Unverständliches.

Michael war an diesem Abend nicht lange geblieben. Er hatte den Wein geöffnet und mir ein Glas eingeschenkt, das ich in mich hineinschüttete, ohne etwas zu schmecken, als wäre es Schnaps. Er hatte Butter, die er mitgebracht hatte, auf dunkle Brotscheiben gestrichen und mit Räucherlachs belegt, der mich schrecklich an rohes Menschenfleisch erinnerte, also knabberte ich nur ein bißchen an der Kruste herum. Wir redeten nicht viel. Er erwähnte ein paar Einzelheiten von der Konferenz in Belfast, von denen er glaubte, sie könnten mich interessieren. Ich sagte nichts, sondern starrte in die sterbende Glut des Feuers, das mein Vater angezündet hatte. Anatoly strich mit seinem schwarzen Fell um unsere Beine und schnurrte laut.

»Es wirkt so irreal, so unglaublich, nicht?« sagte er. »Ich kannte Finn seit Jahren«, sagte er. »Seit Jahren.«

Ich antwortete nicht. Ich konnte nicht einmal nicken.

»Ja, also.« Er stand auf und zog seinen Mantel an. »Ich gehe jetzt, Sam. Werden Sie schlafen können? Soll ich Ihnen etwas geben?«

Ich winkte ab. Als er fort war, ging ich nach oben. Ich hielt Elsie an mich gedrückt und starrte mit großen, trockenen Augen in die Dunkelheit.

25. KAPITEL

Das ist eine schlimme Sache, diese Selbstmorde.«

»Ich werde damit fertig.«

»Schlimm für uns, meine ich.«

»Ich verstehe nicht, was Sie meinen.«

Geoff Marsh fingerte an seinem Krawattenknoten herum, als könne er allein durch Berührung feststellen, ob er in der Mitte seines Halses saß. Dieses Treffen war vierzehn Tage zuvor vereinbart worden, um über mögliche neue Geldquellen, die sich eröffnet hatten, zu sprechen. Wir waren bei einer Tasse Kaffee zusammengesessen, und ich war schon aufgestanden, um zu gehen, als er mich wieder bat, Platz zu nehmen, und anfing, besorgt auszusehen.

»Das hätte zu keinem schlechteren Zeitpunkt passieren können«, sagte er.

Ich unterdrückte eine Erwiderung und schwieg.

»Sie hätten es uns sagen sollen, Sam.«

»Was hätte ich Ihnen sagen sollen, Geoff?«

Geoff griff nach einem Block und betrachtete mit demonstrativer bürokratischer Effizienz ein paar Notizen.

»Sie standen, technisch gesehen, in einem Angestelltenverhältnis zu uns, Sam«, sagte er nach einer Pause. Und dann folgte das hilflose Schulterzucken, das ich inzwischen gut kannte. Es war ein Hinweis auf die Unerbittlichkeit des politischen und wirtschaftlichen Klimas, das ihn in eine grausame Zwangslage brachte. Er fuhr fort: »Ich bin natürlich der letzte, der Ihnen das zum Vorwurf machen würde, aber Sie hätten uns sagen sollen, daß Sie eine heikle Aufgabe übernommen haben, die unser Projekt beeinflussen würde.«

Da ich in Zukunft mit diesem Mann zusammenarbeiten mußte, fiel mir darauf nur schwer etwas ein, das ich mit Anstand sagen konnte. Ich holte tief Luft.

»Ich habe gedacht, daß ich wie eine gute Bürgerin handle. Die Polizei hat mich um Hilfe gebeten. Sie bestand auf Geheimhaltung. Ich habe es nicht einmal meiner eigenen Familie erzählt.«

Geoff legte seine beiden Hände behutsam auf die Kante seines viel zu großen Schreibtisches. Ich fühlte mich wie ein Schulmädchen im Büro des Direktors.

»Es wird in den Zeitungen stehen«, sagte er stirnrunzelnd.

»Es steht bereits in den verdammten Zeitungen«, gab ich zurück. »In meinem Vorgarten geht es zu wie auf einem Jahrmarkt.«

»Ja, ja, aber bislang wurde noch nichts geschrieben über, nun ja…« Vage wies Geoff um sich. »Über uns, all das, die Station.«

»Warum sollten sie das erwähnen?«

Geoff stand auf und ging zum Fenster. Er starrte hinaus. Ich suchte nach einer Möglichkeit, wie ich dieses mühsame Gespräch beenden konnte. Nach einigen Minuten Schweigen hielt ich es nicht mehr aus.

»Geoff, wenn sonst nichts ansteht, ich habe noch zu tun.«

Geoff drehte sich plötzlich um, als hätte er vergessen, daß ich im Zimmer war.

»Sam, darf ich ganz offen reden?«

»Nur zu«, sagte ich trocken. »Schonen Sie meine Gefühle nicht.«

Gravitätisch faltete er die Hände.

»Das ganze Thema der posttraumatischen Persönlichkeitsstörungen ist noch sehr umstritten. Das haben Sie mir oft genug gesagt. Wir richten hier ein neues Zentrum dafür ein, und gleichzeitig schließen wir andere Stationen – ich möchte Ihnen gar nicht erzählen, wie viele es in den letzten Monaten waren. Und der Linden-Report – Sie wissen schon, über dieses fotogene sechsjährige Mädchen, das in Birmingham gestorben ist, nachdem wir seine Aufnahme abgelehnt hatten – kommt in ein paar Wochen heraus. Ich warte bloß darauf, daß irgendein findiger Medizinjournalist all das mit Ihrer Sache in Verbindung bringt…«

»Was meinen Sie mit *meiner* Sache?«

Geoffs Gesicht hatte sich gerötet und war angespannt.

»Da ich in den Abgrund schaue«, sagte er, »kann ich es Ihnen ja vielleicht sagen. Wir haben Sie gewählt, um das größte Projekt unter meiner Leitung zu betreuen..., unter meiner Oberherrschaft oder wie immer Sie das nennen wollen. Sir Reginald Lennox aus meinem Gremium sagt, daß posttraumatische Persönlichkeitsstörungen eine Entschuldigung für Schwächlinge und Tunten sind, um seinen Ausdruck zu gebrauchen. Aber wir haben die berühmte Dr. Samantha Laschen ins Spiel gebracht, um unsere Seite zu vertreten. Und etwa einen Monat vor Übernahme ihres Postens hat sie der Welt gezeigt, was sie leisten kann, indem sie in ihrem eigenen Haus eine traumatisierte Frau behandelt hat. Ein verantwortungsloser Journalist würde vielleicht darauf hinweisen, das Ergebnis von Dr. Laschens persönlicher Behandlung habe darin bestanden, daß die Patientin sich in Dr. Laschens Freund verliebte, daß beide durchbrannten und dann Selbstmord begingen.« Geoff machte eine Pause. »Eine solche Zusammenfassung wäre natürlich höchst unfair. Aber wenn ein solches Argument vorgebracht würde, wäre es wirklich sehr schwierig zu behaupten, die Behandlung von Fiona Mackenzie sei einer Ihrer großen Erfolge gewesen.«

»Ich habe Fiona Mackenzie nicht behandelt. Sie war nicht meine Patientin. Es ging darum, ihr eine sichere – und vorübergehende – Zuflucht zu bieten. Und tatsächlich war ich selbst gegen diese Idee.«

Ich jammerte und machte Ausflüchte und verachtete mich selbst dafür. Geoff blieb unbeeindruckt.

»Das ist eine subtile Unterscheidung«, sagte er zweifelnd.

»Was soll das alles, Geoff? Wenn Sie irgend etwas zu sagen haben, dann sagen Sie es einfach.«

»Ich versuche, Sie zu retten, Sam, und ich versuche, die Station zu retten.«

»Mich zu *retten*? Wovon reden Sie?«

»Sam, ich drücke hier keine persönliche Meinung aus. Ich trage nur ein paar diesbezügliche Tatsachen vor. Wenn dieses Gremium in einen öffentlichen Skandal in den Medien hineingezogen wird, dann wird die Sache für alle Beteiligten peinlich.«

»Ich möchte ja keinen Streit provozieren, aber drohen Sie mir vielleicht? Möchten Sie, daß ich verzichte?«

»Nein, absolut nicht, nicht im Augenblick. Das ist Ihr Projekt, Sam, und Sie werden es durchsetzen, mit unserer Unterstützung.«

»Und?«

»Vielleicht sollten wir uns eine Strategie zur Schadensbegrenzung überlegen.«

»Zum Beispiel?«

»Ich hatte gehofft, daß wir darüber diskutieren könnten, aber dann kam mir die Idee, daß ein wohlüberlegtes Interview mit dem richtigen Journalisten vielleicht das Beste wäre, um Gerüchten zuvorzukommen.«

»Nein, auf keinen Fall.«

»Sam, denken Sie darüber nach, sagen Sie nicht einfach nein.«

»Nein.«

»Denken Sie darüber nach.«

»Nein. Und jetzt muß ich gehen, Geoff. Ich muß mit Ärzten reden, damit wir nicht vergessen, daß der Sinn dieses Projekts darin besteht, eine medizinische Dienstleistung anzubieten.«

Geoff begleitete mich zur Tür.

»Ich beneide Sie, Sam.«

»Das ist schwer vorstellbar.«

»Die Menschen kommen mit ihren Symptomen zu Ihnen, Sie helfen Ihnen, und damit hat es sich. Ich streite mit Ärzten und dann mit Politikern und dann mit Bürokraten und dann wieder mit Ärzten.«

Ich drehte mich noch einmal um und betrachtete den mexikanischen Wandteppich, das Sofa, den Riesenschreibtisch, den Panoramablick über Sumpfland und Marsch oder was immer zwischen Stamford und dem Meer lag.

»Das hat auch seine guten Seiten«, sagte ich.

Wir gaben uns die Hände.

»Ich muß meinem Aufsichtsrat in die Augen sehen können, ohne allzu verlegen zu werden. Bitte, tun Sie nichts, was mich in Verlegenheit bringen könnte. Und wenn doch, dann sagen Sie es mir vorher.«

Als ich nach Hause kam, brauchte ich fünfzehn Minuten, um die Nachrichten auf meinem Anrufbeantworter abzuhören. Ich verlor den Überblick über die verschiedenen Zeitungen, deren Korrespondenten ihre Telefonnummern hinterlassen hatten, und die verschiedenen Euphemismen, die sie gebrauchten, die Angebote von Geschäften, Mitgefühl, Beratungshonoraren. Mittendrin befanden sich Nachrichten von meiner Mutter, übertönt von dem Piepsen der vorhergehenden Botschaften, sowie von Michael Daley und Linda, die heute später kommen würde, und von Rupert Baird, der fragte, ob er mit mir über Finns Habseligkeiten sprechen könne.

Ihre Habseligkeiten. Die Idee irritierte mich und machte mich ganz traurig. Was sollte mit ihren wenigen Sachen geschehen? Vermutlich hatten sie für die Ermittlungen keine Bedeutung. Sie bewiesen nichts, waren nur Zeugnis zweier vergeudeter Leben und einer emotionalen Ruinenlandschaft. Unsere Besitztümer sollen ja von einer Generation an die nächste weitergegeben werden, aber mir fiel nicht einmal jemand ein, dem man Finns jämmerliche paar Sachen hätte überlassen können.

Trotzdem, wenn es nichts zu tun gab, würde ich es wenigstens sofort hinter mich bringen. Ich nahm aus der Küche einen Karton und rannte nach oben in das Zimmer, von dem ich mich ganz bewußt ferngehalten hatte, Finns Zimmer. Noch jetzt hatte ich das Gefühl, irgendwo einzudringen, als ich die Tür öffnete und eintrat. Das Zimmer war erbärmlich kahl, als sei es seit Monaten unbewohnt. Zum erstenmal wurde mir klar, daß Finn nichts von dem Ballast angesammelt hatte, mit dem die meisten von uns durchs Leben gehen. Abgesehen von ein paar Taschenbüchern in einem Regal war nicht ein einziger persönlicher Gegenstand zu sehen, nicht einmal ein Stift. Das Bett war sorgfältig gemacht, der Teppich lag gerade, alle Ablageflächen waren leer.

Ein muffiger Geruch hing in der Luft, und ich öffnete hastig das Fenster. Im Kleiderschrank gab es nur leere, klappernde Bügel. Ich sah mir die Bücher an: ein paar Krimis, *Bleak House, The Woman in White*, Gedichte von Anne Sexton, ein zerfledderter Reiseführer durch Südamerika. Ich nahm ihn und warf ihn aus der Tür auf den Treppenabsatz. Ich hatte Lust, nach Südamerika zu fliehen. Irgendwohin zu fliehen. Den Rest legte ich in den Karton, und dabei fiel ein Umschlag aus einem der Bücher auf den Fußboden.

Ich hob ihn auf und wollte ihn ebenfalls in den Karton legen, doch da sah ich, was da in kindlichen Großbuchstaben stand: MEIN TESTAMENT. Finn, die so ängstlich war, sich solche Sorgen um den Tod machte, hatte ein Testament geschrieben.

Plötzlich war ich der festen Überzeugung, daß sie aus einer Eingebung heraus alles mir hinterlassen hatte und das einen weiteren Skandal zur Folge hätte. Langsam drehte ich den Umschlag um. Er war nicht verschlossen. Sie hatte die Klappe nur eingeschoben, ohne sie zuzukleben, wie man es bei Glückwunschkarten macht. Ich wußte, daß das, was ich tat, falsch war, womöglich strafbar, aber ich öffnete ihn und faltete das Blatt auseinander, das er enthielt. Es war ein blaues Formblatt mit der Überschrift »Setzen Sie Ihr eigenes Testament auf«, und sie hatte es einfach ausgefüllt. In dem Kästchen mit der Überschrift »Testament« stand: Fiona Mackenzie, Wilkinson Crescent 3, Stamford, Essex. Unter »Als Testamentsvollstrecker bestimme ich« stand: Michael Daley, Alice Road 14, Cumberton, Essex. In dem Kästchen »Alles, was mir gehört, hinterlasse ich« stand: Michael Daley, Alice Road 14, Cumberton, Essex. Unterschrieben und datiert war das Testament vom Montag, dem 4. März 1996. Sie hatte angekreuzt, daß sie verbrannt werden wollte.

Unten gab es zwei Kästchen mit der Aufschrift »Unterschrieben vom Verfasser des Testaments in unserer Gegenwart, dann von uns gegengezeichnet«. Mit anderer Handschrift stand darin: Linda Parris, Lam Road 22, Lymne. Sally Cole, Primrose Villas 3b, Lymne.

Finn war vollkommen verrückt geworden. Finn war verrückt geworden, und dann hatten mein verdammtes Kindermädchen und meine verdammte Putzfrau sich unter meinem eigenen Dach an einer verrückten Verschwörung beteiligt. In meinem Kopf drehte sich alles, und ich mußte mich einen Augenblick auf das Bett setzen. Was für eine Verschwörung denn überhaupt? Eine Verschwörung, das eigene Vermögen nach dem Tod auf eine verrückte Weise zu vermachen? Alte Damen hinterließen ihren Katzen Millionen, warum also nicht Michael Daley? Doch wenn ich daran dachte, wie er als Finns und auch Mrs. Ferrers Arzt versagt hatte, wurde ich wütend. Wer wußte von diesem Testament? Natürlich Linda und Sally, die Verräterinnen, aber sie konnten nicht wissen, ob Finn es nicht vernichtet hatte. Der Gedanke, daß der Reichtum der Familie Mackenzie an Michael Daley gehen sollte, kam mir auf einmal unerträglich vor. Warum sollte ich das Testament nicht vernichten, damit eine gewisse Gerechtigkeit herrschte? Wie auch immer, wenn die Person, die der Testamentsvollstrecker sein sollte, auch das ganze Geld bekam, konnte das kaum legal sein, also würde es vielleicht ohnehin ungültig sein. Während ich darüber nachdachte, sah ich, daß der Umschlag noch ein Stück Papier enthielt. Es war kaum größer als eine Visitenkarte. Darauf stand in Finns unverkennbarer Handschrift: »Es existiert eine Kopie dieses Testaments, die sich im Besitz des Vollstreckers Michael Daley befindet. Unterschrieben: Fiona Mackenzie.« Ich erschauerte und fühlte mich, als sei Finn ins Zimmer getreten und habe mich dabei ertappt, wie ich in ihren Sachen herumschnüffelte. Röte schoß mir ins Gesicht.

Sorgfältig legte ich die beiden Papiere wieder in den Umschlag und diesen in den Karton. Dann sagte ich, obwohl ich allein war, laut: »Was für ein verfluchtes Durcheinander.«

26. KAPITEL

Ich glaube nicht an Gott, ich glaube nicht, daß ich es jemals getan habe, obwohl ich eine vage und verdächtig unvollständige Erinnerung daran habe, neben meinem Bett zu knien und ein Vater-unser-der-Du-bist-im-Himmel-geheiligt-werde-Dein-Name herunterzurasseln. Und ich erinnere mich noch an den Schrecken, den ich als kleines Kind bei dem Gebet empfand, das so geht: »Und sollte ich sterben, bevor ich erwach, so nimm meine Seele in Dein Gemach.« Ich lag in meinem knielangen Nachthemd mit den Rüschen an den Handgelenken und den züchtig bis oben geschlossenen weißen Perlmuttknöpfen im Bett, blinzelte ängstlich in die Dunkelheit, hörte Bobbie im anderen Bett atmen und versuchte, mich nicht vom Schlaf überwältigen zu lassen. Und ich habe den Gedanken an die launische Gottheit immer gehaßt, die auf manche Hilferufe von Menschen reagiert, auf andere hingegen nicht.

Aber als ich im grauen Licht eines Märzmorgens erwachte, ganz am Rand des Bettes, in dem sich Elsie breitgemacht hatte, ertappte ich mich zu meiner Schande dabei, daß ich murmelte: »Bitte, Gott, lieber Gott, laß es nicht wahr sein.« Aber der Morgen ist unerbittlich. Nicht so schlimm wie die Nächte natürlich, wenn die Zeit wie ein Fluß über die Ufer tritt und dann in flachen, stehenden Pfützen verweilt. Meine Patienten sprechen oft über ihre nächtlichen Ängste. Und sie berichten auch von dem Entsetzen, aus Träumen zu erwachen und sich dem Tag stellen zu müssen.

Ich lag ein paar Minuten still, bis die erste Panik sich legte und ich wieder ruhig atmen konnte. Elsie neben mir machte eine abrupte Bewegung, zog mir die Daunendecke weg und wickelte sich darin ein, als wollte sie Winterschlaf halten. Ich sah nur noch ihren Scheitel. Ich streichelte ihn, und er verschwand ebenfalls. Draußen konnte ich die

Geräusche des Tages hören: einen bellenden Hund, einen krähenden Hahn, Autos, die an einer scharfen Biegung einen anderen Gang einlegten. Die Journalisten vor meinem Haus waren verschwunden, die Gazetten beschäftigten sich wieder mit anderen Themen, das Telefon klingelte nicht mehr so oft. Das war mein Leben.

Ich sprang also aus dem Bett und zog leise, um Elsie nicht aufzuwecken, ein kurzes Wollkleid, eine gerippte Strumpfhose und ein Paar knöchelhohe Stiefel an; methodisch fädelte ich die Schnürsenkel in die kleinen Öffnungen und stellte fest, daß meine Hände nicht mehr zitterten. Ich hängte baumelnde Ohrringe in meine Ohrläppchen und bürstete mein Haar. Ich ging nirgends hin, aber ich wußte, wenn ich in ausgeleierten Leggings herumgelaufen wäre, hätte ich mich noch niedergeschlagener gefühlt. Thelma hatte mir einmal gesagt, daß Gefühle oft dem Verhalten folgen und nicht umgekehrt: Benimm dich mutig, und du bekommst Mut; benimm dich großzügig, und du fängst an, deinen gemeinen Neid abzulegen. Also wollte ich der Welt die Stirn bieten, als mache sie mich nicht krank vor Panik; vielleicht würde meine Übelkeit dann verschwinden.

Ich fütterte Anatoly, trank eine Tasse heißen Kaffee und machte eine Einkaufsliste, bevor Elsie aufwachte und in die Küche getrottet kam. Ich gab ihr einen Teller Honig- und Nußkringel, von dem ich den Rest aufaß, und dann eine Schale Müsli, wobei sie mit dem Löffel die Rosinen herausfischte und den nassen, bräunlichen Rest mir überließ.

»Ich möchte ein Insekt, das sticht, in einem Glas«, sagte sie.

»In Ordnung.« Das Heim eines stechenden Insekts zu reinigen, ging nicht über meine Kräfte.

Überrascht sah sie mich an. Vielleicht hatte sie zu bescheiden angefangen, ein schwerer Verhandlungsfehler.

»Ich möchte einen Hamster.«

»Ich werde darüber nachdenken.«

»Ich *will* einen Hamster.«

»Das Problem mit Haustieren ist«, sagte ich, »daß man ihre Behausung saubermachen und sie füttern muß, und nach ein paar Tagen wird dir das langweilig. Rate mal, wer es dann machen muß? Und Haustiere sterben.« Ich bereute die Worte, sobald ich sie ausgesprochen hatte, aber Elsie blieb unbeeindruckt.

»Ich will *zwei* Hamster, damit, wenn einer stirbt, ich noch den anderen habe.«

»Elsie…«

»Oder einen einzigen Hund.«

Abrupt polterten Briefe durch den Briefschlitz auf den gefliesten Boden.

»Ich hole sie.«

Elsie stand vom Tisch auf und brachte einen Stapel Post, mehr als gewöhnlich. Die braunen Umschläge mit den Rechnungen legte ich beiseite. Die schmalen weißen, auf die förmlich mit der Maschine mein Name getippt war und die oben rechts frankiert waren, betrachtete ich argwöhnisch und legte sie auf die andere Seite. Sie waren höchstwahrscheinlich von Zeitungen oder Fernsehsendern. Die handgeschriebenen öffnete ich und sah sie mir rasch an: »Liebste Sam, wenn wir irgend etwas für Dich tun können…« – »Ich war so überrascht, als ich las…« – »Liebe Sam, wir haben in letzter Zeit nichts voneinander gehört, aber als ich las, daß…«

Und dann war da noch ein Umschlag. Ich wußte nicht, was ich damit machen sollte. Er war in ordentlichen Großbuchstaben mit blauem Kugelschreiber an Daniel Rees adressiert. Ich nahm an, ich sollte ihn an seine Eltern weiterschicken. Ich hielt den Umschlag gegen das Licht und starrte ihn an, als enthalte er den Schlüssel zu einem Geheimnis. Die gummierte Umschlagklappe hatte sich an einer Ecke gelöst. Ich schob den Finger darunter und öffnete sie noch ein bißchen weiter. Und dann ganz.

»Sehr geehrter Mr. Rees,

wir danken Ihnen für Ihre heutige Anfrage bezüglich Wochenendreisen nach Italien. Wir bestätigen hiermit die Buchung von zwei Übernachtungen mit Halbpension in Rom für das Wochenende vom 18.–19. Mai. Die Flugtickets und weitere Einzelheiten senden wir

Ihnen in Kürze zu. Bitte bestätigen Sie die Namen der Passagiere, Mr. D. Rees und Dr. S. Laschen.

Mit freundlichen Grüßen, Sarah Kelly, Globe Travel.«

Ich faltete den Brief zusammen und steckte ihn wieder in den Umschlag. Rom mit Danny. Hand in Hand, in T-Shirts, verliebt. Unter den gestärkten Laken in einem Hotelzimmer mit einem Ventilator an der Decke, der die Hitze verteilte. Pasta und Rotwein und riesige, antike Ruinen. Kühle Kirchen und Brunnen. Ich war noch nie in Rom gewesen.

»Von wem ist der Brief, Mummy?«

»Ach, von niemand.«

Warum hatte er es sich so plötzlich anders überlegt? Was hatte ich getan oder nicht getan, daß er Rom mit mir für den Tod in einem ausgebrannten Auto mit einem verstörten Mädchen aufgab? Ich zog den Brief noch einmal heraus. »Wir danken Ihnen für Ihre heutige Anfrage...« Er war vom 8. März 1996 datiert. Das war der Tag, an dem es passierte, an dem er mit Finn wegging. Schmerz schnürte mir die Kehle zu, und ich kämpfte mit den Tränen.

»Kommen wir wieder zu spät in die Schule, Mummy?«

»Was? Nein! Nein, natürlich kommen wir nicht zu spät in die Schule, wir kommen ganz *früh*. Komm schon.«

»Ich habe einfach da unterschrieben, wo sie gesagt hat.«

»Aber Sally, wie konnten Sie das tun, ohne hinzusehen? Es war ihr Testament, und sie war ein verzweifeltes junges Mädchen.«

»Tut mir leid.« Sally putzte weiter den Herd. Das war alles.

»Ich wollte mit Ihnen darüber sprechen, Linda, bevor Elsie zurückkommt.«

»Sie hat gesagt, es wäre nichts.« Lindas Augen füllten sich mit Tränen. »Eine Formalität.«

»Haben Sie es nicht gelesen?«

Sie zuckte bloß mit den Achseln und schüttelte den Kopf. Warum waren sie nicht so neugierig gewesen wie ich?

Michaels Haus war nicht groß, aber auf eine kühle und modische Weise hübsch. Das untere Geschoß war ein einziger offener Raum, und die Fenstertüren in der ordentlichen Küche gingen auf einen gepflasterten Hof mit einem kleinen, konischen Brunnen hinaus. Ich sah mich um: vollgestellte Bücherregale, farbenfrohe Teppiche auf strengem Fußboden, manierierte Schwarzweißzeichnungen an heiteren weißen Wänden, Topfpflanzen, die grün und fleischig aussahen, Fotos von Booten und Steilhängen ohne einen einzigen Menschen darauf. Wie konnte ein Allgemeinarzt sich einen solchen Stil leisten? Nun, zumindest wurde er dem Status gerecht, den er bald haben würde. Wir saßen an einem langen Refektoriumstisch und tranken richtigen Kaffee aus Tassen mit zarten Henkeln.

»Sie hatten Glück, mich zu erwischen. Ich habe Notdienst«, sagte er. Dann griff er über den Tisch und nahm meine Hand in seine beiden Hände. Mir fiel auf, daß seine Fingernägel lang und sauber waren.

»Alles in Ordnung mit Ihnen, Sam?«

Als wäre ich eine Patientin. Ich zog meine Hand weg.

»Bedeutet das, daß Sie nicht in Ordnung sind?« fragte er. »Hören Sie, das ist eine schreckliche Sache, schrecklich für Sie und auch für mich. Wir sollten versuchen, uns gegenseitig da durchzuhelfen.«

»Ich habe Finns Testament gelesen.«

Er zog eine Augenbraue hoch.

»Hat sie es Ihnen gezeigt?« Ich schüttelte den Kopf, und er seufzte. »Also, geht es darum?«

»Michael, *wissen* Sie, was in ihrem Testament steht? Sie haben eine Kopie davon.«

Er seufzte.

»Ich weiß, daß ich der Testamentsvollstrecker bin, was immer das bedeutet. Sie hat mich darum gebeten.«

»Meinen Sie damit, daß Sie keine Ahnung haben?«

Er schaute auf seine Uhr.

»Hat sie alles Ihnen hinterlassen?« fragte er mit einem Lächeln.

»Nein. Sie hat alles Ihnen vermacht.«

Der Ausdruck auf seinem Gesicht gefror. Er stand auf und ging an die Glastür, wandte mir den Rücken zu.

»Nun?« fragte ich.

Er drehte sich um.

»Mir?« Er fuhr sich mit den Fingern durchs Haar. »Warum sollte sie das tun?«

»Aber darum geht es nicht, richtig?«

Michaels Gesicht nahm einen fragenden Ausdruck an.

»Ich weiß nicht, was ich sagen soll. Das ist alles so ...«

»So unethisch«, sagte ich. »Zweifelhaft.«

»Was?« Michael blickte auf, als hätte er mich erst jetzt gehört. »Warum hat sie das getan? Was wollte sie damit bezwecken?«

»Werden Sie es akzeptieren?«

»Was? Das kommt alles so plötzlich.«

Auf einmal hörten wir ein piepsendes Geräusch, und er steckte die Hand in die Jackentasche.

»Tut mir leid, ich muß sofort los«, sagte er. »Ich bin wie vor den Kopf geschlagen, Sam.« Dann lächelte er. »Samstag.« Ich schaute verwirrt. »Segeln, erinnern Sie sich? Könnte uns guttun. Rückt die Dinge wieder in die richtige Perspektive. Und wir können in Ruhe miteinander reden.«

Das hatte ich vergessen. Segeln war genau das, was ich jetzt noch brauchte.

»Es wird mir guttun«, sagte ich tonlos.

Ich hielt Elsie wie ein kostbares Juwel. Ich hatte Angst, sie mit meiner Liebe zu erdrücken. Ich fühlte mich so stark, so lebendig, so euphorisch vor Trauer und Wut. Blut strömte durch meinen Körper, mein Herz schlug laut. Ich hatte einen völlig klaren Kopf.

»Hat Danny«, fragte ich vorsichtig, »mit dir jemals über Finn gesprochen?«

Sie zuckte mit den Schultern.

»Was ist mit Finn?« Ich streichelte Elsies seidiges Haar und fragte mich, welche Geheimnisse wohl in ihrem hübschen Kopf verborgen waren. »Hat sie irgendwas über Danny gesagt?«

»Nein.« Sie rutschte auf meinem Schoß herum. »Danny hat mich oft nach Finn *gefragt*.«

»Ach.«

Elsie sah mich mit großen, neugierigen Augen an.

»Und Danny hat gesagt, du bist die beste Mummy auf der Welt.«

»Hat er das?«

»*Bist* du das?«

Nachdem Elsie schlief, wanderte ich durch das Haus, zog Vorhänge auf, zwang mich, unter Betten zu schauen und in Ecken herumzutasten. Am Ende hatte ich vor mir auf dem Küchentisch eine zerdrückte Menagerie aus sechs winzigen Papiertieren: drei kleinen Vögeln, zwei verschiedenen Hunden und etwas, das rätselhaft war. Ich sah sie an, und sie sahen mich an.

27. KAPITEL

Sie hatte seine dunklen Augen und die dichten Augenbrauen, die in der Mitte der Stirn fast aneinanderstießen. Das Haar selbst war heller in der Farbe und feiner, und ihre Haut war anders beschaffen und bereits von Sommersprossen übersät, obwohl es erst Frühling war. Dannys Haut war blaß, aber stets klar. Er nahm immer eine hübsche, karamelfarbene Sonnenbräune an. Ich konnte mich an den Geruch und die leichte Feuchtigkeit erinnern, wenn er in der Sonne gewesen war.

Ich hatte nie jemanden von Dannys Familie kennengelernt. Er hatte mir gesagt, sie lebten im West Country, sein Vater sei Bauunternehmer, und er habe einen Bruder und eine Schwester. Das war alles. Ich arbeitete an meinem Buch – es ging jetzt wirklich schnell, es würde in wenigen Wochen fertig sein –, als das Telefon läutete und der Anrufbeantworter sich einschaltete.

»Hallo, Dr. Laschen. Hier spricht... äh... mein Name ist Isobel Hyde, wir kennen uns nicht, aber ich bin Dannys Schwester, und...«

Mir lief ein Schauder über den Rücken. Was in aller Welt konnte sie von mir wollen? Ich nahm den Hörer ab.

»Hallo, hier ist Sam Laschen, ich habe mich hinter dem Anrufbeantworter versteckt.«

Wir tauschten ein paar verlegene Worte, da sie dachte, ich glaubte vielleicht, sie wolle bloß in den Besitz der Habseligkeiten von Danny, die bei mir geblieben waren, kommen, und ich nicht wußte, was sie wollte. Ich sagte, da sei nichts Wertvolles, aber sie könne selbstverständlich alles haben, und sie sagte, das meine sie nicht. Sie sei für ein paar Tage in London und frage sich, ob sie vielleicht mit dem Zug zu mir fahren und mich besuchen könne. Ich wußte nicht, warum – irrationaler Instinkt vielleicht –, aber ich wollte nicht, daß sie in mein

Haus kam. Ich hatte jedenfalls genug von Leuten, die sehen wollten, wo ich wohnte, und ich wußte nicht, welche makabren Motive eine Frau bewegen könnten, die Umgebung zu sehen, in der ihr toter Bruder mit einer Frau zusammengewesen war, die er verlassen hatte, und all das. Tatsächlich hatte ich keine Ahnung, was überhaupt vorging, und deshalb sagte ich, ich würde sie am nächsten Morgen in Stamford am Bahnhof abholen, und wir könnten in ein Lokal gehen.

»Wie erkennen wir uns?« fragte sie.

»Ich erkenne Sie vielleicht. Ich selbst bin groß und habe sehr kurze Haare, und keiner, der in dieser Gegend frei herumlaufen darf, sieht mir auch nur im entferntesten ähnlich.«

Ich weinte fast, als sie aus dem Zug stieg. Ich konnte nicht sprechen. Ich schüttelte ihr bloß die Hand und führte sie in ein Café, das dem Bahnhof gegenüberlag. Da saßen wir und spielten verlegen mit unseren Kaffeetassen.

»Wo kommen Sie her?«

»Im Augenblick wohnen wir in Bristol.«

»In welchem Teil?«

»Kennen Sie Bristol?«

»Eigentlich nicht«, gestand ich.

»Dann hat es nicht viel Sinn, auf Einzelheiten einzugehen, nicht?«

Ich konnte sehen, daß Dannys lockerer Charme eine Familieneigenschaft war.

»Ich habe nichts von Dannys Sachen mitgebracht«, sagte ich. »Es gibt ein paar Hemden, ein paar Shorts, eine Zahnbürste, einen Rasierapparat, solche Sachen. Er schien nie viel Gepäck zu haben. Ich könnte sie Ihnen schicken, wenn Sie möchten.«

»Nein.«

Ein Schweigen folgte, das ich beenden mußte.

»Es ist interessant für mich, Sie kennenzulernen, Isobel. Und auch unheimlich. Sie sehen ihm so ähnlich. Aber Danny hat nie über seine Familie gesprochen. Vielleicht hat er gedacht, daß ich nicht die Art Frau bin, die man seiner Mutter vorstellt. Er ist auf schreckliche Weise fortgegangen. Und ich bin nicht sicher, was das alles für einen Sinn hatte, auch wenn mir das für Sie alle sehr leid tut.«

Wieder Schweigen; ich fing an, etwas unruhig zu werden. Was sollte ich mit dieser Frau anfangen, die mich mit Dannys Blick anstarrte?

»Ich weiß selbst auch nicht so recht«, sagte sie endlich. »Vielleicht ist es dumm, aber ich wollte Sie kennenlernen, Sie sehen. Ich wollte das schon seit Ewigkeiten, und ich befürchtete, jetzt würden wir uns vielleicht nie begegnen.«

»Das ist verständlich, unter diesen Umständen. Ich meine, daß wir uns vielleicht nie getroffen hätten.«

»Die Familie ist in einer schrecklichen Verfassung.«

»Das überrascht mich nicht.«

Ich hatte mir nicht gestattet, an Dannys Eltern zu denken. Isobel hatte in ihre Kaffeetasse gestarrt, aber jetzt hob sie die dunklen Augen mit den schweren Lidern und sah mich an. Ich spürte einen Schauer von Sinnlichkeit und biß mir so fest auf die Zähne, daß es schmerzte.

»Kommen Sie zur Beerdigung?«

»Nein.«

»Das haben wir uns gedacht.«

Mir kam ein schrecklicher Gedanke.

»Sind Sie vielleicht nur gekommen, um mich zu bitten, nicht zu erscheinen?«

»Nein, natürlich nicht. Das dürfen Sie nicht denken.«

Isobel wirkte, als nehme sie allen Mut für einen großen Sprung zusammen.

»Isobel«, sagte ich, »gibt es etwas, das Sie mir sagen möchten, denn falls nicht…«

»Ja, gibt es«, unterbrach sie mich. »Ich kann mich nicht so gut ausdrücken, aber ich wollte Ihnen sagen, wissen Sie, daß Danny vor Ihnen jede Menge Affären, jede Menge Frauen hatte.«

»Also, danke, Isobel, daß sie den ganzen Weg mit dem Zug hierhergekommen sind, um mir das zu sagen.«

»Das meine ich nicht. So war er eben, das wissen Sie, und er hatte immer Erfolg bei Frauen. Aber was ich sagen wollte, ist, daß es bei Ihnen anders war. Sie waren anders für ihn.«

Plötzlich merkte ich, daß ich in Gefahr war, die emotionale Kontrolle über mich zu verlieren.

»Das habe ich auch gedacht, Isobel. Aber so ist es nicht ausgegangen, nicht? Ich nahm das gleiche Ende wie die anderen, verlassen und vergessen.«

»Ja, ich weiß davon, und ich weiß nicht, was ich sagen soll, nur daß ich es nicht glauben konnte. Ich konnte es nicht glauben. Ich glaube es nicht.«

Ich schob meine Kaffeetasse zur Seite. Ich wollte die Begegnung beenden.

»Nein, aber sehen Sie, es ist passiert, was immer Ihr Instinkt Ihnen sagt. Es war ein freundlicher Impuls zu kommen und es mir zu sagen, aber es nutzt nichts. Was soll ich mit dem anfangen, was Sie sagen? Um ehrlich zu sein, ich versuche gerade, alles hinter mich zu bringen und weiterzuleben.«

Isobel sah bestürzt aus.

»Ja, also, ich wollte Ihnen etwas geben, aber vielleicht möchten Sie es nicht.«

Sie kramte in ihrer Tasche und nahm einige fotokopierte Seiten heraus. Ich konnte sofort erkennen, daß die kühne Handschrift darauf von Danny stammte.

»Was ist das?«

»Danny hat mir ungefähr zweimal im Jahr geschrieben. Das ist eine Kopie seines letzten Briefes an mich. Ich weiß, daß der Bruch für Sie schrecklich gewesen sein muß. Und dann das Sterben. Ich nehme an, es war außerdem eine öffentliche Demütigung.«

»Ja.«

»Ich bin doch nicht taktlos, oder? Ich dachte bloß, dieser Brief könnte vielleicht eine Art Trost sein.«

Ich heuchelte Dankbarkeit, wußte aber eigentlich nicht recht, wie ich reagieren sollte, obwohl ich den Brief nahm, behutsam. Dann stieg sie wieder in den Zug, und ich winkte kurz einer Frau zu, von der ich wußte, daß ich sie nie wiedersehen würde. Ich war fast versucht, den fotokopierten Brief ungelesen wegzuwerfen.

Eine Stunde später war ich beim CID der Polizeizentrale von Stamford. Eine Polizistin brachte mir Tee und ließ mich an Chris Angeloglous Schreibtisch Platz nehmen. Ich schaute auf sein Jackett, das über der Rückenlehne seines Stuhls hing, auf das Foto von einer Frau und einem dicklichen Kind, spielte mit den Stiften, und dann erschien Angeloglou selbst. Er legte eine Hand auf meine Schulter, eine sorgfältig geprobte spontane Geste des Trostes.

»Alles in Ordnung, Sam?«

»Ja.«

»Ich fürchte, Rupert ist beschäftigt.«

»Wie gehen die Ermittlungen voran?«

»Nicht schlecht. Die Razzien letzte Woche sind ganz gut gelaufen. Wir haben ein paar interessante Sachen.«

»Über die Morde?«

»Das nicht gerade.«

Ich seufzte.

»Es wird also nicht bald Anklage erhoben. Schauen Sie sich diesen Brief an. Danny hat ihn ein paar Wochen vor seinem Tod an seine Schwester geschrieben.«

Chris nahm den Brief und zog ein Gesicht.

»Keine Sorge, Sie brauchen nur die beiden letzten Seiten zu lesen.«

Er lehnte sich an die Kante seines Schreibtisches und überflog sie.

»Und?« sagte er, als er fertig war.

»Ist das der Brief von jemandem, der im Begriff steht, mit einer anderen Frau durchzubrennen?«

Chris zuckte mit den Achseln.

»Sie haben es gelesen«, sagte ich. »›Ich habe noch nie jemanden wie sie gekannt, ich will keine andere mehr, ich möchte sie heiraten und den Rest meines Lebens mit ihr verbringen, ich liebe ihr Kind, meine einzige Sorge ist, ob sie mich haben will.‹«

»Ja«, sagte Chris unbehaglich.

»Und dann ist da noch etwas.«

Ich reichte ihm das Bestätigungsschreiben des Reisebüros. Mit einem halben Lächeln las er es.

»Brennen Sie mit jemandem durch, wenn Sie so etwas geplant haben?«

Chris lächelte nicht unfreundlich.

»Ich weiß nicht. Vielleicht ja. War Danny ein impulsiver Mensch?«

»Ja, vielleicht...«

»Die Art Mann, die einfach aufsteht und weggeht...«

»Ja, aber das hätte er nicht getan«, sagte ich lahm.

»Sonst noch etwas?« fragte Angeloglou sanft.

»Nein, bloß...« Ich war verzweifelt. »Bloß daß die ganze Sache... Haben Sie darüber nachgedacht?«

»Worüber?«

»Daß so ein junges Mädchen ein Testament schreibt...«

»Woher wissen Sie von dem Testament, Sam? Also gut, sagen Sie es mir nicht, ich will es nicht wissen.«

»Sie schreibt ein Testament, und gleich darauf ist sie tot. Ist das nicht eigenartig?«

Angeloglou dachte ein Weilchen schweigend nach.

»Hat Finn jemals über das Sterben gesprochen?«

»Ja, natürlich.«

»Hat sie je von Selbstmord gesprochen?«

Ich hielt einen Moment inne und schluckte schwer. »Ja.«

»Also«, sagte Chris. »Und überhaupt, woran dachten Sie denn?«

»Haben Sie jemals in Erwägung gezogen, daß die beiden ermordet worden sein könnten?«

»Um Gottes willen, Sam, von wem?«

»Von jemandem, der durch Finns Tod in den Besitz einer phantastischen Summe kommen wird.«

»Ist das eine ernsthafte Anschuldigung?«

»Zumindest eine ernsthafte Überlegung.«

Chris lachte.

»In Ordnung«, sagte er. »Ich gebe nach. Kann ich diese Papiere behalten?« Ich nickte. »Nur aus Mitleid mit allen, Sie eingeschlossen, werde ich diese kleine Ermittlung so diskret wie möglich durchführen. Aber ich rufe Sie morgen an. Und jetzt, Doktor, gehen Sie nach Hause, nehmen Sie eine Tablette oder einen Drink, oder sehen Sie fern oder alles zusammen.«

Aber er rief nicht am nächsten Tag an. Chris Angeloglou rief mich noch am Abend desselben Tages um sieben Uhr an.

»Ich habe ein paar Nachforschungen über Ihren Verdächtigen angestellt.«

»Ja?«

»Damit das klar ist, Sam. Das noch brennende Auto wurde am neunten um sechs Uhr abends gefunden.«

»Ja.«

»Am achten flog Dr. Michael Daley nach Belfast zu einer Konferenz für Ärzte, die an einem Fonds beteiligt sind. Am neunten hielt er auf dieser Konferenz einen Vortrag und flog am späten Abend nach London zurück. Reicht das?«

»Ja. Das wußte ich eigentlich. Es tut mir leid, Chris. Dumm von mir und all das.«

»Das ist schon in Ordnung. Sam?«

»Ja?«

»Es tut uns leid, daß wir Sie da hineingezogen haben. Wir werden alles tun, was wir können, um Ihnen zu helfen.«

»Danke, Chris.«

»Sie sind die Trauma-Expertin, Sam, aber ich glaube, in Wirklichkeit müssen wir lernen, besser zu ermitteln, und Sie müssen lernen, besser zu trauern.«

»Ja, das stimmt wohl, Chris.«

28. KAPITEL

Vor sechs Jahren hatte sich mein Liebhaber, der Vater meines ungeborenen Kindes, umgebracht. Natürlich hatten mir alle gesagt, ich dürfe mir nicht die Schuld geben, nicht für eine Sekunde. Ich sagte es mir auch selbst, mit meiner Doktorstimme. Er war depressiv. Er hatte es früher schon versucht. Man denkt, man könnte andere retten, aber man kann nur sich selbst retten. Und so weiter.

Vor einer Woche hatte sich mein Liebhaber – der einzige andere Mann, den ich je wirklich geliebt hatte – umgebracht. Die Ermahnungen der Leute, ich solle mir nicht die Schuld daran geben, klangen immer besorgter. Dannys Beerdigung fand am nächsten Tag statt, aber ich würde nicht daran teilnehmen. Er war in den Armen einer anderen Frau gestorben, oder? Er hatte mich einfach verlassen. Bei dem Gedanken an Danny und Finn wurde mir ganz heiß. Ich fühlte mich benommen; eine Stimmung aus Erregung und Verzweiflung überkam mich. Einen Moment lang war mir richtig schlecht vor Eifersucht und hoffnungslosem Verlangen.

»Also, ich gehe jetzt, Sally«, sagte ich ein paar Minuten später. »Wenn ich wiederkomme, sind Sie schon weg, ich habe deshalb das Geld auf den Kaminsims gelegt. Danke, daß alles immer soviel besser aussieht, wenn Sie hier waren.«

»Gehen Sie nicht zur Arbeit?« Sally schaute auf meine ausgewaschene Bluejeans, die an einem Knie zerrissen war, und meine abgenutzte Lederjacke.

»Ich gehe segeln.«

Sie zog ein Gesicht. Mißbilligung?

»Schön«, sagte sie.

Die beiden Ärzte Finns, die eine, die sie eigentlich beschützen sollte, der andere, der einzige Begünstigte ihres Testaments, hatten einander auf der kurzen Fahrt zum Meer nicht viel zu sagen. Michael schien beunruhigt, und ich schaute aus dem Fenster, ohne etwas zu sehen. Als der Wagen langsamer wurde, wandte Michael sich zu mir.

»Sie haben vergessen, Ihren Gummianzug anzuziehen«, sagte er.

Er lag in einer Tragetüte zwischen meinen Füßen.

»Sie haben vergessen, mir zu sagen, daß ich ihn anziehen soll.«

Schweigend fuhren wir weiter. Ich hielt nach dem Meer Ausschau. Der Tag war sehr grau. Der Wagen bog in einen schmalen Pfad zwischen hohen Hecken ein. Ich sah Michael fragend an.

»Ich habe das Boot näher zum Bootshaus gebracht.«

Ich hatte das Gefühl, durch einen Tunnel zu fahren, und war erleichtert, als wir wieder ins Freie kamen. Ich erkannte einige Boote. Als der Wagen hielt, hörte ich sie im Wind klappern. Es gab ein paar hölzerne Hütten mit abblätternder Farbe. Eine davon war verlassen und hatte kein Dach mehr. Weit und breit war niemand zu sehen.

»Sie können sich im Wagen umziehen«, sagte Michael forsch.

»Ich will eine Umkleidekabine«, sagte ich in schmollendem Ton und stieg aus. »Welche ist Ihre?«

»Ich möchte mich eigentlich nicht damit aufhalten, sie aufzusperren. Im Auto wäre es besser, wenn Sie nichts dagegen haben.«

»Nein.«

Michael stieg linkisch aus dem Wagen. Er trug bereits seinen Gummianzug, groß und glatt und schwarz.

»Also gut«, sagte er ungnädig. »Dort drüben.«

Er führte mich zu einem verwitterten hölzernen Schuppen mit Doppeltüren aufs Meer und reichte mir seinen Schlüsselbund.

»Die Tür geht vielleicht ein bißchen schwer auf«, sagte er. »Sie ist seit letztem Frühjahr nicht mehr geöffnet worden.« Er tappte durch das rauhe gelbe Gras und den steinigen Strand entlang zu seinem Boot. »Bleiben Sie in der Nähe der Tür, sonst treten Sie noch auf etwas Spitzes, oder es fällt etwas auf Sie herunter.«

Ich schaute die Küste entlang. Kein Mensch zu sehen, was nicht verwunderlich war: Der Himmel wies alle Schattierungen von Grau auf, und unangenehme Böen peitschten über das Wasser. Die Wellen hatten weiße Schaumkämme. Ich konnte die Landspitze von da, wo ich stand, kaum sehen, und der Wind auf meinem Gesicht fühlte sich eisig an. Ich steckte den Schlüssel knirschend ins Schloß und konnte ihn nur unter Schwierigkeiten umdrehen; dann stieß ich eine der Türen einen Spaltbreit auf. Innen befand sich ein Durcheinander von Gegenständen. Gelbe und orangefarbene Schwimmwesten hingen an einem großen Haken links an der Wand, zwei Angelruten lehnten an der anderen Wandseite. Mehrere große Nylonsäcke enthielten, wie mein tastender Fuß feststellte, Segel. Im Hintergrund der Hütte lag ein Surfbrett. Es gab Eimer, Schöpfeimer, Dosen mit Nägeln und Haken und kleine Werkzeuge, die ich nicht kannte, ein paar leere Bierflaschen, eine alte grüne Persenning, ein paar Dosen Farbe, Schmirgelpapier, einen Werkzeugkasten, eine Brechstange, einen Besen. Es roch durchdringend nach Öl, Salz, süßlicher Verwesung und Verfall. Vermutlich lag irgendwo eine tote Ratte.

Ich legte den Gummianzug auf eine rohe Holzbank und fing an, mich auszuziehen, wobei ich in der eisigen, stillen Luft schlotterte. Dann zwängte ich mich in das unangenehme Kleidungsstück. Gnadenlos legte es sich um meine Glieder. Gott, was machte ich eigentlich hier?

Ich hatte auf dem Weg zur Bank meine Gummischuhe fallen lassen, und so tappte ich vorsichtig durch die Hütte, um sie aufzuheben, wobei ich zu vermeiden versuchte, mit den bloßen Füßen auf Holzsplitter oder Steinchen zu treten, und ging dann behutsam zurück. Als ich wieder auf der Bank saß, rieb ich mir den Schmutz von den Fußsohlen. Etwas – es fühlte sich an wie ein Strohhalm – steckte zwischen meinen Zehen. Ich spreizte sie und zog es heraus. Ein rosa Papierfetzen, gefaltet zu etwas mit vier Beinen, einer Art Kopf und einem komischen kleinen Schwanz. Ich drehte es in den Fingern. Es war ein kleiner Cousin der sechs Papiertierchen auf meinem Küchentisch.

Danny war hier gewesen. Konnte Michael das mitgebracht haben?

Hatte es vielleicht an seinen Kleidern gehangen? »Die Hütte ist seit letztem Frühjahr nicht benutzt worden.« Letztes Frühjahr hatten Danny und ich uns in London gestritten. Danny war hier gewesen. Ich glühte fiebrig. Ich wußte, daß ich klar denken mußte, aber die Gegenstände im Raum veränderten ihre Größe, mir war schwindlig. Mein Magen hob sich, ich spürte, wie sich unter dem Gummianzug jedes Härchen auf meiner Haut aufrichtete. Irgendwo am Rand meines Bewußtseins gab es einen Streifen Klarheit, und ich mußte versuchen, dorthin zu gelangen; aber alles, dessen ich sicher gewesen war, hatte jetzt seine Form verloren. Danny war hier gewesen.

»Denken Sie an Ihre Schwimmweste, Sam.«

Ich wandte mich zur Tür, wo Michaels Silhouette sich vom Grau abhob. Ich schloß die Faust um die kleine Papierfigur. Er kam auf mich zu.

»Lassen Sie mich helfen«, sagte er. Er zog den Reißverschluß an meinem Rücken so ruckartig zu, daß ich nach Luft schnappte. Seine massive physische Präsenz war mir sehr bewußt. »Und jetzt die Stiefel.« Er kniete vor mir nieder. Ich setzte mich hin, und er nahm nacheinander meine Füße und schob sie sanft in die Stiefel. Mit einem Lächeln sah er auf. »Der Schuh paßt, Aschenputtel«, sagte er. Danny war hier gewesen. Er nahm eine gelbe Schwimmweste vom Haken und zog sie mir über die Schultern. »Und jetzt noch die Handschuhe.« Ich schaute auf meine geschlossene Faust nieder und nahm die Handschuhe in die linke Hand.

»Ich ziehe sie gleich an.«

»Fein«, sagte er. »Dann sind wir soweit.«

Einen Arm leicht auf meinen Rücken gelegt, führte er mich zum Boot hinunter, und wir kletterten hinein. Er sah mich an. Da uns der Wind ins Gesicht blies, konnte ich seinen Ausdruck nicht erkennen.

»So, jetzt wollen wir uns ein bißchen amüsieren.«

Ich war schon einmal hier gewesen. Das nasse Tau rieb mir die Handfläche wund, als ich es strammzog; das Boot hob sich steil in den Wind, die Segel knatterten, eisgraues Wasser schwappte über die Seiten. Seevögel stießen eigenartige Schreie aus, als wir aufs offene Meer hinausrauschten. Bei den kurzen Kommandos »Fertig-zum-Halsen« warf ich mich verzweifelt von einer Seite auf die andere. Dann folgten schweigende Minuten, in denen wir uns gegen das wilde Krängen des Rumpfes zurücklehnten. Danny war in dem Bootshaus gewesen. Ich versuchte, mir eine harmlose Erklärung dafür auszudenken. Konnte Danny auf einem Spaziergang mit Michael dort gewesen sein? Die Tür war seit dem letzten Frühjahr nicht geöffnet worden. Das hatte Michael gesagt. Ich hielt die kleine Papierfigur noch immer in der eiskalten Faust.

Rasch entfernten wir uns vom Ufer, und Gischt flog mir ins Gesicht, so daß er nicht merken würde, ob ich weinte. Ich merkte es selbst nicht. Bilder gingen mir durch den Kopf: Finn bei der Ankunft in meinem Haus, so weiß und stumm. Danny, der sie über den Tisch anstarrte – und der Ausdruck damals, an den ich mich lebhaft erinnerte, war kein Verlangen, sondern Mißmut. Danny mit Elsie, die er auf seinen Schoß hob; wenn er den Kopf zu ihr senkte, vermischte sich sein schwarzes Haar mit ihren blonden Strähnen. Ich versuchte, Gedankenfetzen festzuhalten. Danny war dort gewesen. Danny war nicht mit Finn durchgebrannt. Danny hatte nicht Selbstmord begangen.

»Sie sind so still, Sam. Kommen Sie allmählich klar?«

»Vielleicht.«

In diesem Augenblick erfaßte uns ein Windstoß, und das Boot legte sich fast waagerecht. Ich verlagerte mein ganzes Gewicht nach außen.

»So, jetzt sind wir fast um die Landspitze herum.« Michael hörte sich vollkommen ruhig an. »Dann brauchen wir nicht mehr so hart am Wind zu segeln. Fertig zum …«

Und mit einer sauberen Bewegung des Baums und knatternden Segeln wendeten wir und waren auf dem offenen Meer. Der Wind kam jetzt stetig von einer Seite. Ich blickte zurück und konnte das Ufer nicht mehr sehen. Es war in dunstigem Grau verschwunden.

»Das war ganz gut.«

»Danke.«

»Fühlen Sie sich allmählich besser, Sam?«

Ich versuchte ein Achselzucken und murmelte etwas Unbestimmtes.

»Was war das?«

»Mir ist nicht übel«, sagte ich. Er sah mich genau an. Er wandte sich ab. Er hielt jetzt Pinne und Hauptsegel mit einer Hand und fummelte mit der anderen an etwas herum. Ich sah mich um. Dann war er dicht neben mir.

»Was haben Sie gefunden, Sam?«

Ich hatte ein kaltes, metallisches Gefühl in der Magengrube.

»Nichts«, sagte ich.

Sehr schnell, ehe ich mich bewegen konnte, packte er mein rechtes Handgelenk und öffnete meine Finger. Er war stark. Er nahm mir das kleine Papiertier ab.

»Vermutlich«, sagte er, »hat es irgendwo in Ihren Kleidern gehangen.«

»Ja«, sagte ich.

»Oder in *meinen*.«

»Ja«, sagte ich.

Mit einem unheimlichen kleinen Kichern schüttelte er den Kopf.

»Leider nicht«, sagte er. »Ziehen Sie Ihre Leine fester an, Sam, wir kreuzen jetzt ein bißchen.«

Der Wind wurde wieder stärker; er biß in meine linke Wange. Michael zog die Pinne an, so daß sich das Boot aus dem Wind drehte, und ließ das Hauptsegel flattern. Wir hatten die Landspitze sicher umrundet und fuhren jetzt wieder auf die Küste zu, auf die scharfen, spitzen Felsnadeln, die er mir letztes Mal gezeigt hatte. Ich drehte mich um und betrachtete ihn aus der Nähe. Sein seltsames Gesicht sah in Wind und Gischt am besten aus. Der Nebel in meinem Kopf verzog sich langsam. Finn war ermordet worden. Danny war ermordet worden, und ich würde ermordet werden. Ich mußte sprechen.

»Sie haben Finn getötet.«

Michael sah mich mit einem Lächeln an, sagte aber nichts. Seine Pupillen waren geweitet: Hinter der gefaßten Fassade war er erregt. Was hatte er mir einmal über die Liebe zur Gefahr gesagt?

»Jetzt die Leine locker lassen, Sam.«

Gehorsam gab ich Seil nach, und das kleine Segel füllte sich mit Wind. Das Boot lag wieder gerade, der Bug hob sich; unter uns rauschte Wasser.

»Ist Danny zufällig dahintergekommen? War es das? Haben Sie Danny deshalb umgebracht und den Selbstmord vorgetäuscht? Und den Brief, diesen schrecklichen Brief.«

Michael zuckte knapp mit den Schultern.

»Leider war ein gewisser Zwang nötig, um ihn zustande zu bringen.« Mit der rechten Hand bildete er die Form einer Pistole und legte den Finger an seine Schläfe. »Aber Sie sehen nicht das ganze Bild, Sam.«

»Und dann…« Mir war alles egal. Mein eigenes Leben war mir egal. Ich mußte es einfach wissen. »Ich nehme an, Sie und Finn haben zusammen Finns Eltern umgebracht.« Die Belladonna trug uns auf die gefährlichen Gegenströmungen zu; ich sah, wie er mit dem berechnenden Blick des Seglers die Entfernung abschätzte. Ich schaute ins Wasser. Tod durch Ertrinken.

»So ungefähr«, antwortete er beiläufig und lächelte wieder, als sei ihm ein Witz eingefallen. Seine Zähne und seine grauen Augen glänzten, sein Haar wurde von Wind und Gischt nach hinten gepeitscht. Er sah erregt, ziemlich schön und erschreckend aus.

Und dann dachte ich an Elsie. Ich erinnerte mich, wie ihr Körper sich an meinem anschmiegte. Ich konnte fast ihre kräftigen kleinen Arme um meinen Hals fühlen. Ich erinnerte mich, wie sie am Morgen ausgesehen hatte, als ich sie vor der Schule absetzte, mit ihren roten Strumpfhosen, dem Tupfenkleid, den kräftigen Beinen und den Sommersprossen. Der Glanz auf ihrem Haar. Ihre Konzentration, die rosa Zungenspitze, die aus ihrem Mund lugte, wenn sie malte. Ich würde nicht hier draußen sterben und meine Tochter als Waise zurücklassen. Gelassen hielt ich das Seil zwischen den Fingern.

»Warum haben Sie Finn dann umgebracht?«

Da lachte er; er warf tatsächlich den Kopf zurück und lachte schallend, als hätte ich einen glänzenden Witz gemacht.

»Wegen des Geldes natürlich. Aber Sie sehen nicht, wie schön das Gesamtbild ist.«

Da richtete sich das Boot auf einmal wieder auf, als hätte der Wind plötzlich die Richtung gewechselt. Die Segel flatterten, und der Baum schwang hin und her. Ohne daß Michael etwas sagte, zog ich meine Leine straff, während er das Hauptsegel einholte und das Boot auf den wilden Strudel zuraste. Ich konnte ihn nun sehen: einen glänzenden Fleck, an dem das Wasser aussah, als werde es eingesogen. Die Felsen kamen jetzt näher, ich konnte die Spalten und Zacken klar erkennen. Der Wind wurde plötzlich heftiger, und ich konnte nur schreien.

»Needle Point?« fragte ich.

Er nickte.

»Sie werden mich umbringen.«

Aber ich sprach zu leise, er konnte mich nicht hören, und außerdem war er mit dem Segeln beschäftigt. Ich schaute auf den Boden des Bootes. Ein Schöpfeimer. Eine lange Metallstange. Ein nicht benutztes Segel war im Bug verstaut. Eine Rolle Seil. Ein Paar Ruder. Das Boot war jetzt wie ein durchgehendes Pferd, tauchte die Nase wieder und wieder ins Meer. Plötzlich war Stille, und ich spürte ringsum überhaupt keinen Wind mehr, obwohl ich das aufgewühlte Wasser sehen konnte. Die Segel hingen schlaff herunter. Wir waren im Auge des Sturms. Ich schaute zu Michael hinüber, der mich ansah. Er schüttelte wie enttäuscht den Kopf.

»Es ist so entnervend und unnötig«, sagte er. »Wie die verdammte Putzfrau.«

»Wie Mrs. Ferrer? Sie …«

Michael wandte sich ab. Er schaute von einer Seite zur anderen, schätzte, woher der Wind kommen würde. Er sagte nichts, und wir saßen für einen stillen Moment nebeneinander – ich und der Mann, der mich töten würde. Einen Augenblick schien Michael fast verlegen über die peinliche Unterbrechung. Dann erfaßte der Wind uns voll von hinten, und das Boot tat einen Satz. Die Segel knatterten so laut wie eine abgefeuerte Kanone, und der Bug bäumte sich so hoch aus dem Wasser auf, daß ich zu Boden geschleudert wurde. Einen Moment lang dachte ich, das Boot würde nach hinten umkippen. Mit den Beinen strampelnd blickte ich auf und sah, daß Michaels Gesicht auf mich hinunterschaute. Hübsch und höflich zeichnete es sich vor dem grauen Himmel ab.

»Tut mir leid, Sam«, sagte er und neigte sich über mich, als wollte er sich verbeugen. Er hatte die Stange in der Hand.

Ich rappelte mich hoch, den Schöpfeimer in der Hand, und stürzte mich auf den Baum. Er flog auf Michael zu, aber der duckte sich. Ich warf ihm den Eimer an den Kopf und trat wild nach ihm. Er knurrte und ließ die Pinne, das Hauptsegel und die Stange los. Wasser strömte jetzt ins Boot, und der Baum krachte von einer Seite zur anderen. Michael stürzte sich auf mich, packte mich um die Taille und riß mich wieder auf den Boden des Bootes. Sein Gesicht war nur wenige Zentimeter von meinem entfernt; ein dünnes Rinnsal Blut lief ihm über die Stirn. Unter Schweiß und Gischt sah ich eine Spur von Bartstoppeln. Ich zog das Knie unter seinen angespannten Rumpf und stieß es ihm kräftig zwischen die Beine. Dann, als er sich krampfhaft zusammenkrümmte, biß ich in das nächstliegende Stück Fleisch. Seine Nase. Er schrie und boxte gegen mein Kinn, meinen Hals, meine Brüste, den gewölbten Gummianzug über meinem Bauch. Er drückte mir einen Finger ins Auge, so daß ich einen Moment lang die Welt wie einen roten Ball aus Schmerz wahrnahm. Ich spürte seinen Atem, und ich spürte die Schläge, die auf meinen Körper, mein Kinn, meine Rippen niederprasselten.

Michael richtete sich ein wenig auf, die Knie auf meinen ausgestreckten Armen, und legte die Hände um meinen Hals. Ich spuckte ihn an, spuckte mein Blut in sein verdammtes, grimassierendes Gesicht. So war das also. Ich sollte erwürgt und über Bord geworfen werden wie ein lebender Köder. Er begann zuzudrücken, langsam und konzentriert. Hinter seinem Kopf sah ich die riesige Felsformation von

Needle Point über uns, die den Himmel verdeckte. Ich stemmte mich gegen Michaels Körper. Ich mußte leben. Ich mußte dringend leben. Ich dachte, wenn ich laut Elsies Namen aussprechen könnte, würde ich leben. Ich öffnete den Mund und spürte, wie meine Zunge herausglitt, wie meine Augen rollten. Wenn ich Elsies Namen sagen konnte, würde ich trotzdem leben, obwohl meine Welt schwarz geworden war.

Der Bootsrumpf tat einen Satz, und ich hörte das krachende Geräusch von Holz auf Fels. Michael wurde von mir geschleudert. Schwarze Wellen; überall schwarze Felsen. Ich erhob mich auf die Knie, packte die Stange, und als Michael sich in dem auseinanderbrechenden Boot aufrichtete, stieß ich sie ihm mit aller Kraft in den Körper und sah ihn fallen. Das war noch nicht genug. Verzweifelt sah ich mich um. Die Pinne. Wie hatte Michael mich noch davor gewarnt? Ich riß sie mit einem Ruck an mich. Der lose Baum tat einen Satz und traf ihn mit voller Wucht. Sein Körper stürzte ins Meer.

»Elsie«, rief ich, »Elsie, ich komme nach Hause!« Dann krachte das Boot auf die Felsen, und das Wasser schlug über mir zusammen.

29. KAPITEL

Zuerst nahm ich unklar Bewegung wahr. Ich wußte, daß ich fort gewesen war, irgendwo in zeitloser Dunkelheit. Meine Augenlider flatterten. Ich sah ein Gesicht. Erleichtert sank ich wieder in die Schwärze zurück. Bei späteren Versuchen – wieviel später, wußte ich nicht – konnte ich das Licht besser aushalten, und die Formen, die sich um mein Bett herum bewegten, wurden deutlicher, aber ich konnte noch immer nichts erkennen. Ich fing an, ihnen imaginäre Gesichter zu geben. Danny, Finn, mein Vater, Michael. Das war alles zu anstrengend.

Eines Tages schien das Licht grauer und erträglicher. Ich hörte Schritte und spürte einen leichten Stoß an meinem Bett. Ich schlug die Augen auf, und plötzlich sah ich alles klar. Ich war zurück, und Geoff Marsh beugte sich mit fragendem Blick über mich.

»Verdammt«, sagte ich.

»Ja«, sagte er und schaute unbehaglich zur Tür. »Ihre Mutter ist nach unten in die Cafeteria gegangen. Ich habe gesagt, ich würde ein paar Minuten bleiben. Ich bin nur für einen Augenblick aus dem Büro herübergekommen. Vielleicht sollte ich einen Arzt holen. Wie geht es Ihnen, Sam?«

Ich murmelte etwas.

»Wie bitte?«

»Geht schon.«

Geoff zog einen Stuhl heran und setzte sich neben mich. Plötzlich lächelte er. Lachte fast. Verwirrt verzog ich das Gesicht. Selbst diese kleine Bewegung ließ mich vor Schmerz zusammenzucken.

»Ich dachte an unser letztes Treffen«, sagte er. »Erinnern Sie sich daran?«

Langsam und unter Schmerzen zuckte ich mit den Schultern.

»Sie waren einverstanden, die Sache diskret zu behandeln. Publicity zu vermeiden.«

Sprechen erschien mir zu anstrengend.

»Wenigstens interessieren die Medien sich jetzt nicht mehr für posttraumatischen Streß«, fuhr Geoff jovial fort. »Bootsunfälle, wunderbare Rettungen. Ich denke, die Station ist jetzt sicher aus dem Rampenlicht heraus.«

Ich nahm alle Kraft zusammen und faßte Geoff am Ärmel.

»Michael.«

»Was?«

»Daley. Wo?« brachte ich hervor. »Wo ist Michael Daley?«

Plötzlich sah Geoff ängstlich und abwehrend aus. Ich packte seinen Ärmel fester.

»Ist er hier? Sie müssen es mir sagen.«

»Sie haben es Ihnen nicht gesagt? Sie waren noch nicht richtig bei Bewußtsein.«

»Was?«

»Ich glaube, Sie sollten mit einem Arzt sprechen.«

»Was?«

Jetzt schrie ich.

»Schon gut, Sam«, zischte Geoff. »Um Gottes willen, machen Sie keine Szene. Ich werde es Ihnen sagen. Daley ist tot. Er ist ertrunken. Sie haben seine Leiche erst gestern gefunden. Erstaunlich, daß irgend jemand das überlebt hat. Ich weiß nicht, wie Sie an Land gekommen sind. Und dann hat es Stunden gedauert, bis Sie gefunden wurden. Nach dem Schock und der Unterkühlung können Sie von Glück sagen, daß Sie noch leben.« Er versuchte, sich mir zu entziehen. »Könnten Sie mich jetzt loslassen?«

»Baird. Holen Sie mir Baird.«

»Wer ist Baird?«

»Detective. Polizei. Stamford.«

»Ich glaube, ich sollte zuerst einen Arzt holen. Und Ihre Mutter ist seit Tagen hier.«

Ich war fast am Ende meiner Kräfte. Ich versuchte zu schreien, aber ich brachte nur ein flüsterndes Krächzen zustande.

»Baird. Sofort.«

Ich erwachte von einem Gemurmel. Ich öffnete die Augen. Rupert Baird sprach zu einem Mann mittleren Alters in einem Nadelstreifenanzug. Als er merkte, daß ich wach war, kam der Mann zu mir und setzte sich auf den Bettrand. Er lächelte mich fast verschmitzt an.

»Hallo, ich bin Frank Greenberg. Ich hatte mich gefreut, Sie bei Ihrer Ankunft kennenzulernen. So hatte ich mir das allerdings nicht vorgestellt.«

Ich mußte fast lachen, und dabei merkte ich, daß ich jetzt ein wenig mehr Kraft hatte, beweglicher war.

»Tut mir leid, daß es so dramatisch ausgefallen ist«, sagte ich.

»Treten Sie neue Arbeitsstellen immer so an?«

»Ich wußte ja gar nicht, daß ich sie angetreten *habe.*«

»O ja, tatsächlich wird Ihre Trauma-Station gleich hier den Gang hinunter sein. Wir werden Sie in ein oder zwei Tagen hinfahren, damit Sie einen Blick darauf werfen können, wenn Sie weiterhin solche Fortschritte machen.«

»Ich glaube, es geht mir besser.«

»Gut. Es überrascht Sie vielleicht zu hören, daß Sie wirklich in einer sehr ernsten Verfassung waren, als Sie gebracht wurden.«

»Welche Symptome?«

»Blutdruck ganz unten. Offensichtliche Anzeichen von peripherer Vasokonstriktion. Es war eine Mixtur aus Unterkühlung und Schocksymptomen. Sie hatten sehr großes Glück. Wie Sie sehen, standen Sie am Rand eines akuten Kreislaufzusammenbruchs.«

»Wie bin ich gefunden worden?«

»Ein Mann ging mit seinem Hund und seinem Handy am Strand spazieren.«

Baird trat vor.

»Kann ich kurz mit ihr sprechen?« fragte er.

Dr. Greenberg wandte sich zu mir.

»In Ordnung?«

»Ja.«

»Nicht länger als fünf Minuten.«

Ich nickte. Dr. Greenberg streckte die Hand aus.

»Hat mich gefreut, Sie kennenzulernen, Dr. Laschen«, sagte er. »Ich sehe Sie morgen früh wieder.«

Baird kam näher und sah sich verlegen nach einer Sitzgelegenheit um. Der Plastikstuhl mit dem Schalensitz stand in der entfernten Ecke des Zimmers. Er überlegte, ob er sich auf den Bettrand setzen sollte, den Dr. Greenberg verlassen hatte.

»Setzen Sie sich doch«, sagte ich, und er nahm unbequem auf der äußersten Kante Platz. Er sah elend aus.

»Ich bin froh, daß Sie in Ordnung sind, Sam. Das ist ein schlimmer Fall, nicht?« Er legte ungeschickt seine rechte Hand auf meine. »Irgendwann haben wir vielleicht eine oder zwei Routinefragen, aber jetzt brauchen wir nicht...«

»Es war Michael.«

»Was meinen Sie?«

»Ich war im Bootshaus, und auf dem Fußboden fand ich eines von diesen kleinen Papiertierchen, die Danny immer bastelte.«

Baird stieß einen resignierten Seufzer aus und versuchte, mitfühlend auszusehen.

»Ja, nun, das allein beweist nicht...«

»Michael hat es mir gesagt, Rupert. Er hat auf diesem Boot versucht, mich umzubringen. So sind wir über Bord gegangen. Er und Finn haben Finns Eltern getötet. Und er hat Mrs. Ferrer umgebracht. Und dann hat Michael Finn getötet. Und Danny.«

Bird antwortete mit einem gespielten Stutzen, und seine Augen zogen sich lächelnd zusammen.

»Sie glauben mir nicht.«

»Natürlich glaube ich Ihnen, Sam. Nun ja, ein zynischer Bulle würde vielleicht sagen, daß Sie Schreckliches durchgemacht haben. Sie hatten eine Gehirnerschütterung und einen Schock und ... äh ...«

»... könnte mir das alles nur einbilden?«

»Ich bin ein überaus vorsichtiger Mann, Sam. Ich muß mir vorstellen, was gewisse Leute, die großen Wert auf Beweise legen, zu mir sagen könnten, wenn sie mich wieder auf Streife schicken. Wenn Sie uns irgend etwas Konkretes anbieten können, Sam, dann werden wir es mit großem Interesse überprüfen.«

Ich hatte mich aufgesetzt, aber jetzt sank ich erschöpft auf mein Kopfkissen zurück.

»Es ist mir egal, was Sie machen, Rupert. *Ich* weiß es, und das reicht mir. Warum werfen Sie nicht einen Blick in Michaels Bootshaus? Ich glaube, daß er dort Dannys Leiche versteckt hielt. Dort hat er ihn diesen Selbstmordbrief schreiben lassen und dann erschossen.«

Baird schwieg lange Zeit. Ich konnte sein Gesicht nicht sehen.

»Also gut«, sagte er. »Wir werden uns da umsehen. Ich denke, meine fünf Minuten sind um, und jetzt gibt es jemanden mit älteren Rechten, der Sie unbedingt sofort sehen muß.«

»Ach, um Gottes willen, wenn es Geoff Marsh oder sonst ein verdammter Manager ist, dann sagen Sie ihnen, sie sollen sich verpissen.«

Baird lächelte.

»Tut mir leid, Sam. Ich fürchte, das ist jemand mit so großen Vorrechten, daß ich ihm keine Befehle geben kann.«

»Was soll das? Besucht mich jemand von den Royals oder was?«

»Fast.« Baird ging zur Tür und sprach mit jemandem draußen, den ich nicht sehen konnte. »Sie kann jetzt hereinkommen.«

Erwartungsvoll schaute ich zur Tür, und ungefähr einen Meter tiefer, als ich gedacht hatte, erschien ein vertrautes, sommersprossiges Gesicht. Schuhe klapperten über den Boden, und Elsie sprang auf mein Bett und auf mich. Ich drückte sie so eng und fest an mich, daß ich die Wirbel in ihrem Rücken zählen konnte. Ich hatte Angst, ihr mit meiner Umarmung weh zu tun.

»Oh, Elsie, jetzt kannst du meine Krankenschwester sein.«

Sie entwand sich meinen Armen.

»Ich bin *nicht* deine Krankenschwester«, antwortete sie entschieden.

»Dann meine Ärztin.«

»Ich bin auch nicht deine Ärztin. Können wir rausgehen und spielen?«

»Nicht jetzt sofort, mein Herz.«

Sie sah mich argwöhnisch mit zusammengekniffenen Augen an.

»Du bist nicht krank«, verkündete sie fast herausfordernd.

»Nein, bin ich nicht. Ich bin ein bißchen müde, aber in ein paar Tagen können wir rumlaufen und spielen.«

»Ich hab ein Kamel gesehen.«

»Wo?«

»Und ein *großes* Kamel.«

In der Tür sah ich demonstrativ diskret meine Mutter warten. Ich winkte sie zu mir, und wir umarmten uns, wie wir das seit Jahren nicht mehr getan hatten; und dann fing sie an, mir flüsternd etwas über Elsie zu erzählen, und tat dabei so geheimnisvoll, daß Elsie sofort anfing, Fragen danach zu stellen. Ich fing an zu weinen und konnte es nicht verbergen. Meine Mutter führte Elsie aus dem Zimmer, und ich war wieder allein. Plötzlich dachte ich an Danny. Nicht den Danny von früher, sondern den Danny, über den ich nie etwas wissen würde. Ich stellte mir vor, wie man ihm die Waffe an den Kopf hielt und ihn zwang, mir diesen kurzen Brief zu schreiben, und ich versuchte mir vorzustellen, wie er sich gefühlt hatte. Er mußte in dem Gedanken gestorben sein, daß er mich verraten hatte und daß ich das nie erfahren würde. Seit ich ein junges Mädchen war, wurde mir immer ganz schwindlig bei dem Gedanken an meinen Tod, daran, daß ich in Vergessenheit versinken würde. Die Vorstellung von Dannys Tod war noch schrecklicher, und ich vollzog sie nicht nur mit dem Verstand nach, sondern spürte sie auch auf meiner Haut und hinter meinen Augen und summend in meinen Ohren. Sie machte mich kalt und unversöhnlich.

Meine Mutter war ins Haus gezogen, um sich um Elsie zu kümmern. Ihr Mitgefühl war bühnenreif.

»Ich nehme an, das Haus weckt unglückliche Erinnerungen«, sagte sie. »Kannst du es ertragen, wieder darin zu wohnen?«

Ich wollte nicht, daß sie mir sagte, was ich fühlen sollte.

»In diesem Haus lebt Elsie. Es hat keine schlechten Erinnerungen für mich.«

Schon nach wenigen Tagen fühlte ich mich stark genug, das Krankenhaus zu verlassen, und zwei Tage später war ich in der Lage, meine Mutter in Stamford in einen Zug zu setzen, um nicht länger in ihrer Schuld zu stehen. Alles lief wieder in geordneten Bahnen, nur hatte ich nichts von Baird gehört. Ich wußte, daß ich etwas verdrängte, denn mir war nicht klar, wohin es führen würde, wenn ich erst anfinge, mich damit zu beschäftigen. Eine Woche nach meinem Gespräch mit Baird rief Chris Angeloglou an und bat mich, aufs Revier zu kommen. Ich fragte nach dem Grund, und er sagte, sie bräuchten eine Aussage, aber ich würde vielleicht auch etwas erfahren, was von Nutzen für mich sei. Ob ich noch am gleichen Nachmittag kommen könne.

Ich wurde mit Chris und Rupert in einen Verhörraum geführt. Sie waren sehr nett zu mir und lächelten. Sie ließen mich Platz nehmen, brachten mir Tee und Kekse, schalteten ihr Tonbandgerät ein und fragten mich nach den Ereignissen am Tag von Michaels Tod. Mit allen ihren Fragen und meinen Antworten, Zusätzen und Einwürfen dauerte es fast anderthalb Stunden, aber gegen Ende wirkten sie recht zufrieden.

»Ausgezeichnet«, sagte Rupert und schaltete das Gerät endlich aus.

»Sie glauben mir also?«

»Natürlich tun wir das. Bleiben Sie noch einen Augenblick. Phil Kale sollte um halb vier hier sein. Ich werde nachsehen, ob er gekommen ist.«

Rupert stand auf und verließ das Zimmer. Chris gähnte und rieb sich die Augen.

»Sie sehen so aus, wie eigentlich *ich* aussehen sollte«, sagte ich.

»Alles Ihre Schuld«, sagte Chris grinsend. »Wir sind seit Ihrem Tip hart am Ball geblieben. Sie werden Ihre Freude haben.«

»Gut. Ich kann ein bißchen Freude gebrauchen.«

Baird kam zurück und brachte den zerstreuten, zerzausten Mann mit, an den ich mich von dem Tag erinnerte, an dem wir Mrs. Ferrer tot aufgefunden hatten. Jetzt war der Drahtrand eines seiner Brillengläser mit Klebeband geflickt, und er trug eine Cordjacke, wie ich sie zuletzt an einigen meiner Lehrer Ende der siebziger Jahre gesehen hatte. Unter seinem Arm klemmte ein dicker Stapel Akten. Chris zog einen Stuhl heran, und der Mann setzte sich.

»Das ist Dr. Philip Kale, unser Pathologe. Phil, das ist unsere Heldin, Dr. Sam Laschen.«

Wir schüttelten uns die Hände, was dazu führte, daß zahlreiche Akten auf den Boden flatterten.

»DC Baird hat mit erzählt, daß Sie gerade eine Aussage über Dr. Daleys Geständnis gemacht haben.«

»Ja.«

»Gut. Ich kann nur eine Minute bleiben. Sie haben gerade eine Ertrunkene aus dem Kanal gefischt. Ich kann Ihnen bloß sagen, daß das, was Sie der Polizei erzählt haben, anscheinend durch alle forensischen Beweise bestätigt wird. Gott, wo soll ich anfangen?«

»Haben Sie Michaels Bootshaus überprüft?« fragte ich.

»Ja«, sagte Kale. »Im Bootshaus gab es zahlreiche Blutspuren. Wir haben auch Fasern und Haare gefunden. Wir haben eine Reihe von serologischen Tests und eine Neutronenaktivierungsanalyse an den Haarproben vorgenommen. Wir haben sie mit Haarproben von Mr. Rees verglichen, die Sie uns gegeben hatten, und haben einige aus dem Haus der Mackenzies. Auf die Ergebnisse der DNS-Tests warten wir noch, aber ich weiß, was sie uns sagen werden. Die Leichen von Daniel Rees und Fiona Mackenzie haben sich zu einem unbekannten Zeitpunkt für eine unbekannte Zeitdauer in Michael Daleys Bootshaus befunden. Das bestätigen meine Funde an den verbrannten Leichen. Es gab keine Hyperämie, keine positive Proteinreaktion, dafür aber eine

Menge anderer Zeichen, die beweisen, daß sie schon lange tot waren, als der Wagen in Brand gesteckt wurde.«

»Also war auch Finns, ich meine Fionas Leiche in dem Bootshaus?«

»Haar- und Faserspuren von Fiona Mackenzie wurden an einem Leintuch in einer hinteren Ecke des Bootshauses gefunden. Wir nehmen an, das heißt, wir sind fast sicher, daß es benutzt wurde, um ihre Leiche einzuwickeln. Und jetzt muß ich zum Kanal.«

»Was ist mit Mrs. Ferrer?«

Kale schüttelte den Kopf.

»Ich glaube, das müssen Sie falsch verstanden haben. Ich habe meinen Bericht noch einmal durchgesehen und nichts finden können.«

»Warum sollte er es getan haben?« fragte Baird.

»Ich weiß nicht«, antwortete ich wie betäubt.

Kale streckte die Hand aus.

»Gut gemacht, Dr. Laschen.«

»Gut gemacht?«

»Das ist *Ihr* Triumph.«

»Es ist nicht mein Triumph.«

Wir gaben uns die Hände, und Kale verließ den Raum. Angeloglou und Baird grinsten wie Schuljungen mit einem schmutzigen Geheimnis.

»Weswegen sehen Sie denn so glücklich aus?« fragte ich.

»Morgen früh halten wir eine Pressekonferenz ab«, sagte Baird. »Wir werden unsere Erkenntnisse bekanntgeben und verkünden, daß die Mordfälle Leopold und Elizabeth Mackenzie und Fiona Mackenzie und Daniel Rees jetzt abgeschlossen sind. Es wird keine weiteren Ermittlungen geben. Wir werden Ihnen für Ihre Mitwirkung und Ihr heldenhaftes Verhalten gegenüber Michael Daley danken. Man wird Sie möglicherweise für irgendeine zivile Auszeichnung vorschlagen. Das wird Ihre Position dem Krankenhaus gegenüber festigen. Alle werden zufrieden sein.«

»Übertreiben wir nicht.«

»Ich möchte nicht unsensibel sein, nach dem, was Sie durchgemacht haben«, sagte Rupert, »aber unter den gegebenen Umständen ist dies der bestmögliche Abschluß.«

»Es tut mir leid«, sagte ich. »Ich muß all das überdenken. Wissen Sie, wie die Morde an den Eltern begangen worden sind?«

»Darüber müssen Sie wirklich mit Kale sprechen. Es sieht so aus, als hätten Daley und das Mädchen die Eltern mitten in der Nacht gefesselt und umgebracht. Danach ließ Fiona sich von Daley mit Klebeband fesseln. Als die Putzfrau kam, benutzte Daley ein Skalpell und fügte ihr einen im Grunde harmlosen Schnitt in den Hals zu und floh dann über die Hintertreppe, die in den Garten führt. Wir haben immer gedacht, daß es da relativ wenig Blut gab, weil Fiona einen Schock erlitten hatte und ihr Blutdruck dadurch massiv abgefallen war. Tatsächlich lag es aber daran, daß ihr die Wunde erst ein paar Minuten vorher zugefügt wurde. Alles in Ordnung? Sie sehen nicht glücklich aus.«

»Ich gehe es im Kopf immer wieder durch und versuche, alles zu entwirren«, sagte ich. »Es war alles gespielt. Finn hat mitgeholfen, ihren eigenen Eltern die Kehle durchzuschneiden, und ließ sich dann selbst den Hals aufschlitzen. Gibt es irgend etwas in ihrer Vergangenheit, das dazu paßt?«

»Sie meinen, ob sie schon vorher jemanden getötet hatte?«

»Nein, das meine ich nicht. Gab es Anzeichen für ernsthafte Konflikte mit ihren Eltern? Oder für eine psychische Labilität?«

»Es gab achtzehn Millionen Pfund. Ich fürchte, es gibt da draußen eine Menge Leute, die ihren Eltern für sehr viel weniger den Hals aufschlitzen würden. Und wir haben uns bei seiner Bank erkundigt. Dr. Daley hat weit über seine Verhältnisse gelebt. Er hatte beträchtliche Schulden.«

»Was ist mit der Schrift an der Wand? Der Verbindung zu den Tierschutzaktivisten?«

»Davon wußte Daley, weil er an der Überwachung der Tierschutzaktivisten beteiligt war. So hatte er eine ausgezeichnete Möglichkeit, den Verdacht von sich abzulenken. Es ist alles ganz einfach.«

Ich zwang mich zu denken, wie ich früher in der Schule Kopfrechnen geübt hatte; ich zog dabei Nase und Stirn in Falten und dachte so angestrengt, daß es weh tat.

»Nein, ist es nicht«, sagte ich. »Es stimmt vielleicht, aber es ist nicht ganz einfach. Warum hat Finn ihr Testament zugunsten von Michael Daley gemacht? Das war praktisch für ihn, nicht?«

»Vielleicht wollten sie heiraten.«

»Ach, um Gottes willen, Rupert. Und da ist noch was.«

»Was denn?«

»Sie erinnern sich vielleicht, daß ich Michael Daley schon früher verdächtigt und Sie mir demonstriert haben, daß er mit dem Verbrennen des Autos nichts zu tun gehabt haben könnte. Soweit ich weiß, haben Sie keinen Beweis, daß er am Schauplatz der Morde an den Mackenzies war, und als das Auto verbrannte, war er in Belfast, das haben Sie mir selbst gesagt.«

Die beiden Männer sahen sich kleinlaut an. Oder zwinkerten sie sich zu? Rupert machte mit den Händen eine beschwichtigende Geste.

»Sam, Sam, Sie hatten recht, wir hatten unrecht. Was möchten Sie? Daß wir auf die Knie fallen? Ich gebe zu, es gibt da ein oder zwei lose Enden, und wir werden unser Bestes tun, sie zu verknüpfen, aber im wirklichen Leben sind die Dinge kaum jemals sauber und ordentlich. Wir wissen, was passiert ist, und wir wissen, wer es getan hat. Wie es passiert ist, werden wir vermutlich nie genau erfahren.«

»Hätten Sie eine Verurteilung erreicht, wenn Michael Daley überlebt hätte?«

Baird hielt scheinheilig mahnend einen Finger hoch.

»Genug, Sam. So ist es für uns alle gut. Wir haben ein Resultat. Sie werden eine berühmte Heldin wie Boadicea und … äh … wie …« Hilflos blickte er zu Angeloglou.

»Edith Cavell«, schlug Angeloglou gutgelaunt vor.

»Die wurde hingerichtet.«

»Na, dann wie Florence Nightingale. Entscheidend ist, daß es vorbei ist und wir alle zu unserem Alltag zurückkehren können. In ein paar Monaten treffen wir uns zu einem Drink und lachen über all das.«

»Das Georgskreuz«, sagte ich.

»Was?«

»Ich habe das Georgskreuz als Orden immer hübsch gefunden.«

»So tapfer waren Sie nun auch wieder nicht. Wenn Sie ertrunken wären, hätten Sie vielleicht das Georgskreuz bekommen.«

Ich stand auf, um zu gehen.

»Wenn ich ertrunken wäre, hätten Sie nie erfahren, wie wunderbar heldenhaft ich war. Ich sehe Sie im Fernsehen, Rupert.«

30. KAPITEL

Ich tat eine Menge Dinge gleichzeitig. Ich empfand eine Menge Dinge gleichzeitig. Das erste Mal in meinem Leben fand ich es gut, von all dem langweiligen Zeug absorbiert zu sein, das man nur bemerkt, wenn es nicht getan wird: den Haushalt zu organisieren, dafür zu sorgen, daß Sachen gewaschen wurden, ein bißchen darauf zu achten, was Elsie anzog, Sally auf die Finger zu sehen, damit sie nicht nur den Küchenboden wischte, die Papierstapel auf dem Küchentisch gerade zu rücken und den Müll nach draußen zu tragen. Einmal in der Woche ging Elsie zu Kirsty und wurde dort schikaniert, einmal in der Woche kam Kirsty zu uns und wurde von Elsie schikaniert. Ich fand noch eine zweite Freundin für sie, Susie, ein dünnes, anämisch aussehendes Kind mit Bändern in den blonden Haaren und einem Kreischen von der Lautstärke eines Preßlufthammers. Für die Nachmittage, an denen Elsie allein war, kaufte ich ein großes Buch mit vielen bunten Bildern, und am Spätnachmittag saßen wir dann immer zusammen und zählten die Bananen an jeder Staude und sortierten die Tiere nach Beinen, Flügeln oder Größe oder danach, ob sie im Wasser oder an Land lebten. Trotz der ganzen Biologie sollte das Buch dazu dienen, ihr Mathematik beizubringen.

Ich arbeitete mich Kapitel für Kapitel in meinem Buch vor, wie ein Maulwurf seinen Bau gräbt. Mein Tagesablauf veränderte sich kaum. Elsie zur Schule fahren. Schreiben. Ein Sandwich essen. Einen flotten Spaziertgang zum Meer unternehmen, wenn die Flut am höchsten stand. Sie betrachten und komplizierte Dinge denken. Wieder nach Hause gehen. Schreiben.

Gedanken kreisten in meinem Kopf, die ich immer und immer wieder durchging, wobei ich aus dem Treibgut, das ich zusammenbekam, mehr oder weniger plausible Strukturen konstruierte. Es gab einfache Teilchen und komplizierte. Das Motiv für den Mord war, daß Finn eine ganz beträchtliche Menge Geld erbte, vielleicht auch ein gewisser Groll. Das Verbrechen wurde von Michael Daley ersonnen und begangen, und zwar mit einem Kind, das immer verhätschelt worden war und, den Berichten zufolge, niemals irgendwelche Anzeichen auch nur der kleinsten jugendlichen Rebellion an den Tag gelegt hatte. Aber darauf haben wir Psychologen natürlich immer eine einfache Antwort. Anzeichen von Rebellion? Das war doch zu erwarten. Keine Anzeichen von Rebellion? Noch schlimmer, sie mußte aufgestaut und unterdrückt worden sein, bis alles auf einmal zum Ausbruch kam. Was ebenfalls zu erwarten war.

Die Tat als solche war einfach genug. Der Mord wurde vermutlich geplant, als Michael durch seine Arbeit in dem Komitee, das die Tierschutzaktivisten im Auge behielt, von der Drohung gegen Leo Mackenzie erfuhr. Die Gelegenheit bot sich geradezu an. Die Morde mußten nur so verübt werden, daß sie aussahen wie das Werk besonders verrückter Tierschutzaktivisten; deswegen die Fesseln, die durchschnittenen Kehlen, die Schrift an der Wand. Ich hatte das Gefühl, Leo und Liz Mackenzie nur durch ein paar unscharfe Fotos in den Zeitungen und – das lag mir schwer auf der Seele – durch ein paar freundliche Dinge zu kennen, die Finn über sie gesagt hatte. Aber sie waren nicht real für mich. Was real war, ein riesiger Fleck im Gitterwerk meines logischen Denkens, war das Bild von Danny mit einem Revolverlauf an der Schläfe. Hatte er geweint und gefleht, oder war er tapfer gewesen und hatte geschwiegen? Was hatte ich gerade gemacht in dem Moment, in dem er erkannte, daß es keine Hoffnung mehr gab, daß er auf jeden Fall umgebracht werden würde? Ich war sicher wütend auf ihn gewesen oder hatte mir selbst leid getan.

Und Michael hatte Finn, seine Komplizin, auch getötet. Ich dachte an den geschwätzigen Brief, den sie mir geschrieben hatte, und konnte einfach nicht verstehen, wie sie mit einer Waffe am Kopf einen solchen Schwall von Worten hatte hervorbringen können. Wie wenig ich sie im

Grunde doch kannte. Ständig gingen mir all die Erinnerungen an Finn in meinem Haus durch den Kopf; es war, wie wenn man mit der Zunge einen wehen Zahn betastet. Jede Berührung brachte Schmerz und Übelkeit mit sich, und doch konnte ich es nicht lassen. Finn, die wie betäubt auf dem Sofa saß. Finn in ihrem Zimmer. Ich selbst, die sie mit Hilfe meiner kleinen Tochter dazu brachte, wieder am Leben teilzunehmen. Finn, wie sie ihre Kleider vernichtete. Gespräche im Garten. Gemeinsames Kichern bei einem Glas Wein. Wie ich Finn vom Schachspiel erzählte, zuließ, daß sie sich um mich kümmerte. Es war eine Art Selbstquälerei. Vertrauen zu Michael Daley. Michael Daley, der mir Komplimente machte, wie gut ich mit Finn umgehen könne. O Gott, o Gott, o Gott, o Gott. Ich war der Lockvogel bei einer großen Bauernfängerei, die mit Blut in einem Vorort von Stamford begann, mit einer in meinem Haus aufgeführten Scharade ihre Fortsetzung fand und mit Feuer auf einem einsamen Straßenstück an der Küste von Essex endete.

Dann war da noch Mrs. Ferrer. Was war *da* passiert? Hatte Michael wirklich gesagt, er hätte sie umgebracht, oder hatte ich ihn in einem Augenblick, in dem ich selbst in Lebensgefahr war, mißverstanden? Ich versuchte, an alles zu denken, was Mrs. Ferrer vielleicht herausgefunden hatte. Vielleicht hatte sie als Putzfrau ein verräterisches Beweisstück im Haus gefunden und das dem Mann erzählt, dem sie vertraute – ihrem Arzt. Aber was könnte das gewesen sein?

Plötzlich, an einem trüben Frühlingsnachmittag, als ich im grauen Regen stand und die Segelboote in ein paar Kilometer Entfernung beobachtete, mitten in der Mündung, stellte ich mir die Frage, die zu stellen ich meinen eigenen Patienten abgewöhnte: »Warum ich?« Ich dachte daran, wie ich ein Teil des mörderischen Plans geworden war und wie effizient ich diese Rolle gespielt hatte, ich mit meiner unvergleichlichen Fachkenntnis, meiner scharfen Wahrnehmung, meiner Geschicklichkeit in der Diagnose.

»Aber sie war nicht meine Patientin«, murmelte ich vor mich hin, als wäre es mir peinlich, wenn eine Möwe oder das Schilf zufällig mein Gejammer hörte. Wie sehr wünschte ich mir, der Plan hätte ohne mich ausgeführt werden können, oder jemand anderer wäre ausgewählt, jemand anderes Leben ruiniert, jemand anderes Liebhaber umgebracht worden.

»Warum ich? Warum ich?« Und dann stellte ich fest, daß ich die Frage abkürzte. »Warum? Warum?«

Ich betrachtete das Problem wie eine Schachaufgabe. Wenn man eindeutig im Vorteil ist, weil man einen Läufer mehr hat, dann läßt man sich nicht auf ein Abenteuer mit ungewissem Ausgang ein. Man vereinfacht. Michael Daleys und Finn Mackenzies Motiv war abstoßend, aber es war einfach. Warum also war ihr Verbrechen so kompliziert? Ich ging das Geschehen im Kopf noch einmal durch, aber wieder verstand ich nicht, warum Finn bei dem Verbrechen anwesend sein mußte, weil es das Risiko erhöhte, daß Michael Daley gefaßt wurde. Sie hätte anderswo sein können, mit einem perfekten Alibi, und es wäre nicht nötig gewesen, ihr den Hals aufzuschlitzen und dann die lange, detaillierte, gefährliche Scharade aufzuführen, die mich und Elsie und den armen Danny und die arme, traurige Mrs. Ferrer in die Falle lockte, falls sie in die Tat einbezogen gewesen war. Und warum hatte Finn ihr Testament so plötzlich geändert und alles dem Mann vermacht, der sie ermorden würde? Hatte sie am Ende doch Selbstmord begangen? Hatte Michael sie umgebracht, weil er plötzlich entschieden hatte, daß ihm die Hälfte nicht genug war? Keine Version schien viel Sinn zu ergeben. Ich versuchte, ein Szenario zu konstruieren, in dem Michael die Eltern tötete und Finn zur Komplizenschaft zwang, indem er ihr mit Mord drohte – aber in meinem Kopf funktionierte das alles nicht richtig.

An diesem Nachmittag arbeitete ich nicht mehr. Ich ging in Wind und Regen spazieren, bis ich auf meiner Uhr sah, daß ich nach Hause rennen mußte, um Elsie in Empfang zu nehmen. Ich war außer Atem, als ich die Einfahrt entlanglief, und fühlte einen unangenehmen Schmerz in der Brust. Ich sah, daß der Wagen bereits da war. Ich rannte hinein und hob mein kleines Bündel hoch, drückte es fest an mich und begrub mein Gesicht in seinen Haaren. Elsie machte sich los und griff nach irgendeinem Bild, das sie in der Schule gemalt hatte. Wir holten die Farben heraus, deckten den Küchentisch mit Zeitungspapier ab und malten weitere Bilder. Wir setzten drei Puzzles zusammen. Wir spielten Scharaden und Verstecken im ganzen Haus. Elsie nahm ihr Bad, und dann lasen wir zwei Bücher. Gelegentlich machte ich eine Pause und zeigte auf ein kurzes Wort – Kuh, Ball, Sonne – und fragte Elsie, was das sei, und sie riet dann einfach oder suchte auf dem Bild über dem Text nach Hinweisen. Wenn es total offensichtlich war – »Die Kuh sprang über den ... Was kommt dann, Elsie?« –, tat sie kunstvoll so, als buchstabiere sie das Wort – »Em... o... nnn... de... Mond!« –, was mich wegen der raffinierten Schwindelei mehr beeindruckte, als wenn sie es einfach hätte lesen können.

Nach Elsies Bad hielt ich ihren rundlichen nackten Körper fest und rieb mein Gesicht an ihren süß duftenden Haaren (»Suchst du Läuse?« fragte sie), und plötzlich wurden mir zwei Dinge klar. Ich hatte fast drei Stunden verbracht, ohne über Entsetzen und Täuschung und Demütigung nachzugrübeln. Und Elsie fragte nicht nach Finn, nicht einmal nach Danny. In dunkleren Augenblicken hatte ich manchmal ein Gefühl, als klebe Schleim an den Wänden von den Menschen, die sich darin bewegt hatten, aber Elsie war weitergegangen. Ich hielt sie fest und spürte, daß wenigstens sie nicht vom Bösen vergiftet war. Ich krächzte ihr noch ein paar Lieder vor und ging dann nach unten.

Obwohl es erst kurz nach acht war, machte ich mir einen Becher von dem Pulverkaffee, der eigentlich für Linda reserviert war, gab reichlich Milch dazu und ging nach oben ins Bett. Elsie hatte diesen Horror so überstanden, wie es anscheinend in Kindern angelegt ist, und ich hatte plötzlich den Drang, sie von all dem wegzubringen, an einen sicheren Ort zu gehen, fern von Angst und Gefahr. Ich war nie geflohen. Als Teenager hatte ich mich über Bücher gebeugt und immer nur gearbeitet. Als Medizinstudentin hatte ich noch mehr gearbeitet, und dann, nach dem Examen, noch mehr. Es hatte nie ein Licht am Ende des Tunnels gegeben. Nur die nächste Prüfung, den nächsten Preis, das nächste Stipendium oder den nächsten Job, von dem niemand gedacht hatte, daß ich ihn bekommen würde. Essen und Spaß und Sex und die anderen Dinge, aus denen das Leben bestehen sollte, waren etwas gewesen, von dem man unterwegs nur ganz kleine Stückchen mitnahm.

Mir kam ein Gedanke, und ich mußte bitter auflachen. Ich hatte es vergessen. Finn war all dem entkommen, war mit dem Rucksack durch ganz Südamerika gereist – oder was zum Teufel sie sonst getan hatte. Ich erinnerte mich an einen Gegenstand von Finn, den ich behalten hatte. Ich rannte in das eiskalte Zimmer, schnappte mir das zerfledderte Taschenbuch, sprintete zurück in mein Bett und zog die Decke über mich. Zum erstenmal sah ich mir das Buch richtig an. *Lateinamerika praktisch: Der schlaue Reiseführer.* Ich knurrte. *Die besten Reiseführer der Welt – 5 Millionen verkaufte Exemplare.* Ich knurrte noch einmal. Weg von allem, in der Tat. Trotzdem kam mir die Idee, ein oder zwei Jahre frei zu nehmen und durch Lateinamerika zu reisen, nur ich und Elsie. Es gab da allerdings ein paar praktische Hindernisse: meine Station sollte in Kürze eröffnet werden, ich hatte kein Geld, ich sprach kein Wort Spanisch. Aber Kinder sind sprachbegabt. Elsie würde es bald lernen, und sie könnte meine Dolmetscherin sein.

Peru. Alle sagten, es sei schön. Ich blätterte in dem Buch, bis ich in dem Teil über Peru an einen Abschnitt mit der Überschrift »Probleme« kam: »In den urbanen Zentren Perus ist Vorsicht geboten. Touristen werden häufig ausgeraubt – Taschendiebstähle, weggerissene Taschen und das Aufschneiden von Rucksäcken oder Taschen sind eine lokale Spezialität. Es gibt Trickdiebe, und unter der Polizei ist Korruption verbreitet.« Ich knurrte wieder. Damit konnten Elsie und ich fertig werden. Wo war Finn noch gewesen? Irgend etwas mit »Mich« oder so. Ich schaute mir das Register an. Machu Picchu. Das war es. Ich schlug die Seite auf: »Die berühmteste und vollendetste archäologische Sehenswürdigkeit Südamerikas.« Ich könnte mir ein Jahr frei nehmen, und wir würden herumreisen, und dann würden wir rechtzeitig zu Elsies Schulbeginn zurückkehren, und sie hätte den Vorteil, fließend Spanisch zu sprechen. Meine Augen überflogen die Seite, bis ich bei ein paar vertrauten Worten hängenblieb: »Wenn Sie das Glück haben, bei Vollmond in der Gegend zu sein, besuchen Sie Machu Picchu bei Nacht. (7 US-Dollar für ein *boleto nocturno.*) Besichtigen Sie auch Intihuatana – den einzigen Steinkalender, der nicht von den Spaniern zerstört wurde –, und denken Sie über Lichteffekte und die Schicksale von Reichen nach. Das Reich der Inka ist untergegangen. Das spanische Imperium ist untergegangen. Alles, was bleibt, sind die Ruinen, die Bruchstücke. Und das Licht.«

Da war sie, Finns große transzendentale Erfahrung, geklaut aus einem billigen kleinen Reiseführer. Ich erinnerte mich an Finns leuchtende Augen und das Zittern in ihrer Stimme, als sie es mir beschrieben hatte. Ich empfand es wie mein endgültiges Versagen. In einer Ecke meiner Psyche lauerte noch immer diese kleine Eitelkeit, die hoffte, ich hätte bei Finn irgend etwas erreicht, sie hätte mich trotz der Gemeinheit und Täuschung ein bißchen gern gehabt, genau wie sie Elsies Liebe gewonnen hatte. Nun wußte ich, daß sie sich sogar da, wo es um nichts ging, keine Mühe gegeben hatte, mir etwas Echtes anzubieten. Es war alles falsch, alles.

31. KAPITEL

»Hast du daran gedacht, nach allem, was passiert ist, zu jemandem zu gehen? Ich meine, du weißt...«

Sarah saß an meinem Küchentisch und machte Sandwiches. Sie hatte Streichkäse, Schinken, Tomaten und Avocados mitgebracht, richtiges Essen, und verteilte dies jetzt auf dicken Weißbrotscheiben. Sie war einer der wenigen Menschen, die ich in meiner Nähe ertragen konnte. Sie war offen und sprach über Gefühle so objektiv, als sei sie eine Mathematikerin, die sich mit einem Rechenproblem befaßt. Jetzt schien die Sonne durch die Fenster, und wir hatten den Nachmittag für uns, bevor Elsie aus der Schule kam und Sarah nach London zurückfuhr.

»Du meinst«, ich trank einen Schluck Bier, »ob ich jemanden konsultiere, der auf Traumata spezialisiert ist?«

»Ich meine«, sagte Sarah ruhig, »daß es schwer sein muß, über das wegzukommen, was passiert ist.«

Ich starrte auf das krumme metallene Auge der Bierdose.

»Das Problem ist«, sagte ich schließlich, »daß es aus so vielen Teilen besteht. Wut. Schuld, Verwirrung. Trauer.«

»Mmm, natürlich. Fehlt er dir sehr?«

Ich träumte oft von Danny. Gewöhnlich waren es glückliche Träume, nicht, ihn zu verlieren, sondern, ihn wiederzufinden. In einem stand ich an einer Bushaltestelle und sah ihn auf mich zukommen; er breitete die Arme aus, und ich flog hinein und fühlte mich, als käme ich nach Hause. Es war so körperlich – sein Herzschlag an meinem, die warme Höhlung seines Halses –, daß ich mich, als ich erwachte, in dem riesigen Bett zu ihm umdrehte. In einem anderen Traum sprach ich mit jemandem, den ich nicht kannte, über seinen Tod, und ich weinte, und auf einmal wurde das Gesicht des Fremden zu dem von Danny, und er lächelte mich an. Ich erwachte, und Tränen liefen über mein Gesicht.

Jeden Morgen verlor ich ihn von neuem. Mein Körper verlangte schmerzlich nach ihm, nicht so sehr aus Begehren, sondern aus Einsamkeit. Mein heimwehkranker Körper erinnerte sich an ihn: die Art, wie er mit einer Hand meinen Hinterkopf umfaßte, seine rauhen Finger an meinen Brustwarzen, sein im Bett an meinen geschmiegten Körper. Manchmal nahm ich Elsie hoch und umarmte sie, bis sie aufschrie und sich zappelnd losriß. Meine Liebe zu ihr erschien plötzlich zu groß und eigennützig.

Zu oft nahm ich den Brief heraus, den er seiner Schwester geschrieben hatte. Ich las ihn nicht, sondern starrte auf die kühne schwarze Schrift und ließ einzelne Sätze scharf hervortreten. Ich hatte nur ein paar Fotos von ihm; er war immer derjenige hinter der Kamera gewesen, wie die meisten Männer. Ein Bild gab es von uns beiden in Shorts und T-Shirts. Ich schaute in die Kamera, und er sah mich an. Ich konnte mich nicht erinnern, wer es aufgenommen hatte. Dann gab es noch eins von ihm, wie er auf dem Rücken lag und Elsie auf seinen ausgestreckten Beinen balancierte. Sein Gesicht im Sonnenschein war unscharf, ausgebleicht und verschwommen, wo die Augen hätten sein sollen, aber Elsies Mund war aufgesperrt vor Angst und Wonne. Meist war Danny von der Kamera abgewandt, verborgen. Ich wünschte mir ein Foto von ihm, auf dem er mich direkt ansah, so etwas wie die Hochglanzfotos von Filmstars, denn ich hatte schreckliche Angst zu vergessen, wie er aussah. Nur in meinen Träumen sah ich sein Gesicht richtig.

»Ja«, antwortete ich Sarah und nahm ein Sandwich, aus dem Tomatenscheiben herausfielen, als ich hineinbeißen wollte, »ja, er fehlt mir.« Ich kaute ein wenig und fügte dann hinzu: »Die Erinnerung verzerrt ihn. Ich weiß nicht, wie ich die Perspektive zurechtrücken soll. Wenn du verstehst, was ich meine.«

»Was ist mit ihr?«

»Mit Finn, meinst du? Gott, das ist kompliziert. Zuerst hätte ich fast angefangen, sie zu lieben; sie war ein Teil der Familie, verstehst du. Dann habe ich sie gehaßt; ich war fast krank vor Haß und Demütigung. Und dann ist sie gestorben, und es ist, als hätte das all meine Gefühle ausgelöscht. Ich weiß nicht, was ich für sie empfinde. Ich schwimme.« Bei dieser Redewendung fröstelte mich, erinnerte ich mich wieder an das dunkle Wasser. Ich sah Michael Daley auf dem auseinanderbrechenden Boot stehen, und in Zeitlupe sah ich noch einmal, wie ihn die Metallstange traf, der Baum gegen ihn prallte und sein langer Körper sich zusammenkrümmte.

»Die Polizei sagt ständig, wie froh sie sei, daß alles aufgeklärt ist, und um lose Enden sollte ich mich nicht kümmern, die würden sie Stückchen für Stückchen zusammenfügen, aber das stört mich irgendwie. Nein, das Wort trifft's nicht ganz. Ich kriege es im Kopf nicht richtig zusammen. Ich meine, es gibt Dinge, da begreife ich nicht, wie es möglich war, daß...« Ich hielt abrupt inne. »Laß uns eine Partie Schach spielen. Ich habe seit Ewigkeiten nicht mehr gespielt.«

Ich legte das Schachbrett auf den Tisch und öffnete den Deckel der dunklen Holzschachtel, nahm zwei Bauern mit glatten Köpfen heraus. Ich streckte die Fäuste vor, und Sarah tippte auf meine linke Hand.

»Weiß«, sagte ich, und wir bauten die Figuren auf. Da standen sie sich in entschlossenen Reihen gegenüber, das Holz glänzte im Sonnenlicht; draußen zwitscherte ein Vogel. Es war nicht das einsame Geschrei der Seevögel, bei dem ich eine Gänsehaut bekam, sondern das heimelige, banale Zwitschern eines englischen Gartenvogels auf einem kleinen Baum, dessen Blätter sich gerade entfalteten.

Später, nachdem Sarah nach London aufgebrochen war und ich Elsie abgeholt und Linda übergeben hatte, fuhr ich zum Supermarkt. Ich war erst ein paar Tage vorher dort gewesen, und Vorratsschränke und Tiefkühlfach zu Hause waren voll mit Fertiggerichten. Aber es beruhigte mich, den Einkaufswagen durch die vertrauten Gänge zu schieben und die soliden, beruhigenden Gegenstände herauszunehmen, die immer am richtigen Platz standen. Ich verglich gern die Preise von gebackenen Bohnen mit Süßstoff, Waschpulver, Erdnußbutter.

Ich stand gerade vor einer Tiefkühltruhe voller Süßspeisen – sollte ich noch einen Pecankuchen oder eine Zitronenmeringue kaufen? –, als ich hinter mir eine Stimme hörte.

»Sam?«

Ich nahm beides und drehte mich um.

»Oh, hallo, äh...« Wieder hatte ich ihren Namen vergessen, genau wie bei unserer letzten Begegnung. Kurz und schmerzhaft stieg die Erinnerung an meine und Finns Einkaufsexpedition in mir auf. Das war der Tag, an dem ich geglaubt hatte, das Tauwetter hätte begonnen. Jetzt wußte ich, daß es nur Teil der Scharade gewesen war.

»Lucy«, half sie mir. »Lucy Myers.«

»Natürlich. Entschuldigung, ich war meilenweit weg.« Ich legte die Süßspeisen in den überquellenden Wagen. »Wie geht es dir?«

»Nein, wie geht es *dir*?« antwortete sie eifrig. »Du hast so eine schreckliche Zeit hinter dir, ich habe alles darüber gelesen, na ja, das hat jeder. Wir bewundern dich so sehr. So tapfer. Im Krankenhaus reden sie von nichts anderem.«

»Großartig«, sagte ich.

»Ja.« Sie zog ihren Wagen aus der Mitte des Ganges, so daß er mir den Weg blockierte. Ich war gefangen von den beiden vollgepackten Einkaufswagen und der Tiefkühltruhe, und Lucy war mein Wärter. In ihrem Wagen sah ich Hundefutter, Mineralwasser, Lauch, Deodorant, Küchenkrepp und Mülltüten. Plötzlich war mir ein wenig übel, und hastig legte ich die Zitronenmeringue zurück. »Ich meine, unglaublich, wie berühmt du jetzt bist. Die Leute müssen dich auf der Straße *erkennen* und so.«

»Manchmal.« Ich legte auch den Pecankuchen zurück.

»Du wärst fast ertrunken. Wie schrecklich.«

»Ja, das war es«, stimmte ich zu. Ich mußte an Katzenfutter für Anatoly denken.

»Und weißt du, was *wirklich* erstaunlich ist?«

Sie schob die Wagen auseinander und trat dazwischen, kam mit ihrem Gesicht nahe an meins. Ich konnte ihre Kontaktlinsen erkennen.

»Ich habe sie gekannt.«

»Wen?«

Sie nickte mir nachdrücklich zu, begeistert, selbst auch ein Teil dieses Dramas zu sein.

»Ich kannte Fiona Mackenzie. Ist das nicht merkwürdig, daß ich dich kenne und sie auch?«

»Aber...«

»Es stimmt. Meine Mutter und ihre Mutter waren Freundinnen. Ich war sogar ihr Babysitter, als sie klein war.« Lucy kicherte, als sei es die faszinierendste Neuigkeit der Welt, daß sie der Babysitter von jemandem gewesen war, der seine Eltern abgeschlachtet hatte und dann in einem Auto verbrannt war. »Ich habe sie ein paar Jahre nicht mehr gesehen, drei Jahre vielleicht. Sie kam mit ihren Eltern zur Hochzeit meiner Schwester. Sie...«

»Warte einen Moment, Lucy.« Ich sprach langsam, als ob sie Englisch nicht sehr gut verstünde. »Du hast sie gesehen.«

»Das sage ich doch gerade, Sam.«

»Nein, ich meine, du hast sie hier mit mir gesehen. Letztes Mal, als wir uns getroffen haben, in, wie heißt das, in Goldswan Green, hatte ich eine junge Frau bei mir, erinnerst du dich?«

»Ja, natürlich.«

»Finn. Fiona Mackenzie.«

»Das war Fiona? Sie war so schlank, und ich hatte doch von ihrem Problem gehört.«

Ich nickte.

»Anorexie«, sagte ich.

Sie sah mich an, ihr rundes Gesicht verzog sich, und dann prallte ein fetter Mann, dem der Bauch über den Gürtel hing und dessen Hemd unter den Achseln schweißnaß war, mit seinem Einkaufswagen gegen die unseren.

»Passen Sie doch auf, wo Sie stehenbleiben!« brüllte er.

»Passen Sie doch auf, wo Sie hingehen«, fauchte ich zurück und sah dann wieder Lucy an. Die Frau sollte mir nicht so schnell entkommen; endlich hatte ich jemanden, der Finn Mackenzie tatsächlich gekannt hatte. »Erzähl mir von ihr.«

»Wie soll ich sie beschreiben? Ach, meine Güte, sie war«, sie spreizte die Hände so weit auseinander, als halte sie einen Strandball, »ziemlich rundlich, könnte man sagen, aber nett. Ja« – Lucy sah mich an, als hätte sie mir eine Art Hinweis gegeben –, »sehr nett.«

Ich zog die Augenbrauen hoch. »Nett?«

»Ja. Ziemlich still, glaube ich, sie drängte sich nicht in den Vordergrund. Vielleicht war sie ein bißchen schüchtern.«

»Sie war also nett und still?«

»Ja.« Lucy sah aus, als werde sie gleich in Tränen ausbrechen. Wie stand diese Frau jemals ihre Schichten auf der Station durch? »Es ist so lange her.«

»Wie sah sie damals aus? Wie zog sie sich an?«

»Tja, das kann ich eigentlich nicht sagen. Nichts Übertriebenes, weißt du. Ich glaube, sie sah immer ganz hübsch aus, obwohl sie natürlich sehr rundlich war. Sie trug ihr Haar lang und offen. Hör mal, Sam, es war nett, dich zu treffen, aber...«

»Ja, entschuldige, Lucy, du mußt sicher noch einkaufen. Wir sehen uns bald.«

»Das wäre sehr schön.« Der eifrige, freundschaftliche Ton kam jetzt, da wir uns trennten, wieder zurück. »He, warte, Sam, was ist mit deinem Einkaufswagen?«

»Ich hab's mir anders überlegt!« rief ich, während ich mit leeren Händen durch den Gang zum Ausgang eilte. »Ich brauche eigentlich doch nichts.«

Im Haus war es vollkommen still. Oben schlief Elsie in ihrem sauberen, gebügelten Schlafanzug. Ich saß auf dem Sofa, Anatoly auf dem Schoß, und nur eine einzige Lampe erleuchtete das Zimmer. Ich erinnerte mich an einen Abend hier mit Danny, ein paar Tage nach meinem Einzug, als noch überall Umzugskartons herumstanden und die Regale leer waren. Er hatte ein Video ausgeliehen und uns indisches Essen mitgebracht, das er auf einer Zeitung vor uns ausgebreitet hatte. Wir saßen mit gekreuzten Beinen auf dem Boden und sahen uns den Film an, und ich hatte so gelacht, daß mir die Tränen kamen. Danny hatte die Behälter aus Alufolie, die noch dunkelrotes Fleisch und irgendwelche undefinierbaren Gemüse enthielten, weggeschoben, mich an sich gezogen und mir gesagt, daß er mich liebe, und ich hatte weiter gelacht und geweint. Und nie gesagt, daß ich ihn liebte. An diesem Abend nicht und später auch nicht. Jetzt saß ich in seinem Morgenrock mit der Katze im Dunkeln und sagte es ihm. Immer wieder sagte ich es ihm, als sei er irgendwo in der Dunkelheit anwesend und höre es, als könne ich ihn zurückholen, wenn ich es nur oft genug wiederholte. Und dann nahm ich ein Kissen und preßte mein Gesicht hinein und schluchzte, schluchzte mein Herz auf ein plumpes Quadrat aus geblümtem Cordsamt.

Und danach dachte ich an Finn. Sie hatte fast zwei Monate in diesem Haus gelebt und kaum eine Spur hinterlassen. Sie hatte all ihre alten Kleider verbrannt und die paar neuen mitgenommen. Sie hatte keine Bruchstücke ihres Lebens zurückgelassen. Ich sah mich in dem dämmrigen Raum um, in dem ich saß; alle Stellflächen waren voller Gegenstände, die sich in den letzten Monaten angesammelt hatten. Der wacklige Tontopf, den Elsie in der Schule für mich gemacht hatte, der Pfirsich aus Pappmaché, den Sarah mir heute mitgebracht hatte, eine Glasschale, die ich in Goldswan Green gekauft hatte, weil mir ihr reines Kobaltblau gefiel, die Katze aus Ebenholz, die Aufgabenliste von gestern, ein hölzerner Kerzenständer, ein welkender Strauß Anemonen, ein Stapel Zeitschriften, ein Stapel Bücher, ein Zinnbecher mit Stiften. Ihr Zimmer aber hatte immer ausgesehen wie ein Hotelzimmer, und sie hatte es bezogen und wieder verlassen, ohne seine Anonymität im geringsten zu stören.

Was wußte ich über dieses Mädchen, das zwei Monate mit mir unter einem Dach gelebt, meine Mahlzeiten geteilt und meine Tochter verzaubert hatte? Nicht viel, obwohl mir klarwurde, daß sie mir eine ganze

Menge Informationen entlockt hatte. Ich hatte ihr sogar von Elsies Vater erzählt. Wie hatte Lucy sie noch genannt? »Nett« und »still«. Und diese Schulfreundinnen, die ich bei der Beerdigung ihrer Eltern getroffen hatte? »Lieb«, hieß es; »lieb« und problemlos. Mir erschien sie unvergeßlich mit ihrer weichen Haut, ihrer jugendlichen Ausstrahlung. Gewöhnlich fixiert der Tod die Menschen, legt sie auf ihr beendetes Leben fest. Aber Finn schien der Tod aufzulösen, zu verwehen wie eine Wolke.

32. KAPITEL

Die Tage und Nächte wurden allmählich wieder normal und gingen ereignislos ineinander über. Es wäre übertrieben, diesen Zustand als segensreich zu bezeichnen, aber er war halbwegs erträglich, und das reichte für den Augenblick. Natürlich geschah das eine oder andere. Nach einem weiteren Monat äußerster Konzentration hatte ich das Buch fertig. Ich war sehr zufrieden über den großen Stapel Papier, den mein Drucker ausspuckte und den ich zur raschen Lektüre an Sarah schickte, damit sie mich ein bißchen ermutigte. Elsie machte Fortschritte im Lesen. Allmählich konnte ich mir vorstellen, daß sie in der Lage sein würde, sehr kurze Wörter, besonders solche mit sich wiederholenden Buchstaben wie »Mama« oder »Papa«, mit ausreichend Zeit und ein wenig gutem Willen ohne die Hilfe des Bildes über dem Text zu erkennen. Und sie gewann eine dritte Freundin: Vanda, die in Wirklichkeit Miranda hieß. Ich lud sie ein – oder vielmehr, Elsie lud sie ein, und ich stimmte der Einladung zu –, bei uns zu übernachten.

Und meine Station sollte tatsächlich bald eröffnet werden. Zwei Ärzte und eine Sozialarbeiterin waren verpflichtet worden und wurden in Kürze erwartet. Ich verbrachte viele Stunden in Büros und diskutierte über Kosten und Krankenversicherung, ich besuchte Besprechungen über die interne Vermarktungspolitik des Stamford, und dann klapperte ich zusammen mit Geoff Marsh verschiedene Versicherungsgesellschaften ab, um bei zähen Hähnchen und Mineralwasser über den Schutz vor Haftungsansprüchen zu sprechen, den wir boten. Nur eine Woche lang Dr. Laschens famose Patentmedizin, und Sie sind garantiert gefeit gegen alle Prozesse. Mein Name klang, als sei er so gut zu vermarkten, daß ich mir schließlich wünschte, ich könnte einen Anteil an mir selbst erwerben.

Ich dachte an Danny, aber nicht mehr so oft. Er befand sich nicht mehr in jedem Zimmer meines Hauses. Gelegentlich öffnete ich eine Tür, einen Schrank, und dann war er da in irgendeinem albernen Detail, einem Gegenstand oder einer Erinnerung, aber das war alles. Manchmal wachte ich nachts auf und weinte, aber das sinnlose Grübeln darüber, daß wir vielleicht den Rest unseres Lebens zusammen verbracht hätten, und die Verbitterung gegenüber der Verrückten, die ihn mir genommen hatte, beschäftigten mich nicht mehr die ganze Zeit.

Die Aufmerksamkeit der Presse ließ nach. Aus den Artikeln über die Fehlbarkeit der Trauma-Industrie wurden plötzlich Kolumnen, die den weiblichen Mut analysierten. Ich war keine Versagerin mehr, sondern eine Heldin, aber ich interessierte mich weder für das eine noch für das andere. Es gab Anfragen, ob man mich in meinem Garten fotografieren könne, ob ich über meine Kindheit und wichtige Einflüsse sprechen, Fragebogen ausfüllen, im Rundfunk auftreten oder meine Lieblingsplatten auflegen wolle. Man bot mir die Gelegenheit, im Radio mit einem Psychiater darüber zu diskutieren, wie es war, als mein Liebhaber ermordet wurde und man auch mich fast umgebracht hätte. Zumindest im Moment war ich die berühmteste Expertin Großbritanniens für mentale Traumata, doch ich beschloß, daß derartige Enthüllungen nicht hilfreich sein würden, und lehnte zu Geoffs kaum verhohlenem Ärger alles ab.

Einen Tag jedoch gab es, der sich von allen anderen abhob. Es war der Tag, an dem Miranda kam, um bei Elsie zu übernachten, und ich hatte versprochen, ihnen Lebensmittel für ein nächtliches Festmahl einzukaufen. Beim Frühstück hatte sich Elsie Biskuits, Lutscher, Miniatursalamis in Silberpapier, Frischkäse und Schokostäbchen gewünscht, und während ich ihr den Mund abwischte, die Haare bürstete und die Zähne putzte, überlegte ich, wie ich zwischen zwei Besprechungen schnell in den Supermarkt gehen könnte. Als wir in Eile das Haus verlassen wollten, bemerkte ich, daß es angefangen hatte, in Strömen zu regnen. Ich zog die Jacke aus und einen Regenmantel an und stülpte mir einen Hut auf den Kopf.

»Zieh deinen Regenmantel an, Elsie«, sagte ich.

Sie sah mich an und begann zu kichern.

»Wir haben keine Zeit für Spiele«, sagte ich. »Zieh deinen Mantel an.«

»Du siehst komisch aus, Mummy«, sagte sie kichernd.

Mit einem verzweifelten Seufzer wandte ich mich um und sah in den Spiegel. Und mußte ebenfalls lachen. Ich konnte nicht anders. Ich sah *wirklich* komisch aus.

»Du siehst aus wie Hardy Hardy«, sagte Elsie.

Sie meinte Laurel und Hardy. Sie erinnerte sich an eine Szene aus einem ihrer Videos, in der die beiden ihre Hüte verwechselt hatten. Der Hut war mir zu klein und saß unsicher ganz oben auf meinem Kopf. Was zum Teufel war das? Ich nahm ihn ab und untersuchte ihn. Er gehörte Finn. Ich warf ihn beiseite, schnappte mir meinen alten Schlapphut, und wir rannten zum Auto.

»Das war ein komischer Hut, Mummy.«

»Ja, das stimmt.« Nun, warum nicht? »Er gehörte Finn.«

»Der auch«, sagte sie und zeigte auf den Hut, der ordentlich auf meinem Kopf saß.

Ich stutzte und sah ihn mir an.

»Ja«, sagte ich. »Stimmt. Der war auch von ihr. Er...«

»Mummy-y-y-y-y. Ich werde naß.«

»Tut mir leid.«

Ich rannte um den Wagen herum und öffnete ihr die Beifahrertür. Ich schnallte sie auf dem Sitz fest. Dann lief ich wieder auf die andere Seite und setzte mich neben sie. Ich war tropfnaß.

»Du riechst wie ein Hund, Mummy.«

Wir hatten zu Musikbegleitung Statuen nachgeahmt und die Reise nach Jerusalem und ein kompliziertes Spiel gespielt, dessen Regeln ich nie ganz begriff, das aber Elsie und Miranda zu Lachstürmen hinriß. Ihr heimliches nächtliches Festessen fand um Viertel nach acht statt, und dann kam ich in Gestalt eines Geistes mit Zahnbürste und wollte ihnen eine Geschichte erzählen. Ich sah mich nach einem Buch um, aber Elsie meinte: »Nein, aus dem Kopf, Mummy.« Sie wußte, daß ich nur eine einzige Geschichte auswendig kannte, und die beiden lehnten sich zurück, während ich mich an die wichtigsten Passagen von Rotkäppchen zu erinnern versuchte. Kam die Großmutter ums Leben? Nun, in meiner Version würde sie das nicht tun. Schritt für Schritt erzählte ich die Geschichte, bis ich zu ihrem Höhepunkt kam: »Komm herein, Rotkäppchen«, sagte ich mit krächzender Stimme.

»Guten Tag, Großmutter«, sagte ich mit Kleinmädchenstimme. »Was hast du für große Ohren, Großmutter!«

»Damit ich dich besser hören kann, Liebes«, sagte ich mit meiner Krächzstimme. Aus dem Bett kam Gekicher.

»Und was hast du für große Augen, Großmutter«, sagte ich mit Kleinmädchenstimme.

»Damit ich dich besser sehen kann«, sagte ich mit krächzender Stimme und mußte husten. Weiteres Gekicher.

»Und was hast du für einen großen *Mund*, Großmutter«, flötete ich. Diesmal machte ich eine lange Pause und sah in erwartungsvoll aufgerissene Augen.

»Damit ich dich besser *fressen* kann.« Und ich stürzte mich auf das Bett, nahm die beiden kleinen Mädchen in die Arme und schnappte mit den Lippen nach ihnen. Sie kreischten und lachten und zappelten. Nachdem wir uns wieder beruhigt hatten, sprach ich mit dem, was von meiner normalen Stimme noch übrig war.

»Also, wer war in dem Bett, Miranda?«

»Die Großmutter«, sagte Miranda lachend.

»Nein, Miranda, das war nicht die Großmutter. Wer war in dem Bett, Elsie?«

»Die Großmutter«, sagte Elsie, und beide kreischten vor Lachen und rollten und sprangen auf dem Bett herum.

»Wenn jemand Augen hat wie ein Wolf und Ohren wie ein Wolf und einen Mund wie ein Wolf, was ist er dann?«

»Eine Gro-o-o-oßmutter!« schrie Elsie, und beide kreischten von neuem.

»Ihr seid zwei unartige kleine Wolfsjunge«, sagte ich, »und jetzt ist es Zeit zum Schlafen.« Ich umarmte und küßte sie und ging nach unten, wo die Deckenlampe hin und her schwang, weil die beiden oben noch immer auf Elsies Bett herumtobten. Im Kühlschrank stand noch eine offene Flasche Weißwein, und ich goß mir ein halbes Glas ein. Ich mußte einen Augenblick nachdenken. Etwas spukte mir im Kopf herum, und ich wollte es packen. Ich wußte, wenn ich mich zu sehr anstrengte, würde es mir nicht einfallen. Ich mußte mich sozusagen anschleichen. Ich fing an, vor mich hin zu murmeln.

»Wenn etwas Augen hat wie ein Wolf, Ohren wie ein Wolf und einen Mund wie ein Wolf, dann ist es ein Wolf.« Ich trank einen Schluck von meinem Wein. »Aber wenn es keine Augen hat wie ein Wolf und keine Ohren wie ein Wolf und keinen Mund wie ein Wolf und nicht den Mond anheult, was ist es dann?«

Ich holte mir ein Blatt Papier, um eine Liste zusammenzustellen. Dann begann ich, einzelne Punkte zu unterstreichen und einzukringeln sowie mit Strichen zu verbinden. Ich ließ den Stift fallen. Ich dachte an Geoff Marsh und seine mittelfristige Strategie. Ich dachte an Elsie und mein neues, friedliches Leben, ich dachte daran, daß die Aufmerksamkeit der Presse erlahmt war, und am Ende, unvermeidlich, dachte ich an Danny.

In einem Fach meiner Handtasche, zwischen Fahrkartenabschnitten, Kreditkartenquittungen, meinem Ausweis für das Krankenhaus, Staubflusen und unnützen Dingen, die ich hätte wegwerfen sollen, steckte ein Zettel mit Chris Angeloglous Privatnummer. Er hatte sie mir bei unserem letzten Treffen gegeben und mir angeboten, ihn anzurufen, wenn ich irgendwann einmal über die Dinge reden wollte. Wahrscheinlich wollte er mir damals seine ganz eigene Art der Heiltherapie aufdrängen. Folglich hatte ich mit einem ausgesprochen trockenen Lächeln reagiert. O Gott. Die Polizei hatte absolut genug von mir. Die Familie, das Krankenhaus, einfach alle wollten, daß diese schrecklichen Ereignisse der Vergangenheit angehörten. Wenn auch ich sie aus meinen Gedanken verbannte, würde es keine Probleme geben. Sie würden sonst meine Arbeit stören, mich emotional aus dem Gleichgewicht bringen und in Elsie alte Erinnerungen wecken, die ihr nur schaden konnten. Und wenn ich Chris Angeloglou jetzt tatsächlich anriefe, würde er zu allem anderen vermutlich auch noch annehmen, ich wolle mit ihm anbandeln. Mit Sechzehn hatte ich mir etwas sehr Dummes geschworen. Am Ende des Lebens bereut man das, was man *nicht getan*, und nicht das, was man *getan* hat. Ich hatte mir also folgendes versprochen: Wenn ich vor der Wahl stünde zu handeln oder nicht zu handeln, würde ich mich immer für das Handeln entscheiden. Das Resultat war häufig verheerend gewesen, also war ich alles andere als optimistisch. Ich nahm den Hörer ab und wählte.

»Hallo, ist da Chris Angeloglou? Oh, Chris, hallo. Ich rufe an … ich habe mir gedacht, ob wir uns vielleicht auf einen Drink treffen könnten. Da ist etwas, worüber ich mit Ihnen reden möchte … Nein, abends kann ich nicht. Wie wär's mit mittags? Gut … Ist das das Lokal am Marktplatz? … Abgemacht, wir sehen uns dort.«

Ich legte den Hörer auf.

»Dumm, dumm, dumm«, sagte ich tröstend zu mir selbst.

33. KAPITEL

Ein Finanzfachmann in einem Anzug mit eigenartigem Revers versuchte, mir den philosophischen Unterschied zwischen einem Krankenhausbett als Objekt der Buchhaltung und einem Krankenhausbett als physikalischem Gegenstand zu erklären, in dem ein Patient liegen kann, und als ich das halbwegs begriffen hatte, merkte ich, daß es spät geworden war. Ich versuchte, Chris Angeloglou anzurufen, aber er war nicht da. Eine weitere Besprechung wickelte ich telefonisch ab und noch eine, während ich durch die Gänge des Krankenhauses eilte. Ich beendete sie schnell und lief zu meinem Wagen. Ich hielt unterwegs an, um ein Rezept für Elsie abzuholen (als gäbe es eine Medizin, die Schlafmangel in Verbindung mit chronischer Ungezogenheit heilen kann), kurvte dann auf dem Parkplatz im Zentrum von Stamford herum und mußte lange hinter Leuten warten, die sich in winzige Parklücken quetschten, obwohl in einiger Entfernung größere Plätze frei waren.

Als ich endlich in das Queen Anne stürmte, war ich fast eine halbe Stunde zu spät. Ich entdeckte Chris sofort in der hinteren Ecke. Als ich näher kam, sah ich, daß er aus Streichhölzern ein kompliziertes Bauwerk errichtet hatte. Entschuldigungen murmelnd, ließ ich mich auf einen Stuhl sinken, und natürlich stürzte das Streichholzgebilde ein. Ich bestand darauf, uns etwas zu trinken zu holen, und ohne nach seinen Wünschen zu fragen, ging ich zur Bar und bestellte hysterisch zwei große Gin Tonic, Chips in allen vorrätigen Geschmacksrichtungen und eine Packung geröstete Speckkrusten.

»Ich trinke nicht«, sagte Chris.

»Ich eigentlich auch nicht, aber ich dachte, dieses eine Mal…«

»Ich meine, ich trinke wirklich nicht.«

»Was sind Sie, Moslem oder so?«

»Alkoholiker.«

»Wirklich?«

»Ja, wirklich.«

»Gut. Soll ich Ihnen ein Mineralwasser holen?«

»Das hier ist mein drittes.«

»Es tut mir wahnsinnig leid, Chris. Ich weiß, wieviel Sie zu tun haben. Ich bin aufgehalten worden und habe versucht, Sie anzurufen, aber Sie waren nicht mehr im Büro. Und jetzt rede ich zuviel.«

Einen Augenblick schwiegen wir, und ich versuchte abzuschätzen, wie ärgerlich Chris war. Er nahm einen Schluck von seinem Wasser und lächelte mich mitfühlend an.

»Sie sehen besser aus, Sam«, sagte er.

»Besser als was?«

»Wir haben uns Sorgen um Sie gemacht. Und wir hatten auch Schuldgefühle.«

»Eigentlich gab es keinen Grund zur Sorge. Mein Bad im Meer hat mir nicht mal eine Erkältung eingebracht.«

Er zündete sich eine Zigarette an.

»Stört es Sie?« Ich schüttelte den Kopf. »Daran hatte ich nicht gedacht«, fuhr er fort.

»An was hatten Sie denn gedacht?«

»Es war schwierig für Sie, in mehrfacher Hinsicht. Sie haben uns leid getan.«

»Für andere Leute war es schlimmer.«

»Sie meinen die Mordopfer?« Angeloglou lachte so, als koste es ihn einige Anstrengung. »Ja. Na ja, das ist jetzt alles Vergangenheit. Dieser neue Job wird Sie ablenken. Wir suchen nach diesem Kendall-Mädchen. Sie haben es sicher im Fernsehen gesehen.«

Ich schüttelte den Kopf.

»Ich sehe nicht fern.«

»Sollten Sie aber. Es gibt gute Sendungen. Amerikanische Programme hauptsächlich ...«

Angeloglou verstummte, und seine Augen wurden schmal. Er sah mich fragend an und lächelte, um mir Gelegenheit zu geben, ihm zu sagen, warum ich ihn hatte treffen wollen.

»Chris, wie sieht Ihre Version der Geschehnisse aus?«

Sein Interesse schien nachzulassen. Er hatte ein hübsches Gesicht, dunkel, mit vorstehenden Wangenknochen und einem starken Kinn, über das er manchmal mit den Fingern strich. Er war zu ordentlich für mich. Zu adrett. Er hatte wohl erwartet, daß ich ihm gestand, ich hätte ihn immer schon gern näher kennengelernt, mich aber zurückgehalten, solange der Fall noch lief. Aber wie wäre es demnächst mit einem gemeinsamen Essen; dann würde man ja sehen, was passierte. Schließlich war ich eine berufstätige Frau und eine dieser Feministinnen und hatte komische Haare, was alles zusammen vermutlich bedeutete, daß ich auf sexuelle Abenteuer aus war. Und jetzt stellte sich heraus, daß ich noch immer neurotisch über den Fall nachgrübelte.

»Sam, Sam, Sam«, sagte er, als wollte er ein Kind beruhigen, das in der Nacht aufgeschreckt war. »Das müssen Sie nicht tun, wissen Sie.«

»Es gibt nichts, was ich tun muß, Chris, darum geht es nicht.«

»Sie hatten eine ganz, ganz schreckliche Zeit. Sie haben ein Trauma erlitten.«

»Erzählen Sie mir nichts von Traumata.«

»Und dann wurden Sie zu einer großen Heldin, und wir haben Sie sehr gelobt und waren Ihnen – und sind es natürlich noch immer – dankbar. Aber es ist vorbei. Ich weiß, Sie sind die Expertin, und ich sollte Ihnen das nicht sagen, aber Sie müssen damit aufhören.«

»Beantworten Sie meine Frage, Chris. Sagen Sie mir, was passiert ist.«

Mit einer fast brutalen Geste zog er an seiner Zigarette.

»Ich bin nicht daran interessiert, noch weiter über diesen Fall zu reden, Sam. Alle Beteiligten sind tot. Es ist nicht besonders gut gelaufen, für niemanden. Aber wir sind damit durchgekommen. Ich möchte nicht mehr daran denken.«

Ich nahm einen großen Schluck aus einem der Gin Tonics. Dann holte ich tief Luft und sagte mehr oder weniger aufrichtig: »Hören Sie mir fünf Minuten zu, und wenn Sie dann noch kein Interesse haben, werde ich es nie wieder erwähnen.«

»Das ist der beste Vorschlag, den Sie bis jetzt gemacht haben.«

Ich versuchte, etwas Ordnung in meine Gedanken zu bringen.

»Sie glauben, daß Finn und Michael die Mackenzies umgebracht haben und daß Michael Finn dann eine Schnittwunde am Hals zugefügt hat, obwohl es für sie einfach gewesen wäre, sich woanders aufzuhalten und so ein Alibi zu haben.«

Chris zündete sich eine neue Zigarette an.

»Um Himmels willen, Sam, das haben wir doch alles durchgekaut. Ich brauche Ihnen gegenüber nicht das Verhalten dieser Mörder zu rechtfertigen. Sie waren krank, pervers, wer weiß, ob es ihnen nicht sogar Spaß gemacht hat. Vielleicht hat der vorgetäuschte Mordversuch ihre sadomasochistischen Gelüste befriedigt.«

»Und dann ist da der Mord an Mrs. Ferrer.«

»Mrs. Ferrer ist daran gestorben, daß sie sich eine Plastiktüte über den Kopf gezogen hat.«

»Vielleicht. Aber damit bleiben immer noch die Morde an Danny und Finn. Sie selbst haben mir doch bewiesen, daß Michael das nicht gewesen sein konnte.«

»Ich kann es nicht fassen, daß ich hier sitze und mir das anhöre. Konzentrieren Sie sich nur für einen Augenblick, Sam. Sie haben bei uns ausgesagt, daß Michael Daley die Morde gestanden hat. Die forensischen Beweise aus dem Bootshaus haben Ihre Aussage klar bestätigt. Es ist unvernünftig, daran zu zweifeln, daß Daley und Fiona Mackenzie die Mackenzies getötet haben und daß Daley dann, mit oder ohne Fiona Mackenzie, Danny Rees getötet hat und anschließend Fiona Mackenzie, damit keine Verbindung zu dem Verbrechen hergestellt würde. Und wenn ihm der angebliche Bootsunfall mit Ihnen geglückt wäre, dann wäre er vermutlich damit durchgekommen.«

»Können Sie sich irgendeinen plausiblen Grund denken, warum Finn ein Testament geschrieben haben könnte, in dem sie alles Michael Daley hinterließ?«

Chris sah mich jetzt mit einem fast schon verächtlichen Ausdruck an.

»Das ist mir scheißegal. Patientinnen verlieben sich manchmal in ihre Ärzte, oder?« Er hielt inne, bevor er entschlossen fortfuhr: »Man weiß, daß Frauen sich unter großem Streß irrational verhalten. Vielleicht litt sie an einem Trauma, vielleicht erwartete sie ihre Periode. Tja, Fälle enden nun mal so. Wenn Sie die richtigen Leute geschnappt haben und nicht zu viele lose Enden übrigbleiben, dann reicht das. Wollten Sie mich deshalb sehen?«

»Ich dachte, es würde Sie vielleicht interessieren, von ein paar komischen Dingen zu hören, die mir in den letzten Tagen passiert sind.«

»Sind Sie okay, Sam?«

»Vor ein paar Monaten war ich mit Finn unterwegs, um etwas zum Anziehen für sie einzukaufen, und traf dabei eine Frau, die ich vom Medizinstudium her kannte.«

»Das ist ja faszinierend. Ich glaube, Ihre fünf Minuten sind um...«

»Warten Sie. Am Dienstag habe ich sie wieder getroffen.«

»Richten Sie ihr Grüße von mir aus, wenn Sie sie zufällig noch einmal sehen«, sagte Chris und erhob sich.

»Setzen Sie sich hin!« sagte ich scharf.

Chris runzelte die Stirn; er überlegte sich, ob er mich ignorieren und gehen sollte, aber dann seufzte er und nahm wieder Platz.

»Sie hatte in den Zeitungen von mir gelesen. Sie sagte, das sei ein komischer Zufall, weil sie eine Freundin der Familie Mackenzie sei. Aber als wir uns beim erstenmal getroffen hatten, hatte sie Finn nicht erkannt.«

Chris' Gesicht war ausdruckslos; er wartete noch immer auf die Pointe.

»Soll das irgend etwas bedeuten?« fragte er.

»Ja. Finden Sie das nicht seltsam?«

Er lachte rauh.

»Hatte Fiona stark abgenommen, Sam?«

»Ja.«

»Hatte sie es vermieden, Leuten persönlich zu begegnen?«

»Ja.«

»Also hat Ihre Freundin sie vielleicht nicht richtig gesehen, vielleicht hatte sie ihre Brille vergessen.«

»Und dann, als ich in Finns Südamerika-Führer geblättert habe, stieß ich zufällig auf einen Abschnitt, und da stand dasselbe – wörtlich dasselbe, meine ich –, was sie mir über ihre Reise erzählt hatte, so als hätte sie es auswendig gelernt.«

Jetzt ließ er seine Fingerknöchel knacken und sah gelangweilt und fast verächtlich aus. Er machte sich nicht die Mühe, etwas zu sagen.

»Und gestern ist mir noch etwas Seltsames passiert. Ich lief eilig aus dem Haus und griff aufs Geratewohl nach irgendeinem Hut, und der, den ich erwischte, war lächerlich klein. Er paßte gerade mal so auf meinen Oberkopf. Er brachte Elsie zum Lachen.«

»Man muß wohl dabeigewesen sein, um die ganze Komik der Situation zu erfassen.«

»Sehen Sie diesen Hut?« Ich nahm ihn vom Tisch und setzte ihn auf. »Paßt genau, nicht? Der gehörte Finn.«

»In der Wäsche eingelaufen, was? Nun, ich bin natürlich froh, daß Sie mir das mitgeteilt haben, Sam.«

»Stecken Sie Ihre Hüte in die Waschmaschine, Chris? Das würde ein oder zwei Dinge erklären. Haben Sie in der Schule Naturkundeunterricht gehabt?«

»Auch das ist wesentlich für die Ermittlungen, nehme ich an. Ja, ich hatte Naturkundeunterricht, aber ich wette, ich war darin nicht so gut wie Sie.«

»Nein, sicher nicht. Eines der Dinge, die man dabei lernt, ist eine Märchenversion der wissenschaftlichen Methode. Man stellt eine Hypothese auf und versucht, sie zu beweisen. Später lernen Sie vielleicht eine raffiniertere Version dieses Vorgehens, die darin besteht, daß Sie eine Hypothese aufstellen und sie zu *widerlegen* versuchen. Es gibt keine Möglichkeit, die Hypothese zu beweisen, daß alle Menschen kleiner als drei Meter sechzig sind. Aber Sie können sie mit einer einzigen Person, die drei Meter neunzig groß ist, widerlegen. In der Praxis ist es kaum je so einfach. Die Realität ist kompliziert, die Leute handeln unlogisch, der Augenschein ist mehrdeutig. Aber…« Ich trank meinen Gin Tonic aus und knallte das Glas so hart auf den Tisch, daß Leute sich nach uns umdrehten und Chris verlegen auf seinem Stuhl herumrutschte.

»Ich hoffe, Sie haben nicht vor, mit dem Auto nach Hause zu fahren.«

»Aber«, wiederholte ich, »dies ist nicht chaotisch. Es ist unmöglich. Bis zu den Entdeckungen in Michaels Bootshaus war es *möglich*, daß Finn und Danny durchgebrannt sind und dann Selbstmord begangen haben. Es war vielleicht unwahrscheinlich und untypisch und hat mich persönlich zutiefst getroffen, aber es war *möglich*. Und es ist vielleicht wahrscheinlich und typisch, daß Michael Finn und Danny getötet und ihren Selbstmord vorgetäuscht hat, aber es ist vollkommen unmöglich.« Ich machte eine Pause. Chris antwortete nicht. »Oder?«

Er klopfte die Asche von seiner Zigarette.

»So, wie Sie es beschrieben haben, vielleicht. Aber Michael ist tot. Finn ist tot. Wir wissen nicht, was passiert ist.«

Ich weiß nicht, ob es der Gin Tonic auf leeren Magen oder mein Ärger war, aber auf einmal hatte ich das Gefühl, das Gesumme in der Bar sei in meinen Kopf eingedrungen wie Tinnitus. Ich war plötzlich wütend.

»Um Himmels willen, tun Sie doch mal einen Moment so, als wären Sie kein Polizist; tun Sie nur einen Moment, als wären sie ein intelligenter, normaler Mensch, dem daran liegt herauszufinden, was wirklich passiert ist. Ich meine, machen Sie sich keine Sorgen, hier sind keine anderen Polizisten, die uns belauschen. Sie brauchen sich nicht vor den Jungs aufzuspielen.«

»Sie arrogante…« Mit größter Anstrengung bremste sich Chris. »Also gut, Sam. Ich höre. Ich möchte es wirklich wissen. Wenn wir wirklich so dumm sind, dann sagen Sie uns doch, was uns entgangen ist. Aber bevor Sie anfangen, würde ich gern hinzufügen, daß Sie Gefahr laufen, zu einer echten Plage zu werden. Für Ihre Arbeitgeber, für uns, für Sie selbst, für Ihre Tochter. Ist es das, was Sie wollen? Wollen Sie in den Ruf einer verrückten Besessenen kommen, die frei herumläuft? Aber sagen Sie es mir nur. Ich höre.«

Einen Augenblick lang dachte ich ernstlich daran, mit dem Aschenbecher vom Tisch nach ihm zu werfen. Dann beruhigte ich mich und spielte mit dem Gedanken, ihm den Rest des zweiten Gin Tonic ins Gesicht zu schütten. Ich zählte ziemlich lange.

»Ich dachte, ich täte Ihnen einen Gefallen«, sagte ich.

»Dann tun Sie mir einen Gefallen.«

Ich fühlte mich, als würde ich gleich explodieren.

»Ich werde Ihnen keinen Gefallen tun, aber vielleicht kann ich Ihnen helfen, selbst zu denken.«

»Ich muß gehen.«

»Noch eine Minute. Das brennende Auto wurde am neunten März gefunden. Wie lautete die ursprüngliche Theorie? Daß sie sich auf unbekannte Weise selbst getötet und gleichzeitig den Wagen mit Hilfe eines in den Benzintank gestopften Lappens oder so in Brand gesetzt haben?«

»Ja.«

»Aber da Spuren von Finns und Dannys Leichen im Bootshaus gefunden wurden, ist klar, daß sie tot waren, als der Wagen angezündet wurde, ja?«

»Ja.«

»Und Michael konnte es nicht getan haben. Richtig?«

»Sam, wie ich Ihnen schon sagte, es gibt ein paar lose Enden, ein paar Widersprüchlichkeiten. Aber versuchen Sie, folgendes zu verstehen.« Er sprach jetzt sehr langsam, als sei Englisch nicht meine Muttersprache. »Wir wissen mit Bestimmtheit, daß Michael Daley Danny Rees und Fiona Mackenzie getötet hat. Klar? Wir haben aber nicht genau herausgefunden, wie. Klar? Er war ein kluger Mann. Aber wir werden es herausfinden, und wenn wir das getan haben, werden wir Sie informieren. Klar?« Sein Gesicht zuckte förmlich vor Anstrengung, ruhig zu bleiben.

Ich antwortete ebenfalls sehr langsam: »Michael war zu dem Zeitpunkt in Belfast. Ja?«

»Ja.«

»Was ist also die einzige andere Möglichkeit?«

»Es gibt verschiedene andere Möglichkeiten.«

»Zum Beispiel?«

Chris zuckte mit den Schultern.

»Jede Menge. Irgendeine Art von Brandbombe mit Zeitzünder, beispielsweise.«

»Wurde irgendein Beweisstück für eine solche Vorrichtung gefunden?«

»Nein.«

»Selbst wenn es so etwas gegeben hätte, was nicht der Fall war, hätte der Wagen zwei ganze Tage lang mit zwei Leichen dort stehen müssen. Das ist auch nicht möglich. Und welchen Sinn hätte es überhaupt gehabt? Warum sich die Mühe machen, ein Feuer zu legen?«

»Er war ein psychopathischer Mörder.«

»Tun Sie mir für einen Moment den Gefallen und hören Sie auf, wie ein Dummkopf zu reden, Chris. Ich werde Sie auf nichts festnageln, was Sie sagen, ich werde Sie nicht wieder belästigen; aber sagen Sie mir einfach, wie der Wagen in Brand gesteckt wurde.«

Chris brummte etwas.

»Verzeihung, ich habe Sie nicht verstanden.«

Er zündete sich noch eine Zigarette an, blies mit Entschlossenheit das Streichholz aus und legte es in den Aschenbecher, bevor er antwortete.

»Es ist möglich«, sagte er, »daß Daley irgendeinen Mittäter hatte.«

»Nein, Chris, Sie irren sich. Es ist unmöglich, daß er *keinen* Mittäter hatte.«

Chris sah auf die Uhr und stand auf.

»Ich muß gehen.«

»Ich gehe mit Ihnen«, sagte ich.

Er schwieg mürrisch auf dem Weg zum Polizeirevier. Erst als wir die

Stufen des Haupteingangs erreicht hatten, drehte er sich um und sah mich an.

»Sie denken also«, sagte er leise, »daß wir die Ermittlungen wieder aufnehmen und versuchen sollten, diesen mysteriösen Helfer zu identifizieren?«

»Nein«, sagte ich.

»Warum nicht?«

»Weil ich weiß, wer es war.«

»Wer?«

»Es war Finn«, sagte ich und freute mich, als er ungläubig nach Luft schnappte. »In gewisser Weise.«

»Was meinen Sie damit, ›in gewisser Weise‹? Wovon zum Teufel reden Sie?«

»Finden Sie's heraus«, sagte ich. »Das ist Ihr Job.«

Er schüttelte den Kopf.

»Sie ...«, sagte er. »Sie sind ...«

Er schien völlig verwirrt. Ich streckte die Hand aus.

»Tut mir leid, daß ich zu spät gekommen bin. Wir bleiben in Verbindung.«

Er nahm meine Hand, als befürchte er, sie könne ihm einen elektrischen Schlag versetzen.

»Sie ... Haben Sie heute abend irgend etwas vor?«

»Ja«, sagte ich und ließ ihn dort auf den Stufen stehen.

34. KAPITEL

Ich konnte Schritte hören, die sich der Tür näherten, und durch das Milchglas einen Schatten sehen, also richtete ich mich voller Erwartung auf der imposanten Veranda auf. Mir wurde plötzlich klar, wie schäbig ich aussah. Die Tür wurde einen Spaltbreit geöffnet, und eine Frau schaute heraus. Ich sah, daß sie noch im Morgenrock war und ihr Make-up erst zur Hälfte aufgetragen und nur ein Auge mit Lidstrich und Wimperntusche geschminkt hatte. Sie wirkte verletzlich.

»Laura?« sagte ich durch den Spalt. »Tut mir leid, wenn ich ungelegen komme. Ich dachte, vielleicht könnte ich ein paar Minuten mit Ihnen reden.« Der Ausdruck gereizter Höflichkeit einer Fremden gegenüber, die ungelegen kommt, wich überraschtem und, wie ich feststellte, leicht entsetztem Erkennen. »Ich bin Sam Laschen«, fügte ich hinzu. Die Tür öffnete sich weiter und gab den Blick auf die große Halle mit ihrem gepflegten Parkett frei. Die Atmosphäre, die das Haus ausstrahlte, zeugte von unaufdringlichem Reichtum und Geschmack.

»Meine Liebe, natürlich, Sie waren auf einer meiner Partys, mit …« Auf ihrem Gesicht zeichnete sich zuerst Unruhe und dann Interesse ab.

»Mit Michael Daley. Ja. Tut mir leid, daß ich hier einfach so aufkreuze. Ich muß etwas herausfinden, und ich habe mich gefragt, ob Sie mir vielleicht helfen könnten. Ist es Ihnen lieber, wenn ich später wieder komme?« Sie sah mich aus zusammengekniffenen Augen an. War ich das Klatschthema Nummer eins oder eine gefährliche Verrückte? Offenbar das Klatschthema.

»Nein, das heißt, ich muß heute erst später ins Krankenhaus. Gestern habe ich noch zu Gordon gesagt … Kommen Sie doch herein.«

Ich folgte ihrer stämmigen, in Chenille gewandeten Gestalt in den Raum, wo ich ein paar Monate zuvor Spargel gegessen und Weißwein getrunken hatte. »Ich ziehe mir nur schnell etwas an. Möchten Sie eine Tasse Kaffee? Oder Tee?«

»Kaffee.«

»Es dauert nicht länger als fünf Minuten«, sagte sie, und als sie die Treppe hinaufging, hörte ich sie ungeduldig rufen: »Gordon. *Gordon*!«

Während ich allein im Zimmer war, nahm ich das Handy heraus, das das Krankenhaus mir zur Verfügung gestellt hatte und bei dessen Benutzung ich mir noch immer ziemlich wichtigtuerisch vorkam, und wählte eine Nummer.

»Hallo, könnte ich bitte mit Philip Kale sprechen? Nein, ich warte.«

Ich nannte meinen Namen, und nach ein paar Sekunden meldete sich Kale.

»Dr. Laschen?« Er war offenbar verblüfft und, wie immer, in Eile.

»Ja, ich dachte, Sie könnten mir vielleicht Finns – Fiona Mackenzies – Blutgruppe nennen. Aus Ihrem Autopsiebericht.«

»Ihre Blutgruppe? Ja, natürlich. Ich rufe Sie zurück.«

Die Aussicht, daß ein Mobiltelefon in meiner Tasche zu piepsen begann, war alles andere als verlockend.

»Nein, ich bin heute den ganzen Tag unterwegs«, sagte ich. »Ich werde Sie anrufen. In ungefähr einer Stunde, ja? Vielen Dank.«

Aus der Küche hörte ich die elektrische Kaffeemühle und das Klirren von Porzellan. Ich wählte eine zweite Nummer.

»Hallo, ist dort das Krankenhaus? Ja, könnten Sie mich bitte mit Margaret Lessing im Personalbüro verbinden? Maggie? Hallo, hier ist Sam.«

»Sam!« klang es aus dem Hörer. »Hallo, was gibt's?«

»So einiges. Können Sie etwas für mich tun? Ich möchte einen kurzen Blick in Fiona Mackenzies Akte werfen. Sie war doch nach dem Mordversuch im Krankenhaus. Könnten Sie sie mir besorgen?«

Sie zögerte einen Moment.

»Es spricht nichts dagegen.«

»Danke, Maggie. Soll ich irgendwann später noch vorbeikommen?«
»Rufen Sie mich vorher an.«
»Ja, gut. Bis bald.«

Laura fühlte sich jetzt wohler, das sah ich. Der Ausdruck ihres Gesichts unter den glänzenden grauen Löckchen war weniger zurückhaltend. Sie trug ein graugrünes, knielanges Kostüm, das zweite Auge war geschminkt, und sie hatte Lippenstift aufgetragen. Sie stellte ein Tablett auf den Tisch zwischen uns – eine Kanne, zwei Porzellantassen mit kleinen Silberlöffeln, ein zierliches Kännchen, zur Hälfte mit Milch gefüllt, sowie blaßbraune und cremeweiße Zuckerwürfel in einer Schale. Ich dachte an die Milchflasche und das Marmeladenglas auf meinem Küchentisch, die noch immer nicht ausgepackten Kartons auf dem teppichlosen Boden meines Arbeitszimmers. Ich würde niemals diese Art Stil haben. Gott sei Dank.

»Wie geht es Ihnen? Wir haben Sie alle so bewundert.« Laura schenkte mir gewandt eine Tasse Kaffee ein, und ich gab einen Schuß Milch dazu.

»Gut, danke.« Ich trank einen Schluck. »Ich wollte mit jemandem reden, der Finn kannte.«

Laura sah geschmeichelt aus. Sie legte eine starke, wohlmanikürte Hand auf meine Knie in den Jeans.

»Was Sie durchgemacht haben, ist schrecklich; ich meine, sogar für Leute wie uns, die nicht unmittelbar betroffen sind, war es schockierend, und…«

»Erzählen Sie mir von Finn.«

Sie nahm einen Schluck Kaffee und lehnte sich zurück, sichtlich um eine Antwort verlegen. Sie hatte sich gewünscht, daß *ich* das Reden übernahm.

»So gut kannte ich sie nicht. Sie war ein sehr freundliches, sanftes Mädchen, das es in der Schule wohl nicht ganz einfach hatte, wie das bei Mädchen eben so ist, wenn sie übergewichtig sind.« Laura sah mich mit hochgezogenen Augenbrauen an. »Und sie wurde ernstlich krank und wandte sich von uns und von allen, die sie kannten, ab. Für Leo und Liz war das schrecklich. Aber sie erholte sich. Liz hat mir dann erzählt, Finn wäre jetzt glücklicher als jemals zuvor. Völlig verwandelt, hieß es. Ich denke, daß sie ihre Reise nach Südamerika als Neuanfang betrachteten, als Zeichen dafür, daß sie erwachsen geworden war.«

Das gefiel mir gar nicht. Ich wollte keine Amateurdiagnose von Laura. Ich wollte Informationen, Fakten, aus denen ich mir selbst etwas zusammenreimen konnte.

»Besitzen Sie vielleicht irgendwelche Fotos von ihr? Die, die in ihrem Haus waren, wurden alle vernichtet.«

»Ich glaube nicht. Eigentlich trafen wir uns immer mit ihren Eltern. Warten Sie eine Minute.« Sie verließ den Raum, kam mit einem dicken, quadratischen roten Album wieder zurück und fing an, rasch die Farbfotos auf den transparenten Seiten durchzublättern. Sie schüttelte den Kopf. Unbekannte Gesichter zogen vorbei, unauffällige Häuser, Hügel und Strände, förmlich arrangierte Gruppen von Leuten. »Das war eine Gartenparty, zu der wir mit Liz und Leo gegangen sind. Vielleich war Fiona mit dabei. Aber ich sehe sie nicht.«

Die Eltern Mackenzie, deren verschwommene Gesichter vor ein paar Monaten auf allen Titelseiten abgebildet gewesen waren, standen auf einem gepflegten Rasen und lächelten in die Kamera. Sie war mager und trug einen breitrandigen Strohhut. Er sah aus, als sei ihm zu warm in Anzug und Krawatte. Links auf dem Foto, halb abgeschnitten, waren ein nackter Arm, ein Stück geblümtes Kleid und eine Welle dunkles Haar zu erkennen.

Ich legte den Finger auf den Arm, als könnte ich die Haut spüren. »Das wird Finn sein.«

Ich saß auf einer Bank am Rand eines Platzes. Eine Mutter schob ihr Kind auf der einzigen Schaukel an, die es auf diesem grünen Fleckchen gab.

»Dr. Kale, bitte«, sagte ich in mein Handy.

Die Verbindung wurde schnell hergestellt.

»Hallo, Dr. Laschen. Ja, ich habe es hier vor mir. Moment. Da ist es. Fiona Mackenzie hatte die Blutgruppe Null, genau wie ungefähr die halbe Bevölkerung Westeuropas und der Vereinigten Staaten. Ist das alles, was Sie wollten?«

Maggie im Krankenhaus klang gehetzt.

»Tut mir leid, Sam, Sie werden mir ein bißchen mehr Zeit lassen müssen, die Akte zu besorgen. Diese verdammten Computer, jemand muß sich falsch eingeklinkt und alles durcheinandergebracht haben. Würde Ihnen Fionas Karteikarte von der Notaufnahme etwas nützen?«

»Ja.«

»Rufen Sie mich wieder an.«

»Donald Helman? Hallo, ich hoffe, ich störe Sie nicht. Mein Name ist Sam Laschen, und wir haben uns auf einer Party bei Laura und Gordon kennenge... Ja, richtig. Laura hat mir Ihre Nummer gegeben. Sie sagten, Ihre Tochter sei mit Finn befreundet gewesen, und ich dachte, ich könnte vielleicht mit ihr darüber sprechen. Oh, wann wird sie zurück sein? Nun, in dem Fall... Da war auch eine Freundin von Finn aus der Schule, die ich kennengelernt habe, mit Vornamen hieß sie Jenny, glaube ich; wissen Sie zufällig ihren Nachnamen? Aha, Glaister. Vielen Dank für Ihre Hilfe.«

Jenny Glaister verbrachte die Osterferien der Universität zu Hause. Das große Anwesen ihrer Eltern lag ungefähr vierzig Kilometer von Stamford entfernt auf einem einzelnen Grundstück. Sie trat auf die kiesbestreute Einfahrt, als ich ankam. Es war ein grauer und ziemlich kalter Tag, aber sie trug einen kurzen, bunten Seidenrock und eine dünne Bluse. Ich erinnerte mich von der Beerdigung an ihr selbstsicheres Auftreten. Sie war verwundert, zeigte aber Interesse. Die Berichte der Zeitungen über Fiona öffneten mir für ein paar Minuten auch diese Tür. Jenny machte Tee und setzte sich dann mir gegenüber an den Tisch, den Kopf in die unberingten Hände gestützt.

»Um ehrlich zu sein«, sagte sie, »Finn gehörte *eigentlich* nicht zu unserer Clique. Ich meine, sie gehörte dazu und auch wieder nicht.« Sie biß sich auf die Unterlippe und fügte dann hinzu: »In der Schule war sie gehemmt. Ein bißchen linkisch. Eine der Schwierigkeiten, als sie … Sie wissen schon, als sie krank wurde und fortging, war, daß ein paar von uns ihr gegenüber gewisse Schuldgefühle hatten. Wir dachten, wir hätten sie vielleicht nicht genug einbezogen. Ich meine, vielleicht bekam sie Anorexie, weil sie dazugehören wollte, verstehen Sie? Ich sah sie kurz, als sie aus Südamerika zurück war, und hätte sie fast nicht erkannt. Keiner von uns hätte das: Sie war so schlank und gebräunt und hatte all diese tollen neuen Kleider und wirkte soviel selbstsicherer, nicht mehr so ängstlich darauf bedacht, von uns akzeptiert zu werden. Wir hatten alle eine gewisse Scheu vor ihr, als wäre sie auf einmal eine Fremde. Sie war so anders als die dicke Finn, die einfach überall mitgetrottet war.«

Ich versuchte, ihr etwas Spezifischeres zu entlocken. Sie strengte sich sichtlich an.

»Vor ein paar Wochen hätte ich gesagt, sie war intelligent, nett. Solche Sachen. Und loyal«, fügte sie hinzu. »Ich hätte gesagt, Finn war loyal. Man konnte ihr vertrauen und sich auf sie verlassen. Sie machte immer ihre Hausaufgaben, kam pünktlich zu Verabredungen, sie war, nun ja, zuverlässig eben. Eifrig. Sie haben doch am Ende viel Zeit mit ihr verbracht. Verstehen Sie, was ich meine?«

»Haben Sie irgendwelche Fotos?«

Wir kramten in einer Schachtel mit Bildern, die hauptsächlich Jenny zeigten, die hübsche Jenny auf dem Pferd, am Meer, mit ihrer Familie, beim Cellospielen, beim Empfang des Schulpreises, sportlich auf Skiern einen Abhang hinunterfahrend. Keine Finn.

»Sie könnten es in der Schule versuchen«, schlug sie vor. »Da muß es ein Schulfoto von ihr geben, und das Trimester ist dort noch nicht zu Ende. Die Schulsekretärin, Ruth Plomer, wird Ihnen helfen. Sie ist ein Schatz.«

Warum war ich darauf nicht selbst gekommen?

Ich fuhr also nach Grey Hall, das nicht grau war, sondern rot und prachtvoll und ehrfurchtgebietend weit von der Straße entfernt hinter hübschen grünen Rasenflächen lag. Auf einem Spielfeld konnte ich eine Horde Mädchen in grauen Shorts und weißen Hemden mit Lacrosse-Schlägern sehen, während eine großgewachsene Frau sie anbrüllte. Drinnen schlug mir der Geruch von Möbelwachs, grünem Gemüse, Leinöl und Weiblichkeit entgegen. Hinter geschlossenen Türen wurde Unterricht abgehalten. So hatte ich die Gesamtschule von Elmore Hill nicht in Erinnerung. Eine Frau in einem Overall wies mich einen Korridor entlang zum Büro der Sekretärin.

Ruth Plomer saß, knopfäugig und spitznasig wie ein Vogel, in einem Nest aus Akten und Drahtkörben und Stapeln von Formularen. Sie hörte sich meine Bitte aufmerksam an und nickte dann.

»Um ehrlich zu sein, Dr. Laschen, die Presse war hier und wollte Fotos, Kommentare, Interviews, und wir haben alle abgewiesen.« Sie schwieg eine Weile. Dann gab sie zögernd nach. »Sie wollen nur ein Foto *sehen*? Sie wollen es nicht mitnehmen? Und Sie wollen auch mit niemandem sprechen?«

»Ganz recht. Ich möchte wissen, wie sie aussah, bevor sie bei mir wohnte.«

Sie wirkte verwirrt, wußte offensichtlich nicht, was sie tun sollte, und gab schließlich nach.

»Na ja, eigentlich spricht nichts dagegen. Es gibt keine Einzelfotos, aber wir haben immer Gruppenbilder. Wann war ihr Abschlußjahr?«

»Ich glaube, offiziell ging sie im Sommer 95 ab, aber sie war fast während des ganzen Schuljahrs krank. Vielleicht können Sie mir das Foto vom Jahr davor zeigen.«

»Warten Sie hier; ich werde sehen, was ich tun kann.«

Sie verließ das Zimmer, und ich hörte Schritte, die sich entfernten und dann wieder näherten. Miss Plomer hatte ein großes, zusammengerolltes Foto in der Hand und breitete es auf ihrem überfüllten Schreibtisch aus. Ich beugte mich vor und suchte in den Reihen der

Mädchengesichter nach dem von Finn. Miss Plomer setzte ihre Brille auf.

»Das ist das Gruppenbild von 1994. Hier ist eine Liste mit den Namen der Mädchen. Schauen wir mal, ja, sie ist in der dritten Reihe von hinten. Da ist sie.« Ein sauber gefeilter Fingernagel wies auf eine Gestalt auf der linken Seite des Fotos. Dunkles Haar, die Gesichtszüge ein wenig unscharf; sie mußte den Kopf bewegt haben, als die Aufnahme gemacht wurde, genau wie bei mir. Ich nahm das Foto und hielt es ans Licht, starrte intensiv darauf, aber sie schien vor meinem Blick zurückzuweichen. Ich hätte nicht erkannt, daß das Finn war. Ich hätte niemanden erkannt.

»Maggie? Hallo, hier ist noch mal Sam. Haben Sie es schon gefunden?«

»Nein, es gibt irgendein Problem mit den Karteikarten aus der Notaufnahme. Jemand muß sie herausgenommen haben, und ich versuche festzustellen, wer das war. Rufen Sie später wieder an.« Sie war in Eile und gereizt und wollte mich loswerden.

Alles war verschwunden. Was jetzt?

Wo war es, zum Teufel, wo war es bloß? Ich riß den Schrankkoffer auf. Elsies Bilder, zu Dutzenden, waren darin gestapelt. Einige klebten aufeinander. Ein paar hatten noch Klebestreifen an den Ecken, mit denen sie an den Wänden festgemacht waren. Dreibeinige Monster in Grün und Rot, gelbe Gänseblümchen mit schnurgeraden Stengeln und zwei Blättern wie Schleifen, wilde, purpurne Kleckse, Gesichter mit schiefen Augen, unbestimmte Tiere, jede Menge Meerbilder mit blauen Wellenlinien auf dem dicken weißen Papier. Regenbogen, deren Farben ineinanderliefen; Mond und Sterne, die gelb in pechschwarzer Nacht leuchteten. Ich betrachtete jedes Bild und drehte es dann um. Sicher war es hier. Spuren von Finns Anwesenheit im Haus waren sichtbar: gelegentlich ein Titel auf den Bildern, sauber mitsamt dem Datum aufgeschrieben, die Erwachsenenzeichnung eines Hundes neben einer kindlichen, mehrere rasch hingeworfene Skizzen von Pferden, Bäumen und Segelbooten, die offensichtlich von Finn stammten. Aber was ich brauchte, konnte ich nicht finden. Ich war in eine Sackgasse geraten.

Ich ging in Elsies Zimmer und zog Schubladen auf. Puppen mit rosafarbenen Gliedmaßen und grellbunten Kleidern sowie gestrickte Tiere starrten mich an. Außerdem fand ich kleine, leere Schachteln, Perlen in satten Primärfarben, seidenartige Bänder, ganze Armeen dieser winzigen Plastikdinger, die immer in Überraschungstüten für Kinderfeste sind. Auf ihrem Zeichenblock waren mehrere Bilder, aber nicht das, das ich suchte. Unter dem Bett lagen ein Hausschuh, drei einzelne Socken und Anatoly, schlafend. Ich stieg auf einen Stuhl und nahm einen unordentlichen Stoß zusammengefalteter benützter Papiere vom Schrank. Obenauf war mit Bleistift viele Male Elsies Name geschrieben, mit großen, schiefen Buchstaben. Darunter lag die Schatzkarte. Ich hatte sie gefunden.

Ich sprang vom Stuhl und breitete das Papier auf dem Boden aus, betrachtete die Farbkleckse, die rostroten Buchstaben. Ein »S« und ein »E«. Und da, ein »F«: mit ihrem Blut geschrieben.

Ich hob das Papier sehr vorsichtig hoch, als sei es ein Traum, der vergeht, wenn man danach zu greifen versucht. Unten in meinem Arbeitszimmer gab es einen Stapel brauner Umschläge. Ich schob die Karte mit ihrer Signatur aus Blut in einen davon und klebte ihn zu. Dann nahm ich die Autoschlüssel und rannte nach draußen. Jetzt hatte ich es.

»Sie schon wieder!«

Ich hatte mich gesetzt, aber Chris blieb stehen, die Hände auf die Hüften gestützt, und schaute auf mich herunter.

»Ich habe sie gefunden. Es gefunden.«

»Was?«

Ich nahm den noch immer verschlossenen Umschlag und legte ihn auf seinen Schreibtisch. »Hier drin«, sagte ich und sprach sehr langsam, als sei er oder ich schwachsinnig, »hier drin ist ein Bild.«

»Ein Bild. Wie nett.«

»Ein Bild«, fuhr ich fort, »gezeichnet von Finn.«

»Hören Sie, Sam«, Chris beugte sich zu mir, und ich merkte, daß sein Gesicht ziemlich rot geworden war, »ich meine es gut mit Ihnen, wirklich, aber gehen Sie nach Hause, kümmern Sie sich um Ihre Tochter, lassen Sie mich in Ruhe.«

»Dies ist von einem Kinderspiel übrig. Finn und ich haben mit unseren Initialen unterschrieben, jede mit ihrem eigenen Blut.« Er öffnete den Mund, und ich dachte, er würde mich anbrüllen, aber er brachte keinen Laut hervor. »Geben Sie es Kale. Lassen Sie es untersuchen.«

Schwer ließ er sich auf einen Stuhl fallen. »Sie sind verrückt. Sie sind vollkommen verrückt geworden.«

»Und ich möchte eine Quittung dafür. Ich möchte nicht, daß es verschwindet.«

Angeloglou starrte mich lange Zeit an.

»Sie meinen, Sie möchten, daß über Ihr Verhalten Protokoll geführt wird? Na gut!« schrie er und fing an, fieberhaft in seinem Schreibtisch herumzukramen. Er fand nicht, was er suchte, stürmte aus dem Zimmer und kam mit einem Formular zurück. Er knallte es auf den Tisch und nahm entschlossen einen Stift zur Hand.

»Name?« bellte er.

35. KAPITEL

Ich nehme« – ich fuhr mit dem Finger die handgeschriebene Speisekarte entlang – »geräucherte Makrele und Salat. Und ihr zwei?«

»Chicken Nuggets und Pommes«, sagte Elsie entschieden. »Und bitzelnde Orangenlimonade. Und als Nachspeise Schokoladeneis.«

»Okay«, sagte ich leichthin. Elsie sah verblüfft aus. »Sarah?«

»Käse, Brot und Pickles, danke.«

»Und zu trinken? Bier mit Limo oder so?«

»Wunderbar.«

Ich bestellte bei einer Kellnerin, die so aussah, als sei sie im zehnten Monat schwanger, nahm unsere Tickets und die Getränke. Wir gingen hinaus in den herrlichen Frühlingstag und setzten uns, die Mäntel noch zugeknöpft, an einen wackligen Holztisch.

»Kann ich schaukeln gehen?« fragte Elsie und lief davon, ohne auf Antwort zu warten. Sarah und ich sahen zu, wie sie sich auf einen Sitz hangelte und heftig vorwärts und rückwärts ruckte, als käme sie dadurch in Schwung.

»Es scheint ihr gutzugehen«, bemerkte Sarah.

»Ja.« Ein kleiner Junge in einem gestreiften T-Shirt kletterte auf die Schaukel neben Elsie, und die beiden starrten sich argwöhnisch an.

»Lustig, nicht?«

»Kinder erholen sich schnell.«

Wir tranken unser Bier mit Limonade, während die Sonne uns in den Nacken schien, und sagten ein Weilchen nichts.

»Komm, Sarah, spann mich nicht auf die Folter. Wie hast du das Buch gefunden? Und bitte, sei offen. Sagst du nichts, weil es so schlecht ist?«

»Es ist gut, Sam.« Sie legte einen Arm um meine Schultern, und ich wäre fast in Tränen ausgebrochen. So lange war es her, daß irgend jemand außer Elsie mich umarmt hatte. »Gratuliere. Wirklich.« Sie grinste. »Und es ist natürlich überaus kontrovers. Ich bin erstaunt, daß du so etwas in so kurzer Zeit schreiben konntest, bei allem, was passiert ist. Vielleicht ist das ja der Grund. Es ist sehr gut.«

»Aber?«

»Ein paar ganz kleine Dinge, die ich an den Rand geschrieben habe.«

»Ich meine das *eigentliche* Aber.«

»Es gibt kein eigentliches Aber. Nur eine Frage.«

»Schieß los.«

»Nicht mal eine Frage, bloß ein Kommentar.« Sie fuhr mit einem Finger um den Rand ihres Glases. »Es wirkt wie das Resümee einer Karriere, nicht wie der Anfang.«

»Ich habe die Angewohnheit, die Brücken hinter mir abzubrechen.«

Sarah lachte.

»Ja, aber diesmal brichst du die Brücken vor dir ab. All diese Angriffe auf Krankenhausmanager und ausgelaugte Berater, und das über Designer-Traumata.«

Der kleine Junge schob jetzt Elsies Schaukel an. Jedesmal, wenn sie hochflog, die kräftigen Beine zum Himmel gestreckt und den Kopf übertrieben nach hinten geneigt, bekam ich Angst um sie.

Unser Essen wurde serviert. Meine Makrele lag zwischen ein paar welken Salatblättern und sah orangefarben und nicht sehr appetitlich aus. Elsies Essen war von ausschließlich beiger Farbe. »Du hast die bessere Wahl getroffen«, sagte ich zu Sarah und rief Elsie, die sofort angelaufen kam.

Nach dem Lunch, nachdem Elsie sämtliche Kartoffeln verzehrt und auch das letzte bißchen Eis ausgelöffelt hatte, machten wir einen kurzen Spaziergang zu der alten Kirche, bei der ich schon einmal mit Finn gewesen war und wo wir über Südamerika und Elsies Vater gesprochen hatten.

»Gefällt es dir hier?« fragte Sarah, als wir unter dem weiten Himmel am Meer entlanggingen, das heute blau und freundlich war; der Boden unter unseren Füßen war sumpfig, über uns schossen Vögel dahin.

Ich sah mich um. Hier in der Nähe hatte Danny mich geliebt, während ich ängstlich nach Traktoren Ausschau hielt. Hier in der Nähe war Finn spazierengegangen und war gesund geworden. Und hatte mein Vertrauen gewonnen. Und da draußen wäre ich beinahe gestorben.

Ich fröstelte. Wir schienen nicht voranzukommen; so weit wir auch gingen, die Landschaft blieb unverändert. Wir hätten den ganzen Tag gehen können, ohne daß sich der Horizont vor uns veränderte.

Ich hatte immer gedacht, wenn man sagte, jemand habe einen knallroten Kopf, sei das eine Übertreibung, aber Geoff Marsh hatte wirklich einen knallroten Kopf. Die pulsierende Arterie am Hals war deutlich zu sehen, und ich fragte ihn, ob alles in Ordnung sei; aber er winkte mich auf den Stuhl vor seinem Schreibtisch und nahm dann mir gegenüber Platz. Als er sprach, tat er es mit erzwungener Ruhe.

»Wie läuft es?«

»Sie meinen die Station?«

»Ja.«

»Die Anstreicher tragen gerade die letzte Farbschicht auf. Und diese Teppiche! Unser Empfangsbereich sieht sehr nach Großkonzern aus.«

»Bei Ihnen hört sich das an wie etwas Schlechtes.«

»Wahrscheinlich geht es mir hauptsächlich darum, einen geeigneten Rahmen für die Therapie zu haben.«

»Wie auch immer, die Existenz der Station und ihre Rolle in unserer internen Ökonomie hängt davon ab, wieviel Geld sie bringt, und das wiederum hängt von den Einnahmen aus Gesundheitsprojekten und Versicherungsgesellschaften ab, die glauben, daß ein Trauma-Behandlungsprogramm für bestimmte Klientengruppen ihnen einen rechtlichen Schutz bietet. Geprügelte Kleinkinder und Feuerwehrleute, die Angst vor Feuer haben, werden Ihr kostbares therapeutisches Ambiente nicht bezahlen.«

Ich ließ mir Zeit, bis ich darauf antwortete, und als ich dann schließlich etwas sagte, versuchte ich ruhig zu bleiben.

»Geoff, wenn ich Sie nicht so gut kennen und schätzen würde, könnte ich den Eindruck haben, daß Sie versuchen, mich zu beleidigen. Haben Sie mich hergebeten, damit ich Ihnen einen Vortrag über die Grundprinzipien der posttraumatischen Persönlichkeitsstörungen halte?«

Geoff stand auf, ging um seinen Schreibtisch herum und setzte sich in einer Haltung auf dessen Ecke, die man ihm vermutlich bei einem Trainingskurs für Manager beigebracht hatte.

»Ich habe Margaret Lessing soeben eine offizielle Verwarnung erteilt. Sie kann von Glück sagen, daß ich sie nicht fristlos entlassen habe.«

»Wie meinen Sie, ›fristlos entlassen‹? Wovon reden Sie?«

»Unser Gremium hat in bezug auf den Schutz der Privatsphäre eine sehr strikte Politik, und Margaret Lessing hat dagegen verstoßen. Wie ich höre, tat sie das auf Ihre Anweisung.«

»Was soll das mit der Privatsphäre? Sie würden Kopien unserer Krankengeschichten an Herrn Ghadafi verkaufen, wenn er Ihnen Geld dafür anbieten würde. Was wird hier eigentlich gespielt?«

»Dr. Laschen, Sie selbst haben mir gegenüber betont, daß Fiona Mackenzie nicht Ihre Patientin war. Es war vollkommen unangebracht, daß Sie ihre Akte verlangt haben.«

»Ich bin Ärztin an diesem Krankenhaus und habe das Recht, jede Akte einzusehen, die ich möchte.«

»Wenn Sie Ihren Arbeitsvertrag lesen, Dr. Laschen, dann werden Sie feststellen, daß Ihre sogenannten Rechte auf strikt definierten Beschäftigungsbedingungen beruhen.«

»Ich bin Ärztin, Geoff, und als Ärztin werde ich tun, was ich für richtig halte. Und übrigens, nur aus Neugier, wann haben Sie damit begonnen, Routineanfragen nach medizinischen Unterlagen zu überwachen?« Ich sah einen Hauch von Unentschlossenheit in Geoffs Gesichtsausdruck und erkannte die Wahrheit. »Das hat nichts mit Ethik zu tun, Sie spionieren mir nach, oder?«

»Wurde diese Akte über ein totes Mädchen im Verlauf einer Behandlung angefordert?«

Ich holte tief Luft.

»Nein.«

»In Ihrer Eigenschaft als Ärztin?«

»Ja«, sagte ich. »Indirekt.«

»Indirekt«, wiederholte Geoff sarkastisch. »Kann es sein, ist es möglicherweise denkbar, daß Sie trotz meiner Warnungen und Ihrer Versprechen noch immer, aus eigener Initiative, private Ermittlungen in diesem Fall anstellen? Einem Fall, sollte ich hinzufügen, der abgeschlossen ist?«

»Richtig.«

»Und?«

»Was, und? Ich brauche Ihnen nicht zu antworten.«

»Doch, Sie müssen mir sehr wohl antworten. Ich kann es nicht glauben. Mehr durch Zufall als durch sonst irgend etwas sind wir anscheinend schlechter Publicity entgangen, und dieser tragische Fall ist abgeschlossen. Als ich hörte, daß Sie sich noch immer damit beschäftigen, war mein erster Gedanke, Sie hätten einen Zusammenbruch erlitten. Um offen zu sein, Dr. Laschen, ich bin nicht sicher, ob bei Ihnen medizinische Behandlung oder Disziplinarmaßnahmen angebracht sind.«

Ich sprang fast vom Stuhl und starrte ihn aus solcher Nähe an, daß ich seinen Atem auf meinem Gesicht spürte.

»Was haben Sie gesagt, Geoff?«

»Sie haben mich verstanden.«

Ich streckte die Hand aus und packte seinen Krawattenknoten so fest, daß sich meine Faust gegen seine Kehle drückte. Er krächzte etwas.

»Sie aufgeblasener Mistkerl«, sagte ich und ließ ihn los. Ich trat zurück und dachte eine Sekunde nach. In meinem Kopf gab es keine Zweifel, und ich spürte sofort Erleichterung. »Sie versuchen mich dazu zu bringen, auf die Stelle zu verzichten.« Geoff sagte nichts und schaute zu Boden. »Das werde ich sowieso tun.« Er sah mich scharf, fast schon schadenfroh an. Das hatte er erreichen wollen, aber es war mir egal.

„Fachliche Meinungsverschiedenheiten. So nennt man das doch, oder?«

Geoffs Augen schossen aufmerksam hin und her. Stellte ich ihm irgendwie eine Falle?

»Ich werde eine entsprechende Verlautbarung herausgeben«, sagte er.

»Die haben Sie wahrscheinlich schon in der Schublade.«

Als ich mich umdrehte und gehen wollte, fiel mir etwas ein.

»Könnten Sie mir einen Gefallen tun?«

Er sah überrascht aus. Er hatte vielleicht Tränen oder einen Schlag ins Gesicht erwartet, aber nicht das.

»Was?«

»Ziehen Sie die Verwarnung Maggie Lessings zurück. Ich kann für mich selbst sorgen, ihr wird es schaden.«

»Ich werde es mir überlegen.«

»Sie hat schließlich ihren Zweck erfüllt.«

»Seien Sie nicht verbittert, Sam. Wenn Sie an meiner Stelle wären, hätten Sie auch nicht anders gehandelt.«

»Ich gehe sofort.«

»Das ist vermutlich am besten.«

»Ist Fiona Mackenzies Akte schon wieder aufgetaucht?«

Geoff runzelte die Stirn.

»Sie ist anscheinend verlorengegangen«, sagte er. »Wir werden sie finden.«

Ich schüttelte den Kopf.

»Das glaube ich nicht. Ich denke, sie wird verloren bleiben.« Mir fiel etwas ein, und ich lächelte. »Aber es spielt keine Rolle. Ich habe statt dessen eine Zeichnung meiner fünfjährigen Tochter.«

Als ich die Tür schloß, sah ich als letztes Geoff, der mir mit offenem Mund nachstarrte.

36. KAPITEL

Der Immobilienmakler sah aus wie ungefähr vierzehn.

»Reizend«, sagte er. »Ganz reizend.«

Das waren seine ersten Worte, als er über die Schwelle trat.

»Sehr gut verkäuflich. Sehr gut verkäuflich.«

Ich führte ihn im oberen Stockwerk herum, und alles war überaus reizend und gut verkäuflich.

»Den Garten habe ich nicht richtig in den Griff gekriegt«, sagte ich.

Er schüttelte den Kopf.

»Eine Herausforderung für den abenteuerlustigen Gärtner«, meinte er vergnügt.

»Das hört sich ein bißchen abschreckend an.«

»Kleiner Scherz«, sagte er. »Maklerjargon.«

»Wie Sie sehen, sind wir nur einen kurzen Fußweg vom Meer entfernt.«

»Gute Lage«, sagte er. »Sehr attraktiv. Käufer lieben das. Seeblick.«

»Na, nicht ganz.«

»Kleiner Scherz. Wieder Maklerjargon.«

»Gut. Ich weiß nicht, was ich Ihnen noch sagen soll. Es gibt einen Speicher und einen Schuppen. Aber Sie haben letztes Jahr den Verkauf vermittelt, also haben Sie die Einzelheiten wahrscheinlich in Ihren Unterlagen.«

»Ja, haben wir. Aber ich wollte doch kommen und einen Blick darauf werfen. Die Luft atmen, ein Gefühl für den Besitz bekommen.«

»Sie wollten mir einen Schätzpreis nennen.«

»Ja, Miss Laschen. Wissen Sie noch, was Sie für das Anwesen bezahlt haben?«

»Fünfundneunzig.« Er zog die Augenbrauen hoch. »Ich hatte es eilig.«

»Das ist eine interessante Zahl«, sagte er.

»Sie meinen, der Preis war zu hoch. Ich wünschte, Sie hätten das vor einem Jahr gesagt, als Sie mich herumgeführt haben.«

»Der Markt im Osten von Essex ist im Augenblick schlapp. Sehr schlapp.«

»Ist das ein Problem?«

»Eine Chance«, sagte er und streckte die Hand aus. »War nett, Sie zu treffen, Miss Laschen. Ich rufe Sie heute nachmittag wegen dem Schätzpreis an. Wir müssen einen aggressiven Preis machen, dann bin ich sicher, daß nächste Woche ein paar Interessenten kommen.«

»Ich werde nicht da sein. Meine Tochter und ich ziehen am Samstag wieder nach London.«

»Wir brauchen nur die Schlüssel und eine Telefonnummer. Haben Sie es so eilig wegzukommen? Was ist los? Gefällt es Ihnen nicht auf dem Land?«

»Zuviel Kriminalität.«

Er lachte unsicher.

»Kleiner Scherz, nicht?«

»Ja, ein Scherz.«

Diese Woche bestand nur aus Dingen, die getan werden mußten. Ich setzte mich zu Elsie und fragte sie, ob es ihr gefallen würde, nach London zurückzugehen und ihre alten Freunde zu treffen.

»Nein«, sagte sie fröhlich.

Dabei beließ ich es. Der Rest war reines Abarbeiten einer Liste: Linda und Sally informieren, die gegen weitere Schocks gefeit schienen, und sie für den kurzfristigen Verdienstausfall entschädigen; Vereinbarungen mit den Gas- und Stromlieferanten treffen; Kartons vom Speicher holen und Sachen einpacken, die ich, wie es schien, gerade erst ausgepackt hatte.

Ich verbrachte zuviel Zeit am Telefon. Wenn ich nicht gerade versuchte, jemanden im Gemeinderat zu erreichen, wurde ich von Journalisten und Ärzten angerufen. Ich wies alle Journalisten und wohl die meisten Ärzte ab. Nach und nach engte ich den Kreis der Interessenten ein, und am Ende der Woche hatte ich einen Zeitvertrag als Psychiaterin im Department of Psychology am St. Clementine's in Shoreditch. Ich bekam Anrufe von Thelma, die mich fragte, was zum Teufel los sei, und Sarah, die mir sagte, ich täte das Richtige, und ein Freund von ihr ginge für ein Jahr nach Amerika, ob ich seine Wohnung in Stoke Newington solange übernehmen wolle, sie sei nur ein paar Straßen vom Park entfernt. Ich nahm sie. Allerdings befinde sie sich in der Nähe des Fußballstadions von Arsenal, und die Gegend sei jeden zweiten Samstag und sonst gelegentlich am Wochenende völlig überlaufen, ob mir das etwas ausmache. Es machte mir nichts aus.

Zwischendurch rief ich immer wieder Chris Angeloglou an. Sie warteten auf die Resultate aus dem Labor. Chris sei nicht da, und ja, Detective Inspector Baird sei auch nicht da. Sie seien nicht zu erreichen. Sie seien bei einer Besprechung. Sie seien bei Gericht. Sie seien nach Hause gegangen. Am Freitag morgen, am Tag vor meinem Umzug, rief ich noch einmal bei der Polizei in Stamford an und wurde mit einer Assistentin verbunden. DC Angeloglou und DI Baird seien leider nicht zu erreichen. Das sei schon in Ordnung, sagte ich. Ich wolle nur eine Nachricht hinterlassen. Ob sie etwas zu schreiben habe. Gut. Ich wolle Angeleglou und Baird warnen, denn ich sei im Begriff, einer landesweit verbreiteten Zeitung ein Interview anzubieten, in dem ich die ganze Geschichte des Mordfalls Mackenzie, wie ich sie sah, erzählen und auch Vorwürfe gegen die Polizei erheben würde, weil sie den Fall nicht wieder aufnehme. Vielen Dank.

Ich legte den Hörer auf und begann zu zählen. Eins, zwei, drei … Bei siebenundzwanzig läutete das Telefon.

»Sam?«

»Rupert, wie geht es Ihnen?«

»Was wollen Sie?«

»Ich möchte wissen, was Sie machen.«

»Halten Sie es für konstruktiv, wilde Drohungen auszustoßen?«

»Ja, und ich sage Ihnen auch, was ich wirklich will. Ich will ein Gespräch auf dem Polizeirevier in Stamford.« Eine lange Pause folgte. »Rupert, sind Sie noch da?«

»Natürlich. Wir werden uns freuen, Sie zu sehen. Ich wollte Sie ohnehin anrufen.«

»Außer Ihnen und Chris möchte ich auch noch Philip Kale dabeihaben.«

»In Ordnung.«

»Und wer immer sonst noch mit dem Fall befaßt war.«

»Das war *ich*.«

»Ich möchte mit dem Drehorgelspieler reden, nicht mit seinem Affen.«

»Ich bin nicht sicher, ob er Zeit hat.«

»Das sollte er aber besser.«

»Sonst noch was?«

»Bitten Sie Philip Kale, seine Autopsieberichte vom Ehepaar Mackenzie mitzubringen.«

»Ich werde sehen, was ich tun kann, Sam, ich rufe Sie zurück.«

»Machen Sie sich keine Umstände. Ich bin um zwölf Uhr bei Ihnen.«

»Das ist zu früh.«

»Sie haben eine Menge Zeit gehabt, Rupert.«

Kaum hatte ich am Empfang meinen Namen genannt, führte mich eine junge Polizistin eilig durch das Gebäude und in ein leeres Besprechungszimmer. Als sie mit Kaffee wiederkam, waren Angeloglou und Baird bei ihr. Sie nickten mir zu und setzten sich.

»Wo sind die anderen?«

Baird sah Angeloglou fragend an.

»Kale telefoniert noch«, sagte Chris. »Er kommt in einer Minute. Und Val geht gerade den Chef holen.«

Baird wandte sich zu mir.

»Zufrieden?« fragte er ohne allzuviel Sarkasmus.

»Das hier ist kein Spiel, Rupert.«

Jemand klopfte an die Tür; sie öffnete sich, und ein Mann spähte herein. Er war in mittleren Jahren, sein Haar war gelichtet, und er trug offensichtlich die Verantwortung. Er streckte mir die Hand entgegen.

»Doktor Laschen«, sagte er. »Ich habe mich darauf gefreut, Sie kennenzulernen. Ich bin Bill Day, der Chef des CID Stamford. Ich glaube, wir müssen uns bei Ihnen entschuldigen.«

Ich schüttelte ihm die Hand.

»Wie ich Rupert hier gerade erklären wollte«, sagte ich, »führe ich in dieser Sache keine persönliche Kampagne, und ich will auch keine Lorbeeren ernten. Es geht nur darum, einen Mörder zu fassen.«

»Na ja, das sollte eigentlich unser Job sein«, sagte Day mit einem Lachen, das in einer Art Husten endete.

»Deswegen bin ich hier.«

»Gut, gut«, erwiderte Day. »Rupert sagte, Sie wollten herkommen, und das ist ganz verständlich. Leider komme ich nur kurz aus einer sehr wichtigen Besprechung und muß gleich wieder zurück. Aber ich kann Ihnen versichern, daß wir voll und ganz mit Ihnen zusammenarbeiten werden. Wenn Sie in irgendeiner Weise unzufrieden sind, möchte ich, daß Sie sich an mich persönlich wenden. Hier ist meine… äh…« Er kramte in seinen Taschen, fand eine leicht eselsohrige Visitenkarte und reichte sie mir. »Und nun überlasse ich Sie Ruperts fähigen Händen. War nett, Sie kennenzulernen, Dr. Laschen.« Wir gaben uns nochmals die Hand, und er ging hinaus, wobei er fast mit Philip Kale zusammengestoßen wäre. Wir vier anderen setzten uns.

»Also«, sagte Rupert. »Wer beginnt?«

»Ich war in Versuchung, einen Anwalt mitzubringen«, sagte ich.

»Warum? Wollen Sie ein Geständnis ablegen?« fragte Rupert fröhlich.

»Nein, ich dachte, es wäre vielleicht vernünftig, dafür zu sorgen, daß jemand unabhängig über diese Besprechung berichtet.«

»Das ist ganz unnötig. Wir stehen alle auf derselben Seite. So, und weshalb wollten Sie uns sprechen?«

»Herrgott, Rupert, was soll dieses Theater? Also gut, wenn Sie darauf bestehen.« Ich nahm meine Brieftasche heraus und suchte darin herum, bis ich das blaue Formular gefunden hatte. »Letzte Woche habe ich ein Beweisstück übergeben, das meiner Meinung nach die Wiederaufnahme der Mordsache Mackenzie rechtfertigt. Quittungsnummer SD4071/A. Ich habe den Vorschlag gemacht, die Blutgruppe festzustellen. Ist das geschehen?«

»Ja«, sagte Dr. Kale.

»Und?«

Kale sah nicht einmal auf seine Notizen.

»Die Blutprobe von der Initiale Finn auf der Zeichnung war Blutgruppe A, Rhesus D positiv.«

Ich stieß etwas aus, das dem Kichern einer Hexe sehr nahe kam.

»Und Sie haben keinen Zweifel an der Identität der Leiche in dem verbrannten Auto?«

Kale schüttelte den Kopf.

»Das Zahnschema war eindeutig. Aber nur, um alle Zweifel auszuräumen, DC Angeloglou hat festgestellt, daß Fiona Mackenzie im Lauf der letzten Jahre mehrmals Blut gespendet hat.« Kale gestattete sich ein schwaches Lächeln. »Blut der Blutgruppe Null.«

»Nur aus Interesse«, fragte ich, »welche Blutgruppen hatten ihre Eltern?«

Kale blätterte in seinen Unterlagen.

»Leopold Mackenzie hatte Blutgruppe B.« Er blätterte nochmals. »Und seine Frau A. Schön.«

Angeloglou sah verwirrt aus.

»Wenn wir das also nachgeprüft hätten, wäre klar gewesen, daß es sich nicht um ihre Tochter handeln konnte«, sagte er.

Unwillkürlich stieß ich einen ärgerlichen Seufzer aus.

»Nein, Chris«, sagte Kale. »Wenn ein Elternteil A ist und der andere B, dann können die Kinder jeder der vier Blutgruppen angehören. Was Michael Daley gewußt haben würde.«

Ein sehr langes Schweigen folgte. Ich zitterte vor Erregung und mußte mich zwingen, Haltung zu bewahren. Ich wollte nicht sprechen, weil ich nicht sicher sein konnte, daß ich nicht irgendwie geäußert hätte, das hätte ich ja gleich gesagt. Philip Kale ordnete ostentativ seine Papiere. Angeloglou und Baird fühlten sich unbehaglich. Endlich murmelte Baird etwas.

»Was?« sagte ich.

»Warum haben wir am Tatort keine Blutprobe von ihr genommen?«

»Die einzigen Blutgruppen am Tatort stammten von den Eltern«, sagte Kale. »Ich bin nicht darauf gekommen, daß ihre Blutgruppe eine Rolle spielen könnte.«

»Ich hatte sie in meinem verdammten Auto«, sagte Baird. »Ich hatte sie beide in meinem verdammten Auto. Vermutlich werden sie diese Polizeistation demolieren und das Land umpflügen. Es in einen Landschaftspark verwandeln, und Chris und ich werden Parkaufseher. Und Phil mit all seinen *wissenschaftlichen Kenntnissen*« – diese letzten Worte betonte er boshaft – »könnte mit einem dieser spitzen Dinger den Unrat aufsammeln.«

Angeloglou formte mit dem Mund lautlos eine Obszönität, die ich ihm da, wo ich saß, von den Lippen ablesen konnte. Er gab sich ungeheure Mühe, meinem Blick auszuweichen. Ich hatte die Arme verschränkt; vorsichtig schob ich die rechte Hand unter den rechten Oberarm und kniff mich fest, um nicht triumphierend zu lächeln.

»Und was ist jetzt Ihre Version der Ereignisse?« fragte ich in sorgfältig einstudiertem, ernstem Ton und achtete darauf, das Wort »jetzt« nicht zu sehr zu betonen.

Rupert zeichnete eine komplizierte Konstruktion aus Quadraten und Dreiecken auf ein Blatt weißes Papier. Dann füllte er sie kreuz und quer mit Schattierungen und Schraffuren aus. Während er sprach, hob er kein einziges Mal den Blick.

»Michael Daley stand vor einer doppelten Herausforderung«, sagte er. »Er mußte die ganze Familie Mackenzie umbringen, und er mußte an das Geld herankommen. Das erste ohne das zweite nutzte ihm nichts. Das zweite ohne das erste wäre nicht gegangen. Also kam er auf etwas so Einfaches, so Offenkundiges, daß es niemand bemerkte. Er hatte eine Mittäterin, die ein bißchen wie Finn aussah – eine flüchtige Ähnlichkeit reichte schon, da sie nie jemandem begegnen würde, der die richtige Finn gekannt hatte. Und als ihr Arzt wußte er besser als jeder andere, daß Finn ihr Aussehen drastisch verändert hatte. Jedes Foto, das zur Zeit der Morde veröffentlicht wurde, würde ein altes Foto sein und Finn vor ihrer Anorexie zeigen. Die Mittäterin – ich werde sie X nennen – hatte dunkle Haare und etwa die gleiche Größe, möglicherweise war sie auch ein wenig kleiner, aber das machte nichts. Michael verfolgte die Aktionen der Tierrechtsaktivisten, also wußte er von der Drohung gegen Mackenzie. Jetzt ist das nicht mehr genau festzustellen, aber man kann annehmen, daß die echte Finn entführt und umgebracht und am Tag oder Abend des siebzehnten März in das Bootshaus gebracht wurde. Ihre Eltern wurden früh am Morgen des folgenden Tages getötet. Fiona Mackenzie war eine einigermaßen gesellige junge Frau und ging häufig aus. Die Mackenzies wären nicht überrascht gewesen, wenn sie spätnachts noch außer Haus war. Die auf diese Weise erhaltenen Schlüssel wurden benutzt, um sich Zugang zum Haus zu verschaffen. Das Ehepaar wurde ermordet, und Finn, ich meine X, zog sich Finns Nachthemd an, und Michael fügte ihr, kurz bevor die Putzfrau kam, einen Schnitt in den Hals zu. Sie wurde geknebelt und ihr Gesicht verklebt, so daß das Mädchen in Finns Nachthemd und in ihrem Schlafzimmer nicht erkannt wurde. Das war die Situation, die wir antrafen.«

»Wie konnten sie so etwas Riskantes planen?« fragte Angeloglou kopfschüttelnd. »Wie konnten sie annehmen, daß sie damit durchkommen würden?«

»Einige Leute wären bereit, allerhand zu riskieren für, wieviel war es?, achtzehn Millionen oder so? Wie auch immer, wenn man die Nerven hat, es zu versuchen, ist es dann überhaupt so riskant? Das Mädchen ist angeblich gefährdet, also wird es sicher untergebracht. Natürlich mußte sie sich weigern, irgend jemanden zu sehen, der Fiona Mackenzie kannte, aber es gibt keine nahen Angehörigen, und außerdem ist so eine Reaktion bei einem traumatisierten jungen Mädchen verständlich, meinen Sie nicht, Dr. Laschen?«

»Ich glaube, daß das zu der Zeit meine fachliche Meinung war«, sagte ich mit tonloser Stimme.

»Und die Frage der Identität stellt sich gar nicht, weil der vertrauenswürdige Hausarzt da ist, um mit ihr zu sprechen und medizinische Details wie ihre Blutgruppe aus einer gefälschten Krankenakte von Finn zu liefern.«

»Und Finns, ich meine, X' Akte aus dem Krankenhaus ist verschwunden«, fügte ich hinzu.

»Hätte Dr. Daley sich Zugang zu der Akte verschaffen können?« fragte Baird.

»*Ich* habe beziehungsweise hätte es getan, wenn Daley mir nicht zuvorgekommen wäre.«

»X mußte lange genug die Rolle von Finn spielen, um ein Testament abfassen zu können, in dem sie alles Daley vermachte. Das einzige, was dazu erforderlich war, war eine halbwegs glaubhafte Fälschung von Fiona Mackenzies Unterschrift. Eine Störung gab es nur, als die Hausangestellte der Familie Fiona sehen wollte, bevor sie nach Spanien zurückkehrte. Das hätte alles verdorben, aber sie starb.«

»Sie wurde ermordet«, warf ich ein. »Michael ging hin und erstickte sie. Dann kehrte er mit mir dorthin zurück. Alle Anzeichen für einen Kampf und Spuren, die er hinterließ, waren durch seine angeblichen Reanimationsbemühungen zu erklären.«

Rupert rutschte unbehaglich auf seinem Stuhl herum und fuhr fort: »Dann brauchte nur noch ein Selbstmord vorgetäuscht zu werden, wobei die Leiche der echten Fiona Mackenzie benutzt wurde. Deshalb war es so wichtig, daß der Wagen ausbrannte. Daley brauchte kein Alibi für die Morde an den Mackenzies, weil er nicht verdächtigt wurde. Aber er sorgte dafür, daß er nicht im Land war, als X Dannys Wagen an die Küste fuhr und in Brand steckte.«

»Das war perfekt«, sagte ich, widerwillig bewundernd. »Der Selbstmord von jemandem, der schon tot war, und ein Alibi von jemandem, von dessen Existenz niemand wußte. Wenn es irgendeinen Verdacht gegeben hätte, dann hätten sie Finns Leiche testen können, soviel sie wollten. Und der arme Danny, Danny…«

»Rees muß auf der Bildfläche erschienen sein, als sie sich gerade aus dem Staub machte, während Sie nicht da waren.«

Ich schaute auf meinen Kaffee. Er hatte eine Haut und war kalt. Eine Welle von Scham stieg in mir hoch.

»Ich nahm sie in mein Haus auf, mit meinem Kind, mit meinem Freund. Danny wurde ermordet. Ich habe mein Berufsleben der Analyse psychischer Zustände gewidmet, und dieses junge Mädchen hat mich wie eine Marionette an seinen Fäden tanzen lassen. Sie hat das Trauma gespielt, sie hat Freundschaft gespielt, alles. Je mehr ich darüber nachdenke, desto schlimmer wird es. Sie wollte nicht zur Beerdigung gehen. Ich sah das als Symptom. Sie wollte alle Kleider der echten Finn verbrennen. Das sah ich als therapeutischen Akt. Sie blieb immer ganz vage in bezug auf ihre Vergangenheit. Ich habe das als notwendige Phase betrachtet. Sie hat mir anvertraut, daß sie sich nicht mehr mit ihrem früheren, fetten Selbst verbunden fühlte, und ich sah das als Hinweis auf ihre Fähigkeit, gesund zu werden.«

Endlich blickte Rupert von seiner Zeichnung auf.

»Lassen Sie sich davon nicht unterkriegen, Sam«, sagte er. »Sie sind Ärztin, kein Detektiv. Das Leben ist, wie es ist, weil die meisten von uns glauben, daß die Menschen, mit denen wir es zu tun haben, keine Psychopathen oder Betrüger sind.« Er schaute Chris an. »Leider sind wir diejenigen, die Detektive sein sollten.«

»Aber was wäre geschehen?« fragte ich.

»Was meinen Sie?«

»Nach dem falschen Selbstmord von Finn.«

»Alles sehr einfach«, sagte Chris. »Daley kriegt das Geld. Dann, ein oder zwei Jahre später, würden wir Gerüchte hören, so etwas in der Art: Der arme Daley hat sich den anonymen Spielern angeschlossen, ist auf die schiefe Bahn geraten, hat die Hälfte seines Vermögens oder so auf der Rennbahn verloren. Und in Wirklichkeit hat er die Hälfte zu Bargeld gemacht, um X auszuzahlen.« Chris hob resigniert die Hände.

»Haben Sie überhaupt eine Ahnung, wer diese junge Dame sein könnte?« fragte ich. »Eine Patientin? Eine alte Freundin? Eine frühere Geliebte?«

Keiner antwortete.

»Vielleicht hat sie ein Vorstrafenregister«, meinte ich.

»Wie sollen wir das feststellen?« fragte Rupert tonlos. »Wir haben nur ein einziges Verbindungsglied zu ihr.«

»Und das wäre?«

»Sie.«

»Wovon reden Sie?«

»Sie kannten sie besser als alle anderen.«

»Sind Sie verrückt? Ich kannte sie überhaupt nicht.«

»Alles, was wir verlangen«, sagte Chris, »ist, daß Sie nachdenken. Sie brauchen uns jetzt nichts zu sagen. Versuchen Sie sich einfach nur zu erinnern, an irgend etwas, irgend etwas, was sie vielleicht gesagt oder getan hat, das einen Hinweis auf ihre wahre Identität geben könnte.«

»Da kann ich Ihnen gleich antworten. Ich habe tagelang alle Erinnerungen durchforstet, alles, was sie mir gesagt hat, jedes Gespräch, an das ich mich erinnern kann. Es war alles gespielt. Was soll ich sagen? Sie konnte kochen. Sie konnte einfache Zaubertricks vorführen. Aber je mehr ich nachdenke, desto mehr entgleitet sie mir. Alles, was sie gesagt und getan hat, geschah nur, um mir Sand in die Augen zu streuen. Wenn ich dahinterschauen will, ist sie nicht da. Ich fürchte, ich bin keine große Hilfe. Also, was werden Sie jetzt tun?«

Rupert stand auf und reckte sich, wobei seine Hand die Kunststoffplatten der Decke berührte.

»Wir werden ermitteln.«

»Wann geben Sie bekannt, daß Sie den Fall wieder aufgenommen haben?«

Bildete ich mir das ein, oder holte er tatsächlich tief Luft, um sich für das zu stählen, was er sagen wollte?

»Wir geben es nicht bekannt.«

»Warum nicht?«

Rupert räusperte sich.

»Nach Beratungen auf höchster Ebene haben wir entschieden, daß unsere Aussichten vielleicht besser sind, wenn die Mörderin nicht weiß, daß wir hinter ihr her sind. Das Geld ist ihr entgangen. Vielleicht macht sie einen Fehler.«

»Und wenn, wie würden Sie das merken?«

Rupert murmelte etwas.

»Rupert«, sagte ich scharf, »heißt das, daß Sie den Fall auf sich beruhen lassen?«

Er sah schockiert aus.

»Natürlich nicht, diese Anschuldigung ist unter Ihrer Würde, aber ich weiß, Sie stehen unter Streß. Es ist bloß die effizienteste Vorgehensweise, und ich bin sicher, daß wir so am ehesten Resultate erzielen werden. Und jetzt haben wir, glaube ich, alles Wichtige besprochen. Wann gehen Sie nach London zurück?«

»Morgen.«

»Sie werden uns doch Ihre Adresse hinterlassen, oder?«

»Ja.«

»Gut. Wenn Ihnen irgend etwas einfällt oder wenn etwas geschieht, dann setzen Sie sich mit uns in Verbindung.« Er reichte mir die Hand. »Wir sind Ihnen sehr dankbar, Sam, weil Sie es uns ermöglicht haben, diesen tragischen Ereignissen auf den Grund zu gehen.«

Ich nahm seine Hand.

»Freut mich, daß Sie dankbar sind, Rupert. Und wenn ich jemals den Verdacht haben sollte, daß dieser Fall unter den Teppich gekehrt wird...«

»Vertrauen Sie uns«, sagte Rupert. »Vertrauen Sie uns.«

Blinzelnd trat ich in die Fußgängerzone am Rand des Marktplatzes hinaus und prallte gegen eine alte Frau. Dabei stieß ich die Einkaufstasche auf Rädern um, die sie nachzog. Während ich Zwiebeln und Karotten vom Bürgersteig aufsammelte, fühlte ich mich wie ein Kind, das aus einem Traum erwacht und überrascht feststellt, daß die Welt sich unbeeindruckt weiterdreht. Und doch spürte ich, daß ich mich noch in meinem hermetischen Traum befand. Es gab Orte, die ich noch aufsuchen mußte.

37. KAPITEL

Es folgte ein Wochenende mit Umzugskartons, einem interessierten Kind, einer verstörten Katze, einem großen Möbelwagen, zu Flirts aufgelegten Möbelpackern, Bechern voll Tee, Verabredungen, Schlüsselbunden, einem gemieteten Lagerraum und ungefähr fünf Prozent meiner Sachen in der vorübergehend angemieteten Wohnung.

Von all den Aufgaben waren zwei besonders wichtig. Erstens hatte ich eine Liste mit Anfragen für Interviews. Ich blätterte sie durch und rief ein paar Freunde an, die Zeitungen lasen, um sie um Rat zu fragen; am Montag morgen rief ich dann Sally Yates von *The Participant* an. Innerhalb einer Stunde saß sie mit einem Becher Kaffee, Notizblock und gespitztem Bleistift in der Küche des Mannes, der für ein Jahr in Amerika arbeitete und mir bis dahin die Wohnung überlassen hatte. Yates war mollig, zerknittert, mitfühlend und sehr sympathisch und machte beim Reden lange Pausen, die ich vermutlich mit Geschichten über mein Privatleben füllen sollte. Aber einem Profi kann man nichts vormachen. Ich hatte genug Erfahrung im Interviewen verletzter Menschen, um einigermaßen glaubwürdig die edelmütig leidende Frau darzustellen. Ich war nicht so beeindruckend wie Finn, wie X, aber ich machte es ganz gut. Ich hatte die harmlosen Enthüllungen, die ich mir entlocken lassen würde, vorher genau zurechtgelegt – Enthüllungen über die Trauer, einen Geliebten zu verlieren, über Verbrechen und physische Angst, über den Schmerz und die Ironie, die darin lagen, daß eine Trauma-Spezialistin selbst unter einem Trauma litt: »Es gibt in der Medizin die Maxime, daß man die Störung, auf die man sich spezialisiert hat, immer selbst entwickelt«, sagte ich mit einem traurigen Lächeln und einem Schniefen, als würde ich gleich eine Träne vergießen.

Dann, ganz am Schluß, kam die Aussage, derentwegen ich das ganze Interview überhaupt gab.

»Nachdem Sie nun all dem entronnen sind...«, sagte Sally Yates mitfühlend und ließ das Ende des Satzes in der Luft hängen, damit ich den Faden aufnehmen konnte.

»Ach, Sally«, sagte ich, »als Ärztin und als Frau frage ich mich, ob wir jemals Erfahrungen ausweichen können, indem wir einfach vor ihnen davonlaufen.« Ich machte eine lange Pause, scheinbar zu erschüttert, um weitersprechen zu können, ohne die Beherrschung zu verlieren. Sally griff über den Küchentisch und legte ihre Hand auf meine. Wie unter großen Mühen begann ich weiterzusprechen: »Das war eine persönliche Tragödie und – was die neue Klinik für posttraumatische Persönlichkeitsstörungen betrifft – auch eine berufliche Niederlage, und im Mittelpunkt stehen Menschen, die nicht das waren, was sie zu sein schienen.«

»Sie meinen Dr. Michael Daley?« fragte Sally und runzelte tief betroffen die Stirn.

»Nein«, sagte ich, und als sie mich fragend ansah, machte ich mit einer Geste deutlich, daß ich nicht mehr sagen konnte.

Als wir auf dem Treppenabsatz standen und uns verabschiedeten, umarmte ich sie.

»Ich gratuliere Ihnen«, sagte ich. »Sie haben mich dazu gebracht, Dinge zu sagen, die ich gar nicht hatte sagen wollen.«

Sie errötete vor Freude, unterdrückte das aber rasch.

»Es war etwas ganz Besonderes, Sie kennenzulernen«, sagte sie und umarmte mich noch fester als ich sie.

Die Zeitung versprach sich offenbar viel von mir, denn weniger als zwei Stunden später erschien ein Fotograf. Der junge Mann war enttäuscht, daß er meine Tochter nicht antraf, und stellte mich neben eine Vase mit Blumen. Seelenvoll schaute ich auf die Blumen und rätselte, welche es wohl waren. Am nächsten Tag wurde ich durch ein großes Foto und eine Schlagzeile überrascht: »Sam Laschen: weibliches Heldentum und ein Geheimnis, das nicht sterben will«. Nicht besonders packend, aber es war ein Schuß vor den Bug von DCI Baird und seiner fröhlichen Mannschaft. Beim nächstenmal würde ich mich weniger geheimnisvoll geben.

Die zweite Aufgabe fiel mir bedeutend schwerer. Eine Freundin hatte mir vage die Dienste ihres Babysitters für Notfälle angeboten. Dies war ein Notfall. Ich brachte Elsie ein paar Häuser weiter in ein Reihenhaus mit einem spanischen Teenager und einem finster dreinblickenden Fünfjährigen. Elsie marschierte hinein und drehte sich nicht einmal um, um auf Wiedersehen zu sagen. Ich stieg in meinen Wagen und fuhr nach Westen. Ich würde in beiden Richtungen gegen den Strom schwimmen.

Es war nicht schwer, die St. Anne's Church auf der Avonmouth-Seite von Bristol zu finden. Ich ging durch das Tor in die grüne Stille des Friedhofs, einen Strauß Frühlingsblumen in der Hand. Dannys Grab war leicht zu erkennen: Zwischen all den bemoosten Grabsteinen, deren Namen kaum noch zu entziffern waren, hob sich seine rosa gesprenkelte Grabplatte auffallend ab. Jemand hatte Blumen hingelegt. Ich sah auf die schwarzen Buchstaben: Daniel Rees, geliebter Sohn und Bruder. Ich zog eine Grimasse: Das schloß mich wirksam aus. 1956–1996. Er hatte es nicht bis zu der Geburtstagsparty geschafft, die wir hatten geben wollen. Ich würde altern, mein Gesicht würde Falten bekommen und mein Körper unter den Beschwerden, Schmerzen und Anfälligkeiten des Alters krumm werden und leiden; aber er würde in meiner Erinnerung immer jung bleiben, immer stark und schön.

Ich schaute auf die zwei Meter häßlichen rosa Marmors nieder und fröstelte. Darunter lag sein herrlicher Körper, den ich umarmt hatte, als er noch warm und voller Verlangen war, jetzt verkohlt und verwesend. Sein Gesicht, die Lippen, die mich erforscht, die Augen, die mich angesehen hatten, vermoderten. Ich setzte mich neben den Grabstein, legte eine Hand auf die Grabplatte, als sei sie Teil eines warmen Körpers, streichelte sie.

»Ich weiß, daß du mich nicht hören kannst, Danny«, sagte ich.

Selbst seinen Namen laut auszusprechen, schmerzte mich. »Ich weiß, daß du nicht hier bist und auch sonst nirgends. Aber ich mußte herkommen.«

Ich sah mich um. Niemand war auf dem Friedhof. Nicht einmal ein Vogel zwitscherte. Nur die Autos auf der Hauptstraße ein paar hundert Meter weiter störten die Stille. Also zog ich meine Jacke aus, legte meine Tasche ab, nahm die Blumen von der Grabplatte und legte mich selbst darauf, die Wange an den kalten Stein gepreßt. Ich streckte mich der Länge nach auf Danny aus, wie ich es noch manchmal in meinen Träumen tat.

Ich weinte hemmungslos, war voller Selbstmitleid und Trauer; salzige Tränen benetzten den Stein. Ich weinte um mein verlorenes Leben. Ich dachte an unsere erste Begegnung zurück, an das erste Mal, als wir miteinander schliefen, an Ausflüge mit Elsie – nur wir drei, die nicht wußten, wie glücklich sie waren. Ich dachte an seinen Tod. Ich wußte, daß ich darüber hinwegkommen würde; eines Tages würde ich vermutlich jemand anderen kennenlernen, und alles würde von neuem beginnen, aber im Augenblick fühlte ich mich einsam und verlassen.

Dann erhob ich mich steif. Als ich sprach, war ich seltsam verlegen, als spielte ich die Rolle der trauernden Witwe in irgendeiner dilettantischen Laienaufführung: »So, das war es. Dies ist mein Abschied.« So melodramatisch die Situation auch war, ich konnte nicht aufhören, es zu sagen. Ich konnte mich einfach nicht überwinden, es zum allerletztenmal zu sagen: »Adieu, adieu, adieu, adieu.«

Ich zog meine Jacke wieder an, hob meine Tasche auf, legte die beiden Blumensträuße wieder auf die Grabplatte, einfach so, verließ den Friedhof und schaute kein einziges Mal mehr durch das Tor zurück auf die Stelle, wo sie lagen. Und wenn ich schnell genug fuhr, würde ich rechtzeitig zurück sein, um Elsie zu Bett zu bringen und ihr ein Lied vorzusingen, bevor sie einschlief.

38. KAPITEL

Das Telefon läutete, als ich die Treppe hinaufrannte, Akten unter einem Arm und mit zwei Tüten in den Händen, in denen sich unser Abendessen befand. Ich stolperte über Anatoly, fluchte, ließ die Tüten fallen und erwischte den Hörer genau in dem Moment, in dem sich der Anrufbeantworter einschaltete.

»Bleiben Sie dran«, sprach ich atemlos über meine höfliche Tonbandstimme, »er schaltet sich gleich aus.«

»Sam, hier ist Miriam. Ich wollte nur fragen wegen heute abend… Bist du noch dabei?«

»Natürlich. Der Film fängt um halb neun an, und ich habe den anderen gesagt, daß wir uns um zwanzig nach acht draußen vor dem Kino treffen. Ich habe etwas zu essen besorgt, das wir uns hinterher zu Gemüte führen können. Wird schön sein, euch wiederzusehen.«

Ich packte die Lebensmittel aus und räumte sie in den Kühlschrank. Elsie und Sophie würden vermutlich in ungefähr einer Stunde aus dem Park zurück sein. Ich ging in mein Schlafzimmer (obwohl ich persönlich »Abstellkammer« treffender gefunden hätte für einen Raum, in dem ich mich an einer kleinen Kommode vorbeiquetschen mußte, um in mein Bett zu gelangen), nahm den Haufen schmutziger Kleider aus der Ecke und stopfte ihn in die Waschmaschine.

Ein Stoß Rechnungen lag auf dem Küchentisch, ein Stapel Geschirr wartete auf den Abwasch in der kleinen Spüle, Bücher und CDs standen schief aufgetürmt an den Wänden entlang. Der Abfalleimer quoll über. In Elsies Schlafzimmer herrschte das absolute Chaos. Die Pflanzen, die zahlreiche Freunde mir geschenkt hatten, als ich hier einzog, welkten in ihren Töpfen dahin. Achtlos goß ich Wasser hinein und summte dabei eine von Elsies kleinen Weisen, während ich im Kopf Listen erstellte. Das Reisebüro anrufen. Die Bank anrufen. Nicht vergessen, morgen mit Elsies Lehrerin zu sprechen. Morgen früh den Immobilienmakler anrufen. Ein Geschenk zu Olivias viertem Geburtstag kaufen. Den Bericht über das Zugunglück in Harrogate lesen. Den versprochenen Aufsatz für *The Lancet* schreiben. Jemanden kommen lassen, der eine Katzentür für Anatoly anfertigt.

Der Schlüssel drehte sich im Schloß, und Sophie wankte herein, beladen mit Elsies Picknickkorb und Springseil.

»Hallo«, sagte ich, während ich zwischen den auf dem Tisch verstreuten Briefen nach der Nachricht von der Eisenbahngesellschaft suchte. »Du bist früh zurück. Wo ist Elsie?«

»Es ist etwas ganz Unerwartetes passiert!« Sie lud ihre Last auf dem Tisch ab und setzte sich, rundlich in den Leggings im Leopardenmuster und dem engen, glänzenden T-Shirt. »Gerade, als wir in den Clissold Park gehen wollten, haben wir Ihre Schwester getroffen. Elsie schien sich wirklich zu freuen, sie zu sehen, sie rannte in ihre Arme. Sie sagte, sie würde sie bald zurückbringen. Zuletzt sah ich die beiden Hand in Hand in den Park gehen. Sie heißt doch Bobbie, nicht? Sie wollte Elsie ein Eis kaufen.«

»Ich wußte gar nicht, daß sie hier ist«, sagte ich überrascht. »Hat sie gesagt, was sie macht?«

»Ja. Sie hat gesagt, ihr Mann hätte sie auf dem Weg zu irgendeiner Besprechung abgesetzt, und sie hätte in diesem wirklich protzigen Stoffgeschäft an der Church Street Vorhänge ausgesucht. Na ja, das kann sie Ihnen ja später selbst erzählen. Soll ich Ihnen eine Tasse Tee machen?«

»Da kommt sie diesen ganzen weiten Weg nach London, um Vorhänge zu kaufen. Das ist typisch für meine Schwester. Aber da wir jetzt Zeit haben und kein Kind, könnten wir anfangen, die Bücher und CDs zu sortieren. Ich möchte alles in alphabetischer Reihenfolge geordnet.«

Wir waren bis G gekommen, und ich war staubig und verschwitzt, als das Telefon läutete. Es war meine Schwester.

»Bobbie, das ist eine nette Überraschung. Wo bist du? Wann wirst du hier sein?«

»Was?« Bobbie klang ziemlich verwirrt.

»Sollen wir uns im Park treffen?«

»In welchem Park? Wovon redest du, Sam? Ich rufe an, um mich zu erkundigen, ob Mutter dich...«

»Moment.« Mein Mund war seltsam trocken geworden. »Von wo rufst du an, Bobbie?«

»Na, von zu Hause natürlich.«

»Du bist nicht bei Elsie?«

»Natürlich bin ich nicht bei Elsie, ich habe keine Ahnung, was...«

Aber ich war schon weg, hatte trotz ihrer Verwirrung den Hörer auf die Gabel geknallt, schrie Sophie zu, sie solle *sofort* die Polizei anrufen und ihr sagen, Elsie sei entführt worden, und polterte die schmale Treppe hinunter, zwei Stufen auf einmal nehmend. Das Herz klopfte mir laut bis zum Hals. Bitte, laß ihr nichts zustoßen. Ich stürmte durch die Haustür und sprintete los, meine Füße brannten auf dem heißen Pflaster. Die Straße hinauf, vorbei an alten Damen, Frauen mit Kinderwagen und jungen Männern mit großen Hunden. Mitten durch die langsam dahinschlendernden Menschen, die von der Arbeit kamen. Über die Straße, wo Autofahrer hupten und ihre Fenster herunterkurbelten, um mich zu beschimpfen.

Durch das eiserne Tor von Clissold Park, vorbei an der kleinen Brücke und den überfütterten Enten, den Rehen, die mit ihrem Samtmaul an den hohen Zaun stießen, durch die Allee mit den Kastanienbäumen. Während ich rannte, suchten meine Augen die Gegend ab. Es gab so viele Kinder, aber keines von ihnen war meins. Ich raste auf den Spielplatz. Jungen und Mädchen in bunten Anoraks schaukelten, rutschten, sprangen, kletterten. Ich stand zwischen Wippe und Sandkasten, wo der Parkwächter letzten Monat weggeworfene, benutzte Spritzen gefunden hatte, und schaute voller Panik um mich.

»Elsie!« schrie ich. »Elsie!«

Sie war nicht da, obwohl ich sie in jedem Kind sah, in jedem Schrei hörte. Ich schaute hinüber zu dem Teich mit den Ruderbooten, türkisfarben und verlassen, und dann rannte ich weiter, zum Café, zu den großen Teichen am Ende des Parks, wo wir immer die Enten und die streitlustigen kanadischen Gänse fütterten. Ich starrte über den Zaun dahin, wo Krumen und Abfall schwammen, als würde ich gleich ihren kleinen Körper im öligen Wasser treiben sehen. Dann rannte ich auf der anderen Seite des Parks wieder zurück. »Elsie!« schrie ich in regelmäßigen Abständen. »Elsie, Schätzchen, wo bist du?« Aber ich erwartete keine Antwort und bekam auch keine. Ich fing an, Leute anzusprechen, eine Frau mit einem Kind etwa in Elsies Alter, eine Gruppe von Teenagern auf Skateboards, ein älteres Ehepaar, das Händchen hielt.

»Haben Sie ein kleines Mädchen gesehen?« fragte ich. »Ein kleines Mädchen in einem dunkelblauen Mantel, mit blonden Haaren? Mit einer Frau?«

Ein Mann glaubte, sie gesehen zu haben. Er wies mit der Hand vage auf den Kreis von Rosenbüschen hinter uns. Ein kleiner Junge, dessen Mutter ich ansprach, sagte, er habe ein kleines Mädchen in Blau auf der Bank sitzen sehen, auf dieser Bank, und er zeigte auf die leere Bank.

Sie war nirgends. Ich schloß die Augen und sah ein Horrorszenario vor mir: Elsie, die mitgeschleift wurde, schreiend; Elsie, die in ein Auto gestoßen und weggefahren wurde; Elsie verletzt; Elsie, die immer wieder nach mir schrie. Es half nichts. Ich rannte zurück zum Tor des Parks, stolpernd, ich hatte Seitenstechen, Angst brannte sich wie Säure in meinen Magen. Immer wieder rief ich ihren Namen, und die Menschen wichen aus, um mich durchzulassen – eine Verrückte.

Ich rannte auf den Friedhof nahe beim Clissold-Park, denn wenn jemand ein Kind verschleppen und ihm etwas antun wollte, wäre dies der geeignete Ort. Dornenranken rissen an meinen Kleidern. Ich stolperte über alte Grabsteine, ich sah Paare, Gruppen von Teenagern, aber keine Kinder. Ich rief und schrie und wußte, daß es nutzlos war, denn der Friedhof war riesig und voller versteckter Winkel, und selbst wenn Elsie sich hier aufhielt, hatte ich keine Chance, sie zu finden.

Also ging ich nach Hause, und die Hoffnung, daß sie dort auf mich wartete, ließ meine Knie weich werden. Aber sie war nicht da. Sophie wartete mit ängstlichem, fassungslosem Gesicht auf mich. Und zwei Polizisten. Einer von ihnen, eine Beamtin, telefonierte gerade. Völlig außer Atem berichtete ich, was geschehen war – daß die Frau im Park nicht meine Schwester gewesen war –, aber Sophie hatte ihnen bereits berichtet, was sie wußte.

»Ich bin schuld«, sagte sie gerade, und ich hörte Hysterie in ihrer sonst sachlichen Stimme, »nur ich bin schuld.«

»Nein«, antwortete ich müde, »wie hättest du das wissen können?«

»Elsie schien sich so zu freuen, mit ihr zu gehen. Ich verstehe das gar nicht. Sie redet sonst nicht so einfach mit Fremden.«

»Das war keine Fremde.«

Nein, ich hatte kein Foto von Elsie. Zumindest nicht hier. Und als ich zu einer detaillierten Beschreibung meiner Tochter ansetzte, klingelte es. Ich rannte wieder die Treppe hinunter und öffnete die Tür. Meine Augen wanderten vom lächelnden Gesicht eines weiteren uniformierten Polizisten zu einem kleinen Mädchen in blauem Mantel, das den Rest von einem Orangeneis am Stiel lutschte. Ich sank auf die Knie, und einen Moment lang dachte ich, ich müßte mich auf die glänzend polierten Schuhe des Polizisten übergeben. Ich schlang meine Arme um Elsies Körper und vergrub mein Gesicht in ihrem rundlichen Bauch.

»Paß auf mein Eis auf«, sagte sie endlich, beunruhigt.

Ich erhob mich und nahm sie auf den Arm. Der Polizist grinste mich an.

»Eine junge Dame hat sie im Park herumspazierend gefunden und mir übergeben«, sagte er. »Und dieses kluge kleine Mädchen wußte seine Adresse.« Er faßte Elsie am Kinn. »Passen Sie das nächste Mal besser auf sie auf«, sagte er. Dann entdeckte er die beiden anderen Polizeibeamten, die gerade die Treppe herunterkamen. »Das kleine Mädchen war weggelaufen.« Die Beamten nickten einander zu. Die Beamtin ging an mir vorbei und begann, etwas in ihr Funkgerät zu sprechen. Der andere Beamte warf seinem Kollegen einen vielsagenden Blick zu und zog müde eine Augenbraue nach oben. Noch eine durchgedrehte Mutter.

»Nein, ganz so war das nicht …«, setzte ich an, gab dann aber auf. »Wie hat sie ausgesehen, die Frau, die sie ›gefunden‹ hat?«

Der Polizist zuckte mit den Schultern.

»Eine junge Frau. Ich habe gesagt, Sie wollten sich vielleicht persönlich bei ihr bedanken, aber sie sagte, das wäre nicht der Rede wert.«

Ich heuchelte überschwengliche Dankbarkeit und schaffte es, die Haustür zu schließen.

»Elsie«, sagte ich, »wen hast du getroffen?«

Sie schaute zu mir auf, den Mund orange vom Eis verschmiert. »Du hast gelogen«, sagte sie. »Sie ist doch wieder lebendig geworden. Ich hab's doch gewußt.«

39. KAPITEL

Mein Ausflug ins Kino und alles andere wurden abgesagt. Wieder einmal waren Elsie und ich allein zu Hause, und sie bekam von mir alles, was sie wollte. Reispudding aus der Dose mit goldenem Sirup in Form eines Fohlens darauf.

»Es *ist* ein Pferd«, behauptete ich. »Schau, da ist der Schwanz, und da sind die spitzen Ohren.«

Es war eine ungeheure Anstrengung, aber ich schaffte es, beiläufig zu klingen.

»Und wie geht es Finn?«

»Gut«, sagte Elsie geistesabwesend, denn sie war damit beschäftigt, mit ihrem Löffel Spiralen in das goldene Sirupmuster auf dem Reispudding zu ziehen.

»Das sieht aber schön aus, Elsie. Wirst du etwas davon essen? Gut. Was habt ihr gemacht, du und Finn?«

»Wir haben Hühner gesehen.«

Ich manövrierte Elsie ins Bad und blies mit Hilfe meiner Finger Seifenblasen.

»Die ist aber toll, Mummy.«

»Soll ich mal versuchen, eine noch größere zu fabrizieren? Wovon habt ihr geredet, du und Finn?«

»Wir haben geredet und geredet und geredet.«

»Da sind zwei kleine Baby-Seifenblasen. Und *worüber* habt ihr geredet?«

»Über unser Haus.«

»Das ist schön.«

»Kann ich in deinem Bett schlafen, Mummy?«

Ich trug sie zu meinem Bett und spürte dabei voller Dankbarkeit ihren warmen, feuchten Körper durch meine Bluse. Sie bat mich, mit ihr unter das Laken zu schlüpfen. Auf dem Nachttisch lag eine Bürste, und wir bürsteten uns gegenseitig die Haare. Wir sangen ein paar Lieder, und ich brachte ihr das Spiel von Stein, Schere und Papier bei. Ich mit meiner großen und sie mit ihrer kleinen Hand bildeten abwechselnd Stein, Schere oder Papier. Stein schleift Schere, Schere schneidet Papier, Papier wickelt Stein ein. Jedesmal, wenn wir es spielten, wartete sie ab, bis ich ihr zeigte, was ich darstellen würde; und dann traf sie ihre Entscheidung so, daß sie gewinnen mußte, und ich warf ihr vor, sie mogle, und wir lachten beide. Es war ein Augenblick intensiven Glücks, und ich mußte mich zusammenreißen, um nicht aus dem Zimmer zu laufen und zu heulen. Ich hätte es vielleicht getan, aber ich konnte die Vorstellung nicht ertragen, Elsie auch nur einen Moment aus den Augen zu lassen.

»Wann können wir Finn wiedersehen?« fragte sie auf einmal.

Mir fiel keine Antwort ein.

»Es ist komisch, daß du über unser Haus gesprochen hast mit … mit Finn«, sagte ich. »Sicher deshalb, weil du da mit ihr so schöne Spiele gespielt hast.«

»Nein«, sagte Elsie entschieden.

Unwillkürlich mußte ich sie anlächeln.

»Warum nicht?«

»*Das* Haus war es nicht, Mummy.«

»Was meinst du?«

»Es war unser sicheres Haus.«

»Wie schön, mein Liebling.« Ich drückte Elsie fest an mich.

»Aua, du tust mir weh.«

»Entschuldigung, Schatz. Und hat sie Sachen in das sichere Haus getan?«

»Ja«, sagte Elsie, die anfing, meine Augenbraue zu untersuchen. »Da ist ein weißes Haar.«

Mir war schwindlig und übel, als starrte ich in einen schwarzen Abgrund.

»Ja, ich weiß. Ulkig, nicht?« Ohne Elsie zu stören, tastete ich hinter mir nach dem Stift und dem Notizblock, die neben dem Telefon auf dem Nachttisch lagen. »Sollen wir in das sichere Haus gehen?«

»Welche Farbe hat dein Auge?«

»Au!« Ich heulte auf, als sie neugierig den Finger in mein linkes Auge bohrte.

»Entschuldigung, Mummy.«

»Es ist blau.«

»Und meins?«

»Blau. Elsie, sollen wir in das sichere Haus gehen und uns mal umsehen? Elsie?«

»Also guuut«, sagte sie wie ein aufsässiger Teenager.

»In Ordnung, mein Schatz, mach die Augen auf. So ist es richtig. Jetzt gehen wir den Weg hinauf. Was ist an der Tür?«

»Da sind runde Blätter.«

»Runde Blätter? Das ist ja komisch. Komm, wir machen die Tür auf und schauen, was auf der Fußmatte ist.«

»Da steht ein Glas Milch.«

Ich notierte das.

»Ein Glas Milch auf der Fußmatte?« sagte ich in meinem besten Kindergärtnerinnenton. »Wie seltsam! Gehen wir vorsichtig um das Glas Milch herum, damit wir es nicht umwerfen, und in die Küche. Was ist in der Küche?«

»Eine Trommel.«

»Eine Trommel in der Küche? So ein verrücktes Haus! Und jetzt gehen wir mal und gucken, was auf dem Fernseher steht, ja? Was steht auf dem Fernseher?«

»Eine Birne.«

»Das ist schön. Du magst Birnen, nicht? Aber wir wollen noch nicht hineinbeißen. Faß sie nicht an. Ich habe gesehen, daß du sie angefaßt hast.« Elsie kicherte. »Laß uns nach oben gehen. Was ist auf der Treppe?«

»Eine Trommel.«

»Noch eine Trommel? Bist du sicher?«

»Ja-a-a, Mum«, sagte Elsie ungeduldig.

»In Ordnung. Das ist ein lustiges Spiel, nicht? So, und jetzt bin ich gespannt, was im Bad ist.«

»Ein Ring.«

»Das ist aber komisch, ein Ring im Bad. Ist er dir vielleicht vom Finger gerutscht, als du im Bad geplanscht hast?«

»Hab ich gar nicht!« rief Elsie.

»Und jetzt gehen wir aus dem Bad und in Elsies Bett. Was ist in dem Bett?«

Elsie lachte.

»Im Bett ist ein Schwan.«

»Ein Schwan in einem Bett? Wie soll Elsie denn schlafen, wenn ein Schwan in ihrem Bett ist?« Elsies Augenlider begannen zu flattern, ihr Kopf wackelte. In einer Sekunde würde sie eingeschlafen sein. »Und jetzt gehen wir in Mummys Schlafzimmer. Wer liegt in Mummys Bett?«

Jetzt klang Elsie, als würde sie gleich wegdösen.

»Mummy ist in Mummys Bett«, sagte sie leise. »Und Elsie ist in Mummys Armen. Und ihre Augen sind zu.«

»Das ist schön«, sagte ich. Aber ich sah, daß Elsie bereits schlief. Ich beugte mich über sie und strich ihr ein paar Haarsträhnen aus dem Gesicht. Paul, der geheimnisvolle abwesende Besitzer der Wohnung, hatte in der Ecke seines Schlafzimmers einen Schreibtisch, zu dem ich auf Zehenspitzen schlich und an den ich mich mit dem Notizblock setzte. Ich rieb mir leicht mit den Fingern den Hals und spürte den Puls. Er mußte fast hundertzwanzig betragen. Heute hatte die Mörderin meines Geliebten meine kleine Tochter entführt. Warum hatte sie sie nicht getötet oder ihr sonst etwas angetan? Ich mußte plötzlich ins Badezimmer rennen, übergab mich aber nicht. Ich atmete ein paarmal tief durch und kehrte an den Schreibtisch zurück, schaltete die kleine Lampe ein und sah mir meine Notizen an.

Die Mörderin, X, hatte meine Tochter entführt, hatte riskiert, geschnappt zu werden, und all das nur, um mit ihr eines der albernen kleinen Gedächtnisspiele von früher zu spielen. Als Elsie mir schilderte, was sie gemacht hatten, war ich auf etwas Schlimmes gefaßt gewesen, aber statt dessen war da diese dumme Aufzählung banaler Gegenstände: runde Blätter, ein Glas Milch, eine Trommel, eine Birne, noch eine Trommel, ein Ring, ein Schwan und dann Elsie und ich in meinem Bett, mit geschlossenen Augen. Was sind runde Blätter? Ich machte kleine Skizzen davon. Ich nahm den ersten Buchstaben von allen Gegenständen und spielte nutzlos damit herum. Ich versuchte einen Zusammenhang zwischen den Orten herzustellen, an denen sich die Objekte befanden. Gab es etwas bewußt Paradoxes an einem Schwan in einem Bett, einem Glas Milch auf der Fußmatte? Vielleicht hatte diese namenlose Frau meinem Kind zufällige Gegenstände eingeprägt, um ihre Macht zu demonstrieren.

Ich verließ den Schreibtisch, ging ins Bett zurück, legte mich neben Elsie, lauschte ihrem Atem, spürte das Heben und Senken ihrer Brust. Gerade, als ich das Gefühl hatte, eine ganze Nacht ohne Schlaf hinter mir zu haben, und mich fragte, wie ich den nächsten Tag überstehen sollte, weckte mich Elsie, indem sie meine Augenlider auseinanderzog. Ich stöhnte.

»Was passiert heute, Elsie?«

»Weiß nicht.«

Es war der erste Tag in ihrer neuen Schule. Meine Mutter hatte am Telefon mißbilligend geklungen. Elsie ist kein Möbelstück, das man einfach aus London weg- und dann wieder zurückbringen kann, wie es einem paßt. Sie braucht Stabilität und ein Zuhause. Ja, ich wußte, was meine Mutter sagen wollte. Daß sie einen Vater und Brüder und Schwestern und vorzugsweise eine Mutter brauchte, die mir so unähnlich wie möglich war. Ich war forsch und fröhlich, als ich mit meiner Mutter telefonierte. Als sie aufgelegt hatte, weinte ich und war gereizt und deprimiert, aber danach ging es mir besser. Die Grundschule war verpflichtet, Elsie aufzunehmen, weil unsere derzeitige Wohnung buchstäblich auf ihren Schulhof hinausging.

Mein Magen verkrampfte sich, als Elsie in einem neuen gelben Kleid, das Haar glatt nach hinten gekämmt und mit einem Band zusammengehalten, mit mir die Straße zur Schule überquerte. Ich sah kleine Kinder ankommen und sich begrüßen. Wie sollte Elsie hier zurechtkommen? Wir gingen ins Büro, und eine Frau in mittleren Jahren lächelte Elsie an. Elsie starrte die ältere Frau an. Sie führte uns in die Vorschulklasse in einem Anbau. Die Lehrerin war eine junge Frau mit dunklem Haar und einer ruhigen Art, um die ich sie sofort beneidete. Sie kam unverzüglich auf uns zu und umarmte Elsie.

»Hallo, Elsie. Möchtest du, daß deine Mummy noch ein bißchen bei uns bleibt?«

»Nein, möchte ich nicht«, sagte Elsie mit düsterer Miene.

»Na, dann nimm sie zum Abschied fest in die Arme.«

Ich hielt sie und spürte ihre kleinen Hände in meinem Nacken.

»Alles in Ordnung?« fragte ich.

Sie nickte.

»Elsie, warum sind die Blätter rund?«

Sie lächelte.

»*Wir* hatten runde Blätter an der Tür.«

»Wann?«

»Für den Weihnachtsmann.«

Runde Blätter. Sie meinte eine Girlande. Ich konnte nicht sprechen. Ich küßte sie auf die Stirn und rannte aus dem Klassenzimmer und den Gang hinunter. Ein Notfall, rief ich einer mißbilligend dreinschauenden Lehrerin zu. Ich sprintete über die Straße, rannte die Treppe zur Wohnung hinauf. Ich hatte Schmerzen in der Brust und einen üblen Geschmack im Mund. Ich war nicht fit. Das meiste unserer Sachen war eingelagert, aber ich hatte zwei Kartons mit Büchern von Elsie. Ich kippte einen davon auf dem Fußboden aus und kramte darin herum. Es war nicht da. Ich kippte den anderen um. Da. *Die zwölf Tage des Weihnachtsbilderbuchs.* Ich nahm es mit ins Schlafzimmer und setzte mich an den Schreibtisch. Das war es. Die Schwäne schwammen. Die fünf goldenen Ringe. Die Trommler trommelten. Und ein Rebhuhn in einem Birnbaum. Aber was war mit dem Glas Milch? Ich blätterte das Buch durch und fragte mich, ob ich vielleicht irgendwie auf der falschen Spur war. Nein. Ich mußte fast lächeln. Acht Mädchen beim Melken. Also ein verfälschter Verweis auf ein Weihnachtslied. Was sollte das?

Ich schrieb sie in der Reihenfolge auf, in der Elsie sie gesehen hatte: acht Mägde beim Melken, neun Trommler beim Trommeln, ein Rebhuhn in einem Birnbaum, wieder neun trommelnde Trommler, fünf goldene Ringe, sieben schwimmende Schwäne. Ich starrte auf die Liste, und dann schienen die Gegenstände auf einmal zu verschwimmen, und die Zahlen schwebten frei im Raum. Acht, neun, eins, neun, fünf, sieben. Eine vertraute Zahl. Ich griff nach dem Telefon und wählte. Nichts. Natürlich. Ich rief die Auskunft an und ließ mir die Vorwahl von Otley geben. Dann wählte ich erneut. Es kam kein Freizeichen, sondern ein durchgehender Ton. War es abgestellt worden, als ich auszog? Verwirrt rief ich Rupert beim CID Stamford an.

»Das war Gedankenübertragung. Eben wollte ich Sie anrufen«, waren seine ersten Worte.

»Ich wollte Ihnen sagen...« Ich geriet unvermittelt ins Stocken. »Warum?«

»Niemand ist verletzt worden, keine Sorge, aber ich fürchte, es hat ein Feuer gegeben. Ihr Haus ist letzte Nacht abgebrannt.« Ich konnte nicht sprechen. »Sind Sie noch da, Sam?«

»Ja. Wie? Was ist passiert?«

»Ich weiß es nicht. Aber es ist so trocken und heiß. Es hat eine ganze Serie von Bränden gegeben. Könnte irgendein elektrischer Defekt gewesen sein. Wir werden es uns genau ansehen und bald Bescheid wissen.«

»Ja.«

»Komisch, daß Sie gerade jetzt anrufen. Wollten Sie mir irgend etwas mitteilen?«

Ich dachte an Elsies Worte gestern abend vor dem Einschlafen.

»Mummy ist in Mummys Bett. Und Elsie ist in Mummys Armen. Und ihre Augen sind zu.« Schliefen wir und waren in Sicherheit, oder waren wir tot und kalt wie die zwei Leichenpaare, die X schon gesehen hatte? Leo und Liz Mackenzie. Danny und Finn, im Tod vereint.

»Eigentlich nichts«, sagte ich. »Ich wollte nur hören, wie es so läuft.«

»Es geht voran«, sagte er.

Ich glaubte ihm nicht.

40. KAPITEL

Mark, der junge Immobilienmakler, rief mich am späteren Nachmittag an.

»Ich hoffe, Sie haben ein Alibi«, sagte er munter.

»Was?«

»Na, Sie haben doch gesagt, daß Sie Feuer mögen.«

»Also, hören Sie mal...«

»Kleiner Scherz, Dr. Laschen. Es ist nichts passiert.«

»Mein Haus ist abgebrannt.«

»Niemand ist zu Schaden gekommen, das ist die Hauptsache. Aber es ist so – nicht, daß ich selbst so denken würde, aber die Hauptsache, dick unterstrichen, ist, daß Sie versichert sind und daß manche Leute in der heutigen Zeit vielleicht sagen würden, daß Sie durch den Brand des Hauses besser wegkommen, als wenn Sie es verkauft hätten.«

»Wie ist das möglich?«

»Ich will ja nichts gesagt haben, aber manche Häuser gehen nur sehr schlecht weg, und verkauft werden vorzugsweise die, die einen sehr konkurrenzfähigen Preis haben. Einen sehr konkurrenzfähigen Preis.«

»Aber ich dachte, mein Haus wäre so besonders gut verkäuflich.«

»Theoretisch war es das auch.«

»Sie hören sich bei der ganzen Sache sehr fröhlich an. Waren Sie auch versichert?«

»Insoweit, als wir gewisse finanzielle Vorsichtsmaßnahmen treffen mußten.«

»Also scheinen wir beide ganz gut aus dieser Katastrophe herauszukommen.«

»Vielleicht gibt es zu unseren Gunsten ein oder zwei Formulare zu unterschreiben. Könnten wir das eventuell bei einem Drink besprechen?«

»Schicken Sie mir die Formulare zu. Wiederhören, Mark.«

Ich legte den Hörer auf und fragte mich, ob das Feuer eine Warnung oder das perverse Geschenk einer Frau war, die meine pyromanischen Tendenzen kannte, oder beides.

»Alles gut verlaufen«, sagte Miss Olds, als ich Elsie abholte. »Heute nachmittag war sie ein bißchen müde, aber dann habe ich sie auf den Schoß genommen, und wir haben zusammen ein Buch gelesen. Nicht, Elsie?«

Elsie, die mir kurz zugewinkt hatte, als sie mich sah, war in die Spielecke hinübergegangen, wo sie und ein anderes kleines Mädchen wortlos Plastikspeisen auf Plastiktellern anrichteten und so taten, als würden sie sie essen. Bei den Worten der Lehrerin sah sie auf, nickte aber nur.

»Die letzte Zeit war sehr, äh, sehr ereignisreich für sie«, sagte ich. Das Herz hämmerte noch immer in meiner Brust wie der hochgejagte Motor eines Rennwagens vor dem Start. Ich ballte die Fäuste und versuchte, langsamer zu atmen.

»Ich weiß«, sagte Miss Olds lächelnd. Sie hatte auch die Zeitungen gelesen.

Ich sah wieder zu meiner Tochter hinüber und beherrschte mich, um nicht durch den Raum zu laufen, sie auf den Arm zu nehmen und an mich zu drücken.

»Ja, und deswegen liegt mir sehr daran, daß sie sich wohl fühlt.«

Miss Olds sah mich mitfühlend an. Sie hatte dunkelbraune Augen und einen kleinen Leberfleck über der Oberlippe. »Ich glaube, sie lebt sich hier ein.«

»Das freut mich«, sagte ich. »Hier können nicht ohne weiteres Fremde hereinkommen und durchs Haus gehen, oder?«

Miss Olds legte mir leicht eine Hand auf den Arm. »Nein«, sagte sie, »das können sie nicht. Allerdings gibt es Grenzen für die Sicherheit in einer Schule, in die jeden Morgen zweihundert Kinder kommen.«

Ich zog eine Grimasse und nickte. Aufsteigende Tränen trübten meinen Blick.

»Danke«, sagte ich.

»Es geht ihr gut.«

»Danke.«

Ich rief Elsie, streckte die Hand aus, und sie kam herbeigetrottet in ihrem butterblumengelben Kleid, einen blauen Filzstiftstrich wie eine Narbe auf der geröteten Wange.

»Komm, mein Schatz.«

»Gehen wir nach Hause?«

»Ja, nach Hause.«

»Und im Mittelpunkt stehen Leute, die nicht das waren, was sie zu sein schienen.« Das hatte ich so hinterhältig zu der Journalistin gesagt. Es war als Warnung an Rupert Baird gedacht gewesen, aber gelesen und als Warnung aufgefaßt hatte es X, wer immer sie war. Mein Haus war abgebrannt, und sie war in die Gedanken meiner Tochter eingedrungen.

Als wir nach Hause kamen, steckte ich Elsie in die Badewanne. Sie planschte herum und sprach mit sich selbst, während ich draußen auf der Treppe saß, an die Wand starrte und mir eine Geschichte erzählte. Ich wußte nichts über das Mädchen, aber ich wußte ein wenig über Michael Daley. Es war möglich, daß ich, wenn ich sein Leben ausforschte, den Schatten finden würde, aus dem das Mädchen aufgetaucht war. Und ich dachte an das letzte Bild in Elsies sicherem Haus. Mummy und Elsie, die engumschlungen schliefen. Die Geschichte hatte zwei mögliche Enden, Elsie und Mummy zusammen tot oder Elsie und Mummy, die weiterlebten bis an ihr glückliches Ende. Nein, das war übertrieben. Die lebten. Das genügte. Meine Tagträume wurden vom Läuten des Telefons unterbrochen. Baird war am Apparat.

»Ich hoffe, Sie haben ein Alibi«, sagte er im Spaß wie vor ihm der Immobilienmakler.

»Mich kriegen Sie nie, Bulle«, antwortete ich. Er lachte, dann folgte eine Pause. »War das alles?« fragte ich.

»Wir haben von dem Vorfall gestern gehört.«

Sie behielten mich also im Auge. Dies war der Moment der Entscheidung, aber ich lauschte dem Plätschern aus dem Bad und wußte, daß ich sie bereits getroffen hatte.

»Das war ein Mißverständnis, Rupert. Elsie ist im Park weggelaufen. Es war nichts.«

»Sind Sie sicher, Sam?«

Wir waren wie zwei Schachspieler, die gegenseitig ihre Verteidigung testen, ehe sie einen Zug akzeptieren, aufgeben und nach Hause gehen.

»Ja, ich bin sicher, Rupert.«

Ich konnte die Erleichterung am anderen Ende der Leitung spüren, und er verabschiedete sich herzlich und sagte, wir würden in Verbindung bleiben. Ich wußte, daß dies unser letztes Gespräch sein würde.

Ich hob Elsie aus der Badewanne, setzte sie im Bademantel aufs Sofa und stellte einen Teller mit Toast und Hefeextrakt auf ihren Schoß.

»Kann ich ein Video sehen?«

»Später vielleicht, nach dem Abendessen.«

»Kannst du mir eine Geschichte vorlesen?«

»Ja, bald. Ich dachte, wir könnten zuerst ein Spiel machen.«

»Können wir die Reise nach Jerusalem spielen?«

»Das ist schwer, wenn wir nur zu zweit sind und einer sich um die Musik kümmern muß. Ich sag dir was, in ein paar Wochen hast du Geburtstag, und wir spielen es dann auf deiner Geburtstagsparty.«

»Party? Geben wir eine Party. Geben wir wirklich eine Party?« Ihr blasses Gesicht strahlte unter den blassen Sommersprossen. Mit der Zungenspitze leckte sie sich etwas Hefeextrakt von den Lippen.

»Paß auf, das gehört zum Spiel, Elsie. Wir werden deine Party planen, und die wichtigsten Sachen für die Party tun wir in das sichere Haus.«

»Damit wir sie nicht vergessen!«

»Richtig, damit wir sie nicht vergessen. Wo fangen wir an?«

»An der Haustür.« Selig zappelte Elsie auf dem Sofa herum, eine klebrige Hand in meiner.

»Gut. Nehmen wir die Blättergirlande ab. Weihnachten ist längst vorbei. Was sollen wir statt dessen aufhängen für deine Party?«

»Ich weiß es: Ballons!«

»Ballons: einen roten, einen grünen, einen gelben und einen blauen. Vielleicht sind Gesichter aufgemalt!« In meiner Phantasie sah ich eine Reihe von kleinen Mädchen in ihren rosa und gelben Partykleidern. Ich erinnerte mich an die Feste, auf denen ich als Kind gewesen war: klebriger Schokoladenkuchen, Kekse mit rosa Glasur, Knabbereien und Limonade; blinde Kuh und Topfschlagen, damit jeder etwas gewann, Tanz- und Ratespiele; und am Ende der Party bekam jeder eine Tüte mit einer kleinen Packung Smarties und einem Plastikspielzeug, das eine Stunde lang bewundert und dann für immer vergessen wurde: eine Pfeife, ein unaufgeblasener, glänzender Luftballon. Elsie sollte all das bekommen, all die billigen und geschmacklosen Dinge. »Und als nächstes?«

»Die Fußmatte, die Fußmatte, wo Finn ein Glas Milch hingestellt hat.«

»Ja. Na, ich denke, inzwischen haben wir sie bestimmt umgeworfen.« Elsie kicherte. »Was sollen wir statt dessen hinstellen?«

»Äh, was paßt denn auf eine Fußmatte, Mummy?«

»Tja, da gibt es jemanden, den wir sehr gern haben und der sich immer näher an deinen Toast heranmacht, also paß auf; und er schläft gern auf der Fußmatte.«

»Anatoly!«

»Er kann unsere Wachkatze sein. Und was stellen wir in die Küche? Wie wär's mit etwas, das wir gekocht haben?«

Elsie hüpfte auf und nieder, so daß ihr der Teller vom Schoß rutschte und ich mir beim Auffangen die Finger klebrig machte. »Mein Kuchen! Mein Kuchen, der die Form von einem Pferdehaus hat.«

Ich erinnerte mich. Das war bei der Geburtstagsparty einer Freundin, die Wände des Pferdestalls bestanden aus Schokoladenflocken, und in der Mitte standen Plastikpferdchen; nach der Hälfte der Party war Elsie schlecht geworden. Ich nahm sie in die Arme.

»Pferdekuchen. Und was steht auf dem Fernseher?« Sie zog die Stirn kraus. »Wie wär's mit meinem Geburtstagsgeschenk für dich? Etwas, was du dir schon lange wünschst, vielleicht etwas, das singt.«

Sie bewegte sich nicht.

»Wirklich, Mummy, versprichst du's? Darf ich wirklich?«

»Wir suchen ihn dieses Wochenende zusammen aus. Also ein Kanarienvogel auf dem Fernseher, der dauernd singt.«

»Kann ich ihn Yellowy nennen?«

»Nein. So, und was tun wir auf die Treppe?«

In diesem Punkt war sie entschieden: »Da will ich Thelma und Kirsty und Sarah und Granny und Grandpa, weil die alle zu meiner Party kommen. Und das Mädchen, mit dem ich heute in der Schule gespielt habe. Und die andere auch, die, mit der du mich gesehen hast. Ich möchte ihnen Einladungen schicken.«

»Gut, all deine Partygäste auf der Treppe. Was ist im Bad?«

»Das ist leicht. Mein rotes Boot mit dem Propeller, das nie untergeht, nicht mal in großen Wellen.«

»Gut.« Ein anderes Boot kam mir in den Sinn, zerschellt und in der brodelnden See versunken. »Und als nächstes?«

»Mein Schlafzimmer.«

»Was sollen wir denn in dein Bett legen, Elsie?«

»Können wir da meinen Teddybär hinlegen? Können wir ihn aus dem Umzugskarton nehmen, damit er die Party nicht verpaßt?«

»Natürlich. Ich hätte ihn überhaupt nicht einpacken sollen. So, und zum Schluß – ich weiß, was in meinem Bett ist.«

»Was denn?«

»In meinem Bett sind wir. Du und ich. Wir liegen ganz wach zusammen im Bett, die Party ist vorbei, alle unsere Gäste sind gegangen, und wir reden über die Geburtstage, die du noch feiern wirst.«

»Bist du ganz alt, Mummy?«
»Nein, bloß erwachsen, nicht alt.«
»Dann wirst du nicht bald sterben?«
»Nein, ich werde noch lange leben.«
»Wenn ich so alt bin wie du, bist du dann tot?«
»Vielleicht hast du dann Kinder, und ich bin eine Granny.«
»Können wir immer zusammensein, Mummy?«
»Solange du willst.«
»Und kann ich jetzt ein Video sehen?«
»Ja.«

Ich schloß die Tür, hinter der *Mary Poppins* lief, und ging in die Küche, wo ich weit das Fenster öffnete. Die Geräusche Londons fluteten herein: Schulkinder auf dem Heimweg, kichernd oder streitend, synkopierte Musik aus einem Ghettoblaster, das Dröhnen und ungeduldige Röhren von Automotoren, Hupen in der Stop-and-go-Schlange, ein anhaltender Alarm, der ignoriert wurde, in der Ferne Sirenen, in der Luft ein Flugzeug. Ich atmete den Duft von Geißblatt, Abgasen, geröstetem Knoblauch und Großstadthitze ein – den Geruch der City.

Sie war irgendwo da draußen in diesem wunderbaren, unbegreiflichen Chaos, draußen in der Menge. Vielleicht war sie ganz in der Nähe, vielleicht aber für immer fort. Ich fragte mich, ob ich sie jemals wiedersehen würde. Vielleicht würde ich eines Tages, auf der gegenüberliegenden Straßenseite, in einer Warteschlange am Flughafen oder auf dem Marktplatz einer fremden Stadt, ein glattes Gesicht erblicken, leicht schräg nach oben gerichtet, wie ich es so oft gesehen hatte, würde stehenbleiben, den Kopf schütteln und rasch weitergehen. Ich würde sie in meinen Träumen sehen, wo sie mich noch immer anlächelte. Ihre Freiheit war ein geringer Preis für Elsies Sicherheit. Und ich würde in die Zeitungen schauen. Sie war entkommen, aber sie war nicht mit dem Geld entwischt, davon hatte sie nichts gesehen. Was würde sie jetzt tun? Ich schloß die Augen und atmete, ein, aus, ein, aus, mitten im Getöse der Stadt. Danny war tot, aber wir – ich und Elsie – hatten es überstanden. Das war schon eine ganze Menge.

Aus dem Wohnzimmer hörte ich Mary Poppins fröhlich den Kindern und meinem Kind vorsingen. Ich stieß die Tür auf. Elsie saß zurückgelehnt auf dem Sofa, die Beine hochgezogen, und starrte auf den Bildschirm. Ich kniete mich neben sie, und sie tätschelte mir abwesend den Kopf.

»Kannst du das mit mir angucken, Mummy, so wie Fing immer?« Also blieb ich und sah zu, bis wir beide eingeschlafen waren.

Der Glaspavillon

Roman

Aus dem Englischen
von Petra Hrabak, Barbara Reitz
und Christine Strüh

FÜR EDGAR, ANNA, HADLEY
UND MOLLY

1. KAPITEL

Ich schließe die Augen. In meinem Kopf ist alles noch da. Der morgendliche Dunst, der sich den Konturen des Bodens anschmiegt. Die beißende Kälte, die mir in der Nase schmerzt. Ich muß alle Kraft aufbieten, wenn ich mir ins Gedächtnis zurückrufen will, was sich an jenem Tag, an dem wir die Knochen – ihre Knochen – entdeckten, sonst noch zugetragen hatte.

Als ich den rutschigen, grasbewachsenen Abhang vor dem Haus hinabging, sah ich, daß die Arbeiter bereits warteten. Sie hielten Becher mit Tee in den Händen und rauchten. Ihr warmer, feuchter Atem stieg in Dampfwolken vor ihren Gesichtern auf. Zwar war erst Oktober, doch so früh am Morgen konnte man die Sonne hinter den Nebelschwaden nur erahnen. Ich hatte meinen Overall eine Spur zu ordentlich in die Gummistiefel gesteckt, während die Männer natürlich die übliche Kluft der Landbewohner trugen: Jeans, Acrylpullover und schmutzige Lederstiefel. Um sich warm zu halten, traten sie von einem Bein aufs andere, und sie lachten über etwas, das ich nicht hören konnte.

Als sie mich erblickten, verstummten sie sofort. Da wir uns alle seit Jahren kannten, wußten sie nicht so recht, wie sie sich mir gegenüber verhalten sollten – jetzt, da ich ihr Boß war. Mir hingegen bereitete das keine Schwierigkeiten, weil ich auf Baustellen stets von Männern umgeben war, selbst auf ganz kleinen wie dem sumpfigen Fleckchen Land meines Schwiegervaters in Shropshire. Absurderweise wurde das Anwesen »Stead – Stammsitz« genannt, eine Bezeichnung, die zunächst die ironische Distanz der Familie zu ihrem Gutsherrentum verriet, die aber mit der Zeit immer ernster gemeint wurde.

»Hallo, Jim«, sagte ich und streckte ihm die Hand entgegen. »Sie konnten also der Versuchung nicht widerstehen, selbst herzukommen. Freut mich.«

Jim Weston gehörte zu Stead wie das Gewächshaus oder der Keller, in dem selbst an Ostern noch der süße Duft der Äpfel hing. Es gab keinen Gegenstand auf dem Anwesen, mit dem er nicht auf irgendeine Weise verbunden war. Er hatte die Fensterrahmen ausgewechselt und gestrichen und an glühendheißen Augusttagen mit nacktem Oberkörper das Dach gedeckt. Bei jedem Malheur – egal, ob es sich um den Schimmelbefall der Mauer, einen Stromausfall oder eine Überschwemmung handelte – rief Alan Jim aus Westbury zu Hilfe. Und stets weigerte sich Jim zu kommen. Zuviel zu tun, war die übliche Antwort. Doch eine Stunde später rumpelte sein klappriger Lieferwagen die Einfahrt hinauf. Dann besah Jim sich nachdenklich den Schaden, klopfte mit traurigem Kopfschütteln seine Pfeife aus und murmelte etwas von modernem unbrauchbaren Zeug. »Mal seh'n, was ich da tun kann«, sagte er schließlich. »Irgendwie werde ich es schon zusammenflicken.«

Es gehörte zu Jim Westons Eigenart, daß er nie etwas zum Listenpreis oder überhaupt für Geld kaufte, wenn es sich durch Gefälligkeit, im Tausch oder sogar über die verschlungeneren Pfade des Schwarzmarktes von Shropshire besorgen ließ. Als er meinen Plan für den Pavillon sah, wurde sein Gesicht lang und länger. Das Gästehaus – gedacht für Kinder, Kindeskinder, Ex-Frauen und sonstige Verwandte, die sich zu den Familienfeiern der Martellos zusammenfanden – war mein Abschiedsgeschenk an die Familie; ein Traumhaus, wie ich es für mich selbst bauen würde. Ich hatte mir die relativ geschützte Lage des Grundstücks zunutze gemacht und einen Pavillon von absoluter Transparenz entworfen. Nur Streben,

Deckenträger und Glas. Es war ein Wunder an Funktionalität. Als ich Claud, meinem zukünftigen Ex-Ehemann, die Pläne zeigte, fuhr er sich zerstreut mit den Fingern durch sein schütteres braunes Haar und murmelte etwas von wirklich interessant und gut gelöst, was seine übliche Reaktion auf alles und jedes war; selbst meine Ankündigung, ich hätte mich zur Scheidung entschlossen, hatte er in diesem Stil aufgenommen. Ich hoffte, daß wenigstens sein Bruder Theo meine Absicht erkannte. Ihn erinnerte der Entwurf an seine alten Metallbaukästen, woraufhin ich erwiderte: »Ja, genau. Hübsch, nicht wahr?« Dabei war seine Bemerkung als Beleidigung gemeint. Schließlich unterbreitete ich den Plan dem Patriarchen selbst, Alan Martello, meinem Schwiegervater.

»Was ist das?« fragte er. »Ein Metallrahmen? Und wo ist das, was drumherum gebaut wird? Kannst du davon nicht auch eine Zeichnung anfertigen?«

»Das *ist* das Haus, Alan.«

Er schnaubte verächtlich in seinen grauen Bart. »Ich will nichts, was uns schwedische Architekturkritiker auf den Hals hetzt. Ich möchte etwas, in dem es sich wohnen läßt. Nimm das Stück Papier wieder mit und bau das Haus in Helsinki oder sonstwo weit weg von hier. Sicher wird dir irgendein durch Steuergelder finanziertes Komitee dafür einen Preis verleihen. Wenn wir schon so ein verdammtes Haus in unseren Garten stellen müssen – weshalb, will mir sowieso nicht ganz in den Kopf –, dann eins im englischen Landhausstil, aus Ziegeln und Sandstein oder einem anderen anständigen Material aus der Gegend.«

»Das klingt aber nicht nach dem zornigen jungen Alan Martello«, flötete ich. »Neue Wege in der Architektur, Innovation – hattest du dich nicht immer für so was begeistert?«

»Ich bin nicht mehr jung und auch nicht mehr zornig, außer über dich. Mach aus dieser strukturalistischen Scheußlichkeit etwas, das ich als Haus erkennen kann.«

So war Alan: umwerfend barsch und charmant. Ich war dankbar, daß er mich immer noch so liebevoll ausschelten konnte, obwohl ich im Begriff war, mich von seinem Sohn scheiden zu lassen. Trotzdem hielt ich hartnäckig an meinem Entwurf fest. Schließlich gab Alan nach, wohl auch vom Rest der Familie sanft dazu gedrängt.

»Was ist das hier, Mrs. Martello?« hatte Jim Weston beim Anblick des Bauplans gefragt und mit seiner Pfeife auf die Metallkonstruktion gedeutet.

»Jim, bitte nennen Sie mich Jane. Das sind Metallträger.«

»Hmm.« Er schob die Pfeife wieder zwischen die Lippen. »Geht das nicht auch mit Stein?«

»Jim, darüber können wir jetzt nicht diskutieren. Es gibt kein Zurück mehr. Alles ist bereits in Auftrag gegeben und bezahlt.«

»Hmm«, brummte er.

»Hier heben wir aus, nur einige Meter tief ...«

»Nur«, murmelte Jim.

»Dann die Betonsockel, hier und hier; der Unterbau, die Isolierschicht und die Membrane, darüber der Estrich, anschließend das geflieste Erdgeschoß. Die Metallträger verankern, der Rest ist ein Kinderspiel.«

»Isolierschicht?« wiederholte Jim mißtrauisch.

»Ja. Unglücklicherweise gibt es seit 1875 ein Gesundheitsgesetz, an das wir uns bis heute zu halten haben.«

Jetzt, zu Beginn des ersten Arbeitstages, ähnelte Jim mehr einem knorrigen Baum als einem Mann, der hergekommen war, um die Arbeiten zu überwachen. Sein Gesicht, das zeitlebens jedem Wetter ausgesetzt gewesen war, erinnerte an die Haut einer Kröte. Haarbüschel sprossen ihm aus Nase und Ohren. Weil er so alt war, bestand seine Rolle darin, seinen Sohn und seinen Neffen herumzukommandieren; ihre Rolle wiederum schrieb ihnen vor, seine Anweisungen nicht zu befolgen. Ich begrüßte die beiden jüngeren Männer ebenfalls.

»Was habe ich da gehört? Sie wollen auch graben?« fragte Jim mißtrauisch.

»Nur den ersten Spatenstich. Ich habe gerade gesagt, ich möchte einen Spatenstich tun, wenn's recht ist. Es ist wichtig für mich.«

Während meiner zwanzigjährigen Tätigkeit als Architektin habe ich mir etwas angewöhnt, das schon fast einem Aberglauben gleichkommt: Ich muß beim ersten Spatenstich dabeisein. Dies ist tatsächlich ein Moment rein sinnlichen Vergnügens, in dem ich mir oft wünsche, ich könnte mit eigenen Händen graben. Nachdem man Monate, manchmal sogar Jahre an der Erstellung von Plänen gearbeitet, nervöse Auftraggeber besänftigt und mit sturen Beamten im Baureferat verhandelt hat, nach all den Kompromissen und dem Papierkrieg tut es gut, nach draußen zu gehen und sich daran zu erinnern, daß es eigentlich nur um Erde und Ziegel und das richtige Anbringen der Rohre geht, damit sie im Winter nicht platzen.

Das Schönste daran sind die zehn bis fünfzehn Meter tiefen Aushebungen, die den eigentlichen Bauarbeiten vorausgehen. Man steht am Rand eines Baulochs im Herzen von London und blickt auf Jahrtausende vergangener Menschenleben. Zuweilen ahnt man noch die Überreste eines alten Hauses, und mir sind Gerüchte zu Ohren gekommen, wonach Bauunternehmer heimlich Beton über einen alten Fußboden aus der Römerzeit gegossen haben, um einer Auseinandersetzung mit den Archäologen aus dem Weg zu gehen. Denn oft muß man endlos warten, bis sie ihre Untersuchungen abgeschlossen haben und die Genehmigung zum Weiterbau erteilen. Wir errichten unsere Gebäude auf den Ruinen, die längst vergessene Vorfahren hinterlassen haben, und in einigen hundert oder tausend Jahren werden unsere Nachkommen ebenso vorgehen und auf unseren verrosteten Deckenträgern und dem bröckeligen Beton etwas Neues hochziehen. Auf unseren Toten.

Das hier würde nur ein winziges Loch werden, ein Kratzer an der Oberfläche. John reichte mir einen Spaten. Ich trat in die Mitte des rechteckigen Bauareals, das ich tags zuvor ausgemessen und mit einem Seil abgegrenzt hatte, und stieß den Spaten in den Boden.

»Paß auf deine Nägel auf, Mädchen«, hörte ich Jim hinter mir sagen.

Ich drückte den Spatengriff entschlossen nach unten und dann zu mir. Das Rasenstück wurde angehoben und legte ein keilförmiges Stückchen Erde und Lehm frei.

»Schön weich«, bemerkte ich.

»Die Jungs machen den Rest«, meinte Jim. »Wenn es Ihnen recht ist.«

Eine Hand auf meiner Schulter ließ mich zusammenzukken. Es war Theo. In meiner Erinnerung ist Theo Martello siebzehn Jahre alt; er trägt das schulterlange Haar in der Mitte gescheitelt, seine Haut ist blaß, und die vollen, geschwungenen Lippen schmecken leicht nach Tabak. Er ist groß und dünn und trägt einen überlangen Militärmantel. Schwierig, zwischen ihm und meinem jetzigen Gegenüber eine Verbindung herzustellen, diesem – o Gott! – über vierzigjährigen Mann mit den scharf geschnittenen Gesichtszügen, dem Dreitagebart, dem kurzgeschnittenen, graumelierten Haar. Was war er älter geworden! Aber wir waren alle älter geworden!

»Wir sind gestern erst spät angekommen und haben dich nicht mehr gesehen«, sagte er.

»Ich bin früh schlafen gegangen. Aber warum bist du in dieser Herrgottsfrühe schon auf den Beinen?«

»Ich wollte dich unbedingt sehen.«

Er zog mich an sich und umarmte mich. Ich drückte mich fest an meinen Lieblingsschwager.

»Ach, Theo«, sagte ich, als er mich losließ. »Es tut mir leid. Es tut mir so leid wegen Claud.«

Er lächelte. »Mach dir keine Gedanken. Tu, was du tun mußt. Es war mutig von dir, hier aufzutauchen und der ganzen Familie die Stirn zu bieten. Übrigens, wer kommt denn eigentlich?«

»Alle natürlich. Sämtliche Martellos. Und die Cranes auch, koste es, was es wolle. Dad und mein Bruder samt Familie sind noch nicht hier, aber mit ihnen sind wir vierundzwanzig. Das Königshaus mag untergehen, und möglicherweise ist uns die Bedeutung des Christfests abhanden gekommen – aber die jährliche gemeinsame Pilzsuche der Martellos findet trotzdem statt.«

Theo zog die Brauen hoch. Beim Lächeln bildeten sich um seine Augen und um seinen Mund kleine Fältchen. »Wie immer die alte Spötterin!«

»Ach, ich glaube, ich bin einfach nervös. Mein Gott, Theo, erinnerst du dich an die Fähre, die vor Jahren gesunken ist? Ein Rettungsboot wurde zu Hilfe geschickt, aber die Frauen und Kinder konnten nicht hinüberklettern. Da hat sich ein Mann zwischen die beiden Schiffe gelegt, und sie sind über ihn hinweggestiegen.«

Theo lachte. »Und du warst die erschöpfte menschliche Brücke, stimmt's?«

»Manchmal habe ich mich so gefühlt. Oder besser, wir, Claud und ich, haben uns so gefühlt. Das schwache Verbindungsglied zwischen den Martellos und den Cranes.«

Theos Gesicht verhärtete sich. »Du überschätzt dich, Jane. Wir gehören alle zusammen. Wir sind doch eine Familie. Und wenn es eine besondere Verbindung gibt, dann ist es die Freundschaft zwischen unseren Vätern, die schon lange vor uns existierte. Das sollten wir nicht vergessen.« Er lächelte wieder. »Du warst höchstens ein zweitrangiges Bindeglied. So was wie eine sekundäre Nut.«

Ich mußte kichern. »Höre ich da einen technischen Fachausdruck? Was, zum Teufel, ist eine sekundäre Nut?«

»Schon gut, vergiß es – du bist die Expertin. Ich habe nie mit Holz gearbeitet. Und ich freue mich, daß du gekommen bist, auch wenn es für dich ein Spießrutenlaufen war.«

»Ich mußte das hier beaufsichtigen, oder etwa nicht? Jetzt fürchte ich, daß ich über meinen Zeichnungen in Tränen ausbrechen und sie verschmieren werde.«

Wir traten durch die Flügeltüren in die Küche und nahmen uns jeder einen Becher Kaffee. Aus dem oberen Stockwerk waren Tassengeklapper und rauschende Klospülungen zu hören.

»Mach die Tür hinter dir zu, verdammt noch mal. Es ist kalt«, schrie jemand von drinnen.

»Reg dich nicht auf, ich bin gerade auf dem Weg nach draußen.« Es war Jonah, Theos Bruder.

»Hallo, Fred«, begrüßte ihn Theo.

Jonah nickte über den abgedroschenen Martello-Witz. Er und Alfred waren Zwillingsbrüder, die einander zumindest als Kinder und Jugendliche zum Verwechseln ähnlich gesehen hatten. Theo hatte mir einmal verraten, die beiden hätten tatsächlich ohne Wissen der betreffenden jungen Damen mit der Freundin des jeweils anderen geschlafen.

»Man kann uns Zwillinge an der Nase unterscheiden, Theo«, belehrte ihn Jonah. »Fred ist der mit der roten Nase und ohne Sonnenbräune.«

»Ach ja, darauf wollte ich dich gerade ansprechen, Jonah. Woher stammt die Bräune diesmal?«

»Tucson, Arizona. Ein Kosmetikkongreß.«

»Gut?«

»Ein paar interessante Möglichkeiten lagen in der Luft.« Jonah bemerkte Theos Lächeln. »Jetzt, da jeder so gesunde Zähne hat, müssen wir uns was Neues einfallen lassen.«

Theo beugte sich vor und sog den Dampf ein, der aus Jonahs Becher aufstieg.

»Anscheinend gehört dazu auch die Zahnpasta in Form eines heißen Getränks«, sagte er.

»Pfefferminztee«, antwortete Jonah. »Ich möchte den Tag nicht mit einem unnatürlichen Stimulans beginnen.«

Damit drehte er sich zu mir um, und seine tugendhafte Miene wich einem traurigen Lächeln. Mein Gott, würden mich an diesem Wochenende alle so anlächeln?

»Jane, Jane«, sagte er und umarmte mich mit einer Herzlichkeit, die nur dadurch beeinträchtigt wurde, daß er sich gleichzeitig bemühte, den Becher mit Kräutertee in einer Hand zu balancieren. »Wenn ich dir irgendwie helfen kann, laß es mich wissen.« Dann deutete er hinunter auf die Aktivität im Gras. »Toll, was du da für unsere Familie tust. Wenn es doch nur schon fertig wäre, dann müßten Meredith und ich nicht noch eine Nacht mit den Kindern in einem Zimmer verbringen. Sie haben höchstens drei Minuten am Stück geschlafen. Und Fred samt den Mitgliedern seiner Familie, die nicht im Internat sind, schliefen nebenan. Soweit ich informiert bin, sind die einzigen Paare, die ein Zimmer für sich haben, Alan und Martha und außerdem dein Sohn und seine Mieze.« Letzteres war eindeutig ein Seitenhieb.

»Alan wollte *unbedingt*, daß Jerry und Hana ein Zimmer für sich bekommen«, protestierte ich. »Vielleicht bedeutet es für ihn ein voyeuristisches Vergnügen. Ich weiß nicht einmal, wo mein jüngerer Sohn abgeblieben ist.«

»Geschweige denn mit wem«, fügte Jonah hinzu. »Aber ich würde es nie wagen, die unantastbare Tradition in Frage zu stellen, die dir das Recht einräumt, Natalies Zimmer zu bewohnen. Klingt wie eine Schlafzimmerposse.«

Ich folgte Jonah und Theo in die Küche zurück, aber mir war weder nach Essen zumute, noch wollte ich mich in die Menge derer einreihen, die Eisschrank und Herd umkämpften. Nirgends eine Spur von meinen Söhnen. Außer Alan und Martha, die das Vorrecht der Gastgeber genossen und sich erst später zu uns gesellten, fehlte so gut wie keiner. Claud, der nach seiner Nacht auf der Couch zerzaust und ein bißchen jämmerlich aussah, stand am Gasherd und rührte in einer großen Pfanne mit Eiern. Er nickte mir freundlich zu.

Vor genau einem Jahr hatte ich die vier Brüder zum letztenmal zusammen in diesem Raum gesehen. In ihrer Freizeitkleidung wirkten sie wieder wie Studenten oder sogar Schuljungen, die lachten und einander neckten. Nur Claud bildete die Ausnahme – bei ihm wirkte legere Kleidung immer etwas deplaziert. Er brauchte eine Uniform und strikte Regeln. Die Zwillinge mit ihrer dunklen Haut und den hohen Wangenknochen hätten nach einer unbequemen Nacht auf einer Couch bestimmt umwerfend ausgesehen. Aber Claud benötigte acht Stunden Schlaf und einen gutgeschnittenen Anzug, um am besten zur Geltung zu kommen. Aber dann kam er tatsächlich sehr gut zur Geltung.

Ich schnappte mir eine Banane aus der Obstschale und verschwand mit meinem Kaffee wieder nach draußen. Die Dunstschleier lösten sich allmählich auf und wichen einem blauen Himmel. Es war fast acht Uhr. Ein schöner, wenn auch kalter Tag kündigte sich an. Vermutlich haben die meisten von uns eine Landschaft im Kopf, die auftaucht, sobald man die Augen schließt. Meine bestand aus den hügeligen, im Patchworkmuster aneinandergereihten Feldern und Wäldern rings um Stead. Jeder Baum, jeder Weg und jeder Zaun riefen Erinnerungen in mir wach, Erinnerungen an lange Sommertage und Wochenenden im Schnee, mit kahlen Bäumen oder Frühlingsblumen – und alles verschmolz ineinander, all die Jahre und Jahrzehnte. Das Herrenhaus selbst war alles andere als alt – der Stein über der Eingangstür trug die Inschrift »1909 – P. R. F. de Beer«, den Namen des unbekannten Mannes, der das Haus hatte bauen lassen. Aber auf uns hatte es immer alt gewirkt. Die Eingangstür, die von uns jedoch nie als solche genutzt wurde, befand sich auf der anderen Seite. Die Auffahrt, die von dort wegführte, mündete in die B 8372. Bog man links ab, gelangte man nach Wales, rechts ging es nach

Birmingham. Doch dort, wo ich jetzt stand, vor Pullam Wood, sah ich über eine kleine Senke hinweg auf die Vorderfront des Hauses mit den Türen, durch die man das Wohnzimmer und die Küche betrat. Darüber waren die Fenster von Alans und Marthas Schlafzimmer und von den Gästezimmern. Noch ein Stockwerk höher befand sich Alans Büro, sein Allerheiligstes, das die gesamte Etage einnahm und von einem lächerlichen Holztürmchen gekrönt wurde. Obwohl das Haus groß war, wirkte es gemütlich, und obwohl es solide gebaut war, waren die Böden uneben und die Wände dünn wie Papier.

Ich erreichte den Rand des Waldes – in den ich mich nie vorwagte –, wandte mich nach rechts, streifte ein wenig umher und ging den Abhang hinab, bis ich bei den Männern angelangt war, die mit dem Bagger die Erde aushoben. Ich hörte das Geräusch eines Autos, Pauls unverwechselbarer Saab, ein erstklassiger Wagen, aber nicht so übertrieben, daß er gewisse politische Überzeugungen Lügen strafte. Dad stieg vorsichtig auf der Beifahrerseite aus und schlurfte hinüber zum Haus. Dann tauchte auf der gleichen Seite Erica auf und eilte Vater nach. Offenbar hatte sie auf dem Rücksitz gesessen, denn sie trug Rosie im Arm, die in nahezu theatralischer Haltung schlief. Paul sah sich um und entdeckte mich, und wir winkten uns zu. Jetzt waren alle da.

Kurz nach zehn hatten sich alle auf dem Rasen zur großen Pilzsuche versammelt. Die Familie nebst Anhang war so zahlreich, daß man sie für eine Jagdgesellschaft hätte halten können, wenn sich eine Meute Hunde in ihrer Mitte befunden hätte. Alle Brüder waren mit ihren Familien gekommen, mein Bruder Paul hatte sogar seine ehemalige und auch die derzeitige mitgebracht. Mir fiel eines dieser unlesbaren Kapitel des Alten Testaments ein: Alan zeugte Theo und Claud, Jonah und Fred. Chris zeugte Paul und Jane. Ohne mich waren es zwanzig Personen, die herumstanden und plauderten. Man war noch nicht abmarschbereit, weil ein Teil der jüngeren Generation auf sich warten ließ, unter ihnen bemerkenswerterweise Pauls drei Töchter mit seiner ersten Frau Peggy. Ungefähr zehn nach zehn tauchten sie auf, klobige Stiefel an den Füßen, langhaarig, ganz in schwarz, die gleiche gelangweilte Miene auf allen drei hübschen Gesichtern. Da ich an dem Ausflug nicht teilnahm, hielt ich mich etwas abseits und konnte die Szene gut überblicken. Himmel, was für eine Familie! Alle trugen abgewetzte Jeans und alte Pullover, nur Martha und Alan waren ordentlich gekleidet. Dies war ihr großer Tag! Alan trug ein grotesk korrektes langes Jackett, in dem ihm nicht mal die Niagarafälle etwas anhaben konnten. Sein Auftreten erinnerte immer etwas an einen Theater-Workshop, als sei der Darsteller in die Requisite geschickt worden, um sich dort als alternder Schriftsteller ausstaffieren zu lassen, der das Leben eines Gutsbesitzers führte. Er verfügte sogar über einen Stock, wie ihn Errol Flynn gern für seine Fechtkämpfe benutzte, die er auf umgestürzten Baumstämmen über rauschenden Flüssen ausfocht. Martha hingegen sah mit ihrem schneeweißen Haar bezaubernd aus, so schlank wie ihre Enkelinnen und wie diese ganz in Schwarz. Nur die Doc Martens fehlten. Ihrer Jacke sah man an, daß sie ausgedehnte Wanderungen erlebt hatte, und am Arm trug sie einen Weidenkorb in der genau richtigen Größe. So konnten die Pilze nicht durcheinanderpurzeln oder verderben. Die anderen hatten fast ausnahmslos Plastiktüten dabei. Ich hatte Martha einmal zu erklären versucht, Plastiktüten seien entgegen herkömmlicher Meinung gut für die Aufbewahrung von Pilzen geeignet, wenn man sie noch am gleichen Tag verzehren wollte – was wir stets taten –, aber Martha hatte mir gar nicht zugehört.

Alan klopfte mit seinem Stock auf den Boden. Ich erwartete beinahe einen Donnerschlag.

»Vorwärts!« rief er.

Bei jedem anderen hätte so ein Befehl lächerlich geklungen.

Dann überschlugen sich die Ereignisse. Ich ging ins Haus, setzte mich an den Küchentisch und wartete, bis man mich wieder brauchte. Nachdem ich die Zeitung zur Hälfte gelesen und ein paar Fragen im Kreuzworträtsel gelöst hatte, hörte ich ein Klopfen und blickte auf. Hinter der Glastür erkannte ich Jims Gesicht. Er sah blaß und erschrocken aus und bedeutete mir, ihm zu folgen. Einen Moment lang sträubte sich etwas in mir, der Aufforderung nachzukommen.

Als ich aus der Tür trat, ging Jim bereits wieder auf den Bauplatz zu. Die Aushubarbeiten schienen fast beendet zu sein, und ich fragte mich, ob er mir das auf eine umständliche Art mitteilen wollte. Die Männer standen um den Bagger herum und machten Platz, als ich näher kam.

»Wir haben etwas gefunden«, sagte Jims Neffe. Er sah aus, als wäre er am liebsten davongelaufen.

Ich blickte zu Boden. Zunächst war nicht viel zu sehen. Karamelbraune Lehmerde, ein paar zerbrochene Ziegel. Woher stammen sie? Ach ja, hier mußte der alte Grillplatz gewesen sein. Wie lange das schon zurücklag! Und dann waren da ein paar Knochen, schrecklich weiße Knochen, die aus der Erde herausragten. Ich sah die Männer an. Wollten sie, daß ich irgend etwas unternahm?

»Stammen die von einem Tier?« fragte ich. Absurd. »Vielleicht von einem Haustier, das man hier beerdigt hat?«

Jim schüttelte langsam den Kopf und kniete nieder. Ich wollte nicht hinsehen müssen.

»Hier sind ein paar Stoffetzen«, sagte er. »Kleine Stücke. Und eine Gürtelschnalle. Es muß sie sein. Natalie, ihr kleines Mädchen.«

Ich mußte endlich hinschauen. Bisher hatte ich in meinem

Leben nur eine Leiche gesehen. In den letzten Minuten ihres langen Leidens hatte ich die Hand meiner Mutter gehalten, hatte gesehen, wie der Tod jeden Ausdruck von ihrem Gesicht wischte und ihr gepeinigter Körper entspannt in die Kissen sank. Ich hatte meine Lippen auf ihr warmes Gesicht gedrückt. Tags darauf hatte ich es in der Aussegnungshalle noch einmal berührt – wächsern, kalt und hart. Und hier lagen nun die Überreste von Natalie, meiner geliebten Freundin, seit fünfundzwanzig Jahren für immer sechzehn Jahre alt. Ich kniete nieder und zwang mich, die Knochen genauer zu betrachten. Es mußten die von den Beinen sein, lang und dick. Ich erkannte Stoffreste, schwarz und schmutzig. Plötzlich fühlte ich mich seltsam unbeteiligt, nur neugierig. Kein Fleisch, natürlich nicht. Keine Sehnen. Die Knochen, die bereits freigelegt waren, lagen einzeln da. Die Erde um sie herum war dunkler als die übrige. Ob sich ihre Haare zersetzt hatten? Der Schädel war noch nicht freigelegt. Ich sah ihren schlanken Körper vor mir. In jenem Sommer braungebrannt. Ihren Leberfleck auf der rechten Schulter und ihre langen Zehen. Wie hatte ich das so lange vergessen können?

»Jemand sollte die Polizei rufen.«

»Ja, Jim, ja. Ich kümmere mich darum. Ich denke, wir sollten jetzt nicht weitergraben. Gibt es in Westbury eine Polizeistation?«

Es gab keine. Ich mußte mir im Telefonbuch die Nummer der Polizei in Kirklow heraussuchen. Ich kam mir ziemlich albern vor, als ich jemandem am anderen Ende der Leitung mitteilte, wir hätten Knochen gefunden, wahrscheinlich die von Natalie Martello, die seit dem Sommer 1969 vermißt wurde. Doch sie nahmen mich ernst, und bereits nach kurzer Zeit trafen zwei Polizeiwagen ein, dann ein Zivilauto und ein Krankenwagen, der eher wie ein Lieferwagen aussah. Eigenartig, daß ein Krankenwagen Knochen einlud, die man ohne weiteres in einem kleinen Karton hätte abtransportieren können. Einer der Polizisten stellte mir seltsame Fragen, aber ich war so verwirrt, daß ich sie kaum beantworten konnte. Der Fundort wurde notdürftig mit einer zeltartigen Plane abgedeckt. Leichter Regen fiel.

Ich wollte ihnen bei ihrer Arbeit nicht zusehen, konnte mich aber auch nicht losreißen. Ich setzte mich auf die Bank neben der Küchentür und sah hinunter auf die Plane und den dahinterliegenden Wald. Ob die Pilzsammler wohl bald zurückkehrten? Zwar trug ich eine Uhr, aber ich erinnerte mich weder daran, wann sie aufgebrochen waren, noch wie lange die Pilzsuche normalerweise dauerte, obwohl ich so oft dabeigewesen war. Ich saß einfach da, bis ich schließlich zwischen den Bäumen auf der anderen Seite des Waldes eine kleine Gruppe Menschen auftauchen sah. Ich stand auf, um ihnen entgegenzugehen, doch plötzlich stiegen mir Tränen in die Augen, und ich konnte nicht mehr sehen, wer da überhaupt kam. Es hätten genausogut Fremde sein können.

2. KAPITEL

Das Messer schnitt durch die schwammigen Schichten bis in das cremefarbene Fleisch. Ich zog die schleimige Haut ab und warf ein genießbares Stück Hut in eine große Schüssel. Peggy trug einen weiteren, bis oben hin mit Pilzen gefüllten Eimer herein. Sie duftete nach Wald und Erde, und ihre khakifarbene Hose war ganz verdreckt. Ihre Stiefel hatte sie im Flur ausgezogen.

»Hier sind noch ein paar«, sagte sie und griff sich ein Messer.

Behutsam nahm ich die gelben Pfifferlinge, die zuoberst lagen und an Wachsblumen erinnerten, und schnupperte an den Rändern ihres trichterförmigen Hutes. Ein Geruch wie Aprikosen.

»Wer hat die gefunden?« fragte ich.

»Theo, wer sonst? Alles in Ordnung, Jane?«

»Du meinst, was Claud angeht?«

»Nein, den heutigen Tag.«

»Ich weiß nicht.«

Im Eimer fand ich außerdem warzige Knollenboviste, nach Anis duftende Schafchampignons und schmackhafte Austernpilze. Feuchter Pilzgeruch durchzog die Küche; wurmige Schirmlinge verstopften das Spülbecken, Stielreste bedeckten die Arbeitsflächen. Ich wischte mir die zitternden Hände an der Schürze ab und strich mir die Haare aus der Stirn. Obwohl die Küche hell erleuchtet war, kam mir alles unwirklich vor – sowohl die schauerliche Entdeckung im Garten als auch die Parodie der Alltäglichkeit hier in der chaotischen Küche, dem Mittelpunkt des großen Hauses. Waren wir alle verrückt geworden? Ein Haus voller Menschen, die unter Schock standen, Gefangene eines seltsamen Rituals? Ich stürzte mich in Geschäftigkeit.

»Ihr wart wirklich tüchtig«, sagte ich zu Paul, der soeben durch die Küche ging, ein paar verstaubte Rotweinflaschen an die Brust gedrückt.

»Du hättest dabeisein sollen! Doppelt so viele hätten wir mitbringen können! Manche sind allerdings ungenießbar.«

Bevor er wieder hinausging, warf er einen verstohlenen Blick auf Peggy. Er wirkte abgekämpft. Jeder von uns mußte mit seinen Gedanken und Problemen selbst fertig werden. Aber Paul hatte die zusätzliche Belastung, dieses Wochenende in Gesellschaft seiner Ex-Frau, seiner jetzigen Frau und seiner Schwester verbringen zu müssen, die im Begriff war, sich von seinem besten Freund scheiden zu lassen. Man durfte einfach nicht zuviel nachdenken.

Ich begann, die Pilze zu zerkleinern. In den Töpfen siedete das Wasser. Es beruhigte mich, Dinge koordinieren zu können. Ich öffnete die Backofentür und stach mit einer Gabel in die roten Paprikaschoten, deren Haut Blasen warf.

»Jane? Claud hat mich gebeten, dir diese hier zu bringen.« Mein Vater streckte mir drei pralle Knoblauchzehen entgegen. Bereits im Hinausgehen – vermutlich wollte er rasch zurück zu seinem Kreuzworträtsel neben dem Kaminfeuer – fügte er plötzlich hinzu: »Es wird schon alles wieder in Ordnung kommen, meinst du nicht auch?« Seine Augen waren verquollen, als hätte er geweint. Ich tätschelte seinen Rücken.

»Bestimmt«, sagte ich mechanisch.

Ich schälte sechs Knoblauchzehen und zerdrückte sie in einer großen Pfanne auf dem Herd. Peggy stand über das Spülbecken gebeugt und putzte die restlichen Pilze. Dabei summte sie leise vor sich hin. Plötzlich sagte sie: »Es tut mir wirklich leid, es muß schrecklich für dich gewesen sein, als du es… sie… gefunden hast.«

»Ja«, bestätigte ich, »aber nicht schlimmer als für die anderen.«

Ich mochte nicht reden. Ich behielt meine Gefühle für mich und wollte sie nicht hier ausbreiten, während ich das Abendessen kochte. Nicht vor Peggy. Doch sie war nicht zu bremsen.

»Ihr wart alle sehr tapfer. Es ist komisch, aber zum erstenmal habe ich mich von der Familie ausgeschlossen gefühlt. Ihr wißt, wie ihr miteinander umgehen müßt.«

Ich wandte mich zu ihr um und nahm ihre Hand.

»Peggy«, sagte ich matt, »das stimmt nicht, das weißt du genau. Wir alle gehören zu dieser Familie, die bei Alan und Martha beginnt und nirgendwo endet.«

»Ich weiß. Vielleicht liegt es daran, daß ich Natalie nicht gekannt habe.«

»Es liegt lange zurück.«

»Ja«, sagte Peggy, »die sagenhafte und idyllische Kindheit in der Familie Martello. Da seid ihr euch alle einig, nicht wahr? Das erinnert mich immer...« Sie brach ab, weil sie etwas vor dem Fenster bemerkte. »Sieh dir das an! Ich bringe sie um! Weshalb kann Paul ihnen nicht die Leviten lesen? Angeblich ist er doch der Vater!«

Und schon stürmte sie aus der Küche. Durchs Fenster sah ich, daß ihre Töchter wie Verschwörer hinter einem Busch beisammenstanden und rauchten. Sie hielten sich offenbar für unsichtbar. Noch immer ohne Schuhe pirschte Peggy sich lautlos an sie heran. Jerry und Robert hatten früher in ihrem Zimmer bei weit geöffnetem Fenster geraucht und waren anschließend nach Zahnpasta riechend nach unten gekommen. Ich hatte nie ein Wort darüber verloren. Auch ich hatte damals heimlich geraucht. Spätabends im Garten, wenn ich keinen Schlaf finden konnte, weil ich über mein Leben nachsann. Später rauchten Jerry und Robert auch in meiner Gegenwart und boten mir sogar Zigaretten an, obwohl ich das Rauchen zu jener Zeit bereits aufgegeben hatte. Heute hätte ich allerdings alles für einen tiefen Zug gegeben.

Ich verrührte den blaßgelben Knoblauch in der Pfanne. Endlich allein. Endlich eine kurze Verschnaufpause, um nachzudenken und mich auf den bevorstehenden Abend vorzubereiten.

»Wie steht's, Mum? Böse, daß du die ganze Kocherei allein machen mußt?«

Robert beugte sich zu mir herunter. Mein großer, hübscher Sohn. Sein glattes, blondgefärbtes Haar hing ihm schräg ins eine Auge. Er trug zerrissene Jeans, ein altes verwaschenes Sweatshirt und darüber ein kariertes Hemd, nicht zugeknöpft. Er war barfuß und sah gut aus.

»Geht schon. Es ist mir sogar ganz recht. Könntest du den Salat waschen?«

»Eigentlich nicht«, antwortete Robert, öffnete den Kühlschrank und spähte hinein. »Gibt's da drin was für mich zu essen?«

»Nein. Was machen die anderen?« wollte ich wissen.

»Guter Gott, bei wem soll ich anfangen?« Mit spöttischer Geste zählte er sie an den Fingern ab. »Theo spielt Schach mit Chris. Dad bastelt eigentlich nur an der Sitzordnung rum und delegiert die Plazierung der Teller. Jonah, Alfred und Meredith machen einen Spaziergang; wahrscheinlich wollen sie klammheimlich einen Blick in dieses Zelt da draußen werfen. Hana und Jerry liegen miteinander in der Badewanne. Und so weiter und so fort. Großvater und Großmutter habe ich nicht gesehen. Sie sind bestimmt oben in ihrem Zimmer.«

Es entstand eine Pause. Robert blickte mich gespannt an. Ich kippte die Pilze in das heiße Öl. Er wartete auf etwas.

»Was gibt's?« fragte ich so neutral wie möglich.

Plötzlich bekam ich weiche Knie, und mir wurde flau im Magen. Robert schloß die Hände um den Mund und begann wie durch ein Megaphon zu sprechen. Seine Stimme klang zornig.

»Hallo, hallo, ist jemand dort draußen? Hier spricht Rob Martello, ein Besucher aus der realen Welt. Ich möchte Sie davon in Kenntnis setzen, daß auf dem Grundstück Knochen gefunden worden sind. Die einzige Tochter von Mr. und Mrs. Martello lag fünfundzwanzig Jahre lang zirka einen Meter von der Haustür entfernt und fünf Zentimeter unter der Erdoberfläche begraben. Die Veranstalter bedauern, Ihnen mitteilen zu müssen, daß aufgrund dieses Funds das Abendessen erst ein wenig später serviert werden kann. Wir hoffen, Ihnen damit keine Unannehmlichkeiten zu bereiten.«

Unwillkürlich mußte ich lachen, aber es klang matt.

»Robert!«

Es war Claud, der hinter Robert hereingekommen war. »Ich weiß, das ist alles sehr unangenehm...«, begann er, wurde jedoch sofort von Robert unterbrochen.

»Was? Unangenehm? Man hat die Leiche deiner Schwester im Garten ausgebuddelt! Was soll daran unangenehm sein?

Außerdem liegt es doch bereits mehrere Stunden zurück, oder etwa nicht? Und die Polizei hat die Knochen beseitigt. Vielleicht hätte Alan die Beamten bitten sollen, vor ihrem Wegfahren das Loch wieder zuzuschütten. Im jetzigen Zustand besteht die Gefahr, daß jemand morgen früh auf dem Weg zur nächsten gottverdammten Pilzsuche reinfällt und sich an die Sache erinnert.«

Claud bemühte sich vergebens, ein strenges Gesicht zu machen. Er lächelte resigniert.

»Du hast recht, Rob, wir werden nicht besonders gut damit fertig, aber ...«

»Aber der Schein muß gewahrt werden. Ein paar Knochen dürfen den Martellos schließlich nicht ein tolles Wochenende vermasseln. Sonst geht womöglich noch was Wichtiges schief. Zum Beispiel könnte der falsche Wein zum falschen Pilz serviert werden.«

Claud wurde ernst. »Robert, hör auf damit. Natalie war bereits vor deiner Geburt verschwunden. Daher ist es für dich schwierig, das zu verstehen. Wir haben uns mit der Zeit an den Gedanken gewöhnt, daß Natalie wohl tot ist. Aber deine Großmutter, meine Mutter, wollte es sich nie eingestehen. Sie hat immer versucht, sich einzureden, daß Natalie nur weggelaufen ist und eines Tages wieder auftaucht.« Claud legte den Arm um Robert, was ihm dank seiner Körpergröße auch gelang. »Der heutige Tag ist schrecklich für sie. Er ist für uns alle furchtbar, aber ganz besonders für sie. Wir müssen stark sein und sie unterstützen. Glück im Unglück, daß es passiert ist, während wir alle hier versammelt sind. So können wir uns gegenseitig trösten. Aber vor allem müssen wir Martha zur Seite stehen. Es gibt viel zu bereden, Robert, nicht nur in bezug auf Natalie. Und das werden wir auch tun, ich verspreche es. Aber heute sollten wir vielleicht einfach nur zusammensein. Vergiß nicht, daß die Überreste offiziell noch nicht identifiziert worden sind.«

»Und ist es da nicht das beste, einfach nur gemeinsam zu essen?« fügte ich hinzu. »Komm her, mein Liebling.« Ich zog Robert an mich. »Ich komme mir albern vor, weil ich dir nur bis ans Kinn reiche.«

»Also, hilfst du mir, Rob?« fragte Claud.

»Ja, ja, Dad, in Ordnung«, sagte Robert. »Wir können uns alle wie erwachsene Menschen benehmen. Vielleicht ließe sich aus dem Loch da draußen eine Attraktion machen. Mum, könntest du nicht vielleicht einen neuen Entwurf von deinem Pavillon machen, so daß er das Loch umschließt?«

»Wirst du uns nun helfen oder nicht?« fragte Claud mit einer für ihn typischen plötzlichen Schärfe.

Robert hob übertrieben unterwürfig die Hände. »Ja. Ich werde mich benehmen«, versicherte er und verließ die Küche.

Hilflos zuckten Claud und ich die Achseln. Seitdem wir über die Trennung gesprochen hatten, kamen wir besser miteinander zurecht, und ich spürte, daß ich mich vor gefährlicher Nostalgie hüten mußte.

»Danke«, sagte ich. »Gut gemacht.«

Claud beugte sich über eine Kasserolle. »Das duftet herrlich«, sagte er. »Wie du gesagt hast: Wir sind immer noch gute Freunde, nicht wahr?«

»Hör auf.«

»Ich meine ja nur.« Er machte eine Pause. »Ich denke, wir essen um neun. In Ordnung?«

Er musterte mich. Ich trug eine Trainingshose und ein Herrenhemd, das früher einmal Jerome gehört hatte. Ich hatte das erstbeste übergezogen, das mir nach der heißen Dusche in die Hände gefallen war. Alles hatte ich wegwaschen wollen: den Schweiß von der harten körperlichen Arbeit, die Tränen, die schlammige Erde, in der das Skelett gelegen hatte.

»Gut. Dann muß ich mich allerdings sofort um das Fleisch kümmern.«

Ich zerrieb Rosmarin über den halbfertigen Lammbraten

und schob ihn in den Ofen. Zu meiner Verwunderung leistete Claud mir weiterhin Gesellschaft, obwohl er doch sicher alle Hände voll zu tun hatte. Er lehnte sich gegen die Arbeitsplatte und drehte einen Pilz in seinen Fingern hin und her.

»Sie halten uns für verrückt.«

»Wer?«

»Die Leute aus der Gegend. Sie essen nur die Pilze in den Schachteln, die man in den Supermärkten bekommt. Aber es ist doch klar, was sie abstößt. Die Pilze sehen ein bißchen aus wie Fleisch, findest du nicht auch? Alles andere als bekömmlich.«

Claud strich mit dem Finger über den Pilz.

»Pilze haben kein Chlorophyll. Sie können den Kohlenstoff nicht selbst erzeugen und müssen sich von anderen organischen Stoffen ernähren.«

»Ist das nicht bei allen Pflanzen so?«

»Es macht mir manchmal Sorgen, dich so reden zu hören«, bemerkte er mit traurigem Unterton in der Stimme, und schlagartig wurde mir klar, daß ich mich ab jetzt nicht mehr darüber zu ärgern brauchte.

»Wie geht es Martha? Hast du mit ihr gesprochen?«

»Mutter geht es wunderbar«, entgegnete Claud.

Der Ton seiner Stimme ließ keinerlei Zweifel daran, daß ich mich heraushalten sollte. Gerade wollte ich ebenso kühl antworten, als Peggy mit roten Wangen und verdreckten Wollsocken in die Küche stürmte. Sie schnappte sich ein Glas und eine Flasche Whisky und lief wieder hinaus.

»Peggy«, rief Claud ihr nach, »vergiß nicht, wir essen in ungefähr einer Stunde, und dann gibt es jede Menge Wein!«

»Claud!« zischte ich vorwurfsvoll, doch Peggy besaß ein großes Selbstbewußtsein. Ich hörte sie nur verächtlich schnauben, während sie die Treppe hochstapfte. Claud wandte sich wieder mir zu und erkundigte sich ausnehmend freundlich: »Alles in Ordnung, Jane?«

In diesem Moment stürzte Erica herein – eine Wolke von Parfüm, purpurrote Fingernägel und kupferfarbene Locken.

»Claud, endlich hab ich dich gefunden. Theo braucht dringend deine Hilfe. Im oberen Stockwerk müssen unbedingt Betten umgestellt werden. Jane, mein Engel, kann ich dir was helfen?«

Sie hatte sich bereits zum Abendessen umgezogen. Ihr langer, geschlitzter Rock schleifte über den Boden, die auberginefarbene Seidenbluse bauschte sich über ihrem üppigen Busen, Armreifen klimperten an ihren Handgelenken, lange Ohrringe baumelten ihr fast auf die Schultern. Verglichen mit der armen Peggy und ihrer trägen, demonstrativen Nachlässigkeit wirkte sie wie eine exotische Pflanze.

»Peggys kleine Mädchen haben sich gerade in den Schuppen verdrückt«, kicherte sie nun. »Ach, noch mal fünfzehn sein und in einem Schuppen rauchen. Himmel, was für ein seltsamer, schrecklicher Tag. Arme Natalie. Ich meine, man kann doch sicher davon ausgehen, daß es Natalie ist und nicht irgendein archäologisches Überbleibsel. Sie ist es bestimmt, und ihr habt allen Grund, euch mies zu fühlen. Ich empfinde den Tod von Kindern ganz anders seit der Sache mit Rosie, weißt du. Natürlich hätte es mir vorher auch was ausgemacht, aber jetzt würde ich mich wahrscheinlich umbringen. Frances und Theo meinen, daß es für Martha und Alan eine Erleichterung ist. Aber ich frage mich, ob das stimmt.«

Sie tauchte ihre Krallen in eine Schüssel mit Oliven und schob gedankenverloren ein paar in ihren großen roten Mund.

Claud begann systematisch die Flaschen zu entkorken, bis acht aufgereiht nebeneinanderstanden. Ich rieb Parmesankäse in die dampfende Pfanne mit Pilzrisotto und fügte ein Stück ungesalzener Butter hinzu – nicht aus dem Kühlschrank, sondern aus der Speisekammer, wie sich das für Butter gehört. Ich hatte mir immer eine Speisekammer gewünscht. Vor dem Fenster sah ich Theo und seine Frau Frances groß und elegant vorbeigehen. Frances redete lebhaft auf ihn ein; ihre Augen wirkten hart, aber ich konnte weder ihre Worte hören noch Theos Gesicht sehen. Plötzlich drehte mein Schwager den Kopf zu mir und sah mir geradewegs in die Augen.

Wenn ich auf Stead bin, bewohne ich dasselbe Zimmer wie damals in meiner Kindheit. Natalie und ich stritten uns früher eher wie Schwestern denn als Freundinnen darum, wer in dem Bett am Fenster schlafen durfte, wobei Natalie sich gewöhnlich durchsetzte. Sie war hier zu Hause, es war ihr Zimmer, ihr Bett. Nach ihrem Verschwinden war es mir unmöglich, dort zu schlafen, wo sie gelegen hatte. Ich nahm das Bett gegenüber, unter der Dachschräge, hörte die Schläge der Standuhr aus dem Flur im Erdgeschoß und zuweilen die Rufe der Eulen aus dem nahen Wald. Wenn ich mitten in der Nacht aufwachte, sah ich manchmal für einen Moment die Umrisse von Natalies Körper unter den Laken, bevor mir wieder alles einfiel. Martha hatte nichts von Natalies Sachen weggeräumt, weil sie stets mit ihrer Rückkehr rechnete. Jedes Jahr, wenn wir in den Ferien zu Besuch kamen, mußte ich meine Kleider zwischen die von Natalie legen, die in Folie verpackt waren. Sie wurden mir zusehends fremder, bis ich bemerkte, daß es die Anziehsachen eines jungen Mädchens waren, aus denen ich herausgewachsen war, hinein in das Erwachsenendasein. Eines Tages waren sie nicht mehr da.

Ich zog die Vorhänge zurück und blickte aus dem Fenster auf den Garten, der allmählich in der Dunkelheit verschwand. Wie Rauch schwebte der Abendnebel über dem Gras. Der Himmel war tiefblau, nur der Horizont schimmerte noch rosa. Morgen werden wir schönes Wetter haben, schoß es mir durch den Kopf. Seltsam geformte Laubhaufen lagen auf dem Rasen und warteten darauf, verbrannt zu werden. Weiter rechts sah ich noch eine Erhebung, etwas niedriger – das Zeltdach der Polizei. Ob es irgendwo eine Firma zur Herstellung von Zelten gab, die man über Leichenfundorten aufstellte? Offensichtlich. Alles war ganz still. Unten am Waldrand saßen Pauls drei Töchter, ihre Körper verschmolzen zu einem einzigen dunklen Schatten. Vom Erdgeschoß drangen Stimmen zu mir herauf, doch ich konnte keine Worte verstehen. In einem Rohr gurgelte es, ein Abfluß vor dem Haus rauschte. Ich hörte Schritte vor meinem Zimmer. Wahrscheinlich waren es Jerome und die schöne Hana, die vorbeischlichen, rosig vom Duschen und in Handtücher eingehüllt. Ich meinte, ein unterdrücktes Schluchzen zu vernehmen.

Ich öffnete meinen Koffer und zog eine Jacke hervor, streng, schlicht und doch sexy, hochgeschlossen und an den Handgelenken enganliegend. Nachdem ich sie angezogen hatte, war auch meine Fassung halbwegs zurückgekehrt. Ich tupfte mir etwas Parfüm hinter die Ohren und wählte passende Ohrringe. Ich dachte an Natalie in jenem letzten Sommer, wie sie purpurfarbenen Lippenstift ausprobierte und mit ihren katzenähnlichen Augen, die meinen so sehr glichen, unverwandt in den Spiegel starrte. Dann wanderten meine Gedanken zu den Knochen, die ich am Morgen in der Lehmerde gesehen hatte. Was tat ich eigentlich in diesem Haus? Mit Claud, von dem ich mich trennen wollte, mit seinen Eltern, die meine Gegenwart schmerzen mußte, mit Clauds Bruder Theo, mit dem ich wie ein Teenager vielsagende Blicke durchs Küchenfenster wechselte?

»Jane, Hana, Martha, Alan!« rief Claud die Treppe herauf. »Kommt herunter. Ich öffne den Champagner.«

Marthas und Alans Auftritt wirkte wie einstudiert. Mein Schwiegervater, der bei seinem Eintritt gerade etwas zu seiner Frau sagte, unterstrich seine Worte mit einer Geste seiner großen Hände. Sein Bauch wölbte sich üppig über den Gürtel, der Bart sah eher ungepflegt aus, und das graue Haar fiel ihm bis auf den Kragen. Der grellfarbene Schlips hingegen entsprach der neuesten Mode, und sein Tweedjackett war untadelig. Immer ganz der Bohemien, der auf seine Kleidung keinen Wert legte – allerdings ein Bohemien von der reichen Sorte. Er umarmte Frances, die zufällig an der Tür stand, und bedachte Jerome mit einem herzhaften Klaps auf den Rücken. Jerome, mit kurzgeschnittenem Haar, in Jeans und schwarzem T-Shirt, wirkte traurig und befangen. Er widmete sich ausschließlich Hana, die von Kopf bis Fuß in Schwarz gekleidet war, was ihre slawischen Züge betonte.

»Jetzt sind wir ja alle versammelt!« rief Alan. »Ich brauche unbedingt etwas zu trinken.«

Martha neben ihm wirkte blaß und schmaler, als ich sie in Erinnerung hatte. Ihre glänzenden Augen verrieten, daß sie in den letzten Stunden geweint hatte. Jonah ging zu ihr und küßte sie auf die Wange. Er war ein gutaussehender Mann mit dunklen Haaren und blauen Augen. Weshalb hatte ich weder ihn noch Fred je attraktiv gefunden – wie Theo in jenem langen heißen Sommer? *Unserem* Sommer. Vermutlich, weil jeder der beiden wie ein halber Mann wirkte. Selbst ihre Ehefrauen, ihr Beruf, ihr Heim hatten keine eigenständigen Persönlichkeiten aus ihnen gemacht. Für mich waren sie immer noch Jonah-Fred, die Zwillinge, und ich fand ihre Ähnlichkeit nach wie vor ein bißchen komisch, wenn nicht sogar absurd. Ob sie die Leute noch immer zum Narren hielten?

Als Claud die erste Champagnerflasche entkorkte, hielten

ihm alle erwartungsvoll die Gläser entgegen. Jemand flüsterte mir etwas ins Ohr. Es war Peggy.

»Ich bin mir nicht sicher, ob Champagner den Umständen wirklich angemessen ist!«

Ich zuckte unverbindlich die Achseln. Alan klopfte mit dem Feuerzeug gegen sein Champagnerglas, und als er sich sicher war, daß ihm alle ihre Aufmerksamkeit schenkten, trat er in die Mitte des Zimmers. Eine ganze Weile herrschte völlige Stille. Alan blickte gedankenvoll in die Runde. Als er endlich zu sprechen begann, war seine Stimme so leise, daß wir alle die Ohren spitzen mußten.

»Ihr wißt, wie gerne ich euch mit einem Scherz begrüße, aber unser Treffen hat eine andere Wendung genommen als geplant. Gewiß möchte jeder von euch wissen, was ich gerade mit Clive Wilks, dem Chef der Kriminalpolizei in Kirklow, am Telefon besprochen habe. Er hat sich verständlicherweise sehr vorsichtig geäußert, aber auf meine Frage, ob es die sterblichen Überreste eines sechzehnjährigen Mädchens sein könnten, meinte er, das sei durchaus möglich. Was natürlich keine große Überraschung ist.« Er lächelte dünn. »Ich fürchte, der Bau von Janes wunderschönem Pavillon muß erst einmal verschoben werden.

Das Pilzessen ist uns zur Tradition geworden, und die Zusammenkunft unserer beiden Familien mit allen Kindern und nächsten Angehörigen bedeutet mir sehr viel.« Die Zuhörer wurden unruhig. Worauf wollte er hinaus? »Aber an heute werde ich mich bis ans Ende meiner Tage erinnern. Vor fünfundzwanzig Jahren ist unsere Tochter Natalie verschwunden. Eine Zeitlang glaubten wir, oder zumindest versuchten wir zu glauben«, er blickte zu Martha, die mit den Tränen kämpfte, »daß sie davongelaufen war und wieder zu uns zurückkommen würde. Diese Hoffnung verblaßte zwar mit der Zeit, schwand jedoch nie vollständig. Auf jemanden vergeblich zu warten, ist schrecklich, wirklich ganz schrecklich.

Heute haben wir sie nun gefunden und können endlich angemessen ihren Tod beweinen. Sie kann nun zur letzten Ruhe gebettet werden. Ich denke, ich sollte etwas über sie sagen, ich sollte sie, meine einzige Tochter, beschreiben. Aber mir fehlen die Worte.«

Auf einmal war Alan ein verlorener, trauriger alter Mann. Ich hörte ein deutlich alkoholisiertes Flüstern an meinem Ohr.

»Dieser elende Schauspieler. Er liebt so was, stimmt's?«

Fred. Er war bereits betrunken. Ich bedeutete ihm, still zu sein.

»Sie war klug, schön und jung; das Leben lag noch vor ihr.« Ich hörte ein unterdrücktes Schluchzen, wußte aber nicht, aus welcher Ecke es kam. »Sie war aufsässig, und sie war stur.« Jetzt rannen Tränen über Alans Wangen. »Sie mochte keine Abschiede. Schon als kleines Mädchen schob sie mich weg, wenn ich sie vor der Schule umarmen wollte. Nie winkte sie aus einem Bus, immer hielt sie den Blick nach vorn gerichtet. So war sie, mein kleines Mädchen, nie sah sie zurück. Doch jetzt können wir uns von ihr verabschieden.« Alan blickte auf das Glas in seiner Hand. Etwas gefaßter fügte er hinzu: »Damit beginnt für uns ein neuer Lebensabschnitt.« Er legte einen Arm um Marthas schmale Schultern; sie hielt sie gestrafft, um nicht von ihrem Kummer überwältigt zu werden. »Vielleicht kann ich jetzt sogar wieder ein ordentliches Buch schreiben«, fügte er mit einem kurzen Auflachen hinzu. »Wie auch immer, ihr sollt wissen, wie ich mich freue, daß wir alle hier versammelt sind. Ihr alle habt Natalie geliebt und sie euch.« Er hielt sein Glas in die Höhe, und der Champagner funkelte im Schein des Feuers. »Ich erhebe mein Glas auf Natalie.«

Wir sahen einander an. Entsprach das den Regeln des guten Geschmacks?

»Auf Natalie.«

Ehe ich auch nur einen Schluck trinken konnte, hatte ich bereits die Hälfte verschüttet, denn Fred hatte mich überschwenglich an sich gedrückt.

»Es tut mir leid wegen deiner Ehe, Jane«, erklärte er mit schwerer Zunge. »Und wegen des Pavillons. Ich habe mich schon so darauf gefreut, dort übernachten zu können. Aber jetzt wird für immer ein Geist darin umherwandern, stimmt's?«

»Das würde ich nicht sagen.«

»Doch, doch«, bekräftigte Fred. »Aber die eigentliche Frage ist...« Hier legte er eine so lange Pause ein, daß ich schon dachte, er hätte endgültig den Faden verloren, »...ob es ein glücklicher oder ein unglücklicher Geist ist.«

»Keine Ahnung«, antwortete ich und suchte nach einem Fluchtweg.

»Und welche Geheimnisse er lüften wird.«

»Ja, aber jetzt essen wir erst mal«, sagte ich und fügte mit lauter Stimme hinzu: »Bitte zu Tisch!«

Es war vorbei. Auf der zu Beginn so stilvoll gedeckten Tafel herrschte ein wüstes Durcheinander. Das Kerzenlicht machte die Gesichter weicher, die Stimmen wirkten gedämpft. Bei den jungen Leuten, die vor dem Feuer Karten spielten, kam keine Spur von Ausgelassenheit auf. Sogar Alan sprach leise, als er einen Vortrag über den Zustand des zeitgenössischen Romans hielt und dabei den Stiel seines Glases zwischen den Fingern drehte. Ich war erneut in Freds Fänge geraten, der mir doch tatsächlich vorschlug, Claud und ich sollten seine Frau Lynn mit der Abwicklung unserer Scheidung beauftragen. Bevor er mir jedoch die Vorzüge dieser Lösung genauer erklären konnte, wurde Lynn auf ihn aufmerksam und schickte ihn zu Bett.

»Ich falle nur, wenn ich gestoßen werde«, erklärte er, als Lynn ihn unerbittlich nach oben geleitete.

»Alles in Ordnung mit ihm?« fragte ich Lynn, als sie wieder nach unten kam.

Lynn war eine gutaussehende, selbstsichere Frau, wie immer sehr elegant in ihrem dunklen Samtrock.

»Er ist mit der Umstrukturierung des Trustfonds beschäftigt«, erklärte sie. »Ganz schön nervenaufreibend.«

»Kündigungen?«

»Stellenabbau«, sagte sie.

Ich hoffte, sie würde mir mehr darüber erzählen, aber als sie anfing, mir ihr Mitgefühl wegen der bevorstehenden Scheidung kundzutun, verlor ich das Interesse. Ich suchte nach einem Vorwand, das Gespräch beenden zu können und trat zu Hana und Jerome, der immer noch schmollte. Aber auf meine Fragen erhielt ich nur einsilbige Antworten. Daraufhin ging ich zu Theo, der ins Feuer starrte und zusammenzuckte, als ich seine Schulter berührte. »Verzeihung«, bat ich ihn.

Er drehte sich um, schien mich aber kaum wahrzunehmen.

»Mir gehen die albernsten Dinge durch den Kopf«, erklärte er. »Als Natalie noch klein war, elf oder zwölf, übten wir im Sommer radschlagen. Ich schaffte es immer nur, wenn ich es ganz schnell machte. Natalie lachte mich dann aus und meinte, ich würde die Beine nicht weit genug in die Höhe strecken. Sie machte es mir vor, wobei ihr das Kleid oder der Rock manchmal bis über den Kopf rutschte. Wir Jungen lachten sie dann aus. Allerdings schaffte sie es langsam, wie es sich gehörte. Runter auf die Hände, dann ein Bein langsam in die Höhe, dann das andere, wie zwei Speichen eines Rads. Und wieder runter. Perfekt. Aber wir waren zu stolz, um ihr das zu sagen.«

»Das hat sie bestimmt nicht gestört«, sagte ich. »Sie wußte immer, was sie konnte.«

»Ich erinnere mich, wie sie drüben am Fenster im Sessel saß

und las – dabei hatte sie immer diesen verärgerten Gesichtsausdruck, wenn sie sich konzentrierte. Komisch.«

Ich nickte, brachte aber keinen Ton heraus. Ich war noch nicht soweit.

»Kennst du das alte Klischee: Man kommt von der Schule und muß feststellen, daß sich die kleine Schwester zur Frau gemausert hat? So habe ich es ein bißchen empfunden, als sie zwischen vierzehn und sechzehn war. Ich kam in den Ferien nach Hause, und sie ging mit den Jungs aus, mit denen sie früher gespielt hatte. Dann tauchte Luke auf, erinnerst du dich?« Ich nickte. »Ich fühlte mich ganz komisch. Nicht besonders gut. Zum erstenmal in meinem Leben spürte ich, daß wir alle erwachsen wurden, auch Natalie, die irgendwann Kinder kriegen würde. Aber dazu ist es nie gekommen.«

Er drehte sich zu mir. Seine Augen standen voller Tränen. Ich griff nach seiner Hand.

»An diesen ernsten Blick erinnere ich mich gut«, sagte ich leise. »In diesem furchtbaren, völlig verregneten Sommer, als sie mir erklärte, sie würde jetzt jonglieren lernen, und dann tagaus, tagein mit den drei blöden Bohnensäckchen übte. Auf ihrem Gesicht erschien dieser grimmige Ausdruck, und man sah immer ihre Zungenspitze in einem Mundwinkel. Jeden Tag trainierte sie, und irgendwann klappte es tatsächlich!« Wir saßen ganz nahe beieinander und tuschelten wie zwei Verliebte. »Ich sehe sie noch hier vor dem Feuer liegen. Die Flammen spiegelten sich in ihren Augen. Ich lag direkt neben ihr. Wenn uns jemand ansprach, kicherten wir nur. Lieber Himmel, bestimmt waren wir ziemlich nervig.«

Endlich lächelte Theo.

»Das kann man wohl sagen.«

Der Bann war gebrochen. Im Hintergrund öffnete Claud gerade eine Flasche Portwein. Der dickflüssige, purpurfarbene Wein gluckerte leise in die Gläser auf dem Tablett. Claud hob die Hände, und das Gemurmel verstummte. »Auf die

Köchin!« sagte er und lächelte mich wehmütig über die Reste des Mahls hinweg an. Auf einmal wirkte dieses Festessen fast wie ein Abschied. Ich fragte mich, wie es wohl weitergehen mochte, und spürte, daß ich Angst hatte vor der Zukunft.

»Auf Jane!« fielen alle ein. »Auf Alan und Martha!« ergänzte mein Vater. An dem ungewohnt scheppernden Tonfall in seiner sonst so klaren Stimme hörte ich, daß auch er ein wenig beschwipst war. »Und auf Claud, der alles organisiert hat!« übertönte Jonah das Stimmengewirr. »Auf Theo, der die Parasolpilze gefunden hat!« rief jemand von hinten. Damit war die süße wehmütige Stimmung dahin. »Auf uns alle!« sagte Alan.

»Auf uns alle.«

4. KAPITEL

In der morgendlichen Kälte wollte mein Auto zunächst nicht anspringen. Der Motor stotterte und starb etliche Male ab, bis er sich schließlich freigehustet hatte. Ich kurbelte das Fenster herunter und blickte in das finstere Gesicht meines jüngeren Sohnes.

»Tschüs, Jerome, tschüs, Hana. Ruft mich an, wenn ihr wieder in London seid. Und fahrt vorsichtig.«

Hana gab mir einen Kuß durchs Fenster. Rosie warf ich eine Kußhand zu, worauf sie mit dem Finger auf mich zeigte und ihn anschließend in die Nase steckte. Paul lud eine Unmenge Gepäck in sein Auto. Als ich ihn rief, winkte er mir zu. Alan und Martha standen nebeneinander, um mich zu verabschieden. Ich lehnte mich aus dem Fenster, ergriff Alans Hand und drückte sie.

»Alan« sagte ich, »sollen wir uns treffen, wenn du das nächste Mal in London bist?«

Mir war unbehaglich zumute, als würde ich ihn bitten, mit

mir in Kontakt zu bleiben. Er strich mir mit der Hand übers Haar.

»Jane«, meinte er, »du wirst immer unsere Schwiegertochter bleiben. Nicht wahr, Martha?«

»Natürlich«, sagte sie und umarmte mich.

Sie duftete so vertraut nach Puder und Holzfeuer. Sie hatte es immer verstanden, umwerfend sexy und gleichzeitig beruhigend schlicht zu sein. In ihren Augen standen Tränen, als sie mich zum Abschied küßte, und für einen Augenblick überfiel mich der brennende Wunsch, das, was ich in die Wege geleitet hatte, ungeschehen zu machen: die Trennung von ihrem Sohn und die elenden Pläne für den Glaspavillon, die zur Entdeckung ihrer toten Tochter geführt hatten. Sie drückte meine Hand.

»Eigentlich bist du für uns sogar noch mehr eine Tochter als eine Schwiegertochter.« Zögernd fügte sie hinzu: »Laß mich nicht im Stich, Liebes.«

Was meinte sie damit? Wie sollte ich sie im Stich lassen? Claud trat mit einem eleganten Koffer aus dem Haus. Er kam ein paar Schritte auf uns zu, blieb dann aber stehen. Er würde das Ganze mit Würde tragen, aber weiterhin für mich da sein, dachte ich, während ich ihn betrachtete. Wie vertraut dieser Mann mir war. Ich wußte, wo er seine Jeans gekauft und in welcher Reihenfolge er seine Sachen in den Koffer gelegt hatte. Wußte, welche Musik er im Auto hörte und daß er die Tachonadel nicht höher als auf hundertzehn klettern ließ. Bestimmt rief er mich sofort von seiner neuen kleinen Wohnung in Primrose an, um sich zu vergewissern, daß ich gut daheim angekommen war. Anschließend würde er sich einen Whisky einschenken und sich ein Omelett backen.

Robert, den ich in meinem Wagen nach London mitnahm, saß still und angespannt neben mir. Sein blasses, glattes Gesicht war unbewegt. Ich legte für einen Moment meine Hand auf seine, dann hob ich sie, um Claud zu winken. Er nickte uns zu.

»Auf Wiedersehen, Jane!« rief er und stieg in sein kleines Auto.

Wir verließen Stead gleichzeitig. Während der langen Fahrt durch Shropshire sah ich Clauds blaues Auto und sein dunkles Haar im Rückspiegel. Als wir die Autobahn erreicht hatten, schaltete Robert laute Musik ein. Ich drückte aufs Gaspedal, und bald hatten wir Claud weit hinter uns gelassen.

Zigaretten sind etwas Wundervolles. Jeden Morgen ging ich erst einmal unter die Dusche und anschließend im Bademantel einen Stock tiefer. Ich mahlte mir ein wenig Kaffee, goß frisch gepreßten Orangensaft in ein Glas und zündete mir die erste Zigarette an. Während ich rauchte, überdachte ich Pläne für neue Projekte. Ich rauchte, sooft ich den Telefonhörer zur Hand nahm. Ich rauchte im Auto – mein Gott, wie sehr hätte Claud das verabscheut. Oft rauchte ich auch im Dunkeln, abends. Ich sah zu, wie die glühende Spitze Leuchtspuren in der Luft hinterließ. Meine Tage waren eingeteilt in kleine Nikotinportionen. Und ich rauchte jeden Morgen beim Durchblättern der Zeitung, wenn ich nach Neuigkeiten über Natalies Überreste suchte, die man inzwischen mit Hilfe gerichtsmedizinischer Untersuchungen zweifelsfrei identifiziert hatte. Der *Guardian* schrieb über die »unglückliche Tochter des *angry young man*«. »Martello-Tragödie« hieß es in der *Mail.* Alan gab Interviews. Meistens waren Archivbilder dabei, die ihn als jungen Mann zeigten, zu Zeiten größeren Erfolgs.

Gegen Ende der Woche rief mich ein Kriminalbeamter aus Kirklow an. Man wollte sich rein routinemäßig mit mir unterhalten. Nein, ich bräuchte nicht extra nach Kirklow zu kommen, zwei Beamte hätten nächste Woche ohnehin in London zu tun. Wir vereinbarten einen Termin, und am Dienstag der folgenden Woche saßen Punkt elf Uhr dreißig zwei Kriminalbeamte im vorderen Zimmer: Detective Sergeant Helen Auster, die das Gespräch führte, und Detective Constable Turnbull, ein kräftiger Mann mit straff nach hinten gekämmtem Haar. Ich kochte Kaffee, und Turnbull und ich zündeten uns eine Zigarette an.

Auster trug ein nüchternes graues Flanellkostüm. Sie hatte hellbraunes Haar und durchdringende gelbliche Augen, die offenbar auf einen Punkt hinter meinem Kopf gerichtet waren. Sie trug einen Ehering und war jung, schätzungsweise zehn Jahre jünger als ich. Während wir an unserem Kaffee nippten, tauschten wir Belanglosigkeiten über London aus. Sie hatten es offensichtlich nicht eilig, zur Sache zu kommen. Schließlich schnitt ich das Thema an.

»Treffen Sie sich hier in London mit allen Verwandten von Natalie?«

Helen Auster lächelte und warf einen Blick in ihr Notizbuch. »Wir kommen gerade von Ihrem Vater, von Mr. Crane«, sagte sie mit einem leichten Birmingham-Akzent. »Nach dem Mittagessen sind wir mit Theodore Martello in seinem Büro auf der Isle of Dogs verabredet. Anschließend fahren wir zur BBC-Zentrale und führen dort ein Gespräch mit Ihrem Bruder Paul.«

»Sie werden den größten Teil des Tages im Verkehr festsitzen«, stellte ich mitleidig fest. »Glauben Sie denn, daß sich jemand nach so langer Zeit überhaupt noch an etwas erinnert?«

»Wir müssen ein paar Dinge klären.«

»Glauben Sie, daß Natalie ermordet wurde?«

»Nicht auszuschließen.«

»Weil sie vergraben wurde?«

»Nein, weil es Hinweise gibt, daß sie erwürgt wurde.«

»Reichen die Knochenfunde aus, um das feststellen zu können?«

Auster und Turnbull wechselten einen Blick.

»Ein kleines Detail hat uns darauf gebracht«, erklärte Auster. »Bei einer Strangulation bricht meistens das Zungenbein, das zwischen Unterkiefer und Kehlkopf liegt. Dieser Knochen ist bei der Toten gebrochen. Allerdings befand sich die Leiche lange Zeit in der Erde.«

»Jemand muß die Leiche vergraben haben«, sagte ich.

»Richtig«, bestätigte Auster.

»Hat diese Person sie auch umgebracht?«

»Vielleicht. Im Augenblick versuchen wir Einzelheiten in Erfahrung zu bringen. Wie Sie sicherlich wissen, war man lange Zeit davon ausgegangen, daß Natalie Martello von zu Hause weggelaufen war. Offenbar ist sie am Morgen des 27. Juli 1969 zum letztenmal gesehen worden.«

»Am Tag nach der Party, richtig«, warf ich ein.

»Erst Monate später wurden Aussagen aufgenommen, aber die Nachforschungen brachten nicht viel.«

Es entstand eine Pause, die ich so schnell wie möglich zu überbrücken versuchte.

»Alle Spuren dürften mittlerweile verwischt sein. Wie wollen Sie da noch etwas herausfinden?«

»Wir bitten die Leute eindringlich, uns jedes kleinste Detail mitzuteilen, an das sie sich erinnern können.«

»Aha. Natürlich.«

Auster sah noch einmal in ihr Notizbuch.

»Gerald Francis Docherty, ein Nachbar, hat Natalie zum letztenmal gesehen, und zwar beim Fluß am nördlichen Rand des Grundstücks Ihrer Schwiegereltern. Natürlich möchten wir wissen, ob jemand sie danach noch einmal zu Gesicht bekommen hat.«

»Ich glaube, das hat man uns damals schon gefragt. Ich habe Natalie nach der Party nicht mehr gesehen.«

»Erzählen Sie uns von der Party.«

»Bestimmt hat Ihnen mein Vater eine Menge davon berichtet. Es war Alan und Marthas zwanzigster Hochzeitstag. Sie kamen an diesem Tag von einer Kreuzfahrt zurück. Mein

Vater hat sie in Southampton abgeholt und direkt nach Shropshire gebracht. Die Familie hatte ein großes Fest für sie vorbereitet. Eine Menge Gäste waren gekommen, von denen viele über Nacht blieben, entweder auf Stead selbst oder in der Nachbarschaft. Ich glaube, viele schliefen einfach in Schlafsäcken auf dem Fußboden. Ich erinnere mich hauptsächlich an die Vorbereitungen. Soweit ich weiß, hat Natalie auch mitgeholfen. Die Party fand an einem dieser wunderbar warmen Sommerabende nach einem richtig heißen Tag statt. Wir wollten grillen. Claud und Paul hatten alles dafür vorbereitet. Weshalb ist es immer Aufgabe der Männer, sich um das Fleisch zu kümmern? Ich glaube, Natalie hatte ein ärmelloses schwarzes Kleid an. In jenem Sommer trug sie immer Schwarz, genau wie Luke. Und ich machte es ihr nach. Luke war ihr Freund, das wissen Sie sicher. Beide machten jeden Modetrend mit; sie waren mager und wirkten immer etwas mürrisch. Neben ihnen fühlte ich mich ausgesprochen linkisch, obwohl ich doch diejenige war, die in London wohnte. Aber jetzt schweife ich ab. Was möchten Sie von mir wissen?«

Helen Auster wirkte ein wenig ratlos und verlegen. Anscheinend wußte sie selbst nicht so recht, was sie von mir erfahren wollte.

»Wie war Natalie an jenem Abend?«

»Wie meinen Sie das?«

»War sie deprimiert? Verärgert? Ausgelassen?«

Ich spürte, wir mir das Blut in die Wangen stieg. Wenn ich an das Fest dachte, tauchte immer wieder Theo vor mir auf und nicht Natalie.

»Ich habe sie an jenem Abend nicht viel gesehen. Wissen Sie, es war eine sehr große Party mit ungefähr hundert Gästen.«

»Ich dachte, Sie waren ihre beste Freundin.«

»Ja, schon, aber man erinnert sich doch meistens hinterher

nicht mehr daran, was auf einer Party im einzelnen passiert ist, oder?«

»Stimmt«, bestätigte Helen Auster. »Und am nächsten Tag?«

»Da feierten wir sozusagen weiter. Viele Gäste waren ohnehin schon auf Stead oder schauten noch mal vorbei. Man ging spazieren und machte alles mögliche, und ab Mittag wurde Champagner getrunken.«

»War die ganze Familie da?«

»Bei der Party, ja. Claud, der die Organisation der ganzen Vorbereitungen übernommen hatte, ist am nächsten Morgen noch vor Sonnenaufgang mit seinem besten Freund Alec nach London gefahren, um von dort nach Bombay zu fliegen. Typisch für ihn! Er ist drei Monate lang durch Indien gereist mit ungefähr zwanzig Pfund in der Tasche. Wir hatten immer vorgehabt, zusammen hinzufahren. Das scheint jetzt eher unwahrscheinlich. Ich sollte vielleicht dazu sagen, daß wir in Scheidung leben.«

»Das tut mir leid.«

»Ist schon in Ordnung, ich wollte es selbst so. Im Laufe des Tages zerstreuten sich die Gäste. Wie soll man denn heute noch rekonstruieren können, wer sich an jenem Tag wo aufgehalten hat?«

»Abgesehen von Natalie. Sie war kurz vor eins am Fluß. Gab es einen besonderen Grund dafür?«

»Mir fällt keiner ein. Jedenfalls kein besonderer. Aber es scheint mir auch nicht so verwunderlich, daß sie sich gerade dort aufgehalten hat. Ich fürchte, ich bin keine große Hilfe.«

»Macht nichts. Soweit ich weiß, hat man die Entdeckung der Leiche in gewissem Sinne Ihnen zu verdanken. Weshalb wollten Sie das Gästehaus gerade an dieser Stelle bauen?«

Ich erklärte, daß ich den Pavillon ursprünglich weiter unten am Hang geplant hatte, aber meine Absicht änderte, als ich entdeckte, daß unter der Stelle ein kleiner Flußarm verlief. Die Dränage wäre sehr schwierig und kostspielig geworden. Ich erzählte von den Aushubarbeiten und wie wir auf Natalies Knochen gestoßen waren.

»Wieso haben Sie gleich angenommen, daß es Natalies Knochen sind?« fragte sie.

»Ich weiß nicht«, antwortete ich etwas verblüfft. »Wahrscheinlich nur deshalb, weil Natalie verschwunden war und ich immer geglaubt habe, daß sie tot ist, obwohl Martha das nie wahrhaben wollte. Und als man in der Nähe des Hauses Knochen fand, na ja...« Verwirrt brach ich ab und begann erneut. »Ich war immer überzeugt, daß wir eines Tages Natalies Leiche finden würden. Also habe ich irgendwie darauf gewartet. Vielleicht wie wir alle. Aber mir ist nie der Gedanke gekommen, daß sie... na ja, daß sie ermordet worden sein könnte. Ich dachte eher an einen Unfall oder so. Die Entdeckung der Knochen war schrecklich, nicht nur weil es Natalie war, sondern weil jemand sie dort vergraben haben muß. Ach ja, das wollte ich Sie eigentlich fragen: Finden Sie nicht auch, daß das ein sonderbarer Ort ist, um Natalie zu begraben... im Garten, genau dort, wo sie gewohnt hat?«

Auster lächelte. »Eigentlich ist es ein besonders schlaues Versteck! Die meisten Mörder vergraben ihre Leichen nicht sehr geschickt. Abgelegenes Gebüsch oder sumpfiges Gelände scheint auf den ersten Blick zwar geeignet, aber meist ist an derartigen Orten wenig los, und es fällt sofort auf, daß jemand dort gebuddelt hat. In einem Garten dagegen wird ständig umgegraben.«

»Aber in einem Garten sind doch dauernd Menschen in der Nähe«, wandte ich ein.

»Das ist richtig«, sagte sie, schien aber mit mir nicht über Theorien diskutieren zu wollen. »Also, falls Ihnen irgend etwas einfällt, das wichtig sein könnte, melden Sie sich bitte bei uns.«

Sie blickte auf ihre Uhr und fragte nach dem nächsten Pub. Gleich am Ende der Straße, erklärte ich ihr, und sie lud mich ein, sie zum Essen zu begleiten. Obwohl ich Pubs hasse und auch nicht hungrig war, willigte ich ein, auf einen Drink mitzukommen. Turnbull wollte vor dem Termin auf der Isle of Dogs noch in die Oxford Street. Also gingen Helen und ich allein die Straße hinunter zum ›Globe Arms‹. Sie bestellte sich ein Bier und eine Lasagne, während ich mich mit einem Tomatensaft und einer Zigarette begnügte. Helen – wie ich sie nun nannte – gefiel mir zusehends besser. Sie erzählte von sich, ihrem Leben als Kriminalbeamtin, den Sitten in der Kantine und von ihrem Mann, der als Filialleiter beim Supermarkt Sainsbury in Shropshire arbeitete. Als sie nach meiner Scheidung fragte, antwortete ich ausweichend. Kurz bevor wir gehen mußten, kam ich noch einmal auf den Fall zu sprechen: »Es ist doch bestimmt zu spät. Sie werden sicher nichts herausfinden können.«

»Wir haben ein paar Anhaltspunkte, aber es wird nicht einfach sein.«

»Sieht so aus, als hätten Sie schlechte Karten.«

»Das Gefühl habe ich auch. Andererseits scheinen die Martellos eine recht interessante Familie zu sein.«

Helen gab mir ihre Visitenkarte und schrieb ihre Durchwahl noch dazu. Als wir uns auf der Highgate Road voneinander verabschiedeten, bat ich sie, sich bei ihrem nächsten Besuch in London bei mir zu melden. Sie versprach es. Ist es möglich, daß ich mich mit einer Polizistin anfreunde?

»Findest du nicht, es ist an der Zeit, das Rauchen wieder aufzugeben?«

Kim saß mir gegenüber. Eine flackernde Kerze warf Schatten auf ihr blasses, schmales Gesicht. Sie spießte einen Bissen Schwertfisch auf die Gabel und spülte ihn mit einem Schluck Wein hinunter.

»Auf wieviel bringst du es mittlerweile? Dreißig pro Tag?«

Ich hatte fertig gegessen, oder besser gesagt, mein Essen annähernd unberührt beiseite geschoben und blies nun zufrieden den blauen Rauch über den Tisch mit den Essensresten. Ich winkte dem italienischen Ober und deutete auf die leere Weinflasche.

«Noch mal das gleiche, bitte.«

Ich klopfte die Asche in den Aschenbecher.

»Hoffentlich mehr als dreißig. Ich höre bald wieder damit auf. Ehrlich. Das Problem ist nur, daß ich so gerne rauche. Mir wird nicht schlecht oder sonstwas.«

Der Ober brachte eine neue Flasche und entkorkte sie.

»Ich habe schon mehrmals aufgehört. Ohne Schwierigkeiten. Ich schaffe es wieder.«

»Gestern habe ich mir die Untersuchungsergebnisse einer Frau angesehen, die ich vor kurzem zum Röntgen des Thorax geschickt hatte. Sie leidet an chronischem Husten und Schmerzen in der Brust. In einem Jahr wird sie tot sein. Vierundvierzig, drei Kinder im Teenageralter.«

»Hör auf.«

»Und geht es mit deinem Wohnheim voran?«

»Hör auf.«

Es ging nicht voran. Bisher gab es weiter nichts als ein Baugrundstück auf einem Blatt Papier, eine Besprechung im Büro, ein paar Gespräche in den verschiedenen Abteilungen und einen Tagesordnungspunkt bei der Planungsabteilung. Auf Dutzenden großformatiger Blätter Millimeterpapier hatte ich meine Vorschläge festgehalten und mit spitzem Stift geometrische Zeichnungen angefertigt, Kästchen für Kästchen. Ich wartete nur auf das Startzeichen. Mittlerweile hieß es, man müsse die Sache noch mit Leuten aus der Region besprechen. Das Ganze gefiel mir gar nicht.

»Gut, vergiß das Wohnheim«, sagte Kim. »Reden wir von dir. Was treibst du so, jetzt, wo du allein bist?«

Ich genehmigte mir eine weitere Zigarette und schenkte mir noch ein Glas Wein ein.

»Ich bin eine faule, alleinstehende Frau geworden«, erklärte ich. »Bei Abendeinladungen werde ich immer öfter neben irgendeinen frisch geschiedenen Gast gesetzt. Passiert dir das auch manchmal?«

Kim zuckte die Achseln. »Inzwischen nicht mehr.«

»Normalerweise fällt mir nichts ein, worüber ich mich mit diesen Herren unterhalten könnte«, fuhr ich fort. »Ansonsten melden sich plötzlich wieder alte Freunde, die ich seit Ewigkeiten nicht gesehen habe, um mir zu sagen, wie leid es ihnen tut, daß Claud und ich uns getrennt haben. Ich werde den Eindruck nicht los, daß mich manche ganz gern bemitleiden. Alles in allem genieße ich es aber, allein zu leben.« Ich war selbst überrascht, wie fest meine Stimme klang. »Mitten am Tag sehe ich mir Filme im Fernsehen an, ich besuche Ausstellungen und wärme alte Bekanntschaften auf. Ich kann so unordentlich sein, wie ich will. Nur das Haus kommt mir schrecklich groß vor. Jahrelang haben wir zu viert darin gewohnt, und jetzt bin ich auf einmal die einzige. Manche Zimmer betrete ich gar nicht mehr. Irgendwann muß ich das Haus wohl verkaufen.«

Nicht nur, daß das Haus groß war – ich fühlte mich darin auch einsam. Also hielt ich mich dort so wenig wie möglich auf. Dabei hatte ich es früher sehr genossen, wenn Claud und die Jungen nicht da waren und ich ganz für mich sein konnte. Fast zwei Jahrzehnte lang war ich täglich außer Sonntag ins Büro gegangen und abgehetzt in ein chaotisches Haus zurückgekehrt, in dem die Jungen lautstark meine Aufmerksamkeit einforderten. Ich staubsaugte und bügelte, wusch die Wäsche, kochte und chauffierte die Kinder, als sie älter waren, zu immer bedenklicheren gesellschaftlichen Veranstaltungen. Ich gab Abendeinladungen für meine oder Clauds Kollegen, besuchte Weihnachtsaufführungen und ging im Sommer mit zu den Sportfesten. Ich zauberte aus einem leeren Kühlschrank Proviantpakete, spielte Monopoly, was ich haßte, und Schach, bei dem ich immer verlor – und träumte dabei stets von einem Buch am Kamin. Ich buk Kuchen für den Flohmarkt der Schule und werkelte noch spätabends in der Küche, um vor mir selbst als gute Mutter dazustehen, besonders nachdem meine eigene gestorben war. Ich ertrug den Krach der neuesten Hits, die mir das Gefühl gaben, alt zu werden, obwohl ich doch erst Mitte Dreißig war. Ich setzte mich mit Akne, schmollenden Gesichtern und Hausaufgaben auseinander und blieb im Schlafzimmer, während die Jungen ihre Partys feierten. Abend für Abend tranken Claud und ich einen Gin Tonic vor dem Essen. Nacht für Nacht schreckte ich hoch, den Kopf voller Termine und Dinge, die ich erledigen mußte. Morgens wachte ich müde und mit Kopfschmerzen auf, abends legte ich mich in dem Bewußtsein schlafen, daß mir vor lauter Verpflichtungen keine Zeit für mich blieb.

Jetzt ertönte keine dröhnende Musik mehr, es gab keine schmollenden Gesichter und keine Anrufe mehr um ein Uhr nachts aus Telefonzellen: »Mama, ich habe meine Mitfahrgelegenheit verpaßt. Kannst du mich abholen?« Es war niemand mehr da, ich konnte tun, wonach mir der Sinn stand. Nun besaß ich, was ich immer vermißt hatte: Zeit für mich. Aber da ich nicht wußte, was ich mit ihr anfangen sollte, füllte ich sie, so gut ich konnte. In diesem November arbeitete ich viel und blieb oft bis acht Uhr abends im Büro. Ich ging häufig aus. Es stimmt, daß ich unzählige Einladungen erhielt von Leuten, die meinten, mich aufheitern zu müssen, oder die einen zusätzlichen weiblichen Gast bei Tisch brauchten. Außerdem ging ich ins Kino, manchmal am hellichten Tag.

Wenn ich nach Hause kam, trank ich ein Glas Wein, rauchte ein paar Zigaretten und nahm mir einen Thriller mit ins Bett. Die dicken viktorianischen Schmöker, die zu lesen ich mir fest vorgenommen hatte, mußten warten. An Wochenenden besuchte ich Filmmatinees und ging spazieren. War es im Herbst immer so feucht? Eines Sonntags besuchte ich meinen Vater und kochte für ihn Mittagessen. Nachdem wir gegessen hatten, fragte ich ihn, ob ich mir seine Fotoalben ansehen könne. Ich suchte Fotos von Natalie, denn ich besaß selbst kein einziges von ihr. Claud und ich hatten Natalie nach und nach aus unserem Leben verdrängt. Jetzt wollte ich sie zurückhaben. Ich blätterte die alten Alben durch; häufig war sie nur verschwommen am Rand eines Fotos zu sehen oder kaum erkennbar auf den Gruppenbildern, die wir jeden Sommer machten: elf Gesichter blickten gebannt in die Linse. Da waren Alan und Martha – jung, schön und bester Stimmung; und dort meine Mutter – immer nur von der Seite, mit abgewandtem Kopf. Wie sehr sie es gehaßt hatte, fotografiert zu werden! Nachdem sie gestorben war, suchte Dad nach einem Erinnerungsfoto, auf dem sie gut getroffen war. Doch sie war immer nur im Profil zu sehen. Von Paul und mir gab es unzählige Bilder: als Babys mit rundem Bäuchlein und nackten Beinen, feierlich ernst im Alter von sechs oder sieben, linkisch mit dreizehn, eingefangen von der Kamera, eingeklebt in Dads Fotoalbum und von ihm in schnörkeliger Handschrift kommentiert. Auf einem Bild standen Natalie und ich als Achtjährige Hand in Hand vor Stead und starrten in die Linse. Wir sahen uns damals recht ähnlich, obwohl ich ängstlich lächelte und Natalie finster dreinblickte. Natalie lächelte selten, und schon gar nicht, um jemandem einen Gefallen zu tun. Ich nahm dieses Foto mit und dazu noch eines, das ungefähr eine Woche vor Natalies Tod aufgenommen worden war. Darauf trug sie ein ärmelloses T-Shirt und abgeschnittene Jeans, saß auf dem Rasen des Hauses und las ein Buch. Sie hatte die schlaksigen Beine angezogen, eine Locke fiel ihr in das blasse Gesicht. Sie war vollkommen in das Buch vertieft. Waren die letzten Worte, die wir gewechselt hatten, freundlich gewesen, oder hatten wir gestritten? Ich wußte es nicht mehr. Woran erinnerte ich mich überhaupt? Beispielsweise hatte ich nicht vergessen, wie ich mit ihr in Forston – in der Nähe von Kirklow – auf eine Party ging. Wir waren damals ungefähr vierzehn. Ich erzählte ihr von einem Jungen und wie ich mich darauf freute, ihn wiederzusehen. Wie hieß er gleich? Er hatte blondes, in der Mitte gescheiteltes Haar. Nach einer Weile verschwand Natalie. Als ich später durchs Haus schlenderte, stolperte ich nahezu über sie und den blonden Jungen, die engumschlungen auf dem Boden lagen. Sie waren die ganze Zeit zusammen, und der Abend schien kein Ende zu nehmen. Um elf Uhr holte Alan uns in seinem Rover ab. Ich saß hinten, am Boden zerstört. Da rutschte Natalie zu mir herüber, schlang wortlos die Arme um mich und drückte mich an sich. Ich roch das Patschuli-Parfüm des Jungen in ihrem Haar. Vergab ich ihr oder sie mir?

Einen Monat nachdem wir Natalie gefunden hatten, war ich zu einer Vernissage eingeladen, wo ich William wiedersah, einen Anwalt, der früher mit einer Frau verheiratet gewesen war, zu der ich schon seit langem keinen Kontakt mehr hatte. William war groß, blond und gutaussehend, aber nicht auf Wirkung bedacht. Ich hatte ihn als schlanken Mann in Erinnerung, mittlerweile hatte er jedoch einen unübersehbaren Bauchansatz. Wir schlenderten durch die Galerie, langstielige Gläser mit Sekt in den Händen, und sahen uns die großen, eklektizistischen Gemälde an. Der Sekt wirkte entspannend auf mich. Ich erzählte William vom Ende meiner Ehe, worauf er wissen wollte, weshalb ich Claud verlassen hatte.

»Ich glaube«, antwortete ich zögernd, »der Gedanke, daß dies mein Leben sein sollte, war für mich unerträglich. Aber das ist alles schwer in Worte zu fassen.«

Er erzählte mir, daß er sich vor sieben Jahren von Lucy getrennt hatte und seine Tochter jedes zweite Wochenende besuchte. Sie waren auseinandergegangen, weil er eine Affäre mit einer Frau aus seinem Büro gehabt hatte.

»Ich weiß gar nicht, weshalb ich mich darauf einließ«, erklärte er. »Es war wie eine Besessenheit, wie ein Erdrutsch, der mich mitgerissen hat.«

Als ich sagte, diese Entschuldigung hätte ich schon einmal gehört, lächelte er traurig.

»Himmel, Jane, das weiß ich«, antwortete er. »Als Lucy wegging, habe ich mir die andere Frau angesehen und sie nicht mal das kleinste bißchen begehrt, überhaupt nicht. Aber ich habe meine Ehe zerstört und mein einziges Kind verloren.«

Er starrte auf ein Bild, das nur aus einem riesigen, orangefarbenen Farbklecks bestand.

»Ich hasse mich dafür«, bekannte er.

Aber das war wohl ein wenig übertrieben. Er führte mich in eine Kellerbar und bestellte eine Flasche trockenen Weißwein und etwas zum Knabbern. Dann erzählte er mir, er hätte mich auf Anhieb wiedererkannt und mich schon immer attraktiv gefunden. Mittlerweile war ich zwar etwas beschwipst, aber gleichzeitig fast unheimlich klar im Kopf. Ich konnte es wagen, dachte ich. William war kein Mann, der tiefe Spuren hinterlassen würde. Trotzdem war ich nervös. Ich rauchte, spielte mit meinem Haar, aß ein paar Erdnüsse und trank ein weiteres Glas. Als wir die Flasche geleert hatten und William mich fragte, ob ich noch eine wollte, hörte ich mich sagen: »Weshalb kommst du nicht mit zu mir und trinkst dort noch was? Mit dem Taxi sind es keine zehn Minuten von hier.«

Zu Hause zog ich alle Vorhänge zu, legte Musik auf und drehte sogar den Dimmer herunter. Ich füllte zwei Gläser mit Wein und setzte mich neben William aufs Sofa. Mein Mund war trocken, und das Blut pochte in meinen Schläfen. William legte eine Hand auf mein Knie. Ich blickte auf die ungewohnten, dicken Finger. Aus den Augenwinkeln sah ich den Anrufbeantworter, der mir zublinkte, daß Nachrichten eingegangen waren. Ich hatte vergessen, meinen Vater anzurufen. Ich drehte mich zu William, und wir küßten uns. Sein Atem roch sauer. Ich spürte, wie seine Hand unter meinen Rock glitt und sich an meinem bestrumpften Bein hochschob. Wie oft er so was wohl tat? Ich wich zurück und sagte: »Ich bin aus der Übung. Ich weiß nicht mehr, wie es geht«, woraufhin er nur den Kopf schüttelte und mich erneut küßte.

»Wo ist das Schlafzimmer?« flüsterte er.

Er zog die Schuhe aus und stopfte die Socken ordentlich hinein. Ich schlüpfte aus der Jacke und begann meine Bluse aufzuknöpfen. Inzwischen öffnete er die Gürtelschnalle, stieg aus der Hose und legte sie sorgsam zusammengefaltet auf einen Stuhl. Plötzlich durchzuckte mich ein heftiger Widerwille ihm gegenüber, aber gleichzeitig verspürte ich ein gedämpftes Verlangen. Mir war eiskalt, als ich die Bluse auszog, ich fühlte mich schrecklich unbeholfen. Während ich den Büstenhalter öffnete, fiel mein Blick in den Spiegel: Auf meinen Brüsten waren leichte Dehnungsstreifen zu sehen, und über meinen Bauch zog sich die Kaiserschnittnarbe von Jeromes Geburt. Seit Oktober hatte ich abgenommen; meine Arme waren dünn, meine Handgelenke knochig. Ich wandte mich zu William um, der in Unterhosen dastand.

»Was soll ich jetzt tun?«

»Leg dich aufs Bett. Ich will dich anschauen. Du bist wunderschön, weißt du das?«

Ich zog meinen Slip aus und legte mich ausgestreckt mit geschlossenen Augen auf das breite Bett. Eine Mischung aus Erregung und Verlegenheit ergriff mich, während Williams Hände langsam über meinen Körper wanderten. Ich hörte das Telefon klingeln und das Klicken des Anrufbeantworters, und dann drang die Stimme unüberhörbar aus dem Erdgeschoß ins Schlafzimmer: »Mama, hallo, ich bin's, Robert. Es ist Donnerstag abend. Ich wollte nur wissen, ob bei dir alles okay ist. Laß mal hören, was du so machst.« Was ich so machte? Das hätte ich selbst nur zu gerne gewußt.

Ich erzählte Kim an jenem Abend nicht viel von William, außer daß ich nach zwanzig Jahren das erste Mal mit jemand anderem als Claud Sex gehabt hatte und es ganz in Ordnung war, wenn auch etwas nervenaufreibend.

»Die ganze Zeit habe ich mir vorgestellt, daß die Haustür aufgeht und Claud reinkommt.«

»Hast du wenigstens Spaß gehabt?« Kim sah mich seltsam an.

»Ja, irgendwie schon. Ich meine, er war ganz nett, ich hab's genossen. Aber am nächsten Tag kam es mir etwas seltsam vor. Dieses Gefühl habe ich immer noch. Es ist so, als wäre es gar nicht mir passiert, sondern jemand anderem.«

»Komm, Jane.« Kim stand auf. »Ich bring dich nach Hause.« Ich kochte Kaffee, und Kim zündete ein Feuer im Kamin an. Das machte sie schon immer gerne, sogar in unserer Studentenzeit. In meinem letzten Jahr an der Universität wohnten wir zusammen in einem Haus, und Kim saß stundenlang vor dem Feuer, starrte hinein und legte Holz nach. Als hätte sie meine Gedanken geahnt, meinte sie: »Ist dir eigentlich klar, Jane, daß wir uns länger als die Hälfte unseres Lebens kennen?«

Ich wollte etwas erwidern, schwieg dann aber doch. Kim ging neben meinem Stuhl in die Hocke, nahm meine Hände und blickte mich lange an.

»Sieh mich an, Jane«, sagte sie.

Ich starrte in ihre klugen Augen. Sie zog ein Taschentuch hervor und wischte die Tränen weg, die mir die Wangen hinunterrannen.

»Deine Wimperntusche zerläuft«, stellte sie trocken fest. »So wirst du bei keinem Mann Eindruck schinden, es sei denn, du willst mit einem Zebra ausgehen.«

»Ich weiß gar nicht, weshalb ich weine«, schluchzte ich. Der Schmerz lag in meiner Brust wie ein dicker Klumpen. »Ich bin nur so müde. Ehrlich, ich bin einfach müde.

Die vergangenen Wochen haben eine Menge in mir aufgewühlt.«

»Jane«, sagte sie, »jetzt hör mir mal zu. Du ißt nicht mehr. Du rauchst wie ein Schlot. Du trinkst viel mehr als sonst. Du arbeitest zehn, zwölf Stunden am Tag. Du kannst nicht richtig schlafen. Du gehst Abend für Abend aus, als würdest du vor etwas davonlaufen. Sieh dich mal im Spiegel an: Du bist nicht bloß müde, sondern vollkommen erschöpft. Du hast Claud verlassen, und deine Söhne haben dich verlassen, du hast Natalies Überreste gefunden. Innerhalb weniger Wochen hat sich alles in deinem Leben verändert, und das ist mehr, als du ertragen kannst. Verlang nicht so viel von dir. Wenn du meine Patientin wärst, würde ich dir raten, professionelle Hilfe zu suchen.«

»Was willst du damit sagen?«

»Ich glaube, du solltest zu einem Therapeuten gehen«, erklärte Kim. »Du stehst unter Schock. Vielleicht hilft dir ein Gespräch.«

Ich putzte mir die Nase und wischte mir das Gesicht ab. Dann zündete ich mir noch eine Zigarette an. Wir tranken Tee, aßen Kekse und spielten eine Partie Schach, die ich wie üblich verlor. Wieder fing ich an zu weinen. Ich schluchzte mein ganzes Elend heraus, jammerte, wie sehr ich Claud und meine Jungen vermißte, und daß ich nicht wüßte, was ich mit meinem Leben anfangen sollte, bis Kim mich schließlich wie ein Kind ins Bett brachte und neben mir sitzen blieb, bis ich eingeschlafen war.

5. KAPITEL

Sie war jünger, als ich erwartet hatte. Und sie war eine Frau. Meine Überraschung spiegelte sich offensichtlich in meinem Gesicht wider.

»Alles in Ordnung?« fragte sie.

»Entschuldigung«, sagte ich. »Ich habe wahrscheinlich einen alten Mann mit weißem Bart und Wiener Dialekt erwartet.«

»Fühlen Sie sich bei einer Frau unwohl?«

»Na ja, ich hatte noch nicht einmal Gelegenheit, mich zu setzen, Dr. Prescott.«

Dr. Prescotts ohnehin beeindruckende Erscheinung wurde durch ihre Körpergröße von mindestens einsachtzig noch unterstrichen. Sie hatte eine blasse, fast schon durchsichtige Haut und eine lange, spitze Nase. Ihr welliges braunes Haar war sicher lang, aber so geschickt frisiert, daß sich nur im Nacken ein paar Strähnen kräuselten, was ihr eine gewisse Ähnlichkeit mit den Brontë-Schwestern verlieh. Eine ziemlich kräftige, gesunde, elegant gekleidete Brontë-Schwester. Ich hatte auf meiner Fahrt von Waitrose zum geplanten Bauplatz des Wohnheims bei ihr haltgemacht und war ein wenig eingeschüchtert von ihrem schicken Kostüm. Und ziemlich beschämt, weil ich mich einschüchtern ließ. Hatte ich erwartet, daß Therapeutinnen sich in lange, wallende Gewänder hüllen und Räucherstäbchen anzünden?

»Muß ich ein Formular oder so was ausfüllen?«

»Jane – erlauben Sie, daß ich Sie so nenne?« Dr. Prescott schüttelte mir die Hand und hielt sie lange fest, als prüfe sie ihr Gewicht. »Ist ein offizieller Rahmen für Sie wichtig?«

»Gehört das zur Therapie?«

»Wie meinen Sie das?«

Ich sagte lange nichts und atmete tief ein und aus. Ich stand immer noch, und meine Psychoanalytikerin hielt immer noch meine Hand.

»Entschuldigen Sie, Dr. Prescott«, begann ich langsam. »Mein Leben ist im Augenblick ziemlich verworren. Eine Freundin, die Ärztin ist und der ich mehr als jedem anderen auf der Welt vertraue, meinte, ich befinde mich in einer Krise.

Außerdem habe ich heute einen ziemlich hektischen Tag. Ich war schon in aller Herrgottsfrühe bei Waitrose und habe meine Einkäufe erledigt. Dann bin ich nach Hause gehetzt, habe alles abgeladen – da fällt mir ein, ich habe die Eiskrem nicht in den Gefrierschrank gelegt –, und bin anschließend sofort hierhergerast. Sobald ich hier fertig bin, muß ich zu einer Baustelle, wo ich mich mit einer Beamtin aus dem Planungsreferat treffe, die mir erklären wird, daß an dem Entwurf verschiedene Änderungen vorgenommen werden müssen, weil er sonst nicht genehmigt werden würde. Und das ist nur der Anfang eines Projekts, das mir sehr am Herzen liegt und an dem ich nun wahrscheinlich verzweifeln werde.

Jetzt bin ich in Ihrer Praxis, und ich hatte gehofft, hier so etwas wie einen Zufluchtsort zu finden, an dem ich meine Probleme loswerden kann. Ich hatte die vage Vorstellung, daß wir erst mal darüber reden, was mir eine Therapie bringen kann, über grundsätzliche Regeln sprechen und festlegen, worüber wir uns unterhalten sollten. So oder ähnlich. Aber im Augenblick möchte ich mich eigentlich nur hinsetzen und irgendwie vernünftig anfangen.«

»Dann setzen Sie sich doch, Jane.«

Dr. Prescott deutete auf die ramponierte Couch, über die eine orientalisch aussehende Decke gebreitet war. Rasch blickte ich mich im Zimmer um. Zweifellos war jedes Detail bewußt angeordnet. Am Kopfende der Couch stand ein Lehnstuhl. Ein Mark-Rothko-Poster hing an der Wand, die man als Patient auf der Couch nicht sehen konnte. Auf dem Fensterbrett hinter dem Lehnstuhl stand eine kleine abstrakte Skulptur mit einem Loch; vermutlich war sie aus Speckstein. Die Wände und die Decke waren in Weiß gehalten, was wohl neutral wirken sollte. Das war alles.

»Soll ich mich hinsetzen oder hinlegen?«

»Wie Sie möchten.«

»Es ist ein Sofa.«

»Wie es Ihnen lieber ist.«

Verärgert legte ich mich auf die Couch und starrte auf die Rauhfasertapete – typisch für eine Renovierung in den achtziger Jahren. Weiß der Himmel, was sich darunter verbarg. Wenn Dr. Prescott die Praxis später als 1987 gekauft hatte, war der absolute Wert wahrscheinlich gesunken. Sie setzte sich links hinter mich.

»Können wir nicht einfach mit dem Geschäftlichen beginnen?«

»Warum verwenden Sie diesen Ausdruck?«

»Nein, nein, nein, ich will nicht darüber sprechen, weshalb ich den Ausdruck ›Geschäftliches‹ verwende. Dr. Prescott, ich fürchte, wir hatten einen Fehlstart. Wenn wir so weitermachen, haben wir es in einer Stunde noch nicht bis zum ›Guten Morgen‹ geschafft.«

»Was möchten Sie machen?«

Ich fühlte ein Brennen in den Augenwinkeln, als müßte ich jeden Moment weinen.

»Ich möchte eine Zigarette rauchen. Darf ich?«

»Tut mir leid, das geht nicht.«

»Weshalb tut Ihnen das leid?«

»Das ist nur eine Redewendung.«

Ich verrenkte meinen Kopf, damit ich ihr in die Augen blicken konnte.

»Nur eine Redewendung?«

Sie fand das nicht komisch.

»Jane, was wollen Sie?«

»Ich glaube, ich habe eigentlich erwartet, daß Sie mich fragen, was mich bedrückt, und ich Ihnen erzähle, was mir durch den Kopf geht, welche Strapazen hinter mir liegen und daß wir von diesem Punkt aus zu arbeiten beginnen.«

»Also reden Sie.«

»Dr. Prescott, darf ich Sie etwas fragen?«

»Sie können alles sagen oder fragen, was Sie möchten.«

»Haben Sie mit so was Erfahrung? Ich bin in einem zermürbten, geschwächten Zustand. Wir sollten vielleicht darüber sprechen, wie es mir gelingt, genug Vertrauen aufzubauen, um mich Ihnen zu überlassen.«

»Warum brauchen Sie das Gefühl von Vertrauen?«

»Wenn ich mein Auto zur Reparatur in eine Werkstatt bringe, möchte ich wissen, ob die Mechaniker kompetent sind. Ich erkundige mich, ob die Werkstatt etwas taugt. Bevor ich mich auf die Therapie einlasse, brauche ich eine Vorstellung davon, was sie mir bringt.«

»Jane, das ist die Therapie. Alles, was sich in diesem Zimmer abspielt, ist Teil der Therapie. Um Vertrauen zu gewinnen, muß man sich darauf einlassen.«

Alle am Tisch lachten. In der Situation selbst war es ein Alptraum gewesen, aber als ich dann am späteren Abend davon erzählte, unter dem Einfluß von Wein und Karamelcreme und jetzt auch noch Käse, bekam er komische Züge.

»Ich spürte, daß ich der Sache nicht gewachsen war«, fuhr ich fort. »Ich wollte mich unbedingt rückversichern und stolperte in die Förderklasse für Destruktive. Es war nicht möglich, sie auf etwas festzunageln. Jedesmal, wenn ich sie etwas fragte, verhielt sie sich wie die Katze Macavity. Plötzlich war sie verschwunden oder hatte sich zur Seite gedreht und meinte, wir sollten überlegen, weshalb ich das Bedürfnis hatte, gerade diese Frage zu stellen. Ich hätte eine .45er Magnum gebraucht, um diese Frau dazu zu bringen, daß sie mir die Uhrzeit sagt.«

Was ich brauchte, war diese Therapie hier. Ich war in Paul und Ericas luxuriösem Haus in Westbourne Grove, dem exotischen Teil Londons, in dem ich mir etwas deplaziert vorkam. Unter anderem saß Crispin mit am Tisch, einer der Regisseure von Pauls Gameshow *Surplus Value*, und seine Freundin Claire. Außerdem Gus, der unvermeidliche, passable Single. Er war nicht übel, aber ich fühlte mich weit mehr angezogen von den beiden anderen Männern, Philip und Colin, zwei Bauunternehmern aus Australien. Beide schienen mir als Seelentröster für eine Nacht eine weitaus bessere Alternative zu sein als dieses männliche Wesen, dessen Namen ich bereits wieder vergessen hatte. Doch leider waren sie nicht nur schwul, sondern lebten auch zusammen. Ihre Fachkenntnis war nicht berauschend, aber in anderer Hinsicht hatten sie durchaus von der körperlichen Arbeit im Freien profitiert.

»Du konntest dich also überhaupt nicht verständlich machen?« fragte Paul.

»Doch. Aber am Ende blieb mir nur übrig aufzustehen und zu sagen: ›Ich gehe. Und damit meine ich, daß ich jetzt aus dem Zimmer gehe und es nie wieder betreten werde.‹ Worauf sie doch sage und schreibe antwortete: ›Wogegen wehren Sie sich?‹ Plötzlich sah ich mich für den Rest meines Lebens in diese Unterhaltung verstrickt, wie jemand, der unbarmherzig in einen Strudel gezogen wird. Also mußte ich leider zu ihr sagen, sie solle mir den Buckel runterrutschen. Dann stürmte ich – im wahrsten Sinne des Wortes – aus der Tür.« Ich nahm einen Schluck Wein und zog genüßlich an meiner Zigarette. »Und als ich zum erstenmal wieder klar denken konnte, saß ich hier und erzählte euch die Geschichte.«

»Du hättest einen Eimer Wasser über sie schütten sollen«, sagte Paul. »Wahrscheinlich hätte sie sich in nichts aufgelöst. Trotzdem, alle Achtung!«

»Aber *weshalb* haben Sie sich dagegen gesträubt?«

Alle schwiegen. Die Frage kam von Gus, dem Lehrer, der bis dahin geschwiegen hatte.

»Wie bitte?«

»Sie haben der Sache keine Chance gegeben«, meinte er. »Ihre junge Therapeutin lag gar nicht so falsch. Wenn einer meiner Schüler mich fragt, warum wir Geschichte lernen müssen, sage ich ihm, er soll still sein. Allein die Tatsache, daß er noch so jung ist und von Geschichte keine Ahnung hat, bedeutet, daß er nichts von dem verstünde, was ich ihm erklären würde. Er kann diese Frage nur beantworten, indem er sich mit Geschichte befaßt.«

»Rutschen Sie mir doch auch den Buckel runter!«

Es entstand eine schreckliche Pause, bis Gus grinste und dann in schallendes Gelächter ausbrach, als wäre ich nicht hysterisch und unhöflich gewesen, sondern hätte einen geistreichen Witz gemacht. Es folgte eine freundlich-sachliche Diskussion über Psychotherapie; Erica und Gus äußerten sich eher positiv, während Paul behauptete, »man« hätte doch herausgefunden, daß Leute, die keine Therapie machten, rascher von ihren Neurosen geheilt würden als Leute, die sich in Behandlung begaben.

Auf der anderen Seite des Tisches unterhielten sich Crispin und seine Freundin über etwas, was nur sie betraf. Ich fing an, die Teller abzuräumen, aber Paul, der rechts neben mir saß, gab mir zu verstehen, ich solle sitzen bleiben, und fragte mich leise: »Alles in Ordnung?«

»Klar«, entgegnete ich vorsichtig. »Hast du Claud gesehen?«

»Ja«, erwiderte er. »Ich habe heute morgen Squash mit ihm gespielt.«

»Und?«

»Er hat mich drei zu eins geschlagen.«

»Das meine ich nicht.«

»Was willst du hören? Es ist schwer für ihn.« Er überlegte eine Weile und faßte sich dann ein Herz: »Jane, mein Schatz, ich sage dir nur das eine – nein, eigentlich sind es eher zwei, drei Dinge, aber bitte antworte nicht. Erstens bist du meine Schwester, ich habe dich sehr gern und vertraue dir in allem. Claud ist mein bester Freund. War es immer und wird es immer sein. Daher ist es für mich ein bißchen kompliziert, aber das ist ein kleineres Problem. Zweitens behaupte ich nicht, daß Claud ein gebrochener Mann ist, doch Tatsache ist, daß er bis jetzt nicht sehr gut damit zurechtkommt, was in seinem Leben passiert ist. Er versteht wirklich nicht, weshalb du nach einundzwanzig Jahren diese Traumehe plötzlich gelöst hast.«

Ich wollte etwas sagen, aber Paul hob die Hand. »Bitte sag nichts. Ich klage dich nicht an und kritisiere dich auch in keinster Weise. Du brauchst dich nicht vor mir zu rechtfertigen. Drittens ...«

Er hielt inne und nahm meine Hand. Ich dachte schon, er würde anfangen zu weinen, aber seine Stimme blieb fest. »Die Familie – unsere beiden Familien –, Natalie, unsere gemeinsamen Sommer, das alles hat mir so viel bedeutet, daß ich es kaum in Worte fassen kann. Wie heißt das Gedicht, das Dennis Potter für den Film *Blue Remembered Hills* verwendet hat, in dem die Erwachsenen in die Rolle der Kinder schlüpfen? Wie lautet noch mal der Text? Warte einen Moment.«

Paul stand auf und polterte die Treppe hinunter, daß der Boden unter unseren Füßen bebte.

Bewegung kam in die Tischordnung. Gus erhob sich, um sich zu verabschieden. Ich war ein bißchen traurig, weil wir nicht zusammen aufbrachen. Wir würden nicht einmal Telefonnummern austauschen. Er beugte sich über den Tisch und streckte mir die Hand hin: »Ich freue mich, Sie kennengelernt zu haben, Jane«, sagte er.

»Ganz meinerseits«, erwiderte ich. »Und verzeihen Sie bitte, daß ich das zu Ihnen gesagt habe. Normalerweise sage ich so etwas bei Abendeinladungen nicht.«

»Das macht es um so schlimmer«, sagte er, allerdings in ziemlich scherzhaftem Ton. Wahrscheinlich war er ein ganz netter Kerl. Inzwischen kam Paul die Treppe wieder herauf, nickte Gus zu, der auf dem Weg nach unten war, und fing an, endlos in einem Buch zu blättern.

»Hier, ich hab's!« rief er schließlich. »›*Verlor'nes Land der Zuversicht, Erinn'rung, strahlend klar. Der Weg des Glücks, wie es einst war – Doch Rückkehr gibt es nicht.*‹ Das ist genau das, was ich empfinde.«

»Aber du kannst doch zurückgehen. Du bist doch ohnehin fast jeden Sommer dort. Und wir sind gerade erst dagewesen.«

»Schon, aber ich meine die Kindheit und all so was. Daran erinnert man sich doch, wenn man zurückkehrt. Und dann haben wir auch noch Natalie gefunden.«

Er ergriff meine Hand. Ich schwieg. Paul nahm das Gespräch als erster wieder auf.

»Ach, und noch etwas wollte ich sagen.«

Plötzlich wirkte er unsicher, als wäre seine Unbekümmertheit nur vorgetäuscht. »Das Wochenende hat mich sehr berührt. Es war einer dieser Augenblicke, die das eigene Leben verändern. Vielleicht drehe ich einen Film über unsere Familie.«

»Paul, meinst du das ernst?«

»Ja. Die Idee kam mir, als Alan seine Rede hielt. Jetzt ist die richtige Zeit dafür. Ich glaube, ich muß mich dem allem stellen.«

»Du vielleicht – aber müssen wir mitmachen?«

»Nein, nicht nötig. Es wird auch so ein guter Film werden. Ich möchte wieder hinter der Kamera stehen und Dokumentarfilme drehen. Ich spüre, das ist das Richtige für mich.«

»Hast du es satt, Geld zu verdienen?« neckte ich ihn. Aber Paul konnte noch nie über dieses Thema lachen.

»*Surplus Value* läuft mittlerweile von selbst. Frag Crispin. Es ist eine todsichere Formel. Hin und wieder mal ein neuer Gag, das genügt. Ich brauche eine Herausforderung.«

Er füllte sein Glas nach, obwohl er an diesem Abend schon viel zuviel getrunken hatte. Dann senkte er die Stimme, er flüsterte fast: »Ich bin auf die Idee gekommen, weil man Natalie gefunden hat. Sie hat mir so viel bedeutet, tut es noch heute. Für mich ist sie das Sinnbild der verlorenen Unschuld, all der Dinge, die einem durch die Finger gleiten, während man erwachsen wird.«

»Ganz schön viel«, stellte ich müde fest.

Das letzte, was ich jetzt wollte, war ein Streit darüber, wem Natalie am meisten bedeutet hatte. Aber Paul blickte nur ernst in sein Glas. Plötzlich saß Crispins Freundin Claire neben mir. Sie hatte eine dunkle Haarmähne, halb Louise Brooks, halb Beatle, und ein rundes Gesicht wie ein Teddybär, was durch die Oma-Brille noch betont wurde.

»Wann ist es denn soweit?« fragte ich.

»Himmel, sieht man es so sehr?«

»Nein, ich habe mich bisher nur nicht getraut, etwas zu sagen. Eines meiner schlimmsten Erlebnisse war, als ich einer Frau zu ihrer Schwangerschaft gratuliert habe und sich dann herausstellte, daß sie nur fett war. Aber wenn eine Frau, die ein bißchen schwanger aussieht, weite Baumwollhemden trägt, den ganzen Abend nichts trinkt, nicht raucht und auch den Käse nicht anrührt, kann ich riskieren, ihr zu gratulieren.«

»Verflixt noch mal, ich wußte gar nicht, daß ich den ganzen Abend Sherlock Holmes gegenübergesessen habe. Was wissen Sie sonst noch über mich?«

»Nichts. Außer daß Sie gut aussehen.«

»Da muß ich Ihnen leider einen Punkt abziehen. Ich muß mich jeden Tag übergeben. Ich dachte immer, das hört nach den ersten drei Monaten auf.«

»Dafür gibt es keine Garantie«, grinste ich. »Einer Freundin von mir war noch schlecht, als sie in den Wehen lag.«

»Toll«, sagte Claire. »Bei dieser Vorstellung wird mir ja erst richtig übel.« Sie rückte etwas näher. »Die Sache mit Ihrer Freundin tut mir sehr leid, und dann all das, was Sie sonst noch durchmachen müssen. Es muß schrecklich sein.«

»Es geht schon. Aber trotzdem vielen Dank.«

»Und es war wirklich sehr lustig, was Sie von dieser Psychologin erzählt haben – obwohl die ja grauenhaft gewesen sein muß.«

»Ich kann es nicht beurteilen, aber sie ist im Augenblick jedenfalls nicht die passende Therapeutin für mich. Ich glaube, man muß psychisch in hervorragender Verfassung sein, um mit Dr. Prescott zurechtzukommen.«

»Sie scheinen ziemlich viel auszuhalten, Jane. Sie brauchen nur jemanden, bei dem Sie sich aussprechen können. Hören Sie, Sie kennen mich kaum, und ich bitte Sie, meinen Vorschlag zu ignorieren, falls er Sie ärgert. Aber wir kennen einen wirklich wundervollen Therapeuten. Vielleicht wäre er der Richtige für Sie.«

Offenbar sah man mir meine Zweifel an, denn Claire sprach schnell weiter: »Alex ist kein Guru oder so etwas in der Art, Jane. Er arbeitet nicht mit Kristallen. Er ist Arzt mit den entsprechenden Qualifikationen. Und außerdem ein toller Typ, wirklich nett. Ich gebe Ihnen seine Nummer. Ach je, ich habe sie natürlich nicht bei mir. Crisp, mein Schatz, hast du Alex Dermot-Browns Nummer da?«

Da Crispin sich gerade mit Paul unterhielt, hörte er die Frage erst, als Claire sie wiederholte.

»Wofür brauchst du sie?«

»Meinst du nicht, er ist vielleicht der Richtige, mit dem Jane mal reden könnte?«

Crispin überlegte eine Weile, dann lächelte er.

»O ja, gut möglich. Aber seien Sie nett zu ihm. Er ist ein alter Freund.« Sein Filofax lag offen vor ihm auf dem Tisch, und er blätterte, bis er die Nummer fand.

»Hier.« Er schob mir einen Zettel zu. »Falls es schiefgeht, Jane, werden wir natürlich leugnen, daß wir Sie kennen.«

6. KAPITEL

Am folgenden Morgen schrieb ich einen Brief an Rebecca Prescott. Ich legte einen Scheck für die Sitzung bei und erklärte ihr, daß ich mich entschlossen hätte, nicht weiterzumachen. Ich kam mir idiotisch vor, als ich anschließend die Nummer wählte, die Crispin mir gegeben hatte. Am anderen Ende der Leitung ertönte unverständliches Geplapper.

»Hallo, kann ich bitte Dr. Alexander Dermot-Brown sprechen?«

Noch mehr Gebrabbel.

»Hallo, ist deine Mama oder dein Dad da?«

Daraufhin verwandelte sich das Gebrabbel immerhin zu einem verständlichen »Dad, Dad«. Dann wurde meinem Gesprächspartner offenbar der Hörer entwunden, denn er brach in ein schrilles Geschrei aus.

»Sei still, Jack. Ja, wer ist dort bitte?«

»Ich möchte Dr. Alexander Dermot-Brown sprechen.«

»Am Apparat.«

»Sie sind Therapeut?«

»Ja, ich weiß.« Im Hintergrund klapperte es, und Dermot-Brown rief etwas. »Entschuldigung, Sie haben uns mitten im Frühstück erwischt.«

»Tut mir leid. Ich versuch's kurz zu machen. Ich habe Ihre Nummer von Crispin Pitt und Claire… äh…«

»Claire Swenson.«

»Kann ich mit Ihnen reden?«

»Ja.« Er machte eine Pause. »Wie wär's gegen zwölf?«

»Sie meinen heute?«

»Ja. Einer meiner Patienten ist in Urlaub gefahren. Aber wenn Ihnen das nicht paßt, geht's auch nächste Woche oder die Woche danach.«

»Nein, zwölf ist gut.«

Er gab mir seine Adresse in Camden Town, in der Nähe des Marktes.

Lieber Himmel, eine weitere Unterbrechung im Büro! Obwohl, so schlimm war es auch nicht. »Arbeit« bedeutete für mich das CFM-Büro im obersten Stockwerk eines alten Lagerhauses mit Blick auf das Hafenbecken von Islington. Das C, nämlich Lewis Carew, war 1989 an Aids gestorben. Übriggeblieben waren ich und das F, Duncan Fowler. Nach Jahren der Rezession waren allmählich wieder bessere Zeiten in Sicht, in denen es genug Arbeit für uns beide gab. Solange ich zu allen Besprechungen ging, die »mein« Wohnheim betrafen, mit dem Papierkram auf dem laufenden blieb und mich regelmäßig im Büro blicken ließ, konnte nicht viel schiefgehen.

Ich fuhr mit dem Fahrrad ins Büro. Dort sah ich die Post durch und wechselte ein paar Worte mit Gina, unserer Assistentin (eigentlich ist sie unsere Sekretärin, aber sie trägt die Bezeichnung Assistentin als Entschädigung für ihr niedriges Gehalt). Um elf tauchte Duncan im Büro auf, gutgelaunt wie immer. Duncan ist rundlich, ziemlich klein und bis auf einen rötlichen Lockenkranz völlig kahl. Dafür hat er einen überaus dichten Bart. Ich erzählte ihm von ein paar neuen Schwierigkeiten mit dem Wohnheim, er mir von einem Auftrag für einen Mehrfamilienblock, der uns aber auch nicht viel Geld einbringen würde.

Als ich Duncan sagte, daß ich innerhalb von zwei Tagen bereits den zweiten Therapeuten aufsuchte, lachte er schallend und nahm mich in den Arm. Dann schwang ich mich auf mein Fahrrad. Alexander Dermot-Brown hatte bei mir bereits einen Stein im Brett, weil ich nahezu den ganzen Weg vom Büro bis zu seinem Haus mit dem Fahrrad am Kanal entlangfahren konnte. Ich brauchte nur die Upper Street zu überqueren und die Gasometerwüste und die Schienenidylle hinter dem Lagerhaus des Postamts zu durchqueren, bis zum

Camden Lock, wo ich den Treidelpfad verlassen mußte. Von dort waren es nur noch ein paar hundert Meter. Ich kettete mein Fahrrad an eines der Geländer, die es an den Häusern im Norden Londons überall gibt.

Alexander Dermot-Brown trug Turnschuhe, Jeans und einen dünnen, verschlissenen Pullover, der an den Ellbogen Löcher hatte, durch die ein kariertes Hemd lugte. Er hatte ein schroffes Kinn, fast wie Superman in dem alten Comic, braune, wellige Haare mit grauen Strähnen und sehr dunkle Augen.

»Sie sind Dr. Dermot-Brown?«

Er lächelte und streckte mir die Hand entgegen.

»Jane Martello?«

Er bat mich herein, und wir gingen eine Treppe hinunter zur Küche im Untergeschoß.

«Möchten Sie einen Kaffee?«

»Gern, aber sollte ich nicht eigentlich in Ihr Sprechzimmer gehen und mich auf eine Couch legen?«

»Tja, wir finden bestimmt irgendwo im Haus eine Couch, wenn Sie das unbedingt möchten. Aber ich dachte, wir sollten uns erst mal ein bißchen unterhalten und uns kennenlernen.«

Die Küche mit dem gefliesten Boden hätte durchaus elegant gewirkt, wenn sie leer gewesen wäre. Aber überall lagen Spielsachen herum, die Wände waren tapeziert mit Plakaten, Postkarten und Kinderzeichnungen, befestigt mit Stecknadeln, Klebestreifen und blauen Reißzwecken. Die Korktafel über den Arbeitsflächen stand den Wänden in nichts nach und quoll über von übereinandergehefteten Handzetteln mit Heimserviceangeboten verschiedener Restaurants, Einladungen, Schulinformationen und Schnappschüssen. Dermot-Brown sah meinen verblüfften Blick.

»Entschuldigung, ich hätte aufräumen sollen.«

»Macht doch nichts. Aber ich dachte immer, Psychoanalytiker müßten in neutraler Umgebung arbeiten.«

»Verglichen mit meinem Büro *ist* das hier eine neutrale Umgebung.«

Er nahm Kaffeebohnen aus dem Kühlschrank, mahlte sie, schüttete sie in eine Kaffeekanne und goß kochendes Wasser drüber. Dann kramte er in einem Schrank.

»Ich müßte Ihnen eigentlich ein paar Kekse anbieten, aber ich sehe hier bloß Dauerbrezen. Ein Stück pro Kind, bleibt noch eine übrig. Möchten Sie sie?«

»Nein, danke. Ich nehme nur Kaffee. Schwarz, bitte.«

Er goß Kaffee in zwei Becher, und wir setzten uns an den Küchentisch aus Kiefernholz. Ein Lächeln lag auf Dermot-Browns Gesicht, als amüsierte ihn die ganze Situation und als gäbe er nur vor, erwachsen zu sein.

»Also, Jane – darf ich Sie Jane nennen? Ich bin Alex –, weshalb glauben Sie, daß Sie eine Therapie brauchen?« Mit dem ersten Schluck Kaffee stellte sich prompt das übliche überwältigende Verlangen nach einer Zigarette ein.

»Darf ich rauchen?«

Alex lächelte wieder.

»Tja, Jane, ich betrachte die Therapie als eine Art Spiel, das nur funktioniert, wenn wir uns auf ein paar Grundregeln einigen. Eine davon ist, daß Sie nicht rauchen. Hier im Haus wohnen Kinder. Außerdem haben die Sitzungen dann wenigstens in dieser Hinsicht einen Nutzen, sollten sie ansonsten ineffektiv bleiben. Und es hat noch einen Vorteil: Ich kann ohne weiteres an dieser Regel festhalten, weil ich selbst nicht rauche. Damit besteht eine reelle Chance, daß ich entspannt bin, während Sie nervös unter dem Nikotinentzug leiden – und das ist mindestens ebensogut. Wenigstens für mich.«

»In Ordnung, dann also keine Zigarette.«

»Gut, dann erzählen Sie doch mal was von sich.«

Ich holte tief Luft und legte ihm meine Situation in groben Zügen dar; dabei trank ich eine zweite Tasse Kaffee, die Ellbogen auf den Tisch gestützt. Ich erzählte ihm von meiner

Trennung und wie ich Natalies Überreste entdeckt hatte. Dann sprach ich kurz über die Familie Martello, diese wunderbaren, großherzigen Menschen, die einem den Eindruck vermittelten, es sei ein Privileg, wenn man in ihren Kreis aufgenommen wurde. Ich beschrieb mein Singledasein hier in London und seine Nachteile, ohne allerdings mein sexuelles Abenteuer zu erwähnen. Ich redete ziemlich lange. Alex wartete eine Weile, bevor er antwortete, und bot mir dann noch eine Tasse Kaffee an. Ich war ein wenig enttäuscht.

»Nein danke. Wenn ich zuviel trinke, fange ich an zu zittern.«

Nervös ließ er den Finger am Becherrand entlangwandern.

»Jane, Sie haben meine Frage nicht beantwortet.«

»Doch. Ich habe gesagt, ich möchte keinen Kaffee mehr.«

Alex lachte. »Nein, ich meine, weshalb haben Sie das Gefühl, eine Therapie zu brauchen?«

»Liegt das nicht auf der Hand?«

»Nicht für mich. Sie müssen nach – wie vielen? – fünfundzwanzig Jahren Ehe plötzlich allein mit Ihrem Leben fertig werden. Haben Sie früher jemals allein gelebt?«

Ich schüttelte den Kopf.

»Willkommen in der Welt der Singles«, sagte Alex mit einem ironischen Unterton. »Wissen Sie, manchmal gebe ich mich Phantasien hin, wie es wohl wäre, nicht verheiratet zu sein und keine Kinder zu haben. Dann könnte ich mich ganz spontan entschließen, ins Kino oder auf ein Bier in die Kneipe zu gehen. Wenn ich gelegentlich auf einer Party eine Frau kennenlerne, dann stelle ich mir vor, daß ich mit ihr eine aufregende Affäre haben könnte, wenn ich frei wäre. Aber wäre ich tatsächlich ungebunden, sähen die Dinge garantiert anders aus. Anfangs wäre ich vielleicht euphorisch und hätte möglicherweise sogar das eine oder andere sexuelle Abenteuer. Aber ich bezweifle, daß es so viel Spaß machen würde wie ursprünglich angenommen. Außerdem wäre Schluß mit all dem, woran ich mich gewöhnt habe. Und auch die Gewohnheit, nach Hause zu kommen und jemanden anzutreffen, der mir vertraut ist, wäre dahin. Das käme mich hart an.«

»Ich dachte, *ich* sollte reden.«

Alex lachte wieder.

»Wer sagt das? Sie haben wahrscheinlich zuviel Freud gelesen. Ich an Ihrer Stelle würde nicht zuviel auf einen Mann geben, der sich selbst und seine Tochter analysiert hat. Erstens haben Sie sowieso schon genug um die Ohren, und zweitens haben Sie eine nicht unerhebliche Familientragödie zu verarbeiten. Sie haben unbestreitbar das Recht, eine Zeitlang unglücklich zu sein. Soll ich einen Zauberstab nehmen und Sie von allen Problemen erlösen?«

»Das klingt verlockend.«

»Ich möchte Ihnen eine oberflächliche Diagnose anbieten, Jane, und zwar auf meine Kosten. Ich glaube, Sie sind eine starke Frau, die nicht das Gefühl haben möchte, sie könnte etwas nicht bewältigen, und die es auch nicht mag, wenn Leute sie bemitleiden. Darin liegt Ihr Problem. Mein Kommentar dazu lautet: Das Leben ist schmerzhaft. Akzeptieren Sie das. Sie können natürlich mit mir reden, aber Sie können Ihr Geld ebensogut anders ausgeben. Zum Beispiel für eine Massage pro Woche oder für ein schönes Abendessen in einem Restaurant. Oder für eine Ferienreise in wärmere Gefilde.«

Jetzt mußte ich lachen.

»Das klingt noch verlockender.«

Wir lächelten beide, und es folgte ein recht peinliches Schweigen, das ich unter anderen Umständen vielleicht gebrochen hätte, indem ich Alex geküßt hätte.

»Alex, ich sage höchst ungern ›im Ernst‹,… aber im Ernst, ich habe mich gestern abend mit meinem Bruder unterhalten, der zufällig die verrückte Idee hat, einen Film über die Familie zu drehen. Also werden Sie auf BBC 2 wahrscheinlich bald alles über meine Probleme erfahren können. Paul – so heißt mein Bruder – hat von unserer goldenen Kindheit gesprochen. Bisher hatte ich stets dieses Bild der unbeschwerten Jahre vor Augen, aber als er so nostalgisch davon schwärmte, wehrte sich etwas in mir und schrie ›nein, nein, nein‹. Die ganzen letzten Tage ließ mich eine Sache nicht los. Sicher hat das alles mit der Entdeckung von Natalie zu tun. Aber ich habe mir meine himmlische Kindheit vorgestellt, und sie hatte in der Mitte ein schwarzes Loch. Doch ich kann's nicht richtig sehen und weiß nicht, was es ist. Es liegt immer am Rand meines Blickfelds, und sobald ich mich umdrehe, um es direkt anzusehen, ist es wieder an den Rand gerutscht. Es tut mir leid, das klingt wahrscheinlich alles unsinnig. Ich verstehe es selbst nicht recht. Vielleicht können Sie sich das vorstellen: Ich höre mich sprechen und versuche gleichzeitig, mich zu verstehen. Ich bitte Sie, meinem Gefühl zu trauen, daß sich hinter all dem etwas verbirgt, was man sich unbedingt ansehen sollte.«

Während dieser ganzen langen, zusammenhanglosen Rede starrte ich auf den Tisch und blickte erst auf, als ich fertig war. Fast fürchtete ich Alex' Blick. Er runzelte die Stirn und sah so konzentriert aus, wie ich es wohl noch nie bei einem Menschen erlebt hatte.

»Vielleicht haben Sie recht«, murmelte er.

Dann nahm er unsere beiden Becher und stellte sie ins Spülbecken, doch anstatt sich wieder hinzusetzen, begann er auf und ab zu gehen. Da ich nicht wußte, ob ich etwas sagen sollte, schwieg ich. Schließlich setzte er sich wieder.

»Wahrscheinlich haben Sie die falschen Vorstellungen von einer Therapie. Vielleicht haben Sie Filme gesehen, in denen die Probleme eines Menschen auf dramatische Weise gelöst wurden. Oder Sie haben Freunde, die von der Analyse abhängig sind und Ihnen erzählen, wie herrlich es ist, die eigenen Schwierigkeiten besser zu verstehen, und um wieviel glücklicher sie dadurch sind. Nicht auszuschließen, aber wenn man fünf Jahre lang drei Stunden pro Woche auf der Couch verbringt und zwanzig Riesen dafür hinblättert, hat man ein verständliches Interesse daran, Erfolge zu sehen.«

»Aber warum...«

Alex hob die Hand.

»Ich interessiere mich für Sie, Jane. Ich denke, wir können etwas erreichen. Aber zunächst müssen wir uns über ein paar Dinge klarwerden. Eine Therapie ist etwas ganz anderes als ein Besuch beim Arzt, den man konsultiert, wenn man eine Infektion oder ein gebrochenes Bein hat. Sie könnten mich fragen, ob ich Ihren Zustand verbessern werde, und wir könnten dann eine langweilige philosophische Diskussion darüber beginnen, ob ich überhaupt etwas für Sie tun kann und was jeder von uns beiden mit ›den Zustand verbessern‹ meint.«

»Ich suche keine einfache Lösung.«

»So schätze ich Sie auch nicht ein. Deshalb möchte ich Ihnen klipp und klar sagen, was passieren kann oder auch nicht. Zunächst ein paar Warnungen: Vielleicht meinen Sie wie viele andere Menschen, es gebe nichts Angenehmeres, als zwei, drei Stunden in der Woche mit einem Plausch über die eigenen Probleme zu verbringen und sich alles von der Seele zu reden. Meiner Erfahrung nach ist das die Ausnahme. Manchmal ist der therapeutische Prozeß an sich schon unangenehm. Wie kann ich das am besten beschreiben?« Alex sah sich in der Küche um und grinste. »Sie sind wahrscheinlich über das Chaos hier entsetzt. Mich macht es jedenfalls trübsinnig und meine Frau wütend. Also, warum räumen wir nicht einfach auf? Na ja, es sieht zwar scheußlich aus, aber wir haben uns daran gewöhnt und finden das, was wir brauchen, ziemlich rasch. Wenn ich anfinge aufzuräumen, wäre es zunächst einmal noch chaotischer, da ich auch noch alle Schränke ausräumen müßte. Es gäbe eine Phase, in der alles noch schlimmer wäre als zuvor. Gleichzeitig würden wir Gefahr laufen, die Nerven zu verlieren und schließlich alles in diesem katastrophalen Zustand zu belassen. Die verschlimmerte Situation würde andauern, bis wir das Aufräumen beendet haben. Und selbst dann wäre es bei weitem nicht so gemütlich wie zuvor. Und obwohl die neue Ordnung sinnvoller wäre, weil sie mit Verstand geschaffen worden ist, würden wir im täglichen Leben wahrscheinlich unsere Sachen gar nicht schneller finden, denn wir sind immer noch an das ehemalige Irrationale gewöhnt. Sie sehen, ich mache Werbung dafür, die Dinge so zu belassen, wie sie sind.

Möglicherweise erreichen Sie auch gar nichts. Ich behaupte keinesfalls, daß Sie nach – sagen wir mal – sechs Monaten oder einem Jahr glücklicher sind oder mit Ihren Alltagsproblemen besser fertig werden. Sie leben ja nach wie vor in einer Welt, in der Menschen sterben und unversöhnliche Konflikte mit sich herumschleppen. Aber eines kann ich Ihnen zumindest in die Hand versprechen: Im Augenblick erscheint Ihnen Ihr Leben wie eine Sammlung bruchstückhafter Notizen und Eindrücke. Vielleicht kann ich Ihnen dazu verhelfen, diese zu einer fortlaufenden Erzählung zu formen, die für Sie einen Sinn macht. Dann gelingt es Ihnen vielleicht, Verantwortung für Ihr Leben zu übernehmen, womöglich sogar, es besser zu bewältigen.

Das ist doch schon etwas, und das zumindest sollten wir anstreben. Aber es gibt auch andere Möglichkeiten. Lassen Sie mich spekulieren. Ihre Wortwahl in bezug auf Ihre Freundin, die man mitten in der Landschaft Ihrer Kindheit vergraben hat, hat mein Interesse geweckt. Das ist ein eindrucksvolles Bild. Vielleicht trägt manch einer von uns sozusagen in Gedanken eine Leiche mit sich herum, die darauf wartet, entdeckt zu werden.«

»Was meinen Sie damit?«

»Machen Sie sich darüber keine Gedanken, es ist nur eine Idee, ein Bild.«

»Und wie soll das nun praktisch aussehen? Wie sollen wir vorgehen?«

»Gut, machen wir Nägel mit Köpfen: Ich möchte Sie zweimal die Woche sehen, jeweils eine Stunde, die allerdings nur fünfzig Minuten dauert. Ich nehme achtunddreißig Pfund pro Sitzung, zahlbar im voraus zu Wochenbeginn. Wie gesagt, es wäre absolut verständlich, wenn Sie sich gegen eine Therapie entscheiden. Ich kann Ihnen fast hundertprozentig versichern, daß Sie sich mit oder ohne Behandlung in ungefähr einem Jahr erheblich besser fühlen. Der Schmerz über den Tod Ihrer Freundin wird bis dahin deutlich nachlassen, und Sie werden sich an Ihr neues Leben gewöhnt haben. Wenn Sie sich aber entscheiden, eine Therapie zu machen – was ich hoffe –, müssen Sie eine Verpflichtung eingehen. Das heißt, die Sitzungen sind heilig und dürfen nicht aufgrund beruflicher Verpflichtungen, Krankheit, Sex, Enttäuschung, Müdigkeit oder sonst etwas versäumt werden. Natürlich dürfen Sie die Therapie jederzeit abbrechen, ich meine aber, Sie sollten sich selbst dazu verpflichten, mindestens vier oder fünf Monate dabeizubleiben. Und sich außerdem einschärfen, der Sache wirklich eine Chance zu geben. Ich meine, emotional und rational. Ich weiß, daß Sie klug sind und wahrscheinlich im Gegensatz zu mir erst vor kurzem Freud gelesen haben. Wenn Sie hier aber über den Vorgang der Übertragung diskutieren wollen, woran ich ohnehin nicht glaube, verschwenden wir beide unsere Zeit und Sie darüber hinaus Ihr Geld. So. Noch Fragen?«

»Wird es so sein wie heute?« fragte ich. »In der Küche sitzen und plaudern, bei einer Tasse Kaffee?«

»Nein. Das hier ist, wie Sie gerade gesagt haben, nur eine Plauderei, bei der wir die Regeln festlegen. Wenn wir einsteigen, müssen wir raus aufs Spielfeld und richtig loslegen. Meiner Ansicht nach geht das nur, indem wir den ganzen Vorgang ritualisieren, mit anderen Worten, er muß sich von

Ihrem normalen Leben abheben. Also, wenn Sie wirklich einsteigen wollen, dann ist es das nächste Mal ganz anders. Die nächste Sitzung wird in einem Therapieraum stattfinden.« Er gebrauchte das Wort »Therapie«, als wäre es etwas unhandlich und er es gerne vermeiden würde. »Es hat nichts mit einem gesellschaftlichen Ereignis zu tun. Wir werden keinen Kaffee trinken und auch nicht plaudern. Sie liegen auf einer Couch, nicht weil das ein psychoanalytisches Requisit ist, sondern weil es eben nicht so sein soll wie heute – gemütlich, anregend, von Angesicht zu Angesicht. So, und jetzt möchte ich, daß Sie nachdenken, was Sie wollen, und mich dann anrufen.«

»Ich weiß es bereits. Ich möchte beginnen. Und wenn ich mit dem Verlauf nicht zufrieden bin, höre ich auf, garantiert.«

Alex lächelte und streckte mir die Hand hin.

»Ich gehe sicher recht in der Annahme, daß ich von Ihnen keine noch deutlichere Verpflichtungserklärung bekomme. In Ordnung, abgemacht.«

7. KAPITEL

Nachdem ich das Scheidungsgesuch unterschrieben und eine Eheberatung abgelehnt hatte, radelte ich an jenem klaren, kalten Tag Richtung Londoner Norden zur Baustelle meines Wohnheimprojekts, das mir, wenn ich nur daran dachte, schon Bauchschmerzen verursachte. Ursprünglich hatte ein neues Gebäude errichtet werden sollen mit fünfzehn Wohneinheiten für aus dem Krankenhaus entlassene geistesgestörte Patienten. Diese bedurften jedoch der Aufsicht, auch wenn es nur darum ging sicherzustellen, daß sie regelmäßig ihre Medikamente einnahmen. Ich legte einen ansprechenden, funktionalen und kostengünstigen Entwurf vor, der auf der Stelle abgelehnt wurde, was mich nicht sonderlich erstaunte.

Plan B sah den Umbau eines besetzten Hauses vor, das seit zwei Jahren ohne Dach war.

An der Baustelle wurde ich bereits von zwei Männern und einer Frau erwartet. Meine Freundin Jenny vom Sozialdienst sah – wie immer – erschöpft aus. Sie stellte mich Mr. Whittaker vom Gesundheitsamt und Mr. Brady vom Wohnungsamt vor.

»Wieviel Zeit haben Sie?« fragte ich.

»Ungefähr minus zehn Minuten«, erwiderte Jenny.

»In Ordnung, dann also der kurze Rundgang. Übrigens wäre alles etwas einfacher, wenn ich nicht bei jeder Besprechung mit neuen Gesichtern konfrontiert würde.«

Ich führte sie bis unters Dach – hätte es denn eins gegeben. Nun arbeiteten wir uns von oben nach unten vor, umrissen die wichtigsten Renovierungsarbeiten, die wesentlichen Reparaturen, sprachen über den Notausgang an der Gebäuderückseite und die raffinierten Angleichungen, die ich in den Gemeinschaftsbereichen und Korridoren vorgenommen und durch die das Haus zusätzlich an Raum gewonnen hatte.

»So, das ist es«, sagte ich, als wir wieder an der Eingangstür angekommen waren. »Es ist nicht nur eine geniale und praktische Lösung, sondern auch eine, die sich finanziell rentiert.«

Mr. Brady lächelte beklommen.

»Da mag etwas dran sein, und ich kann nur hoffen, daß die Rechnungsprüfer bei der Kalkulation Ihre Argumente berücksichtigt haben.«

»Keine Sorge, Mr. Brady«, sagte ich. »Am Tag des Jüngsten Gerichts bekommen wir alle die Rechnung präsentiert.«

Mr. Brady und Mr. Whittaker wechselten einen Blick. Ich fand es etwas irritierend, daß immer mehr Verwaltungsbeamte jünger waren als ich.

»Jane, ein genialer Entwurf, wirklich. Wir sind sehr zufrieden. Die Sache hat nur einen Haken: Wir müssen mit einer fünfzehnprozentigen Kürzung des Gesamtetats unserer Behörde rechnen, und davon sind natürlich alle Projekte gleichermaßen betroffen. Wir hoffen, daß Sie das einarbeiten können. Abgesehen davon entspricht alles unseren Vorstellungen.«

»Was soll das heißen, ›abgesehen davon‹? Ihnen liegt bereits ein Mindestkostenvoranschlag vor, und Sie haben unser Angebot angenommen.«

»Änderungen vorbehalten … und so weiter und so fort, Sie kennen das ja.«

Ich schlug meinen offiziellen Ton an.

»Mr. Whittaker, Sie stimmen mir gewiß zu, daß dieses Wohnheim von dem Moment an eine Reinersparnis darstellt, an dem fünfzehn Patienten nicht mehr gleichzeitig in Frühstückspensionen unterzubringen sind beziehungsweise langfristig Betten belegen.«

»Sie wissen so gut wie ich, Jane, daß das theoretisch stimmt, aber für unsere Berechnung irrelevant ist.«

»Oh, ich könnte für die Dauer des nächsten Finanzjahres ja das Dach weglassen! Schließlich steht der Frühling schon vor der Tür. Andererseits, weshalb sich überhaupt mit einem Haus abmühen? Vielleicht gelingt es mir, einen Container zu besorgen, den man draußen auf die Straße stellt. Sollte irgendwo noch Geld übrig sein, ließe sich seitlich das neue Logo Ihres Amtes anbringen. Die Verrückten könnten darin untergebracht werden und ihre Medikamente per Post erhalten. Jenny, was sagst *du* dazu?«

Jenny sah mich besorgt an. Ich merkte, daß ich anfing, mich wie einer ihrer Pflegefälle zu benehmen.

»Jane, das bringt uns nicht weiter«, meinte Mr. Brady. »Es ist sinnlos, *uns* anzugreifen. Wir sitzen in einem Boot. Tatsache ist, daß wir nicht zwischen einem geänderten Entwurf und der ursprünglichen Idee entscheiden müssen, sondern zwischen Ihrem Kompromißentwurf und der Nullösung, und selbst das wird ein harter Kampf werden. Sie sollten mal sehen, was sich in anderen Abteilungen abspielt. Die Tressell-Grundschule am Ende der Straße wird nächstes Quartal möglicherweise nur noch an vier Tagen in der Woche geöffnet sein.«

»In Ordnung, ich nehme Änderungen vor und stelle außerdem sicher, daß ich – sollte ich in der Zwischenzeit einen Zusammenbruch erleiden – außerhalb des Stadtteils in Gewahrsam genommen werde. Also, wann sollen wir vier, oder eventuelle Vertreter, wieder zusammenkommen?«

»Ich rufe Ihre Sekretärin an, Jane«, erklärte Mr. Brady. »Vielen Dank, daß Sie vergleichsweise einsichtig sind.«

Ich stieg auf mein Fahrrad und trat in die Pedale, was das Zeug hielt, bis meine Beinmuskeln schmerzten. Im Geiste nahm ich Abschied von den ausgeklügelten Einzelheiten und kleinen Raffinessen meines Entwurfs. Die nächste unangenehme Pflicht an diesem Tag war der Besuch bei meinem Vater, der mir Pläne zeigen wollte. Ich würde nicht allein zu ihm fahren. Als ich meinem Bruder von dem Besuch erzählt hatte, hatte er darauf bestanden mitzukommen. Angeblich um zu sehen, wie es Vater ging. Ich vermutete, daß es eher mit seinem Film zu tun hatte, aber so kam ich wenigstens zu einer Mitfahrgelegenheit. Ich stellte mein Fahrrad ab und wartete auf Paul – eine gute Entschuldigung, um zwei Zigaretten zu rauchen. Auf unserer Fahrt nach Stockwell lamentierte mein Bruder ununterbrochen, daß dies mit Abstand die ungünstigste Tageszeit sei, um Richtung Süden zu fahren, und daß wir auf der Nordumfahrung sicherlich schneller vorangekommen wären. Als ich erwiderte, daß das nicht stimme, redeten wir bis Blackfriars Bridge kein Wort mehr miteinader.

Mein Vater, Jahrgang 1925, ist neunundsechzig. Ein alter Mann. Natürlich ist mir das klar, aber ich empfinde es normalerweise nicht so. Doch als er Paul und mir die Tür öffnete, wirkte er sehr grau und eingefallen. Die Altersflecken auf seinen Händen traten plötzlich erschreckend deutlich hervor. Aber als ich ihn umarmte und eingehender betrachtete, bemerkte ich, daß er immer noch recht gut aussah. So hatte er zum Beispiel dichteres Haar als sein Sohn. Ich glättete es mit der Hand, was er, so hoffte ich, als Zärtlichkeit verstand.

»Tee für euch beide?« fragte er.

»Du setzt dich jetzt hin, und ich kümmere mich darum«, antwortete ich. »Ich habe Zitronengelee mitgebracht. Falls du Toast hast, könnten wir etwas davon essen.«

Dad und Paul gingen ins Wohnzimmer, einen mit Büchern und Papier vollgestopftem Raum, dessen Wände dunkelrot gestrichen waren. Dagegen erinnerte die Küche mit den weißgetünchten Wänden und den unbequemen Holzbänken eher an einen Gemeinderaum der Quäker. Die Deckenstrahler, die man normalerweise nur für Verkaufsflächen verwendet, tauchten den Raum zudem in ein unangenehm grelles Licht. Solange ich denken konnte, hatte Dad die elektrischen Leitungen neu verlegen lassen wollen, sich aber immer vor dem Umbau gefürchtet. Statt dessen vergrößerte er das Chaos noch. Wohin man blickte, überall Verlängerungskabel. Als ich das Tablett mit Tee und Toast ins Wohnzimmer trug, hatte Dad es sich im Lehnstuhl bequem gemacht, und Paul hockte auf einem Schemel und beugte sich verschwörerisch zu ihm hin. Die Düsternis, die sie umgab, war ein weiteres Ergebnis der Beleuchtungsstrategie meines Vaters und stammte aus der Mitte der siebziger Jahre, als es Mode war, nicht Räume, sondern »Bereiche« auszuleuchten. Folglich wurden in jedem Zimmer die Kabel von den Deckenrosetten entfernt und schauerliche Chromlampen in den Ecken installiert. Das Haus teilte sich nun in helle und dunkle Bereiche. Dad und Paul saßen im letzteren. Als ich nahe genug an sie herangetreten war, um etwas erkennen zu können, bemerkte ich in Pauls Augen wilde Entschlossenheit. Kein Zweifel, er recherchierte. Sogar ein Notizbuch lugte aus seiner Jackentasche.

»Hat Paul dir erzählt, daß er eine Fernsehdokumentation über unsere Familie drehen will, Dad?« fragte ich betont heiter und stellte das Tablett lauter als gewohnt auf den Tisch.

Paul fuhr auf und blickte mich finster an. »Ich wollte es ihm gerade erzählen«, sagte er.

Etwas Gelbes lief an Vaters Kinn herunter. »Weshalb?« wollte er wissen. »Was ist denn so interessant an uns?«

Paul holte tief Luft und legte seinen Toast zurück.

»Das ist eine sehr gute Frage«, meinte er, woraufhin Dad ihn verwundert ansah. »Wenn ich über meine Familie berichte – die mich natürlich interessiert –, ermuntere ich damit auch die Zuschauer, sich aus einer neuen Perspektive mit ihrer Familie und ihrer Kindheit auseinanderzusetzen. Jede Familie ist anders und doch gleich.«

»Ist das ein Zitat?« murmelte ich. Paul ignorierte meine Bemerkung.

»Wenn ich über unsere Familie erzähle – über dich, über Mum, Jane und mich, und über die Martellos, die ich natürlich nicht übergehen kann –, was greife ich auf?« Da seine Frage rein rhetorisch war, nahm ich mir eine Scheibe Toast und biß hungrig hinein. Ich hatte kein Mittagessen gehabt. »Nostalgie. Nähe und Entfremdung. Besitzgier und Eifersucht. Kindheitsidylle. Schmerzliches Erwachsenwerden. Die Hoffnungen der Eltern für ihre Kinder, der Groll der Kinder auf ihre Eltern. Dies und noch mehr anhand der Erlebnisse einer Familie. Ich hoffe, du hilfst mir dabei.«

»Schluß mit diesem Unsinn«, sagte Dad. »Trink deinen Tee, Paul, ich möchte Jane etwas zeigen.«

Er führte mich zum Schreibtisch in der Ecke, auf dem Zeichnungen und alte Bücher lagen.

»Wie kommt dein Projekt voran?« fragte er.

»Welches?«

»Ich spreche nicht von dem auf Stead. Ich meine das Wohnheim.«

»Es wird allmählich zur Qual.«

»Das tut mir leid, Jane. Kann ich dir irgendwie helfen?«

»Ja, jeden im Wohnungsamt umbringen.«

»Gut, gut«, sagte Dad geistesabwesend. Was führte er im Schilde? Er war in Gedanken mit etwas anderem beschäftigt. »Ich habe dich nicht ohne Grund hergebeten. »Ich dachte, vielleicht magst du einen Blick auf das hier werfen.«

»Was ist das?«

»Das wird mein Altersprojekt. Ich möchte das Innere des Hauses renovieren.«

»Weshalb?«

»Ich möchte die ursprüngliche Form und Ausstattung wiederherstellen. Das Haus soll wieder so aussehen, wie es in der Mitte der achtziger Jahre des vergangenen Jahrhunderts gewesen war. Ich habe bereits Skizzen angefertigt. Die Grundsubstanz bleibt unangetastet. Die Hauptarbeit wird sein, in diesem Zimmer und im oberen Stockwerk Trennwände einzuziehen.«

Paul hatte sich hinter uns gestellt und sah mir über die Schulter.

»Das heißt, du mauerst das wieder zu, was du in den sechziger Jahren eingerissen hast?« meinte er höhnisch.

Ich trat Paul gegen das Schienbein, doch mein Vater fuhr fort, als hätte er die Bemerkung nicht gehört.

»Die Gesimse und die Rosetten müssen natürlich instand gesetzt werden. Glücklicherweise können wir Abdrücke aus den noch vorhandenen erstellen.«

»Ich bin sprachlos«, sagte ich. »Aber wird das nicht ziemlich teuer werden?«

»Ich werde selbst Hand anlegen.«

»Das wirst du nicht.«

»Doch. Pat Wheeler hat mir seine Hilfe zugesagt.«

Ich wußte nicht, was ich sagen sollte. Das machte aber nichts, denn mein Vater fuhr lebhaft mit seinen Erläuterungen fort. Er blätterte seine Entwürfe und Beschreibungen durch, sprach von Schiebefenstern, Einlaßmitteln und Kaminschutz, Dekorationen am Fensterrahmen und Türbeschlägen. Paul fragte ihn scherzhaft, ob er auch die Gasbeleuchtung wieder einführen wolle. Meine Gefühle waren gemischt, nicht nur wegen der Undurchführbarkeit seines Plans, sondern weil ich das Gefühl hatte, mein Vater manövriere sich durch den Umbau systematisch aus seinem eigenen Haus. Wenn die Renovierungsarbeiten abgeschlossen wären – sollte es je dazu kommen –, wären sämtliche Neuerungen und Ideale, die meinem Vater Kraft zum Leben gegeben hatten, zerstört. Als ich etwas über Achtung vor der Vergangenheit murmelte, erntete ich ein sarkastisches Lachen.

»Jeder geht anders mit seiner Vergangenheit um. Ich hoffe, ich kann sie wiedererstehen lassen und erhalten. Ist das nicht besser, als eine Fernsehdokumentation darüber zu drehen?«

Sein scharfer Blick trieb Paul die Röte ins Gesicht.

»Ich bin erstaunt, daß du so naiv bist, was die Renovierung betrifft«, wehrte sich Paul. »Stets hast du über Gebäude im Rahmen ihres sozialen Umfelds geschrieben. Was hat es für einen Sinn, Ende des zwanzigsten Jahrhunderts ein viktorianisches Wohnhaus zu rekonstruieren? Wirst du dann auch auf einem Pferd durch die Gegend reiten? Ich meine, daß man die Vergangenheit unter heutigen Gesichtspunkten überdenken muß.«

»Natalie«, sagte mein Vater ohne Umschweife.

»Was?« fragte Paul.

»Jetzt sag ich dir mal was«, erklärte Dad. »Man hat Natalie ausgegraben, und du willst das in einem Fernsehfilm verarbeiten und möchtest, daß wir über unsere Gefühle reden, richtig? Vermutlich bittest du mich auch, über Mutters Tod zu sprechen. Wer wird sonst noch was dazu beitragen? Deine beiden Frauen? Der arme verlassene Claud?« Jetzt war ich diejenige, der das Blut in den Kopf stieg. »Und was ist mit Alan und Martha? Martha wird nicht viel dazu sagen. Sie hat ihre Kümmernisse nie preisgegeben, im Gegensatz zu Alan. Ich sehe ihn schon vor mir. Der zornige alte Mann läßt sein Leben Revue passieren. Er wird sein Geld wert sein. Ist es das, was dir vorschwebt, Paul, eine Familie von Fernsehberühmtheiten?«

Paul sah ebenso erschrocken wie erregt aus. Ihm war gerade eine vage Idee gekommen, wie sein Film aussehen könnte, und er antwortete in typischer Manier eines Regisseurs: »Der Film wird unter dem größten Fingerspitzengefühl und ohne jede Sensationsmache gedreht.«

Vater wandte sich von Paul ab und fing an, von einem stuckverzierten Ziegelkamin zu sprechen. Ich warf die Frage auf, ob ein Kamin aus Ton nicht besser sei, aber er wischte diesen Einwand sofort vom Tisch.

»Ich gebe nicht auf, bloß weil ein alter Mann sich in Positur wirft. Ist dir jemals so was Albernes untergekommen wie diese dämliche Renovierung? Leidet Dad an Altersschwachsinn?«

Wir waren im Pub. Paul spielte mit seinem Glas und gab sich recht kämpferisch, aber ich wußte, daß ihn Schuldgefühle plagten.

»Blas mir doch nicht dauernd Rauchschwaden ins Gesicht, Jane. Meiner Ansicht nach ist es absolut legitim, daß ich für meine Arbeit auf eigene Erfahrungen zurückgreife, und die beruht nun mal auf zwei Familien. Nur weil *Surplus Value* ein Hit ist, heißt das nicht, daß ich nichts anderes zuwege bringe als Spielshows.«

Ich schwieg.

»Oder?«

Ich zuckte die Achseln.

»Es ist doch völlig egal, was ich davon halte. Ich muß ja nicht das Geld für den Film aufbringen.«

»Es ist wichtig für mich. Seit jenem Wochenende geht Natalie mir nicht aus dem Kopf. Einen Film über sie und über uns zu drehen wäre für uns alle gut. Es wäre eine Möglichkeit, das Geschehene zu bewältigen.«

»Therapie via Fernsehen.«

»Na ja, bestimmt nicht schlecher als das, was du gerade machst. Wir versuchen doch beide nur, uns selbst zu helfen. Was ist denn daran so falsch?«

Ich legte die Hand auf seinen Arm. Er schüttelte sie gereizt ab.

»Paul«, sagte ich. »Du möchtest, daß Menschen mit dir über ihr Leben sprechen, aber die meisten von uns kennen ihr eigenes Leben gar nicht. Was du vorhast, ist riskant. Du brichst zu einem Zeitpunkt in die Erinnerungen und Träume der Menschen ein, in dem sie äußerst verletzlich sind. Und es sind die Menschen, mit denen du weiterleben mußt. Ich will nicht, daß Claud in die Welt hinausposaunt, wie er über mich denkt. Fernsehen ist verführerisch. Die Menschen erzählen Dinge vor der Kamera, die sie niemals im Leben ihren besten Freunden anvertrauen würden.«

Ich drückte meine Zigarette aus und nahm meinen Mantel.

»Mir geht es um ein ehrliches Filmdokument. Ich verspreche dir, ich werde nichts tun, was das Andenken Natalies beschädigen könnte.«

»Spar dir das für *Radio Times* auf, Paul«, zischte ich und bereute es sogleich. Aber dann stand ich dazu. Wir trennten uns, ohne uns voneinander zu verabschieden.

8. KAPITEL

Meine erste Sitzung – die erste *richtige* – bei Alex löste bei mir die gleichen Gefühle aus wie der erste Tag an einer neuen Schule. Ich war aufgeregt. Ich hatte meine Kleidung mit ungewöhnlicher Sorgfalt ausgewählt und fühlte mich dann nicht wohl darin. Selbst Alex' Haus wirkte auf mich verändert. Er führte mich diesmal nicht in die dunkle, warme, beruhigend unordentliche Küche, sondern in ein kleines Hinterzimmer im Obergeschoß. Während Alex eine Treppe höher stieg, um ein Notizbuch zu holen, ging ich hinein, trat ans Fenster und legte die Hände an die kalte Scheibe. Von dort blickte man auf einen langen schmalen Garten, der an einen entsprechenden Garten des gegenüberliegenden Hauses grenzte – eine spiegelverkehrte Situation. Die Pflanzen waren für den Frühling alle stark zurückgeschnitten, was ich als tadelnden Hinweis auf mein eigenes vernachlässigtes Stückchen Grund empfand. Als sich die Tür hinter mir schloß, zuckte ich zusammen. Ich drehte mich um und sah Alex vor mir stehen.

»Bitte«, sagte er, »legen Sie sich hin.«

Ich hatte mir das Zimmer nicht genau angesehen, weder die Einrichtung noch den Teppich. Für mich gab es nur den Lehnsessel und daneben die Couch. Ich legte mich hin. Als Alex sich hinter mich setzte, außerhalb meines Blickfeldes, hörte ich die Sprungfedern quietschen.

»Ich weiß nicht, wo ich anfangen soll«, sagte ich ängstlich.

»Weshalb sind Sie hier? Nehmen Sie das als Ausgangspunkt und erzählen Sie dazu einfach weiter«, sagte Alex.

»Gut. Anfang September eröffnete ich Claud, meinem Mann, ich wäre der Meinung, wir sollten uns scheiden lassen. Meine Ankündigung kam aus heiterem Himmel, und die ganze Familie war furchtbar entsetzt.«

»Wen meinen Sie mit ›ganze Familie‹?«

»Die Familie mitsamt Anhang. Wenn ich von ›meiner‹ Familie spreche, dann meine ich nicht die kleine Familie Crane, sondern die wunderbaren, beneidenswerten Martellos.«

»Das klingt ein wenig ironisch.«

»Aber wirklich nur ein bißchen. Ich habe möglicherweise ein paar Vorbehalte, aber diese Familie ist wirklich einmalig! Wir haben allesamt großes Glück. So hat mein Vater es immer ausgedrückt. Als der Krieg zu Ende war und er aus der Armee ausschied, ist er sofort nach Oxford gegangen. Dort lernte er gleich am ersten Tag Alan kennen. Klar, mittlerweile kennen wir alle *The Town Drain*, deshalb kann man sich heute kaum noch vorstellen, was mein Vater – ein gescheiter und schüchterner Stipendiat – empfunden haben muß, als er völlig beklommen und ehrfurchtsvoll in Oxford ankam und sofort dem Prototyp eines Billy Belton in die Arme lief. Und wenn man bedenkt, wie Billy Belton als Held des Buches den Leser in seinen Bann zieht, dann stelle man ihn sich leibhaftig vor: ein unerhört geistreicher Mensch, der sich allem gegenüber geringschätzig verhielt, vor dem man eigentlich Respekt haben sollte. Ich glaube, die beiden waren damals nahezu ineinander verliebt.

Einige Jahre später heirateten Alan und mein Vater, und beide Familien wurden fast so etwas wie eine große Familie. Als *The Town Drain* zum Bestseller und später auch noch verfilmt wurde, kam Alan zu Geld, kaufte das Haus und das Stück Land in Shropshire, wo wir unsere Ferien verbrachten. Es war einfach phantastisch dort, und die Leute, die wir mitbrachten, waren fasziniert von dieser unglaublichen Familie mit den vier gutaussehenden Söhnen – und natürlich von der schönen Tochter. Sie waren der Mittelpunkt meines Lebens. Natalie war sowohl meine Schwester als auch meine beste Freundin. Und Theo war meine erste Liebe. Und es schien nur natürlich, sozusagen unumgänglich, daß ich Claud heiratete.«

»War Theo der ältere Bruder?«

»Claud ist der Älteste, dann kommt Theo, dann Natalie. Jonah und Alfred sind die jüngsten, sie sind Zwillinge.«

»Wie haben sie reagiert, als Sie mit Claud brachen?«

»Schwer zu sagen. Eines wollten sie mir an dem Wochenende, als Natalie gefunden wurde, zeigen: Ich gehöre immer noch zur Familie.«

»War es wichtig für Sie, daß die anderen Ihre Entscheidung billigten?«

»Nicht unbedingt, daß sie sie billigten, aber ich wollte nicht als jemand dastehen, der einen Keil in die Familie treibt.«

»Hat man Sie nach Ihren Gründen gefragt?«

»Eigentlich nicht.«

»Und weshalb haben Sie sich zu diesem Schritt entschlossen?«

»Genau darüber habe ich mir auf dem Weg hierher Gedanken gemacht. Ich wußte, daß ich irgendeine Antwort parat haben muß, aber ich habe keine. Ist das nicht seltsam? Da sitze ich nun hier, bin zweiundvierzig Jahre alt und habe Claud als Zwanzigjährige, als ich noch zur Universität ging, geheiratet. Und das alles habe ich über Bord geworfen. Natürlich hat man mich nach dem Grund gefragt. Claud war am Boden zerstört, und meine Söhne waren schrecklich verwirrt und zornig. Sie verlangten eine Erklärung, vermutlich um einen Halt zu haben, aber ich konnte ihnen keine geben. Nicht etwa, weil ich ihnen etwas verschweigen wollte. Ich konnte ihnen lediglich sagen, daß ich damals blindlings in diese Heirat hineingeschlittert war und nun das Gefühl hatte, aus einem langen Schlaf erwacht zu sein. Als ich mich umsah, waren Jerome und Robert erwachsen und lebten nicht mehr zu Hause. Da entschloß ich mich zu gehen. Es tut mir leid, das war jetzt sehr ausführlich und wahrscheinlich wenig plausibel.«

Eine Zeitlang herrschte Stille, bis ich zu weinen anfing. Ich war wütend über mich, konnte aber die Tränen nicht zurückhalten, die mir über die Wangen strömten. Verwundert spürte ich Alex' Hand auf meiner Schulter.

»Entschuldigung«, schniefte ich. »Ich schäme mich nur so für das, was ich angerichtet habe. Und jetzt benehme ich mich auch noch albern und lasse mich gehen. Tut mir leid.«

Alex durchquerte das Zimmer und kam mit einer Handvoll Papiertaschentücher zurück.

»Hier«, sagte er.

Ich putzte mir die Nase und wischte mir das Gesicht ab. Anstatt sich auf seinen Stuhl zu setzen, hockte sich Alex zu meinem Erstaunen vor mich hin. Als meine Tränen versiegt waren, bemerkte ich seinen prüfenden Blick auf mir.

»Ich werde Ihnen jetzt ein paar Dinge sagen«, erklärte er. »Sie wissen bereits, daß es nichts macht, wenn Sie in diesem Zimmer weinen. Sie können hier tun, wonach Ihnen der Sinn steht, solange das Sofa keine Flecken bekommt. Aber etwas ist noch viel wichtiger. Während dieser Zeit, in der Sie zu mir kommen und wir miteinander reden, bemühe ich mich, Ihnen gegenüber so offen und geradeheraus wie möglich zu sein. Ich möchte gleich damit anfangen und Ihnen sagen, daß ich Sie nicht für schwach halte und Sie nicht zerknirscht darüber sein sollten, weil Sie kein griffiges Motiv dafür finden, weshalb Sie Ihren Mann verlassen haben. Ein solcher Schritt erfordert Mut. Im Gegenteil, wenn Sie mir einen oberflächlichen Grund dafür nennen würden, müßten wir uns erst mal darum bemühen, ihn beiseite zu schieben, und nachschauen, was sich eigentlich dahinter verbirgt. Sie fordern sich, das ist schon mal gut! Und, fühlen Sie sich jetzt besser?«

Ich setzte mich auf, schneuzte mir die Nase und knüllte unsicher das Papiertaschentuch zusammen, bevor ich es in die Tasche steckte. Ich nickte. Alex klopfte mir beruhigend auf die Schulter und ging dann im Zimmer auf und ab. Das machte er anscheinend immer, wenn er intensiv nachdachte.

Nachdem er offensichtlich zu einem Entschluß gekommen war, setzte er sich wieder in den Sessel.

»Ich werde Ihnen natürlich keine Antworten liefern. Das ist Ihre Aufgabe. Meine ist es, die Richtung nicht aus den Augen zu verlieren, die wir verfolgen sollten. Wenn Sie sich dort nicht wohl fühlen, wo ich Sie hindirigiere, müssen Sie es sagen, aber ich bitte Sie, mir zu vertrauen. Zu dem, was Sie mir gerade erzählt haben, fällt mir sofort ein, daß Sie nicht nur Ihre Ehe beendet haben, sondern auch Abschied genommen haben von einem wichtigen Teil Ihrer Vergangenheit und Kindheit. Viele Menschen in einer Situation wie der Ihren wären vor der Familie geflüchtet. Daher würde ich gerne wissen, weshalb Sie intuitiv in die Familie zurückgekehrt sind, um sich zu vergewissern, ob Sie noch akzeptiert werden. Mir scheint, wir sollten uns weniger mit den Beweggründen für Ihre Scheidung befassen, sondern uns mit dieser Familie beschäftigen. Sind Sie damit einverstanden?«

Ich schniefte. Ich hatte meine Fassung zurückgewonnen und konnte reden. »Wenn Sie meinen.«

»Und zwar deshalb, Jane, weil es eine meiner Aufgaben ist, dafür zu sorgen, daß Sie die verschiedenen Ereignisse, von denen Sie überwältigt sind, wieder unter Kontrolle bekommen. Wir könnten uns zu diesem Zweck verborgene Muster ansehen und prüfen, ob wir sie wiedererkennen. Sie sind zu mir gekommen, Jane, um über Ihre Scheidung zu sprechen. Das ist wichtig, und wir werden uns auch damit befassen. Doch eine ganz wesentliche Aufgabe ist es herauszufinden, was Sie tatsächlich möchten, und dazu möchte ich Ihnen etwas zu überlegen geben. Ich glaube, es ist kein Zufall, daß Ihre beste Freundin, fast schon Ihr Zwilling, im Erdreich verscharrt gefunden wurde und Sie zur gleichen Zeit zum erstenmal in Ihrem Leben um Hilfe nachsuchen, um Ihre eigene Vergangenheit auszugraben, um Ihrem eigenen Geheimnis nachzuspüren. Leuchtet Ihnen das ein, Jane?«

Ich war verblüfft und zunächst etwas beunruhigt.

»Ich weiß nicht. Es war für uns alle natürlich ein maßloser Schock. Aber es ist und bleibt ein tragischer Unglücksfall. Ich verstehe nicht, was es darüber zu reden gibt.«

Alex ließ sich nicht abbringen.

»Mich macht Ihre Wortwahl stutzig. Ein Schock für *uns alle*. Dabei war es ein *tragischer Unglücksfall*. War er das wirklich? Wissen Sie, zuweilen denke ich, daß die Bereiche, über die Menschen nicht sprechen wollen, oftmals genau die sind, mit denen man sich näher befassen sollte. Ihre Scheidung hat etwas mit Überzeugung, Gefühl, Ihrer Einstellung zu tun. Natalies Tod dagegen ist ein Faktum, ebenso wie die Entdeckung der Knochen Fakten sind. Ich denke, hier sollten wir ansetzen.«

Ich hatte dem therapeutischen Gerede von Gefühlen und dem Argwohn gegenüber tatsächlichen Ereignissen immer ablehnend gegenübergestanden, so daß mich Alex' Worte tief beeindruckten.

»Ja, einverstanden. Ich glaube, Sie haben recht.«

»Gut, Jane. Erzählen Sie mir, wie es war, als Natalie verschwand.«

Ich legte mich wieder auf die Couch und überlegte, womit ich beginnen sollte.

»Ich finde es schrecklich, aber vieles bleibt für mich schemenhaft wie etwas längst Vergangenes, obwohl es so tragisch war und jede Einzelheit in der Erinnerung lebendig sein sollte. Andererseits ist es bereits ein Vierteljahrhundert her, es war im Sommer 1969. Natalie verschwand unmittelbar nach einer großen Party auf Stead, die anläßlich Alans und Marthas zwanzigstem Hochzeitstag gefeiert wurde. Es geschah nichts, was besonders erwähnenswert wäre und sich in mein Gedächtnis eingegraben hätte. Nur an eines erinnere ich mich noch ganz genau: Natalie wurde nach der Party von einem Mann aus dem Dorf zum letztenmal gesehen.« Ich hielt inne. »Das Seltsame daran ist, daß ich mich in der Nähe aufhielt.«

»Wie meinen Sie das?«

»Na ja, ich war natürlich nicht genau *dort*, aber nicht weit entfernt. Offenbar befand ich mich in ihrer unmittelbaren Nähe – abgesehen von dem Mann, der sie gesehen hat, und vielleicht der Person, die … na ja, Sie wissen schon.«

»Die Person, die Natalie umgebracht hat.«

»Ja. Vielleicht sollte ich Ihnen den Platz beschreiben. Möchten Sie?«

»Okay, gut.«

»Natalie wurde zum letztenmal am Col gesehen. Der Col ist der breite Bach oder das Flüßchen, der an der Grenze des Grundstücks der Martellos vorbeifließt. Von Westbury, dem nächsten Dorf, führt ein schmaler Pfad über den Col und durch Alans und Marthas Grundstück hindurch und am Haus vorbei. Der Mann war auf dem Weg dorthin, um etwas zu liefern oder abzuholen, das weiß ich nicht mehr. Er sah Natalie auf dem Pfad, der am Wasser entlangführt, am Fuß des Cree's Top. Er hat ihr sogar zugewinkt, aber sie hat ihn nicht bemerkt. Danach hat niemand mehr sie lebend gesehen.«

»Wo waren *Sie*?«

»Auf der anderen Seite vom Cree's Top. Der Name klingt, als handle es sich um einen hohen Berggipfel, aber eigentlich ist es nur eine Erhebung, die durch den Bach zerschnitten wird.«

Ich schloß die Augen.

»Ich bin seit damals nicht mehr dort gewesen und habe auch jeden Gedanken daran verbannt. Ich bin nicht mal mehr in dem Teil des Grundstücks spazierengegangen, aber ich kann mich an jede Einzelheit erinnern. Wenn Natalie die Brücke hinter sich gelassen hätte und den Pfad entlanggegangen wäre, der auf der südlichen Seite des Col vorbeiführt, also auf Alans und Marthas Grundstück, hätte sie auf dem Kiesweg nach ein paar Bäumen die Anhöhe erreicht. Von dort hätte sie auf mich herabblicken können. Wir waren nur zwei, drei Gehminuten voneinander entfernt.«

»Was haben Sie dort gemacht?«

»Das weiß ich noch wie heute. Ich war eine launische Sechzehnjährige. Ich glaube nicht, daß ich Ihnen gefallen hätte. Ich war ein bißchen verliebt, ein bißchen verzweifelt und in jenem Sommer entweder mit Natalie zusammen, allerdings – aus verschiedenen Gründen – nicht so oft wie sonst, oder mit Theo. Oder ich war allein. An diesem Spätnachmittag war ich richtig in Weltuntergangsstimmung. Ich schnappte mir das einzige Exemplar der Liebesgedichte, die ich den Sommer über geschrieben hatte, und legte mich ans Ufer des Col, am Fuß des Cree's Top. Dort saß ich mehrere Stunden und las immer wieder in meinen Gedichten. Einem Impuls folgend riß ich eine Seite nach der anderen aus dem Heft, zerknüllte sie so, daß sie wie kleine weiße Nelken aussahen, und warf sie in den Bach. Ich schaute zu, wie die Strömung sie von mir wegtrieb, bis alle verschwunden waren. Ich glaube, es ist sinnlos, wenn ich weitererzähle.«

»Doch, Jane, tun Sie mir den Gefallen.«

»Wenn Sie wollen. Ich habe ein Problem mit der Vorgehensweise. Ich mißtraue ihr, denn mir scheint, ich werde dadurch ermutigt, in nicht besonders wichtigen oder eindeutigen Gefühlen zu wühlen und sie vielleicht dadurch noch zu verstärken.«

»Welche Gefühle?«

»Ich meine keine bestimmten Gefühle. Aber ich will noch bei der Situation bleiben, die ich gerade beschrieben habe. Jahrelang habe ich unter diesem starken Schuldgefühl gelitten, ich hätte etwas tun können, um das Unglück zu verhindern. Ich war doch ganz in ihrer Nähe, und wenn die Umstände nur ein kleines bißchen anders gewesen wären, wenn ich mich entschlossen hätte, über den Cree's Top zu gehen, hätte sich all das womöglich nie ereignet und ich hätte Natalie retten können. Mir ist natürlich auch klar, daß die Überlegung lächerlich ist und man sich über vieles und jedes den Kopf zerbrechen kann.«

»Ihr Schuldgefühl war enorm groß.«

»Ja.«

»Gut, ich denke, wir sollten hier abbrechen.«

Alex half mir von der Couch herunter.

»Ich finde, Sie haben das sehr gut gemacht.«

Ich spürte, wie ich errötete, so wie damals, als ich in der Schule vortreten mußte, um eine Auszeichnung entgegenzunehmen. Ich war regelrecht ein bißchen verärgert über mich und mein zartbesaitetes Gemüt.

9. KAPITEL

Zwischen den Knochen fanden sich noch andere Knochen. Natalie war schwanger gewesen, als sie erwürgt wurde. Die Polizei teilte es Alan und Martha mit, Alan rief seine Söhne an und Claud mich – einen Tag vor dem Begräbnis. Anfangs konnte ich nichts von dem glauben, was er mir mit seiner sanften Stimme erzählte. Wie immer, wenn Claud seine berufsmäßige Gelassenheit an den Tag legte, begann ich unsinniges Zeug zu plappern. Ein Wust von Fragen schwirrte mir durch den Kopf.

»Wie ist es möglich, daß sie schwanger war?«

»Es ist für uns alle unbegreiflich, Jane.«

»Wer könnte denn der Vater gewesen sein?«

Claud klang müde und ungeduldig. »Jane, ich habe es eben erst erfahren. Mehr weiß ich auch nicht.«

»Dann wird die Beerdigung wohl gar nicht stattfinden, oder?«

»Doch. Die Polizei hat die Überreste freigegeben.«

»Aber werden sie denn keine Untersuchungen machen? Können sie nicht mit DNS-Tests oder so herausfinden, wer der Vater ist? Du bist Arzt, du mußt das doch wissen.«

Das war für Claud ein Signal, seinen schulmeisterlichen Ton anzuschlagen. »Sicher haben die Gerichtsmediziner Proben entnommen, Jane. Aber soviel ich weiß, braucht man für den Nachweis von DNS Blut oder andere Körperflüssigkeiten.«

»Und was ist mit den Knochen?«

»Ist das wirklich der richtige Zeitpunkt für solche Fragen, Jane? Knochenzellen haben Zellkerne, die natürlich DNS enthalten. Aber sie nimmt in Skeletten ab, soviel ich weiß. Wenn die Knochen in der Erde gelegen haben, zerfallen die DNS-Spiralen nicht nur, sondern werden auch verunreinigt. Aber das gehört nicht zu meinem Fachgebiet. Da mußt du die Sachverständigen fragen.«

»Scheint ziemlich hoffnungslos«, sagte ich.

»Ja, es sieht nicht gut aus.«

Schwanger. Mir wurde übel, und eine Vorahnung, die nach und nach von mir Besitz ergriffen hatte, legte sich jetzt wie eine Klammer um mein pochendes Herz.

»Lieber Gott, Claud, Claud... was sollen wir denn nur tun?« Ich ließ mich in den alten grünen Sessel neben dem Telefon fallen und schaukelte vor und zurück.

»Tun?« fragte er. »Wir werden wie immer als Familie zusammenhalten und die Situation gemeinsam meistern. Es ist für uns alle nicht leicht, aber wir müssen uns einfach gegenseitig helfen. Alan und Martha trifft es am schwersten. Es ist ihnen sehr wichtig, daß du morgen dabei bist.« Seine Stimme wurde weich. »Laß uns nicht im Stich, Jane. Es betrifft uns alle. Du kommst doch, nicht wahr?«

»Ja.«

Ich wählte Helen Austers Nummer, aber sie war zu beschäftigt, um viel zu sagen. Sie meinte nur, sie sei in ein paar Tagen wieder in London, dann könnten wir uns treffen. Was hätte ich sie überhaupt fragen sollen?

Der Himmel über dem schmalen Sarg war grau. Die Bäume trugen kein Laub mehr, dafür lagen bunte Blumen auf den schimmernden neuen Grabsteinen, die von Kunstrasen umsäumt waren und kitschige Inschriften trugen. Die schönen verwitterten Steine hingegen waren nicht geschmückt. Ich blickte an der Kirchenfassade hoch. Romanisch, flüsterte mir jemand ins Ohr. Natürlich Claud. Falls ich anschließend noch Zeit hätte, müßte ich mir das normannische Taufbecken ansehen. Seine Stimme ging gottlob im Glockengeläut unter. Ihr Grab erinnerte an eine offene Wunde im Erdboden. Gleich würde man das Bündel Knochen hinabsenken und Erde darüber werfen. In einem Jahr wäre Gras über die Narbe gewachsen. Man würde dem Ort gelegentlich einen Besuch abstatten und Blumen hinlegen. An Weihnachten Stechpalmenzweige, im Frühjahr Narzissen. Irgendwann wäre das Grab nicht mehr neu und grau-schwarz. Es würde mit der düsteren Umgebung verschmelzen. Die kleine Schar der sonntäglichen Kirchgänger würde achtlos daran vorbeispazieren. Und dann käme der Tag, an dem niemand mehr den Ort besuchen würde, an dem Natalie begraben lag. Fremde würden neben dem Grabstein stehenbleiben, mit den Fingern die gemeißelten Lettern nachziehen und sagen: Sie ist aber jung gestorben.

Marthas Anblick brach mir fast das Herz. Binnen weniger Wochen schien sie um Jahre gealtert zu sein. Ihr Gesicht war von Kummer gezeichnet, ihr Haar schlohweiß. Trotz des eisigen Windes hielt sie sich kerzengerade und weinte nicht. Ob sie überhaupt noch Tränen hatte? Ich wußte, daß sie jede Woche am Grab ihrer Tochter sitzen würde, obwohl sie nicht an Gott glaubte. Zum erstenmal fragte ich mich, wie viele Jahre ihr noch bleiben mochten. Sie hatte immer unsterblich auf mich gewirkt, doch nun schien sie gebrechlich und todmüde. Auch bei Alan hatten die Ereignisse Spuren hinterlassen. Sein weiter Mantel und der Stock, den er umklammert hielt, ließen ihn plötzlich kleiner und gebeugter wirken. Neben ihm die vier Söhne, groß und nach wie vor attraktiv in ihren dunklen Anzügen. Wir anderen – Ehefrauen, Ex-Ehefrauen, Enkel und Freunde – standen hinter ihnen. Jerome (»ich hab Unterricht«) und Robert (»nee, ich mag keine Beerdigungen«) waren nicht erschienen, dafür war unerwartet Hana morgens um sieben bei mir aufgetaucht – in einem mauvefarbenen langen Rock, mit einem Schinkensandwich, einer Thermoskanne und einem Strauß Anemonen, die an Edelsteine erinnerten.

»Sag mir einfach, wenn du mich nicht dabeihaben möchtest«, hatte sie gemeint. Aber ich wollte. Ich war froh, daß sie neben mir stand und meine Hand hielt, während die Luft ihre Nase rot färbte und ihre albernen Kleider im Wind flatterten. Einige Meter von uns entfernt schneuzte sich ein Mann mittleren Alters laut in sein großes Taschentuch. Sein feines, konzentriertes Gesicht kam mir irgendwie bekannt vor. Das war das einzige Geräusch. Selbst die Vögel sangen nicht.

Unbeholfen sprach der Vikar seine Worte über Tod und Auferstehung in die kalte Luft. Der Sarg wurde in die Gruft hinabgelassen. Martha trat langsam vor und warf eine einzelne gelbe Rose auf den Sarg. Hinter mir hörte ich unterdrücktes Schluchzen. Niemand sonst gab einen Laut von sich. Martha trat wieder zurück und ergriff Alans Hand. Sie sahen einander nicht an, sondern blickten starr auf das ausgehobene Loch im Erdreich, das sogleich zugeschüttet wurde. Claud trat mit einem Blumenstrauß an das Grab. Wir folgten ihm, einer nach dem anderen. Wenig später war die bloße Erde über und über mit Blumen bedeckt.

Meine müden, verweinten Augen sahen Stead jetzt in einem anderen Licht. In meinen Kindertagen war es der verlockendste Ort der Welt gewesen, an den man nach langen Spaziergängen in der Dämmerung zurückkehrte, wenn das Abendlicht auf dem Mauerwerk schimmerte, die Fenster golden leuchteten und kleine Rauchwolken aus dem Kamin aufstiegen, Zeichen verheißungsvoller Wärme im Inneren des Hauses. Jetzt wirkte es auf mich verödet. Alle Fenster waren dunkel. Unkraut wucherte rund um die Eingangstür. Die Trauerweide, die sich über die Einfahrt neigte, sah ungepflegt aus.

Jane Martellos fliegender Imbißservice hatte Baisers, Scones mit ungesalzener Butter, selbstgemachte Marmelade aus dem Vorjahr und einen Kuchen geliefert. In der Nacht vor der Beerdigung hatte ich bis in die frühen Morgenstunden gebacken. Die Küche hatte nach Vanille und Zitronenschale geduftet. Als der Kuchen im Ofen gewesen war, hatte ich Claud noch einmal angerufen.

»Wer kommt?« hatte ich gefragt.

»Ich weiß nicht genau«, hatte er geantwortet und dann ein paar Namen genannt.

»Luke! Luke kommt?«

»Warum denn nicht, Jane?« hatte Claud etwas gereizt geantwortet. Ein Blick auf die Küchenuhr zeigte mir, daß es bereits weit nach Mitternacht war. Wahrscheinlich hatte ich ihn geweckt.

»Aber Luke war doch ihr Freund. Natalie erwartete ein Kind, und Luke war ihr Freund.«

»Gute Nacht, Sherlock, bis morgen.«

Während ich eine Decke über den langen Eichentisch in der Küche von Stead breitete, wurde mir klar, daß Luke der Mann gewesen war, der sich die Nase geputzt hatte. In wenigen Minuten würde er mit den anderen hier erscheinen, und wir würden uns höflich miteinander unterhalten. Der tiefe

Schmerz am Grab würde sich in stumpfsinnigen Gesprächen bei belegten Brötchen verflüchtigen. Jeder hätte nach der Beerdigung besser seiner Wege gehen sollen, um eine Weile mit dem Verlust und der Trauer allein zu sein. Ich schob gerade die Brötchen in den Ofen, um sie aufzubacken, als Hana mit den Baisers in die Küche kam. Wir sprachen nicht. Sie hatte stets zu schweigen verstanden.

»Jane, meine Liebe. Hana.« Es war Alan, aber nicht der bombastische Alan. »Martha ist nach oben gegangen, wird aber in einer Minute hier sein. Kann ich euch helfen?«

»Nein, Alan, das ist nicht nötig.«

»Wenn das so ist, werde ich ...« Er machte eine vage Handbewegung und schlurfte hinaus.

Ich überließ Hana das Aufdecken und ging in den Garten. Noch bevor ich mir eine Zigarette angezündet hatte, sah ich Menschen grüppchenweise die Einfahrt heraufkommen. Da ich noch niemanden sehen wollte, machte ich mich in entgegengesetzter Richtung davon. Mein Essen konnte mich eine Weile ersetzen.

»Und was machst du?«

Genau das hatte ich befürchtet. Vor mir stand ein Mann in einem schlecht gebügelten und nicht sonderlich sauberen dunklen Anzug. Aber dahinter sah ich einen schlanken, langhaarigen Jungen mit rundlicher Nickelbrille, der Natalie küßte, sie nahezu verschlingen wollte und ihren Nacken sanft streichelte. Natalies Hauch von Wildheit. Die Frage schien ihn merkwürdigerweise völlig aus der Fassung zu bringen.

»Ich bin Lehrer«, sagte er. »In Sparkhill, an einer höheren Schule.«

Luke, groß und dünn, beugte sich über mich, als er sprach; er erinnerte mich, dank seiner langen Nase, an einen traurigen Vogel, aber sein Blick war stechend. Mechanisch sagte ich, was ich immer zu Lehrern sagte, daß das der wertvollste Beruf überhaupt sei und so weiter und so fort. Blablabla.

»Ich geb dir die Adresse«, sagte er. »Dann kannst du unseren Prospekt anfordern.« Da klang etwas von dem gereizten Luke von einst durch, nur war das Herz nicht dabei. »Jane, können wir miteinander reden?«

Er faßte mich am Ellbogen und steuerte zwischen den Gästen durch auf die Tür zu.

»Das ist besser«, flüsterte er gehetzt, als wäre er in Eile und könnte womöglich belauscht werden. Während er sich mit mir unterhielt, sah er über meine Schulter hinweg, so wie man auf Partys nach jemandem Ausschau hält, der einen weit mehr interessiert. »Ich habe gehört – Theo hat es mir erzählt –, daß Natalie ermordet worden ist. Tja, was für eine Überraschung. Dann sagte er noch, sie sei schwanger gewesen. Da hab ich kapiert, warum ich nach all den Jahren nicht gerade mit offenen Armen empfangen wurde. Martha hat mich nicht einmal begrüßt. Theo und alle meinen, ich sei es gewesen.«

»Was sollst du gewesen sein?«

Ich kam mir hart und grausam vor. Lukes Gesicht verzerrte sich, und er zog erneut ein Taschentuch hervor. Das Bild des kleinen, schluchzenden Jungen von einst tauchte blitzartig vor mir auf und verschwand ebenso schnell wieder. Mir fiel auf, daß er von all den Männern in Natalies Leben der erste war, den ich um sie weinen sah.

»Ich habe sie geliebt. Sicher, ich war nur ein unreifer Teenager, aber ich habe sie geliebt. Sie war so süß und so … so … grausam.«

»Wie kannst du dir so sicher sein, daß du sie nicht geschwängert hast?« fragte ich und wollte mir die Eigenschaftswörter, die er benutzt hatte, für später merken.

Er weinte nicht mehr, sondern blickte mir kühl in die Augen. »Weil wir es nie getan haben«, sagte er. »Sie wollte nicht. Es muß jemand anderer gewesen sein.«

»Wer? Wann?«

»Wie soll ich das wissen? Ich habe wirklich versucht, mir jedes Detail ins Gedächtnis zurückzurufen. Einmal, weiß der Himmel, wo das gewesen ist, haben wir uns geküßt. Ich habe sie geküßt. Auf ihren Wangen lag ein goldener Flaum, obwohl sie so ein dunkler Typ war. Ich spüre ihn noch heute auf den Lippen. Als ich sie streicheln wollte, schob sie mich weg und sagte: ›Du bist noch ein Kind.‹ Dabei war ich ein ganzes Jahr älter als sie. Ich war fassungslos, aber so war sie eben. Du weißt es doch. Du kanntest sie besser als jeder andere.«

Ich wollte dieses Gespräch beenden.

»Gut, warum erzählst du es mir dann?«

»Glaubst du mir jetzt?«

»Wen interessiert, was ich glaube?«

»Mich«, sagte Luke und murmelte etwas Unverständliches. Er rang um seine Fassung. »Aha, jetzt komme ich langsam dahinter. Ihr haltet zusammen. Klar, das ist für euch bequem.«

Ich drehte mich um und ging.

»Ihr macht es euch wirklich ganz schön leicht«, hörte ich ihn hinter mir sagen.

10. KAPITEL

Hier, das sind alles deine.«

Ich fing an, die Schallplatten in Kartons zu verstauen. Als Claud und ich uns kennenlernten, besaß er bereits eine riesige Sammlung Langspielplatten, die er nach Alphabet und verschiedenen Kategorien geordnet hatte. Meine fünf – zwei von Miles Davis und drei von Neil Young – waren viel zu verkratzt für Clauds Anlage, außerdem hatte er sie selbst. Während unserer Ehe kaufte er immer wieder welche dazu. Klassische Musik, Jazz, Soul und Punk – seine Begeisterung und seine Aufgeschlossenheit kannten keine Grenzen. Aus purem Widerspruchsgeist schleppten Jerome und Robert das neueste Gedröhn an: House, Techno, Grunge – nie lernte ich, das eine vom andern zu unterscheiden, stets reagierte ich mit Ignoranz und Entsetzen, wie es von mir erwartet wurde. Claud hingegen fand nach und nach Gefallen an dieser Musik und hörte Rap-Songs über ermordete Polizisten, die sogar Robert schockierten. Er erklärte, es sei einer der wichtigsten Aspekte der freien Meinungsäußerung, daß auch jemand wie Iced Tea, oder wie immer er heißen mochte, seine Ansicht kundtun dürfe. Genußvoll spielte Claud mir Guns'n Roses vor, während seine Söhne ihn schmollend ansahen und ich nachdenklich das Cover betrachtete, auf dem allem Anschein nach gerade eine Frau von einem Roboter vergewaltigt wurde. Wenn seine Brüder zu Besuch kamen, stürzten sie sich auf seine Sammlung, zogen diese oder jene Platte vergangener Tage heraus, beispielsweise ein entsetzliches fünfzehnminütiges Schlagzeugsolo, das eine Flut von Erinnerungen an eine längst vergessen geglaubte Party oder ein betrogenes Mädchen weckte.

»Und diese hier auch.« Ich legte die CDs ordentlich gestapelt neben die Kartons. Claud sah mich mit feuchten Augen an. Ich reagierte nicht. »Den größten Teil der Bücher habe ich durchgesehen, aber du solltest sicherheitshalber noch mal einen Blick drauf werfen. Bei manchen fällt mir die Entscheidung schwer. Ich habe sie alle hier aufs Regal gelegt.«

»James Morris' *Venedig*.« Clauds Stimme klang wehmütig. »Weißt du noch, wie wir dort waren?«

Ich erinnerte mich. Es war Februar gewesen, feucht, neblig und fast menschenleer. Wir machten lange Spaziergänge, achteten nicht auf den süßlichen Gestank des Wassers, bestaunten die bröckelnden Fassaden alter Palazzi und besichtigten Kirchen. Wir liebten uns auf harten Holzbetten mit Keilkissen zum Geräusch der klappernden Jalousien.

Die Pilze Europas, *Aufstieg und Fall des Römischen Reichs*,

Auden, Gedichte von Hardy, *Die Vögel Großbritanniens.* Clauds Finger glitt das Regal entlang. »*One is fun* sollte ich wohl nehmen. Und das hier sieht aus, als wäre es meins.« Er zog einen schmalen Führer über Englands ländliche Kirchen heraus und legte ihn in seinen Karton. »Wir können die Bücher, die uns beiden gehören, den Jungen geben. Das scheint mir angemessen. Kann ich jetzt einen Drink bekommen?«

»Sie lesen keine Bücher. Wir haben noch nicht über die Bilder und das Porzellan gesprochen. Außerdem gehören dir auch eine Menge Möbel.«

»Jane, kann ich bitte einen Drink haben? Du kannst ja gar nicht schnell genug die letzten Spuren von mir tilgen.«

Wir setzten uns an den Küchentisch, und ich füllte unsere Gläser mit einem roten, billigen Wein. Dann zündete ich mir eine Zigarette an und inhalierte den Rauch krebserregend tief. Wir plauderten zunächst über die Jungen, dann, erstaunlich entspannt, über Natalie. Ich hatte genug nostalgische Schwärmerei gehört. Claud sprach darüber, wie übermütig Natalie sein konnte, über die Streiche, die sie ausgeheckt hatte, über ihr Geschick, Geheimnisse zu lüften und Bündnisse zu schließen. Er sprach über die lebendige Natalie, nicht über das tote Mädchen, das man jetzt idealisierte. *Diese* Natalie hatte ich vergessen. Nun lebte meine Erinnerung an sie wieder auf. Claud und ich riefen uns besondere Augenblicke ins Gedächtnis zurück und füllten die Weingläser nach. Es war schwierig, den Ablauf der Ereignisse zu rekonstruieren, aber Natalie war in den Wochen vor ihrem Tod nicht so häufig mit Luke zusammengewesen. Sie war seiner überdrüssig geworden und hielt ihn auf Abstand, was ihn ärgerte und verwirrte. Er versuchte sie anzurufen und fragte überall nach ihr, bis er schließlich bei mir oder Martha landete.

Wir redeten über die berüchtigte Party, meine verschwommene Erinnerung an den darauffolgenden Tag und auch über Clauds und Alecs Flug mit Air India nach Bombay, der ihm haargenau im Gedächtnis geblieben war. Mit sage und schreibe zwanzig Pfund hatten sich die beiden dort drei Monate lang herumgetrieben. Dreck, Dope und Durchfall. Ich hatte immer die Absicht gehabt, nach Indien zu fahren. Mir fiel ein, daß Claud und ich uns vorgenommen hatten, diese Reise eines Tages etwas stilvoller zu wiederholen, und hoffte, er würde nicht darauf zu sprechen kommen. Ich spielte mit einem antiken Schälchen, das auf dem Tisch stand. Es stammte von einem berühmten Künstler und war sehr teuer gewesen. Ich hatte vergessen, ob Claud es mir oder ich es ihm geschenkt hatte.

Daran hätte ich jetzt besser nicht denken sollen. Als Claud das Glas hob und mich mit einem bitteren Lächeln ansah, empfand ich ein hoffnungsloses, wehmütiges Verlangen nach diesem Mann. Als wir verheiratet waren, kamen wir in Gesellschaft anderer Leute oft am besten miteinander aus. Ich beobachtete sein charmantes Verhalten oder sah, wie eine attraktive Frau seinen Arm umklammert hielt und über eine Bemerkung lachte, die ich nicht hören konnte. Dann erkannte ich, wie glücklich ich mich schätzen durfte. Fast alle meine Freundinnen beteten Claud an und beneideten mich, weil er so gut aussah, sich mir gegenüber so aufmerksam verhielt, so treu war. Daß er nie merkte, wenn Frauen mit ihm flirteten oder sogar versuchten, ihn anzumachen, machte ihn um so begehrenswerter. Plötzlich waren wir gefangen in verhängnisvollem Schweigen. Ich ahnte, was jetzt kommen mußte.

»Ich weiß, ich sollte das nicht sagen«, begann Claud, und ich begriff, daß er eine Rede vorbereitet hatte. »Aber all das hier«, er deutete auf das Chaos um uns herum, »erscheint mir unsinnig. Erst sagst du, wir haben Probleme, und als nächstes finde ich mich irgendwo in einem möblierten Zimmer wieder. Ich meine, wir sollten es noch mal versuchen.« Seine Stimme klang schrecklich aufgekratzt. »Es fällt mir schwer, das zu sagen, aber vielleicht könnten wir zu einer Beratungsstelle gehen.«

Ob ich wollte oder nicht, ich war gerührt: Claud hatte bisher für jede Art von Therapie immer nur Verachtung übriggehabt.

»Nein, Claud.« Ich verkniff mir eine Erklärung, gegen die er Einwände erheben konnte.

»Aber du bist nicht glücklich«, beharrte er. »Sieh dich doch an: Du rauchst ununterbrochen, du bist dünn und blaß. Du weißt, daß du einen Fehler begangen hast.«

»Ich habe nie behauptet, daß ich glücklich bin«, sagte ich. »Aber ich muß mit dem leben, was ich mir ausgesucht habe.«

»Was habe ich falsch gemacht? Was habe ich dir getan, daß du *das hier* möchtest?« Er deutete auf das Zimmer, auf mich.

»Nichts. Ich will nicht darüber reden. Es ist sinnlos.«

»Steckt etwas dahinter, über das du nicht reden willst?« fragte er verzweifelt. »Ist es Theo? Da, jetzt hab ich es ausgesprochen. Entspreche ich nicht dem idealisierten Bild, das du dir von ihm machst?«

»Hör auf, Claud, das ist lächerlich.«

»Ich könnte dir eine Menge über Theo erzählen, was er so alles getan hat ...«

»Das glaube ich dir nicht, Claud. Außerdem hat es nichts mit uns zu tun.«

Plötzlich sank er förmlich in sich zusammen.

»Es tut mir leid«, sagte er. »Es tut mir leid, aber du fehlst mir furchtbar.« Er schlug die Hände vors Gesicht und spähte zwischen seinen Fingern hindurch wie durch das Gestänge eines Käfigs.

Hier saß ich also mit Claud am Küchentisch, wie so viele Jahre zuvor, sah seine Tränen, ohne ihn trösten zu wollen, und wußte nicht mehr, weshalb ich ihn verlassen hatte. Die Wut, die heillose Frustration, die Panik, das Gefühl, daß die Zeit davonlief – all das war so weit weg. Was ich wollte, war Frieden, Freundschaft, ein geregeltes Leben, eine Heimat. Ich hatte mein Leben Stück für Stück aufgebaut, um es dann eines schönen Tages im vergangenen September über mir zusammenstürzen zu lassen. Ich fühlte mich alt, müde und am Ende. Einen Augenblick meinte ich, ich müßte neben Clauds Stuhl niederknien, ihn in die Arme nehmen, bis seine Tränen versiegt waren, meinen Kopf in seinen Schoß betten und spüren, wie seine Hände mein Haar streichelten, in dem sicheren Bewußtsein, daß er mir vergeben hatte. Aber ich unternahm nichts, und der Augenblick verstrich. Nach ein, zwei Minuten erhob er sich.

»Ich hole die Sachen später.«

Ich spielte immer noch mit dem Schälchen. »Was ist hiermit?«

Ich reichte es Claud.

»Das hier? Es gehört uns beiden.« Er nahm es in beide Hände, zerbrach es ohne sichtbare Gefühlsregung in zwei Teile und reichte mir die Hälfte. Ich war sprachlos. Ich sah nur, daß er sich am Finger verletzt hatte.

»Ich nehme nur dieses hier.«

Er legte die Scherbe in einen CD-Karton. Als ich ihm die Tür öffnete, trieb der Wind den Regen ins Haus.

»Ich bin enttäuscht von dir, Jane«, sagte er. Ich zuckte nur die Achseln.

Im Schlafzimmer zog ich meine Jeans und meine graue Jacke aus, nahm die Ohrringe ab, bürstete mir das Haar und zog einen Morgenmantel an. Dann ging ich ins Bad und rieb meinen Finger mit Seife ein. Ich zog kräftig, und schon glitt der Ring über den Knöchel. Nachdem ich den schmalen Reif abgespült hatte, nahm ich ihn mit in mein Arbeitszimmer, Jeromes ehemaliges Schlafzimmer, in dem jetzt Flip-Charts standen und sich Millimeterpapier und unbeantwortete Briefe türmten. Dort öffnete ich die Schreibtischschublade, in der ich verschiedene Souvenirs aufbewahrte: die Namensbänder der Jungen, die man ihnen nach der Geburt ums Handgelenk gebunden hatte, den Korken der Champagnerflasche anläßlich der Abschlußprüfung, den letzten Brief meiner Mutter, den sie mir mit zittriger Hand und unter Schmerzen geschrieben hatte, die Fotos von Natalie, die ich vor kurzem bekommen hatte. Ich legte den Ring dazu und schloß die Schublade. Dann ging ich zu Bett und mußte lange auf den Schlaf warten.

11. KAPITEL

Schockiert es Sie?«

»Mehr als das«, antwortete ich. »Ich könnte Ihnen nicht mal richtig beschreiben, was ich empfinde.«

»Erzählen Sie«, forderte Alex mich auf.

Ich seufzte. »Ich werd's versuchen. Nun, ich fühle mich hinters Licht geführt, und das ist noch untertrieben, denn offensichtlich hatte Natalie noch ein anderes Gesicht, eines, das ich nicht kannte. Um es etwas genauer auszudrücken: Zwischen Natalie und mir bestand eine Kinderfreundschaft, und wir versicherten uns gegenseitig, die besten Freundinnen und Schwestern zu sein. Schließlich waren wir die einzigen Mädchen unter vielen Jungen. Alles haben wir beredet, besonders nachts, in ihrem Zimmer. Im Sommer 1969 aber wandelte sich unsere Freundschaft. Wir hatten schon davor mit Jungs zu tun gehabt, aber zu ihrer Beziehung mit Luke fand ich keinen Zugang, das war irgendwie anders. Ich selbst war in der gleichen Zeit über beide Ohren in Theo verliebt.«

»Erzählen Sie mir von Theo.«

»Wie meinen Sie das? Damals oder heute?«

»Egal.«

»Theo ist immer noch ein toller Typ. Ich liebe ihn. Wenn Sie ihm begegnen würden, würde er Ihnen bestimmt auch gefallen. Er ist groß, attraktiv und hat mittlerweile eine Glatze, aber so wie ein Künstler, nicht wie ein Bankmanager, der sich die Strähnen quer über den Schädel kämmt.«

»Klingt interessant«, meinte Alex lachend. »Wir müssen Ihre Abneigung gegenüber Bankmanagern untersuchen.«

»Ich mag meinen Bankmanager«, beteuerte ich. »Obwohl ich ihn so oft provoziert habe, war er immer sehr nett zu mir.«

Trotz der schlechten Neuigkeiten verlief diese Sitzung mit Alex entspannter. Die Atmosphäre war freundlich, sogar ein bißchen erotisch. Ich fühlte mich sicherer, ich wußte, daß ich sagen durfte, was ich sagen wollte.

»Wie auch immer, Theo ist weder Bankmanager noch Künstler. Er ist irgendwas dazwischen, und es ist sehr schwierig, genau zu sagen, was er tatsächlich tut. Er ist Spezialist in Fragen des Informationsmanagements und arbeitet für eine Firma, die ihren Sitz in Zürich hat. Außerdem liest er als Gastprofessor mal hier, mal dort. Eine etwas postmoderne Aufgabenstellung, sehr gut bezahlt und ein bißchen abstrakt und philosophisch. Er reist ständig. Mal ist er auf einem Kongreß in Toronto, mal überwacht er eine Firmenfusion auf einem Schloß irgendwo in Bayern. Dagegen scheinen Leute wie ich, die an einem Ort wohnen und in der Nähe arbeiten, unvorstellbar altmodisch. Er war und ist faszinierend.

Vor diesem Sommer im Jahr 1969 hatte ich Theo mehrere Jahre lang etwas aus den Augen verloren. Er ging in einer anderen Stadt zur Schule, und ich hatte einen jungen Mann als Freund, der nicht nur ein Motorrad besaß, sondern es auch zerlegen und wieder zusammenbauen konnte, ohne daß eine Schraube übrigblieb. Auf seine Art ganz schön imponierend. Als wir uns Ende Juli auf Stead zu der Party für Alan und Martha trafen, habe ich mich Hals über Kopf in Theo verknallt. Er war über einsachtzig und hatte lange Haare, besuchte die sechste Klasse und machte in ungefähr zwölf Fächern die Abschlußprüfung. Außerdem las er Rimbaud und Baudelaire im Original und konnte Gitarre spielen. Ich meine, richtig, nicht nur klimpern, sondern Melodien, die ein bißchen an Leonard Cohen erinnerten. Ich war ihm voll und ganz verfallen. Hauptsächlich im geistigen Sinne.

Entschuldigung, ich schweife ab. Ich wollte eigentlich nur klarmachen, daß das der Sommer war, in dem Natalie und ich sozusagen erwachsen wurden. Die gegenseitige Entfremdung, die dabei stattfand, war ein Zeichen dafür, daß jede von uns selbständig wurde und anfing, ein eigenes Leben zu leben. Wie soll ich das beschreiben? Ich erinnere mich an ein Ereignis ungefähr eine Woche vor ihrem Verschwinden. Ich war in Kirklow. Eine Gruppe junger Leute saß vor einem Pub beieinander, trank und rauchte. Natalie war auch mit von der Partie. Sie hatte das Haar aus der Stirn gestrichen und lachte über irgendeine Bemerkung. Dabei sah sie auf, und unsere Blicke trafen sich. Sie lächelte mich an und schaute dann schnell weg. Mir war klar, daß ich nicht hinübergehen und mich dazusetzen durfte. Ich glaube, der Schmerz, den ich empfinde, wenn ich an diesen Sommer zurückdenke, hat nicht nur mit Natalies Tod zu tun, sondern auch damit, daß ich plötzlich kein Kind mehr sein durfte und mich der Erwachsenenwelt stellen mußte.«

Nachdem ich geendet hatte, entstand ein langes Schweigen, das ich nicht brechen wollte. Ich hatte keine Angst mehr vor Gesprächspausen.

»Aha, damit ist ja alles geklärt«, sagte Alex in einem sarkastischen Ton, der mich empörte.

»Wie meinen Sie das – ›alles geklärt‹?« fragte ich.

»Das klingt doch wunderbar, Jane. Sie haben alles miteinander in Verbindung gebracht. Sie haben es geschafft, sich mit Natalies Tod abzufinden und ihn mit einer positiven Entwicklung in Ihrem eigenen Leben zu verknüpfen. Natalie ist gestorben, Sie sind erwachsen und Architektin geworden. So weit, so gut. Analyse beendet. Herzlichen Glückwunsch.«

Ich war wie erschlagen. »Warum sind Sie so sarkastisch, Alex? Das ist gräßlich.«

»Lesen Sie gern, Jane?«

»Wozu wollen Sie das wissen?«

»Ich wette, Sie lesen gern Romane. Im Urlaub bestimmt jeden Tag einen.«

»Nein, ich lese ziemlich langsam.«

»Wollten Sie schon mal selbst einen Roman schreiben?«

»Machen Sie sich über mich lustig, Alex?«

»Nein, ehrlich, Jane, ich denke, Sie sollten es in Erwägung ziehen. Ich bin überzeugt, Sie können das. Aber tun Sie's nicht hier bei mir. Sie sind eine intelligente Frau, und das, was Sie mir gerade erzählt haben, ist durchaus keine unglaubwürdige Aneinanderreihung Ihrer Erfahrungen. Darin liegt ja Ihre Begabung. Ich bin sicher, Sie könnten morgen in meine Praxis kommen und mir eine zweite Version Ihres Lebens präsentieren, eine andere Interpretation, die genauso überzeugend klingt. Wenn Sie über Ihr Leben absolut glücklich wären und alles zu Ihrer Zufriedenheit laufen würde, könnten Sie es damit eigentlich bewenden lassen. Wir erzählen alle gern Geschichten, nur beherrschen es die meisten von uns nicht so gut wie Sie. Man schafft sich makellose Lebensinterpretationen, denen man folgen kann wie der Tintenwolke eines Tintenfisches. Bin ich unfair, Jane?«

Ich fühlte mich, als hätte ich plötzlich jede Orientierung verloren.

»Ich weiß nicht. Ich weiß nicht, was ich sagen soll.«

Alex tauchte in meinem Blickfeld auf und kniete sich neben mich. »Wissen Sie, was ich vermute, Jane? Sie haben die Taschenbuchausgabe der Freudschen Werke zu Hause. Zwar haben Sie sich früher vorgenommen, sie zu lesen, sind aber nie dazu gekommen, sondern haben nur darin geblättert und hier und dort ein wenig geschmökert. Außerdem kennen Sie ein, zwei Bücher über Psychotherapie und sind unter anderem darauf gestoßen, daß eine Analyse aus Gesprächen und Interpretationen besteht. Fakten und Dinge spielen keine Rolle, es zählt allein der Wert, den man ihnen beimißt. Stimmt das in etwa?«

»Ich habe keine Ahnung von dem ganzen Zeug«, wandte ich ein. Ich wollte nicht klein beigeben. Er war sich seiner Sache so sicher.

»Ich möchte, daß Sie das alles vergessen«, fuhr Alex fort. »Ich will Sie – zumindest für eine Weile – von Ihrer Begabung abbringen, Ihr Leben in ein Schema zu pressen. Ich möchte, daß Sie die Dinge in Ihrem Leben erkennen, die sich tatsächlich ereignet haben. Wir heben uns die Deutung für später auf, einverstanden?«

»Ich bin überrascht, daß Sie glauben, es gäbe neben der Interpretation noch Tatsachen.«

»Mir ist klar, daß Sie mir das nicht abnehmen. Wenn Sie wollen, können wir wochenlang hier sitzen, Spielchen machen und über den Sinn des Sinns philosophieren. Möchten Sie das?«

»Nein.«

»Bisher haben Sie mir die übliche Geschichte über das Erwachsenwerden und den Sommer der ersten Liebe erzählt.« Er stand auf und ging zurück zu seinem Stuhl. »Sagen Sie etwas über die peinlichen, unangenehmen Situationen.«

»Reicht es nicht, daß Natalie schwanger war und ermordet wurde? Brauchen Sie noch mehr Unangenehmes?«

»Aber Jane, Sie berichten über diesen herrlich idyllischen Sommer mit der Familie, die von jedermann bewundert wurde. Wo ist die Verbindung zu dem Mord?«

»Wieso soll es denn eine geben? Natalie kann doch von jemandem ermordet worden sein, der nichts mit der Familie zu tun hatte, von jemandem, den wir noch nie gesehen hatten.«

»Was denken Sie darüber, Jane?«

»Wollen Sie meine *Gefühle* wissen?«

»Nein, Ihre Gedanken, Überlegungen.«

Ich schwieg ziemlich lange.

»Mir fällt eigentlich nur eines dazu ein. Vielleicht bin ich dumm – das hat wahrscheinlich die Polizistin gedacht, mit der ich gesprochen habe –, aber ich muß immer an den Ort denken, an dem man Natalie gefunden hat. Das Versteck war fast perfekt, schließlich blieb ihre Leiche fünfundzwanzig Jahre unentdeckt und ist nur durch einen Zufall gefunden worden. Aber es ist wirklich sonderbar. Ich weiß nicht viel über Mörder, aber ich stelle mir vor, daß sie ihre Opfer in abgelegenen Wäldern vergraben oder sie im Moor oder in Gräben liegenlassen. Natalie wurde zuletzt am Flüßchen gesehen. Man hätte sie doch einfach ins Wasser werfen können. Aber sie wurde am Tag nach einer großen Party unter unserer Nase begraben, als jede Menge Leute in der Nähe waren. Ich verstehe das Ganze zwar nicht, aber über eins bin ich mir sicher: Es war nicht irgendein Vagabund auf der Durchreise, der sie angegriffen und dann sozusagen vor unserer Haustür begraben hat.«

»So? Was wollen Sie mir außerdem sagen? Da muß doch noch was sein.« Alex ließ nicht locker.

»Ich weiß nicht. Es liegt so lange zurück. Ich habe das Gefühl, daß Sie meinen Worten mehr Bedeutung beimessen, als sie wirklich verdienen.«

»Stellen Sie mich auf die Probe.«

Ich klammerte mich an der Couch fest.

»Es gab Probleme, wie sie in allen Familien vorkommen. Unsere traten vielleicht stärker hervor, weil wir uns so nahestanden und so oft sahen.«

»Lassen Sie die Entschuldigungen, erzählen Sie einfach.«

»Es ging immer nur um Kleinigkeiten. Man darf nicht vergessen, daß wir in einem Alter waren, in dem kleine Streitereien große Bedeutung haben. Natalie war gerade sechzehn geworden. Paul war achtzehn, er war auf dem Sprung nach Cambridge und absolut verrückt nach ihr.«

»Hatten sie eine Beziehung?«

»Natalie hat ihn abblitzen lassen. Heute kann man sich das nicht vorstellen, aber Paul war damals ein sehr schüchterner Teenager, aber einer von der aggressiv-schüchternen Sorte, der bis dahin keine Freundin gehabt hatte. Es war ihm anzusehen, wie er seinen Mut zusammennahm und sich an Natalie heranmachte. Ein-, zweimal hat er spätabends versucht, sie zu umarmen, aber sie hat ihn ziemlich brutal abgefertigt.«

»Unnötigerweise brutal?«

»Weiß ich nicht. So was kann man doch nicht einschätzen. Ich erinnere mich – falls Sie gestatten, daß ich ein bißchen interpretiere –, daß es manchmal so wirkte, als ob Luke sich zum Teil deshalb zu Natalie hingezogen fühlte, weil er damit Paul weh tun konnte. Und als sie sich von Luke abwandte, spielte sie mit Paul, um Luke zu quälen.«

»Und was haben *Sie* dabei empfunden?«

»Sie meinen, als mein älterer Bruder von meiner besten Freundin gedemütigt wurde? Es hat mich geärgert. Vielleicht nicht genug. Hauptsächlich war es mir peinlich. Möglicherweise war ich auch ein wenig eifersüchtig. Natalie erregte überall Aufsehen – zumindest bei den Jungs. Sie tat, als würde sie das nicht interessieren, aber das stimmte natürlich nicht. Sie wirkte oft sehr arrogant. Paul hatte sich schließlich damit abgefunden. Aber, sehen Sie, das Erwachsenwerden ist eine spannungsreiche Zeit. Ich mache alles viel wichtiger, als es in Wirklichkeit war.«

»Wie war das für Paul?«

»Darüber hat er nie gesprochen, außer in Zusammenhang mit seiner goldenen Jugend, über die er jetzt eine Fernsehdokumentation machen will.«

»Glauben Sie, daß er diese Zeit wirklich so empfunden hat?«

»Heute vielleicht. Aber ich nehme ihm nicht ab, daß es ihm damals gefallen hat, zumindest nicht in jenem Sommer.«

»Wirklich nicht?«

»Nein.«

Hinter mir hörte ich ungeduldiges Seufzen.

»Jane, Sie haben mir einen Knochen hingeworfen. Aber das ist nicht das, was Sie mir erzählen wollten.«

Mir war, als stünde ich auf einem sehr hohen Sprungturm und würde den Sprung nur wagen, wenn ich mich ohne nachzudenken hinunterstürzte.

»Das Schwierige an diesem Sommer war Alans Untreue – das war immer ein Problem, aber in diesem Sommer ganz besonders.«

»Ja?«

Na ja, was machte es jetzt noch aus?

»Alans Untreue war ein offenes Geheimnis. Die alte Leier: Alan liebt Martha und ist total abhängig von ihr, aber er hatte eine Unzahl von Affären, praktisch während ihrer gesamten Ehe, soweit ich das beurteilen kann. Er hätte sein Verhalten ohnehin nicht geändert, aber als *The Town Drain* veröffentlicht und Alan berühmt wurde, waren die jungen, noch nicht anderweitig vergebenen Literatinnen nicht mehr zu bremsen.«

»Wußte Martha von diesen Affären?«

»Ich denke ja. Alans Bettgeschichten waren nichts Weltbewegendes, sie plätscherten einfach dahin, man sprach nicht darüber. Sie waren bedeutungslos. Ich glaube, das war der springende Punkt.«

»Haben sie Martha gestört?«

»So was stört einen doch immer, oder nicht? Martha ist eine kluge Frau, und ich nehme an, sie hat Alan von Anfang an durchschaut und erkannt, daß man ihn so nehmen muß, wie er ist. Aber vielleicht hatte sie kein ausreichend dickes Fell. Ich bin sicher, sie hat immer sehr gelitten.«

»Wußten alle darüber Bescheid?«

»Nein. Manche Dinge haben sich erst rückblickend geklärt, nachdem wir sie uns zusammenreimen konnten. Ihnen mag das schwer verständlich scheinen, aber manchmal weiß man etwas und weiß es doch wieder nicht. Verstehen Sie, was ich meine?«

»Absolut.«

»Jedenfalls ließ sich in jenem Sommer Alans Verhalten nicht länger vertuschen. Um die lange schmutzige Geschichte auf den Punkt zu bringen: Wenige Tage vor der großen Party kamen wir dahinter, daß Alan mit einer Freundin von Natalie und mir im Bett gewesen war. Sie war sechzehn, genau wie wir. Sie hieß Chrissie Pilkington und war die Tochter von guten Freunden. Sie besuchte dieselbe Schule wie Natalie. Es war schrecklich.«

»Wie haben Sie das herausgefunden?«

»Sie hat es Natalie erzählt und Natalie wiederum mir. Es war eigentlich seltsam – wir haben uns den ganzen Nachmittag ausführlich darüber unterhalten. Ich glaube, mich hat es mehr mitgenommen als Natalie. Sie wirkte nicht überrascht, sondern eher angewidert. Sie ließ kein gutes Haar an ihrem Vater und machte sich über seine Bierfahne und seinen Wanst lustig. Ich weiß noch, wie sie ihn als Betrunkenen nachgeahmt hat. Doch später hat sie die Sache nie wieder erwähnt, und ich auch nicht. Wahrscheinlich wußte ich, daß ich lieber den Mund halten sollte.«

»Haben Sie Alan darauf angesprochen? Oder Martha?«

»Nein, es schien mir nicht der richtige Zeitpunkt. Aber ich habe Theo davon erzählt. Ich nehme an, die meisten von uns jungen Leuten haben es gewußt.«

»Was ist dann passiert? Was haben Sie bei all dem empfunden?«

»Was passiert ist? Das weiß ich nicht, ehrlich. Irgendwie ging es in dem Tumult wegen Natalies Verschwinden unter. Solche Sachen beschäftigten Alan nie besonders lange, und er nutzte Natalies Verschwinden als Möglichkeit, um Gras über die Sache wachsen zu lassen.«

»Und wie waren Ihre Gefühle?«

»Unterschiedlich. Immer schon, was Alan angeht. Manchmal glaube ich, er ist nur ein gemeines Arschloch, das zu allem fähig ist, wenn ihm gerade der Sinn danach steht. Und manchmal finde ich ihn nur bemitleidenswert und schwach und habe das Gefühl, man muß sich um ihn kümmern oder sich mit ihm abfinden. Und hin und wieder sehe ich ihn auch mit den Augen der Leute, die ihn nicht so gut kennen: der alte, unverbesserliche Alan, ein bißchen ausgeflippt und extravagant, aber originell – welch ein Glück, daß wir ihn haben. Wenn ich mich Martha besonders nahe fühle, hasse ich ihn, aber sie nimmt das alles ziemlich gelassen.«

Ich konnte nicht weitersprechen. Mein Kopf war leer. Ich fühlte mich ausgelaugt. Auch Alex schwieg nachdenklich.

»Entschuldigen Sie, daß ich so grob war, Jane«, sagte er schließlich.

»Das waren Sie wirklich.«

Alex erhob sich und drehte seinen Stuhl so, daß ich ihn sehen konnte. »Jane, die Zeit ist fast um, und bestimmt sind Sie erschöpft, aber ich möchte trotzdem noch etwas ausprobieren. Ich wollte es für spätere Sitzungen aufheben, aber es ist einen Versuch wert.«

»Was?«

»Immer mit der Ruhe, Jane. Ich möchte, daß Sie jetzt die Führung übernehmen. Ich will der Fährte folgen, die Sie mir weisen. Wir reden hoffentlich noch über viele Dinge, aber ich habe den Eindruck, daß sich die Erinnerungslücke um den Tag zentriert, an dem Natalie verschwunden ist, und zwar was Ihr Zusammentreffen oder Beinahezusammentreffen mit Natalie betrifft.«

»Und?«

»Ich möchte das noch einmal aufgreifen.«

»Ich bin nicht sicher, ob es da noch etwas aufzugreifen gibt. Es ist so lange her.«

»Ja, ich weiß. Lassen Sie uns eine Entspannungsübung machen. Sie tut Ihnen bestimmt gut. Legen Sie sich zurück, schließen Sie die Augen und entspannen Sie Ihren Körper vollständig, beginnend bei Füßen und Beinen, dann den Rumpf, die Arme, schließlich das Gesicht und den Kopf. Ist das ein gutes Gefühl?«

»Mmh.«

Alex' Stimme ähnelte jetzt einem Summen im Hintergrund, ähnlich dem der Bienen vor dem Fenster.

»Jetzt, Jane, möchte ich Sie bitten, sich mit geschlossenen Augen noch einmal die Szene am Fluß ins Gedächtnis zurückzurufen, an dem Tag, an dem Natalie verschwand. Ich möchte nicht, daß Sie sie beschreiben, und auch nicht, daß Sie sie sich anschauen. Sie sollen sich nur noch einmal erinnern, wie es war, als Sie am Fluß saßen. Gehen Sie noch einmal dorthin zurück. Können Sie das?«

»Ja.«

»Sie sitzen mit dem Rücken zum Hügel, richtig?«

»Ja.«

»Beschreiben Sie es mir.«

»Ich spüre den Felsen des Cree's Top hinter mir. Zu meiner Rechten ist der Wald, der zwischen dem Fluß und Stead liegt. Links fließt der Col, von mir weg. Das weiß ich, weil die Papierstückchen, die ich zerknülle und hineinwerfe, wegschwimmen. An der Biegung hüpfen sie über die kleinen Stromschnellen, na ja, eigentlich ist es ja bloß seichtes Wasser, das über Steine fließt. Dann sind sie außer Sichtweite.«

»Wie ist das Wetter?«

»Warm, sehr warm. Früher Nachmittag. Ich sitze im Schatten einer Gruppe von Ulmen, die rechts von mir den Waldrand säumen. Der Felsen in meinem Rücken ist kühl.«

»Tun Sie irgend etwas?«

Plötzlich konnte ich keinen klaren Gedanken mehr fassen und fing an zu stottern.

»Ist gut, Jane, öffnen Sie die Augen. Das reicht für heute.«

Ich richtete mich langsam auf.

»Übrigens«, sagte er, »weshalb heißt Alan Martellos Roman *The Town Drain*? Ist es ein Zitat oder etwas in der Art?«

»Haben Sie das Buch nicht gelesen?«

»Nein, aber ich habe es fest vor.«

»Ich dachte, jeder hätte das Buch gelesen. Der Titel geht auf einen Satz des Oxforder Geschichtsprofessors William Spooner zurück, in dem – ähnlich wie bei Schüttelreimen – die im Satz auftauchenden Konsonanten vertauscht werden, so daß sich der Sinn verdreht. Man nennt das ›Spoonerismus‹. ›Town drain‹ steht für ›down train‹; gemeint ist damit der Zug von Oxford nach London.«

»Vermutlich wirkt der Witz erst, wenn man das Buch gelesen hat.«

»Es ist eigentlich gar kein Witz. Eher eine Metapher für ein ernüchterndes Aufwachen aus einem verzauberten Zustand.«

»Danke für den erhellenden Vortrag, Jane. Vielleicht sollte ich *Ihnen* etwas zahlen.«

Ich zog eine Braue hoch.

»Das sollte jetzt wirklich ein Witz sein«, fügte Alex hastig hinzu.

12. KAPITEL

Als wir klein waren – acht oder neun Jahre alt –, malten Natalie und ich uns abends vor dem Einschlafen immer aus, was wir werden wollten, wenn wir einmal groß waren. Ich sehe sie noch vor mir, wie sie im Nachthemd auf dem Bett kauerte, die Arme um die Knie geschlungen. Wir würden beide schön und beliebt sein und viele Kinder kriegen. Wir würden für alle Zeiten Freundinnen bleiben und uns gegenseitig in unseren großen Landhäusern besuchen. Alles war möglich. Als ich verkündete, ich wollte Sängerin werden, kam mir überhaupt nicht in den Sinn, daß meine Stimme wie die eines Ochsenfroschs klang, sobald ich den Mund aufsperrte. Ein unmelodisches Krächzen. Immer wieder spielte mir meine Mutter auf unserem ramponierten Klavier, das Dad verkaufte, als sie starb, Töne vor, und ich versuchte dann, sie nachzusingen. Wenn dann der ermutigende Ausdruck einfach nicht aus ihrem schmalen Gesicht verschwinden wollte, sondern dort sichtbar blieb wie eine Flagge, die unendliche Geduld signalisierte, wußte ich, daß es mir nicht gelungen war. Also ließ ich die Idee mit der Sängerin fallen und wandte mich von nun an lieber den Dingen zu, die mir leichtfielen: Zeichnen, Schreiben, Rechnen. Was konnte man alles mit Zahlen anfangen? Ich war noch keine zehn Jahre alt, da wußte ich schon, daß ich Architektin werden wollte, wie mein Vater. Aus Kartons bastelte ich Modelle, auf Millimeterpapier, das ich aus seinem Schreibtisch geklaut hatte, zeichnete ich utopische Baupläne, und aus leeren Streichholzschachteln baute ich futuristische Apartmentblocks. So schuf ich mir mein eigenes Territorium, eine Welt, zu der niemand sonst Zutritt hatte.

Anfangs verkündete Natalie, sie wolle Ballettänzerin werden, dann war ihr größter Wunsch eine Karriere als Schauspielerin, und schließlich entschied sie sich für Fernsehansagerin. Auf jeden Fall wollte sie im Rampenlicht stehen. Als sie älter wurde, verbrachte sie endlose Stunden vor dem Spiegel, starrte in ihr blasses Gesicht und war sozusagen ihr eigenes Publikum. Dabei wirkte sie jedoch nicht eitel, sondern so kühl und objektiv in ihrer Selbsteinschätzung, daß es mir schon auf die Nerven ging. Für mich waren Spiegel eine Instanz, bei der ich mir regelmäßig einen Rüffel abholte und nur ganz selten eine angenehme Überraschung erlebte.

Während ich mir überlegte, was ich anziehen sollte, dachte ich an Natalie. Detective Sergeant Helen Auster wollte mich in meinem Büro aufsuchen. Anschließend war ich mit Paul zum Lunch verabredet. Würde es mich stören, hatte er sich ganz beiläufig erkundigt, wenn seine Assistentin auch dabei war? Sein Projekt war angenommen worden, die Produktion der Fernsehdokumentation war im Gang, der Programmdirektor hatte bereits einen Sendetermin im Frühjahr festgelegt. Ich wählte eine schwarze Weste zu meiner burgunderroten Seidenbluse und der engen schwarzen Hose; dann fahndete ich nach meinen schwarzen Stiefeln. Doch, es machte mir etwas aus. Seit ich wußte, daß Natalie schwanger gewesen war, erfaßte mich immer wieder die nackte Panik. Und als ich nun mit dem Fahrrad durch die Straßen Londons fuhr, dachte ich: Niemand, der mich so sieht, merkt, daß ich am Abgrund des Schreckens lebe.

Vor ein paar Tagen hatte ich Kim von Natalies Schwangerschaft erzählt. »Die Arme«, hatte sie nur gesagt, aber in ihren Augen standen Tränen, und ihr Mitgefühl erschreckte und beschämte mich. Ich hatte versucht, ein technisches Problem zu lösen. Hatte ich dabei wirklich an meine Freundin gedacht? Hatte ich überhaupt versucht, mir vorzustellen, was sie durchgemacht haben mußte? Kim unterbrach meine Grübelei.

»Es gab eine Zeit, da wollte ich unbedingt schwanger werden. Als ich mit Francis zusammen war.«

»Das wußte ich gar nicht.«

»Damals schien mir das eine gute Idee zu sein. Aber es hat nicht geklappt. Wir haben alles mögliche probiert und uns sogar beide untersuchen lassen, aber es kam nichts dabei heraus. Na ja, jetzt ist Francis verheiratet und hat zwei Töchter. Eigentlich zum Lachen, findest du nicht auch?«

»Warum hast du mir nie davon erzählt, Kim?«

»Jetzt erzähle ich es dir ja. Es ist wichtig für mich, dir das zu erzählen. Und ich hoffe, du weißt, daß du auf meine Hilfe zählen kannst, genau wie ich auf deine zähle.«

»Aber du hast sie nie in Anspruch genommen.«

»Sei nicht albern, Jane, ich war immer auf dich angewiesen.«

Zum Abschied umarmten wir uns, und ich ließ Kim mit ihrem verlegenen Lächeln in der Tür stehen. Aber irgendwie war ich unzufrieden mit dem Gespräch. Ich rief mir unsere frühere Freundschaft ins Gedächtnis, die Wochenendausflüge, unsere gemeinsamen Mahlzeiten, Tee in irgendwelchen billigen Imbißstuben, ausgiebige Spaziergänge. Hatte Kim recht? Ich fragte mich, ob meine Beziehung zu ihr wirklich darin bestanden hatte, daß ich sie um Unterstützung bat und sie mir diese gewährte. Selbst das, was sie mir jetzt offenbart hatte, kam mir vor wie ein Köder, der mich ermutigen sollte, weiterhin auf diese Weise von ihr abhängig zu sein. Während ich am Kanal entlangradelte, entwarf ich ein Bild unserer Freundschaft, in dem ich stets die Fehlbare, die Bedürftige war und Kim der vitale Freigeist. Beruhten selbst die engsten Freundschaften auf diesem Verhaltensmuster? Daß der eine gab und der andere nahm?

Diesmal war Helen Auster allein. Bedauernswert abgekämpft kam sie die Treppe zum Büro emporgestapft, unter der Last ihrer dicken Umhängetasche keuchend. Wir schüttelten uns die Hände, und ich führte sie zu meinem Schreibtisch. Helen war tief beeindruckt von der Aussicht, die ich an meinem Arbeitsplatz genoß; ich zeigte ihr den Kai unten beim Kanal, den Weg, auf dem ich immer nach Hause radelte. Dann traten wir ans gegenüberliegende Fenster, von dem man den Turm auf der Isle of Dogs sah, der es ganz nebenbei geschafft hatte, der gesamten Skyline von London ein frivoles Flair zu verleihen.

»Das gefällt mir«, meinte sie.

Ich schenkte uns Kaffee ein, und wir setzten uns an den Tisch.

»Worüber möchten Sie sprechen?« fragte ich. »Bei Unterhaltungen mit der Polizei bekomme ich immer gleich ein schlechtes Gewissen.«

»Ich glaube nicht, daß unser Gespräch so verlaufen wird«, entgegnete Helen.

»Es ist bestimmt schwierig, nach fünfundzwanzig Jahren die Ermittlungen in einem Mordfall wiederaufzunehmen.«

»Unter uns gesagt – eigentlich fangen wir bei Null an«, erwiderte Helen. »Damals hielt die Kriminalpolizei stur daran fest, daß Natalie ausgerissen war. Und deshalb« – Helen klopfte auf ihre Aktentasche – »müssen wir die Arbeit jetzt erledigen.«

Damit öffnete sie den Reißverschluß, zog einen schmalen Ordner heraus und reichte mir zwei Blätter, an die jeweils ein paar weitere geheftet waren.

»Hier sind zwei Namenlisten«, erklärte sie. »Auf der einen sind die Gäste der Party, die Alan und Martha Martello am 26. Juli 1969 gegeben haben. Auf der zweiten stehen alle diejenigen, die am darauffolgenden Tag, also dem Sonntag, an dem Natalie zum letztenmal gesehen wurde, anwesend waren: Leute, die entweder im Haus der Martellos oder bei einem der Nachbarn wohnten oder nur für den einen Tag auf Besuch gekommen waren.«

Rasch überflog ich die Namen. Die Listen umfaßten jeweils mehrere Seiten.

»Interessant«, sagte ich. »Woher haben Sie all die Namen? Gab es denn eine Gästeliste?«

»Nein, aber wir haben uns mit mehreren Familienmitgliedern unterhalten. Am hilfreichsten war Theodore Martello. Ich habe mich jetzt schon einige Male mit ihm getroffen, und er hat ein ganz erstaunliches Gedächtnis.« Wurde sie jetzt etwa rot?

»Da haben Sie wohl recht. Aber ich entdecke hier Namen von Leuten, an die ich mich überhaupt nicht mehr erinnere. Ich glaube, William Fagles habe ich seit der Party nicht mehr gesehen. Hier steht, die Courtneys wohnen jetzt in Toronto. Ihre Tochter war eine von Natalies besten Freundinnen. Könnte ich Kopien von den Listen bekommen?«

»Das hier sind Ihre Exemplare. Vielleicht hilft es Ihrem Gedächtnis ein wenig auf die Sprünge, wenn Sie sich die Namen einfach durchlesen. Wie Sie sehen, haben wir von manchen Gästen nur die Vornamen, vielleicht können Sie die Nachnamen hinzufügen. Möglicherweise fallen Ihnen auch noch andere Leute ein, die dabei waren.«

»Na ja, beispielsweise dieser Gordon hier – das müßte Gordon Brooks sein. Er war ein Freund der Zwillinge.«

»Mit den Zwillingen bin ich die Liste noch nicht durchgegangen. Aber schreiben Sie den Nachnamen doch bitte dazu.«

»Klingt nach einem ziemlich mühsamen Verfahren.«

»Ganz bestimmt interessanter als so manches, was andere Kollegen machen müssen.«

»Haben Sie schon mit Alan gesprochen?«

»Ja, selbstverständlich«, antwortete Helen. »Hier, sehen Sie, welches Buch ich gerade lese.«

Sie wühlte in ihrer Tasche und zog ein nagelneues Exemplar von *The Town Drain* hervor.

»Gefällt es Ihnen?«

»Es ist toll. Zwar bin ich in Literatur nicht sonderlich gut bewandert, aber ich finde das Buch höchst amüsant. Alan Mortello wirkt immer so vornehm, man kann sich gar nicht vorstellen, daß er etwas so ... na ja, etwas so Respektloses verfaßt.«

»Ich finde Alan gar nicht so wahnsinnig vornehm.«

»Jedenfalls hat er ziemlich scharf reagiert, als ich ihn fragte, was er momentan schreibe. Ihre Familie ist wirklich bemerkenswert.«

»Anscheinend sind sehr viele Leute dieser Ansicht. Wenn Sie alle Bücher lesen würden, die von Mitgliedern unserer Familie verfaßt worden sind, müßten Sie sich ein Jahr freinehmen. Angefangen mit den ganzen Kinderbüchern, die Martha illustriert hat. Manche davon sind wirklich wunderbar, und während Alan lautstark und theatralisch mit seiner Schreibhemmung kämpfte, hat Martha in aller Stille fleißig weitergearbeitet.«

»Ich denke, fürs erste halte ich mich weiter an Alan Martello. Sind seine anderen Bücher auch so gut?«

»Es gibt nur noch einen Roman und ein paar Anthologien. Nichts, was qualitätsmäßig auch nur ansatzweise an den *Town Drain* heranreicht. Aber erzählen Sie Alan bloß nicht, daß ich das gesagt habe.«

Eine Weile plauderten wir über andere Dinge. Helen fragte mich über Architektur aus, und ich erkundigte mich, weshalb sie zur Polizei gegangen war. Sie erzählte mir, daß sie Physik studiert hatte, bei der Aussicht an ein Leben im Labor aber plötzlich panisch geworden war und alles über den Haufen geschmissen hatte – was mir äußerst sympathisch war. Schließlich trank sie ihren Kaffee aus.

»Ich glaube, ich gehe jetzt lieber«, sagte sie. »Wenn Sie die Liste durchgesehen haben, können wir uns ja noch mal verabreden, falls Sie möchten. Zur Zeit bin ich sehr oft in London.«

»Stört das Ihren Mann nicht?«

»Er arbeitet noch mehr als ich.«

Ich brachte sie zur Treppe, denn ich mußte unbedingt noch etwas loswerden.

»Helen, fünfundzwanzig Jahre sind eine lange Zeit. Hat diese neue Ermittlung denn wirklich einen Sinn?«

»Aber sicher.«

»Ich dachte, man könnte vielleicht einen DNS-Test vornehmen, an dem … na ja, Sie wissen schon, an dem Baby. Aber Claud meint, das kann man nicht, nicht nach so langer Zeit.«

Helen lächelte.

»Stimmt.«

»Es gibt also keinen forensischen Nachweis.«

»Wir können noch das eine oder andere versuchen. Allerdings nichts, was die gute altmodische Polizeiarbeit ersetzen könnte. Das predigt uns unser Chef unablässig. Auf Wiedersehen, Jane, bis bald.«

Mein Vater erklärte kategorisch, er wolle nichts mit Pauls Fernsehsendung zu tun haben. Paul hatte gebettelt und getobt und ihm sogar Erica auf den Hals gehetzt – mit Blumenzwiebeln für Dads Garten als Vorwand –, damit sie sich für ihn verwendete. Doch mir kam es überhaupt nicht in den Sinn, Paul abzuweisen.

Ich radelte durch den leichten Nieselregen zu dem Restaurant in Soho, das Paul ausgesucht hatte. Seine Assistentin war eine junge Frau namens Bella – sehr groß und schlank, mit einer roten Mähne und großen, kajalumrandeten Augen, die sie voller Verehrung auf Paul gerichtet hielt. Außerdem war sie offenbar Kettenraucherin, denn sie steckte sich eine penetrant riechende Zigarette nach der anderen an. Dazu trank sie Mineralwasser und stocherte in ihrem Salatteller herum.

Während ich meine pochierten Eier verzehrte, fragte ich Paul, mit wem er sich sonst noch zu einem Gespräch verabredet hatte.

»Weißt du eigentlich, daß Dad nicht mit mir sprechen will?« Ich nickte. »Aber Alan war großartig. Ich hatte schon zwei Termine mit ihm. Meine Güte, er ist wirklich wortgewaltig. Übrigens hat er sich den Bart und die Haare etwas länger wachsen lassen, so daß er jetzt hager und richtig wild aussieht. Dauernd hat er aus irgendwelchen Gedichten zitiert und davon geredet, daß die Schwächsten sich als die Stärksten erweisen werden und solches Zeug. Von unseren gemeinsamen Sommern sprach er, als würde er aus einem Roman vorlesen.«

Ich verzog das Gesicht. »Er hat die letzten beiden Jahrzehnte in Pubs und Restaurants wie diesem hier verbracht und seinen nächsten Roman ausgeplaudert.«

Ohne auf meine Bemerkung einzugehen, tunkte Paul ein Stück Brot in seine Artischockensuppe und nahm einen großen Schluck Rotwein.

»Über Natalie hat er eigentlich nicht viel gesagt, aber er hat mir ein paar Fotos gegeben. Martha hat sich zwar nicht direkt geweigert, mit mir zu sprechen, aber als ich das Tonband eingeschaltet hatte und ihr ein paar Fragen stellte, hat sie mich bloß angelächelt – ein sehr trauriges, dünnes Lächeln – und den Kopf geschüttelt. Sie wirkt nicht gerade glücklich, Jane.«

»Sie ist krank«, erwiderte ich und fragte dann: »Was ist mit den anderen?«

»Sie werden allesamt auspacken. Schließlich will jeder mal ins Fernsehen. Theo beispielsweise glaubt, das Zeug zu einem echten Teleguru zu haben. Mit Alfred und Jonah kann ich wohl auch rechnen, und Claud ist ausgesprochen hilfsbereit.« Er warf mir einen raschen Seitenblick zu, und auch Bella musterte mich neugierig. »Es wird hochinteressant, Jane. Und eine große Sache, denke ich. Wahrscheinlich werden wir eine Art Waltons.«

»Ich glaube, ich möchte doch ein bißchen Wein«, meinte ich. »Was wollt ihr von mir wissen?«

Bella beugte sich vor und stellte das Tonbandgerät ein. »Ist das in Ordnung«, erkundigte sie sich, aber am Ende des Satzes war kein Fragezeichen zu hören. Schließlich ging es doch ums Fernsehen. Was konnte ich dagegen einzuwenden haben?

Es ist seltsam, ja eigentlich erschreckend, daß man vor einem Tonbandgerät und einem Publikum von Millionen anonymer Zuhörer Dinge sagen kann, die man einem Freund oder Liebhaber nie anvertrauen könnte oder wollte. Oder einem Bruder. Paul fragte mich nach meinen Erinnerungen an

Stead (»erzähl einfach, was dir gerade einfällt«), und während sich die Spulen im Aufnahmegerät drehten und Bellas Stift emsig über die Seiten ihres Notizbuchs glitt, kramte ich Erinnerungen hervor, von denen ich nicht einmal gewußt hatte, daß sie in meinem Gedächtnis haftengeblieben waren. Krocket auf dem Rasen, wildes Fangenspielen, Expeditionen durch den Wald unter Clauds Führung, geheime Mitternachtsgelage, für die wir das Essen aus der stets üppig gefüllten Speisekammer von Stead stibitzten, der sabbernde Retriever mit den herabhängenden Lefzen, den die Martellos früher hatten (hieß er nicht Candy?) und der unbeholfen in den Bach sprang, um Stöckchen zu apportieren. Ich erinnerte mich an die unter grünen Schutznetzen verborgenen Himbeeren, die wir an heißen Nachmittagen pflückten, an die Tage, die wir mit Marmeladeeinkochen verbrachten (Stachelbeeren, Brombeeren, Erdbeeren, Pflaumen), an Sonnenbrand, der kribbelte, wenn wir einander Creme auf die Schultern schmierten, lärmende Picknicks, bei denen wir uns alle nach Herzenslust produzierten und Alan uns mächtig anstachelte. Ich erinnerte mich an frühe Morgenstunden, in denen noch der Tau auf dem Gras lag, an lange Abende, an denen die Erwachsenen spät zu Abend aßen und wir das Geklapper von Tellern und Messern hörten und das leise Gemurmel ihrer Unterhaltung. Ich erinnerte mich daran, wie wir mit bloßen Füßen in unsere Gummistiefel schlüpften, den Garten zu der großen Blutbuche hinunterrannten und uns auf der Schaukel über den Bach schwangen. In meinen Erinnerungen tauchten wir Kinder stets als Gruppe auf, während die Erwachsenen brav im Hintergrund blieben, und immer schien die Sonne. Doch das war anscheinend nicht das, was Paul von mir wollte.

»Es ist interessant«, sagte er, »daß du dich nur an die Zeit als kleines Mädchen erinnerst. Was ist mit später, als du ein Teenager warst?«

Plötzlich schmeckte der Wein in meinem Mund schal. Warum hatte ich mich auf dieses Spielchen eingelassen? Ich wollte aussteigen, und zwar sofort.

»Möchtest du über den Sommer reden, in dem Natalie verschwunden ist? Ist es das, worum es dir geht?«

»Erzähl darüber, wenn du magst.«

»Ich erinnere mich daran, wie du gelitten hast, Paul. Ich habe beobachtet, wie Natalie dich gedemütigt hat, und ich habe mir den Kopf zerbrochen, was ich dagegen unternehmen könnte...«

»Was soll der Quatsch?« unterbrach Paul mit scharfer Stimme. Sofort schaltete Bella das Gerät ab und legte den Stift aus der Hand. »Wofür hältst du dich eigentlich, Jane?«

»Was meinst du damit?«

»Tu nicht so unschuldig. Du weißt genau, was ich meine. Du zerstörst absichtlich die Erinnerung an jenen Sommer, stimmt's? Na los, hab ich nicht recht?«

»Nein, du irrst dich«, widersprach ich. Entschlossen schob ich meinen Teller weg, trank noch einen Schluck Wein und zündete mir eine Zigarette an. Inzwischen fühlte ich mich nicht mehr so ausgeliefert, nicht mehr so verführerisch angezogen vom sanften goldenen Licht meiner Phantasievergangenheit. »Willst du die Tatsache einfach ignorieren, daß du in Natalie verliebt warst und sie dich gnadenlos zurückgewiesen hat? Es war eine komplizierte Geschichte, stimmt's? Da warst du und Natalie, aber da waren auch Natalie und Luke, ich und Theo und später dann ich und Claud – und die Zwillinge, die sich wirklich etwas seltsam benahmen und alberne Streiche ausheckten, und außerdem gab es noch Alan, der mit allen verfügbaren Mädchen rumbumste, während Martha für uns das Essen kochte und unsere Knie verpflasterte, und Mum, die unglücklich war, und Dad, bei dem keiner weiß, was er von alledem hielt.

»Und noch etwas fällt mir ein.« Jetzt war ich so in Fahrt,

daß die Worte nur so aus mir heraussprudelten und ich sie nicht aufhalten konnte. »Ich erinnere mich, daß Natalie verschwunden ist, damals, als ich sechzehn war und du achtzehn. Für dich symbolisiert dieses Ereignis das Ende unserer Unschuld. Das macht sich im Fernsehen vielleicht gut, aber glaubst du wirklich, daß es den Tatsachen entspricht?«

Irgendwann im Lauf meiner Rede hatte Paul das Tonband wieder angestellt. Ich sah ihm an, daß er hin- und hergerissen war zwischen persönlicher Verwirrung und professionellem Interesse. Ich lieferte ihm reichhaltiges Material, so weit, so gut. Doch dann sagte ich etwas Schreckliches. Ehe ich sie in Gedanken fassen konnte, waren die Worte schon aus meinem Mund und lagen zwischen uns wie ein Schwert: »Wann hast *du* Natalie zum letztenmal gesehen, Paul?«

Zu meiner Überraschung reagierte Paul nicht wütend. Er musterte mich ein paar Sekunden eindringlich. Dann rollte er nachdenklich ein Brotkügelchen zwischen den Fingern, beugte sich über den Recorder und sprach direkt ins Mikrofon: »Ich weiß es nicht mehr. Es ist so lange her.«

Später tranken wir Kaffee, und Bella und ich rauchten noch eine Zigarette. Zwischen unseren beiden bläulichen Rauchwolken saß Paul und stellte mir noch ein paar Fragen, aber das eigentliche Interview war gelaufen. Wenig später schlüpfte ich in meine Lederjacke, küßte Paul auf die Wange, nickte Bella zu und ging. London war grau und schäbig im feuchten Wind, überall auf den Gehwegen lagen Papierfetzen. Eine Frau mit einem kleinen Kind im Schlepptau bettelte mich an. Als ich ihr fünf Pfund in die Hand drückte, wollte sie zehn haben. Was für eine trostlose Welt!

Irgendwie genießt Alan doch die ganze Geschichte.«

Ich kochte Abendessen für Kim, die gerade erschöpft aus der Chirurgie gekommen war, mit zwei Flaschen Wein unter dem Arm. Das Kartoffelpüree war fertig, ein grüner Salat vorbereitet, auf dem Tisch standen frische Blumen: Endlich konnte ich mal wieder jemanden bekochen. Kim hatte die Schuhe abgestreift und tappte gedankenverloren in der Küche herum, lüftete hier und dort einen Topfdeckel und spähte in den Kühlschrank. Auf dem Heimweg vom Büro war ich im Supermarkt gewesen, und nun war der Kühlschrank reichlich gefüllt: verdächtig rote Tomaten, Fenchelknollen, ein Salat mit einem merkwürdigen Namen, ein großes Stück Parmesan, jede Menge Joghurt, italienische Nudeln, eine Packung Räucherlachs. Ich hatte beschlossen, gesund zu leben. Kein Essen mehr, das nur angezündet und inhaliert zu werden brauchte. Morgens auf dem Weg zur Arbeit ging ich jetzt meistens kurz schwimmen, und ich bemühte mich, mir abends regelmäßig ein ordentliches Abendessen zu kochen.

»Wie meinst du das?«

Kim entkorkte eine Weinflasche und schenkte uns beiden ein Glas voll. Ich nahm einen Schluck, dann warf ich die kleingeschnittenen Zwiebeln in die Pfanne und begann, mit dem Finger den Schleim aus dem Tintenfisch zu entfernen.

»Na ja, ich vermute, er ist am Boden zerstört. Aber hast du eigentlich das Interview im *Guardian* gelesen? Also ehrlich! Paul hat mich angerufen und behauptet, er wäre einfach nur für eine Frauenzeitschrift fotografiert worden. Dabei machen die ein großes Feature über Prominente, denen ein Kind gestorben ist.«

»Es gibt eben keine Probleme«, meinte Kim sarkastisch. »Nur Chancen.«

»Das erzählst du deinen Patienten, stimmt's? Dann ist die größte aller Chancen wahrscheinlich die Veranstaltung morgen abend in der Kunstakademie. Sie gehört zu ihrer Reihe über ›zornige alte Männer‹. Alan Martello im Gespräch mit Lizzie Judd. Weißt du, das ist die Frau, die sich mit dem Buch *Sitting Uncomfortably* einen Namen gemacht hat, einer Attacke auf C. S. Lewis und Roald Dahl und andere Kinderbuchautoren. Damit hat sie das Interesse der Presse auf sich gezogen. Sie hat Haare auf den Zähnen. Und in diesem Fall springt der Fisch von allein ins Netz, um sich erschießen zu lassen.«

»Gehst du auch hin?«

»Selbstverständlich. Es ist wie ein Stierkampf, stimmt's? Man sagt, so was sollte man mindestens einmal im Leben gesehen haben. Ich weiß nicht, ob Alan als ritterlicher Gentleman auftritt oder als unerschrockener Verfechter unliebsamer Wahrheiten, aber egal, welche Maske er aufsetzt, es wird garantiert eine Katastrophe.«

»Mach dir keine Sorgen, Jane, die Leute werden sich auf alle Fälle gut amüsieren. Eine Art neuzeitliche Bärenhatz. Genau das, was Alan liebt.«

»Für die Schwiegertochter des Bären wird es wahrscheinlich nicht sonderlich lustig.«

Während ich den Tintenfisch zubereitete, erfuhr ich, daß Kim einen Mann kennengelernt hatte. Er hieß Andreas, war Musiker, sechs Jahre jünger als sie, klein, gut aussehend und sentimental. Ihre erste Verabredung hatte sich über ein ganzes Wochenende erstreckt und nur deshalb ein Ende gefunden, weil Kim ihre Hausbesuche nicht länger aufschieben konnte und deshalb aus dem Bett steigen mußte. Ich hatte Kim schon immer um ihr Sexualleben beneidet; es war so abwechslungsreich und aufregend – schon allein die Anzahl ihrer ständig wechselnden Partner! Eine ihrer bemerkenswertesten Qualitäten als Freundin bestand darin, daß sie stets bereit war, über das zu reden, was sie mit diesen Männern im Bett machte. Leider hatte ich sehr wenig dagegenzuhalten. Jetzt wagte ich die vorsichtige Frage, ob es denn etwas Ernstes werden könnte, aber Kim winkte nur ab – wie immer.

»Vermißt du Claud?« fragte sie, während wir uns an Käse gütlich taten.

Was sollte ich darauf antworten? Zum Glück wußte ich, daß Kim mir meine Verwirrung nicht vorwerfen würde.

»Ich vermisse einen Teil meines Lebens, aber das ist alles passé. Ich möchte mich aus dieser alten Vertrautheit lösen. Manchmal erschrecke ich über das, was ich getan habe, aber irgendwie finde ich es auch spannend.« Einen Augenblick mußte ich innehalten, um meine Gedanken zu ordnen. »Ich spüre, daß sich in meinem Leben etwas Großes ereignen wird, aber momentan ist meine Umgebung noch nicht die richtige dafür. Hin und wieder wünsche ich mir beinahe, ich könnte mich der Polizei an die Fersen heften und bei den Ermittlungen mitmachen. Als müßte ich meinen Beitrag leisten bei der Suche nach der Wahrheit über Natalies Tod. Ich muß unbedingt wissen, wie sie gestorben ist.«

»Aber es war doch bestimmt ihr ehemaliger Freund, oder nicht?«

»Du meinst Luke?«

»Ja, und die Polizei hat ihn sich auch vorgenommen.«

»Man hat ihm ein paar Fragen gestellt.«

»Na bitte. Luke hat Natalie geschwängert, die beiden haben sich gestritten, und er hat sie umgebracht, vielleicht aus Versehen. Und sie dann vergraben.«

»Im Garten von Alan und Martha. Direkt neben dem Haus.«

»Wenn man jemanden ermordet hat, handelt man nicht unbedingt logisch. Hab ich dir noch nie von meinem Patienten erzählt, der seine Frau umgebracht hat? Er hat die Leiche zerstückelt und in Einzelteilen an alle möglichen Filialen der Barclays Bank verschickt, überall auf der ganzen Welt.«

»Das klingt ziemlich gerissen.«

»Wenn man davon absieht, daß er seine Adresse auf die Zollerklärung geschrieben hat.«

»Warum hat er das getan?«

»Sein Psychiater meint, er wollte erwischt werden.«

»Ist das eine wahre Geschichte?«

»Na klar. Jedenfalls leuchtet mir nicht ein, weshalb das Argument, daß er unvernünftig gehandelt hat, Luke als Täter weniger verdächtig machen sollte als andere. Irgend jemand hat die Leiche schließlich dort begraben.«

»Ja«, räumte ich ein. »Deswegen sind wir ja alle auch mehr oder weniger verdächtig.«

Es wird gern behauptet, wenn man öffentliche Hinrichtungen wieder einführte, würde das Heerscharen von Schaulustigen auf den Plan rufen. Der Saal in der Kunstakademie war bis auf den letzten Platz gefüllt, größtenteils mit jüngeren Leuten. Vorn wurden Fernsehkameras aufgebaut, und ein großer Mann mit einer runden Nickelbrille à la Bert Brecht wanderte mit einem Klemmbrett unter dem Arm auf der Bühne herum. Ich quetschte mich durch die Reihe zu zwei leeren Plätzen in der Mitte. Theo war noch nicht da. Neben mir saß ein Mann, der in seinem weiten Tweedmantel beinahe versank. Zuerst trat ich ihm auf den Fuß, dann stolperte ich über seinen Plastikbeutel.

»Entschuldigung«, sagte ich etwas gereizt, aber er nickte nur kurz, bevor er wieder an die Decke starrte.

Theo erschien. Mit schwarzem Anzug und Aktentasche wirkte er förmlich und fehl am Platz. Er küßte mich auf die Wange und flüsterte: »Ich war eben bei Alan. Er ist betrunken.«

»Betrunken?« wiederholte ich entsetzt.

»Ja, ich glaube, er hat Schiß.«

»Wie meinst du das, er ist *betrunken*? In ungefähr einer Minute soll er auf der Bühne stehen.«

»Na ja, er kann noch reden«, erklärte Theo. »Vermutlich wird es Mrs. Judd schwerfallen, ihn zu unterbrechen.«

Ich stöhnte. Warum war ich nur hierhergekommen?

Kurz nach acht betrat Lizzie Judd entschlossenen Schrittes die Bühne: eine strenge, schöne Frau in einem figurbetonenden grauen Kostüm. Ihre blonden Haare waren straff aus dem Gesicht gekämmt; sie trug keinerlei Schmuck oder Make-up und hatte auch keine schriftlichen Notizen bei sich. Sie nahm auf einem der beiden Stühle Platz und schenkte sich ein Glas Wasser ein. Dann kam Alan – beschwingt und lässig wie zu einer Talk-Show.

»Was hat er denn bloß an, Theo?« fragte ich voller Entsetzen.

Natürlich kannte ich die Antwort: Alan war in dem Samtjackett erschienen, das er manchmal abends zu Hause trug. Auf seiner grauen Haarmähne thronte ein schwarzer Filzhut. Unwillkürlich muße ich an das Toulouse-Lautrec-Poster denken, das ich früher einmal in einer meiner Studentenbuden an der Wand hängen hatte. Dieser trotzige Mann, der so wenig Wert auf ein würdevolles Äußeres legte, rührte mich zutiefst. Zögernder Applaus ertönte; der Mann neben mir gehörte zu den wenigen, die klatschten. Alan ließ sich schwer auf den Stuhl neben Lizzie Judd sinken. In der Hand hielt er ein großes Glas, dreiviertelvoll mit einer whiskyfarbenen Flüssigkeit. In aller Ruhe nahm er einen Schluck und ließ dabei seine Augen über das Publikum schweifen.

Elizabeth drückte ihm ihr Mitgefühl aus (»und sicher auch das aller Zuhörer«), da der Fund von Natalies Überresten nun ihren Tod endgültig bestätigt hatte. Dann beschrieb sie in knappen Worten *The Town Drain* (»antiromantisch… ganz in der Tradition des satirischen Realismus… untere Mittelschicht… aus rein männlicher Perspektive«). Mit einem Satz ging sie noch auf die weit weniger bekannten Nachfolger des Romans ein und schloß mit der Bemerkung, daß die lange

Veröffentlichungspause ein Thema war, auf das man sicher später noch zu sprechen kommen würde.

»Mr. Martello«, wandte sich Lizzie Judd dann an Alan.

»Bitte nennen Sie mich Alan«, unterbrach er sie.

»In Ordnung, Alan. John Updike hat einmal gesagt, es gibt keinen Grund, humoristische Romane zu schreiben. Was sagen Sie dazu?«

»Wer ist John Updike?« erwiderte Alan.

Lizzie Judd machte ein erschrockenes Gesicht.

»Wie bitte?«

»Ist er Amerikaner?«

»Ja.«

»Na dann.«

»Ist das Ihre Antwort auf meine Frage?«

Während dieses Wortwechsels lümmelte sich Alan auf seinem Stuhl (mir fiel auf, daß er verschiedenfarbige Socken trug). Doch nun setzte er sich langsam aufrecht, nahm noch einen Schluck Whisky und beugte sich zu Lizzie hinüber.

»Sehen Sie, Lizzie, ich habe einen guten Roman geschrieben. Einen *verdammt* guten Roman. Haben Sie vielleicht zufällig ein Exemplar davon mitgebracht? Nein?« Er wandte sich ans Publikum. »Hat jemand mein Buch dabei?« Keine Reaktion. »Öffnen Sie doch bitte *The Town Drain* auf der Seite mit dem Impressum, dann werden Sie sehen, daß der Roman Jahr für Jahr neu aufgelegt wird. Offensichtlich bringt er die Leute zum Lachen. Warum sollte ich mich darum kümmern, was irgendein verklemmter Amerikaner labert?«

Von Lizzie Judd ging eine eisige Ruhe aus.

»Vielleicht sollten wir zum nächsten Punkt übergehen«, meinte sie. »Ihre Romane sind in letzter Zeit ins Kreuzfeuer feministischer Kritik geraten.«

Alan schnaubte verächtlich.

»Wie bitte?« fragte Lizzie.

»Schon gut, fahren Sie fort.«

»Man hat gesagt, daß Frauen in Ihren Büchern entweder als Schreckschrauben oder aber als großbusige Sexobjekte für die jeweiligen männlichen Hauptpersonen dargestellt werden. Sogar einige Ihrer Bewunderer haben bemängelt, daß selbst jetzt, nach vierzig Jahren, der Sexismus Ihrer Romane problematisch bleibt.«

Wieder nahm Alan einen großen Schluck Whisky, der ihn erstaunlich lange am Sprechen hinderte.

»Warum sollte das ein Problem sein?« fragte er schließlich. »Ich freue mich, daß meine Bücher immer noch sexy wirken. Was ist dagegen einzuwenden, daß man großbusige Frauen sexy findet? Ist doch herrlich!« Ich schlug die Hände vors Gesicht. Neben mir hörte ich unterdrücktes Kichern. Es kam nicht von Theo, sondern von dem Mann auf meiner anderen Seite. Alan hielt inne; offenbar genoß er die peinliche Stille. Auch Elizabeth Judd schwieg erwartungsvoll. »Ich mache nur Spaß, Lizzie. Ich sollte lieber nicht über Busen sprechen, stimmt's? Das ist ein unpassendes Thema und hier nicht erwünscht. Wollen Sie andeuten, ich mag keine Frauen, liebe Lizzie?«

»Was veranlaßt Sie zu der Annahme, daß ich so etwas denke?«

»Das sagen Leute wie Sie doch immer. Reden wir über mich oder reden wir über meine Bücher, Lizzie? Ich liebe die Frauen. Ich mag Sex. Jedenfalls habe ich ihn früher gemocht, als ich noch in der Lage war, ihn auch zu praktizieren. Ist es das, was Sie hören möchten? Also, sollen wir uns nun über mein Buch unterhalten?« Inzwischen lag mein Kopf schon fast zwischen meinen Knien, und ich überlegte, ob ich mir nicht auch noch die Ohren zuhalten sollte. Da hörte ich ein schlurfendes Geräusch. Stand Alan etwa auf? »Ich habe diesen Roman mit meinem Herzblut geschrieben.« Dumpf schlug die Faust gegen seine Brust. Durch das Mikrofon, das er trug, klang der Schlag um ein Vielfaches lauter – wie ein

Rammbock, der gegen ein Schloßtor geschmettert wurde. »Ich habe ihn geschrieben, als ich noch sehr jung war, und die Leute, die das Buch benutzen, um zu zeigen, was Alan Martello über Frauen denkt, sind mir scheißegal. Ich hab die Nase voll, gestrichen voll von diesen ganzen Diskussionen, in denen behauptet wird, das eine Buch ist besser als das andere, nur weil es irgendwie *hübscher* ist.«

Im Publikum erhob sich nervöses Gemurmel. Ich blickte auf und sah mich inmitten eines Walds emporgestreckter Arme. Lizzie Judd deutete auf eine junge Frau.

»Würden Sie sagen, daß Moral nichts mit der literarischen Qualität zu tun hat?« lautete ihre Frage.

»Ach, lecken Sie mich doch«, sagte Alan. »Wir sind hier doch nicht bei der moralischen Aufrüstung, oder? Ich dachte, wir wollten über meine Bücher sprechen. Oder wollen wir uns doch lieber über Sex unterhalten? Lizzie, möchten Sie uns vielleicht erzählen, was Sie im Bett machen und mit wem – falls Sie überhaupt mit jemandem ins Bett gehen?«

Jetzt ertönten Zwischenrufe aus verschiedenen Ecken des Zuschauerraums. Lizzie Judd jedoch blieb gelassen und bat mit ruhiger Stimme um Ruhe, wie ein Schiedsrichter beim Tennis.

»Mr. Martello, möchten Sie mit der Diskussion fortfahren?«

Alan hob sein Glas, als wollte er gänzlich unpassenderweise einen Toast ausbringen.

»*Ich* hab nichts dagegen«, sagte er.

Wieder hoben mehrere Zuschauer die Hand. Ein blasser, schlanker junger Mann stand auf. Sein Schal war so oft um den Hals gewickelt, daß ich kaum etwas von seinem Gesicht erkennen konnte.

»Ich bin auch ein Mann, Mr. Martello«, verkündete er.

»Ach wirklich?« meinte Alan mit unüberhörbarem Zweifel.

»Aber ich gehöre nicht zu Ihrer Generation«, fuhr der junge Mann mit bebender Stimme fort. »Ich glaube, die Art von Zuneigung, die Sie dem weiblichen Geschlecht angeblich entgegenbringen, hat den Frauen in der Vergangenheit oft genug geschadet – diese ganze animalische Sexualität, die Sie so positiv darstellen. Wird sich die Welt jemals ändern, solange Menschen wie Sie, Menschen, auf die andere hören, stur ihren Chauvinismus beibehalten, der sich als schriftstellerische Freiheit ausgibt?«

Zustimmendes Gemurmel wogte durch den Saal. Heiß brannten die Fernsehscheinwerfer auf die Bühne herab. Alan schwitzte, während Elizabeth Judd weiterhin makellos kühl wirkte.

»Du aufgeblasener Lackaffe«, konterte Alan, inzwischen mit hörbar schwerer Zunge. »Wenn Frauen zu ihrer Verteidigung auf Typen wie dich angewiesen sind, sind sie echt verraten und verkauft. Du ermutigst sie doch bloß, sich in alle Ewigkeit als Opfer zu betrachten. Bei jedem Kinkerlitzchen gleich Belästigung und Vergewaltigung zu schreien. Verdammte Scheiße.«

»Arschloch!« rief eine weibliche Stimme aus den hinteren Reihen. Lizzie Judd ließ sich nicht aus der Ruhe bringen.

»Ist dies Ihre Einstellung zum Thema Vergewaltigung, Mr. Martello?«

Alan trank seinen Whisky aus und wollte das Glas wegstellen. Leider verpaßte er den Tisch um einige Millimeter, so daß das Glas klirrend zu Boden fiel.

»Ach, ist doch egal«, sagte er wegwerfend. »Alles Scheiße! Frauen mögen starke Männer und ein bißchen Gewalt. Erst hinterher beklagen sie sich, weil sie sich gut fühlen – wenn sie sich beklagen. Sie wollen nicht zugeben, daß sie es mögen, wenn man sie bespringt wie läufige Hündinnen. Bei mir hat sich übrigens noch nie eine beschwert. Aber das darf man ja auch nicht laut sagen, stimmt's? Das ist politisch unkorrekt, hab ich recht?«

»So lautet also Ihre Einstellung, die Sie als angesehener Schriftsteller hier vertreten?« fragte Lizzie Judd, der angesichts dessen, was sie da heraufbeschwor, mittlerweile zumindest ein Anflug von Beunruhigung anzumerken war.

»Ich bin kein beschissener angesehener Schriftsteller!« rief Alan mit heiserer Stimme. »Seit dreißig Jahren hab ich keinen einzigen beschissenen Roman mehr geschrieben. Aber ja, wir Schriftsteller sind doch keine Sozialarbeiter. Wir leben in einer Welt, in der ganz normale Männer zu Mördern werden, in der Frauen gefickt oder vergewaltigt werden wollen und nicht mal den Unterschied bemerken. Es ist eine beschissene Phantasiewelt.«

»Manche Leute meinen, es gibt einen fließenden Übergang zwischen Mißbrauchsphantasien, wie sie in Romanen wie Ihrem dargestellt werden, und der realen Gewalt, unter der Frauen zu leiden haben. Was meinen Sie dazu?«

Etwas wackelig erhob sich Alan.

»Sie möchten gern einen fließenden Übergang sehen? Dann will ich Ihnen mal einen zeigen.«

Wie ein gefällter Baum stürzte er sich auf die verblüffte Lizzie Judd, preßte eine Hand auf ihre Brust und küßte sie schmatzend auf den Mund. Offenbar war das Mikrofon dicht an ihrem Gesicht, denn der Kuß hallte laut durch den Saal. Mehrere Eindrücke stürmten gleichzeitig auf mich ein. Die Kameras surrten, Schreie erklangen aus der Menge, mehrere Zuhörer sprangen auf und drängten nach vorn, jemand trennte Alan von Lizzie Judd. Er befreite sich und fing an herumzubrüllen:

»Ihr glaubt also, ich hätte keine Ahnung, was eine Vergewaltigung ist? Meine Tochter ist vergewaltigt und ermordet worden, und man hat den Mann, der es getan hat, auf freien Fuß gesetzt! Er hat sich auf sein beschissenes Schweigerecht berufen, hat keine einzige Frage beantwortet, und daraufhin hat die Polizei ihn freigelassen, einen Vergewaltiger und Mörder! Und jetzt könnt ihr mich meinetwegen kreuzigen!«

Noch eine Weile krakeelte er weiter, größtenteils unverständliches Zeug, und ruderte dabei wie ein Wilder mit den Armen. Schließlich gelang es ein paar Leuten aus dem Publikum, die inzwischen die Bühne gestürmt hatten, ihn zu bändigen. Theo bahnte sich durch die Menge einen Weg zu seinem Vater. Auch Lizzie Judd wurde wieder auf die Beine geholfen, allerdings war ihre Frisur zerzaust, ihr Lippenstift verschmiert, und sie hielt eine Hand schützend ans Auge gedrückt. Nur ich saß noch auf meinem Platz, unfähig, mich zu rühren.

»Herr des Himmels«, sagte ich laut. »Was für eine absolute Scheißkatastrophe.«

»Es war doch gar nicht so schlimm.«

Erschrocken sah ich mich um. Die Worte kamen von dem Mann neben mir.

»Moment mal. Ich habe gerade mit angesehen, wie mein Schwiegervater sich zum Verteidiger von Vergewaltigungen aufgeworfen und eine namhafte Feministin tätlich angegriffen hat, und das vor einem zahlenden Publikum. Für mich ist das schlimm genug.«

»Ich wollte nur sagen…«

»Verschwinden Sie.«

Tatsächlich erhob sich der Mann und ging. Ich war allein.

14. KAPITEL

Die Neville Chamberlain School in Sparkhill war ein einziges Desaster aus grauem Beton. Wahrscheinlich höchstens zwanzig Jahre alt und schon von Feuchtigkeit durchsetzt wie von Achselschweiß.

Ich war noch in der Dunkelheit von zu Hause weggefahren, und als ich jetzt den Wagen vor der Schule parkte, war es noch nicht mal acht Uhr. Weit und breit keine Menschenseele. Die beschlagenen Scheiben und das rasch abkühlende Wageninnere waren nicht weniger deprimierend. Da ich außer dem Stadtplan von London nichts zu lesen dabeihatte, stieg ich aus und ging über die Straße in ein winziges Café gegenüber vom Haupttor der Schule. Dort bestellte ich einen großen Becher Tee und dazu Spiegeleier, Speck und gegrillte Tomaten. An fast allen Tischen saßen Männer in dicken Arbeitsjacken, die Luft war verraucht und dampfig. Unauffällig schielte ich auf die Titelseite der *Sun*, die der Mann mir gegenüber las. Ob heute etwas über Alans Fiasko in den Tageszeitungen stand?

Etwa zwanzig nach acht war ich wieder draußen und marschierte den Bürgersteig auf und ab, um mich einigermaßen warm zu halten. Zehn Minuten später entdeckte ich ihn, auf dem Fahrrad. Trotz des weiten Mantels, der dicken Handschuhe und des Helms war Lukes schmales Gesicht unverkennbar. Als er sich dem Tor näherte, schwang er das rechte Bein flott über den Sattel und legte die letzten Meter auf dem linken Pedal stehend zurück, schlängelte sich elegant zwischen den Schülergruppen hindurch, und als ich seinen Namen rief, drehte er sofort den Kopf nach mir um. Anscheinend war er nicht überrascht; er grinste nur spöttisch. Dann nahm er den Helm ab und fuhr sich mit der behandschuhten Hand durch die langen Haare, die, wie ich jetzt sehen konnte, von grauen Strähnen durchzogen waren.

»Hast du heute nichts zu tun?«

Während der Fahrt waren mir alle möglichen Dinge durch den Kopf geschwirrt, die ich unbedingt von Luke wissen wollte. Jetzt, da ich vor ihm stand, fiel mir plötzlich keine vernünftige Frage mehr ein.

»Können wir uns unterhalten?«

»Was machst du denn hier? Was willst du?«

»Ich meine, können wir uns irgendwo ungestört unterhalten?«

An Lukes Schläfe trat eine Ader hervor, die sichtbar pochte. Er wurde knallrot, und ich dachte schon, er würde mich anschreien. Doch dann sah er sich um, und ich merkte, wie er sich mühsam zusammenriß.

»Komm mit«, sagte er. »Fünf Minuten genehmige ich dir.«

Damit kettete Luke sein Rad an den Fahrradständer, und wir betraten das Gebäude durch eine schwere Schwingtür. Mit schnellen Schritten gingen wir einen Schulkorridor hinunter, dessen graue Trostlosigkeit durch die Zeichnungen an den Wänden etwas gemildert wurde.

»Hast du heute schon Zeitung gelesen?« fragte er, ohne mich anzusehen.

»Nein.«

»Ich sollte Alan vor Gericht bringen, ehrlich.«

»Dabei könntest du aber auch den kürzeren ziehen.«

Ein zynisches Lachen war die einzige Antwort. Luke führte mich in ein Zimmer, das so klein war, daß wir uns im Sitzen fast berührten. Um uns herum Regale voller neuer Schulbücher.

»Also?« sagte Luke.

»Hast du der Polizei gesagt, was du weißt?«

Wieder lachte Luke nur, anscheinend erleichtert.

»Mehr nicht?« fragte er. »Du hast überhaupt nichts in der Hand, stimmt's?«

»Ist das ein Ja oder ein Nein?«

»Die Polizei hat mich verhört, mein Name war in den Zeitungen. Mir liegt nicht besonders viel daran, mich mit dir darüber zu unterhalten. Also, ich weiß wirklich nicht, was du gern rausfinden willst, aber falls du für etwas Beweise suchst, was lediglich deiner kindischen Phantasievorstellung von Nat entspringt, dann vergiß es lieber.«

»Wenn das Baby nicht von dir war, von wem könnte es sonst gewesen sein?«

Luke schien mir nicht mal richtig zuzuhören.

»Ich habe dich immer gemocht, Jane. Die anderen, Nats Brüder, haben mich immer von oben herab behandelt. In meiner Naivität habe ich geglaubt, du wärst anders.«

»Ich hatte Angst vor dir«, erwiderte ich. »Du hast so einen erfahrenen Eindruck gemacht.«

»Ich war ja auch ein Jahr älter.«

»Luke, kannst du mir irgend etwas sagen, was mich davon überzeugen könnte, daß du es nicht warst?«

»Warum sollte ich?« Er sah auf seine Armbanduhr. »Die fünf Minuten sind vorbei. Hoffentlich habe ich dir nicht geholfen. Du findest es bestimmt selbst raus.«

Ich blieb ein paar Minuten im Wagen sitzen, dann fuhr ich langsam in Richtung Autobahn. Als ich unterwegs eine Telefonzelle entdeckte, machte ich halt, rief Helen Auster in Kirklow an und fragte, ob ich mich mit ihr treffen könnte, wenn möglich sofort. Zwar klang sie etwas überrascht, aber sie sagte zu. Während ich von Birmingham nach Westen fuhr, hellte sich der Himmel auf, und als ich Shropshire erreichte und über die Hügel tuckerte, hob sich auch meine Stimmung ein wenig. Das Polizeirevier von Kirklow befand sich in einem großen modernen Gebäude am Marktplatz. Helen wartete bereits am Empfang; sie hatte schon den Mantel übergezogen und schlug mir vor, ein Stück spazierenzugehen. So schlenderten wir zwischen den wunderschönen Steinhäusern herum und unterhielten uns. Allerdings war es sehr kalt, und ich wußte auf einmal nicht mehr genau, warum ich eigentlich hergekommen war.

»Alles in Ordnung mit Ihnen?« erkundigte sich Helen.

»Ich war gerade bei Luke McCann«, sagte ich statt einer direkten Antwort.

»Wo?«

»In seiner Schule in Sparkhill.«

»Warum sind Sie zu ihm gegangen?«

»Haben Sie die Zeitungen gesehen? Haben Sie gelesen, was Alan sich bei der Veranstaltung in der Kunstakademie geleistet hat?«

Helen lächelte dünn. Ihre blasse Haut war von der Kälte gerötet, ihre Wangen glühten. »Ja, ich hab es gelesen.«

»Es war grauenhaft, aber ich glaube, Alan hat recht, und das macht mich ganz verzweifelt.«

»Sie meinen, wegen Luke.«

»Ja«, antwortete ich. »Deshalb bin ich ja zu ihm gefahren. Ich wußte eigentlich gar nicht, was ich ihm sagen sollte, aber er machte einen ziemlich aufgewühlten Eindruck.«

»Ist das nicht verständlich?«

»Sehen Sie, Helen, ich weiß, es gibt keine wissenschaftliche Methode, mit der man nachweisen könnte, daß Luke der Vater von Natalies Baby war, und ich habe mir schon das Gehirn zermartert, was ich tun könnte, um diese Verbindung herzustellen. Ich hab mir überlegt, ob ich die Gästeliste der Party durchgehen und alle diejenigen raussuchen soll, die Luke gekannt haben. Vielleicht hat er ja gegenüber einem von ihnen irgendeine Bemerkung fallen lassen. Haben Sie eigentlich schon mit seinen Eltern gesprochen? Vielleicht wissen die ja etwas.«

Helen blickte sich um.

»Gehen wir hier rein«, schlug sie vor und führte mich in einen Tea Room, wo wir beide einen Kaffee bestellten. Als er gebracht wurde, legten wir unsere kalten Hände um die heißen Tassen und tranken eine Weile schweigend. Dann sah mich Helen fragend an.

»Wer hat Ihnen eigentlich erzählt, daß es nicht möglich ist, eine Verbindung zwischen Luke und dem Fötus nachzuweisen?«

»Ich weiß nicht, aber ich habe gehört, daß man keine DNS-Analyse machen kann, weil die DNS-Stränge schon zerfallen und verunreinigt sind.«

Wieder erschien das dünne Lächeln auf Helens Gesicht. »Ja, da haben Sie recht. Einer der Grundstoffe der DNS oxidiert, und die Stränge zerfallen. Und die DNS, die aus den Knochen gewonnen wurde, war zu neunundneunzig Prozent verunreinigt.«

»Ich verstehe nur Bahnhof.«

»Macht nichts. DNS-Analysen bringen uns in einem Fall wie diesem nicht weiter, aber es gibt noch eine andere Methode. Man nennt sie Polymerase-Kettenreaktion.«

»Und was ist das, wenn es fertig ist?«

»Eine Methode, mit der sich kleinste Mengen menschlicher Überreste vervielfachen lassen. Natürlich sind die DNS-Stränge immer noch zerstört, aber es gibt eine Menge Wiederholungen in der DNS-Sequenz. Und diese kleinen Wiederholungen sind charakteristisch und erblich.«

»Was bedeutet das?«

»Es bedeutet, daß Luke McCann nicht der Vater von Natalies Baby war.«

Ich spürte, wie mir das Blut in die Wangen stieg.

»Es tut mir furchtbar leid, Helen. Ich habe mich ziemlich blöd benommen.«

»Nein, Jane, das war mehr als verständlich. Mr. McCann ist nie verhaftet worden, man hat ihn nicht mal verhört. Also hat man ihn auch nie offiziell freigesprochen, und deshalb wurden auch die Testergebnisse nie bekanntgegeben. Angesichts der jüngsten Ereignisse haben wir jedoch beschlossen, heute nachmittag eine Erklärung zu veröffentlichen.«

»Ist dieser Test zuverlässig?«

»Ja.«

»Gott, Luke hätte es mir doch einfach sagen können. Aber es war meine Schuld.«

Wir tranken unseren Kaffee aus. Helen bestand darauf, selbst zu bezahlen. Dann überquerten wir den Platz zum Polizeirevier. Vor der Tür wollte ich mich verabschieden. Doch Helen druckste herum und fragte schließlich zögernd:

»Sie und Theodore Martello sind in jenem Sommer zusammen gegangen, richtig?«

»So könnte man es nennen.«

»Warum ist es ... ich meine, wie hat es aufgehört?«

»Traurig.«

»Er spricht oft von Ihnen, Jane.«

»Woher wollen Sie das denn wissen?«

»Oh, ich habe Ihnen doch schon erzählt, daß ich mich mit ihm unterhalten habe. Ziemlich oft sogar.«

Man sah Helen an, daß ihr die Sache etwas peinlich, aber auch sehr wichtig war, und mir schoß ein äußerst unangenehmer Gedanke durch den Kopf. Unter meinem prüfenden Blick wurde sie puterrot. Aber sie sah nicht weg. Jetzt wußte ich Bescheid, und sie wußte, daß ich es wußte; ich wollte etwas sagen, wollte sie warnen, keine Dummheiten zu machen. Doch da wandte sie sich linkisch ab, verzog das Gesicht und verschwand durch die Tür ins Polizeirevier. Da ich noch eine halbe Stunde auf meinem Parkschein guthatte, spazierte ich eine Weile in Kirklow herum, allerdings ohne etwas von meiner Umgebung wahrzunehmen.

15. KAPITEL

Nach und nach kehrte in mein Leben eine gewisse Routine ein, die mir nicht einmal unangenehm war. Die Termine bei Alex Dermot-Brown bildeten einen festen Rahmen, um den sich meine sonstigen Termine und Verpflichtungen gruppierten. Inzwischen gehörten die Therapiestunden so selbstverständlich und regelmäßig zu meinem Leben wie Schlafen und

Essen. Die morgendliche Fahrradfahrt am Kanal entlang, der kurvige Weg über den Markt zu Alex' Haus waren vertraut und alltäglich geworden. In meinem Gedächtnis vermischten sich die einzelnen Therapiestunden, so daß ich sie irgendwann nicht mehr voneinander unterscheiden konnte – auch ein beruhigendes Gefühl.

Eine Sitzung nach der anderen verstrich, und ein Aspekt meines Lebens nach dem anderen kam zur Sprache. Ich erzählte über meine Kindheit, über Paul und über meine Eltern, aber natürlich landete ich immer wieder bei den Martellos, als wären sie der eigentliche Angelpunkt meiner Geschichte. Ich schilderte Alex, was wir als Kinder im Sommer gespielt hatten. Sicher gab es manche Menschen, die nostalgische, geschönte Kindheitserinnerungen hatten, aber unsere gemeinsame Vergangenheit war wirklich golden gewesen. Ich redete ausführlich über mein enges Verhältnis zu Natalie und Theo und auch viel über Claud, als wollte ich in Gedanken unsere Beziehung neu erschaffen, vielleicht als Rechtfertigung dafür, daß ich ihn verlassen hatte.

Mir fiel es schwer, über unsere Ehe zu erzählen, denn sie war eigentlich nicht zerbrochen, sondern hatte sich eher allmählich in nichts aufgelöst. Ich konnte keine handfesten Gründe für ihr Scheitern nennen. Keine Untreue, keine körperliche Gewalt, nicht einmal eine eindeutige Form von Vernachlässigung. Das alles wäre nicht Clauds Stil gewesen. In vielerlei Hinsicht bewunderte ich ihn jetzt noch mehr als früher. Während ich in Alex' Zimmer versuchte, ihn mit Worten zu beschreiben, spürte ich immer wieder, daß ich Gefahr lief, ihn als absolut unwiderstehlich darzustellen. Und daß ich womöglich den Eindruck vermittelte, als wollte ich mir etwas ausreden, was ich bereits getan hatte.

Als Claud seine Zulassung im St. David's Hospital bekam, war er Mitte Dreißig, und er meisterte seine neuen Aufgaben hervorragend, vor allem die ganze Arbeit in den Ausschüssen. Neben der Chirurgie ist die Gynäkologie die stärkste Männerdomäne, was ich stets anprangerte und ihn zum Handeln aufforderte. Das Argument, daß er als Assistenzarzt im Grunde nichts ausrichten konnte, benutzte er kein einziges Mal, obwohl darauf kaum etwas zu entgegnen gewesen wäre. Junge Ärzte, die Ärger machten, wurden auffallend selten befördert. Als Claud dann Facharzt wurde, änderte sich das alles. Doch wie immer bei ihm, war es ein mühseliger, unspektakulärer und zeitraubender Prozeß, und es dauerte lange, bis seine Gegner merkten, was tatsächlich im Gange war. Claud bildete nämlich einen Ausschuß, der sich mit der Rolle der Ärztinnen in der Gynäkologie befaßte. Als die Kollegen schließlich begriffen, brach ein Sturm der Entrüstung los. Es gab einen Prozeß, einen Leitartikel im *Daily Telegraph* oder einer vergleichbaren Tageszeitung, aber Claud ließ sich nicht einschüchtern.

Als wir klein waren, war Claud immer derjenige, der wußte, welches Kabel in der Steckdose wohin führte oder um welche Uhrzeit der letzte Zug fuhr – lauter Dinge, um die sich sonst keiner kümmerte. Die gleiche Begabung kam nun im Krankenhaus zum Tragen. Andere Leute plusterten sich auf, während Claud sich stets im Hintergrund hielt. Im entscheidenden Moment jedoch hatte er immer schon mit den entscheidenden Leuten im Ausschuß gesprochen oder bereits die Tagesordnung unveränderbar festgelegt – nach geheimnisvollen Regeln, von denen niemand gehört hatte. Und das führte dazu, daß in den letzten sieben Jahren jede einzelne Gynäkologenstelle im St. David's Hospital mit einer Frau besetzt wurde. Claud war ein Held, und nicht nur das – mit seiner cleveren Idee hatte er eine Entwicklung vorweggenommen, die sich erst viel später durchsetzen sollte. Er war dem Zeitgeist voraus.

Bemerkenswerterweise kam Claud nie triumphierend zu mir, um zu sagen: »Siehst du wohl!« Er erwähnte nie, daß er die ganzen Jahre auf die passende Gelegenheit gewartet hatte, um wirkungsvoll handeln zu können. Ich wünschte mir, er hätte es getan, aber er argumentierte immer nur ganz sachlich und vernünftig: In der Gynäkologie habe man bisher die Ressourcen maßlos verschwendet, und er sorge lediglich für etwas mehr Effizienz. Dank des neuen Vertragssystems waren die neuen Ärztinnen außerdem wesentlich kooperativer und flexibler. Vielleicht gehört Claud zu den Leuten, die große Reformen durchsetzen – ein Mensch mit grundsätzlich konservativer Gesinnung, der bestimmte notwendige Veränderungen akzeptiert, um von der althergebrachten Ordnung soviel wie möglich zu retten. Möglicherweise stimmt das. Aber ich empfand seine Fähigkeit, kühl und rational zu argumentieren, irgendwann nur noch als abstoßend.

Clauds Triumphe trugen maßgeblich dazu bei, mir über meine Gefühle für ihn klarzuwerden. Wenn ich trotz all dessen, was er erreicht hatte, nichts für ihn empfand, mußte unsere Ehe wirklich in einer Krise stecken. Aber wie geht eine Ehe eigentlich kaputt? Manchmal wünschte ich mir beinahe, ich hätte Claud mit seiner Sekretärin im Bett erwischt oder mit einer der Krankenschwestern, die ihn allesamt anbeteten. Doch er wäre nie auf die Idee gekommen, mich zu betrügen, ich wußte, er würde mir treu bleiben, bis einer von uns starb – wenn vielleicht auch nur aus dem einfachen Grund, daß es Zeugen gab, die gesehen hatten, wie er am 28. Mai 1973 auf dem Standesamt ein Dokument unterzeichnete, das ihn zur Treue verpflichtete. Es waren lauter Kleinigkeiten, die mich störten – und andere Kleinigkeiten, die ich vermißte.

Natürlich auch Sex. Gehört in die Kategorie »Kleinigkeiten, die ich vermißte«. Als wir frisch verheiratet waren, hatten wir ein leidenschaftliches Liebesleben, und Claud war auf eine elegant-lässige Art im Bett ziemlich gut. Damit meine ich nicht irgendwelche raffinierten Praktiken – es funktionierte einfach. Für Claud war Sex nicht nur ein körperliches Bedürfnis, sondern Teil von Zuneigung, Freundschaft, Humor, Zärtlichkeit und Rücksicht, und das in einem viel größeren Ausmaß, als ich es je bei einem Mann erlebt habe. Natürlich ist meine Erfahrung auf diesem Gebiet nicht sehr umfassend, denn die Männer, mit denen ich geschlafen habe, kann man an den Fingern zweier Hände abzählen.

Den größten Teil meiner Teenagerzeit empfand ich Claud als einen Vertreter der Sorte Mensch, die Jerome und Robert in ihrer Teenagerzeit als Blödmann bezeichneten. Im Alter von ungefähr drei Jahren bekam Claud eine Brille, und er war immer furchtbar ernst, ihm fehlte das Charisma, das Theo und später auch die Zwillinge so selbstverständlich ausstrahlten. Er war hartnäckig, ausdauernd, aber nie der strahlende Mittelpunkt. In dem schrecklichen Jahr nach Natalies Verschwinden, als es fast so aussah, als würde die Familie Martello an ihrem Kummer zerbrechen, kamen wir uns näher. Auch das war ein Beispiel hartnäckiger Entschlossenheit. Claud hatte es offensichtlich darauf angelegt, mich zu betören, und er tat das so, daß jeder es merkte. Aber es funktionierte. Dem anderen seine Zuneigung unverhohlen zu zeigen ist durchaus eine Möglichkeit, in ihm ebenfalls Sympathie zu erwecken, es kann aber auch leicht das Gegenteil bewirken. Claud jedoch hatte Erfolg. Sexuell lief lange Zeit gar nichts: Damals ging ich mit einer ganzen Reihe von Jungen aus, und Claud wurde einfach ein guter Freund. Wenn er im Internat war, schrieben wir uns lange, interessante Briefe, und zu meiner Überraschung erwischte ich mich dabei, wie ich ihm Dinge anvertraute, über die ich mit keinem anderen Menschen sprach. Wir stellten keine Ansprüche aneinander, wir produzierten uns nicht, aber während meines ersten Studienjahres merkte ich plötzlich zu meinem Schrecken, daß Claud mein bester Freund geworden war. Er hatte gerade angefangen, mit Carol Arnott auszugehen; sie war seine erste richtige Freundin, wie er mir unter vier Augen gestand, und ich staunte, daß ich tatsächlich eifersüchtig war.

Das war 1971, Jimi Hendrix war gerade gestorben (oder irre ich mich?). Am besten erinnere ich mich noch an die Klamotten, die man damals trug: Pannesamt, Schlaghosen, dünne Baumwollhemden mit weit herabwallenden Ärmeln – wie mittelalterliche Minnesänger –, Lilatöne, die ich erst Anfang der Neunziger wieder zu tragen wagte. Ich war neunzehn und Claud einundzwanzig. Kaltblütig machte ich mich daran, ihn der armen Carol auszuspannen, was mir mühelos gelang. Unsere erste gemeinsame Nacht verbrachten wir auf einem furchtbar schmalen Bett in einer Wohnung am Finsbury Park, die Claud mit zwei anderen Medizinstudenten teilte. Von da an entwickelte sich unsere Beziehung so glatt weiter, daß der Entschluß zu heiraten irgendwie unvermeidlich schien. Am Ende meines zweiten Studienjahres setzten wir den Plan in die Tat um. Manchmal frage ich mich, ob wir damit den Zusammenhalt in der Familie festigen wollten. Bis 1975 hatte ich Jerome und Robert geboren, und obgleich wir selbst im Grunde noch Kinder waren, mußten wir so tun, als wären wir erwachsen, während wir verzweifelt versuchten, die Betreuung unseres Nachwuchses irgendwie mit unserer Ausbildung und unserer beruflichen Laufbahn unter einen Hut zu kriegen. Rückblickend waren es zwei Jahrzehnte voll quälender Hektik, die an jenem Herbstnachmittag, als ich Robert zum erstenmal ins College fuhr, ihren Höhepunkt fanden. Plötzlich hatte ich einen Moment Zeit zum Nachdenken, und das, was mir in den Kopf kam, war die felsenfeste Überzeugung, daß ich Claud verlassen mußte. Keine Diskussion, keine Eheberatung, keine Trennung auf Probe, sondern ein endgültiger Schlußstrich unter diesen Lebensabschnitt.

Tja, und das alles breitete ich nun vor Alex aus. An diesem Punkt stand ich jetzt: vollkommen verwirrt, stets den Tränen nahe, ohne jeden Halt. Wie würde Alex damit umgehen? Obwohl ich mich heftig dagegen sträubte, merkte ich, daß es mir längst nicht mehr gleichgültig war, wie er mich beurteilte. Vielleicht versuchte ich ja sogar, ihn zu beeindrucken. Plötzlich begann ich mich für sein Leben zu interessieren. Ich registrierte, was er anhatte, die Veränderungen von einer Sitzung zur nächsten. Mir gefiel seine Nickelbrille, die er manchmal trug, und zwar immer so lässig, als hätte er sie ganz zufällig auf der Nase. Die langen Haare, die er sich dauernd aus der Stirn strich. Hin und wieder war er sehr streng mit mir. Zu meiner großen Überraschung billigte er beispielsweise meine Detektivarbeit überhaupt nicht.

»Ich dachte, ich sollte mich mit den Tatsachen auseinandersetzen«, protestierte ich ein bißchen beleidigt.

»Stimmt«, entgegnete Alex, »aber die Tatsachen, die uns momentan interessieren, sind diejenigen in Ihrem Kopf. Da haben wir noch genug Arbeit vor uns, harte Arbeit. Bei dem, was Sie mir erzählen, müssen wir unterscheiden zwischen den Dingen, die wahr sind, und denen, die nicht wahr sind. Außerdem gibt es noch die Dinge – wahre und unwahre –, die Sie mir nicht erzählen. Da wird die Sache sogar noch komplizierter.«

»Ich lüge Sie doch nicht an. Was genau meinen Sie denn damit?«

»Ich meine dieses ganze Zeug mit Ihrer wunderschönen, harmonischen Kindheit. Sehen Sie, Jane, ich habe Ihnen gleich zu Anfang versprochen, daß ich versuchen will, Ihnen ganz offen zu erzählen, was mir durch den Kopf geht, also sollte ich Ihnen jetzt vielleicht sagen, welchen Eindruck ich habe.« Nachdenklich hielt er inne. Er schien immer äußerst gründlich zu überlegen, ehe er etwas sagte – ganz im Gegensatz zu mir, die immer gleich losplapperte. »Sie haben mir zwei widersprüchliche Dinge erzählt, Jane. Einerseits klammern Sie sich an diese glückliche Kindheit, als wäre sie ein Talisman, der Sie vor irgend etwas schützen soll. Gleichzeitig haben Sie aber von der Leiche berichtet, die irgendwo mitten in dieser angeblich so wunderbaren Zeit vergraben liegt. Also, *ich* könnte jetzt ja einfach behaupten, das sind zwei voneinander unabhängige Dinge. Warum sollte nicht jemand von außen ein Mitglied dieser glücklichen Familie ermorden? Solche grausamen Schicksalsschläge passieren ständig. Aber das ist nicht das, was *Sie* sagen. Sie beharren darauf, daß das ausgeschlossen ist.«

»Was wollen Sie damit sagen, Alex? Was soll ich denn Ihrer Meinung nach tun?«

»Sie versuchen, zwei fürchterlich schwere Lasten im Gleichgewicht zu halten, aber das wird Ihnen nicht gelingen. Irgendwann müssen Sie eine Seite loslassen, Jane, und sich den Konsequenzen stellen. Sie müssen über Ihre Familie nachdenken.«

Dies war einer jener Momente während der Therapie, in denen ich mich wie ein gehetztes Tier fühlte. Gerade wenn ich meinte, ein sicheres Plätzchen gefunden zu haben, an dem ich mich eine Weile ausruhen konnte, stöberte Alex mich auf und trieb mich wieder hinaus aufs offene Feld. Als ich ihm von diesem Bild erzählte, schüttelte er sich vor Lachen.

»Ich weiß nicht, ob mir die Vorstellung behagt, daß Sie ein schöner Fuchs sind und ich der brutale rotgesichtige Gutsherr hoch zu Roß. Aber wenn es bedeutet, daß ich Sie so dazu bringen kann, nicht mehr in irgendeinem trügerischen Paradies den Drückeberger zu spielen, soll's mir recht sein. Aber zurück zu Ihnen. Auch wenn es erst mal nur ein Experiment ist, Jane – ich möchte, daß Sie die Bilderbuchgeschichte über Ihre Familie nach und nach korrigieren. Stellen Sie sich dem Gedanken, daß es eine Familie ist, in der ein Mord passieren kann. Mal sehen, wohin uns das führt.«

»Was reden Sie denn da? Wie meinen Sie das, ›eine Familie, in der ein Mord passieren kann‹?«

Als Alex antwortete, klang seine Stimme scharf wie noch

nie zuvor. »Ich habe Ihnen bloß zugehört, Jane. Sie müssen selbst die Verantwortung für das übernehmen, was Sie sagen.«

»Ich habe aber nie behauptet, daß es in unserer Familie einen Mörder gibt.«

An meinem Gaumen spürte ich einen sauren, ekligen Geschmack. Alex ließ nicht locker.

»Nicht ich, sondern Sie haben darauf hingewiesen, wie seltsam es ist, daß man Natalie ausgerechnet in der Nähe des Hauses gefunden hat.«

»Ja, aber das ist doch auch wirklich seltsam, oder etwa nicht?«

»Was haben Sie denn damit gemeint, wenn Sie nicht andeuten wollten, daß Ihre Familie irgendwas damit zu tun hat?«

»So etwas habe ich nie angedeutet.«

»Schon gut, beruhigen Sie sich.«

»Ich bin vollkommen ruhig.«

»Ich wollte eigentlich nur sagen, Sie sollten sich auf das Experiment einlassen, selbst wenn die Vorstellung an sich schon ein Schock ist.«

»Was für ein Experiment?«

»Ganz einfach, Jane. Manchmal können solche Ideen in der Therapie als eine Art Hypothese behandelt werden. Stellen Sie sich vor – wenn Sie das können –, daß Sie nicht aus einer perfekten Familie stammen, die alle bewundern und zu der alle gehören wollen. Stellen Sie sich vor, es wäre eine bedrohliche Familie.«

Hatte ich mir gewünscht, daß Alex das zu mir sagen würde – daß er es für mich sagen würde? Ich unternahm einen halbherzigen Versuch zu protestieren, aber Alex unterbrach mich und fuhr fort: »Ich verlange nicht von Ihnen, daß Sie jemandem die Schuld geben oder sich unloyal verhalten. Es soll nur eine Chance für Sie sein, Ihre Sichtweise zu ändern, sich selbst einen freieren Zugang zu den Dingen zu ermöglichen.«

Das war einer jener Momente, in denen ich mich brennend nach einer Zigarette sehnte, um klar denken zu können. Statt dessen erzählte ich Alex von dem Abend in der Kunstakademie und davon, wie unmöglich, wie beschämend, wie entsetzlich Alan sich aufgeführt hatte. Als Schwiegertochter von Alan Martello ist man in gewisser Weise schon abgestempelt. Mit dreißig war Alan bereits berühmt und galt – ganz unabhängig von seinen eigenen Bemühungen – immer als Symbolfigur für irgendeine Denkrichtung. Früher galt er als jugendlicher Radikaler, inzwischen ist er als anarchischer Konservativer verschrien, was ebenso seltsam ist. In verschiedenen Phasen wurden ihm die unterschiedlichsten Etiketten angehängt, oft sogar mehrere gleichzeitig: Gegner der imperialistischen Politik Englands, Satiriker, Klassenkämpfer, Freiheitskämpfer, Reaktionär, professioneller Bilderstürmer, Konformist, Rebell, Langweiler, Macho. Manchmal überlege ich, was ich von ihm halten würde, wenn ich ihn jetzt kennenlernte, aber ich habe ihn immer bewundert, oft ohne selbst genau zu wissen, warum. Ich habe mit angesehen, wie er sich in die unmöglichsten Zwangslagen manövrierte, ich wurde Augenzeuge, wie er Dinge tat, die ich zutiefst verabscheue – gelegentlich wurden mir auch entsprechende Berichte zugetragen –, er hat andere Menschen skrupellos verletzt, vor allem Martha, die ich sehr gern habe, und dennoch stand ich stets auf seiner Seite. Schließlich war er das Oberhaupt der wundervollen Familie Martello, seine Vitalität hielt sie in Schwung, er war ihr Zentrum. Konnte ich ihm nur deshalb nichts übelnehmen? Sogar in der Kunstakademie, im Angesicht des Scherbenhaufens, den er hinterlassen hatte, empfand ich ihm gegenüber eine unerschütterliche Loyalität. Doch es war wirklich ein perverses Gefühl.

Ich hatte erwartet, daß Alex all diese Dinge höchst interessant finden würde, aber er ging kaum darauf ein. Manchmal schien mir das eine Frage des Stolzes, so, als müßte er mir seine Unabhängigkeit demonstrieren. Zwar lauschte er meinen Ausführungen über meine zwiespältigen Gefühle gegenüber Alan durchaus konzentriert, kehrte dann aber sofort zurück zu meinen Erinnerungen – beziehungsweise meinen fehlenden Erinnerungen – an jenen Nachmittag am Flußufer, als Natalie zum letztenmal gesehen worden war. Diesmal wurde ich tatsächlich ein bißchen ungeduldig. Doch er blieb hartnäckig.

»Ich höre Ihnen zu, egal, was Sie mir erzählen«, sagte er. »Aber es wäre mir recht, wenn Sie meine Beharrlichkeit verstehen könnten. Ganz am Anfang haben Sie etwas gesagt, was ich sehr interessant finde. Sie haben nämlich gesagt: ›Ich war dort.‹«

»Ich erinnere mich nicht, ob ich genau diese Worte benutzt habe, aber das ist ja auch nicht so wichtig. Ich habe damit nur gemeint, daß ich am Flußufer war, in der Nähe der Stelle, an der Natalie zum letztenmal gesehen wurde. Sie dürfen nicht so viel hineininterpretieren.«

»Ich interpretiere nichts hinein, ich höre Ihnen nur zu. Dafür bezahlen Sie mich schließlich. ›Ich war da. Ich war da.‹ Eine interessante Wortwahl, finden Sie nicht auch?«

»Eigentlich nicht.«

»Ich finde das sehr interessant.«

Alex stand auf und begann, im Zimmer auf und ab zu gehen, wie immer, wenn er sich echauffierte. Hinter mir zu sitzen und für mich unsichtbar zu sein war in solchen Augenblicken nicht genug. Er wollte größer sein als ich, mich beherrschen.

»Nur weil es um Worte und Emotionen geht, wollen Sie sich nicht festlegen. Bei Ihrer Arbeit würden Sie das nicht tun, stimmt's? Wenn Sie einen Plan für das Haus hätten, das zwanzig Meter breit werden soll, und einen Bauplatz von nur fünfzehn Metern, dann würden Sie das Gebäude sicher nicht einfach hochziehen und hoffen, daß sich das Problem irgendwie von selbst löst. Nein, Sie würden einen neuen Plan entwerfen, der den Gegebenheiten des Bauplatzes gerecht wird.

Vielleicht müssen wir die Ungereimtheiten in dem, was Sie mir gesagt haben, einfach ausbügeln. Sie haben gesagt, daß Sie aus einer perfekten Familie kommen, aber in dieser Familie ist ein Mord geschehen, und Sie behaupten, es kann keiner von außen gewesen sein. Wie können wir diese beiden Behauptungen unter einen Hut bringen? Sie sagen mir, daß Sie da waren, andererseits waren Sie aber nicht da. Wie soll das einen Sinn ergeben? Waren Sie tatsächlich nicht da, oder müssen wir Sie hinbringen?«

»Wie meinen Sie das – mich hinbringen?«

»Sie kommen zu mir und erzählen mir eine Geschichte voller schwarzer Löcher. Machen wir einen Handel, Jane. Ich verspreche, daß ich aufhöre, Sie zu drängen. Wir reden über die Dinge, über die Sie reden möchten, jedenfalls vorerst. Aber« – er hob den Zeigefinger – »es gibt eine Ausnahme. Ich möchte, daß wir bei der Szene am Fluß bleiben, ich möchte, daß Sie sich dorthin zurückversetzen, daß Sie in die Szene hineingehen und sie erforschen.«

»Alex, ich habe Ihnen alles über diesen Nachmittag erzählt, woran ich mich erinnere.«

»Ja, ich weiß. Und Sie machen Ihre Sache auch sehr gut, vielleicht besser, als Sie wissen. Aber ich möchte, daß Sie jetzt nicht mehr versuchen, sich zu erinnern. Machen Sie sich frei davon. Ich würde gern die Übung von neulich wiederholen.«

Also gingen wir erneut die einzelnen Schritte durch. Ich schloß die Augen, entspannte mich, und während Alex mit sanfter Stimme auf mich einredete, versuchte ich mich an den Fluß zurückzuversetzen, wie ich damals, an jenem Sommernachmittag, dort gesessen hatte, den Rücken an den Felsen gelehnt. Inzwischen gelang es mir schon wesentlich besser. Beim erstenmal war ich mir vorgekommen wie auf einer von diesen angeblich dreidimensionalen Postkarten: Sie vermitteln einem den Eindruck von Tiefe, aber man kann nicht die Hand hineinstecken. Diesmal war es anders. Ich konnte mich darauf einlassen, ich war in einem Raum, den ich durchqueren, in einer Welt, in der ich mich verlieren konnte. Alex' Stimme schien von weither zu kommen. Ich beschrieb ihm, wo ich war, ich setzte mich und lehnte mich mit dem Rücken an die trockenen, bemoosten Felsen am Fuß von Cree's Top; links von mir schlängelte sich der Fluß in die Ferne, die letzten zerknüllten Papierschnipsel trieben um die Biegung vor mir. Rechts von mir sah ich die Ulmen am Waldrand.

Von weit weg fragte mich Alex' Stimme, ob ich aufstehen könne, und es gelang mir mühelos. Konnte ich mich umdrehen? Ja, auch das war nicht schwer. Ich erklärte Alex, daß der Fluß jetzt rechts von mir war, also auf mich zuströmte und hinter mir um die Biegung weiterfloß; die Ulmen am Waldrand standen nun zu meiner Linken. Ich blickte den Abhang von Cree's Top empor. Alex' Stimme bat mich, ich solle mich nicht bewegen und erst einmal warten. Konnte ich den Weg sehen? Selbstverständlich. Der Pfad schlängelte sich den Hügel empor, gesäumt von dichtem Buschwerk; an einigen Stellen verschwand er aus meiner Sicht, doch den größten Teil konnte ich bequem überblicken. Sehr gut, lobte mich Alex. Alles, was er nun von mir wollte, war, daß ich mich noch einmal umdrehte und mich wieder in meine ursprüngliche Position hinsetzte. Kein Problem. Sehr gut, sagte er. Sehr gut.

16. KAPITEL

Es gab gute und schlechte Tage, aber zu meiner eigenen Überraschung ging es mir recht gut. Beispielsweise an jenem sonnigen Montagmorgen Anfang Dezember. Es war einer jener von der Schule organisierten Tage, an denen berufstätige Frauen ein Schulkind zu ihrer Arbeitsstelle mitnehmen sollen, angeblich, um dem jungen Mädchen die Angst vor der Arbeitswelt zu nehmen. Zwar wurde ich das Gefühl nicht los, daß jede Frau, die meine Arbeit in Augenschein nahm, sich sofort unwiderstehlich zu Küche und Kinderzimmer hingezogen fühlen würde, aber ich entschied, daß ich wenigstens guten Willen zeigen mußte. Deshalb rief ich Peggy an, da ich ohnehin immer das Gefühl hatte, ich würde mich zu selten bei ihr melden. Offenbar fiel Emily, der mittleren, knapp sechzehnjährigen Tochter von Pauls erster Frau, als letzter eine plausible Ausrede ein, und so wurde sie mir als Opfer angeboten.

Kurz nach neun kam sie den Gartenweg entlanggeschlurft, ohne die zum Abschied winkende Peggy hinter sich zu beachten. Sie war ganz in Schwarz gekleidet, wie eine griechische Witwe, obwohl man sie dank ihrer Nasenringe nicht mit einer solchen hätte verwechseln können.

Nachdem sie es sich auf dem Beifahrersitz bequem gemacht hatte, stellte sie erst mal *Start the Week* ab, und wir verließen Kentish Town in östlicher Richtung. Ich erkundigte mich nach Peggy, und Emily brummte etwas und erkundigte sich nach Robert. Ich murmelte eine unverbindlich freundliche Floskel und setzte hinzu, daß er sich mit seiner neuen Freundin allem Anschein nach gut verstand. Ich habe meinen Nichten gegenüber einen starken Beschützerinstinkt, wenn es um meinen jüngsten Sohn geht, und ich habe mit Robert ebenso wie mit Jerome schon mehrmals darüber gesprochen, daß sie die Pflicht haben, sich um ihre jüngeren Kusinen zu kümmern. Ich war reichlich nervös, hauptsächlich weil ich normalerweise eine Zigarette geraucht hätte. Weil Emily dann auch eine gewollt hätte, hatte ich mich schon im voraus zu dem Entschluß durchgerungen, für diesen einen Morgen auf das Rauchen zu verzichten.

Ich liebe meine Söhne, aber in ihrer Teenagerzeit hatte man in unserem Haus manchmal das Gefühl, man befände sich in einem Umkleideraum für Sportler. Vielleicht habe ich deshalb eine besondere Zuneigung für die drei aufsässigen Crane-Mädchen. Hin und wieder machte ich mir Sorgen, daß ich mich womöglich zu sehr um sie bemühte und dadurch erst recht vergraulte, aber als wir anhielten und den York Way entlangspazierten, plauderte Emily mit einer für sie bemerkenswerten Offenherzigkeit. Ich fragte sie, ob sie etwas von Pauls Dokumentarfilm gehört hatte. Wie bei fast allem, was mit ihrem Vater zu tun hat, verdrehte Emily entnervt die Augen.

»Er ist echt so albern«, stöhnte sie.

Sofort fühlte ich mich verpflichtet, ihn in Schutz zu nehmen. »Aber nein, Emily, es wird bestimmt hochinteressant.«

»Du willst also auch ins Fernsehen, genau wie alle, die etwas über deine Familie wissen?«

»Nein, eigentlich nicht.«

»Wir weigern uns alle mitzumachen. Dad ist stocksauer geworden. Cath hat ihn einen Voyeur genannt.«

»Na ja, bestimmt hat sich Paul zumindest darüber gefreut, daß sie ein französisches Wort benutzt. Jetzt braucht sie ihn nur noch einen *auteur* zu nennen!«

Wir kicherten beide. Wie immer kamen wir zu spät zum Wohnheim, wo bereits zwei Angestellte der Stadtverwaltung auf uns warteten, die ich allerdings beide nicht kannte. Pandora Webb, zuständig für den Bereich psychologische Nachsorge, und Carolyn Salkin, Fachkraft für Behindertenarbeit – im Rollstuhl. Am Fuß der steilen Betontreppe, die zur Eingangstür führte. Carolyn hatte extrem kurzgeschnittene Haare, was ihr das Aussehen eines wütenden Kobolds verlieh. Wenn ich sie unter anderen Umständen kennengelernt hätte als ausgerechnet hier, vor meinem kostbaren Projekt, wäre sie mir sicher auf Anhieb sympathisch gewesen. Ohne Umschweife kam sie zur Sache.

»Hier gibt es offensichtlich keinen Zugang für Rollstuhlfahrer, Ms. Martello.«

»Bitte nennen Sie mich doch Jane«, keuchte ich, noch ganz atemlos, weil wir uns so beeilt hatten. »Und das ist meine Nichte Emily.«

»Wie ich feststellen muß, gibt es hier keinen Zugang für Rollstuhlfahrer, Jane.«

»Das Thema ist nie richtig angesprochen worden«, antwortete ich schwach, denn es war Montagmorgen, und ich fühlte mich etwas gehemmt durch die Anwesenheit meiner Nichte.

»Ich spreche es jetzt an.«

Am liebsten hätte ich mich so schnell wie möglich in ein stilles Eckchen zurückgezogen und über das Problem nachgedacht. Leider war das nicht möglich.

»Ich wurde lediglich informiert, daß dies ein Wohnheim für selbständige, als geheilt entlassene Patienten ist, die hier für eine gewisse Zeit unter lockerer Supervision unterkommen können. Natürlich gebe ich Ihnen recht, Carolyn – es wäre wünschenswert, daß jedes Gebäude behindertengerecht konzipiert wird, aber trotz meiner baulichen Veränderungen bleibt das Gebäude hier ein schmales, vierstöckiges Haus. Sicher wäre es besser, wenn Patienten und auch Angestellte, die im Rollstuhl sitzen, an besser ausgerüstete Häuser verwiesen werden.«

Die beiden Frauen wechselten vielsagende Blicke, ironisch, ein wenig verächtlich. Ganz offensichtlich stand auch Pandora nicht auf meiner Seite, aber sie überließ das Reden anscheinend gern Carolyn.

»Jane«, meinte Carolyn, »ich bin nicht hergekommen, um auf dem Gehweg über Behindertenpolitik zu diskutieren. Und ich will auch nicht feilschen. Ich bin einfach nur gekommen, um sicherzustellen, daß Sie sich über Vorstellungen der Stadtverwaltung zum Thema Gebäudezugang im klaren sind. Eigentlich hätte man Sie darüber längst in Kenntnis setzen müssen.«

»Und was sollen wir nun machen?« fragte ich matt. »Ich meine, in diesem spezifischen Fall.«

»Ich würde es Ihnen gern selbst zeigen, wenn ich in das Haus hineinkäme«, antwortete Carolyn eisig. »Aber Sie müssen wohl einen Termin mit einem anderen Kollegen aus meiner Abteilung vereinbaren.«

»Wer finanziert die zusätzlichen Baumaßnahmen?«

»Wer finanziert den Notausgang, Jane?« fragte Carolyn sarkastisch. »Wer finanziert die Doppelglasfenster?«

Ich spürte, wie die Wut in mir hochstieg, ganz egal, wie ungerecht das auch sein mochte.

»Wenn ich Mies van der Rohe wäre, würden Sie mich nicht zwingen, an jeder Ecke Rampen anzubringen.«

»Das würde ich sehr wohl, wenn Mies van der Rohe Gebäude in diesem Bezirk entwerfen würde«, entgegnete Carolyn ungerührt.

»Wer ist denn dieser Mies Dingsbums?« fragte Emily, als wir wieder im Wagen saßen.

»Wahrscheinlich einer der Hauptgründe, weshalb ich Architektin werden wollte. Seine Bauwerke basieren auf absoluter mathematischer Klarheit, auf geraden Linien, Metall und Glas. Sein tollster Bau war ein Ausstellungsgebäude in Barcelona, in den zwanziger Jahren. Er war in der Form so rein, daß Mies nicht einmal eine Wand zum Aufhängen von Bildern freigeben wollte, weil das die Ausgewogenheit zerstört hätte.«

»Nicht gerade das Richtige für eine Ausstellung«, meinte Emily.

»Nein«, räumte ich ein. »Und mit diesem Wohnheim hätte er vermutlich auch nicht viel mehr Erfolg als ich. Als ich anfing mit der Architektur, haben wir noch daran geglaubt, daß man durch sie das Leben der Menschen verändern könnte. Im Augenblick scheint diese Idee aber nicht sehr viele Anhänger zu finden.«

»Was willst du jetzt machen?«

»Ich glaube, ich bin zu alt, um noch auf Anwältin mit Spezialgebiet Bürgerrecht umzuschulen.«

»Nein, ich meine mit dem Wohnheim.«

»Ach, das übliche. Ein paar Sachen kommen rein, ein paar andere raus. Ein bißchen von meiner ursprünglichen Inspiration geht verloren. Aber ich hab die Hoffnung noch nicht ganz aufgegeben. Solange sie mein Budget kürzen, kann ich fest davon ausgehen, daß man das Wohnheim unbedingt bauen will.«

Wir fuhren zurück zu meinem Büro. Dort machte ich Emily mit Duncan bekannt, und er zeigte ihr, wie sich sein Zeichenbrett verstellen ließ. Ich diktierte ein paar Briefe, die ich schneller selbst getippt hätte. Dann kochten wir Kaffee, und ich erzählte Emily ein bißchen über meinen Beruf und über die Ausbildung, soweit ich mich an sie überhaupt noch erinnerte. Nachdem wir eine Weile über alle möglichen anderen Themen geplaudert und etwas gegessen hatten, brachte ich sie nach Kentish Town zurück. Ich kam mit ins Haus und trank eine Tasse Kaffee mit Peggy. Wie üblich machte sie sich Sorgen – diesmal in erster Linie wegen Pauls Film, mit dem sie nichts zu tun haben wollte. Außerdem machte sie sich Sorgen um Martha, wozu mir leider nicht viel einfiel. Und sie machte sich Sorgen, daß Alan womöglich durchdrehte. Ich sagte ihr, meiner Meinung nach brauchte man sich darüber bestimmt nicht den Kopf zu zerbrechen. Aber sie sorgte sich sogar ein wenig um *mich*. Paul hatte ihr von meiner Therapie berichtet, und darüber wollte sie jetzt unbedingt mit mir sprechen.

»Du weißt ja, daß ich auch jahrelang zur Therapie gegangen bin, nachdem Paul mich verlassen hatte«, begann sie. »Aber nach ungefähr zwei Jahren habe ich endlich all meinen Mut zusammengenommen, mich auf der Couch aufgerichtet und mich umgesehen. Mein Analytiker hat fest geschlafen.«

»Ja, das hast du mir schon erzählt, Peggy«, entgegnete ich. »Ich glaube, das passiert ziemlich häufig.«

»Trotzdem, die ganze Sache war eine fürchterliche Geldverschwendung. Ich bin zu dem Schluß gekommen, daß Pillen billiger sind und auch wesentlich bequemer. Mein Arzt hat mir was verschrieben, ich hab meine Krise überwunden, und weißt du noch, als ich letzten Sommer mit den Mädchen nach Kos gefahren bin? Ich hab rausgefunden, daß der Urlaub billiger war als drei Monate Therapie. Zugegeben, dort hatte ich das Gefühl, ich brauche mindestens drei Jahre Therapie, um mich zu erholen. Wie sich die Mädchen benommen haben! Und diese Kellner sind ständig um sie herumgeschwirrt wie Bienen um den Honigtopf!«

»Was willst du damit sagen, Peggy? Meinst du, ich verschwende meine Zeit?«

»Nein, vermutlich bin ich einfach nur überrascht. Du warst immer so stark. Außerdem – sei jetzt bitte nicht beleidigt –, außerdem verstehe ich einfach nicht recht, was du vorhast. Du warst doch diejenige, die sich plötzlich von Claud trennen wollte. Für ihn war es ein schrecklicher Schlag, er ist verzweifelt. Und jetzt kriegst du ein schlechtes Gewissen und suchst Hilfe. Und nicht nur das: Paul hat mir erzählt, daß du immer wieder mit der Geschichte von Natalie anfängst. Ich verstehe nicht, was das alles soll, ehrlich, Jane.«

Auf einmal spürte ich eine entsetzliche Wut im Bauch. Am liebsten hätte ich Peggy angeschrien oder ihr eine Ohrfeige verpaßt, aber sosehr ich südländische Emotionsausbrüche immer bewundert habe, ich selbst war leider nie dazu fähig. Außerdem spürte ich, daß Peggy in gewisser Hinsicht gar nicht so unrecht hatte. Also antwortete ich möglichst kühl und gelassen: »Vielleicht verstehe ich selbst nicht, was mich dazu treibt, Peggy. Vielleicht möchte ich ja genau das herausfinden.«

Am Abend dieses anstrengenden Tages zupfte ich die Plastikfolie von einem frischen Zigarettenpäckchen, wusch den Aschenbecher im Spülbecken aus, öffnete eine Dose schwarze Oliven und leerte sie in eine kleine Schüssel. Zum Glück waren sie entkernt, denn ich wollte mich auf nichts konzentrieren müssen. Zusammen mit einem trockenen Martini, der so kalt war, daß er wie ein Hexengebräu dampfte, trug ich alles ins Wohnzimmer und ließ mich vor dem Fernseher nieder. Nach dem Zufallsprinzip wählte ich einen Kanal und glotzte auf den Bildschirm, ohne etwas zu sehen.

Fast vom ersten Schluck an tat der Drink seine Wirkung, und eine angenehme Benommenheit breitete sich in mir aus. Ich kann am besten nachdenken, wenn ich bei einem Orchesterkonzert im Publikum sitze oder wenn ich in einer Galerie umherwandere und so tue, als würde ich mir die Gemälde anschauen, oder wenn ich – wie heute – halb betrunken fernsehe. Was Peggy gesagt hatte, brachte mich ziemlich durcheinander. Ich gehöre zu den Leuten, die sich gern unanfechtbar im Recht wähnen, ich halte mir zugute, daß ich immer das Richtige tun will. Und jetzt begriff ich plötzlich, daß es – für Peggy und bestimmt für viele andere auch – so aussah, als ließe ich mich einfach gehen und täte genau das Falsche. Ich verließ mich auf Duncans Gutmütigkeit, wenn ich gerade mal keine Lust hatte zu arbeiten. Ich verließ mich auf meine Therapiesitzungen bei Alex, um nicht die Verantwortung für meine Entscheidungen tragen zu müssen. Ich führte irgendwelche halbgaren Ermittlungen über die Familie Martello durch … und warum? Aus Rache? Nein, ich mußte etwas Unerledigtes zu Ende bringen, ich suchte etwas. Aber ich wußte nicht, was. War es vielleicht besser, wenn ich das alles sausen ließ und mich der Gegenwart widmete, meinem jetzigen Leben – mit dem Gleichmut, auf den ich immer so stolz gewesen bin?

Ich ging zum Kühlschrank und goß den Rest Martini in

mein Glas. Ich hörte auf nachzudenken, und auf einmal nahm die Fernsehsendung vor mir Gestalt an, wie ein Bild, das allmählich scharf gestellt wurde. Eine Frau – sehr attraktiv, abgesehen davon, daß ihre Augenbrauen zu dünn waren – sprach über die Familie als Keimzelle der Gesellschaft.

»Ebenso wie ein Haus, in das es reinregnet, immer noch besser ist als gar kein Haus«, sagte sie, »ist eine unvollkommene Ehe besser als gar keine. Der schlimmste soziale Notstand unserer Zeit ist das rücksichtslose und egoistische Verhalten mancher Eltern, denen ihre eigene Bequemlichkeit wichtiger ist als die Zukunft ihrer Kinder.«

Lauter Beifall ertönte.

»Halt's Maul!« schrie ich den Bildschirm an.

»Sir Giles«, sagte der Moderator der Sendung.

Sir Giles war ein Mann im grauen Anzug.

»Jill Cavendish hat vollkommen recht«, meinte er, »und wir alle sollten uns nicht schämen, ganz kategorisch festzustellen, daß es hier um eine Frage der Moral geht. Und wenn die Oberhäupter unserer Kirchen nicht gewillt sind, zu diesem Thema klar Stellung zu beziehen, dann ist es an der Zeit, daß wir, die Politiker, endlich aktiv werden. Wie wir alle wissen, gibt es junge Mädchen, die absichtlich schwanger werden, weil sie dadurch schnell und leicht an eine Sozialwohnung kommen. Ganz bewußt wählen sie die Arbeitslosigkeit, auf Kosten der übrigen Gesellschaft. Mit dem Ergebnis, daß ganze Generationen von Kindern ohne moralische Führung aufwachsen, ohne einen Vater, der ihnen ein Vorbild ist. Kein Wunder, daß diese Kinder kriminell werden.

Ich glaube, meine Damen und Herren, daß die Zeit gekommen ist, in der die Durchschnittsbürger sich erheben und den Sozialisten zurufen sollten: ›Dorthin habt ihr uns gebracht. Das ist die logische Folge eurer Politik, eurer Mißachtung von Moral und Familie, wie wir sie alle in den sechziger Jahren erlebt haben.‹ Diese Leute meinen, wir sollen Verständnis zeigen für die Zwangslage dieser armen hilflosen Frauen. Wenn Sie mich fragen, sollten wir ein bißchen weniger verstehen und ein bißchen mehr bestrafen. Als ich jung war, landete ein Mädchen, das schwanger wurde, auf der Straße, als Ausgestoßene. Vielleicht haben wir aus jener Zeit etwas zu lernen. Ich sage Ihnen: Wenn junge Mädchen wissen, daß es für sie keine Wohnungen und kein Arbeitslosengeld gibt, dann wird es bald auch wesentlich weniger alleinstehende Mütter geben.«

»Wichser«, knurrte ich und warf die Zigarettenschachtel in Richtung Bildschirm. Sie landete ziemlich weit daneben.

Jetzt ertönte noch heftigerer Applaus als vorhin, und der Gesprächsleiter hatte größte Mühe, sich wieder Gehör zu verschaffen.

»Außerdem ist heute Dr. Caspar Holt bei uns, der nicht nur Philosoph, sondern zufällig auch alleinerziehender Vater einer kleinen Tochter ist. Dr. Holt, wie lautet Ihre Meinung zu den Ausführungen von Sir Giles?«

Die Kamera schwenkte auf das nervöse Gesicht eines Mannes mittleren Alters, der mir irgenwie bekannt vorkam.

»Ich bin nicht sicher, ob ich darauf eine Antwort parat habe«, sagte er. »Doch ich mißtraue zutiefst allen simplen Lösungen für soziale Probleme. Aber ich kann mir nicht helfen – ich glaube, wenn Sir Giles Whittell wirklich meint, daß junge Mädchen aus finanziellen Erwägungen heraus schwanger werden, sollte er sich einmal fragen, wer denn diese individualistische Kultur geschaffen hat, in der nichts zählt außer dem eigennützigen Kampf um größtmöglichen finanziellen Vorteil. Daß sich politisch nur etwas verbessern läßt, indem man den Reichen immer mehr Geld gibt, während man den Armen das wenige, was sie besitzen, auch noch wegnimmt – diese Meinung finde ich, na ja, irgendwie amüsant.«

Ich klatschte in die Hände. »Hört, hört!«

Außer mir klatschte diesmal allerdings niemand Beifall, im

Gegenteil: Der Sprecher wurde von allen Seiten ausgebuht. Plötzlich fiel mir ein, wer dieser Mann war – er hatte bei Alans denkwürdigem Auftritt in der Kunstakademie neben mir gesessen! Soweit ich mich erinnerte, hatte ich mich ihm gegenüber ziemlich schlecht benommen, und jetzt bereute ich es. Schnell ging ich zu meinem Schreibtisch in der Ecke und wühlte in einem Stapel Postkarten. Ein grotesker Akt von George Grosz. Zu freizügig. Eine Verkündigung von Fra Angelico. Zu streng. Aquarelle der *British Mice*. Zu affektiert. *Die Schindung des Marsyas* von Tizian. Meinen eigenen Empfindungen zu nah verwandt. Reverend Robert Walker beim Schlittschuhfahren auf Duddingston Loch. Das war vielleicht nicht schlecht. Ich drehte die Karte um und entfernte ein angetrocknetes Klebepad, eine Erinnerung daran, daß das Bild einmal an der Wand über meinem Schreibtisch gehangen hatte. »Lieber Caspar Holt.« Schon kam ich nicht mehr weiter und sah wieder zum Bildschirm, wo Caspar Holt jetzt etwas über Kindererziehung murmelte und niedergebrüllt wurde. »Ich bin die Frau, die in der Kunstakademie so unhöflich zu Ihnen war. Ich sitze vor dem Fernseher, während ich dies schreibe, und sehe mir an, wie vernünftig und mutig Sie auftreten. Es tut mir leid, daß ich mich so danebenbenommen habe. Zwar ist das alles etwas unzusammenhängend, aber Sie sagen Dinge, die ich gern selbst sagen möchte, die mir aber im richtigen Moment nie einfallen. Mit freundlichen Grüßen, Jane Martello.« Plötzlich fiel mir ein, daß ich Caspar Holts Adresse gar nicht kannte. So schrieb ich kurzerhand die des Fernsehsenders auf die Karte; die Leute dort würden sie bestimmt weiterleiten. In meiner Handtasche fand ich eine Briefmarke. Kurz entschlossen ging ich zum nächsten Briefkasten und warf die Karte ein. Ich brauchte ein bißchen frische Luft. Soweit ich es noch beurteilen konnte, fühlte sich die Abendkühle sehr wohltuend an.

Weißt du noch, wie ihr hier immer gespielt habt?«

Obgleich es bitterkalt war, hatte Martha darauf bestanden, daß wir zusammen eine Runde durch den Garten machten. Jetzt standen wir neben der riesigen Eiche, in deren dickem hohlen Stamm wir uns als Kinder so oft versteckt hatten. Ich strich mit der Hand über die moosbewachsene Rinde.

»Hier haben Claud und Theo und Paul ihre Initialen eingeritzt. Wir dachten, die Initialen würden mitwachsen, und jetzt sind sie schon fast verschwunden.«

Schweigend gingen wir weiter. Ich spürte, daß ich den Wegen meiner Kindheit folgte. Die Scheunen, die umgestürzten Baumstämme, der Kräutergarten, die flache Stelle, wo die Schaukel gehangen hatte, die kahlen Zweige und ausgedörrten Büsche. Der Wind drückte Marthas Jacke eng an ihren Körper, und mir fiel auf, wie dünn sie geworden war.

»Alles in Ordnung, Martha?«

Sie bückte sich, um ein Unkraut auszurupfen. »Ich habe Krebs, Jane.« Ich wollte etwas sagen, doch sie hob die Hand. »Ich weiß es schon lange. Anfangs war es nur Brustkrebs, aber jetzt hat er sich ausgebreitet.«

Vorsichtig nahm ich ihre kalte Hand und streichelte sie. Vom Hügel her blies der Wind über uns hinweg.

»Was meinen die Ärzte? Was unternehmen sie dagegen?«

»Nicht viel. Ich meine, sie sagen nicht viel, sie überlassen es mir, meine eigenen Schlüsse zu ziehen. Und ich werde keine Chemotherapie machen, ich werde mich nicht bestrahlen lassen oder sonstwas. Na ja, Schmerzmittel nehme ich natürlich schon. Aber ich bin siebenundsechzig, Jane, kein schlechtes Alter, um Krebs zu kriegen: Er wächst sehr langsam.« Sie lachte leise. »Wahrscheinlich sterbe ich mit dreiundneunzig an einem Herzinfarkt.« Etwas ernster fügte sie hinzu: »Jedenfalls hoffe ich das. Ich kann mir nicht vorstellen, daß Alan allein zurechtkommt.«

»Es tut mir leid. Es tut mir wirklich leid, Martha. Ich wollte, ich könnte etwas tun.« Hand in Hand gingen wir zum Haus zurück.

»Martha, wünschst du dir manchmal, man hätte Natalie nicht gefunden?« fragte ich plötzlich.

Martha warf mir einen seltsamen Blick zu. »Es ist sinnlos, diese Frage zu stellen«, antwortete sie schließlich. »Wir haben Natalie gefunden, und damit basta. Wenn du wissen willst, ob ich früher glücklicher war, dann lautet die Antwort ja. Selbstverständlich war ich glücklicher. Manchmal war ich sogar richtig glücklich. Als Natalie gefunden wurde, mußte ich noch einmal zu trauern beginnen. Der ganze Kummer war plötzlich wieder wie neu.«

Sie öffnete die Hintertür. »Komm, ich koche dir einen Tee.«

»Nein, laß mich ihn machen«, widersprach ich.

»Ich bin noch nicht todkrank, Jane. Setz dich.«

Also nahm ich am Küchentisch Platz. Überall lagen Stapel von Kinderbüchern, die Martha im Lauf der Jahre illustriert hatte. Natürlich kannte ich die Bilder, schließlich waren meine Kinder mit ihnen aufgewachsen, aber sie beeindruckten mich wieder von neuem: lustige, vielfältige und farbenfrohe Zeichnungen. Martha zeichnete gern große Familien: energische Omas, gehetzt wirkende Eltern und Horden kleiner Kinder mit aufgeschürften Knien und zerzausten Haaren. Auf ihren Illustrationen gab es eine Menge zu essen – Sachen, die Kinder mögen, wie klebrige Schokoladenkuchen, purpurroter Wackelpudding mit knallgelber Vanillesoße, Teller mit Spaghettibergen. Und sie malte ausgelassene Kinder: eine ganze Doppelseite mit pummeligen Kleinkindern, die in roten Gummistiefeln hintereinander hermarschierten, eine andere, auf der fröhliche Kindergesichter durch die Äste eines

Baumes spähten. Bei dem Bild eines kleinen Mädchens mit einem Gänseblümchenkranz vor einem leuchtendorangen Sonnenuntergang hielt ich inne. Selten hat Martha ein einzelnes Kind gezeichnet – meist waren sie immer in großen Gruppen dargestellt, eine Übermacht gegen die Erwachsenen.

»Bevor wir Natalie gefunden haben, Martha, gab es da je einen Tag, an dem du nicht an sie gedacht hast?«

Mir war klar, daß ich die falsche Frage gestellt hatte, und ich kannte auch die Antwort. Dennoch wußte ich, daß wir über Natalie reden mußten. Martha goß kochendes Wasser über die Teeblätter und holte eine große Kuchendose vom Regal.

»Was glaubst du?«

Sie stellte einen Ingwerkuchen auf den Tisch.

»Lange Zeit hatte ich Schuldgefühle. Nicht nur weil sie weggelaufen oder umgekommen war – oder was auch immer. Natürlich auch deswegen, aber hauptsächlich wegen unserer Beziehung.«

Ich wartete. Martha goß zwei Tassen Tee ein und setzte sich dann zu mir an den Tisch.

»Meine letzte Erinnerung an Nathalie ist, daß sie mich anschreit.«

Nachdenklich starrte sie eine Weile in ihre Teetasse, dann fuhr sie fort: »Nein, das ist nicht das, was ich sagen wollte. Meine letzte Erinnerung ist, daß ich sie anschreie. Natürlich hatten wir eine Menge belangloser Kräche, zum Beispiel, wenn ich merkte, daß sie geraucht hatte oder so was. Dann lächelte sie mich mit diesem etwas distanzierten Lächeln an, ihre typische Miene, wenn man ihr die Meinung sagte, und das machte mich immer schrecklich wütend. Mit solchen Streitereien muß man wohl als Eltern leben, aber nach dieser letzten Auseinandersetzung haben wir uns nicht mehr versöhnt. Manchmal frage ich mich, ob sie mich gehaßt hat, als sie gestorben ist.« Sie lächelte traurig. »Als Alan und ich nach dieser schrecklichen Kreuzfahrt zur Party kamen, wollte ich mit Natalie sprechen, aber es waren zu viele Leute da, so daß ich es wieder verschob. Und dann war es zu spät.«

»Natürlich machst du dir Vorwürfe und hast Schuldgefühle, Martha«, meinte ich, »und natürlich solltest du genau das nicht tun.«

Ich weiß noch, daß ich beim Tod meiner Mutter ganz ähnlich empfunden hatte. In den Wochen nach dem Begräbnis hatte ich entsetzlich unter dem Verlust gelitten, und mir waren lauter Situationen eingefallen, in denen ich meine Mutter kritisiert oder von oben herab behandelt hatte, in denen ich ihre Qualitäten nicht zu schätzen wußte, mich nicht genug bei ihr bedankt hatte. Auch das letzte klärende Gespräch, in dem wir uns mit all den Ecken und Kanten unserer Beziehung hätten versöhnen können, hatte ich nie geführt.

»Du mußt das ganze Leben betrachten, Martha, nicht nur die letzten Wochen oder Tage«, sagte ich lahm.

»Das tue ich auch. Aber dieser letzte Streit hat irgendwie alles auf den Punkt gebracht, was bei uns nicht stimmte.« Martha blickte mir fest in die Augen. »Ich habe das noch nie jemandem erzählt, Jane.«

»Was hast du noch nie jemandem erzählt?«

»Von diesem Streit mit Natalie.«

Martha nahm das Messer und schnitt zwei Stücke Kuchen ab. Bestimmt hatte sie ihn eigens für mich gebacken, als sie erfuhr, daß ich kommen würde.

»Trink deinen Tee, er wird sonst kalt.«

Gehorsam nippte ich an meiner Tasse.

»Es ging um deinen Vater und mich, Jane. Um unsere Beziehung.«

Ich nippte weiter, aber meine Hände fühlten sich plötzlich riesig und unbeholfen an. Vorsichtig stellte ich die Tasse auf den Tisch zurück, ganz langsam, damit ich nichts verschüttete.

»Ach du meine Güte.«

»Im Sommer vor Natalies Tod hatte ich eine kurze Affäre mit deinem Vater. Er und deine Mutter kamen nicht besonders gut miteinander aus, und du kennst ja Alan. Den ganzen Sommer über war er weg, in Amerika. Ich war einsam, die Kinder waren groß, und ich hatte das Gefühl, daß mir mein Leben durch die Finger glitt.«

Sie hielt inne und machte eine wegwerfende Handbewegung. »Aber genug davon, ich will mich gar nicht dafür rechtfertigen. Ich bin alles andere als stolz darauf, und es hat auch nicht lang gedauert. Wir haben niemandem etwas davon erzählt. Christopher hat es deiner Mutter verschwiegen, und Alan hat auch nichts erfahren. Wir waren sehr vorsichtig. Schließlich wollten wir niemanden verletzen.«

Wieder hielt sie inne und nahm einen kleinen Bissen von ihrem Kuchen.

»Aber Natalie fand einen Brief, den Christopher mir geschrieben hatte. Allem Anschein nach hatte sie meine Schubladen durchwühlt, jedenfalls hielt sie ihn mir eines Tages unter die Nase. Komischerweise wirkte sie eigentlich nicht wütend, sondern eher triumphierend. Sie warf mir vor, ich würde immer so tun, als wäre ich etwas Besseres als Alan, und dabei sei ich doch genauso. Sie wollte deiner Mutter und Alan Bescheid sagen. Sie meinte«, Marthas Stimme klang belegt, »sie meinte, das sei ihre Pflicht.«

Martha schwieg. Es war ganz still in der Küche, während sie darauf wartete, daß ich etwas sagte.

»Hat sie es jemandem erzählt?«

»Ich glaube nicht. Nicht daß ich wüßte.«

»Vielleicht hat sie es Alan gesagt.«

»Das weiß ich nicht.«

»Warum erzählst du mir das jetzt, nach all den Jahren?«

Müde zuckte Martha die Achseln. »Vielleicht weil jetzt ein guter Zeitpunkt ist, um alte Familiengeheimnisse zu lüften.

Vielleicht weil ich bald sterbe und beichten will. Und weil ich dachte, du verstehst mich. Vielleicht weil du diejenige bist, die nach der Wahrheit sucht.«

Ich sagte nichts. Ich hätte auch nicht gewußt, was ich erwidern sollte. Ich wußte nicht mal, was ich dachte. Ohne Erfolg versuchte ich mir meinen Vater mit Martha vorzustellen; es gelang mir lediglich, sie zu sehen, wie sie jetzt waren: alt, mit papierdünner Haut und starren Angewohnheiten. Martha blätterte zurück bis zur Seite mit dem Mädchen und dem Sonnenuntergang.

»Das ist Natalie«, erklärte sie. »Ich weiß, das Mädchen sieht ihr nicht ähnlich, außer der Mund vielleicht. Aber so stelle ich mir sie immer vor, wenn ich an sie denke. Sie war eine Einzelgängerin, weißt du. Sie hat sich zwar für das Leben anderer Menschen interessiert, sie hatte Freunde und ging auf Partys, aber sie war immer allein. Ich war ihre Mutter, und trotzdem habe ich manchmal das Gefühl, sie war eine Fremde. Meine Söhne taten immer furchtbar erwachsen und unabhängig, sie haben mich mit einem Achselzucken links liegenlassen, wenn ihre Freunde in der Nähe waren, aber sie haben mich *gebraucht*, und sie waren immer so leicht zu durchschauen. Aber von Natalie fühlte ich mich oft zurückgestoßen. Dabei habe ich immer gedacht, wir würden ein besonders enges Verhältnis haben – zwei Frauen in einem Männerhaushalt.«

Sie stand auf und räumte die Teller ab. »Jetzt mußt du aber die Telefonate erledigen, die du vorhin erwähnt hast, und ich hole dir die Ableger für deinen Garten.« Damit schlüpfte sie in ihre Jacke, nahm eine Gartenschere und verschwand durch die Hintertür.

Mechanisch folgte ich ihrer Anweisung und blätterte in meinem Adreßbuch, bis ich den Namen Judith Parsons gefunden hatte (geborene Gill, eine meiner besten Freundinnen in der High-School). Sie war überrascht und erfreut, daß ich mich bei ihr meldete: Wie ging es mir in London, was machten meine Söhne, war es nicht schrecklich, wie die Zeit verflog, ja es wäre wunderbar, wenn wir uns mal treffen könnten – Brendon und sie fuhren gelegentlich nach London, da würde sie mich mal anrufen. Als wir uns verabschiedeten, fragte ich sie, ganz nebenbei und mit schlechtem Gewissen, ob sie zufällig Chrissie Pilkingtons Nummer hätte. Ich erklärte ihr, daß ich einen Auftrag in der Gegend von Chrissies Haus hätte und dächte, es wäre nett, auch mit ihr wieder Kontakt aufzunehmen. Judiths Begeisterung flaute etwas ab. Ja, sie habe die Nummer, aber Chrissie heiße jetzt Colvin; dankbar notierte ich die Nummer in mein Buch und wählte erneut.

Christine Pilkington, verheiratete Colvin, freute sich allerdings nicht sonderlich, von mir zu hören, was ich gut verstehen konnte. Fünfundzwanzig Jahre waren seit unserer letzten Begegnung verstrichen, und mein Anruf weckte Erinnerungen, die sie sicher lieber verdrängt hätte. Schließlich erklärte sie sich zögernd bereit, am Spätnachmittag eine Tasse Tee mit mir zu trinken. Ich notierte mir die Wegbeschreibung. Kurz bevor ich auflegte, sagte Chrissie plötzlich: »Mein Mann wird auch da sein, Jane.«

Martha packte die Ableger in meinen Kofferraum, dann deutete sie auf die Stapel mit Kinderbüchern auf dem Tisch.

»Die sind für deine Enkelkinder, Jane. Irgendwann mal.« Und dann umarmten wir uns endlich.

Die Colvins wohnten am Stadtrand von Oxford in einem protzigen Haus mit Swimmingpool und einem Meer von Rhododendron. Ich habe diese Pflanzen schon immer gehaßt: leuchtende Blüten und glänzende Blätter und darunter keine Spur von Leben.

Chrissie hätte ich nicht wiedererkannt. Als ich sie das letztemal gesehen hatte, war sie schlank und groß gewesen, mit auffallenden blonden Haaren, die sie stets zu einer Hochfrisur auftürmte. Jetzt schien sie irgendwie kleiner – vielleicht nur deshalb, weil sie soviel breiter geworden war. Ihr rundlicher Körper war in eine enge weiße Hose und eine grüne Bluse gezwängt, dazu trug sie hohe Absätze. Keine Spur mehr von der wilden Schönheit des mageren Mädchens. Ihr dick aufgetragenes Make-up konnte ihre Nervosität nicht verbergen.

Wir schüttelten einander die Hände, und während wir noch zögerten, ob wir uns auf die Wange küssen sollten oder nicht, trat ein untersetzter Mann in einem grauen Anzug aus dem Haus, schloß mich freundlich in die Arme und übertönte Chrissies halbherziges Bemühen, uns bekannt zu machen, mit den Worten: »Wie schön für Chrissie, nach so langer Zeit eine alte Schulfreundin wiederzusehen. Ich habe schon so viel von Ihnen gehört, Jane.« Was ich bezweifelte. »Tee? Oder hätten Sie lieber etwas Hochprozentiges?«

»Tee wäre wunderbar, danke.«

»Gut. Dann lasse ich euch zwei Hübschen jetzt allein, damit ihr euch in Ruhe unterhalten könnt. Ihr habt euch bestimmt viel zu erzählen.«

»Ian ist Geschäftsführer in einer Firma«, sagte Chrissie, als würde das irgend etwas erklären. Wir gingen ins Haus. Von oben hörte man brave Klavierübungen. »Meine Tochter, Chloe. Leonore ist bei einer Freundin.«

Wir ließen uns im Wohnzimmer nieder, zwischen prall aufgeschüttelten Kissen und Kunstdrucken mit Blumen und Landschaften. Allerdings bot mir Chrissie nicht den versprochenen Tee an.

»Warum bist du wirklich hier?«

»Hast du von der Sache mit Natalie gehört?«

Sie nickte.

»Deshalb.«

Chrissie sah sich nervös um, als erwartete sie, daß ihr Ehemann unter der Tür erschien und lauschte.

»Ich hab dazu nichts zu sagen, Jane. Das ist mehr als zwanzig Jahre her, und ich will nicht mehr daran denken, geschweige denn, darüber reden.«

»Fünfundzwanzig Jahre.«

»Dann eben fünfundzwanzig. Bitte, Jane.«

»Wann hast du Alan zum letztenmal gesehen?«

»Ich hab doch gesagt, ich will nicht darüber reden. Ich will nicht mehr daran denken.«

»Weiß dein Mann, daß du eine sexuelle Beziehung mit Alan Martello hattest, als du fünfzehn warst? Hat er Verständnis für so was?«

Chrissie zuckte sichtbar zusammen und starrte mich an. Ein bißchen tat sie mir leid, aber innerlich triumphierte ich, weil ich sah, daß sie trotz aller Proteste mit mir sprechen würde. Sie zuckte die Achseln.

»Ich habe Alan seit Natalies Verschwinden nicht mehr gesehen. Ich erwarte ja nicht, daß du es verstehst, aber er war damals für mich so … so faszinierend, wenn du das begreifen kannst. Ich war bloß ein Kind, und er war berühmt, er hat mir Geschenke gemacht und mir gesagt, ich wäre schön.« Sie lachte bitter: »Das kommt einem jetzt komisch vor, was? Als er mit mir ins Bett wollte, hatte ich keine Chance, nein zu sagen.« Sie blickte auf ihre makellosen, rotlackierten Fingernägel und fügte, fast ein wenig selbstgefällig, hinzu: »Beinahe hätte er mein Leben ruiniert. Warum machst du nicht Alan Vorwürfe?«

»Komm schon, Chrissie, übertreib nicht. Es ging nur um Sex. Hast du es nicht auch genossen?«

»Ich weiß nicht. Ich denke nicht darüber nach.«

»Wie hat Martha es erfahren? Alan gibt sonst nicht mit seinen Seitensprüngen an.«

Chrissie musterte mich erstaunt. »Von Natalie natürlich. Hast du das nicht gewußt? Sie ist uns einmal in den Wald gefolgt. Und hat uns tatsächlich erwischt.«

Auf ihrem Gesicht lag ein selbstzufriedener Triumph.

»Und was ist dann passiert? Habt ihr gesehen, daß sie euch beobachtet?«

»Ja.«

»Und?«

»Was erwartest du? Alan fing an zu jammern, ist zu Natalie gekrochen, hat an ihrem Rock rumgezupft und ihr gesagt, sie sei doch sein liebes kleines Mädchen, sie solle ihrem alten Vater seine kleinen Eskapaden nachsehen, sie wisse doch, wie die Männer sind und wie furchtbar weh es Martha tun würde. Es war ganz schön peinlich.«

»Was hat Natalie gemacht?«

»Sie ist einfach weggegangen.«

»Und Alan?«

Sie sah mir direkt ins Gesicht. Zum erstenmal erkannte ich den herausfordernden, furchtlosen Blick der heranwachsenden Chrissie. »Er hat mich wieder auf den Boden geschubst und mich gefickt. Ich glaube, die ganze Sache hat ihn erregt. Aber es war das letztemal.« Eine eisige Stille folgte. »Jetzt kannst du alles meinem Mann erzählen.«

»Danach bist du mit Theo gegangen, stimmt's?«

»Frag ihn doch.«

»Und was ist mit Natalie? Du weißt, daß sie schwanger war, oder?«

»Ich hab die Zeitung gelesen.«

»Wer, glaubst du, war der Vater?«

»Das weiß ich nicht. Dieser Dingsbums, Luke McCann vermutlich.«

Als ich wegfuhr, winkte mir Chrissies erfolgreicher Ehemann fröhlich nach.

»Kommen Sie bald wieder, Jane. Es freut mich immer, Chrissies alte Freundinnen bei uns zu begrüßen.«

Aus dem Auto sah ich Chrissie, eine Frau mittleren Alters mit zu dick aufgetragenem Lippenstift, und am oberen Fenster ein Mädchen, vermutlich Chloe, die klavierspielende Tochter. Sie sah genauso aus wie Chrissie vor fünfundzwanzig Jahren. Bestimmt schwer zu verkraften für ihre Mutter.

18. KAPITEL

Entgegen allen Erwartungen merkte ich, daß durch die Therapie mein Bedürfnis, andere zu verurteilen, abnahm. Statt mir über Martha und Chrissie stundenlang das Hirn zu zermartern oder in Gedanken eine fruchtlose Debatte über sie zu führen, konnte ich jetzt mit Alex darüber sprechen. Weder schockierte ihn, was ich erzählte, noch machte es ihn an, und obgleich er mich manchmal kritisierte – gelegentlich sogar ziemlich heftig –, mußte ich mich nie bei ihm entschuldigen. Wenn es darauf ankäme, wäre er auf meiner Seite, davon war ich fest überzeugt. Ich vertraute ihm. Na ja, wem sollte ich sonst vertrauen?

Am Tag nach meiner Rückkehr nach London erschien ich mit einer Menge Weihnachtspäckchen bei ihm, als wäre ich auf der Durchreise. Ich lehnte meine Taschen und Beutel gegen die Couch. Während ich redete, ließ ich die Finger hin und wieder über das zerknitterte Plastik gleiten – das gab mir das beruhigende Gefühl, daß noch normale Dinge existierten. Als ich von Martha und meinem Vater erzählte, befürchtete ich schon, Alex würde lachen, weil sich die Geschichte so ungeheuer banal und jämmerlich anhörte. Aber er lachte nicht und äußerte auch kein albernes Mitgefühl. Dann beschrieb ich meine Begegnung mit Chrissie, etwas besorgt, er würde sich vielleicht ärgern über meinen neuerlichen Versuch, die Amateurdetektivin zu spielen. Etwas kleinlaut wiederholte ich das, was Chrissie mir über Alan und Natalie offenbart hatte, und zu meiner Überraschung nickte Alex interessiert.

»Ich kann Sie nicht von Ihrer Schnüffelei abbringen, was?«

Er klang ein bißchen verzweifelt, mehr nicht.

»Ich schnüffle nicht, Alex. Ich stöbere nur ein bißchen herum. Ich habe ständig das Gefühl, ich müßte etwas suchen. Ich weiß nur nicht genau, was.«

»Ja.« Alex klang sehr nachdenklich. »Ich frage mich nur, ob Sie vielleicht am falschen Ort suchen.«

»Wie meinen Sie das?«

»Sie sind wirklich faszinierend, Jane. Sie beherrschen irgendeinen ganz raffinierten Zaubertrick. Wenn Sie in die eine Richtung deuten, habe ich sofort das Gefühl, das Wichtige passiert irgendwo ganz anders.«

»Das ist mir zu hoch.«

»Natürlich führen Sie sich selbst auch an der Nase herum. Etwas Bedrohliches liegt vor Ihnen, und Sie wollen es finden und ihm gleichzeitig um jeden Preis aus dem Weg gehen.«

»Was wollen Sie denn damit sagen, Alex? Glauben Sie, ich bin auf der richtigen Spur?«

Wieder kehrte eine von Alex' langen Pausen ein. Ich spürte meinen Atem und mein Herz, das wie ein Gummiball in meiner Brust hüpfte. Gleich würde etwas passieren, etwas Wichtiges.

»Mir scheint, Jane, Sie sind auf dem richtigen Weg – insofern, als ich glaube, daß es mit Sicherheit etwas zu finden gibt. Aber Sie suchen an der falschen Stelle. Sie unterhalten sich mit Leuten, die Ihre Probleme unmöglich lösen können. Wo Sie wirklich suchen sollten, ist hier drin.«

Als ich Alex' kühle Hand auf meiner Stirn spürte, wäre ich fast von der Couch gesprungen. Es war nicht das erste Mal, daß er mich berührte, aber es fühlte sich erschreckend vertraut an. Ganz bestimmt hatte er mich irgendwie mißverstanden.

»Alex, ich bestreite nicht, daß Ihre Therapie wichtig ist und mir hilft. Aber wenn ich mit anderen Leuten spreche, dann habe ich das Gefühl, daß ich auf meine verwirrte und übertriebene Art etwas Bestimmtes suche. Ich suche etwas da draußen, die Wahrheit über etwas, das wirklich passiert ist.«

»Glauben Sie, ich rede von etwas anderem?«

»Was meinen Sie damit? Wollen Sie behaupten, daß ich die Antwort bereits kenne? Daß ich weiß, wer Natalie getötet hat?«

»*Wissen* ist ein sehr kompliziertes Wort.«

Plötzlich kribbelte etwas auf meiner Haut.

»Sagen Sie, Jane, Sie haben sich doch an die Stelle zurückversetzt, an der Natalie zum letztenmal gesehen wurde. Ihr Engagement dabei hat mich sehr beeindruckt. Aber ich würde ganz gerne noch von Ihnen wissen, welche Gefühle dieser Ort in Ihnen weckt. Macht er Ihnen angst? Meinen Sie, dort erwartet Sie irgend etwas? Ein Geheimnis?«

Auf einmal wurde mir eiskalt, was mir allerdings immer passierte, wenn ich längere Zeit auf der Couch lag, obwohl Alex' Haus gut geheizt war.

»Ja, er macht mir angst. Warum interessiert Sie das, Alex?«

»Ich habe immer versucht, Ihnen zu folgen, Jane. Ich habe Sie gefragt, wo der Kernpunkt von Natalies Verschwinden liegt, und Sie haben mir eine Landschaftsbeschreibung gegeben. Ich möchte Sie dorthin schicken und sehen, was Sie vorfinden. Meinen Sie, das wäre einen Versuch wert?«

»Ja, in Ordnung.«

Also spielten wir unser inzwischen vertrautes Ritual durch. Alex' Lob freute mich, ich kam mir beinahe vor, als wäre ich seine Musterschülerin. Er sprach leise auf mich ein. Mein Körper entspannte sich, ich schloß die Augen und versetzte mich wieder an den Col. Mit jeder Sitzung fiel mir das leichter. Ich saß wieder am Fuß von Cree's Top, den Rücken an den trockenen bemoosten Felsen gelehnt, links von mir strömte das Flüßchen, die letzten zusammengeknüllten Papierfetzen verschwanden um die Biegung. Rechts lag der Waldrand mit den großen Ulmen.

Es gelang mir, ohne weitere Anweisung aufzustehen und mich umzusehen. Jetzt war der Fluß rechts; er strömte auf mich zu und verschwand hinter mir. Die Ulmen und der Wald lagen zu meiner Linken. Ich blickte zu dem Pfad, der sich Cree's Top hinaufschlängelte, gesäumt von dichten Büschen, hin und wieder zwischen ihnen verborgen. Dennoch konnte ich ihn fast vollständig überblicken. Heute wirkte alles viel lebendiger. Das Grün der Blätter war satter; sie hoben sich im Sonnenlicht deutlicher voneinander ab. Wenn ich den Kopf drehte, konnte ich mich auf jeden beliebigen Teil meiner Umgebung konzentrieren und ihn näher betrachten, sogar die kleinen Kiesel auf dem Weg, welche von vorübergehenden Füßen zur Seite gestoßen worden waren, von Füßen, die den Weg ausgetreten hatten, so daß auch größere Steine und Baumwurzeln zum Vorschein kamen. Fast ohne eigenes Zutun schickte ich mich an, den Pfad entlangzugehen. Als ich zu Boden blickte, sah ich, daß ich weiße Tennisschuhe anhatte, die Sorte, die ich seit dem Ende der Schulzeit nicht mehr getragen hatte. Jetzt war ich schon ein ganzes Stück den Hügel hinaufgestiegen und hatte mich ziemlich weit von der Stelle entfernt, an der ich zuvor gesessen hatte. Wandte ich mich nach rechts, blickte ich den Abhang hinab zum Fluß, schaute ich nach links, sah ich den Wald, wo er sich Richtung Stead hinzog. Doch plötzlich verdunkelte sich alles. Ich blickte auf – eine dicke schwarze Wolke zog am Himmel über mich hinweg. Die Luft wurde kalt, ich schauderte. Blitzschnell drehte ich mich um und lief den Hügel hinunter. Sorgfältig nahm ich meine vorherige Position wieder ein und spürte wieder den harten Felsen an meinem Rücken.

Wenig später beschrieb ich Alex, was geschehen war.

»Warum sind Sie nicht weitergegangen?«

»Ich hatte Angst.«

»Große Mädchen brauchen keine Angst zu haben.«

Hallo?«

»Kann ich bitte mit Jane Martello sprechen?«

»Ja, was ist denn los?«

Ich war schlecht gelaunt. Zum viertenmal an diesem Vormittag rief mich jemand von der Stadtverwaltung an, um über neue Veränderungen am Wohnheim zu sprechen. Morgen sollte der Ausschuß zusammentreten und die Genehmigung für das neue Budget geben – oder auch nicht. Die Gelder waren schon jetzt so zusammengestrichen und an so viele Bedingungen geknüpft, daß ich meinen Namen dafür eigentlich gar nicht mehr hergeben wollte.

»Jane, hier spricht Caspar. Caspar Holt.«

»Wie bitte?«

»Es war nicht notwendig, aber trotzdem vielen Dank für Ihre Postkarte.«

Der Philosoph! Ich setzte mich hin und mußte erst einmal tief Luft holen.

»Oh, ja klar. Sie haben die Karte also erhalten. Ich wollte mich nur für mein Benehmen neulich abends entschuldigen.«

»Unter den gegebenen Umständen haben Sie sich sehr selbstbewußt verhalten. Ich würde zu gerne wissen, ob Sie vielleicht Lust hätten, sich mit mir zu treffen?«

O Gott, eine Verabredung.

»Hm, gern. Ich meine, wann hatten Sie denn gedacht?«

»Wie wäre es mit sofort?«

»Jetzt gleich?«

»Na ja, vielleicht in einer halben Stunde.«

Ich hatte noch die letzten Einzelheiten für das Ausschußtreffen zu klären und mußte mir unbedingt die Haare waschen. Kein guter Tag, eher einer, an dem Hektik und schlechte Laune vorprogrammiert waren.

»Geben Sie mir eine Stunde. Wo wollen wir uns treffen?«

»Lincoln's Inn Fields Nummer dreizehn. Ich warte draußen auf Sie.«

Die Details für den Ausschuß herauszusuchen schaffte ich nicht mehr. Aber immerhin wusch ich mir die Haare.

Er stand vor dem Gebäude und trug denselben unförmigen Tweedmantel, den er in der Kunstakademie angehabt hatte. Da er in die Lektüre eines Taschenbuchs vertieft war, konnte ich ihn mir genauer ansehen, ehe er mich entdeckte. Er hatte die langen, aschblonden Locken aus der Stirn gekämmt und trug eine runde Nickelbrille.

»Das Museum von Sir John Sloane«, sagte ich. »Kommen Sie immer hierher, wenn Sie sich zum erstenmal mit einer Frau verabreden?«

Überrascht blickte er auf. »Ja, das erklärt wahrscheinlich meinen Erfolg bei Frauen. Aber es kostet nichts, und irgendwie fühle ich mich da drin, als würde ich im Gehirn eines Mannes umherwandern.«

»Ist das ein angenehmes Gefühl?«

Als wir durch die Tür ins Innere des seltsamen Hauses gingen, berührte er mit der Hand ganz leicht meine Schulter. Eine Treppe führte zu den oberen Etagen, eine andere ins Untergeschoß. Caspar dirigierte mich zuerst in ein dunkel rostrot gestrichenes Zimmer. Überall standen merkwürdige Gegenstände, architektonische Fragmente, archaische Werkzeuge, exzentrische Kunstwerke.

»Sehen Sie sich das an«, sagte Caspar und deutete auf eine formlose Masse. »Das ist ein Pilz aus Sumatra.«

»Ein was?«

»Na ja, eigentlich ist es eine Art Schwamm.«

Wir durchquerten unvorstellbar schmale Korridore, die sich zu noch unvorstellbareren Ausblicken öffneten, hinauf und hinunter, gesäumt von sonderbaren Objekten.

»Jedes Zimmer ist wie ein separater Teil des Gehirns, das alles hier entworfen hat«, meinte er. Ich bemerkte, daß seine Fingerknöchel rote Farbflecke hatten und sein Hemdkragen verschlissen war.

»Wie ein männliches Gehirn vielleicht«, entgegnete ich etwas süffisant.

Er grinste. »Ordentlich eingeteilt, meinen Sie. Mit irgendwelchem Zeug vollgestopft. Vielleicht. Vielleicht haben Sie recht. Man merkt, daß es nicht einer Frau gehört hat, oder? Manchmal komme ich in der Mittagspause hierher und staune, wie ein ganzes Menschenleben in ein Haus gepackt sein kann. Es ist so nach innen gerichtet, finden Sie nicht? Aber gleichzeitig auch nach außen.«

»Ist das Ihr Standardvortrag?« fragte ich.

»Tut mir leid, gehe ich Ihnen auf die Nerven?«

»Ich hab nur Spaß gemacht.«

Wir gingen ins obere Stockwerk, in den großen Gemäldesaal, der in einem tiefen Safrangelb gehalten war. Die Strahlen der Wintersonne, die durch die Bogenfenster hereinschien, ließen die gedeckten, vielfältigen Farben aufleuchten; der Raum war kühl und ernst wie eine Kirche. Zusammen gingen wir an Hogarths *Rake's Progress* entlang – ein wildes, zorniges Werk. Vor *The Madhouse* blieb Caspar stehen.

»Sehen Sie«, sagte er. »Zelle fünfundfünfzig, der Mann da mit dem Zepter und dem Topf auf dem Kopf, er uriniert gerade. Schauen Sie sich den Gesichtsausdruck der beiden eleganten Damen an.«

Ich betrachtete die groteske Szene mit ihren dunklen Figuren in verzerrten Haltungen und schauderte.

»Das ist Bethlehem's Hospital, das berüchtigte Bedlam. Es stand in Moorfields, direkt vor der Stadtmauer. Hogarths Vater war wegen seiner Schulden im Gefängnis, und das hat ihn stark beschäftigt. Sehen Sie sich das Gesicht dieser knienden alten Frau an, Jane, sie wirkt kaum noch wie ein Mensch.«

Ich sah ihn an. Seltsam, wie er meinen Namen sagte. Plötzlich merkte ich, daß es lange her war, seit ich mich das letztemal glücklich gefühlt hatte. Neben Caspar, in einem Haus, das dem Gehirn eines Mannes glich, war es, als lichte sich der dunkle Nebel, in dem ich so lange gelebt hatte, als öffne sich ein Fenster in eine neue, eine hellere Zukunft. Ich sah die Welt, ich sah den Himmel. Eine Weile stand ich ganz still, fühlte Hoffnung in mir aufsteigen. Unsere Blicke trafen sich.

»Kommen Sie«, sagte Caspar. »Ich möchte Ihnen etwas zeigen.«

Wir stiegen die Treppe wieder hinunter und durchquerten zwei Räume.

»Sehen Sie mal hier durch.«

Es war eine Art Totempfahl, der aus Einzelteilen verschiedener Säulen zusammengesetzt war. In ihn war der Name »Fanny« eingeritzt. Ich wandte mich zu Caspar um.

»Und?« fragte ich.

»Das ist das Grab des Hundes, der John Sloanes Frau gehört hat. Aber seine Tochter hieß auch so.«

»Ich dachte, Fanny wäre ein Name, den man wegen seiner anrüchigen Nebenbedeutungen nicht mehr benutzen darf.«

»Ich habe versucht, ihn wiederzubeleben.«

»Sind Sie verheiratet?«

»Nein. Ich lebe allein.«

»Tut mir leid.«

»Das muß es nicht.«

Draußen blinzelten wir im kühlen Winterlicht und grinsten uns etwas dümmlich an. Dann warf Caspar einen Blick auf seine Armbanduhr.

»Mittagessen?«

»Geht eigentlich nicht.«

»Bitte.«

»Na gut.«

Wir spazierten nach Soho, an den Delis und Sexshops

vorbei, zu einem italienischen Café-Restaurant. Dort bestellten wir Toast mit Ziegenkäse, halb geschmolzen, und grünen Salat. Obwohl ich tagsüber eigentlich keinen Alkohol trinke, genehmigten wir uns beide ein Glas Weißwein. Nach einem Blick auf meine unberingte Hand erkundigte sich Caspar, ob ich verheiratet sei. Früher mal, antwortete ich. Und ich fragte ihn, wie alt seine Tochter war. Fünf. Viele Leute meinten, er wäre eine Art Superman, weil er das tat, was Hunderttausende Frauen tun, ohne daß jemand davon Notiz nimmt.

»Bevor es Fanny gab, wußte ich nicht, was Liebe ist – so albern dieses Mädchen manchmal auch sein kann«, sagte er.

Ich erzählte ihm von Robert und Jerome, wie groß und erwachsen sie waren, wie sie mich beschützten, mir stets hilfreich zur Seite standen, und er erwiderte, er würde sie gern irgendwann mal kennenlernen. Eine Hoffnung erwachte in mir – möglicherweise gab es ja eine Zukunft, ein »irgendwann mal«. Mir wurde schwindlig, ich bekam Angst. Also zündete ich mir eine Zigarette an und sagte dann, ich müsse gehen. Er versuchte nicht, mich aufzuhalten, brachte mich nur zu meinem Fahrrad, sah mir zu, wie ich fahrig mit meinem Schloß und dem Helm herumhantierte und schließlich unsicher davonradelte.

Ich kam mir vor wie ein Teenager, schwindlig vor Aufregung, und gleichzeitig fühlte ich mich wie eine alte Frau, die mit Hunderten kleiner, einschneidender Fesseln in ihr Gefängnis zurückgezerrt wird. Ich konnte eine Affäre mit Caspar anfangen – nein, als ich daran dachte, wie er mir die Hand so sanft auf die Schulter gelegt und mich mit seinen grauen Augen angesehen hatte, wußte ich, daß eine *Beziehung* mit Caspar möglich war. Wir konnten nicht einfach eines Abends nach einer Flasche Wein miteinander ins Bett steigen, nein, wir würden uns in der Vergangenheit des anderen vertiefen, alte Wunden aufdecken, dem berauschenden Schmerz der Liebe verfallen. Das Problem lag nicht darin, daß ich für so etwas nicht bereit gewesen wäre – das sagen einem die Therapeuten immer: Man soll warten, bis man wieder stark ist, bis man gelernt hat, mit der Einsamkeit zu leben. Ha, ich war mehr als bereit. Ich hatte mich vor langer Zeit zum letztenmal der Liebe geöffnet. Es konnte losgehen, aber ich hatte Angst. Ich war müde. In meinen Schläfen pochten leichte Kopfschmerzen. Das hatte ich nun davon – Weißwein zum Mittagessen.

Ich radelte die mit Weihnachtslichtern geschmückte Oxford Street entlang. Gott, wie ich die penetranten Disney-Figuren hasse, die heutzutage alles andere verdrängen. Ich hatte meine Weihnachtseinkäufe noch nicht ganz erledigt, nur für Dad hatte ich ein Fernglas erstanden und ansonsten eine Menge lächerlicher Kleinigkeiten für den Nikolausstrumpf. Diese Sitte hatten wir beibehalten, nachdem die Kinder längst entdeckt hatten, daß ich der Weihnachtsmann war. Den frühen Weihnachtsmorgen hatte ich schon immer am liebsten gemocht. Dann drängelten sich alle in meinem Schlafzimmer, setzten sich aufs Bett und zogen Unterhosen, Seife oder Korkenzieher aus den zweckentfremdeten Kissenbezügen.

Auf einmal fiel mir ein, daß ich dieses Jahr an Weihnachten vielleicht allein sein würde; natürlich kamen die Jungs zum Essen, und auch mein Vater. Ich spielte sogar mit dem Gedanken, Claud einzuladen, weil ich die Vorstellung nicht ertragen konnte, wie er ein ordentlich abgepacktes TV-Dinner zu sich nahm. Andererseits besuchte er wahrscheinlich Martha und Alan. Es konnte aber genausogut sein, daß ich am Weihnachtsmorgen in einem leeren Haus aufwachte.

Einen Augenblick lang zog ich in Erwägung, mich in den heißen, parfümduftenden Rachen eines der Warenhäuser zu stürzen und wahllos ein paar Hemden, Krawatten und Unterhosen für meine Söhne zu ergattern. Aber sie haßten Hemden und Krawatten aus Warenhäusern, und es war auch lange her, daß ich zum letztenmal etwas zum Anziehen für sie ausgesucht hatte. Einem plötzlichen Impuls folgend, radelte ich zu einem meiner Lieblingsläden in Londen – dem Hutladen in der Jermyn Street – und erstand dort drei wunderschöne und furchtbar teure Filzhüte: einen braunen für Jerome, einen schwarzen für Robert und einen flaschengrünen für Kim. Ich hängte die Tüte an den Lenker und fuhr nach Camden, wo ich kleine Förmchen für die Schokoladentrüffel kaufte, die ich für alle machen wollte, und dazu noch ein paar hübsche grüne Glasbehälter. In einem Laden entdeckte ich Ohrringe in Form von zwei kleinen silbernen Schachteln. Obwohl sie viel zu teuer waren, kaufte ich sie für Hana und bekam dazu eine süße, bänderverzierte Verpackung.

Abends legte ich meine drei Neil-Young-Platten auf, während ich Tomaten-Chutney kochte, in die grünen Gläser füllte und mich danach den Schokoladentrüffeln aus dunkler Bitterschokolade zuwandte. Zum Schluß wälzte ich die Kugeln in Kakao und legte sie in die kleinen Förmchen. Morgen würde ich sie in Schachteln verpacken. Die ganze Küche roch nach einem Gemisch von Essig und bitterer Schokolade. Da ich nach getaner Arbeit immer noch aufgeputscht und energiegeladen war, goß ich mir ein großes Glas Rotwein ein und zündete mir eine Zigarette an.

Ausgerüstet mit einem gerade richtig angespitzten Bleistift und meinem Lieblingslineal machte ich mich daran, einen Grundriß meines Hauses zu zeichnen; auf die klaren Linien des Daches setzte ich ein fettes kitschiges Engelchen. Später wollte ich die Zeichnung im Büro auf weißen Karton kopieren und als Weihnachtskarte verschicken.

Ich schenkte mir noch ein Glas Wein ein – die Kopfschmerzen hatten sich glücklicherweise gelegt – und rauchte eine weitere Zigarette. Vielleicht würde ich im neuen Jahr das Rauchen aufgeben. Durchs Fenster sah ich, daß der Mond beinahe voll war, und ohne lange nachzudenken, schlüpfte ich in einen dicken Mantel, der Robert gehörte, und ging hinaus in den Garten. Die Nacht war wunderschön, klar und eiskalt. Die Sterne wirkten groß und nah, die Zweige der Birn- und Kirschbäume hoben sich dunkel vom Nachthimmel ab.

An einem Ende des Gartens, unter dem verwilderten Lorbeerbaum, lag der Friedhof der zahlreichen Haustiere meiner Söhne: Hamster, Meerschweinchen, zwei Kaninchen, ein Wellensittich. Auf dem Rasen hatten die Jungs Fußball gespielt und sich im Schlamm gewälzt. Im Frühling und im Herbst verbrachten wir ganze Wochenenden im Garten, und in deren Verlauf setzten wir alle möglichen Samen. Leider buddelten die Katzen aus der Nachbarschaft die meisten wieder aus. Im April blühten die Obstbäume, die zarten Blüten der Birnen und Kirschen, die wachsigen Kerzen der Magnolie, und für ein paar Wochen verwandelte sich der Garten in einen Ort erstaunlicher Schönheit und Anmut.

Bei sonnigem Wetter saßen Claud und ich hier draußen und schlürften unsere Drinks. Wir gaben Sommerpartys mit Keksen und Erdbeeren; und die Jungs verteilten Unmengen von Chips. Es gab Grillfeste ohne Ende, manche mit Hotdogs und Limonade, manche mit Makrelen nach einem alten Südstaatenrezept und Pilzen in einer würzigen Marinade. Hier setzte mein Gedächtnis wieder aus: Da war etwas, woran ich mich nicht erinnern konnte. Was hatte Alex mir geraten? Ich sollte meine Erinnerungen *kommen* lassen.

Mein Weinglas in der einen, die Zigarette in der anderen Hand, faßte ich einen frühzeitigen Neujahrsvorsatz: Ich wollte die Landschaft meiner Erinnerung erforschen, bis ich zu ihrem Herzstück vorgedrungen war. Danach würde ich mir gestatten, glücklich zu sein.

Mir kam nicht einmal in den Sinn, daß ich das zweite Vorhaben schon vor dem ersten in die Tat umsetzen konnte.

Was will er?«

»Er möchte ein Fernsehteam zum Weihnachtsessen mitbringen.«

»Aber das ist doch lächerlich. Zuerst mal – welches Fernsehteam würde sich schon bereit erklären, an Weihnachten zu arbeiten?«

»Ich glaube, das ließe sich einrichten. Es wäre so was ähnliches wie die alljährliche Commonwealth-Botschaft der Queen.«

»Jane, du hast doch nicht etwa zugesagt?« Eigentlich kreischte Kim nie, aber jetzt hörte es sich eindeutig so an.

»Na ja, es war alles so kompliziert. Ich meine, Paul bedeutet es offensichtlich sehr viel, und er hat schon eine Menge Arbeit reingesteckt. Vermutlich spielt auch die Überlegung mit, daß ich jetzt schon so weit gegangen bin und den Rest auch noch überstehen werde.«

»Du schlägst also allen Ernstes vor, daß Paul und Erica und natürlich auch Rosie am ersten Weihnachtstag hier mit laufenden Kameras antanzen und dich beim Truthahnbraten filmen? Himmel, Jane, dein Vater wird hier sein. Und Robert und Jerome. Und *ich* mit Andreas.«

»Sie werden ja nicht den ganzen Tag bleiben. Sie wollen bloß einen kurzen Eindruck von der Familie an Weihnachten bekommen. Bis zum Essen sind sie längst wieder weg.«

Am anderen Ende der Leitung erklang ein Gurgeln, und ich erkannte zu meiner großen Erleichterung und Freude, daß Kim kicherte.

»Hilfst du mir dabei, Kim? Das durchzustehen, meine ich.«

»Keine Sorge, aber was soll ich anziehen? Ich war noch nie im Fernsehen. Waren es Streifen oder Punkte, die verboten sind?«

»Bitte schön, einen trockenen Sherry und dazu einen Mince Pie.«

Der Sherry war blaßgelb, der Mince Pie heiß und würzig. Vorsichtig ließ ich mich auf dem Sofa nieder, das aussah, als wäre es soeben mit aufgeschüttelten Kissen vom Kaufhaus angeliefert worden. Ich kam mir vor wie eine Fremde, wie ein höflicher Gast.

»Es ist sehr schön hier.«

Das Zimmer sah tadellos aus, fast, als sollte es für einen farbigen Werbeprospekt fotografiert werden. An den elfenbeinfarbenen Wänden hingen sechs kleine Drucke. Ein quadratischer Teppich lag genau in der Mitte des Parkettfußbodens. Zu beiden Seiten des Sofas standen neue Sessel, ein Buch über normannische Kirchen und ein zusammengefaltetes Exemplar des *Guardian* zierten den kleinen Couchtisch. Auf dem alten, frisch polierten Klavier blühte ein hübscher Kaktus, und auf einem Ständer in der Ecke prangte ein kleiner Weihnachtsbaum mit einer weißen Lichterkette. Von meinem Platz aus – noch immer hielt ich anmutig meinen Sherry und meinen Mince Pie – konnte ich eine Küche sehen, die so blitzsauber war, daß ich mich fragte, ob Claud überhaupt jemals dort kochte.

»Ja, mir gefällt es auch. Ich hab es genau so eingerichtet, wie ich es mir immer gewünscht habe.«

Über den akkurat aufgeräumten Raum hinweg lächelten wir uns nervös an. Ich dachte unwillkürlich an das Chaos in meiner Küche: riesige Schalen mit Saftorangen, stapelweise Rechnungen und unbeantwortete Briefe, Listen, die ich geschrieben und danach nie wieder angeschaut hatte, zerbrochene Teller, die ich schon ewig hatte kleben wollen, Weihnachtskarten, die ich an einer Schnur aufhängen wollte, wozu ich aber leider noch nicht gekommen war, zwischen den Tassen auf dem Geschirrschrank ein Mistelzweig, an den sich traurige Erinnerungen knüpften, den ich aber trotzdem nicht weggeworfen hatte, Vasen mit Narzissen, überall im Zimmer verteilt, in unordentlichen gelben Bündeln, Zettel mit Architekturzeichnungen, die ich angefangen, aber nicht vollendet hatte, Fotos, die noch nicht ins Album eingeklebt worden waren, Dutzende von Büchern, aus Zeitschriften ausgeschnittene und nicht eingeordnete Rezepte, eine halbvolle Flasche Wein. Und natürlich eine nadelnde Fichte, deren chaotische Dekoration das Werk der Jungs war; Weihnachtsbäume, so behaupteten sie, müssen farbenfroh und frech aussehen. Also hatten sie die herrlichen rosaroten und türkisfarbenen Kugeln ausgegraben, die Glitzersterne, die ganzen Klunker, die sich im Lauf der Jahre angesammelt hatten, und hatten den Baum damit behängt. Ich schlug Claud vor, wir könnten doch ein wenig Musik hören.

»Ich habe keine«, antwortete Claud.

»Wo sind denn alle deine CDs?«

»Die gehörten zu einem anderen Leben.«

»Wenn du sie nicht wolltest, warum hast du sie dann mitgenommen?«

»Weil sie nicht dir gehörten.«

Ich war entsetzt. »Willst du mir allen Ernstes erzählen, daß du alles an Musik, was du im Lauf der Zeit gesammelt hattest, einfach mir nichts, dir nichts in den Müll hast wandern lassen?«

»Ja.«

Ich blickte mich im Zimmer um. Jetzt erst begriff ich, daß Claud mit chirurgischer Präzision jeden Hinweis auf unser gemeinsames Leben, auf unsere Familie entfernt hatte. Hier herrschte keine Ordnung. Hier herrschte gähnende Leere.

»Claud«, platzte ich heraus, »wie erinnerst du dich an Natalie?« Im selben Augenblick, als ich die Frage stellte, wußte ich, daß sie sonderbar und mysteriös klang.

»*Wie* ich mich an sie erinnere?«

»Ich meine, ich habe mit vielen Leuten über Natalie gesprochen, und es erschien mir seltsam, daß ausgerechnet wir beide uns nie über sie unterhalten haben.«

Claud ließ sich in einem Sessel nieder und musterte mich mit jener professionellen Miene, die mich an ihm schon immer geärgert hatte.

»Findest du nicht, daß dein Engagement allmählich ein wenig zu weit geht, Jane? Ich meine, wir alle – Natalies *richtige* Familie, um es mal ganz deutlich zu sagen –, wir alle versuchen, unser Leben weiterzuleben. Ich weiß nicht recht, ob es da sonderlich hilfreich ist, daß du, aus welchen privaten psychischen Beweggründen auch immer, in unserer Vergangenheit herumwühlst. Ermutigt dich dein Analytiker dazu?«

Sein Benehmen war freundlich und korrekt, und ich kam mir vor wie ein Schulkind, zerzaust und zappelig auf Clauds makellosem Sofa.

»Okay, Claud, das war die Moralpredigt – also, wie erinnerst du dich an sie?«

»Sie war süß, klug und liebevoll.«

Ich musterte ihn.

»Sieh mich nicht so an, Jane. Nur weil du eine Therapie machst, ist dir alles verdächtig, was normal aussieht. Natalie war meine kleine Schwester, sie war ein nettes Mädchen, schon fast eine Frau, als sie tragischerweise gestorben ist. Basta. So erinnere ich mich an sie, und das will ich auch nicht ändern. Ich möchte nicht, daß du sie in den Schmutz ziehst, auch wenn sie schon fünfundzwanzig Jahre tot ist. Okay?«

Ich goß noch etwas Sherry in mein winziges Glas und trank einen Schluck.

»In Ordnung, was ist deine letzte Erinnerung an sie?«

Diesmal schien Claud einen Moment nachzudenken, ehe er antwortete – vielleicht überlegte er auch, ob er überhaupt antworten sollte. Dann nickte er, mit einem fast mitleidigen Gesichtsausdruck.

»Ich weiß wirklich nicht, was das soll, aber wenn du darauf bestehst – wir waren alle auf Stead und bereiteten die Party für Martha und Alan vor, die von der Kreuzfahrt zurückkamen. Am nächsten Morgen wollte ich nach Bombay fliegen. Wie die meisten von uns hat auch Natalie geholfen. Am Tag der Party sind wir alle – du und Natalie und ich – hin und her gerannt und haben alles mögliche erledigt. Weißt du noch?«

»Es ist schrecklich lange her«, entgegnete ich.

»Ich erinnere mich genau, daß ich Natalie im Auto mitgenommen habe, um Alans und Marthas Geschenk abzuholen. Wir haben uns, glaube ich, darüber unterhalten, was sie anziehen wollte. Danach weiß ich nur noch, daß ich mit dem Grill beschäftigt war und mich kaum mehr vom Fleck gerührt habe bis in die frühen Morgenstunden.« Er sah mich an. »Aber das weißt du nicht mehr, stimmt's? Du warst ja mit Theo zugange. Vor der Morgendämmerung bin ich dann mit Alec weggefahren. Als ich zwei Monate später zurückkam, hörte ich zum erstenmal von Natalies Verschwinden.«

Mit dem Zeigefinger tupfte ich sorgfältig die Krümel von meinem Teller.

»Hast du Natalie morgens noch gesehen?«

»Natürlich nicht. Ich habe überhaupt niemanden gesehen, außer Mutter, die Alec und mich ungefähr um halb vier zum Bahnhof gefahren hat. Bitte, Jane, das ist doch alles schon ein alter Hut. Und ich bin dir keine große Hilfe – ich war nicht da an jenem Tag, als dieser Mann Natalie gesehen hat.«

Er strich sich mit der Hand über die Stirn, und ich bemerkte zum erstenmal, wie müde er aussah. Dann lächelte er mir zu, ein seltsames vertrautes kleines Halblächeln. Auf einmal war die Feindseligkeit verschwunden; etwas anderes, ebenso Beunruhigendes war an ihre Stelle getreten.

»Weißt du eigentlich«, meinte er gedankenverloren, »weißt du eigentlich, wie sehr ich es bedaure, nicht dagewesen zu sein? Lange Zeit habe ich gedacht, wenn ich nicht weggefahren wäre,

wäre alles nicht passiert. Ich glaubte wohl, daß ich es hätte verhindern können oder so was Lächerliches. Und ich habe bis heute das Gefühl, daß ich irgendwie vom Rest der Familie getrennt bin, weil sie alle da waren, nur ich nicht.« Er lächelte, aber sein Lächeln erreichte nicht seine Augen. »Du hast mich immer den Bürokraten der Familie genannt, stimmt's, Jane? Vielleicht kommt das daher, daß ich nur auf diese Weise ein echtes Zugehörigkeitsgefühl entwickeln kann.«

»Claud, es tut mir wirklich leid, wenn ich etwas Blödes gesagt habe.«

Ohne nachzudenken nahm ich seine Hände, und er zog sie nicht weg, sondern sah hinab auf unsere ineinander verschlungenen Finger. Ein paar Sekunden saßen wir schweigend da, dann wurde es mir plötzlich unangenehm, und ich rückte von ihm ab.

»Was machst du an Weihnachten?« Meine Stimme klang viel zu fröhlich.

Jetzt machte er ein verlegenes Gesicht. »Weißt du das nicht? Ich wollte eigentlich zu Martha und Alan, aber Paul hat mich eingeladen, den Tag mit ihm und Erica zu verbringen.«

»Aber sie kommen zu mir!« Ein paar unfreundliche Gedanken schossen mir durch den Kopf.

»Paul meinte, es macht dir sicher nichts aus.«

»Aber das ist vollkommen unmöglich, Claud. Nein, das geht nicht. Dad wird da sein, Kim und ihr neuer Freund, die Jungs und Hana. O Scheiße, außerdem natürlich noch ein Fernsehteam, das einen Film über uns dreht. Was sollen wir deiner Meinung nach alle tun? Die glückliche Familie spielen oder was?«

»Du hast doch selbst gesagt, wir können Freunde bleiben.«

Das hatte ich wirklich gesagt. Es war ein blödes Klischee, ein falscher Trost und obendrein eine glatte Lüge, aber ich hatte es trotzdem gesagt.

»Und ich möchte Weihnachten gern mit meinen Söhnen verbringen.«

Ich wußte, es war ein schrecklicher Fehler. Was würde Kim sagen?

»In Ordnung.«

21. KAPITEL

Ich saß da, und das trockene Moos drückte sich gegen meine Wirbelsäule. Ich wußte, daß Cree's Top hinter mir war. Links floß der Col; er war schiefergrau wie die Wolken, die die Sonne verdeckten. Plötzlich war mir kalt in meinem ärmellosen Kleid, und ich schlang meine von einer prickelnden Gänsehaut bedeckten Arme eng um mich. Die zerknüllten Papierfetzen waren auf dem dunklen Wasser kaum zu erkennen; sie trieben weg von mir und verschwanden im Gefunkel des reflektierenden Lichts, lange vor der Flußbiegung. Die Zweige der Ulme zu meiner Rechten raschelten und wogten im plötzlich aufkommenden Wind, der Regen ankündigte.

Ich stand auf und drehte mich um. Nun blickte ich auf Cree's Top und den Weg, der sich seinen Abhang emporschlängelte. An manchen Stellen verbarg er sich hinter dichtem Buschwerk, bis er schließlich ganz vom Halbdunkel verschluckt war. Jedesmal, wenn ich zu diesem Fluß und diesem Hügel zurückkehrte, die mich von Natalie trennten, erschien mir meine Umgebung wieder etwas lebensechter. Das Gras war grüner, der Fluß viel deutlicher mit all seinen kleinen Wellen und Wirbeln. Diesmal wirkten die Dinge nicht nur prägnanter, sondern irgendwie auch härter. Das Wasser erschien schwerer und träger, der Weg unter meinen Füßen starrer, sogar die Blätter sahen aus, als könnte man sich in den Finger schneiden, wenn man sie berührte.

Eine feindselige unzugängliche Landschaft, die ihre Geheimnisse nicht freiwillig offenbaren wollte. Jetzt näherte ich mich dem Gipfel von Cree's Top und war mir fast ganz sicher, daß mich auf der anderen Seite etwas Böses erwartete. Deshalb war alles so dunkel geworden. Mein Körper, mein ganzes Inneres, alles versank in Hoffnungslosigkeit. Wollte ich wirklich, was ich da tat? Ein Augenblick der Schwäche genügte. Ich machte kehrt und rannte den Abhang hinunter, weg von dem, was auch immer mich dort erwartete. Konnte ich in dieser geliebten Landschaft meiner Erinnerung nicht woanders hingehen? Ich erreichte den Fuß von Cree's Top und rannte am Col entlang. Instinktiv wußte ich, daß der Weg vom Ufer wegführte und mich zu Stead zurückbringen würde, wo ich die Familie vorfinden würde, wie sie einst war: Theo, groß und finster, Martha, dunkelhaarig und wunderschön, lachend und stark, mein Vater, gutaussehend und noch voller Hoffnung auf ein erfülltes Leben. Die Überbleibsel jener goldenen Sommerparty.

Doch rasch wurde mir der Weg fremd, als hätte ich die Grenze zu einem verbotenen Land überschritten. Der Wald wurde dichter, der Himmel verschwand, dann kam ich auf Alex' Couch zu mir. Tränen strömten über mein Gesicht. Es war absurd, aber ich mußte mich aufsetzen, um mir Hals und Ohren abzuwischen. Mit besorgtem Blick beobachtete mich Alex. Ich erklärte ihm, was ich versucht hatte, aber er schüttelte tadelnd den Kopf.

»Jane, Sie sind nicht in Narnia oder in Oz oder in irgendeinem Märchenwald, in dem Sie mal hierhin und mal dorthin gehen können. Sie erforschen Ihr eigenes Gedächtnis. Sie müssen sich von ihm führen lassen. Haben Sie nicht das Gefühl, daß Sie beinahe am Ziel sind?«

Alex Dermot-Brown war kein Mann, den ich normalerweise als meinen Typ betrachtet hätte. Er war ein etwas schmuddeliger Mensch und lebte in einem ebensolchen Haus. Seine Jeans waren an den Knien blankgescheuert, sein dunkelblauer Pullover hatte Flecken und war voller Fusseln, seine langen, lockigen Haare hatten keine Form, sondern wurden während jeder angeregten Konversation ununterbrochen von seinen Fingern durchpflügt. Dennoch fühlte ich mich zu ihm hingezogen, sicher auch deshalb, weil er der Mensch war, dem ich mich geöffnet hatte, der Mann, von dem ich gelobt werden wollte. Das alles war mir sonnenklar. Aber nun erkannte ich mit einiger Erregung, daß ihn meine Forschungsreise ebenso faszinierte wie mich und daß er ihren Fortschritten ebenso gespannt und erwartungsvoll entgegensah. Tief im Bauch spürte ich gleichzeitig ein seltsames Ziehen. Es erinnerte mich an die Vorwehen, die ich vor Jeromes Geburt gehabt hatte, diese kaum wahrnehmbaren Kontraktionen, die mich warnten, daß ich demnächst wirklich und wahrhaftig ein Kind zur Welt bringen mußte. Auch jetzt stand etwas bevor, dem ich mich stellen mußte. Das wußte ich. Aber was mochte es nur sein?

Ein Mann mit schütterem Haar und einem grauen Anzug stand auf. Er sah aus, als wäre er direkt aus dem Büro zur Versammlung gekommen.

»Also, *ich* habe etwas zu sagen.«

Man kennt ja die öffentlichen Versammlungen oder Diskussionen, bei denen der oder die Vorsitzende das Publikum auffordert, Fragen zu stellen. Wenn dann eine endlose Stille einkehrt und niemand sich traut, den Mund aufzumachen – ist das nicht immer entsetzlich peinlich? Diesmal war es ganz anders. Jeder wollte etwas sagen, und die meisten versuchten es gleichzeitig.

Gleich zu Anfang war uns klargeworden, daß man beim Bau des Wohnheims die Anwohner einbeziehen mußte, zumindest auf einer informellen Basis. Man hatte sich mit der Bürgervereinigung der Grandison Road getroffen, um das Thema zu erörtern, und die Leute hatten eine öffentliche Versammlung gefordert, in Anwesenheit der für das Wohnheim verantwortlichen Behördenvertreter. Es war nicht ganz klar, was diese Forderung bedeutete und ob man sie überhaupt zur Kenntnis nehmen mußte, aber man beschloß darauf einzugehen, allein schon aus Gefälligkeit. Chris Miller von der Planungsabteilung des Stadtrats hatte die Verantwortung für das Projekt und sollte den Vorsitz übernehmen, Dr. Chohan, ein Psychiater der offenen Abteilung von St. Christopher, würde dasein, außerdem Nadine Tindall vom Sozialamt. Unmittelbar vor der Veranstaltung hatte Chris angerufen und mich gebeten, ebenfalls zu erscheinen.

Widerwillig erklärte ich mich bereit zu kommen, wenn auch nur, um ein Auge auf eventuelle vorschnelle Zugeständnisse zu haben, die Chris möglicherweise machen würde. Das Geld für so etwas wurde gewöhnlich von meinem Budget abgezwackt. Ausgerechnet an diesem Abend hatte ich es geschafft, mich mit Caspar zu einem Drink zu verabreden. Jetzt mußte ich ihn anrufen, um abzusagen und mich zu entschuldigen. Doch als er hörte, worum es ging, spitzte er sofort interessiert die Ohren und fragte, ob er kommen und sich ins Publikum setzen dürfte. Er wollte mich bei der Arbeit sehen. Ich entgegnete, es handle sich lediglich um eine Formalität, es lohne sich für ihn wirklich nicht zu kommen.

»Es wird keine Formalität«, beharrte er. »Schließlich geht es um den Lebensraum dieser Leute. Ihr wollt Verrückte in diese Gegend einschleusen. Ich möchte das keinesfalls verpassen. Solche Versammlungen erfüllen heutzutage die Funktion einer Bärenhatz oder einer öffentlichen Hinrichtung.«

»Jetzt machen Sie mal halblang, Caspar, niemand hat etwas gegen dieses Projekt.«

»Wir werden ja sehen. Übrigens müssen Sie mich unbedingt daran erinnern, daß ich Ihnen gelegentlich mal eine hochinteressante Untersuchung zeige, die vor ein paar Jahren in Yale durchgeführt worden ist. Sie scheint die Annahme zu bestätigen, daß Leute, die sich öffentlich zu einer bestimmten Position bekannt haben, diese noch hartnäckiger verfechten, wenn begründete Gegenargumente auftauchen – mögen diese auch noch so zwingend sein.«

»Was wollen Sie damit sagen?«

»Erwarten Sie nicht, jemanden mit vernünftigen Argumenten zu überzeugen.«

»Ich brauche keine Untersuchung aus Yale, um das zu wissen. Aber vielleicht sehen wir uns ja bei der Versammlung.«

»Ich gehe wahrscheinlich in der Menge unter, werde *Sie* aber mit Sicherheit sehen.«

Genau fünf Minuten vor Beginn der Versammlung kettete ich mein Fahrrad an die Parkuhr vor dem Bürgerzentrum. Als ich hineinging, dachte ich zuerst, ich hätte mich verirrt. Ich hatte ein paar alte Damen erwartet, die hier vor dem Regen Zuflucht suchen würden. Aber was mich hier empfing, erinnerte eher an eine Demonstration gegen die Kopfsteuer. Auf der Bühne waren Chris und seine Leute. Doch nicht nur jeder Sitzplatz war besetzt, auch auf den Gängen drängten sich die Menschen, und ich mußte mir – Entschuldigungen murmelnd – einen Weg zur Bühne bahnen, wo Chris mich mit rotem, nervösem Gesicht empfing. Er hustete und füllte dauernd sein Glas aus der Wasserkaraffe nach. Als ich mich auf dem städtischen Plastikstuhl niederließ, beugte er sich zu mir herüber und flüsterte heiser: »So ein Menschenauflauf.«

»Und warum?« flüsterte ich fragend zurück.

»Die Leute aus der Grandison Road sind gekommen«, erklärte er. »Aber auch jede Menge aus der Clarissa Road, der Pamela Road und der Lovelace Avenue.«

»Warum interessieren die sich alle für ein kleines Wohnheim?«

Chris zuckte die Achseln. Dann warf er einen Blick auf seine Armbanduhr, nickte Chohan und Tindall zu, stand auf und bat um Ruhe. Das Gebrodel ebbte ein wenig ab. Chris stellte uns alle vor und erläuterte in knappen Worten, dieses Projekt sei beispielhaft für die Bemühungen der Stadtverwaltung, die Krankenpflege effektiv zu gestalten. Man hoffe, das Wohnheim werde das erste einer ganzen Reihe solcher Einrichtungen im Bezirk, denn es handle sich hierbei um ein humanes, praktisches und kostendeckendes Therapiemodell für genesende psychiatrische Patienten. Gab es zu diesem Punkt irgendwelche Fragen? Eine Unzahl Hände schossen in die Höhe, aber der kahlköpfige Mann im grauen Anzug setzte sich durch.

»Bevor ich eine Frage stelle«, sagte er, »möchte ich erst einmal das zum Ausdruck bringen, was meiner Meinung nach die Stimmung dieser Versammlung beherrscht. Nämlich, daß wir Anwohner entsetzt sind, weil wir nicht nach unserer Meinung gefragt wurden, als man beschlossen hat, diese Einrichtung hier bei uns zu bauen. Das ist ein schändliches, hinterhältiges Vorgehen.«

Chris setzte zu einem Protest an, aber der Mann im grauen Anzug ließ ihn nicht zu Wort kommen.

»Bitte lassen Sie mich ausreden, Mr. Miller. Sie hatten bereits Gelegenheit, Ihre Meinung zu äußern. Jetzt sind wir an der Reihe.«

Was folgte, war eher ein Vortrag als eine Frage, aber die zentrale These war, daß eine psychiatrische Einrichtung nicht in ein Wohngebiet gehörte. Als der Mann fertig war, wandte sich Chris zu meiner Überraschung und meinem blanken Entsetzen an mich und bat um einen Kommentar. Ich stotterte etwas davon, daß das Wohnheim keine psychiatrische Einrichtung im engeren Sinne sei. Soweit ich informiert war, sollte das Gebäude entlassenen Patienten dienen, die keine stationäre Betreuung benötigten. Die einzige Supervision würde darin bestehen, sich in bestimmten Fällen zu vergewissern, daß die Medikamente ordnungsgemäß eingenommen wurden. Deshalb war das Wohnheim weiter nichts als ein ganz normales Haus in einem Wohngebiet.

Jetzt stand eine Frau auf und sagte, sie habe vier Kinder im Alter von sieben, sechs, vier und knapp zwei Jahren, und es sei ja gut und schön, daß man über soziale Verantwortung rede, aber sie müsse in erster Linie an ihre Kinder denken. Die Schule in der Richardson Road sei nur zwei Straßen entfernt. Könnten die Ärzte denn hundertprozentig garantieren, daß die Patienten im Wohnheim keinerlei Gefahr für die Kinder darstellten?

Dr. Chohan versuchte zu erklären, daß es sich gar nicht um Patienten handelte, sondern um Personen, die entlassen worden waren, genauso wie man jemanden mit einem gebrochenen Bein aus dem Krankenhaus entläßt, wenn er wieder gesund ist. Und ebenso wie dieser Mensch vielleicht noch ein paar Wochen beim Laufen eine Krücke brauche, so brauchten manche psychiatrische Patienten eine Unterbringung, in der sie ein gewisses Maß an Betreuung erhielten. Patienten, nein, *Menschen*, korrigierte er sich, Menschen, die möglicherweise eine Gefahr darstellten, würden nicht in solchen Wohnheimen untergebracht.

Aber was war mit den Medikamenten? Wie wollten die Ärzte sicherstellen, daß die Patienten ihre Medikamente richtig einnahmen? Pauline erklärte, genau das sei das Entscheidende bei dem Modell, nach dem diese Wohnheime funktionierten. Sie habe Verständnis für die Sorgen der Anwohner, aber sie seien doch schon im frühesten Stadium der Planung informiert worden. Potentiell gefährliche Personen (von denen es ohnehin nur sehr wenige gab) und solche, die sich weigerten, ihre Medikamente regelmäßig einzunehmen, kamen für ein Wohnhein von vornherein nicht in Frage. Dann machte Pauline einen Fehler, einen fatalen Fehler, wie ich später dachte. Sie sprach von Vorurteilen gegen psychisch gestörte Menschen, die auf falschen Informationen basierten, und schloß ihre Ausführungen mit der Bemerkung, man dürfe nicht zulassen, daß solche Vorurteile politische Entscheidungen beeinflußten. Falls das eine Einschüchterungstaktik sein sollte, mit der sie das Publikum dazu bringen wollte, unseren Standpunkt zu akzeptieren, so ging der Schuß eindeutig nach hinten los.

Ein Mann erhob sich und meinte, diese ganzen medizinischen Argumente seien ja vielleicht richtig, aber es gehe hier doch auch um Eigentumswerte. Im Publikum befänden sich eine Menge Leute, die ihr ganzes Leben für ihr Haus gespart hatten. Warum sollten all diese Leute ihr Heim einem neumodischen Dogma opfern, das sich irgendwelche Soziologen ausgedacht hatten, die wahrscheinlich ruhig und gemütlich irgendwo in Hampstead wohnten?

Chris' Antwort hörte sich an, als würde er beim Sprechen seine Zunge verschlucken. Er meinte, er hätte gehofft, daß die medizinischen Erläuterungen alle Ängste in dieser Richtung ausräumen würden. Aber der Mann erhob sich erneut. Diese ganzen medizinischen Erläuterungen seien reine Zeitverschwendung, verkündete er. Für Nichtbetroffene sei es leicht, sich über irgendwelche sogenannten Vorurteile auszulassen. Ob an ihnen nun was dran sei oder nicht, potentielle Hauskäufer würden jedenfalls in Zukunft wegbleiben.

Törichterweise stellte Chris darauf die Frage, wie er denn solche Bedenken ein für allemal zerstreuen könne, worauf ihn der Mann anbrüllte, die Anwohner hätten keinerlei Interesse daran, ihre Bedenken zerstreuen zu lassen. Sie wollten, daß das Wohnheimprojekt abgeblasen würde, Schluß, aus. Jetzt erhob sich ein gutaussehender Mann in einem Tweedjackett und einem Hemd mit offenem Kragen. O Gott! Es was Caspar.

»Ich möchte eigentlich nicht direkt eine Frage stellen, sondern eher einen Kommentar abgeben«, sagte er und blinzelte durch seine Nickelbrille. »Ich überlege die ganze Zeit, ob es vielleicht am besten wäre, wenn sich die Leute hier, sozusagen als Gedankenexperiment, vorstellen würden, dieses Wohnheim sollte in einer anderen englischen Stadt gebaut werden. Würden wir das Projekt gutheißen, wenn wir damit kein persönliches Risiko eingingen?«

»Das ist doch alles Scheiße!« schrie der Mann, der die Eigentumswerte ins Spiel gebracht hatte, den erschrockenen Caspar an. »Was glauben Sie denn, warum wir heute hierhergekommen sind? Wenn irgendwo etwas für diese Leute gebaut wird, die keiner haben will, warum nimmt man dann nicht ein Industriegelände oder eine stillgelegte Fabrik?«

»Wir könnten vielleicht auch zu den guten alten viktorianischen Irrenanstalten zurückkehren«, meinte Caspar.

»Heißt es nicht immer, man soll ein Stück rohes Fleisch drauflegen?« fragte Caspar. »Autsch!« Er zuckte zusammen, während ich sein Auge mit Watte abtupfte.

»Ich muß erst mal die Wunde säubern. Und rohes Fleisch habe ich sowieso nicht. Höchstens ein paar Würstchen in der Gefriertruhe.«

»Die könnten wir ja essen«, schlug Caspar hoffnungsvoll vor, dann zuckte er wieder zusammen. »Glaubst du, es sind Glassplitter drin?«

»Nein, wohl kaum. Das Glas ist in ein paar große Scherben zerbrochen, und der Schnitt kommt vom Gestell. Und von der Faust dieses Mannes natürlich. Ich kann nur wiederholen, daß es mir wirklich furchtbar leid tut, was da passiert ist. Es ist alles meine Schuld.«

»Na ja, nicht ganz.«

Wir befanden uns in meinem Haus. Paul Stephen Avery aus der Grandison Road war von zwei stämmigen Polizisten abgeführt worden, die Versammlung hatte sich im Chaos aufgelöst. Caspar hatte jede medizinische Behandlung abgelehnt, konnte aber nicht selbst nach Hause fahren, weil seine Brille ja kaputt war. Deshalb hatte ich mein Fahrrad hinten in seinen Wagen verstaut und war mit ihm zu mir gefahren, wo ich darauf bestand, daß er sein Auge wenigstens von mir verarzten ließ. Die so entstandene Nähe war mir nicht unangenehm.

»Ich dachte, du hältst nichts von intellektuellen Debatten«, sagte ich, während er schon wieder zuckte. »Tut mir leid, ich bin schon so vorsichtig wie möglich.«

»Theoretisch halte ich nichts davon. Ich hatte eigentlich nur vorgehabt, mir anzusehen, wie du in Aktion trittst. Aber als der Mann anfing, solches Zeug zu faseln, mußte ich mich einfach einmischen. Vielleicht war es in gewisser Hinsicht ganz heilsam. Weißt du, ich habe doch diese Phantasievorstellung, die Welt wäre besser, wenn an bestimmten Wendepunkten der Weltgeschichte ein britischer Linguist und ein Philosoph greifbar gewesen wären und dafür gesorgt hätten, daß die Terminologie konsequent durchgehalten wird. Wahrscheinlich ist es ganz gut, wenn man gelegentlich einen Faustschlag ins Gesicht bekommt. Glaubst du, ich kriege ein blaues Auge?«

»Ganz bestimmt.«

»Hast du einen Spiegel?«

Ich überreichte Caspar einen Spiegel aus dem Medizinschränkchen. Er begutachtete sich voller Ehrfurcht.

»Erstaunlich. Schade, daß ich erst am Dienstag wieder ins College muß. Die wären tödlich beeindruckt.«

»Keine Sorge. Ein Veilchen muß reifen wie ein guter Wein. Nächste Woche ist es sicher noch imposanter.«

»Solange es nur Fanny keine Angst einjagt. Wobei mir einfällt...«

»Ich fahr dich hin. Mit deinem Wagen. Keine Sorge. Mein Fahrrad ist ja noch drin.«

Was möchtest du, Jane?« fragte Alan und musterte mich über die halben Gläser seiner Lesebrille hinweg.

Wie üblich wußte ich es nicht. »Ich hab mich noch nicht entschieden. Paul soll als erster bestellen.«

»Dann mal los, Paul.«

»Weißt du, ich habe bei einer Speisekarte immer dieses existentielle Problem. Ich kann mich nicht entschließen, was ich bestellen soll.«

»Ach, um Himmels willen«, explodierte Alan. »Wir fangen mit dem Räucherlachs an. Hat jemand was dagegen? Gut. Dann möchte ich ein Steak und Kidney Pudding. Für alle, die gutes altmodisches Essen mögen, kann ich das nur empfehlen.«

»In Ordnung«, sagte Paul, ziemlich nervös.

»Jane?«

»Ich hab eigentlich gar keinen Hunger. Ich nehme nur einen Salat.«

Alan wandte sich an den Kellner. »Haben Sie das notiert? Und Kaninchen für die Lady neben mir. Und sagen Sie Grimley, daß wir eine Flasche von meinem Weißwein und eine Flasche Roten möchten, und ich trinke zunächst mal eine Bloody Mary. Die anderen hätten wahrscheinlich gerne überteuertes Mineralwasser mit einem ausländischen Namen.«

»Ich hätte auch gern eine Bloody Mary«, warf ich unvermittelt ein.

»Gut, Jane.«

Alan gab dem Kellner die Speisekarte, nahm die Brille ab und lehnte sich zurück.

»Salat«, wiederholte er schaudernd. »Salat gehört auch zu den Gründen, weshalb man Frauen so lange nicht hier reingelassen hat.«

Dieses schäbig-pompös ausgestattete Restaurant südlich von Piccadilly Circus mit seinen drittklassigen alten Meistern, seiner abgewetzten Clubeinrichtung, den ausgeblichenen Vorhängen, dem Rauch, dem Männertratsch war Alans zweites Zuhause. Blades, der Club, dem er nun schon seit über dreißig Jahren angehörte. Heute schien er sich irgendwie unwohl zu fühlen, er wirkte gereizt und bedrückt, und ich hatte nicht den Eindruck, als wäre die Gesellschaft von Paul und mir geeignet, ihn aufzuheitern. Paul war voll und ganz mit seiner Fernsehsendung beschäftigt. Während wir zusammen die Lower Regent Street hinunterspaziert waren, hatte er mir erklärt, daß Alan die Schlüsselfigur des Projekts sei. Dieser Teil des Films müsse unbedingt stimmen. Doch er sei sich nicht sicher, wie er mit Alan umgehen solle. Als ich jetzt am Tisch saß und mir eine Zigarette nach der anderen am Stummel der vorhergehenden anzündete, hatte ich den Eindruck, daß vor mir ein unerfahrener Angler saß, der eine Fliege vor der Nase eines altehrwürdigen Lachses tanzen ließ. Und ich? Was nutzte ich Paul im Augenblick? Inzwischen waren die Bloody Marys und das Mineralwasser gekommen. Alan nahm einen großen Schluck.

»Wie war das Essen mit der neuen Verlagslektorin?« erkundigte ich mich.

»Reine Zeitverschwendung«, antwortete Alan. »Kannst du dir vorstellen, daß das Mittagessen mal meine liebste Tageszeit war? Als Frank Mason noch mein Lektor war, haben wir drei, vier Stunden beim Essen verbracht. Einmal haben wir so lange getagt, daß wir gleich noch zum Abendessen im selben Restaurant blieben. Gestern habe ich dann diese neue Lektorin kennengelernt, Amy heißt sie. Hatte ein Kostüm an und trank nur Wasser. Hat eine Vorspeise runtergewürgt und ein Glas Mineralwasser getrunken. Eigentlich wollte ich ihr zeigen, wo's langgeht: Gin Tonic als Aperitif, drei Gänge, ein paar Flaschen Wein, Brandy, Zigarre, alles.«

»Und was ist daraus geworden?« fragte Paul.

»Ich hab's nicht getan«, antwortete Alan achselzuckend. »Und wißt ihr, warum? Sie fand mich langweilig. Alan Martello, der reaktionäre alte Säufer, der seit den siebziger Jahren kein Buch mehr zustande gebracht hat. Vor fünfundzwanzig Jahren wollten Mädchen wie sie mit mir schlafen. Sie standen Schlange, um mit mir ins Bett zu steigen. Heute versuchen sie, ein Essen mit mir so schnell wie möglich hinter sich zu bringen. Viertel nach zwei war sie wieder in ihrem Büro.«

Ich trank einen Schluck.

»Wie fand Martha eigentlich diese Schlangen von schwärmerischen jungen Mädchen?« wollte ich wissen.

»Die gute alte Jane – immer interessiert sie sich dafür, was andere Leute empfinden. Immer soll alles glatt und perfekt sein. Die Antwort lautet, daß wir uns irgendwie durchgewurschtelt haben, wie andere Menschen auch.«

»Es hat ihr also nichts ausgemacht?«

Alan zuckte die Achseln. »Sie hatte Verständnis für mich.«

»Wie geht es Martha eigentlich, Alan?«

»Oh, ganz gut«, erwiderte Alan zerstreut. »Die Behandlung nimmt sie ein wenig mit, so ist das eben. Wenn sie das erst mal hinter sich hat, wird es sicher besser. Sie macht sich hauptsächlich Sorgen wegen dieser verdammten Ärzte.«

Wieder einmal rührte mich dieser Mann mit dem struppigen Bart und den roten Wangen, der hier herumschwadronierte, sich selbst an der Nase herumführte und immer noch am selben Roman schrieb, den er angefangen hatte, als wir alle noch Kinder waren. Dieser Mann, der den Gedanken verdrängte, daß seine Frau sterbenskrank war, der nicht bei ihr sein wollte. Aber was empfand ich eigentlich für ihn?

»Ich hab in letzter Zeit viel über Natalie nachgedacht«, sagte ich.

Alan winkte den Kellner heran und bestellte noch zwei

Bloody Marys. Ich machte mir nicht die Mühe, Protest einzulegen.

»Ich weiß«, antwortete Alan, nachdem der Kellner wieder gegangen war. »Und ich hab auch gehört, daß du zu einem von diesen Seelenklempnern gehst. War alles ein bißchen viel für dich, was?«

»Ja, ich glaube schon. In gewisser Weise.«

»Und du schnüffelst herum. Was suchst du eigentlich? Willst du vielleicht rausfinden, wer meine Tochter umgebracht hat?«

»Ich weiß nicht. Eigentlich versuche ich hauptsächlich, all die Dinge in meinem Kopf zu ordnen.«

»Und dann du, Paul, du und deine Fernsehsendung! Habt ihr beide keine eigene Familie, mit der ihr euch beschäftigen könnt?«

Jetzt zeigte der Wodka bei Alan deutlich seine Wirkung. Ich kannte diesen Zustand. Er würde spöttische Bemerkungen machen, nach wunden Punkten suchen und uns so lange provozieren, bis wir die Beherrschung verloren. Ich wechselte einen raschen Blick mit Paul, der mir zulächelte. Gemeinsam waren wir der Situation gewachsen, und vor uns saß ja ohnehin nicht mehr derselbe dominierende, mitreißende Alan von früher. Im Räucherlachs stocherte er nur ein bißchen herum; erst als das Steak mit Kidney Pudding kam und der Kellner das große Weinglas mit dem schweren, dunklen Bordeaux füllte, besserte sich seine Laune zusehends.

»Salat – daß ich nicht lache«, sagte er, während er versuchte, sich die Serviette wie ein Lätzchen um den Hals zu binden.

Ich habe alte Fotos von Alan gesehen, dem »zornigen jungen Mann«. In den frühen fünfziger Jahren war er schlank, fast asketisch gewesen. Jetzt hatte er Übergewicht und rote Flecken im Gesicht. Seine von geplatzten Äderchen durchzogene Nase zeugte von jahrelanger Schlemmerei. Aber die lebhaften blauen Augen glitzerten immer noch genauso kokett und gebieterisch. Vor allem für Frauen war es schwer, sich ihrer Faszination zu entziehen. Selbst jetzt noch konnte ich mir vorstellen, daß eine Frau, die diesen Blick auf sich spürte, Lust hatte, mit ihm ins Bett zu gehen.

»Mit wie vielen Frauen hast du geschlafen, Alan?«

Ich konnte selbst nicht glauben, daß ich das gefragt hatte, und wartete beinahe panisch auf seine Antwort. Zu meiner Überraschung lachte Alan laut auf.

»Mit wie vielen Männern hast du geschlafen, Jane?«

»Wenn du es sagst, sag ich es auch.«

»In Ordnung. Dann mal los.«

Himmel, das hatte ich mir selbst eingebrockt.

»Es sind leider nicht besonders viele. Sieben, vielleicht acht.«

»Und ein Viertel davon sind meine Söhne.«

Das Blut stieg mir ins Gesicht.

»Und was ist mit *dir*?«

»Möchte Paul uns seine Erfahrungen nicht vielleicht auch mitteilen?«

Erschrocken blickte Paul auf.

»Ich hab nichts versprochen«, beteuerte er und schluckte schwer.

»Ach, komm schon, nicht so schüchtern. Du erwartest doch schließlich auch, daß alle anderen in deiner lächerlichen Fernsehsendung ihre Intimitäten herausposaunen.«

»Herrgott, Alan, das ist doch pubertäres Theater. Aber wenn du es unbedingt wissen willst – ich hatte wahrscheinlich mit etwa dreizehn Frauen Sex, vielleicht auch mit fünfzehn.«

»Dann hab ich gewonnen«, stellte Alan zufrieden fest. »Ich schätze, daß ich mit gut hundert Frauen geschlafen habe, vermutlich ungefähr hundertfünfundzwanzig.«

»Oh, bravo, Alan«, sagte ich, so sachlich ich konnte. »Vor allem wenn man bedenkt, daß du ja ein Handikap hattest – als verheirateter Mann mit Kindern.«

Inzwischen hatte Alan bereits ein ordentliches Pensum Bordeaux intus.

»Oh, der wahre errötende Musenquell«, sagte er, nahm einen großen Schluck Wein und wischte sich den Mund mit der Serviette ab. »Das war kein Handikap. Wißt ihr, was das Gute am literarischen Erfolg ist?«

Paul und ich blickten ihn erwartungsvoll an, denn wir wußten beide, daß die Frage rein rhetorisch war.

»Das Gute sind die Frauen«, verkündete Alan. »Wenn man einen erfolgreichen Roman verfaßt und – egal, ob zu Recht oder Unrecht – als Vertreter der jüngeren Generation gehandelt wird, heimst man natürlich ordentlich Geld und Ruhm ein, aber man kriegt auch eine Menge Frauen, die man sonst nicht gekriegt hätte. Wenn ich eine Frau kennenlerne, irgendeine Frau, dann versuche ich mir vorzustellen, wie sie im Bett ist. Das tun alle Männer, nur trauen sich die meisten nicht, danach zu handeln. Ich hab's getan. Wenn ich eine Frau kennenlernte, die ich attraktiv fand, habe ich sie gefragt, ob sie mit mir ins Bett geht. Und sehr oft hat eine ja gesagt.« Er schob sich einen Löffel Kidney Pudding in den Mund und kaute inbrünstig. »So was sollte man nicht sagen, stimmt's?«

»Hast du das bei jeder Frau gemacht?« fragte ich.

»Jawohl.«

»Zum Beispiel bei Chrissie Pilkington?«

»Bei wem?«

Auf halbem Weg zwischen Teller und Mund machte der Löffel halt. Alan runzelte die Stirn und dachte angestrengt nach.

»Du erinnerst dich wohl nicht mehr an alle Namen?«

»Selbstverständlich nicht.«

»Sie war eine Schulfreundin von Natalie. Lange blonde Locken, wie ein Modell für ein präraffaelitisches Gemälde. Sommersprossen. Kleine Brüste. Groß. Fünfzehn Jahre alt.«

»O ja, jetzt fällt's mir wieder ein«, sagte Alan wehmütig.

»Sie war, glaube ich, sechzehn, oder nicht?« fügte er mit vorsichtiger Stimme hinzu.

»Mädchen in diesem Alter sind wunderschön, nicht wahr?« fragte ich.

»Ja, das sind sie«, bestätigte Alan. Er wollte immer gern bestimmen, welche Richtung das Gespräch nahm, aber jetzt wußte er nicht recht, worauf das alles hinauslief.

»Ihre Haut ist makellos. Der Körper fest, vor allem die Brüste.«

»Genau.«

»Und sie besitzen eine ganz besondere sexuelle Anziehungskraft. Ich konnte sie sogar bei den Mädchen sehen, die Jerome und Robert mit nach Hause gebracht haben. Sie sind zwar noch ein bißchen wie Kinder, aber haben den Körper einer erwachsenen Frau. Und ich wette, sie unterwerfen sich sexuell den Wünschen des Mannes, und sie sind scharf auf Sex. Ich wette, sie sind zu fast allem bereit, was man von ihnen verlangt. Ja, sie sind sogar noch dankbar dafür. Hab ich recht?«

»Manchmal«, antwortete Alan mit einem unbehaglichen Lachen. »Das ist alles schon so lange her.«

Auch Paul sah aus, als wäre ihm das alles nicht ganz geheuer. Wahrscheinlich fragte er sich, in was für einen Privatkrieg er da hineingeraten war und wie er sich am besten verhalten sollte.

»Es war alles so perfekt, nicht wahr? Man schrieb das Jahr 1969, die kleinen Mädchen nahmen die Pille, es war die Zeit der sexuellen Befreiung. Leider hat es nicht immer funktioniert. Wie mit Chrissie beispielsweise. Natalie hat euch erwischt. Und sie hat es Martha erzählt. Und diesmal wurde Martha nicht wütend, hat es aber auch nicht einfach hingenommen. Sie hat dir erzählt, daß sie eine Affäre mit meinem Vater hatte. Wie fandest du das?«

»Wie bitte?« Paul war sichtlich schockiert.

Alan hatte das Steak und den Kidney Pudding aufgegessen. Geräuschvoll kratzte er das letzte bißchen Soße aus dem Teller und leckte gründlich den Löffel ab. Er behauptete immer, es sei eine Angewohnheit aus dem Krieg, daß er seinen Teller bis zum letzten Rest leer aß. Er sah sehr müde aus.

»Ich fand das irgendwie übertrieben«, sagte er. »Wenn Martha gern mit jemandem bumsen wollte...« Zwar brüllte er nicht, aber er sprach laut genug, daß an den Nebentischen zwei Gäste in Nadelstreifen die Köpfe umwandten. Ach, es war dieser Schriftsteller, der sich mal wieder danebenbenahm. »Wenn sie mit jemandem bumsen wollte, hätte sie es einfach tun sollen, sie hätte es bestimmt genossen. Statt dessen wollte sie etwas demonstrieren und verführte deinen armen Vater. Ich glaube, das hat deine Mutter nie überwunden. Ich finde, Martha hat sich niederträchtig benommen.« Paul hatte die Hände vors Gesicht geschlagen.

»Nicht nur das«, fügte ich hinzu, »außerdem hat Martha die Familie bedroht, diese schöne, heile Welt, die du zwischen den Martellos und den Cranes aufgebaut hattest, und das alles nur, weil sie ein Exempel statuieren wollte. An deiner Stelle wäre ich stinksauer gewesen.«

Alan leerte sein Glas in einem Schluck. Er wirkte nicht mehr wie ein Mann, der ein vierstündiges Festmahl übersteht.

»Ich war auch stinksauer«, antwortete er, jetzt mit gedämpfter Stimme.

»Und was hast du gemacht, Alan?«

Vorsichtig legte er den Löffel in den Teller. »Ich finde, wir haben genug über Sex geredet«, murmelte er.

»Du hast damit angefangen«, bemerkte ich, aber Alan hörte mir nicht zu.

»Unsere Familie – und damit meine ich auch dich – war wunderbar«, sagte er. »Es war schändlich, das alles aufs Spiel zu setzen, nur um mir eins auszuwischen. Das war unverzeihlich. Und letzten Endes hatte nur Felicity darunter zu leiden. Hast du dir das jemals klargemacht, Jane? Die liebe, süße Martha und Natalie, deine Schwester im Geiste, die haben deiner Mutter das angetan.«

»Natalie war auch verletzt.«

Alans Reaktionen waren deutlich verlangsamt. Er sah aus wie ein verwirrter alter Mann, den man gerade aus dem Schlaf gerissen hat.

»Natalie? Es war Martha, nicht Natalie.«

»In jenem Sommer hat sich alles zugespitzt, stimmt's? Chrissie und du, die Enthüllung über Martha und meinen Vater, dann Natalie. Eine ganze Menge für einen Sechzig-Minuten-Film. Paul, solltest du nicht lieber eine Serie daraus machen?«

Paul schob seinen Teller von sich. Er war noch halb voll. »Was willst du, Jane?« fragte er leise.

»Und was willst *du*, Paul?« warf Alan ein, wie immer erpicht darauf, Öl in die Flammen zu gießen.

»Alan, ich liebe dich, ich liebe euch alle. Das will ich in meinem Film einfangen.«

»Wir werden ja sehen«, meinte Alan matt. »Beeil dich, Jane, wir wollen unseren Nachtisch.«

Ich spießte ein matschiges Viertel Tomate auf die Gabel. Schon beim Gedanken an etwas Eßbares in meinem Mund wurde mir speiübel.

23. KAPITEL

Das Wasser im Spülbecken war schaumig von dem ganzen Gänsefett (»Warum essen wir Gans«, hatte Robert mit der Stimme eines Elfjährigen gequengelt, »sonst gab es doch *immer* Truthahn«). Ich zog den Stöpsel heraus, hob die fettigen Teller aus dem Becken und stapelte sie ordentlich auf die Seite. Rotkohlreste und ein paar Zigarettenstummel – vermutlich meine – lagen zusammen mit dem Besteck auf dem Grund des Beckens. Ich spülte alles grob ab, steckte den Stöpsel wieder in den Abfluß und ließ heißes Wasser einlaufen – mit viel Spülmittel. Dann ging ich ins Eßzimmer, um das Schlachtfeld in Augenschein zu nehmen.

Ein Stuhl lag noch immer umgekippt auf der Seite, dort, wo Jerry ihn hingeschmissen hatte, ehe er hinausgestürmt war (»diesmal bist du wirklich zu weit gegangen, *Mutter*!«), mit Hana im Schlepptau, die auf ihren dünnen schwarzen Absätzen versuchte, graziös hinter ihm herzutrippeln. Ich hob den Stuhl auf und ließ mich darauf niedersinken. In der Mitte des Tisches tropften die Kerzen vor sich hin und warfen ihr flackerndes Licht auf den Trümmerhaufen. Ein umgekippter, halb zermatschter Plumpudding lag – ungefähr so appetitanregend wie ein aufgeschlitzter Fußball – zwischen einer Ansammlung verschmierter Weingläser, Becher, Portweingläser, leerer Flaschen. Wieviel hatten wir getrunken? Nicht genug – jedenfalls nicht genug, um die Erinnerungen auszublenden, die sowieso unbarmherzig von dem Fernsehteam festgehalten worden waren.

Ich hob eine grüne Papierkrone auf, setzte sie mir auf den Kopf und zündete eine Zigarette an. Es war schön, wieder allein zu sein. Während ich langsam den Rauch einsog, fegte ich die leeren Knallbonbonhüllen zusammen und warf sie ins Kaminfeuer, das kurz aufflammte, dann aber rasch wieder zu einer goldgefleckten Glut zusammensank. Mein Blick fiel auf einen der beigelegten Witzzettel, und ich mußte daran denken, wie Kim – in einem knallgelben Kleid – und Erica – in Feuerrot – über all die Kalauer gekichert hatten. Eigentlich den ganzen Abend – unerwartete Verbündete, zwei verrückte Tussis in absurden Flitterfähnchen. Über die üblichen Knallbonbonwitze wollten sie sich ausschütten, aber auch über Andreas, der alles andere als begeistert war von Erica und dieser ihm noch unbekannten Kim. Sie lachten über Pauls feierlichen Regisseurernst und über die Kameras. Sie hatten sich rechts und links von Dad niedergelassen (der auf Zeitlupe umzuschalten schien, während alle anderen immer aufgedrehter wurden) und so unerhört mit ihm geflirtet, daß er sie trotz allem anlächelte, wehrlos gegen ihr kindisches Getue.

Ich drückte die Zigarette aus und trug die Gläser in die Küche. Dann spülte ich das Besteck und ließ klares Wasser darüberlaufen. Wie wundervoll diese Stille war. Es war ziemlich laut zugegangen: Paul hatte Erica angeschrien (»Versuchst du etwa, meinen Film zu ruinieren?«), Andreas hatte Kim angebrüllt (»Du hast wirklich genug getrunken!«), Kim hatte zurückgekeift (»Verpiß dich, alter Blödmann, es ist Weihnachten, und ich hab keinen Bereitschaftsdienst!«), Jerry war auf Robert losgegangen (»Wenn du Hana nicht höflich behandeln kannst, dann hau ab!«), Robert hatte mich angeschrien (»Willst du immer noch alle zu einer glücklichen Familie machen?«). Dad war nicht laut geworden, genaugenommen hatte er fast gar nichts gesagt. Zwar hatte auch Claud sich beherrscht, er war mir jedoch in die Küche gefolgt und hatte mich dort angezischt: »Wer ist dieser Caspar, Jane?«

Die Teller waren fertig und standen glänzend weiß in Reih und Glied. Ich hob ein Tablett mit verschiedenen Gegenständen hoch (Streichhölzer, Schlüsselbund, Büroklammer, Stift, Fingerhut, Brieföffner, Ohrring, Ansteckblume, Schraubenzieher, schwarzer Bauer vom Schachspiel) und zuckte bei der Erinnerung innerlich zusammen. O Gott, wir hatten tatsächlich das Gedächtnisspiel gespielt. Natürlich hatte Claud es organisiert und den halbbeschwipsten Gästen die Regeln erklärt (»Merkt euch, was auf dem Tablett ist, dann decke ich alles zu, und ihr müßt alles aufschreiben, woran ihr euch erinnert. Wenn ihr fertig seid, nehme ich das Tuch weg, dann sehen wir mal, wer das beste Gedächtnis hat«). Als Kinder hatten wir dieses Spiel oft gespielt. Einer der Gegenstände auf dem Tablett war ein uraltes Foto von Claud, mir und den Jungs gewesen (Wer hatte es gemacht? Ich wußte es nicht mehr), auf dem wir uns anlächelten und uns festhielten. Schlagartig schienen alle nüchtern zu werden. Das war der Moment gewesen, als Jerry den Stuhl umgeschmissen hatte.

Ich füllte mir Portwein in ein dickes kleines Glas und steckte mir eine letzte Zigarette an. Der Rest der Unordnung mußte bis morgen warten. Dann zog ich meine Schuhe aus und nahm die Ohrringe ab. Ich gähnte und mußte plötzlich kichern, weil mir Kim und Erica einfielen. In diesem Moment klingelte das Telefon.

»Hallo!« Wer rief denn um diese nachtschlafende Zeit an?

»Mum.« Es war Jerry, und er klang immer noch wütend. »Tu so was nie wieder.«

»Willst du damit sagen, du hast dich nicht amüsiert? Wie schade – ich hatte schon geplant, daß wir uns alle zu Silvester wieder treffen.«

»Genau das habe ich gebraucht.«

Ich lag in einem dicken Frotteebademantel am grünen Wasser, umgeben von Palmen und dichtem Gebüsch. Wir tranken Mangosaft, und ich fühlte mich so entspannt wir schon seit ewigen Zeiten nicht mehr. Meine Muskeln hatten sich entkrampft, meine Knochen waren geschmeidig, meine Haut war glatt und weich, grünes Licht tanzte vor meinen Augen. Die Wintersonne, die durch die großen Fenster hereinfiel, liebkoste meine nackten Beine. Der Raum war erfüllt vom Echo weiblicher Stimmen, wie in einem Harem. Ich spürte meinen Herzschlag, gleichmäßig und beruhigend. Bald würde ich ein paar Runden schwimmen und danach zur Massage gehen. Dann würde ich mich wieder hinlegen, in den Frauenzeitschriften blättern und die Anzeigen für Sonnencreme und Lippenstift studieren.

Am Abend zuvor hatte Kim angerufen. Sie hatte zwei Tageskarten für The Nunnery gekauft, ein Fitneßcenter nur für

Frauen, und sie fragte mich nicht, ob ich mitkommen wollte, sie bestand einfach darauf. Zwar protestierte ich schwach, aber beim Klang von Kims sachlicher, vertrauter Stimme füllten sich meine Augen plötzlich mit Tränen. Ich hatte das Gefühl, als könnte ich mich endlich gehenlassen, als würden sich alle Schleusen gleichzeitig öffnen.

Ich hatte kaum aufgelegt, als das Telefon schon wieder klingelte. Diesmal war es Catherine, sie rief von einer Telefonzelle aus an. Paul sei gekommen, berichtete sie, und jetzt streite er sich mit Peggy, und die beiden versuchten nicht mal, leise zu sein. Es sei scheußlich, so scheußlich wie damals, bevor Paul endgültig gegangen sei. Sie schrien sich an, und alles habe irgendwie mit Natalie zu tun – könnte ich ihr nicht bitte, bitte verraten, was eigentlich los sei? Leider konnte ich das nicht, denn ich wußte es selbst nicht. Also faselte ich banales Zeug darüber, daß Paul und Peggy sie sehr liebhatten, was sie niemals vergessen dürfe. An diesem Punkt merkte ich, daß ich mit ihr wie mit einem sechsjährigen Kind redete, und hielt inne. Aber statt sauer zu werden und aufzulegen, fing Catherine an, laut zu schluchzen. Ich stellte mir vor, wie sie sich mit ihrem schönen schlanken Körper an die schmuddelige Zellenwand lehnte und Rotz und Wasser heulte; wie sie sich mit ihrem schwarzen T-Shirt die Tränen abwischte und ihre knochigen Ellbogen eiskalt wurden. Ich murmelte irgend etwas, und sie schluchzte weiter. Und während sie noch schniefte, war plötzlich das Geld alle.

Als Robert und Jerome klein gewesen waren, hatten sie sich so leicht trösten lassen. Ich konnte mich noch genau daran erinnern, wie sich ihre kleinen Körper dann an meinen schmiegten, wie sie den Kopf fest an meinen Hals drückten und die Beinchen entschlossen um meine Taille schlangen, während mein Kinn auf ihren weichen Haaren ruhte.

Doch irgendwann wollten sie nicht mehr, daß ich sie anfaßte. Eines Tages merkte ich, daß sie nicht mehr morgens zu mir ins Bett krochen. Und daß sie die Badezimmertür verriegelten. Wenn sie Probleme hatten, zogen sie sich in ihr Zimmer zurück, und ich mußte meinen Drang unterdrücken, ihnen nachzugehen und so zu tun, als könnte Mummy immer noch alles hinbiegen.

Seit dem Tag ihrer Geburt haben sie sich von mir entfernt. Mir fiel ein, daß meine Mutter kurz vor ihrem Tod sagte: »Das Beste, was ich dir schenken konnte, war deine Unabhängigkeit. Aber du hattest es immer so schrecklich *eilig*, von mir wegzukommen.« Kinder haben es immer eilig wegzukommen. Ich dachte an Robert am Strand; er war ungefähr fünf, sein Schuh war aufgegangen, und er heulte, weil wir nicht auf ihn gewartet hatten. Da stand er, eine kleine, stämmige Gestalt im endlosen Sand. Ich rannte zu ihm, bückte mich, um ihm zu helfen, aber er schubste mich weg: »Das kann ich allein!« Sie üben es so lange, erwachsen zu sein, und eines Tages merkt man dann, daß sie tatsächlich erwachsen sind. Wo war all die Zeit geblieben? Wie konnte es sein, daß ich plötzlich eine alleinstehende Frau mittleren Alters war, daß ich nie wieder die überschäumende Freude spüren würde, ein Kind auf dem Arm zu halten, mein Kinn an sein Köpfchen zu drücken und zu sagen: Sei nicht traurig, es wird alles gut, ich verspreche es dir.

Ich weinte mich in den Schlaf; von heftigen krampfhaften Schluchzern geschüttelt lag ich da und hatte das Gefühl, als sei etwas in mir zerbrochen. Am nächsten Morgen – mit einem phantastischen eisblauen Himmel und kahlen Zweigen, die der Frost knacken ließ – zog ich meinen Trainingsanzug an, packte mein Shampoo und *Jane Eyre* in eine Umhängetasche und zog los, um mich mit Kim zu treffen. Jetzt lag ich neben ihr, mit geschlossenen Augen in der grünweißen Umgebung, und sprach mit verträumter Stimme. Heute, mit Kim, konnte ich über alles reden. Worte trieben zwischen uns in der Luft, Wolken aus Erklärungen. Wasser plätscherte, kleine grüne Wellen tanzten über meine geschlossenen Augen. Mein Körper war Wasser, mein Herz hatte sich aufgelöst, Gefühle durchströmten mich sanft wie ein geträumter Fluß.

»Mir scheint, ich bin ziemlich am Ende, Kim.«

»Wegen Natalie?«

Kim hielt meine Hand fest, unsere Finger schlossen sich umeinander, unsere Arme schaukelten zwischen den Sonnenliegen. War es Verzweiflung, was ich fühlte? Verzweiflung mußte nicht immer hart und schneidend sein, sie konnte genausogut wie eine warme Flüssigkeit in jeden geheimen Winkel meines Körpers eindringen.

»Vielleicht war es ein Fremder. Eine Tragödie, bei der zufällig sie das Opfer wurde.«

»Ja.« Meine Stimme war nur noch ein Flüstern.

»Luke kommt als Täter wahrscheinlich am ehesten in Frage, auch wenn das Baby nicht von ihm war. Vielleicht hat er sie umgebracht, weil er wußte, daß er *nicht* der Vater war.«

»Vielleicht.«

»Wie auch immer, es ist jedenfalls nicht deine Pflicht, es herauszufinden.«

»Nein, natürlich nicht.«

»Du hast doch nicht womöglich jemand anderen in Verdacht? Liebe Jane, du solltest dich nicht lächerlich machen.«

Noch eine Weile lagen wir schweigend nebeneinander. Ich hatte die Augen immer noch geschlossen; das einzige, was sich an mir noch stabil anfühlte, waren meine Finger, dort, wo sie sich um Kims Hand schlangen.

Später ließ ich mich massieren. Eine nach Zitronen duftende Frau, die Haare zu einem glatten Pferdeschwanz zurückgebunden, beugte sich über mich und machte sich mit kräftigen Fingern an all meinen schmerzenden Körperstellen zu schaffen. Mein letzter Rest Widerstand wurde auf natürlichen Bahnen aus meinem Körper geschoben. Tränen rannen mir übers Gesicht und bildeten kleine Lachen auf der Liege.

Ich holte mein Auto vom Parkplatz an der St. Martin's Lane – Himmel, welcher Luxus! – und fuhr über die Charing Cross Road nach Norden. Ich stellte das Radio an. Nein, keine Musik. Ich wollte mich nicht meinen Gedanken überlassen, also drückte ich den Knopf, bis ich einen Sender fand, auf dem jemand redete.

»Was von den Vertretern des verschlafenen Establishment, die immer noch unser Land beherrschen, außer acht gelassen wird, ist die Tatsache, daß das Wertvollste der Welt bald etwas sein wird, was man nicht in Händen halten kann: kein Öl, kein Gold, sondern Information.«

»Ach du Scheiße!« schrie ich laut, da mich im Innern meines Wagens niemand hören konnte.

»Nun, die Auswirkungen sind unabsehbar, aber lassen Sie mich auf zwei Punkte besonders hinweisen. Erstens ist der Prozeß nicht umkehrbar, er entzieht sich jeder Kontrolle seitens nationaler Indikative oder Exekutive. Zweitens wird jede Organisation, die aus dieser Informationswelt ausgeschlossen bleibt, absterben und in Vergessenheit geraten.«

»O verdammt!« schrie ich.

Eine betont heitere Diskjockey-Stimme fragte, ob »Theo« vielleicht ein Beispiel dafür geben könne.

»In Ordnung, nehmen wir eine der angesehensten Institutionen, die Polizei. Wenn man eine neue Organisation schaffen wollte, die die Arbeit der Polizei übernimmt, dann würde sie vollkommen anders aussehen. Heute haben wir die typische unrationelle, arbeitskraftintensive Struktur, die jedes Jahr mehr Geld frißt und dabei immer schlechtere Resultate erzielt. Das ist hauptsächlich darauf zurückzuführen, daß die Rolle der Polizei auf einem Mythos basiert. Effiziente Polizeiarbeit basiert auf rationalem Management und der Beschaffung von Information.«

»Was ist mit dem einfachen Bobby auf Streife?«

»Allein die Erfindung ist doch schon ein Witz. Wenn wir möchten, daß Leute die Straße auf und ab marschieren, ohne etwas zu tun, holen wir uns doch lieber Pensionäre für ein Pfund pro Stunde. Das hat doch nichts mit Polizeiarbeit zu tun.«

»Hier müssen wir eine Pause machen. Wir sprechen mit Dr. Theo Martello über sein neues Buch *The Communication Cord.* Sie hören Capital Radio.«

Ich war gerade in der Tottenham Court Road und merkte zu meiner Belustigung, daß ich gleich am Capital Tower vorbeifahren würde. Also überquerte ich die Euston Road, bog, einem plötzlichen Impuls folgend, rechts von der Hampstead Road ab und parkte neben dem Laden mit den Armee-Restbeständen. Eine Weile ließ ich das Radio laufen und hörte zu, wie Theo vom Niederreißen der Grenzen schwärmte, vom Zusammenbruch der Institutionen, vom Ende des Staates, der Wohlfahrt, der Einkommensteuer und so weiter. Schließlich war er fertig, und der Diskjockey wies noch einmal auf das Buch hin. Ich stieg aus, überquerte die Straße und wartete ein paar Meter von der Drehtür entfernt.

Zuerst bemerkte Theo mich nicht. Er trug seine Geschäftskleidung, einen Anzug, dessen Revers so hoch und so scheußlich war, daß er sündhaft teuer gewesen sein mußte. Unter dem Arm trug er eine Aktentasche, etwa so groß und so dick wie eine Zeitschrift. Im Wintersonnenschein schimmerte seine Kopfhaut durch die kurzgeschorenen Haare.

»Darf ich Ihnen die Tasche tragen, Mister?« fragte ich freundlich.

Erschrocken wandte er sich um.

»Was ist denn jetzt los?« fragte er. »Hat mich etwa die versteckte Kamera erwischt?«

»Nein, ich hab dich gerade im Radio gehört und plötzlich bemerkt, daß ich ganz in der Nähe war.«

Er lachte. »Gut. Schön, dich zu sehen, Jane.«

»Kann ich dich irgendwohin mitnehmen?«

»Liegt Bush Home auf deinem Weg?«

»Nein, aber ich bringe dich gern hin.«

Theo sagte dem bereits wartenden Taxifahrer, er könne weiterfahren, und wir stiegen in meinen Wagen.

»Wie kommst du bloß mit einer so kleinen Aktentasche aus? Ich bin immer mit Einkaufstüten voller Papiere in den Satteltaschen unterwegs.«

Theo schüttelte den Kopf. »Ich finde selbst die noch viel zu groß. In fünf Jahren habe ich eine von der Größe und dem Gewicht einer Kreditkarte.«

»Ich verliere meine Kreditkarte andauernd.«

»Ich fürchte, die Informationsrevolution hat noch nicht herausgefunden, wie man das Gehirn beeinflußt, meine Liebe. Da vorne mußt du links abbiegen und dann rechts.«

»Ich kenne den Weg«, entgegnete ich etwas gereizt. »Du bist nicht sehr nett mit unserer Polizeitruppe umgesprungen, findest du nicht auch?«

»Das ist genau das Thema, bei dem die Leute die Ohren spitzen, oder nicht?«

Eine kurze Stille trat ein, und ich wartete in der Hoffnung, Theo würde bei diesem Thema bleiben. Ich selbst hatte Angst, das anzusprechen, was mir auf den Nägeln brannte. Doch ich mußte es tun.

»Theo, was hast du mit Helen Auster im Sinn?«

Zunächst erfolgte keine Reaktion, aber die Pause war etwas zu lang.

»Was meinst du damit?«

»Ach komm schon, Theo, ich bin doch nicht blind.«

Ich sah, wie sich sein Griff fester um die Aktentasche schloß.

»Ach, weißt du, Frauen in Uniform haben irgendwas an sich, findest du nicht?«

»Helen Auster trägt keine Uniform.«

»Nicht wirklich, aber metaphorisch. Es ist irgendwie erotisch, wenn ein Symbol staatlicher Autorität schwach wird und sich erobern läßt.«

Ich wußte nicht, wie ich anfangen sollte.

»Theo, sie versucht den Mord an deiner Schwester aufzuklären.«

»Ach, laß doch, Jane. Kein Mensch wird den Mord an Natalie je aufklären. Die Ermittlungen sind eine Farce. Es gibt kein Beweismaterial. Letztlich wird alles im Sand verlaufen.«

»Hab ich da was verpaßt, Theo? Ich dachte, du bist verheiratet. Wie paßt Frances in die Geschichte?«

Mit einem selbstsicheren Lächeln wandte sich Theo zu mir um.

»Was soll ich dir denn sagen, Jane? Daß meine Frau mich nicht versteht? Wir sind hier nicht beim Debattierklub.«

»Ist Helen Auster nicht auch verheiratet?«

»Mit dem Supermarktmanager, ja. Aber das scheint für sie kein Hinderungsgrund zu sein.« Ich musterte ihn. Auf seinem Gesicht lag ein leichtes Lächeln, als wollte er mich ärgern oder sich über mich lustig machen. »Helen ist eine leidenschaftliche Frau, Jane. Und sehr freizügig, wenn sie ein wenig ermutigt wird.«

»Willst du Frances verlassen?«

»Nein, es ist nur ein bißchen Abwechslung.«

So schrecklich einfach war es also. Mir war übel, aber ich konnte mich nicht bremsen.

»Ich habe neulich Chrissie Pilkington gesehen. Na ja, sie heißt nicht mehr Pilkington.«

»Und?«

»Sie hat deinen Namen erwähnt.«

»Worum ging es denn?«

»Sie war mal eine Flamme von dir. Nachdem dein Vater mit ihr fertig war.«

»Sehr kurz.« Er schwieg. »Alles in Ordnung, Jane?« fragte er schließlich.

»Wie meinst du das?«

»Möchtest du wirklich wissen, wie ich das meine?« fragte Theo, zum erstenmal richtig wütend. »Ich versuche mich daran zu erinnern, wer vor Chrissie meine Flamme war, wie du es so schön ausdrückst. Wie hieß sie denn nur?« Hektisch blickte er um sich. Wir steckten im Stau, mitten in der Gower Street. »Ich gehe von hier lieber zu Fuß oder nehme mir ein Taxi. Danke fürs Mitnehmen.«

Damit öffnete er die Wagentür, stieg aus und ging mit raschen Schritten davon. Ich blieb im Wagen sitzen, mitten im Stau, wütend und beschämt.

24. KAPITEL

Ich nahm gerade ein Bad, als das Telefon klingelte. Mit dem großen Zeh drehte ich den Warmwasserhahn zu, ließ mich in den Schaum zurücksinken und horchte. Ich hatte vergessen, den Anrufbeantworter einzuschalten. Ob ich drangehen sollte? Wenn ich jetzt aus der Badewanne hüpfte, würde das Klingeln aufhören, ehe ich den Apparat erreichte. Aber es hörte nicht auf zu klingeln. Also hievte ich mich doch aus dem Wasser, wickelte mich in ein Handtuch und rannte ins Schlafzimmer.

»Hallo!«

»Jane, hier ist Fred.«

»Fred? Ich hab ewig nichts mehr von dir gehört...«

»Ich rufe an wegen Martha. Es geht zu Ende.«

»Zu Ende?«

»Sie liegt im Sterben, Jane. Es wird schnell gehen. Sie

möchte dich sehen und hat mich gebeten, dich mitzubringen. Ich fahre morgen ganz früh los.«

»Sollten wir uns nicht lieber gleich auf den Weg machen?«

»Ich fürchte, dazu bin ich nicht in der Lage.« Seine Stimme klang undeutlich. »Aber sie schläft jetzt ohnehin.«

»In Ordnung, Fred. Um wieviel Uhr?«

»Ich hole dich so gegen fünf ab, dann kommen wir nicht in den Berufsverkehr und können um acht dort sein. Morgens geht es ihr am besten. Sie schläft fast den ganzen Nachmittag.«

In letzter Zeit hatte ich diese Fahrt eindeutig zu oft gemacht: zum großen Pilzesuchen mit der Familie, zur Beerdigung, zu meinen unbeholfenen Aussprachen mit Martha und mit Chrissie. Fred hatte getrunken, aber ich konnte nicht beurteilen, ob heute früh oder gestern nacht. Ich bot ihm an, das Steuer zu übernehmen, aber er winkte ab. Schweigend fuhren wir in seinem Firmenwagen durch den dunklen Morgen. Lynn hatte ihm eine Kanne guten schwarzen Kaffee mitgegeben, dazu ein paar Sandwiches, in ordentliche Dreiecke geschnitten, dünn mit Pflaumenmus bestrichen. Ich lehnte die Sandwiches ab, trank aber Kaffee. Als ich mir eine Zigarette anzündete, kurbelte Fred sofort das Fenster herunter. Ich steckte eine der Kassetten, die ich für Martha mitgenommen hatte, in den Recorder. Sofort erfüllten die Lieder von Grieg rein und klar das Auto.

Als wir in Birmingham ankamen, fragte ich Fred: »Erinnerst du dich daran, wie sie uns immer vorgesungen hat? Beim Abendessen, auf Spaziergängen – plötzlich fing sie an zu singen. Sie hat nicht nur vor sich hingesummt oder uns zum Mitsingen animiert, nein, sie hat geschmettert, richtig laut geschmettert.«

Fred knurrte etwas. Na ja, selbstverständlich erinnerte er sich daran. Aber ich war nicht zu bremsen.

»Oder wie sie auf ihrem alten Fahrrad rumgeradelt ist, aufrecht im Sattel, die Haare flatterten im Wind. Wir haben sie oft ausgelacht, und trotzdem war sie immer als erste oben auf dem Hügel. Oder wie sie uns gezeichnet hat. Wir spielten miteinander und wußten nicht mal, daß sie da war, und auf einmal zeigte sie uns dann die fertige Skizze. Manche waren wunderschön. Ich frage mich, wo sie geblieben sind. Ich hätte gern eine davon.«

»Ich weiß noch genau, wie sie immer im Gewächshaus saß.« Freds Stimme war barsch, und er hielt die Augen auf die Straße gerichtet. »Jeden Morgen ging sie zum Gewächshaus und setzte sich auf diesen hohen Hocker. Wenn wir aufstanden, fanden wir sie dann dort, vollkommen reglos, mit starrem Blick in Richtung Garten, wie ein Wachposten. Irgendwie war das beruhigend. Was auch sonst passierte, Mum saß da und bewachte das Stück Welt, das uns gehörte. Nimm doch noch ein wenig Kaffee.«

»Danke. Stört es dich, wenn ich noch eine Zigarette rauche?«

»Nur zu.«

Inzwischen hatten wir die Autobahn verlassen und folgten den Schildern nach Bromsgrove.

»Fred, wegen Natalie …«

»Nein.« Seine Stimme war scharf.

»Ich wollte nur fragen …»

»Ich habe nein gesagt, Jane. Später. Erst kommt Martha. Du mußt warten.«

Marthas Zimmer war voller Blumen und Pralinenschachteln, wie auf einer Krankenhausstation.

»Es ist schon merkwürdig, daß die Leute immer denken, wenn man alt oder krank ist, braucht man Süßigkeiten«, lachte sie und bedankte sich für meine Kassetten. Fred reichte ihr die Karten, die seine Kinder für sie gemacht hatten.

Martha betrachtete jede einzelne sehr aufmerksam und legte sie schließlich behutsam auf den Tisch neben ihrem Bett. Dann saßen wir da und konnten kaum unser Entsetzen darüber verbergen, wie schmal ihr Gesicht geworden war. Ihr Körper zeichnete sich kaum unter der Decke ab, ihre weißen Hände waren nur noch Haut und Knochen. Eine unbehagliche Pause trat ein, in der wir uns den Kopf darüber zerbrachen, welches Thema für ein Sterbebett geeignet wäre.

»Genauso seltsam ist es«, fuhr Martha fort, »daß man in Situationen, in denen es einem am wichtigsten ist zu reden – wie jetzt, wo ich sterbe –, oft gleichzeitig das Gefühl hat, es wäre unmöglich. Oder peinlich. Alfred, du wolltest mich nach dem Garten fragen oder nach dem Wetter, stimmt's? Dabei wirst du mich vielleicht nie wiedersehen.«

»Mummy«, sagte Fred leise. Es war beinahe ein Schock, daß ein erwachsener Mann jemanden mit einem so kindlichen, vertraulichen Namen anredete. Ich blickte auf meine Hände hinunter, die ich in meinem Schoß gefaltet hielt.

»Fred, mein Lieber, geh doch einfach ein Weilchen zu Alan. Er spaziert irgendwo im Garten herum. Ich möchte gern mit Jane unter vier Augen sprechen. Und dann mit dir, auch allein. In Ordnung?«

Als Fred gegangen war, sagte Martha: »Ich hatte lange Zeit, mich auf das Sterben vorzubereiten, aber irgendwie wird es dadurch auch nicht leichter.«

»Hast du Angst?« fragte ich.

»Ich fürchte mich entsetzlich, wenn du's genau wissen willst. Ich denke an dieses große schwarze Loch, das mich erwartet, und es kommt mir gar nicht so vor, als wäre mein Leben wirklich vorbei. Es ging alles viel zu schnell, ich fühle mich irgendwie betrogen. Aber mit Alan kann ich nicht darüber sprechen. Er redet nur davon, daß es mir in ein paar Wochen sicher wieder bessergehen wird, und überlegt, wo wir dieses Jahr Ferien machen sollten – weißt du, ich glaube, er hat sogar schon mit dem Reisebüro telefoniert. Er bemuttert mich entsetzlich, und ich kann nicht mal ein Glas Wasser trinken, ohne daß er gleich angeschossen kommt, um es für mich zu halten.« Sie hob ihre zitternde Hand. »Ein andermal sagt er, ich sollte versuchen aufzustehen und einen Spaziergang im Garten zu machen. Er schneidet Rezepte aus und ermuntert mich, sie auszuprobieren. Oder er kocht selbst für mich, Knödel und solches Zeug, und lädt ungefähr fünfmal soviel auf meinen Teller, wie ich essen kann. Dann beobachtet er mich, wie ich esse. Über Dinge, die wir regeln müssen, kann ich nicht mit ihm sprechen. Dinge für die Zeit nach meinem Tod.«

»Kann ich irgend etwas für dich tun?«

Sie blickte mir fest in die Augen, als wüßte sie alles. »Ja. Alan hat dir immer vertraut. Paß auf ihn auf. Kümmere dich um ihn, Jane.«

»Ich weiß nicht, ob ich das kann, Martha«, entgegnete ich.

»Doch, du kannst es«, sagte sie fest.

Wie soll man sich von einem geliebten Menschen verabschieden, wenn man weiß, daß man ihn nie wiedersehen wird? Ich beugte mich zu Martha hinab, und sie blickte mit glanzlosen, müden Augen zu mir empor.

»Du bist so schön«, sagte ich, was mir furchtbar lächerlich vorkam, und strich eine weiße Haarsträhne aus ihrer Stirn. Ich küßte sie auf beide Wangen und auf den Mund.

»Es tut mir leid«, sagte sie zu mir.

Auf dem Heimweg fuhr Fred viel zu schnell. Es herrschte reger Verkehr auf den Straßen, und es war neblig, aber er blieb auf der Überholspur, bremste scharf, wenn plötzlich ein Wagen vor ihm auftauchte, und hupte jeden an, der vernünftigerweise langsamer fuhr. Zunächst schwieg er, was mir auch lieber war. Im Radio liefen die Nachrichten, danach kam ein Theaterstück, dem ich nicht folgen konnte. Etwa sechzig Kilometer vor London sagte er: »Jane, es muß aufhören.«

Ich unternahm nicht mal den Versuch, so zu tun, als würde ich ihn nicht verstehen. »Warum sagst du das, Fred?«

Er hieb mit der Faust aufs Lenkrad, wich etwas Totem aus, das auf der Straße lag, und antwortete: »Begreifst du denn nicht, daß wir von diesem ganzen Unsinn genug haben? Ich habe mit Claud gesprochen – der dir unter den gegebenen Umständen unglaublich viel Verständnis entgegenbringt, finde ich –, und er hat erzählt, es hätte irgendwas mit einer Therapie oder so zu tun. Mit Theo hab ich auch gesprochen. Was hast du denn vor?«

Ich öffnete den Mund, um etwas zu sagen, aber er war noch nicht fertig.

»Ich weiß nicht, warum dir soviel daran liegt, dich zu rächen – wo du es doch warst, die Claud verlassen hat, aber vergessen wir das mal. Wir können es einfach nicht mehr ertragen, daß du in unserem Leben herumschnüffelst. Und jetzt liegt auch noch Mummy im Sterben – kannst du nicht endlich aufhören?«

»Ich tu doch gar nichts.«

»Ach, red keinen Unsinn. Was willst du von uns? Laß uns in Frieden. Mach ruhig weiter mit deiner Nabelschautherapie, aber *uns laß bitte in Ruhe.*«

Natürlich hatte er wieder getrunken. Aber dachten die anderen auch so über mich? Ein Teil von mir sehnte sich danach, daß man mir vergab und mich wieder im Schoß der Familie aufnahm, aber irgend etwas hielt mich zurück. Den Rest der Fahrt legten wir in grimmigem Schweigen zurück.

Ich sollte mir eine Katze zulegen, dachte ich, während ich die Eingangstür aufschloß und das kalte, stille Haus betrat. Ohne den Mantel auszuziehen, ging ich zum Telefon im Wohnzimmer und wählte Theos Nummer. Er hob sofort ab.

»Theo, hier ist Jane.«

»Hallo, Jane.«

Er klang nicht sonderlich erfreut.

»Ich muß mit dir sprechen. Ich war gerade mit Fred unterwegs.«

»Ja, ich weiß. Er hat mich mit seinem Handy angerufen.«

»Denkst du das gleiche wie er, Theo? Daß ich meine Nase in Angelegenheiten stecke, die mich nichts angehen?«

»Wenn du das noch fragen mußt, bist du weniger intelligent, als ich dich eingeschätzt habe, Jane. Ich finde, du machst dich lächerlich.«

Damit legte er auf. Eine nach der anderen wurden die Türen der Familie Martello vor meiner Nase zugeschlagen.

Ich spähte in meinen Kleiderschrank. Mein graues Gabardinekostüm mit dem langen, engen, bis zum Knie geschlitzten Rock? Zu sehr Geschäftsfrau. Das rote enge Kleid mit dem tiefen Ausschnitt und den langen Ärmeln? Zu sexy. Das kleine Schwarze? Zu bieder. Leggings mit einer chinesischen Seidentunika in Herbstfarben? Zu zurückhaltend. Ich probierte eins nach dem anderen vor dem langen Spiegel und entschied mich schließlich doch für die Tunika. Dann ließ ich mir ein Bad einlaufen, wusch mir die Haare und kleidete mich langsam an. Ich zog einen grünen Lidstrich, tuschte meine Wimpern und schminkte mir die Lippen dunkelrot. Ich lächelte in den Spiegel, aber mein Spiegelbild lächelte ängstlich zurück. Viel zu aufgedonnert. Also befeuchtete ich einen Wattebausch mit Make-up-Entferner und wischte den Lidstrich wieder weg.

Schließlich war es doch nur eine Dinnerparty, kein Examen. Ich bürstete mir die Haare zurück und steckte sie hoch, legte die tropfenförmigen Bernsteinohrringe an und tupfte Rosenwasser auf die Handgelenke. Außer mir waren noch sieben Gäste eingeladen, und natürlich würde Caspars Tochter da sein. Was sollte ich bloß tun, wenn sie mich nicht mochte?

Fanny betrat den Raum rückwärts, einen schweren Koffer hinter sich herziehend. Dann wandte sie sich um und sah uns ernst an.

»Ich bin auf Reisen«, verkündete sie. Vor meinen Knien machte sie halt und betrachtete mich einen Moment mit Caspars grauen Augen. »Wer bist du?«

Caspar machte keine Anstalten, sich einzumischen, sondern wartete nur die Antwort ab.

»Jane.«

»Sag mir alle Wörter, die sich auf Jane reimen. Auf die Plätze, fertig, los.«

Ich gab mir alle Mühe.

»Jetzt mit Fanny, los!«

»Danny, Annie, Mannie...«

»Das sind alles bloß Namen. Ich will richtige Wörter.«

Ich versuchte es, kam aber nicht weit.

»In der Schule sagen die Mädchen immer, Fanny bedeutet Vagina, und dann singen sie ›Fanny hat 'ne Fanny‹. Meinst du auch, Fanny heißt Vagina?«

»Viele Wörter haben unterschiedliche Bedeutungen. Für manche Leute bedeutet Fanny tatsächlich Vagina, für mich bedeutet Fanny jetzt ein fünfjähriges Mädchen, das auf Reisen ist. Als ich in der Schule war, haben mich die anderen immer ›Plain Jane Crane‹ gerufen, dabei war ich weder unscheinbar noch ein Kran.«

Jetzt stand Caspar auf und sagte zu Fanny: »Na, dann komm jetzt lieber mal. Wir lesen noch ein Kapitel *Pippi* und lassen unsere Gäste ein paar Minuten allein. Ihr wißt ja, wo der Wein ist.«

Sie streckte ihm die Arme entgegen, und er hob sie auf seine Schultern.

»Noch ein Glas Wein, Jane?«

»Höchstens ein halbes.«

Ich streckte die Hand aus, um meinen Worten Nachdruck zu verleihen, und dabei berührten sich unsere Finger. Mein Atem stockte. Mir wurde flau im Magen, mein Herz zappelte wie ein Fisch.

»Wie hast du Caspar kennengelernt?« fragte der Mann neben mir – Leonard, der im Tropenkrankenhaus arbeitete und gerade aus Angola zurückgekommen war.

»Ich habe bei einer öffentlichen Versammlung neben ihr gesessen, und sie hat mich angeschrien«, mischte sich Caspar ein.

»Und dann ist er zu einer Bürgerversammlung gekommen, an der ich teilnehmen mußte, und jemand hat ihm ein blaues Auge verpaßt.«

»Für einen überzeugten Pazifisten läßt du dich in ziemlich viele Schlägereien verwickeln«, meinte Carrie von der anderen Seite des Tischs. »Hat dich nicht auch schon mal ein Penner verhauen, als du versucht hast, ihm Geld zu geben?«

»Das war ein Mißverständnis.«

»Na klar«, sagte Eric mit den roten Haaren und den abgebissenen Fingernägeln. »Und dann auch noch die alte Dame im Supermarkt, als du mit ihrem Einkaufswagen weggegangen bist. Bei der richtigen Beleuchtung sieht man die Narbe immer noch.«

Es war ein wunderschöner Abend mit interessanten, lockeren Gesprächen gewesen. Caspars Freunde hatten mich empfangen, als hätten sie schon viel von mir gehört. Gelegentlich, wenn ich Caspar ansah, ertappte ich ihn dabei, wie er mich musterte. Bei allem, was ich sagte oder tat, war ich mir stets bewußt, daß er sich mit mir im Zimmer befand. Ein Glücksgefühl, das ich kaum verbergen konnte, stieg in mir auf und raubte mir fast den Atem. Ich sprang auf.

»Oh, tut mir leid, ich hab gar nicht bemerkt, wie spät es ist. Ich muß heim.« Ich lächelte in die Runde. »Es war ein wunderschöner Abend, vielen Dank.«

Caspar hielt mir meinen Mantel hin, und ich schlüpfte hinein, sorgfältig jede Berührung vermeidend. Er öffnete die Tür, und ich trat hinaus in die frische Luft, die roch, als würde es demnächst schneien.

»Danke, Caspar, es hat mir sehr gefallen.«

»Gute Nacht, Jane.«

Reglos standen wir voreinander. Einen Augenblick dachte ich, er würde mich küssen. Wenn er mich küßte, würde ich ihn auch küssen und mich an seinen langen schmalen Körper schmiegen. Aber dann hörte ich Gelächter aus dem Wohnzimmer, und oben hustete ein Kind. Ich ging nach Hause.

»Tut mir leid, Jane Martello ist nicht zu sprechen, aber hinterlassen Sie bitte eine Nachricht nach dem Piepton.«

»Hallo, hier ist Paul, am Donnerstag abend um, äh, um zehn Uhr dreißig. Ich rufe an, um dir zu sagen, daß die Sendung am 21. Februar ausgestrahlt wird. Ich würde mich freuen, wenn du zu einer kleinen Feier zu uns kommen würdest. Und die Sendung ansehen natürlich. Bitte gib mir so bald wie möglich Bescheid.«

Wie war es möglich, daß die Sendung schon fertig war? Ich hatte Paul doch gesehen, wie er herumgewandert war und sich Notizen gemacht hatte, und dann war da natürlich noch das katastrophale Weihnachtsfest gewesen, aber ich hatte gedacht, es sei alles noch im Entwicklungsstadium. Eigentlich hatte ich im stillen sogar gehofft, es würde überhaupt nie zur Ausstrahlung kommen.

»Hi, Jane, hier ist Kim, ich wollte nur wissen, ob bei dir alles in Ordnung ist.«

»Ich bin's, Alan.« Er klang reichlich alkoholisiert.

»Bitte ruf mich an.«

Wie sich herausstellte, war er tatsächlich betrunken. Als wir von Martha sprachen, weinte er ins Telefon. »Oh, Jane«, klagte er, und mir lief eine Gänsehaut über den Rücken, als ich an seine unbeholfene, kindische Bedürftigkeit und meine überspannte, unloyale Heimlichtuerei dachte.

»Für sie bist du wie eine Tochter.« Das stimmte zwar nicht ganz, aber ich wußte, was er meinte. Auch für mich war Martha meine zweite Mutter.

»Gibt es keine Hoffnung, daß ihr euch versöhnt, du und Claud? Das würde sie so glücklich machen.« Nein, keine Hoffnung, nicht das kleinste bißchen. Und Martha wußte genau, daß es aus war.

»Ich werde nie wieder schreiben, nie mehr. Ich bin ein alter Mann, ich bin am Ende, Jane.«

Ich zog meine Zigarettenschachtel heraus.

»Verlaß uns nicht, Jane.«

Nun begann er, von Natalie zu faseln – so ein wunderbares Kind, so liebevoll. Warum war sie in ihren letzten Jahren so feindselig gewesen? Sie hatten doch immer versucht, gute Eltern zu sein, nicht wahr? Was hatten sie nur falsch gemacht? Er wußte ja, daß er bei Frauen leicht schwach wurde, aber das erklärte doch noch lange nicht... einmal hatte sie ihn sogar angespuckt. Erinnerungen sind so schrecklich, so schrecklich, so schrecklich, so schrecklich.

25. KAPITEL

Ich rief Caspar an. Den ganzen Tag über hatte ich an ihn gedacht, aber erst abends entschloß ich mich, ihn anzurufen.

»Hier ist Jane. Können wir uns am Sonntag auf dem Highgate Cemetery treffen?«

»Gern. Wann?«

»Um drei beim Grab von George Eliot.«

»Wie finde ich das?«

»Du erkennst es daran, daß ich um drei danebenstehe.«

»In Ordnung. Ich bin der mit dem Exemplar von *Daniel Deronda*, zur Hälfte gelesen.«

Das war alles – zwei Dutzend Worte. Und das erotischste Telefongespräch, das ich je geführt hatte. Ich buk zwei Madeirakuchen, drei Vollkornbrote und einen einfachen Biskuitkuchen zum Einfrieren. Ich trank vier Gläser Rotwein, rauchte acht Zigaretten und hörte Bach – unromantische Musik. Am Samstag putzte ich das Haus von oben bis unten, und zwar gründlich: Ich nahm die Bücher aus den Regalen und wischte sie einzeln ab, hängte die Bilder auf, die seit Monaten im Arbeitszimmer rumstanden und riß die Drucke von den alten Kirchen herunter, die Claud hatte hängenlassen und die sich bereits wellten. Ich klebte die Fotos vom letzten Jahr ins Album. Mit Ausnahme eines Schnappschusses von Hana mit einem Glockenhut, der fast ihr ganzes Gesicht verbarg, waren auf ihnen nur Gebäude zu sehen. Nachmittags ging ich nach Hampstead und kaufte mir einen Mantel. Er kostete nichts, da ich einfach mit meiner Kreditkarte zahlte. Alle Gedanken an Natalie verbannte ich aus dem Kopf. Schließlich war es *mein* Wochenende.

Abends machte ich mir einen Reissalat und trank dazu den Rest der Flasche Rotwein, die ich vor nicht allzulanger Zeit geöffnet hatte. Dann holte ich eine Schachtel vom Speicher, zündete eine Kerze an und schmökerte in den Liebesbriefen, die Claud mir geschrieben hatte. Fast alle stammten aus dem Jahr vor unserer Heirat und dem Jahr danach. Ansonsten gab es nur noch gelegentlich eine Postkarte von irgendeiner Konferenz: »Vermisse dich.« Wahrscheinlich war das nicht mal gelogen.

Alle Briefe waren in einer makellosen Handschrift verfaßt; auf manchen war die Tinte allerdings schon etwas verblichen. »Meine süße Jane«, schrieb er, »Du warst wunderschön in Deinem blauen Kleid.« »Mein Liebling, ich wünschte, Du wärst heute nacht bei mir.« Der früheste Brief stammte vom

September 1970 – ein paar Monate nach Natalies Verschwinden. Seltsam, daß ich ihn vergessen hatte: Es war ein netter, vernünftiger Brief darüber, wie die Familie zusammenhielt. »Sie wird wieder heimkommen«, hatte Claud geschrieben, »aber natürlich wird nichts je wieder so sein wie früher. Der erste Teil unseres Lebens ist vorüber.« Er hatte recht. Seltsam, daß er in diesen wenigen Zeilen mehr über Natalie gesagt hatte als jemals später. Ich dachte an ihn in seiner aufgeräumten Wohnung, mit den Kunstbänden über alte Kirchen und der alphabetisch geordneten Korrespondenz. Ob er immer noch hoffte, daß ich es mir anders überlegen würde? Wäre er in diesem Augenblick, am Abend vor meinem Rendezvous mit Caspar, zur Tür hereingekommen, ich glaube, ich hätte ihn nicht abgewiesen. Abschiednehmen war noch nie meine Stärke.

Er war pünktlich an Ort und Stelle, allerdings mit Fanny. Ihre wilden Locken umrahmten ihr von der Kälte gerötetes Gesicht; sie trug Jeans, die für ihren schmalen kleinen Körper mindestens zwei Nummern zu groß waren. Als erstes öffnete sie ihre behandschuhte Faust und zeigte mir die Steine, die sie während des Wartens gesammelt hatte. Daher stammten auch die Schmutzflecken auf ihren Wangen.

»Fannys Freundin, bei der sie heute eigentlich den Tag verbringen wollte, ist leider krank geworden«, erklärte Caspar.

»Ich freue mich, deine Tochter wiederzusehen«, log ich. »Komm mit, Fanny, da hinten ist ein Obelisk mit einer Hundeschnauze. Der Hund hieß Emperor.«

»Was ist ein Obelisk?«

»Eine Art spitze Säule.«

Wir spazierten den kiesbestreuten Hauptweg entlang; man mußte aufpassen, daß man sich nicht in den Brombeerranken verfing.

»Ist dir schon aufgefallen«, fragte Caspar, »wie viele Kinder hier begraben sind? Hier zum Beispiel, der kleine Samuel, fünf Jahre alt, und da drüben, ein elfmonatiges Baby.« An einem Familiengrab machten wir halt: fünf Namen, alles Kinder unter zehn Jahren. Fanny drehte Pirouetten auf einem sonnenbeschienenen Fleck. Auf manchen besonders gepflegten Gräbern standen Blumen, aber die meisten waren mit Nesseln und Efeu überwachsen, Moos wucherte auf den Grabsteinen und machte die Inschriften zum Teil unleserlich.

»Sieh dir mal das hier an«, sagte ich. Ein paar Meter entfernt stand ein kopfloser Engel Wache über einer bewachsenen Steinplatte. »Wir haben verlernt zu trauern, stimmt's? Wir wissen nicht mehr, wie man jemanden im Gedächtnis behält. Ich hätte gern ein solches Denkmal. Aber die Leute würden sagen, das ist kitschig – oder morbid.«

Caspar lächelte. »Morbid? Was soll daran morbid sein, wenn man mit vierzig sein Grabmonument plant? Ein solcher Gedanke wäre mir nie gekommen.«

»Ich bin zweiundvierzig. Sieh mal hier.«

Vier verträumte präraffaelitische Köpfe, trauernd in einem steinernen Kreis.

»Wo sind die Tiere begraben, Jane?« Fanny kehrte von einem Ausflug durch eine Reihe verfallener Grabsteine zurück.

Ich deutete den Pfad entlang. »Dort drüben. Noch ein Stück weiter.«

Und schon war sie fort, daß die Schalfransen nur so hinter ihr herflatterten.

»Komm hierher, Jane.«

Ich bahnte mir einen Weg durchs Dickicht, wo Caspar auf mich wartete. Ich ging langsam. Einen schöneren Moment als diesen würde ich wahrscheinlich nie erleben. Dicht vor ihm blieb ich stehen, und wir sahen uns an.

»Plain Jane Crane«, sagte er. Mit dem Zeigefinger zeichnete er sanft meine Lippen nach. Vorsichtig, als wäre ich kostbar und zerbrechlich, legte er die Hand um meinen Hinterkopf. Ich zog die Handschuhe aus, ließ sie einfach in die Nesseln fallen und schob die Hände unter seinen Mantel, unter seinen Pullover, unter sein Hemd. Er roch nach Holzrauch. Ich sah mein Gesicht in seinen Augen, doch dann schloß er sie und küßte mich. So viel Stoff war zwischen uns. Wir preßten uns aneinander, mein Körper schmerzte vor Sehnsucht.

»Caspar, Caspar, wo seid ihr? Kommt mal her und seht euch an, was ich gefunden habe. Ach, hier seid ihr ja. Warum versteckt ihr euch? Jane, du hast deine Handschuhe verloren. Kommt schon, beeilt euch.«

Als ich mich in meiner Erinnerungswelt wiederfand und die Felsen von Cree's Top hart und unnachgiebig in meinem Rücken fühlte, fror ich, und mir war ängstlich zumute. Zu meiner Linken floß der Col; seine kleinen Wellen wirkten auf mich beklemmend, dick wie Öl, nicht wie fließendes Wasser. Schwerfällig erhob ich mich und ging zur Flußbiegung. Dort blieb ich stehen und drehte mich um; mich fröstelte in meinen Tennisschuhen und dem dünnen Baumwollkleid, schwarz wie das, welches Natalie in diesem Sommer so oft getragen hatte. Der Wind drückte es eng an meinen jungen festen Körper, den ich tags zuvor Theo hingegeben hatte, der ihn liebkoste, entblößte und schließlich in ihn eindrang, draußen im Schatten des Waldes, während uns das Lachen und die Musik der Party in den Ohren klangen. Ich hatte das Tagebuch mit meinen kindischen Wünschen und Phantasien dabei und riß nun die Seiten heraus, eine nach der anderen. Mit solch albernen Vorstellungen wollte ich nichts mehr zu tun haben. In dem Gefühl, die Brücken hinter mir abzubrechen, zerknüllte ich die Blätter und warf sie ins Wasser, wo sie im Spiel von Licht und Schatten auf den Wellen verschwanden, im Zwielicht, das den Übergang von Wasser und

Luft beinahe unsichtbar machte. Jetzt war ich eine Frau, nicht wahr?

Ich stand da, das Gesicht dem Hügel zugewandt. Eine Woge der Furcht überflutete mich, ich fühlte mich plötzlich so schwach, daß ich mich kaum auf den Beinen halten konnte. Links von mir schwankten und bogen sich die Ulmen, vielleicht standen sie aber auch still und nur ich selbst taumelte. Dennoch machte ich mich auf den Weg, den schmalen, steilen Pfad hinauf, an den ich mich – obwohl er mir doch einst so vertraut war – nicht mehr erinnerte. Durch das Gebüsch zu meiner Rechten konnte ich zwar das schlammige Wasser des Flusses unter mir sehen, aber jetzt blickte ich nur auf den Pfad vor mir, diesen Pfad, der durch mein verschlossenes Gedächtnis führte. In der hereinbrechenden Dämmerung streiften mich unsichtbare Zweige und verfingen sich in meinem Kleid, Dornen zerkratzten meine nackten Arme und Beine, als wollten sie mich zurückhalten. Doch ich achtete nicht darauf. Nun war ich auf Cree's Top angekommen, aber die Sicht war in allen Richtungen von dichten Ginsterbüschen verstellt. Die Bergkuppe war sehr schmal, und schon nach ein paar Schritten ging es wieder bergab.

Ich blieb stehen und lauschte. Jetzt wußte ich es. Durch das Buschwerk vor mir sah ich, wie sich etwas bewegte. Schattenhafte Umrisse. Und auch Laute, gedämpft und undeutlich. Es war da. Es war wirklich da. All das, was ich ein Vierteljahrhundert aus meinem Gedächtnis verbannt hatte, alles war da, ich brauchte nur einen Schritt weiterzugehen, die Schranken durchbrechen, die ich zu meinem eigenen Schutz errichtet hatte. Als ich die Augen öffnete und – zunächst ohne etwas zu sehen – Alex anblinzelte, spürte ich nicht Angst wie bisher, sondern eine eiserne, kalte Entschlossenheit. Es war alles da. Aber ich war noch nicht bereit. Noch nicht ganz.

26. KAPITEL

Am Mittwoch, dem 15. Februar, erwachte ich mit dem Gefühl, daß irgend etwas bevorstand. Seit Tagen hatte es geregnet – der Rasen war schon ganz aufgeweicht –, aber heute war es plötzlich kalt und sonnig. Highgate Hill wirkte unnatürlich klar. Auch die ganz normalen Gegenstände in meiner Küche waren anders, irgendwie bedeutungsschwer. Meine Haut kribbelte. Alles, was ich ansah, schien von hinten beleuchtet zu sein – die Umrisse traten stärker hervor, und alles wirkte härter und deutlicher als sonst. Das galt auch für mich, ich fühlte mich selbstbewußt und völlig klar. Ich mußte mich betätigen.

Gestern hatte ich eingekauft, und einiges war schon vorbereitet. Ich stellte die Waage mit den großen Gewichten auf den Tisch, daneben eine Tüte Vollkornmehl, eine Tüte weißes Mehl, Plastiksäckchen mit Kürbiskernen, Sonnenblumenkernen und Sesamsamen, Hefe, die aussah wie weicher Ton, Meersalz, Vitamin-C-Pulver in einem orangefarbenen Apothekendöschen, eine Plastikflasche mit Traubenkernöl und eine Tüte harten, grobkörnigen braunen Rohrzucker. Diese Arbeit erledigte ich wie in Trance. Die Hefe ging auf und warf feuchtglänzende Blasen. Ich rührte das Salz in das grobe Vollkornmehl und vermischte alles mit der nach Bier duftenden Hefebrühe. Dann ging ich eine halbe Stunde in den Garten und rauchte, wobei ich an nichts dachte. Als ich wieder zurückkam, knetete ich zwei große Teigstücke – lehnte mich fest auf die Handballen, drückte und faltete –, schnitt den Teig schließlich in vier Teile, rollte ihn aus und preßte ihn in vier Backformen. Wieder eine Pause. Geistesabwesend wanderte ich durchs Haus, legte hier eine Bluse zusammen, rückte dort ein Buch im Regal zurecht. Dann bestrich ich die ballonartig aufgegangenen Laibe mit Salzwasser, bestreute sie mit Sesam und schob sie in den glühendheißen Ofen. Der Geruch des wohlkontrollierten Backvorgangs, der hefegärenden Wiedergeburt erfüllte das Haus und versetzte mich in eine Art Rauschzustand. Nach einer Zeit, die mir im Flug zu vergehen schien, klopfte ich prüfend gegen die Backformen, und da sie bereits hohl klangen, holte ich sie heraus und kippte die Brotlaibe auf die bereitgestellten Drahtgitter. Kleine geröstete Sesamsamen hüpften über die Arbeitsplatte; ich befeuchtete die Finger, tupfte sie auf und zermahlte sie zwischen den Zähnen.

Drei Laibe wurden verpackt und kamen sofort in den Gefrierschrank. Einen behielt ich zurück. Ich schnitt eine dampfende Scheibe ab, bestrich sie mit gesalzener Butter, legte ein Stück Ziegenkäse darauf und verschlang das Ganze gierig. Dazu gab es Leitungswasser. Keinen Wein, keinen Kaffee, so was brauchte ich jetzt nicht, ich hätte es gar nicht verkraftet. Mit schwirrendem Kopf stieg ich zitternd auf mein Fahrrad und radelte durch die kalte klare Luft zum Büro, denn Duncan und ich hatten ein Treffen vereinbart, das wir etwas überehrgeizig ein Meeting nannten. Kurz nach zwei kam ich an und begann, die Post der letzten beiden Tage zu öffnen, hauptsächlich Rundbriefe von Stellen, aus deren Versandlisten ich mich noch nicht hatte streichen lassen. Fast alles landete im Papierkorb. Wenn ich nicht ganz andere Sorgen gehabt hätte, wäre jetzt ein passender Zeitpunkt gewesen, um mir welche um meinen Job zu machen.

Allerdings war ich auch nicht planloser als andere. Aus Mangel an sinnvollerer Beschäftigung sortierte Gina unser Ablagesystem neu. Vor einer Woche noch hatte das Ergebnis absolut apokalyptische Ausmaße: Die gesamte Vergangenheit von CFM lag in Papierform überall im Büro verteilt. Jetzt verschwanden die Papierberge nach und nach an ihren neu zugewiesenen Plätzen, Ringhefter schnappten, Aktenschränke klapperten, und plötzlich standen wir kurz vor der perfekten Ordnung – wie in Pompeji. Es wäre fast schade gewesen, diese systematische Perfektion durch neue Arbeit zu zerstören.

Duncan war vertieft in die technischen Finessen der Espressomaschine, die in den boomenden Achtzigern eine unserer größten Anschaffungen gewesen war. Er brachte mir einen Fingerhut voll Kaffee, und nachdem ich ihn mir mit einem einzigen, winzigen Schluck einverleibt hatte, spürte ich augenblicklich einen kräftigen Koffeinstoß. Unterdessen berichtete er mir von dem neuen Plan, über den er zur Zeit mit der Stadtverwaltung diskutierte und in dem es darum ging, obdachlose Familien (»Heimchenlose«, wie er sie etwas albern nannte) in baufälligen Häusern unterzubringen und ihnen dann die Mittel für die Eigenrenovierung zur Verfügung zu stellen. Ich nickte begeistert. Der Plan war äußerst kostendeckend (außer für uns), praktikabel, sozial förderlich, hatte wenig mit Architektur im herkömmlichen Sinn zu tun. Außerdem war es so gut wie sicher, daß das Wohnungsamt das Projekt ohne Zögern ablehnen würde. Das ideale Projekt für CFM. Dann kamen wir zum Thema Wohnheim.

»Ich habe in der Zeitung von dem Fackelzug der Anwohner gelesen«, sagte Duncan. »Euer Versuch, die Ängste der Leute zu zerstreuen, hat offensichtlich nicht ganz hingehauen. Bedeutet das denn, daß das ganze Wohnheimprojekt abgeblasen ist?«

»Nicht unbedingt«, antwortete ich. »Ein Anwalt der Stadtverwaltung hat sich eine etwas hinterhältige Methode ausgedacht, wie man die Sache durchziehen könnte. Wegen des Krachs bei der Versammlung und der Verhaftung danach gibt es eine gerichtliche Anhörung. Soweit ich die Sache begreife, besteht der Trick darin zu behaupten, daß die ganze Geschichte noch nicht entschieden sei, sozusagen ein schwebendes Verfahren sei, was bedeutet, daß wir auf Fragen zum Thema nicht eingehen können. Jedenfalls werden wir das sagen. In der Zwischenzeit geht das Projekt weiter seinen

Gang. Irgendwann werden sich unsere Gegner dann mit einem Wohnheim auseinandersetzen müssen, das bereits in Betrieb ist. Wenn Bürger auf arrogante Vertreter der Stadtverwaltung und eine modernistische Architektin losgehen, ist das eine Sache. Ein gefundenes Fressen für die Lokalpresse. Aber es ist etwas anderes, wenn sich irgendwelche Dummköpfe über psychisch Kranke ereifern, die wieder in die Gesellschaft eingegliedert werden sollen. So sieht die neueste Strategie aus.«

»Hast du denen erklärt, daß diese Leute auf dem Gehweg und in den Ladentüren rumstehen und auf den Parkbänken rumsitzen würden, wenn sie sich nicht auf ihren eigenen Hinterhöfen aufhalten könnten?«

»Nein. Dazu bin ich aufgrund der Ereignisse nicht mehr gekommen.«

Recht gutgelaunt beendeten wir das Meeting. Ich kehrte an meinen Schreibtisch zurück, rauchte etliche Zigaretten und trommelte mit dem Bleistift aufs Telefon, bis ich merkte, daß ich nichts zu tun hatte und vielleicht besser heimgehen sollte. Ich war überzeugt, daß ich alles klar durchschaute und deshalb meine Energien anderweitig einsetzen mußte. Gina erkundigte sich nach meinem Befinden, aber ich konnte ihr nicht mal richtig zuhören. Also ging ich – ohne mich von Duncan zu verabschieden. Später würde ich alles erklären.

Wieder zu Hause, öffnete ich eine Flasche Rotwein, stieg auf einen Stuhl und durchforstete den Küchenschrank. Ich fand eine Packung gesalzene Cashewnüsse, eine zusammengerollte, dreiviertelvolle Packung mit Pistazien und ein kleines Päckchen kartoffelchipsähnlicher Gebilde mit Scampigeschmack. Das reichte als Abendessen. Ich trank Wein und aß Chips, während ich zwischen den verschiedenen Fernsehkanälen hin und her schaltete. Es gab eine Quizshow mit Fragen, die mir ziemlich an den Haaren herbeigezogen schienen, außerdem Lokalnachrichten und eine amerikanische Science-fiction-Serie, von der ich zuerst dachte, es wäre *Star Trek*. Allerdings bestätigte sich diese Vermutung nicht, es war nicht mal die Nachfolgeserie. Dann gab es noch eine Sendung über Albatrosse – über die langen Reisen, die sie auf den Passatwinden machen, über die lebenslange Bindung der Pärchen –, eine Comedyshow, die in einer amerikanischen High-School spielte, und eine weitere Nachrichtensendung.

Nachdem ich viel zu lange auf den Bildschirm geglotzt hatte, drehte ich den Ton ab und rief auf Stead an. Ich wollte mit Martha reden. Aber unerwarteterweise meldete sich eine andere Stimme. Es war Jonah. Mit ruhiger, förmlicher Stimme erklärte er mir, Martha sei heute früh ins Koma gefallen und am Nachmittag ganz friedlich gestorben. Ich versuchte ein paar Fragen zu stellen, um mit Jonah im Gespräch zu bleiben, aber er entschuldigte sich gleich, er müsse auflegen. Auf dem Fernsehschirm war inzwischen ein Mann in einem grauen Anzug zu sehen, der stumm den Mund auf- und zumachte wie ein Fisch im Glas. Ich mußte jemanden anrufen. Bei Claud erreichte ich den Anrufbeantworter. Bei Caspar hob eine Frau ab, und ich legte auf. Bei Alex Dermot-Brown meldete sich Alex. Er war überrascht und meinte als erstes, wir hätten doch am nächsten Tag einen Termin. Konnte mein Anliegen nicht bis dahin warten? Doch nachdem ich ein bißchen mehr erzählt hatte, meinte er, ich solle gleich zu ihm kommen, ja, er fragte sogar, ob ich es allein schaffen würde oder ob er mich abholen solle. Ich versicherte ihm, ich würde es allein schaffen, und schwang mich aufs Fahrrad – ohne Mütze und ohne Handschuhe, obwohl die Autofenster schon mit Rauhreif bedeckt waren.

Alex sah irgendwie verändert aus, als er die Tür öffnete. Obwohl ich ihn in dieser Umgebung kannte und er auch sonst nie sonderlich schick angezogen war, fühlte ich mich wie ein Schulmädchen, das unerlaubterweise zu nachtschlafender

Zeit seinen Lehrer besucht. Er begrüßte mich mit leiser Stimme, offensichtlich besorgt. Von unten aus der Küche hörte ich Stimmen. Allmählich bekam ich den Eindruck, daß ich ihn vielleicht bei etwas gestört hatte, aber ich war unfähig, mir darüber Gedanken zu machen. Alex führte mich in sein Zimmer. Ich erkundigte mich nach seinen Kindern, und er antwortete, sie schliefen längst, ganz oben unterm Dach, ich brauchte mir ihretwegen keine Sorgen zu machen. Als er das Licht anknipste, war ich geblendet. Nach der Dunkelheit draußen, dem heimeligen Dämmerlicht in der Eingangshalle und im Treppenhaus schien die plötzliche Helligkeit kalt und fordernd. Ich legte mich auf die Couch, Alex setzte sich neben mich.

»Martha ist tot«, sagte ich.

Ich holte tief und vorsichtig Luft, wie ich es manchmal auf Seereisen machte, um den Brechreiz zu unterdrücken. Alex ließ sich lange Zeit, ehe er etwas sagte. Dann sprach er sanft, aber entschlossen.

»Ich möchte, daß Sie wieder an den Tag zurückdenken, an dem Natalie verschwunden ist«, sagte er.

Das überstieg meine Kräfte. »Das kann ich nicht, Alex, wirklich.«

Plötzlich kniete er neben mir. Ich spürte seinen warmen Atem an meiner Wange, seine Hand lag auf meinem Haar.

»Jane, eine Frau, die Sie sehr geliebt haben, ist heute gestorben. Ich weiß, wie Ihnen zumute ist. Aber Sie sind nicht zu mir gekommen, um sich trösten zu lassen. Sie wollen diese Gefühlsbewegung ausnutzen. Habe ich nicht recht?«

»Keine Ahnung, was ich will«, erwiderte ich, aber ich wußte, daß mein Widerstand gebrochen war.

»Dann lassen Sie uns anfangen«, meinte Alex.

Wieder sprach er die leisen, beruhigenden Worte, die jetzt ein vertrauter Zauberspruch waren und wie gedämpfte Musik aus einem entlegenen Zimmer zu mir drangen. Als sich mein Körper entspannte, erfaßte mich eine ungeheure Erleichterung, und schon war ich dort. Das Moos in meinem Rücken, Zweige und Kieselsteine unter meinen Schenkeln. Als ich aufstand und mein Kleid ausklopfte, spürte ich die Abdrücke auf meiner Haut, wie von einer Bastmatte. Die Sonne war hinter dem Cree's Top verschwunden, der Col lag im Schatten, seine unregelmäßig dunkle Oberfläche kräuselte sich träge. Die zerknüllten Papierfetzen waren verschwunden und mit ihnen die kindischen Phantasien, die sie verkörperten. Das alles war vorüber.

Ich drehte mich um; der Wind ließ mich frösteln, und vereinzelte Tropfen, die mir ins Gesicht wehten, kündeten Regen an. Das schwarze Kleid preßte sich gegen meinen Körper, meinen sexuell erwachten Körper, dessen Brüste und Schenkel nun nicht mehr mir allein gehörten. Eine kühle Entschlossenheit erfüllte mich. Vor mir lag Cree's Top, rechts neben mir war das Flußufer. Ich rannte den schmalen, steilen Pfad empor, hinein in den Wald und durch die Ginsterbüsche hindurch. Ich hörte Geräusche, nicht von Vögeln, nicht vom Wind oder vom Fluß – sondern ein seltsames Pfeifen und Stöhnen. Ich achtete nicht darauf. Ich rannte, bis ich mein eigenes Keuchen hörte und den Schmerz in meiner eingeschnürten Brust spürte. Die Bäume wirkten auf mich wie tot, die Büsche nackt, der Fluß rechts unter mir braun und müde. Doch meine Pflicht war es, nicht nachzudenken, sondern einfach weiterzugehen. Zweige zerkratzten mein Gesicht, Dornenranken griffen nach meinem Kleid. Jetzt hatte ich die Bergkuppe erreicht, rannte weiter, auf der anderen Seite bergab. Auf Natalies Seite. Durch die Büsche vor mir sah ich, wie sich etwas bewegte, schemenhaft tauchten Gestalten zwischen den Ästen auf, ich hörte Schreie, unverständliches Rufen. Doch es gab kein Zurück mehr. Ich lief weiter, bahnte mir einen Weg durchs Gebüsch und hinaus ins helle Sonnenlicht.

Im ersten Moment war ich von der Sonne geblendet und

sah weiter nichts als golden gefleckte Explosionen. Ich kniff die Augen zusammen und zwang mich, genau hinzuschauen. Die Dinge nahmen Gestalt an, und ich nahm mehrere Dinge gleichzeitig wahr. Ein Mädchen lag im Gras. Sie schrie. Natalie. Dunkle Haare, lodernde Augen. Sie wurde zu Boden gedrückt. Über sie gebeugt ein Mann, die Hände um Natalies Hals. Sie schlug mit Armen und Beinen um sich. Vergeblich. Dann wurde die Bewegung langsamer und erstarb schließlich ganz. Ich wollte schreien, aber mein Mund war voller Asche. Ich wollte weglaufen, aber meine Füße waren aus Blei. Das Mädchen wurde losgelassen und blieb reglos liegen. Der Mann wandte mir den Rücken zu. Er war dunkelhaarig, nicht grau. Er war schlank, nicht untersetzt. Er war glattrasiert, nicht bärtig. Aber es bestand kein Zweifel. Es war Alan. Plötzlich brach es aus mir heraus, ich schrie und schrie. Jemand packte mich. Es war Alex. Er drückte mich an sich und flüsterte mir beruhigend ins Ohr. Ich richtete mich auf. Meine Haare klebten mir im Gesicht. Ich war gehäutet, mein Innerstes war nach außen gekehrt. Ich konnte Alex gerade noch rechtzeitig sagen, daß ich mich übergeben mußte, und zwar sofort. Er hielt mir den Papierkorb hin. Ich würgte, und dann kotzte ich alles heraus. Schließlich sank ich auf die Couch zurück, alle viere von mir gestreckt, hilflos, verrotzt, Reste von Erbrochenem auf dem Gesicht, tränenverschmiert, stöhnend, heulend, nach Luft ringend. Erschöpft, vernichtet, voller Entsetzen.

Dann hörte ich eine vertraute Stimme an meinem Ohr. »Sie haben es geschafft, Jane. Alles in Ordnung. Sie sind in Sicherheit.«

27. KAPITEL

Ich erwachte in meinem Bett, ohne zu wissen, wie ich dorthin gekommen war. Ach ja, richtig, Alex hatte mich nach Hause gefahren. Hatte ich eine Szene gemacht und seine Kinder erschreckt? Mein Fahrrad mußte noch vor seinem Haus stehen, an eine Parkuhr gekettet. Ich griff nach dem Wecker. Fast zehn Uhr. Morgens oder abends? Bestimmt morgens. Wenn es abends wäre, wäre es zwanzig Uhr. Nein, zweiundzwanzig Uhr. Am äußersten Rand meines Bewußtseins lauerte etwas, das ich nicht aufspüren wollte. Trotzdem gab ich mir Mühe, mich zu erinnern. Ich mußte mich beeilen, um noch rechtzeitig aufs Klo zu kommen. Eine Weile hing ich über der Schüssel, aber es kamen nur ein paar heiße, brennende Spritzer.

Schließlich wusch ich mir den Mund mit einem Waschlappen ab. Ich trug noch immer die Sachen von gestern. Kurz entschlossen ließ ich sie einfach dort fallen, wo ich gerade stand, und stieg unter die Dusche. Erst ganz heißes, dann ganz kaltes Wasser. Danach schlüpfte ich in Jeans und ein altes Cordhemd. Meine Finger zitterten so, daß ich kaum die Knöpfe zumachen konnte. Ich beschloß etwas zu essen und ging hinunter in die Küche. Im Gefrierschrank befanden sich zwei Tüten mit Kaffeebohnen; ich entschied mich für die dunkleren und kochte mir eine große Kanne voll. Nach längerer Suche fand ich ein ungeöffnetes Päckchen Zigaretten in dem Mantel, den ich gestern abend angehabt hatte. Ich trank eine Tasse Kaffee nach der anderen, bis die Kanne leer war, und rauchte die ganze Packung.

Ein paarmal klingelte das Telefon, und ich hörte Stimmen vom Anrufbeantworter. Duncan, Caspar, mein Vater. Ich würde mich später um sie kümmern. Aber als ich die Stimme von Alex Dermot-Brown hörte, sprang ich auf und nahm den

Hörer ab. Er machte sich Sorgen um mich und wollte wissen, ob alles in Ordnung sei und ob ich zu ihm kommen könne. Am besten sofort. Ich versprach ihm, in einer Stunde da zu sein. Draußen war es kalt, aber sonnig. Ich zog einen langen, wallenden Mantel an, band mir einen Schal um, setzte eine Baskenmütze auf und machte mich auf den Weg nach Hampstead Heath. Ein böiger Wind blies, und als ich den Gipfel von Kite Hill erreichte, lag mir London zauberhaft klar zu Füßen, sogar die Hügel von Surrey konnte ich am Horizont erkennen. Ich ging bergab, verließ Hampstead Heath beim Parliament Hill und kam am Royal Free Hospital vorüber. Claud hatte mir einmal von einem psychisch gestörten Patienten berichtet, der von dem neurotischen Zwang besessen war, die Fenster des Gebäudes zu zählen. Da er nie zweimal hintereinander zum gleichen Ergebnis kam, war es ein endloses Unterfangen.

Die Dinge, die wir tun, um unserem Leben eine Ordnung zu verleihen. Ich erinnere mich an ein Gedicht über einen Mann, der dabei erwischt wurde, wie er alle Os in der Bibliothek ausmalte. Dachte er an die Os, die er schon ausgemalt hatte, oder mehr an die, die noch ausstanden?

Es war ein langer Gewaltmarsch, und als ich bei Alex an die Tür klopfte, war ich ganz außer Atem. Daran waren sicher die Zigaretten schuld. Fast hätte ich laut gelacht, als ich mich bei dem Vorsatz ertappte, das Rauchen aufzugeben. Noch nicht. Noch nicht.

Als die Tür sich öffnete, überraschte, oder besser, überwältigte mich Alex – er nahm mich in die Arme, drückte mich fest an sich und redete tröstend auf mich ein, als wäre ich eins seiner Kinder, das Angst vor der Dunkelheit hatte. Genau das war mein sehnlichster Wunsch. Schließlich ließ er mich wieder los, sein Gesicht wurde ernst, und er fragte mich, ob alles in Ordnung sei.

»Ich weiß nicht. Ich habe mich mehrmals übergeben, und

mir ist immer noch übel. Mein Kopf fühlt sich an, als würde jemand versuchen, ihn mit einer Fahrradpumpe aufzupumpen.«

Alex lächelte. »Keine Sorge«, meinte er. »Genau das war zu erwarten. Es ist ein ähnlicher Effekt, wie wenn das Fieber zurückgeht. Stellen Sie sich einfach vor, daß Ihr Körper versucht, das ganze Gift und die Verunreinigungen auszustoßen, die er in einem Vierteljahrhundert aufnehmen mußte. Es ist ein Reinigungsprozeß.«

»Werde ich jetzt verrückt, Alex?«

»Sie werden gesund. Sie entdecken die Qual eines Lebens ohne Selbsttäuschung.«

»Aber Alex, kann das denn wahr sein? Wirklich? Könnte ein Mann wie Alan seine eigene Tochter schwängern? Und sie ermorden?«

Sanft umschloß Alex mein Gesicht mit den Händen und sah mir in die Augen.

»Sie sind diejenige, die die Schranken durchbrochen und die Lügen entlarvt hat, Jane. Sie haben diese Reise gemacht, Jane. Sagen Sie es mir – halten Sie es für unmöglich, daß er all das getan hat?«

Die Antwort erforderte einen großen Kraftaufwand. Ich trat einen Schritt zurück, und Alex löste seine Hände von meinem Gesicht. Nachdenklich schüttelte ich den Kopf.

»Nein«, antwortete ich kaum hörbar. »Ich glaube nicht, daß es unmöglich ist.«

Ein paar Minuten später lag ich wieder auf der Couch, und Alex saß auf seinem Stuhl. Ich wollte versuchen, die Einzelheiten des Geschehenen zu rekonstruieren, aber Alex verbot es mir. Das konnte alles warten. Statt dessen sprach er sanft auf mich ein, wie er das nun schon so oft getan hatte, und führte mich zurück in meine Erinnerung, zurück zum Schauplatz des Mordes. Während dieser Sitzung und der des nächsten und übernächsten Tages ging er mit mir die Ereignisse mehrmals durch, bis sie sich für mich immer eindeutiger darstellten. Wie beim Fotografieren, wenn man den Apparat schärfer stellt und mit einemmal alle Einzelheiten und Nuancen des Motivs erkennt. Ich sah, wie Natalie sich wehrte, sah, was sie anhatte, angefangen von dem geflochtenen Stirnband bis zu den roten Turnschuhen, die ich immer mit ihr in Zusammenhang bringe. Und ich erkannte Alan, stark und schwer, wie er sie zu Boden drückte, ihren Hals packte, immer fester, bis sie sich nicht mehr regte.

»Hätte ich denn gar nichts tun können?«

»Was denn? Ihr Gedächtnis kam Ihnen zu Hilfe, indem es den Horror des Geschehens ausblendete und Sie auf diese Weise davor schützte. Jetzt haben wir den Schutzschild durchbrochen.«

Es bedeutete eine ungeheure Anstrengung für mich, alles noch einmal zu durchleben. Das Verbrechen war so lebensecht und gewaltsam und so nah – wahrscheinlich hatte ich mich im Gebüsch versteckt –, daß ich meinte, ich könnte eingreifen, etwas unternehmen, vielleicht wenigstens schreien. Dabei wußte ich ja die ganze Zeit, daß ich nichts unternommen hatte und daß es jetzt jenseits meiner Macht lag – es war nicht mehr zu ändern. Der Schock und der Schmerz ließen nicht nach. Es gelang mir nicht, das Geschehene zu verarbeiten. Ich wurde damit nicht fertig, es gab keine Katharsis, es war nicht möglich, das Leid zu überwinden, sich davon zu lösen. Ich bekam einfach keine Distanz zu den Ereignissen, ich war unfähig, in Ruhe darüber nachzudenken. An manchen Tagen konnte ich nur schluchzen, von Schmerz geknebelt; ich rauchte, statt zu essen, und ich betrank mich allein in meinem Haus.

Ein wenig Selleriesalz in einen Krug, dazu ein paar Prisen schwarzen Pfeffer, drei Spritzer Tabasco, eine Wahnsinnsration Lea and Perrins, der Saft einer halben Zitrone und ein Klecks Tomatenketchup. Man sollte immer mit den billigsten Zutaten beginnen. Wenn man eine ganze Literpackung Tomatensaft verwendet wie ich, braucht man ein großes Glas russischen Wodka. Schließlich die geheime Zutat: ein halbes Weinglas trockener Sherry. Eine Handvoll Eis in ein breites Glas, und man hat einen hinreichend nahrhaften Drink, der zur Not das Abendessen ersetzt. Zu meiner Stimmung hätte ein Streichquartett von Bartók (aus der mittleren Schaffensperiode) am besten gepaßt, aber statt dessen hörte ich *Rigoletto*. La donna è mobile. Ich nicht. Ich hatte den Blick in mein Inneres gewagt und war über das, was ich vorfand, entsetzt. Draußen war es kalt und dunkel. Aber bald würde ich aufbrechen und mich den realen Dingen stellen müssen. Das stand mir als nächstes bevor.

Als ich den letzten verwässerten Rest aus meinem Glas hinuntergekippt hatte, beschloß ich hinauszugehen. Aber alles mußte äußerst sorgsam eingefädelt werden. Es war kalt. Ich zog einen Pullover an. Darüber einen Mantel. Ich setzte eine Mütze auf. Schlüssel und Portemonnaie in die Manteltasche. Die kalte Luft draußen klärte meinen Kopf ein wenig. Ich hatte meine Ehe zerstört. Ich hatte meinen Kindern weiß Gott was angetan. Ich hatte meine eigene psychische Gesundheit ruiniert. Ich hatte fürchterliche Dinge aufgedeckt. Schon jetzt waren Menschen, die ich liebte, entsetzt über das, was ich tat. In welche Katastrophe würde ich jetzt die Familie stoßen, die mir mehr bedeutete als alles andere auf der Welt? Der Wind trieb mir stechende Regentropfen ins Gesicht. Das Leben war ein Alptraum geworden.

Jetzt ging ich an Geschäften vorüber. Ein Mann mit langen verfilzten Haaren saß neben einem räudig und elend aussehenden Hund undefinierbarer Rasse vor dem Supermarkt und streckte mir die Hand entgegen. So endeten Menschen, die sich aus Familie, Gesellschaft und Arbeit zurückzogen. Ich holte eine Münze aus meinem Portemonnaie und gab sie dem Mann. Ganz fest klemmte ich sie zwischen zwei Finger, damit sie nicht hinunterfiel.

Mir war klar, daß ich mein eigenes Leid auf die Welt übertrug – wie jämmerlich es manchen ihrer Bewohner auch ergehen mochte –, und deshalb überraschte es mich auch nicht sonderlich, als ich vor einem Fernsehgeschäft stand und auf den flimmernden Bildschirmen Alan erblickte, der hinter der Schaufensterscheibe stumme Mundbewegungen in meine Richtung machte. Hier war der Patriarch persönlich, und er verteidigte sich mit Worten, die ich nicht verstehen konnte. Einen Augenblick glaubte ich, nun endgültig den Verstand verloren zu haben. Die Realität hätte sich mit meiner Erinnerung und meinen Alpträumen vermischt, und Alan hätte mich besiegt, vernichtend und unwiderruflich. Dann plötzlich fiel es mir ein.

»Ach du Scheiße!«

Ich blickte benommen um mich, war aber endlich aus meiner Trance erwacht. Als ich die gelbe Leuchtschrift eines freien Taxis entdeckte, winkte ich den Wagen zu mir. Ich sagte dem Fahrer eine Adresse in Westbourne Grove. Während wir Swiss Cottage und Paddington durchquerten, hielt ich mein Gesicht direkt in den bitterkalten Wind, der zum offenen Fenster hereinblies.

»Alles in Ordnung, meine Liebe?« erkundigte sich der Taxifahrer besorgt.

Ich nickte, denn ich war nicht sicher, ob ich einen zusammenhängenden Satz herausbringen würde. Als ich an die Tür klopfte, ließ Erica mich herein.

»Es ist fast vorbei«, sagte sie. »Möchtest du was zu trinken?«

»Nur Wasser«, antwortete ich, während ich ihr die Treppe hinauf folgte.

»Trinkst du nicht mehr?«

»Im Gegenteil.«

Sie führte mich in ein dunkles Zimmer. Die einzige Lichtquelle war ein riesiger Fernsehbildschirm; auf den Stühlen erkannte ich schemenhafte Silhouetten. Ich suchte mir ein Plätzchen auf dem Fußboden. Erica reichte mir mein Wasser, und ich hielt mir das feuchte Glas an die Stirn. Da ich gedacht hatte, Pauls Dokumentation über unsere Familie wäre eine Abfolge von Interviews, war ich auf das, was ich nun sah, ganz und gar nicht vorbereitet. Als ich mich endlich konzentrieren konnte, erschien ein Foto von Natalie auf dem Bildschirm, die undeutliche Vergrößerung eines Klassenfotos, ein Bild, das überhaupt nicht typisch für sie war. Jemand redete vom verlorengegangenen Geist der sechziger Jahre, wahrscheinlich Jonah, vielleicht aber auch Fred. Die Kamera schwenkte von Natalie zu einem Bild von Stead, das vermutlich von Chantry's Hill aus aufgenommen worden war. Zuerst dachte ich, es wäre ebenfalls ein Foto, aber ein leichtes Zittern der Kamera, eine kaum wahrnehmbare Bewegung der Blätter, ein Changieren des Lichts zeigte, daß gefilmt wurde. Die Kamera wanderte weiter, bis sie bei Paul angelangt war. Er blickte auf das Haus hinunter, mit dem Rücken zur Kamera. Dann wandte er sein Gesicht direkt der Kamera zu und sprach im Gehen mit ihr wie mit einem Freund. Er war eben ein echter Profi.

Er redete über die Familie, nannte sie die Heimat eines Menschen, den Ort, der einem stets Zuflucht bietet. Er sprach über die Familie als Symbol der Zuneigung und als Symbol der Gesellschaft mit all ihren Bindungen und Verpflichtungen. Umnebelt wie ich war, fiel es mir schwer, mich zu konzentrieren, aber ich bekam immerhin mit, daß er eine Geschichte aus seiner goldenen Kindheit erzählte. Als er fertig war, blieb er stehen. Die Kamera fuhr zurück, und man sah, daß er die Stelle erreicht hatte, an der Natalies Leiche gefunden worden war. Die Grube war noch offen; Paul machte ein gefühlvolles Gesicht. Die Kamera entfernte sich immer weiter, bis schließlich die ganze Szenerie im Bild war: Ein nachdenklicher Paul spähte in die Grube, neben ihm Stead im

Schein der frühen Morgensonne, ein Vogel zwitscherte. Dazu erklang Musik im Stil von Delius, die kräftig anschwoll. Dann kam der Abspann. Jemand knipste das Licht an.

»Wo bist du gewesen?« Paul stupste mich von hinten.

»Tut mir leid.«

»Ich bin froh, daß du wenigstens den Schluß gesehen hast«, sagte er. »Das war eine echte *Tour de force*. Viereinhalb Minuten ohne einen einzigen Schnitt. Ich mußte den ganzen Hügel runtermarschieren und genau in dem Moment unten ankommen, in dem ich mit meinen Erinnerungen fertig war. Das war die größte technische Anforderung, an die ich mich je herangewagt habe. Als ich dann endlich ›Schnitt!‹ rufen konnte, haben sogar die Techniker applaudiert. Aber ich möchte, daß du es dir vollständig ansiehst. Ich lasse dir eine Kassette schicken.«

»Danke«, sagte ich. »Ich muß jetzt gehen.«

»Aber du bist doch gerade erst gekommen, Jane. Ich möchte dich gern mit ein paar Leuten bekannt machen.«

»Ich muß gehen.«

Da ich nicht mal den Mantel ausgezogen und die Mütze abgenommen hatte, konnte ich einfach die Treppe wieder hinuntergehen und verschwinden. Ich vermutete, daß ich mein ganzes Geld für das Taxi ausgegeben hatte, aber ich schaute nicht nach, sondern ging zu Fuß nach Hause und machte sogar noch einen Umweg durch den Regent's Park. Ich brauchte anderthalb Stunden, und als ich meine Haustür aufschloß, war ich stocknüchtern.

28. KAPITEL

Als ich am nächsten Morgen aufstand, war mir so schwindlig und übel, daß ich mich mehrere Sekunden am Bettrand festhalten und tief Luft holen mußte. Die ganze Nacht hatten mich quälende Träume verfolgt. In dem hohen Spiegel erblickte ich eine alternde, verstörte Frau mit kreidebleichem Gesicht und ungewaschenen Haaren. Seit Tagen hatte ich nicht mehr ordentlich gegessen, und in meinem Mund breitete sich ein ekelhaft fauliger Geschmack aus. Vor einer Woche hatte ich Caspar geküßt und gespürt, wie mein Körper zu neuem Leben erwachte. Aber diese magere Frau, die mir dort entgegenstarrte, war eine vollkommen andere Person, erschöpft und kränklich, die nur die Schattenseite des Lebens kennengelernt hatte.

Das Bild von Alans gebücktem Körper wollte einfach nicht verschwinden. Ständig sah ich ihn vor mir, so klar und deutlich wie eh und je. Ich brauchte Alex' Hilfe nicht mehr. Jetzt war das Monster aus seinem Versteck hervorgekommen, hinaus ins grelle Licht des Tages. Ich konnte es nicht mehr zurückdrängen. Alles war in meiner Erinnerung haftengeblieben. Ich war Augenzeugin eines Mordes gewesen, und jetzt mußte ich alles neu erleben. Ich konnte mir selbst dabei zusehen. Mein Atem ging flach, und schon sah ich, wie sich Alan über Natalie beugte, triumphierend, abstoßend.

Ich schlüpfte in meinen Morgenmantel und ging in die Küche. Dort mahlte ich Kaffee und steckte zwei Scheiben Brot in den Toaster. Ich bestrich sie mit Butter und Marmelade, setzte mich an den Tisch und starrte sie an. Fünf Minuten später biß ich einmal ab. Dann noch einmal. Es fühlte sich an wie Streusand. Ich kaute und schluckte, kaute und schluckte. Wieder überkam mich eine Woge der Übelkeit, kalter Schweiß stand mir auf der Stirn. Ich sprang auf und rannte ins Badezimmer, wo ich mich übergab, bis mein Hals weh tat und meine Augen brannten.

Ich ließ die Badewanne vollaufen und schrubbte mich gründlich ab. Und obwohl ich mir minutenlang die Zähne putzte, wollte der Geschmack von Erbrochenem und Panik sich nicht vertreiben lassen. Ich zündete eine Zigarette an und füllte meine Lungen mit Asche. Asche zu Asche.

Ich zog mir eine schwarze Jeans an und einen schwarzen Pullover mit Polokragen. Dann bürstete ich mir die Haare aus dem Gesicht, setzte mich auf einen Stuhl in der Küche, trank den abgekühlten Kaffee, der grauenhaft schmeckte, und starrte zum Fenster hinaus in den Regen und den verwilderten Garten. Es war neun Uhr, und ich hatte keine Ahnung, wie ich den Rest des Tages hinter mich bringen sollte. Den Rest meines Lebens.

Schließlich raffte ich mich auf und rief Kim in der Klinik an. Sie war mit einem Patienten beschäftigt, also hinterließ ich eine Nachricht. »So bald wie möglich«, sagte ich. Meine Stimme war nur ein heiseres Flüstern; wahrscheinlich dachte die Sekretärin, ich läge im Sterben. Noch eine Zigarette. Ich hörte, wie die Post durch den Briefschlitz in der Haustür plumpste, aber ich rührte mich nicht. Mein Körper fühlte sich schwer und hohl an. Endlich klingelte das Telefon.

»Jane.«

Ich öffnete den Mund, brachte aber kein Wort heraus.

»Jane. Hier ist Kim. Jane, sag mir bitte, was los ist.«

»O Go-o-o-ott!« Stammte dieses dünne Jammern etwa von mir?

»Jane, hör zu, ich komme rüber. Rühr dich nicht vom Fleck. In fünfzehn Minuten bin ich bei dir. In Ordnung? Fünfzehn Minuten. Alles wird wieder gut.«

»Ich kann es dir nicht sagen. Ich kann's nicht. O Gott. Ich kann's nicht.«

»Trink deinen Tee, Jane.« Gehorsam nahm ich einen kleinen Schluck und zog eine Grimasse: Der Tee war milchig und süß, Babynahrung.

»Also, ich werde dir jetzt ein paar Fragen stellen, okay?«

Ich nickte.

»Hat es was mit Natalie zu tun?«

Ich nickte.

»Glaubst du, du weißt etwas über Natalies Tod?«

Ich nickte wieder.

»Glaubst du, du weißt, wer der Mörder ist?«

Nicken.

»Hast du das in der Therapie rausgefunden?«

»Ja.«

»Hör zu, Jane, erzähl mir bitte, wer Natalie deiner Meinung nach umgebracht hat, aber denk daran, es wird nicht wahrer, wenn du es aussprichst.«

»Ich – ich – o Gott, Kim, ich kann es nicht.«

»Doch du kannst es. Ist es jemand aus deiner Familie?«

»Meiner Großfamilie, ja.«

»Sag mir den Namen, Jane.«

Ich konnte seinen Namen nicht aussprechen. Also benutzte ich ein Wort, das überhaupt nicht zu ihm zu passen schien: »Mein Schwiegervater.«

Mein Schwiegervater. Der beste Freund meines Vaters. Der Großvater meiner Söhne. Der Mann, den ich mein Leben lang kannte und von dem ich noch vor wenigen Wochen ganz nebenbei gesagt hätte, daß ich ihn liebte. Ich sah sein gemeines Gesicht vor mir, als ich die Worte hervorstieß.

»Er hat sie bestimmt deshalb getötet, weil sie schwanger war. Vielleicht hat er sie geschwängert. Ich traue es ihm zu. Noch ein Nervenkitzel, eine weitere Möglichkeit, sich an Martha zu rächen. Oder jemand anderer hat sie geschwängert, und er hat es rausgefunden. Wenn ich die Leute nach Natalie gefragt habe, haben sie immer betont, wie seltsam sie war: intrigant, berechnend, verschlossen, bezaubernd, sexy, voller sexueller Komplexe. Jetzt paßt alles zusammen.«

Wieder kam es mir hoch, und ich rannte aus dem Zimmer, aber ich würgte nur den milchigen Tee heraus. Als ich zurückkam, starrte Kim aus dem Fenster. Stirnrunzelnd.

»Jane«, sagte sie mit ernster Stimme. »Das ist ein ziemlicher Hammer, was du da behauptest.«

»Ich weiß.« Ich schluckte schwer.

»Es geht um deine Familie, Jane. Bist du ganz sicher?«

»Ich habe es genauso deutlich gesehen, wie ich dich jetzt sehe.«

»Du meinst also, Alan Martello hat seine eigene Tochter ermordet – womöglich nachdem er sie zuvor auch noch geschwängert hatte – und sie dann vor seiner eigenen Haustür vergraben?«

»Ja.«

»Hast du das der Polizei gesagt?«

»Nein.«

»Was hast du jetzt vor?«

Ich starrte hinaus in den Garten, wo eine Elster – der Trauervogel – über den durchweichten Rasen hüpfte.

»Vielleicht mit jemandem darüber sprechen. Am besten mit Claud. Das bin ich ihm schuldig.«

»Ja, ich denke, das solltest du. Aber vorher solltest du alles noch mal genau überdenken. Unternimm noch nichts, Jane. Laß dir erst alles gründlich durch den Kopf gehen.«

»Jane, hier ist Caspar. Wann können wir uns treffen? Was machst du beispielsweise heute abend?«

»Oh, ich kann nicht. Ich meine, da paßt es mir nicht.«

»Ja gut, dann vielleicht morgen?«

»Nein, ich kann nicht.«

»Ist alles in Ordnung bei dir?«

»Ja, klar.«

»Na gut.« Seine eben noch so warme Stimme klang nun beleidigt. »Wenn du mich sehen möchtest, kannst du ja anrufen.«

»Das mache ich. Caspar?«

»Ja?«

»Nichts. Tschüs.«

»Du siehst furchtbar aus. Bist du krank?«

Claud, der gerade von der Arbeit zurückgekommen war, stand in seinem hellgrauen Anzug in der Tür und betrachtete mich beunruhigt. Ich wußte, daß mein Anblick keine Freude war, schließlich hatte ich vor meinem Aufbruch in den Spiegel geblickt und war selbst erschrocken über mein verkniffenes Gesicht. Doch als ich Claud sah, spürte ich einen heftigen Schmerz über der Nasenwurzel. Ich hatte das Gefühl, meine Knie würden gleich nachgeben.

»Komm rein, setz dich.«

Er führte mich zum Sofa – so freundlich und sanft wäre er bestimmt nicht mehr, wenn ich ihm erst einmal meine Geschichte erzählt hatte. Lieber Himmel – ich war gekommen, um alles zu zerstören.

»Sag mir, was du auf dem Herzen hast.«

Seine Doktorstimme. Unter anderen Umständen hätte mich seine professionelle Ruhe geärgert. Jetzt beneidete ich ihn darum, und die Distanz, die zwischen uns entstand, war mir sehr willkommen. Ich holte tief Luft.

»Alan hat Natalie ermordet.«

Clauds Gesichtsausdruck hätte wohl in jeder anderen Situation lächerlich gewirkt. Es herrschte völlige Stille.

»Ich habe gesehen, wie er es getan hat. Ich habe versucht, es für immer zu vergessen, aber jetzt erinnere ich mich wieder.«

»Wovon redest du? Was soll das heißen, du hast ihn gesehen?«

In knappen Worten berichtete ich ihm von meiner Therapie bei Alex Dermot-Brown. Einen Augenblick befürchtete ich schon, ich müßte mich wieder übergeben. Clauds Gesicht verschwamm vor meinen Augen. Seine Hand legte sich auf meine Schulter wie eine Klaue.

»Du sprichst von meinem *Vater.* Du hast gerade behauptet, mein Vater hätte meine Schwester ermordet. Und wer soll der Vater des Babys gewesen sein?«

Ich zuckte die Achseln.

»Entschuldige mich bitte einen Moment.«

Claud stand auf und verließ das Zimmer. Ich hörte Wasserrauschen. Als er zurückkam, trocknete er sich mit einem kleinen Handtuch das Gesicht ab. Dann setzte er seine Brille wieder auf und sah mich an.

»Gibt es irgendeinen Grund, der mich daran hindern könnte, dich hinauszuwerfen?«

»Ich weiß nicht, was ich tun soll, Claud.«

Er stand vor mir und blickte auf mich herab. Ich wollte nicht, daß er mich hinauswarf.

»Möchtest du einen Drink?«

»Ja«, antwortete ich erleichtert.

Claud goß uns beiden einen Whisky ein und blieb neben mir stehen, während ich gut die Hälfte hinunterkippte. Der Whisky versengte mir die Kehle und bahnte sich einen Weg zu meinem leeren Magen, wo er dann wie Feuer brannte.

»Alles in Ordnung?« Ich nickte und trank noch einen Schluck. Claud nahm meine Hand, und ich ließ zu, daß er meine verkrampften Finger löste und streichelte. Lange rieb er meinen leeren Ringfinger.

»Jane, ich bin nicht glücklich über diese therapeutische Offenbarung. Du hast deine Ehe beendet, deine Söhne sind aus dem Haus, du hast Natalies Leiche entdeckt – bist du sicher, daß du dich nicht einfach in einem extremen Streßzustand befindest?«

»Du meinst, ich habe das erfunden?«

»Du sprichst von meinem *Vater*, Jane.«

»Tut mir leid. O Gott, es tut mir so leid. Was kann ich nur tun?«

»Auf einmal kommst du zu mir gelaufen, Jane, und fragst mich um Rat?«

Ich schwieg. Langsam ging Claud zum Fenster hinüber und starrte hinaus in die undurchdringliche Dunkelheit. Volle fünf Minuten blieb er dort stehen, nur gelegentlich nippte er an seinem Whisky. Ich saß auf der Couch, ohne mich zu rühren. Schließlich kam er zu seinem Stuhl zurück und setzte sich mir gegenüber.

»Du hast keine Beweise«, sagte er schließlich.

»Ich weiß, was ich gesehen habe, Claud.«

»Ja«, meinte er mit unüberhörbarem Zweifel in der Stimme. »Ich will offen mit dir sprechen, Jane. Ich glaube nicht, daß mein Vater Natalie getötet hat. Aber ich werde versuchen, dir aus dem Schlamassel herauszuhelfen, in den du dich gebracht hast. Aus zwei Gründen. Erstens wegen meiner Gefühle für dich, die du ja kennst. Zweitens weil ich verhindern will, daß eine zweite Katastrophe über die Familie hereinbricht. Und das würde passieren, so oder so, wenn du solche Anschuldigungen verbreitest. Wenn wir Alans Unschuld beweisen können, um so besser.«

»Was kann ich tun, Claud?«

»Gute Frage. Es gibt keine handfesten Beweise, keine Augenzeugen, abgesehen von dir.« Claud zog eine Augenbraue hoch. Eine lange Pause kehrte ein. »Eine Idee hätte ich, Jane, immerhin. Warst du schon mal im Arbeitszimmer meines Vaters?«

»Nicht mehr, seit ich klein war.«

»Was bewahrt er dort auf?«

»Seine Manuskripte vermutlich, seine Entwürfe, Exemplare seiner Bücher, Nachschlagewerke.«

»Und seine Tagebücher.«

»Um Himmels willen, Claud, er wird wohl kaum seine Tochter ermordet und es dann in seinem Tagebuch notiert haben.«

»Aber ich bin derjenige, der ihn für unschuldig hält, richtig? Wenn du an die Tagebücher aus dem damaligen Jahr herankommst, finden wir vielleicht ein Alibi für die Zeit, zu der du ihn gesehen haben willst, und möglicherweise gibt es Zeugen dafür. Ansonsten könnten uns die früheren Einträge gegebenenfalls Hinweise auf seine Gefühle geben.«

»Ich halte das nicht für sehr aussichtsreich.«

»Ach nein?« entgegnete er sarkastisch. »Na, dann entschuldige bitte, daß ich dir meine Hilfe aufgedrängt habe. Vielleicht solltest du es lieber bei jemand anderem versuchen, bei Theo oder Jonah beispielsweise.«

»Tut mir leid, Claud, so habe ich das nicht gemeint. Ich bin dir dankbar, wirklich. Es ist ja auch eine gute Idee, aber wie sollen wir es anstellen?«

»Wann fährst du zur Beerdigung?«

»Was? Oh, ich weiß noch nicht, Donnerstag wahrscheinlich. Und du?«

»Ich fahre morgen. Hör zu, wenn ich eine Gelegenheit habe, versuche ich mich ins Arbeitszimmer zu schleichen. Wenn es nicht klappt, mußt du es tun. Aber ich tue alles, was ich kann. Alles.«

Er stand wieder auf und sah auf mich hinunter. Ich erwiderte seinen Blick, ohne zu lächeln; seine Augen hielten mich in ihrem Bann, ich konnte nicht wegsehen. Plötzlich veränderte sich sein Gesicht, und er ließ sich neben mich aufs Sofa sinken. Diesmal griff ich nach seiner Hand. Er trug seinen Ehering noch, und ich drehte ihn langsam zwischen den Fingern. Tränen rannen ihm über die Wangen; ich wischte sie behutsam ab und nahm sein Gesicht in beide Hände.

»Es tut mir leid, Claud.«

Er schluchzte laut auf und rückte näher zu mir. Ich hielt ihn nicht zurück. Wie hätte ich das tun können? Er drückte den Kopf an meinen Hals, ich wehrte mich nicht. Langsam ließ er sich an meiner Brust hinabgleiten und verbarg sein tränenüberströmtes Gesicht in meinem Schoß.

»Jane, Jane, bitte verlaß mich nicht. Ich kann nicht ohne dich leben, ich kann einfach nicht. Ohne dich ist alles anders. Ich schaffe das nicht allein. Du warst immer bei mir. Du hast mir immer geholfen. Immer. Wenn ich dich am meisten brauchte, warst du da. Du hast mich gerettet. Geh nicht. Nicht jetzt.«

»Pssst.» Ich strich ihm übers Haar und spürte seinen Atem heiß an meinem Schenkel. Es war ein Gefühl, als begingen wir Inzest. »Psssst. Ist gut, Claud, weine nicht. Ich ertrage es nicht, wenn du weinst.« Er lag da wie ein zu groß geratenes Kind, und ich wiegte ihn in meinen Armen.

29. KAPITEL

Ich war wieder dort, wo alles begonnen hatte, in Alex Brown-Dermots Küche, mit einem großen Becher Kaffee. Alex unterhielt sich mit jemandem am Telefon, wobei er unverbindliche Laute von sich gab, eine Menge Hmmms und Ahas, ganz offensichtlich in der Absicht, den Anrufer abzuwimmeln. Immer wieder sah er zu mir herüber und warf mir einen aufmunternden Blick zu. Ich schaute mich um. In dieser Küche fühlte ich mich wohl: Sie war unaufgeräumt, Rezepte steckten an der Pinnwand, Rechnungen häuften sich auf dem Tisch, überall verstreut lagen Zeitungen, Fotos lehnten an Kerzenhaltern, Frühstücksgeschirr stapelte sich im Spülbecken, dazwischen Knoblauchzehen in einer Schale und Blumen in einer Vase. Ich bemerkte das Foto einer dunkelhaarigen Frau mit einem verlegenen Lächeln – vermutlich Alex' Frau. Ich überlegte mir, wie wichtig diese Küche wohl für den Verlauf meiner Therapie gewesen war. Hätte ich mich einem Mann mit einer ordentlichen, nüchternen Küche anvertraut?

Endlich legte Alex auf und setzte sich mir gegenüber an den Tisch.

»Noch Kaffee?«

»Ja, bitte.«

Es kam mir seltsam vor, mich auf gleicher Höhe mit ihm zu unterhalten, seinem Blick direkt zu begegnen.

»Sie sehen ein wenig besser aus.«

Heute morgen hatte ich ein Wollkleid mit tiefer Taille angezogen, einen witzigen kleinen Hut aufgesetzt und sogar Lippenstift und Wimperntusche benutzt.

»Ich fühle mich auch ein wenig besser. Glaube ich jedenfalls.«

Ich hatte so viel geweint, daß ich mich ganz ausgetrocknet fühlte.

Alex beugte sich über den Tisch. »Jane«, sagte er mit seiner leisen, angenehmen Stimme, »Sie haben enormen Mut bewiesen, ich bin sehr stolz auf Sie. Ich weiß, daß es schwer gewesen ist.«

»Warum fühle ich mich dann nicht besser?« platzte ich heraus. »Sie haben gesagt, es ist, als würde man einen Abszeß aufschneiden. Wieso fühle ich mich dann so gräßlich? Nicht nur anderen gegenüber, sondern vor allem mir gegenüber. Ich finde mich selbst schrecklich.«

Alex reichte mir ein Papiertaschentuch.

»Einen Abszeß aufzuschneiden ist schmerzhaft und bringt immer Probleme mit sich. In einem sehr verletzlichen Stadium Ihres Lebens, beim Übergang von der Kindheit zum Erwachsensein, haben Sie etwas so Abscheuliches mit angesehen, daß Ihr Bewußtsein das Ereignis einfach zensiert hat. Sie dürfen nicht erwarten, daß alles sofort wieder in Ordnung ist. Wissen tut weh; das eigene Leben in die Hand zu nehmen ist schwer, der Heilungsprozeß braucht seine Zeit. Aber Sie müssen begreifen, Jane, daß Sie nicht mehr zurück können. Sie werden nie wieder vergessen.«

Ich fröstelte. »Was soll ich machen?«

»Sie geben mir also recht, daß Sie vor Ihrem neuerworbenen Wissen nicht davonlaufen können?«

»Ja.«

»Glauben Sie, Sie könnten damit leben und nichts unternehmen?«

»Nein, wahrscheinlich nicht.«

»Selbstverständlich ist Ihnen klar, daß Sie, sollten Sie sich entschließen, einfach mit dieser schrecklichen Erinnerung weiterzuleben, dennoch Macht ausüben und eine Entscheidung fällen.«

»Ja, das weiß ich.«

»Wer ist wichtig für Sie?«

Diese Frage verblüffte mich. »Wie bitte?«

»Ich fragte, wer ist wichtig für Sie?«

»Robert und Jerome.« Ihre Namen kamen blitzschnell aus meinem Mund, und plötzlich wurde mir klar, daß sie die ganze Zeit ganz nah an der Oberfläche meines Bewußtseins gewesen waren – sie und auch der Horror, den sie nun meinetwegen würden durchmachen müssen. Ich hatte sie nur mit Mühe verdrängt. »Dad. Kim. Und Hana.«

»Wer noch?«

»Na ja, Claud. Trotz allem.«

»Wer noch?«

»Danach kommen noch eine Menge Leute, aber die sind mir nicht ganz so wichtig.«

»Alan?«

»Nein, er natürlich nicht«, antwortete ich fast gequält. Ich konnte die Erwähnung dieses Namens kaum ertragen.

»Sonst niemand Besonderer?«

»Eigentlich nicht.«

»Wirklich niemand?«

»Alex, was soll denn das?«

»Was ist mit Ihnen?«

»Mit mir?« Ich verstand nicht, worauf er hinauswollte.

»Sind Sie sich selbst nicht wichtig, Jane?«

»Ja, stimmt, ich weiß, was Sie meinen, aber...«

»Finden Sie nicht, Jane, daß Sie es sich selbst schuldig sind, ganz offen zu Ihrer Erkenntnis zu stehen? Sie denken an Ihre Söhne, Ihren Vater, Ihren Ex-Ehemann. Sie sind so mit der Welt um Sie herum beschäftigt, daß Sie das Wichtigste einfach vergessen haben.«

»Aber ich muß doch an die anderen denken. Ich bin dabei, ihre Welt zu zerstören.«

Alex beugte sich noch weiter vor und musterte mich durchdringend.

»Ich hatte schon des öfteren mit ähnlichen Fällen zu tun«, sagte er. »Alle diese Frauen mußten tapfer und entschlossen sein. Sie mußten nicht nur mit ihrem eigenen Schmerz fertig werden, sondern auch damit, daß ihnen weder die Menschen ihrer Umgebung noch die staatlichen Behörden glauben wollten. Sie schulden es sich nicht nur selbst, die Sache durchzuziehen, Jane, Sie schulden es all diesen Frauen, die wissen, wie weh es tut, die Erinnerung zu verdrängen, und all denen, die den Mut gefunden haben, offen darüber zu sprechen. Weinen Sie doch nicht.«

Jetzt war seine Stimme wieder ganz sanft; er reichte mir noch ein Taschentuch, und ich putzte mir geräuschvoll die Nase.

»Sie haben nicht zufällig eine Zigarette für mich?«

Er lächelte.

»Wir könnten in den Garten gehen.«

Draußen war es feucht und kalt. Schlammpfützen hatten sich auf dem kümmerlichen Rasen gebildet, Schneeglöckchen welkten in den Blumentöpfen neben der Tür. Ich steckte eine Zigarette zwischen die Lippen und riß ein Streichholz an; es flammte auf und ging sofort wieder aus. Ich versuchte es noch einmal, indem ich meine Hand schützend vor die Flamme hielt. Diesmal klappte es, und ich sog dankbar den Rauch ein.

»Diese anderen Frauen«, sagte ich schließlich. »Was haben die getan?«

»Die meisten haben sich daran erinnert, daß sie mißbraucht

worden waren«, antwortete Alex. »Sie waren nicht Zeugin von Greueltaten, die anderen zugefügt wurden. Allmählich erkennt auch die Wissenschaft, daß das Bewußtsein fähig ist, zu seinem eigenen Schutz eine Amnesie herbeizuführen. Aber die verdrängten Erinnerungen gehen nicht verloren. Sie sind wie Unterverzeichnisse in einer geschützten Computerdatei, die mit dem richtigen Paßwort wieder aufgerufen werden können. Mit manchen Therapieformen kann man diese Informationen zurückholen.«

»Ja, aber was haben diese Frauen getan, als sie sich wieder erinnerten?«

»Manche haben gar nichts getan – abgesehen davon, daß sie natürlich jeden Kontakt zu ihren Peinigern abbrachen.«

»Und die anderen?«

»Sie sind mit ihren Wunden an die Öffentlichkeit getreten. Sie boten denen, die sie mißbraucht haben, die Stirn, manche gingen auch zur Polizei. Sie wollten sich nicht länger nur als Opfer fühlen.«

Ich steckte mir noch eine Zigarette an und wanderte langsam zum Ende des Gartens. Alex machte nicht den Versuch, mir zu folgen, er beobachtete nur, wie ich hin und her marschierte. Schließlich sagte ich: »Sie glauben also, ich sollte Alan damit konfrontieren?«

Er antwortete nicht, sondern sah mich nur an.

»Oder zur Polizei gehen?«

Noch immer schwieg er. Auf einmal spürte ich, wie eine gewaltige Wut in mir aufstieg. Zorn brauste in meinem Kopf. Mir war plötzlich heiß, trotz der kalten Luft.

»Sie haben ja keine Ahnung«, schrie ich Alex ins Gesicht, »Sie haben ja keine Ahnung, was Sie da von mir verlangen, keine Ahnung! Hier geht es um meine Familie. Mein ganzes bisheriges Leben. Wenn ich so etwas tue, dann gehöre ich nirgendwo mehr hin, dann bin ich endgültig eine Ausgestoßene.« Tränen brannten auf meinen Wangen. »Ich kann doch nicht einfach zur Polizei gehen und denen von Alan erzählen. Er war wie ein Vater für mich. Ich habe ihn *geliebt*!«

Schließlich hörte ich auf zu toben. Wir beide schwiegen. Ein paar Gärten weiter hörte ich das dünne, erstickte Gewimmer eines Babys, das seit einer Ewigkeit schrie und nicht aufhören wollte. Ich kramte meine Zigaretten aus der Tasche, zündete eine an, während ich mein Gesicht vergeblich mit einem durchweichten Taschentuch abzuwischen versuchte.

»Hier.«

Alex gab mir ein neues.

»Tut mir leid. Ich plündere Ihren gesamten Taschentuchvorrat.«

»Schon in Ordnung. Ich habe einen Taschentuchberg. Ich bekomme EG-Subventionen dafür.«

Wir gingen zum Haus zurück. An der Tür blieb Alex stehen und legte mir die Hand auf die Schulter.

»Ich verlange von Ihnen nicht, etwas zu tun. Natürlich müssen Sie das ganz allein entscheiden. Ich habe Sie nur gefragt, ob Sie damit leben können.«

Alex kochte noch eine Kanne Kaffee, und ich ging ins Badezimmer, um mir das Gesicht zu waschen. Ich sah gräßlich aus. Die Wimperntusche floß in kleinen Bächen über mein Gesicht, meine Haare hingen strähnig unter meinem Hut hervor und klebten an den Wangen, meine Augen waren geschwollen, meine Nase war rot von der Kälte. »Reiß dich zusammen«, sagte ich leise zu der Frau im Spiegel und sah zu, wie sich der Mund zu einem freudlosen Lächeln öffnete. »You'll never get to heaven«, begann ich zu pfeifen, ein Lied, das wir auf Stead immer zusammen gesungen hatten. Aber wenn ich nicht in den Himmel kam, war das auch egal, ich glaubte ohnehin schon lange nicht mehr daran.

Alex hatte eine Dose Kekse auf den Tisch gestellt. Ich nahm

einen, tunkte ihn in meinen Kaffee und verzehrte ihn mit Heißhunger. Als ich fertig war, räumte er die Tassen ab und trug sie zur Spüle. Das Gespräch war beendet.

»Danke, Alex«, sagte ich und stieg auf mein Fahrrad.

Als ich Camden Lock erreichte, merkte ich plötzlich, daß ich ihm unbedingt noch etwas sagen mußte, also radelte ich zurück und klopfte an die Tür. Er öffnete fast im gleichen Augenblick und wirkte nicht im geringsten überrascht.

»Ich werde es durchziehen«, sagte ich.

Er rührte sich nicht, musterte mich aber eindringlich. Dann nickte er.

»So soll es sein«, meinte er.

Das klang beinahe biblisch. Ohne ein weiteres Wort radelte ich davon.

30. KAPITEL

Als das Auto vor dem Haus hupte, war ich bereits seit einer halben Stunde startbereit. Es schneite – wunderschöne große Flocken, die herabsegelten und sich wie Federn auf Bäumen, Häusern und geparkten Autos niederließen. Im Dämmerlicht wirkte London sauber und heiter, und ich saß lange am Fenster, rauchte und dachte nach. Rostige Lieferwagen, Mülleimer, leere Milchflaschen, alles war rein und weiß. Alle Geräusche sanfter. Sogar die Fenstergitter am Haus gegenüber glitzerten. Bis heute abend würde sich alles in braunen Matsch verwandelt haben. Heute abend würde Martha bereits neben ihrer einzigen Tochter liegen. Ich war froh, daß sie tot war.

Ich zog den Mantel an, den ich gekauft hatte, bevor ich mich mit Caspar im Highgate Cemetery getroffen und ihn geküßt hatte. Dann setzte ich eine braune Pelzmütze auf, zog mir braune Lederhandschuhe über und ging hinaus zu Claud.

Obwohl es für ihn ein beträchtlicher Umweg war, hatte er darauf bestanden, mich abzuholen. Bei diesem Wetter. Er meinte, er wolle sichergehen, daß ich wirklich mitkam.

Anfangs schwiegen wir beide. Ich rauchte und beobachtete, wie London allmählich in ländlichere Gefilde überging. Claud kramte in seinen Kassetten und fuhr dabei mit hundertzehn Stundenkilometern die M1 entlang. Die Scheibenwischer schaufelten den Schnee systematisch zu schmalen Schmutzlinien zusammen.

»Na?« sagte ich schließlich.

»Was denn, na?«

»Du weißt schon.«

Claud verzog das Gesicht.

»Alan hat sich die ganze Zeit über in seinem Arbeitszimmer verschanzt, während ich auf Stead war. Und wenn er gerade nicht drin war, hat er die Tür abgeschlossen.«

»Ach je«, seufzte ich.

»Keine Sorge, Jane, gemeinsam wird uns schon was einfallen.«

Ich brummte zustimmend, während Birmingham mit seinen ausufernden Wohnblocks vorbeiflog. Noch eine Zigarette. Ich hatte keine Ahnung, was ich zu Alan sagen würde, ich hatte mich noch nicht mal darauf vorbereitet, ihn zu sehen. Eine Weile wühlte ich in meiner Handtasche herum, fand einen Kamm und fuhr mir damit durch die Haare, ehe ich die Pelzmütze wieder aufsetzte. Claud musterte mich aus dem Augenwinkel.

»Nervös?«

Mir fiel ein, daß Claud der einzige Martello war, mit dem ich hier einfach so sitzen konnte.

»Du hast dich sehr fair verhalten«, sagte ich.

Er blickte starr geradeaus.

»Hoffentlich«, entgegnete er nur.

Unter der dünnen Schneedecke wirkte Natalies Grab immer noch ordentlich und neu. In einer steinernen Vase steckten Frühlingsblumen – Schneeglöckchen, gelber Winterling. Ich überlegte, ob sich wohl jemand um das Grab kümmern würde. Daneben klaffte ein häßliches Loch in der Erde. Die letzten kalten Schneeflocken fielen hinein.

Eine kleine Gruppe dunkel gekleideter Trauergäste stand um das Grab und sah zu, wie Marthas vier Söhne mit dem Sarg nahten. Ihre Gesichter waren ernst und schön – so trugen trauernde Söhne die sterblichen Überreste ihrer geliebten Mutter zu Grabe. Vor mir nahm ein Mann seinen Hut ab, und plötzlich erkannte ich, daß es Jim Weston war, in einem unmöglichen langen Mantel. Das letzte Mal hatte ich ihn ebenfalls an einem Grab getroffen. Einer Art Grab jedenfalls. Ich stellte mich ganz an den Rand der Trauergemeinde, um eine zufällige Begegnung mit Alan nach Möglichkeit zu vermeiden. Später würde er mich sicher umarmen und mir zuflüstern, wie schwer ihn dieser Verlust traf. Doch das alles konnte warten. Plötzlich spürte ich, wie jemand meine Schulter berührte, und wandte mich um. Es war Helen Auster.

»Ich wollte mich nur blicken lassen«, erklärte sie mit einem kleinen Lächeln.

Ich umarmte sie kurz, während wieder die vertrauten Worte gesprochen wurden.

Alan hörte ich, ehe ich ihn sah. Als Marthas Sarg in die offene Grube hinabgelassen wurde, zerriß ein lauter Klageschrei die Luft. Alle reckten die Köpfe, und plötzlich sah ich durch eine Lücke im Gedränge, was los war. Alan beugte sich über den Sarg und brüllte laut. Der Wind blies ihm die grauen Haare aus dem Gesicht; trotz der Kälte trug er keinen Mantel, sein schwarzer Anzug war schmuddelig und nicht mal zugeknöpft. Tränen rannen über sein fleckiges Gesicht, und er hob seinen Stock und reckte ihn zum Himmel wie ein improvisierter König Lear.

»Martha!« schrie er. »Martha!«

Seine vier Söhne scharten sich um ihn; groß und aufrecht standen sie neben ihrem dicken, unbeherrschten Vater, der außer sich war vor Kummer, konfus vom Alkohol. Jetzt schlug er die Hände vors Gesicht, und Tränen quollen ihm durch die Finger; er stöhnte und schluchzte ununterbrochen. Wir anderen verharrten schweigend. Das war ein Soloauftritt.

»Vergib mir!« schrie Alan auf einmal. »Es tut mir so leid!«

Claud legte den Arm um ihn; Alan lehnte sich an seinen Sohn, murmelte vor sich hin und weinte weiter. Neben mir begann eine Frau, die ich noch nie gesehen hatte, leise in ein kleines Taschentuch zu schniefen. Erica, die mit Paul und Dad ein wenig abseits stand, putzte sich geräuschvoll die Nase und stieß einen kurzen, abgehackten Klagelaut aus. Ich dagegen fühlte mich klar und kalt wie das Wetter, denn ich hatte mich vor langer Zeit von Martha verabschiedet. Jetzt war ich im Begriff, ihre letzte Bitte abzuschlagen. *Kümmere dich um Alan.*

Kalte Erdklumpen prasselten auf den Sarg hinab. Nun lagen Martha und Natalie Seite an Seite. Alan weinte laut.

Helen hakte mich unter, und wir trennten uns von den übrigen, verließen den Weg und wanderten ein Stück zwischen den Grabsteinen.

»Sie sehen nicht gut aus«, bemerkte sie.

»Es ging mir auch nicht gut. Aber ich glaube, jetzt wird es besser. Und was macht die Untersuchung?«

Sie lächelte. »Ich wollte es Ihnen erzählen. Wir haben eine Verwendung für eine der Listen gefunden. Am Montag veröffentlichen wir eine Erklärung. Alle männlichen Gäste, die sich am 27. Juli, dem Tag nach der Party, als man Natalie zum letztenmal gesehen hat, auf Stead oder in der Umgebung aufgehalten haben, sollen eine Blutprobe abgeben, damit eine DNS-Analyse gemacht werden kann.«

»Um den Vater festzustellen?«

»Vielleicht.«

»Und den Mörder?«

»Es wäre kein zwingender Beweis.«

»Trotzdem klingt es nach einem Schritt in die richtige Richtung.«

»Das glauben wir auch.«

Eine Weile gingen wir schweigend nebeneinander her. Inzwischen war außer uns niemand mehr auf dem Friedhof. Ich zwang mich zu fragen: »Und wie geht es *Ihnen*, Helen?«

»Mir?« Offensichtlich hatte ich sie aus der Fassung gebracht. »Sie wissen sicher Bescheid, oder?« meinte sie zögernd.

»Ja.«

Helen machte halt und setzte sich auf einen Sockel, auf dem eine steinerne Urne stand, halb bedeckt von einem steinernen Tuch. Fast schuldbewußt blickte sie zu mir empor.

»Was wollen Sie hören?«

»Helen, ich verlange ganz bestimmt keine Rechtfertigung von Ihnen. Es interessiert mich nur, wie es Ihnen geht.«

»Mir? Ich bin total verwirrt. Mein Leben ist völlig auf den Kopf gestellt.« Sie zog ein Papiertaschentuch aus der Tasche, faltete es mit kältestarren Fingern umständlich auseinander und putzte sich die Nase. »Ich verhalte mich unprofessionell. Ich zerstöre meine Ehe. Ich schwöre Ihnen, ich habe so was noch nie getan, und ich fürchte, Barry – das ist mein Mann – muß es früher oder später erfahren. Andererseits, so scheußlich das vielleicht klingt – ich bin gleichzeitig auch glücklich und finde alles furchtbar spannend. Na klar, das muß ich Ihnen ja nicht erzählen. Sie wissen selbst am besten, wie Theo ist.«

»Ja.«

»Auf einmal sehe ich viele Dinge ganz anders, entdecke neue Möglichkeiten. Ich fühle mich manchmal wie in einer Art Rausch.«

»Was haben Sie vor?«

»Meine Pläne ändern sich dauernd. Wahrscheinlich warte ich erst mal, bis die Ermittlungen abgeschlossen sind. Dann sage ich meinem Mann, was los ist, ziehe aus, und irgendwann können Theo und ich zusammenleben.«

»Hat Theo das gesagt?«

»Ja.« Wieder blickte sie schuldbewußt zu mir empor. »Sie sehen nicht gerade aus, als würde Ihnen das gefallen.«

»Es ist weniger eine Frage des Gefallens.« Ich ließ mich neben Helen auf der Kante des Sockels nieder, was äußerst unbequem war. »Sehen Sie, ich will Ihnen keine guten Ratschläge aufdrängen. Vielleicht haben Sie ja vollkommen recht, und es kommt wirklich so. Ich denke nur, Sie sollten vorsichtig sein mit der Familie Martello. Die Martellos sind faszinierend und äußerst anziehend, aber ich fürchte, manchmal führen sie einen auch an der Nase herum.«

»Aber *Sie* gehören doch auch dazu.«

»Ja, ich weiß, und alle Kreter lügen.«

»Wie bitte?«

»Nicht so wichtig. Ich weiß auch nicht, was ich sagen will. Machen Sie keinen Höhenflug ohne Fallschirm. Irgendwas in der Art.«

»Aber Sie haben Theo geliebt, oder nicht?«

»Woher wissen Sie das?«

Sie antwortete nicht.

»Passen Sie nur auf, daß Sie sich nicht Ihr Leben und Ihre Karriere kaputtmachen«, sagte ich.

Sie sah mich an, mit einem Gesicht, das mich fatal an ein trauriges kleines Mädchen erinnerte. »Ich dachte, Sie würden mir einfach gratulieren, mir Glück wünschen oder so.«

Auf einmal begann sie zu weinen, und ich nahm sie tröstend in den Arm.

»Es ist so blöd und peinlich, daß ich es kaum über die Lippen bringe«, schluchzte sie. »Ich hatte diese Vorstellung, wir könnten Freundinnen sein, daß diese Geschichte uns irgendwie näherbringen würde.«

»Aber, aber«, sagte ich und nahm ihr tränennasses Gesicht in die Hände. »Wir sind uns doch schon viel nähergekommen.«

»Nein, ich meinte mehr als das. So wie Schwestern.«

Ich drückte sie an mich. »Ich brauche eine Freundin mehr als eine Schwester«, flüsterte ich.

Über das Zusammentreffen mit Alan hätte ich mir keine Sorgen zu machen brauchen; er wollte weder mich noch sonst jemanden sehen. Als ich wieder im Haus war, verkroch er sich wie ein riesiger Einsiedlerkrebs, dessen Schutzpanzer zerbrochen ist, in sein Arbeitszimmer. »Ich will schreiben«, sagte er nur.

In der Küche und im Wohnzimmer wimmelte es von Trauergästen; manche kannte ich, andere sah ich zum erstenmal. Ich glaubte Lukes Adlernase und die hohen Backenknochen zu erspähen, aber was hätte er hier zu suchen gehabt? Auch Jim Weston kam angeschlurft; man sah ihm an, wie unbehaglich er sich in seinem engen braunen Anzug mit dem breiten Revers fühlte, in dem er wie ein entlassener Soldat wirkte. Er packte mich am Ärmel und murmelte irgend etwas, aber ich verstand ihn nicht. Um mich herum herrschte ein einziges Stimmengewirr, von dem ich nur unzusammenhängende Laute vernahm. Ich beobachtete, wie Münder sich öffneten und schlossen. Leute wischten sich die Augen. Manche lachten. Stopften sich Sandwiches in den Mund. Hoben mit Daumen und Zeigefinger zierliche Teetassen. Körper stießen gegen meinen.

Mir war heiß, meine Beine juckten in der Strumpfhose, meine Handflächen schwitzten, unter meinem linken Auge zuckte unsichtbar ein Muskel. Ich spürte die Vorboten übler Kopfschmerzen. Vor mir stand Theo mit gerunzelter Stirn, Paul hielt mich an der Schulter und flüsterte mir etwas ins

Ohr – es ging um Dad und darum, daß wir bald aufbrechen mußten. Der Pfarrer – ein junger Mann mit einem Adamsapfel, der hektisch über seinem Stehkragen auf und ab hüpfte – schüttelte mit verschwitzten Händen andere verschwitzte Hände und faselte irgend etwas davon, daß Martha endlich Frieden gefunden hätte. Luke – es war tatsächlich Luke – fragte, ob mit mir alles in Ordnung sei, und jemand reichte mir ein Glas Wasser. Peggy war ganz in Grau gekommen, Erica in Dunkelblau. Dad saß auf einem Stuhl bei der Verandatür; gelegentlich beugte sich ein Hut zu ihm herab und hob sich nach einer Weile wieder auf normale Höhe. Dad wirkte alt, elend und traurig.

Ich zog meinen Mantel wieder an, ging hinaus in den Garten und begann ziellos umherzulaufen, wobei ich den Rest aus der Packung rauchte. Erst als ich sah, daß die Gäste in ihre Autos stiegen und wegfuhren, traute ich mich ins Haus zurück.

Wir waren eine seltsame, provisorische Gemeinschaft ohne gemeinsames Ziel. Paul und Erica fuhren bald nach dem Begräbnis zurück nach London. Am nächsten Morgen brachen Jonah und seine Familie auf, und Theo brachte Frances zum Bahnhof. Fred und Lynn, die sehr besorgt wirkte, blieben noch. Und Claud war natürlich auch noch da. Aber was hatten wir eigentlich alle hier zu suchen? Marthas materielle Hinterlassenschaften brauchten nicht geordnet zu werden. Am Morgen des Begräbnisses sahen wir ihre Schubladen und Schränke durch. Jedes Kleidungsstück war gewaschen, zusammengefaltet und ordentlich verstaut. Manches lag in Pappkartons, auf denen Martha in ihrer klaren, selbstbewußten Handschrift den Bestimmungsort vermerkt hatte. Ihr Arbeitszimmer schien leer, aber nur, weil es so gut aufgeräumt war. Ich wußte, daß Martha ihr letztes Buch ein paar Monate vor ihrem Tod beendet und ihre letzten Wochen systematisch genutzt hatte. Sie hatte Notizen und eine Menge alten Papierkram weggeworfen. Nachdem wir ein paar Schubladen aufgezogen hatten, war klar, daß jede Akte, jede Heftmaschine und auch sonst alles dort lag, wo es hingehörte. Das war Marthas letzte große Geste. Sie hatte dafür gesorgt, daß wir ihren Geist in keinem Winkel des Hauses unvorbereitet erwischten. Ehe sie gestorben war, hatte sie alles unterschrieben und versiegelt und uns genauso hinterlassen, wie sie es wollte. Diese Erkenntnis war das einzige, was mir an diesem Tag ein Lächeln entlockte.

Die Brüder hatten nichts zu tun. Sie sprachen nicht viel – Fred war kaum nüchterner als sein Vater –, aber ich glaubte, daß sich keiner von ihnen vorstellen konnte, Alan allein im Haus zurückzulassen. Wie sich herausstellte, sollten sie das auch nie tun.

Das Mittagessen war eine trostlose Angelegenheit. Brot, Käse, Wein und eine seltsam heitere Konversation, in die sich sogar Alan gelegentlich einschaltete. Wir balancierten auf einem schmalen Grat zwischen zwei Leben. Das anerkannte alte, von Martha wohlorganisierte, war noch nicht abgelegt, und davon, wie das neue sein mochte, sprach niemand. Keiner konnte es sich vorstellen. Glaubten wir etwa, irgendwann könnten wir alle gehen und Alan sich selbst überlassen?

Als wir fertig waren, hinderte Claud seinen Vater mit fast körperlich spürbarer Überredungskunst daran, wieder nach oben in sein Arbeitszimmer zu fliehen.

»Du, ich und Jane machen einen kleinen Spaziergang«, sagte er.

Erschrocken blickte Alan uns an, und ich war kaum weniger überrascht.

»Wir gehen spazieren?« wiederholte ich fragend.

»Ja, es ist wunderbar frisch draußen«, meinte Claud fröhlich.

Ich sah aus dem Fenster und konnte nur dräuende Wolken entdecken.

»Kommt, wir holen unsere Mäntel«, fuhr er fort.

Eifrig half er Alan mit Regenmantel, Hut, Schal und Stiefeln und drückte ihm seinen alten Stock in die Hand. Wir zogen alte Mäntel an, die noch an der Garderobe hingen (mit Schaudern stellte ich fest, daß ich einen von Martha trug), dann gingen wir – Alan zwischen uns – hinaus.

Während wir über den Rasen marschierten, erzählte Claud von einem Spaziergang, den er tags zuvor unternommen hatte. Er hatte in einer Esche an der Auffahrt ein Eulennest entdeckt, das er uns gern zeigen wollte. Plötzlich schlug er sich mit der flachen Hand gegen die Stirn.

»So ein Mist, jetzt hab ich doch glatt das Fernglas vergessen. Könntest du vielleicht schnell zurücklaufen und es holen, Janey?«

Anscheinend waren wir wieder verheiratet.

»Wo ist es denn?«

»In der Stiefelkammer. Die ich natürlich abgeschlossen habe.«

»Wozu denn das?« fragte Alan.

»Moment, ich gebe dir meine Schlüssel«, sagte Claud, während er in den verschiedenen Taschen wühlte. »Oh, tut mir leid, ich hab wohl meinen Schlüsselbund verlegt. Dad, könntest du Jane deine Schlüssel geben?«

Wortlos zog Alan einen großen Schlüsselbund aus der Tasche und gab ihn Claud, der ihn mir ohne erkennbare Gemütsbewegung – abgesehen vielleicht von einer leichten Gereiztheit, weil er so vergeßlich war – in die Hand drückte. Man sagt ja immer, daß Ärzte gleichzeitig auch Schauspieler sein müssen.

»Bis gleich«, sagte ich, drehte mich um und rannte über die Wiese zurück.

Erster Stock, zweiter Stock, die steile Treppe hinauf, die zum großen Speicher führte. Meine Beine zitterten so sehr, daß ich Angst hatte hinzufallen. Ich mußte mehrere Schlüssel ausprobieren, ehe ich den passenden gefunden hatte, dann endlich stieß ich die Tür auf und trat in Alans Reich. Es war ihm heilig, und tatsächlich hatte es, direkt unter dem Dach, eine gewisse Ähnlichkeit mit einem Kirchenschiff. Auf jeder Schräge waren Fenster, durch die sanftes graues Licht fiel und den Raum nur schwach erhellte, bis ich den Lichtschalter betätigte. Ich war nicht oft hier gewesen. In diesem Raum schrieb Alan seine Bücher – oder tat zumindest so, als schriebe er. Wäre der Raum leer gewesen, hätte er sehr groß gewirkt. Aber vollgestopft, wie er war, kam man kaum durch. Briefe, Rechnungen, Quittungen, Briefe von Verlagen und Universitäten, Reklamesendungen, Flugblätter, Anfragen von Studenten, alte Zeitungen, Postkarten von Alans Söhnen, Einladungen, ungeöffnete Briefumschläge. Auf gut Glück sah ich mir einen Poststempel an: 1993. Ich betrachtete die Bücherstapel, die unordentlich, halb umgekippt überall herumlagen; die zerknüllten Papiertaschentücher in der Ecke; die lange Reihe gebrauchter Kaffeetassen, in denen sich bereits Schimmel bildete; die fast leere Whiskyflasche auf dem Fenstersims.

Nur Alans Schreibtisch war ordentlich – der einzig aufgeräumte Platz im ganzen Zimmer. Wie ein Panzer thronte darauf seine uralte deutsche Schreibmaschine. Daneben ein Becher mit Stiften und Kugelschreibern und ein leerer Notizblock. Auf dem Regal über dem Schreibtisch drängten sich Dutzende Exemplare von *The Town Drain* in einer babylonischen Sprachenvielfalt. Der Titel hatte sich immer gegen eine Übersetzung gesperrt. Ich zog ein paar Schubladen auf: Notizbücher mit fragmentarischen Entwürfen, unbenutzte Postkarten, Farbbänder für die Schreibmaschine, Reißzwekken, eine Heftmaschine, alte Batterien und etliche Gegenstände, deren Verwendungszweck sich mir nicht erschloß. Ich blickte mich um. An einer Wand stand ein Aktenschrank aus grauem Metall, an einer anderen eine Reihe niedriger Schränke. Niemand hebt Tagebücher in einem Aktenschrank auf. Also öffnete ich die Schranktüren. Hinter der ersten fand ich eine Reihe großer Pappschachteln. Auf sie konnte ich bei Bedarf später zurückkommen. Im nächsten Schrank stapelten sich alte Akten, im dritten befand sich lediglich ein großer Karton, auf dem stand: *Arthur's Bosom* (provisorischer Titel). Ich spähte hinein, entdeckte aber nur ein paar Blätter mit Alans breiter Handschrift. Dialogfetzen, noch nicht zusammengefügte Sätze, Beschreibungen, die im Sand verliefen. Dies war also der großartige Roman, Alans langerwartetes Comeback, das Meisterwerk, für das er regelmäßig die Stufen emporklomm. Wider meinen Willen überkam mich Mitleid. Das Leben konnte unerträglich hart sein.

Der vierte Schrank war mit Zeitungen und Zeitschriften vollgestopft, wahrscheinlich alte Buchbesprechungen und Interviews. Aber im nächsten fand ich endlich, was ich suchte. Dutzende kartonierter Notizbücher standen aufgereiht in den Fächern. Ich zog eines davon heraus. Es war von 1970. Ich blätterte es rasch durch: Die Seiten waren dicht beschrieben mit den Ereignissen des Tages. Ich nahm ein anderes heraus und noch eins. Überall das gleiche. Zumindest diese Art des Schreibens hatte Alan beibehalten. Von unten aus weiter Ferne hörte ich Stimmen und Geschirrgeklapper. Garantiert würde niemand heraufkommen.

Es war nicht schwer, den Band zu finden, den ich suchte. Ich schlug ihn auf, ein Stück Papier flatterte heraus und landete zu meinen Füßen. Eilig blätterte ich die Seiten um, aber als ich beim 1. Juli ankam, bot sich mir ein gänzlich unerwartetes Bild: Überreste herausgerissener Seiten. Von Anfang Juli bis September war alles weg. Dann gingen die Eintragungen weiter wie zuvor. Ich war wie gelähmt. Fast reflexartig bückte ich mich und hob das Stück Papier auf, das aus dem Buch gefallen war: ein vergilbtes liniertes Din-A4-Blatt, in der Mitte gefaltet. Ich klappte es auf. Es sah aus, als wäre es hastig aus einem Notizblock gerissen worden. Kein Zweifel, es war Natalies Handschrift, mit blauem Kugelschreiber. Ich kannte ihre Schrift noch immer genausogut wie meine eigene. Der Brief lautete folgendermaßen:

> Ich weiß nicht, was es bringen soll, daß Du mir aus dem Weg gehst. Wir wohnen im selben Haus! Du weißt, was Du mir angetan hast. Du weißt, was jetzt passiert. Glaubst Du vielleicht, Du kannst sowieso nichts tun? Glaubst Du, Du kommst ungeschoren davon? Okay, Du brauchst nicht mit mir zu sprechen. Aber Du sollst wissen, daß ich tun werde, was ich tun muß, auch wenn es die ganze Familie zerstört. Ich werde alles verraten. Wenn ich mich danach umbringen muß, ist es mir auch egal. Ich kann es immer noch nicht fassen. Ich dachte, eine Familie wäre dazu da, um einen zu beschützen.
> Natalie.

Mit einem Schlag war ich völlig ruhig. Ich faltete Natalies Brief wieder zusammen und legte ihn zurück zwischen die Seiten des Tagebuchs. Dann drehte ich mich um – und vor mir im Türrahmen stand Alan. Noch immer trug er seinen weiten Mantel und die Gummistiefel, die seine Schritte auf dem Treppenteppich gedämpft hatten. Er atmete schwer vor Anstrengung.

»Ich denke, den Feldstecher findest du eher unten.«

»Ich habe nicht den Feldstecher gesucht. Wo ist Claud?«

»Unten. Wenn du schon in mein Arbeitszimmer einbrichst, Jane, dann solltest du nicht so unvorsichtig sein und das Licht anknipsen. Was hast du hier zu suchen, Jane? Aha, du hast dich in meine großartigen Werke vertieft.«

»Ich habe dich gesehen, Alan.«

»Ach, wirklich?«

»Ich habe gesehen, wie du Natalie getötet hast. Ich habe gesehen, wie du sie erwürgt hast. Ich hatte es vergessen, aber jetzt erinnere ich mich wieder daran. Und ich habe auch den Beweis gefunden.«

»Was meinst du mit ›gesehen‹? Und was für ein Beweis soll das sein?«

Er trat auf mich zu. Ich versuchte, mich an ihm vorbeizudrängen, aber er packte mein Handgelenk, und das Buch fiel polternd zu Boden. Vor Schmerz schrie ich laut auf, aber Alan stieß mich rücksichtslos auf einen Stuhl. Ich wollte aufstehen, aber er hinderte mich daran, indem er seine Hand auf meinen Hals drückte. Dann packte er meine Kehle mit beiden Händen.

»Ist es das, was du gesehen hast? War es ungefähr so?«

Ich brachte keinen Ton heraus. Ich konnte nicht atmen. Von Krämpfen geschüttelt, rang ich nach Luft. Dann ließ er mich plötzlich los. Während ich hustete und keuchte, bückte er sich langsam und hob das Tagebuch auf. Im Handumdrehen fand er Natalies Brief, faltete ihn auf und las ihn. Als er fertig war, legte er ihn zurück, klappte das Buch zu und reichte es mir.

»Du hast deine Tochter vergewaltigt und getötet«, sagte ich. »Aber ich habe dich gesehen.«

Da begann Alan laut zu schluchzen. Er schlug sich immer wieder an den Kopf, Rotz und Speichel liefen über sein Gesicht.

»Du hast es getan, stimmt's Alan?« schrie ich. »Du hast deine Tochter gefickt und sie dann umgebracht, nicht wahr?«

Ein dünnes Blutgerinnsel floß über sein Gesicht. Er berührte das Blut mit einem Finger und hielt ihn hoch.

»Schuldig. Schuldig, schuldig, schuldig!«

Dann sackte er langsam in sich zusammen. Langsam glitt

er zu Boden und blieb dort sitzen, ohne ein Wort zu sagen, ohne meine Gegenwart zu beachten. Ich stand auf, packte das Buch und schlich mich auf Zehenspitzen an ihm vorüber.

31. KAPITEL

Ich wollte keinen Menschen sehen. Wie ein Dieb schlich ich mich die Treppe hinunter und verließ das Haus durch die Hintertür. Das Tagebuch steckte ich sorgsam in die Innentasche meines dicken Mantels und marschierte los, weg von dem Haus. Ich wählte eine Route, die ich gut kannte, eine der längsten, freiesten und vertrautesten, die ich zurücklegen konnte, ohne darüber nachzudenken. Ich wanderte durch den Wald, die Hügel hinauf, wo der Wind mich beinahe umblies und wo sich mir an diesem kalten, stürmischen Tag eine Aussicht bot, daß ich fast glaubte, die Beacons in Wales zu erkennen.

Immer weiter marschierte ich, ohne mich umzusehen. Als es dunkel wurde, kam ich zu einem Pub. Von dort aus rief ich auf Stead an und sagte Claud, er solle mich nicht zum Abendessen erwarten; ich versprach, später alles zu erklären. Ich bestellte eine Lasagne und ein warmes, schaumiges Bier, als Nachtisch einen sauren Rhabarberkuchen mit Vanillesoße und schwarzen Kaffee. Die Frau hinter dem Tresen zeigte mir eine Landkarte, und ich wanderte auf der Landstraße unter dem gleißenden Licht des Vollmonds nach Stead zurück. Als ich meine Stiefel auf dem Kies der Auffahrt knirschen hörte, waren alle Lichter schon erloschen. Ich ging geradewegs in mein Zimmer und fiel sofort in einen tiefen Schlaf, das Tagebuch unter dem Kopfkissen.

Es war schon nach neun, als ich am nächsten Morgen herunterkam. Ich sah Fred und Lynn, die vor dem Haus ihr Gepäck in den Wagen luden. Claud reparierte ein Regalbrett in der Küche. Ich fragte ihn, wo Alan war, und er sagte mir, Theo und Alan seien in die Stadt gefahren. Vermutlich zum Einkaufen. Er deutete zum Backofen, in dem Eier, Tomaten und Speck auf mich warteten. Ich verschlang alles und spülte es mit Tee und Orangensaft hinunter. Dann fragte ich Claud, ob er mir den Vormittag über seinen Wagen borgen könnte. Ja, antwortete er, wollte aber wissen, ob ich ihm vielleicht etwas zu sagen hätte. Noch nicht, vertröstete ich ihn. Ich trank den letzten Schluck Tee, nahm Clauds Schlüssel und ging zum Wagen. Unterwegs verabschiedete ich mich mit einer Umarmung von Fred und Lynn.

Im Polizeirevier von Kirklow fragte ich nach Helen Auster. Sie war nicht da.

»Kann ich mit ihrer Vertretung sprechen?«

Ich betrachtete die Plakate, bis ein untersetzter junger Mann erschien und sich als Detective Sergeant Braswell vorstellte. Ich zeigte ihm das Tagebuch und Natalies Brief und erklärte in wenigen Sätzen, wo ich beides gefunden hatte. Er machte ein ziemlich entsetztes Gesicht und begleitete mich durch das Revier zur Kriminalabteilung, die angenehm modern und zweckmäßig wirkte. Als ich eintrat, verstummte das Gespräch, und alle blickten mich neugierig an. Braswell führte mich durch den Raum zu einem Vernehmungszimmer, wo er mich fragte, ob er das Tagebuch einen Moment haben könne. Nach kurzer Zeit kam er mit zwei anderen Männern zurück; der jüngere von ihnen trug einen blauen Plastikstuhl, den er in eine Ecke des Raums stellte. Der andere, offensichtlich ein leitender Beamter, war schlank, hatte ein rotbackiges Gesicht und braune, glanzlose Haare, offensichtlich mühsam glattgekämmt. Er trat auf mich zu und schüttelte mir die Hand.

»Ich bin Detective Superintendent Wilks. Ich leite die Ermittlungen«, erklärte er. »Detective Constable Turnbull kennen Sie ja schon.«

Ich nickte dem jungen Mann zu, der sich in der Ecke niedergelassen hatte. Wir nahmen alle Platz, während Wilks fortfuhr.

»Sergeant Braswell wird mit der Unterstützung von Constable Turnbull alle notwendigen Fragen stellen. Ich wollte nur bei einem kurzen einleitenden Gespräch dabeisein, wenn es Ihnen recht ist. Kann ich Ihnen irgend etwas bringen lassen? Tee? Kaffee?«

Turnbull wurde beauftragt, vier Tassen Tee zu besorgen.

»Wo ist Detective Sergeant Auster?« fragte ich.

»Im Urlaub«, antwortete Wilks.

»Mitten im Verlauf der Ermittlungen?«

»Sergeant Auster arbeitet nicht mehr an dem Fall«, erklärte Wilks. »Auf ihre eigene Bitte hin.«

»Oh.«

»Nun, Mrs. Martello, können Sie uns etwas über dieses Tagebuch erzählen?«

In allen Einzelheiten berichtete ich, wie ich Alans Arbeitszimmer durchsucht und das Tagebuch mit dem Brief gefunden hatte.

»Ja«, sagte Wilks und hob den Brief hoch, der inzwischen in einer Klarsichthülle steckte. »Und es besteht kein Zweifel, daß es sich um die Handschrift von Natalie Martello handelt?«

»Keinerlei Zweifel. Zu Hause gibt es noch eine Menge anderer Dinge in ihrer Handschrift, falls Sie es überprüfen möchten.«

»Gut. Sie sagen, Alan Martello hat Sie dabei entdeckt. Was geschah dann?«

Ich beschrieb die schreckliche Szene, so ruhig ich konnte, Alans Hände an meinem Hals, den Zusammenbruch, das »Schuldig, schuldig, schuldig«.

»Warum haben Sie Alan Martellos Arbeitszimmer durchsucht, Mrs. Martello?«

»Wie bitte?«

»Oberflächlich gesehen scheint es seltsam, wenn jemand seinen Schwiegervater verdächtigt, die eigene Tochter ermordet zu haben. Warum haben Sie ihn verdächtigt?«

Ich holte tief Luft. Vor diesem Teil hatte ich mich gefürchtet. Doch ich erzählte die ganze Geschichte meiner Therapie bei Alex, wenn auch mit glühenden Wangen. Ich hatte erwartet, die Polizisten würden mitleidig lächeln und vielsagende Blicke wechseln, aber Wilks Stirn blieb die ganze Zeit konzentriert gerunzelt, und er unterbrach mich nur, um ein paar sachdienliche Fragen zu stellen: Unter welchen Umständen fand die Therapie statt, wie häufig wurden die Sitzungen abgehalten? Als ich geendet hatte, herrschte eine Weile Schweigen. Wilks sprach als erster.

»Nun, Mrs. Martello, lassen Sie uns etwas klarstellen: Sie behaupten also, Augenzeugin des Mordes gewesen zu sein?«

»Ja.«

»Sind Sie bereit, eine entsprechende Aussage zu machen?«

»Ja.«

»Und eventuell vor Gericht als Zeugin der Anklage aufzutreten?«

»Ja.«

»Gut.«

Wilks stand auf und steckte die Hände in die Hosentaschen. Ich sah zu den anderen drei Polizisten.

»Ich hatte Angst, Sie würden mich auslachen«, sagte ich leise.

»Warum sollten wir?« fragte Wilks.

»Ich dachte, Sie glauben mir vielleicht nicht, daß ich mich daran erinnere, Alan gesehen zu haben.«

»Sie hatten ja offensichtlich selbst gewisse Zweifel daran.«

»Was wollen Sie damit sagen?«

Wilks zuckte die Achseln. »Sie sind mit Ihrem Verdacht nicht sofort zu uns gekommen. Statt dessen haben Sie eigene

Ermittlungen angestellt, in deren Verlauf sowohl Sie als auch Alan Martello mit Beweismaterial herumhantiert haben.«

»Das klingt nicht, als wären Sie mir sonderlich dankbar.«

»Ich möchte nicht undankbar erscheinen, aber die Sache hätte auch anders ausgehen können. Sie hätten ebenfalls zu Schaden kommen können.«

»Was geschieht jetzt?«

»Wenn Sie dazu bereit sind, und das hoffe ich, werden die Detectives Braswell und Turnbull eine umfassende Aussage von Ihnen aufnehmen, was wahrscheinlich ein paar Stunden dauert. Ich sollte noch hinzufügen, daß Sie das Recht haben, sich mit einem Rechtsanwalt zu beraten, ehe Sie etwas sagen. Wir können Ihnen gern ein paar Namen nennen.«

»Schon in Ordnung. Und was werden Sie dann unternehmen? Werden Sie Alan zum Verhör herbringen?«

»Nein.«

»Warum nicht?«

Wilks lächelte, doch in seinem Gesicht erkannte ich eine Spur von Verwirrung.

»Weil er schon da ist.«

»Wie um alles in der Welt haben Sie ihn so schnell geholt?«

»Er ist selbst gekommen. Er hat gesagt, er wolle eine Aussage machen. Um neun Uhr zwölf hat er das Revier betreten, und fünfundzwanzig Minuten später hat Alan Edward Dugdale Martello unaufgefordert ein Geständnis abgelegt, seine Tochter Natalie ermordet zu haben.«

»Wie bitte?«

»Er ist jetzt in einer Zelle im Untergeschoß, während die Anklage vorbereitet wird.«

Ich war wie vor den Kopf geschlagen. »Hat er ... Hat er gesagt, na ja, hat er gesagt, warum und wie er sie getötet hat?«

»Nein.«

»Werden Sie ihn anklagen?«

»Natürlich muß man auch die Möglichkeit eines falschen

Geständnisses in Erwägung ziehen. Es gibt böse Zungen, die die Polizei schon des öfteren beschuldigt haben, solche Dinge zu provozieren. Wie dem auch sei – ganz unter uns« – Wilks sah mich mit hochgezogenen Brauen an –, »nachdem ich nun Ihren Bericht gehört und das Tagebuch sowie den Brief gesehen habe, neige ich durchaus zu einer Anklageerhebung. Aber warten wir, bis wir Ihre vollständige Aussage aufgenommen haben, in Ordnung? Guy und Kevin werden Ihnen helfen, falls es Probleme geben sollte. Dann bis nachher.«

Detective Turnbull kramte eine Weile in einer Pappschachtel herum und holte dann einen großen Doppel-Kassettenrecorder hervor. Während er geräuschvoll einige Kassettenschachteln durchwühlte, legte Detective Braswell ein Durchschlagpapier in einen dicken Formularblock. Als er meinen Blick bemerkte, lächelte er.

»Sie glauben vielleicht, Sie hätten das Schlimmste schon hinter sich. Aber Sie haben die ganzen Formulare nicht gesehen, die wir mit Ihnen noch durchgehen müssen.«

32. KAPITEL

Am Abend des Tages, an dem Alan sein Geständnis abgelegt hatte, rief mich um neun Uhr ein Reporter der *Daily Mail* an. Die Zeitung hatte über eine sogenannte »Quelle« erfahren, daß Alan Martello eine Anklage wegen Mordes an seiner schwangeren Tochter drohte. Fünfundzwanzig Jahre nach der Tat, und zwar weil ich mich plötzlich daran erinnert hatte, Zeugin des Verbrechens gewesen zu sein. Ob ich bereit wäre, der Zeitung ein Interview zu geben. Ich war so perplex, daß ich mich erst einmal hinsetzen mußte, bis ich meine Stimme wieder einigermaßen unter Kontrolle hatte. Wenn Alan angeklagt würde, sagte ich, dann meines Wissens aufgrund seines Geständnisses. Aber der Mann ließ nicht locker und wollte wissen, ob es denn wahr sei, daß ich den Mord mit eigenen Augen gesehen hatte.

Einen Augenblick konnte ich keinen klaren Gedanken fassen. Sollte ich lügen? Oder war es besser, wenn ich mich kooperativ zeigte? Mir fiel mein letzter Auftritt in der Öffentlichkeit ein, als ich versucht hatte, mein Wohnheim zu verteidigen, das doch dem Allgemeinwohl dienen sollte. Jetzt wußte ich, was ich zu tun hatte. Ich riet dem Reporter, er solle sich am besten direkt an die Polizei wenden. Dann kam mir eine Idee. Da die Anklage wahrscheinlich unmittelbar bevorstand, war die Angelegenheit anhängig. Obwohl das meinem Gesprächspartner offenbar ganz und gar nicht schmeckte, gab er sich damit zufrieden.

Kaum hatte er aufgelegt, wählte ich Alex Dermot-Browns Nummer und erzählte ihm von dem Gespräch. Entgegen meinen Erwartungen äußerte er sich weder mitfühlend noch schockiert, sondern fing an zu lachen.

»Wirklich?« fragte er nur.

»Ist das nicht furchtbar?« beharrte ich.

Alex schien nicht sonderlich beeindruckt und meinte nur, das sei doch zu erwarten gewesen. Ich hätte damit rechnen müssen, als ich mich entschloß, gegen Alan vorzugehen. Irgendwie war ich unzufrieden mit seiner Reaktion. Aber seine Stimme klang nett, als er forfuhr: »Gut, daß Sie sich melden, ich wollte Sie nämlich anrufen. Haben Sie morgen nachmittag schon was vor?«

»Nein, jedenfalls nichts Wichtiges. Worum geht es denn? Soll ich zu einer Extrasitzung zu Ihnen kommen?«

»Nein, ich möchte Sie entführen. Um halb zwölf stehe ich vor Ihrer Tür.«

»Aus welchem Anlaß?«

»Das erkläre ich Ihnen unterwegs. Bis morgen.«

Ich spielte mit dem Gedanken, Alex zurückzurufen und

ihm zu sagen, ich hätte keine Zeit, aber dann ließ ich es doch bleiben. Außerdem war ich neugierig.

Um einschlafen zu können, schluckte ich ein paar Tabletten, was zur Folge hatte, daß ich am nächsten Morgen mit Kopfschmerzen aufwachte. Mein Frühstück bestand aus ein paar Aspirin, schwarzem Kaffee und einer Grapefruit. Anschließend duschte ich und zog mich an. Da ich das Ziel unseres Ausflugs nicht kannte, entschied ich mich für neutrale Garderobe. Ich zog einen dunklen, halblangen Rock an und dazu einen hellgrauen Pullover und eine dezente Kette, ein Hauch Lippenstift und Lidstrich, flache Schuhe. Falls ich aussah wie eine geistesgestörte Patientin, dann doch zumindest wie eine, die man getrost zurück in die Gemeinschaft entlassen konnte. Als ich fertig war, zeigte die Uhr erst halb elf. Nervös versuchte ich, die verbleibende Stunde irgendwie totzuschlagen, rauchte, hörte Musik und las unkontrolliert in einem Roman. Ich hätte in den Garten gehen und ein paar Pflanzen setzen sollen, aber ich fürchtete, ich würde draußen nicht hören, wenn jemand an der Haustür war.

Schließlich klopfte es. Völlig unerwarteterweise trug Alex einen Anzug. Er hatte sich rasiert, und sein Haar war ordentlich gekämmt.

»Sie sehen sehr schick aus«, begrüßte ich ihn. »Aber das ist doch kein Rendezvous, oder?«

»Um halb zwölf vormittags? Übrigens sehen Sie auch sehr schick aus. Kommen Sie.«

Alex fuhr einen Volvo. Auf der Rückbank war ein Kindersitz befestigt; überall lagen Chipstüten, Kassetten und leere Kassettenhüllen herum. Alex fegte einiges davon vom Beifahrersitz, um Platz für mich zu schaffen. Dann ging es die Kentish Town Road hinunter in Richtung Süden.

»Also, wohin fahren wir denn nun?«

Alex schaltete den Kassettenrecorder ein. Musik von Vivaldi oder einem seiner Zeitgenossen erfüllte das Auto.

Monatelang hatte ich unablässig auf der Lauer gelegen, um irgendein Detail seines Privatlebens zu erhaschen, und nun saß ich plötzlich in seinem Wagen, zwischen seinen Kassetten, Miles Davis und Albinoni, Blur und die Beach Boys – alle von Hand beschriftet. Das schien mir so unwirklich, als säße ich auf einmal neben Neil Young oder einer anderen Berühmtheit. Allerdings schwang das Gefühl des Unerlaubten, Inzestuösen mit.

»Ich halte eine Einführungsrede auf einer Konferenz«, erklärte Alex. »Ich dachte, das interessiert Sie vielleicht.«

»Weshalb gerade *mich*?«

»Weil es auf dieser Konferenz um das wiedergewonnene Erinnerungsvermögen geht.«

»*Was*?« Ich war fassungslos. »Meinen Sie das ernst?«

»Natürlich.«

»Ich verstehe das nicht. Es geht dabei aber doch nicht um mich *persönlich*, oder?«

Alex lachte. »Nein, Jane, es ist einfach ein Gebiet, das mich interessiert.«

Den Rest der Fahrt starrte ich aus dem Fenster, bis Alex in die Tiefgarage des Clongowes Hotel in Kingsway fuhr. Wir nahmen den Lift nach oben, durchquerten die Lobby und gingen zum Tagungsraum, vor dem ein Schild stand mit der Aufschrift: »Das wiedergewonnene Erinnerungsvermögen – Opfer und Täter.« Nachdem Alex uns beide im Tagungsbüro angemeldet hatte, erhielt ich einen Anstecker, auf dem mit Kugelschreiber mein Name stand. Man hatte offensichtlich nicht mit mir gerechnet. In dem großen Saal stand eine Anzahl Tische, wie für ein Examen. Da die meisten besetzt waren, steuerte Alex mit mir einen Platz ganz hinten an.

»Warten Sie hier auf mich«, sagte er. »Ich bin in etwa zwanzig Minuten wieder zurück. Es gibt ein paar Leute, mit denen ich Sie bekannt machen möchte.«

Er winkte mir zu und ging dann zwischen den Tischen

nach vorne. Er brauchte eine Weile, da er fast jeden begrüßte, an dem er vorbeikam. Hände wurden geschüttelt, man umarmte sich und klopfte sich gegenseitig auf den Rücken. Eine schöne Frau mit dunklem Teint stöckelte auf ihn zu und schlang die Arme um ihn, wobei sie nur auf einem Fuß stand und den anderen in die Kniekehle des Standbeins legte. Eifersucht stieg in mir auf, aber ich unterdrückte sie sofort. Da ich Alex monatelang ganz für mich allein gehabt hatte, war für mich sein Auftreten in der Öffentlichkeit ein Schock. Ich zwang mich, an etwas anderes zu denken. Auf dem Schreibtisch vor mir lagen ein weißer Kugelschreiber und ein kleiner linierter Block mit der Aufschrift »Mindset« – Bewußtseinsbildung/Bewußtsein. Außerdem eine Mappe, auf der das Thema der Konferenz stand. Innen steckten zahlreiche Unterlagen, darunter eine Liste mit den Namen und Berufsbezeichnungen der etwa hundert Tagungsteilnehmer. Ärzte, Psychiater, Sozialarbeiter, Vertreter gemeinnütziger Organisationen und eine Anzahl von Personen – lauter Frauen – mit der Bezeichnung »Überlebende«. Dazu zählte ich wohl auch.

Vor der ersten Reihe stand ein Tisch mit einem Krug Wasser und vier Gläsern, daneben ein Stehpult. Mit der für ihn typischen charmanten Schüchternheit, die mir bereits so vertraut war, begrüßte Alex noch einen letzten Kollegen und steuerte dann auf das Pult zu. Er klopfte an das Mikrofon, daß es durch den Raum hallte.

»Es ist zwölf Uhr fünfzehn, und ich denke, wir sollten anfangen. Ich möchte Sie zu unserer von Mindset organisierten diesjährigen Konferenz über das wiedergewonnene Erinnerungsvermögen herzlich begrüßen und freue mich, so viele bekannte Gesichter zu sehen. Dies ist *Ihre* Tagung, und sie ist wie im letzten Jahr so konzipiert, daß Sie sich aktiv daran beteiligen können. Folglich werde ich mich bemühen, meinen Redefluß zu bremsen. Ich bin mir bewußt, daß mein Publikum aus vielen angesehenen Analytikern besteht.«

Höflich verhaltenes Lachen ertönte. Alex hüstelte nervös und nahm einen Schluck Wasser – dabei bemerkte ich mit Schrecken, daß seine Hand zitterte – und fuhr fort.

»Ich möchte mich auf ein paar einführende Worte zur Tagesordnung beschränken. Dann wird Dr. Kit Hennessey einen Überblick über die jüngsten Forschungsarbeiten geben. Anschließend folgt eine kurze Mittagspause. Das Büffet finden Sie, wenn Sie aus dem Saal kommen und sich nach rechts wenden. Nach dem Essen werden in den einzelnen Konferenzräumen hier im Erdgeschoß verschiedene Arbeitsgruppen abgehalten. Einzelheiten entnehmen Sie bitte Ihren Unterlagen. Ich glaube, das ist alles. Nun zu meinem kurzen Beitrag.«

Alex öffnete den schmalen Dokumentenordner, den er bei sich trug, und holte ein paar Blätter heraus. Dieser Alex dort vorne hatte nichts mit dem entspannten, fürsorglichen Zuhörer gemein, mit dem ich in den vergangenen Monaten soviel Zeit verbracht hatte. Von Anfang an sprach er leidenschaftlich, klar und polemisch: »Die Tatsache, daß das wiedergewonnene Erinnerungsvermögen nach wie vor totgeschwiegen wird, gehört zu den größten Skandalen unserer Zeit.« Er erläuterte, wie Menschen, insbesondere Frauen, über Generationen hinweg gezwungen wurden, frühe Kindheitstraumata zu verbergen. Wenn sie darüber sprachen, glaubte ihnen niemand, sie wurden verleumdet, ausgestoßen und als krank abgestempelt; viele wurden gezwungen, sich einer Gehirnoperation zu unterziehen. Leider, so führte Alex weiter aus, waren gerade die medizinischen Autoritäten, die solche Mißstände hätten anprangern können – nämlich Psychiater und Analytiker –, ebenso wie die Vertreter von Recht und Gesetz – also Polizei und Juristen –, maßgeblich an diesen Unterdrückungsmaßnahmen beteiligt.

»Gesetz und Wissenschaft«, fuhr er fort, »wurden gegen die Opfer eingesetzt, genauso wie es schon immer mit bestimmten Gruppen geschehen ist, überall dort, wo es den Interessen der Machthaber entgegenkam, die Rechte einer Minderheit zu unterdrücken. Die sogenannte logische Beweisführung wurde als Unterdrückungsinstrument eingesetzt. Wir müssen den mißbrauchten Opfern, die den beschwerlichen Weg gegangen sind und ihr Gedächtnis wiedergewonnen haben, zurufen, daß wir ihnen glauben und sie unterstützen.«

Jetzt wußte ich, weshalb Alex mich mitgenommen hatte. Auch ich hatte mich immer für verrückt gehalten und wie eine Außenseiterin gefühlt, gefangen in meinem eigenen Leid. Das also meinte Alex, wenn er sagte, ich müsse an die Öffentlichkeit gehen – die Erkenntnis, daß ich nicht allein mit meinem Problem war und daß andere Leute das gleiche durchgemacht hatten.

Alex hatte seine Einleitung beendet und erkundigte sich, ob noch jemand Fragen hatte. Mehrere Hände hoben sich. Ein Mann – ein leitender Angestellter des Sozialamts – dankte Alex für seine Rede, meinte aber, in seinem Bericht sei die politische Dimension vernachlässigt worden. Das Problem bedürfe einer gesetzlichen Regelung. Weshalb befand sich unter den Zuhörern nicht ein Abgeordneter oder zumindest ein Stadtrat? Alex lächelte und zuckte die Achseln. Das frage er sich auch. Er kenne eine Menge Politiker, die sich dem Problem gegenüber aufgeschlossen zeigten, aber da die Konsequenzen, die sich aus den Erkenntnissen über die wiedergewonnene Erinnerung ergaben, so weitreichend waren und die herkömmlichen medizinischen und rechtlichen Bestimmungen so erdrückend, zeigten sich diese Herrschaften doch äußerst unwillig, in der Öffentlichkeit auch nur den geringsten Vorstoß zu unternehmen.

»Wir müssen die Angelegenheit anders vorantreiben«, erklärte er. »Einige markante Rechtsfälle könnten uns dabei helfen, die Problematik nachhaltig ins Bewußtsein der Menschen zu bringen. Wenn uns das gelingt und wir die Öffentlichkeit dafür sensibilisieren können, schwindet vielleicht auch die Angst vor dem Thema. Wenn die Sache erst mal ins Rollen kommt, werden die Politiker schon aufspringen.«

Die Zuhörer applaudierten. Als der Beifall verebbte, erhob sich eine Frau. Sie war Ende Vierzig, auffallend klein und nachlässig gekleidet. Statt über ihre eigenen Erfahrungen mit Mißhandlung zu berichten, stellte sie sich vor: Thelma Scott, Psychiaterin am St. Andrews Hospital in London. Alex gab durch ein knappes Nicken zu erkennen, daß er wußte, wen er vor sich hatte.

»Ich nehme an, Sie sind jedem von uns bekannt, Dr. Scott.«

»Dr. Dermot-Brown, ich habe die Themen Ihres Tagungsprogramms durchgelesen«, sagte sie, die Unterlagen unterm Arm. »›Glauben und fähig machen‹, ›Hört uns zu!‹, ›Hürden in der Rechtsprechung‹, ›Das Dilemma des Arztes‹, ›Schutz des Patienten‹.« Sie hielt inne.

»Und?« fragte Alex etwas gereizt.

»Ist dies ein Diskussions- und Frageforum? Dann vermisse ich Diskussionen über Schwierigkeiten bei der Diagnostik, über mögliche Rehabilitationsprobleme bei Feststellung des wiedergewonnenen Erinnerungsvermögens, über den Schutz der Familien im Fall falscher Schuldzuweisungen.«

»Das ist hier nicht das Thema, Dr. Scott«, entgegnete Alex. »Schon immer ging es doch um den Schutz der Familie vor *wahren* Anschuldigungen. Bis jetzt ist das Problem noch nicht aufgetaucht, daß wir jemanden davon *abhalten* müssen, einen Mißbrauch anzuzeigen. Die Opfer sehen sich so massiv unter Druck gesetzt, daß sie selbst kaum damit fertig werden, geschweige denn öffentliche Erklärungen abgeben, um auf ihre Rechte aufmerksam zu machen.«

»Außerdem fällt mir auf, daß Vertreter einer bestimmten Berufsgruppe fehlen«, fügte Dr. Scott hinzu.

»So?«

»Unter den Teilnehmern befindet sich kein einziger Neurologe. Es wäre doch interessant, etwas über die Funktionsweise des Gedächtnisses zu erfahren.«

Alex seufzte ärgerlich. »Wir wissen nichts über den genauen Ablauf der Tumorentwicklung. Trotzdem wissen wir, daß Zigarettenrauchen das Krebsrisiko erhöht. Mich beeindruckt die derzeitige neurologische Forschung, Thelma, und ich teile Ihre Sorge. Ich wünschte, wir hätten ein wissenschaftliches Modell, das uns über die Funktionen und Störungen des Gedächtnisses Aufschluß gibt, aber unser begrenztes Wissen über die Funktionsweise des Gehirns wird mich nicht daran hindern, meinen Beruf auszuüben und Patienten zu helfen. Gibt es sonst noch Fragen?«

Als die Diskussion versiegte, stellte Alex noch Dr. Hennessey vor, einen großen schlanken Mann mit blondgelockten, langen Haaren, Nickelbrille und einem dicken Papierstapel unter dem Arm. Dann verließ Alex das Podium und kam auf Zehenspitzen zu mir nach hinten. Unterwegs nickte er wieder dem einen oder anderen Zuhörer zu. Ich empfing ihn mit einem Lächeln.

»Sie haben offenbar nicht alle Zuhörer überzeugt?«

Er verzog das Gesicht. »Vergessen Sie Dr. Scott«, murmelte er. »Galilei ist damals vermutlich von Leuten wie Dr. Scott verfolgt worden, allerdings mit dem kleinen Unterschied, daß sie Folterinstrumente bei sich trugen. Es ist reiner Aberglaube, daß Menschen sich von vernünftigen Argumenten überzeugen lassen. Jemand hat mal gesagt, neue wissenschaftliche Erkenntnisse könnten sich nur auf eine Art durchsetzen: Alle Wissenschaftler, die an der veralteten Idee festhalten, müssen erst das Zeitliche segnen. Kommen Sie, gehen wir. Ich möchte Ihnen noch jemanden vorstellen.«

Als wir uns leise hinausschlichen, winkte er einer Frau, die an der Wand lehnte, und sie folgte uns. Der Vorraum war menschenleer.

»Ich möchte zwei meiner Starklientinnen miteinander bekannt machen«, sagte Alex. »Jane, das ist Melanie Foster, Melanie, das ist Jane Martello. Weshalb geht ihr beide nicht nach nebenan und schnappt euch was zu essen, bevor die Meute eingelassen wird?«

Melanie wirkte in ihrem grauen Flanellkostüm so elegant, daß ich mir richtig schäbig vorkam. Sie war höchstens fünf Jahre älter als ich, aber ihr Gesicht war voller kleiner Fältchen. Das graue, dicke Haar war kurz geschnitten. Sie trug eine runde Brille und lächelte etwas unsicher. Ich fand sie sofort sympathisch. Wir sahen einander an, nickten und steuerten auf das Essen zu.

Ein Büffet war aufgebaut. Die Kellner standen in Grüppchen beisammen und warteten auf den Ansturm der Gäste. Ich wollte mir gerade ein wenig Käse und Brot nehmen, als Melanie einen großen Löffel Pasta mit würziger Soße auf meinen Teller lud. Ich kicherte und protestierte nicht.

»Sie sehen so dünn aus«, sagte sie. »Hier.« Neben die Nudeln häufte sie Tomatensalat und grüne Bohnen, bis ich mit gespieltem Entsetzen »Halt!« schrie. »Sie können mich doch nicht allein essen lassen«, meinte Melanie.

Wir trugen unsere Tabletts zu einem Tisch in der Ecke, wo wir nicht zu fürchten brauchten, Gesellschaft zu bekommen. Jetzt war wohl die Reihe an mir, etwas zu sagen.

»Ich sollte wahrscheinlich fragen, woher Sie Alex kennen«, begann ich.

»Ja«, antwortete Melanie in einem sicheren Lehrerinnenton. »Aber um es vorwegzunehmen, ich weiß, woher *Sie* ihn kennen.«

»Wirklich?« fragte ich entsetzt. »Aber sollte das nicht eigentlich geheim sein?«

»Ja, da haben Sie natürlich recht«, räumte sie ein. »Aber Ihr Fall wird mittlerweile schon in der Öffentlichkeit breitgetreten, stimmt's?«

»Ja, schon, aber trotzdem...«

»Meine liebe Jane, ich bin hier, um Ihnen zu helfen, und Sie können mir glauben, Sie werden Hilfe benötigen.«

»Weshalb gerade *Sie*, Melanie?«

Als Melanie antwortete, verschluckte sie sich an einem Bissen Sandwich. Ich klopfte ihr auf den Rücken.

»Vielen Dank, jetzt geht's wieder«, meinte sie nach einiger Zeit. »Ich habe meine Therapie bei Dr. Dermot-Brown vor zehn Jahren begonnen. Ich hatte Depressionen, und meine Ehe lief schlecht. Außerdem kam ich mit meinem Job nicht zurecht. Sie wissen ja, die normalen Probleme einer berufstätigen Frau.«

Ich lächelte verständnisvoll.

»Mehrere Jahre lang sprach ich über meine frühe Kindheit, aber es änderte sich nichts. Eines Tages sagte Dr. Dermot-Brown, er habe das Gefühl, ich sei von einem nahen Verwandten mißbraucht worden und würde die Erinnerung verdrängen. Daraufhin bin ich schrecklich wütend geworden. Ich habe den Gedanken weit von mir gewiesen und wollte die Analyse hinschmeißen, aber irgendwas hielt mich davon ab. Also machten wir weiter. Wir streiften bestimmte Abschnitte meiner Kindheit, Erinnerungslücken, aber es gab keine Fortschritte. Alles schien sinnlos zu sein, bis Alex vorschlug, ich solle mir einfach vorstellen, ich sei mißbraucht worden, und von diesem Punkt aus weitermachen.«

Melanie machte eine Pause und nahm einen großen Schluck Wasser. »Auf einmal öffneten sich alle Schleusen. Mich quälten Bilder, die allesamt mit Sexualität zu tun hatten. Als ich genauer hinsah und mich auf sie einließ, merkte ich, daß es Erinnerungen an sexuelle Übergriffe meines Vaters waren. Keine Angst, ich erzähle Ihnen nichts darüber, was mein Vater mit mir gemacht hat. Es waren schreckliche, perverse Sachen, die ich mir selbst kaum vorstellen kann. Während Alex und ich uns weiter vortasteten, deckten wir immer mehr auf. Ich begriff, daß meine Mutter die Verbündete meines Vaters war und sein Treiben nicht nur duldete, sondern aktiv unterstützte. Mein Bruder und meine Schwester wurden genau wie ich vergewaltigt und mißbraucht.«

Sie sprach erschreckend ruhig, als hätte sie geübt, diese entsetzliche Geschichte zu erzählen. Wie sollte ich reagieren?

»Das ist furchtbar!« sagte ich und wußte sofort, wie unzulänglich diese Bemerkung war. »Hatten Sie keinerlei Zweifel, daß Sie es sich nur eingebildet haben?«

»Ich quälte mich unendlich und brauchte viel Hilfe und Zuspruch, die ich zum größten Teil von Alex bekommen habe.«

»Was haben Sie dann getan? Sind Sie zur Polizei gegangen?«

»Ja, nach einiger Zeit. Man hat meinen Vater vernommen, aber er hat alles abgestritten, so daß es nie zu einer Anklage kam.«

»Und Ihre Geschwister? Was haben die gesagt?«

»Sie haben sich auf die Seite meiner Eltern gestellt.«

»Und was ist aus Ihrer Familie geworden?«

»Ich habe keinen Kontakt mehr zu ihr. Was habe ich denn mit Menschen zu schaffen, die mein Leben ruiniert haben?«

»O Gott, das tut mir leid. Und wie ging es dann für Sie weiter? Wie hat Ihr Mann reagiert?«

Ich war entsetzt, aber Melanie beschrieb ganz distanziert, fast amüsiert ihr gescheitertes Leben.

»Er wurde überhaupt nicht fertig damit. Mir ging es ein, zwei Jahre fürchterlich schlecht, ich wurde krank und konnte nicht arbeiten. Ich war einfach fix und fertig. Schließlich zog ich aus und kündigte meine Arbeit. Auf diese Weise habe ich fast ein Jahrzehnt meines Lebens verloren. Ich hab mir immer Kinder gewünscht. Meine Therapie bei Alex begann ich mit Mitte Dreißig. Jetzt bin ich sechsundvierzig. Ich werde nie Kinder haben. Ich brauche mich nur noch um mich selbst zu kümmern.«

»Lieber Himmel, Melanie, war es das wirklich wert?«

Ihr seltsames Lächeln verschwand. »Wert? Mein Vater hat Sodomie mit mir getrieben, als ich fünf Jahre alt war! Meine Mutter wußte Bescheid, nahm es aber nicht zur Kenntnis. Das haben sie mir angetan, und damit muß ich fertig werden.«

Mir war übel, und das Essen blieb mir im Hals stecken. Ich mußte mich zwingen zu schlucken.

»Haben sich Ihre Eltern nie bei Ihnen entschuldigt für das, was sie Ihnen angetan haben?«

»Entschuldigt? Sie haben *alles* abgestritten.«

»Und jetzt?« Das war wahrscheinlich eine blöde Frage, aber mir fiel nichts Besseres ein.

»Ich habe vor ein paar Jahren eine Selbsthilfegruppe gegründet – für Menschen, die sich nachträglich an einen Mißbrauch erinnert haben. Deshalb wollte Alex auch, daß wir uns kennenlernen. Wir veranstalten heute nachmittag einen Workshop und haben dabei an Sie gedacht. Hätten Sie Lust mitzumachen?«

»Ich bin mir nicht sicher, Melanie.«

»In der Gruppe sind wirklich ganz großartige Frauen, Jane, ich denke, sie werden Ihnen gefallen. Geben Sie uns eine Chance. Vielleicht können wir Ihnen helfen.« Sie sah auf ihre Uhr. »Ich muß jetzt gehen. Wir treffen uns um zwei, im Konferenzraum 3, am Ende des Flurs. In Ordnung?«

Ich nickte. Melanie warf den Riemen ihrer Handtasche über die Schulter, nahm einen Stoß Akten, und während sie sich durch die Menge kämpfte, nickte sie hier und da jemandem zu. Sie hätte genausogut auf dem Weg zu einem Fest oder zur Versammlung einer Frauenorganisation sein können, aber nein, sie ging zu einem Seminar für mißhandelte Menschen, dem sie sogar vorstand. Eine Frau, die viel gelitten, aber überlebt hatte.

Ich brauchte dringend eine Zigarette und einen Kaffee. Also reihte ich mich in die Schlange ein, aber als ich bei den

Tassen angelangt war und mir einschenken wollte, zitterte meine Hand so stark, daß sich der Kaffee überallhin ergoß, nur nicht in meine Tasse.

»Lassen Sie nur, ich schenke Ihnen ein«, sagte eine Frau neben mir und füllte meine und ihre Tasse. Dann führte sie mich zum nächsten freien Tisch, und wir setzten uns. Ich erkannte sie sofort wieder, bedankte mich bei ihr, und sie streckte mir ihre Hand entgegen.

»Guten Tag, mein Name ist Thelma Scott.«

»Ja, ich weiß. Ich habe Ihren Diskussionsbeitrag vorhin gehört.«

»Ich weiß auch, wer *Sie* sind«, entgegnete sie trocken. »Sie sind Jane Martello, Alex Dermot-Browns neuestes und bestes Vorzeigeexemplar.«

»Jeder, dem ich hier begegne, scheint mich zu kennen.«

»Sie sind eben ein wertvolles Objekt, Mrs. Martello.«

Das ging nun wirklich zu weit.

»Dr. Scott, ich danke Ihnen für Ihre Hilfe, aber ich weiß wirklich nicht, was ich hier soll, und ich möchte keinesfalls in einen Streit verwickelt werden.«

»Dafür ist es jetzt ein bißchen spät, finden Sie nicht auch? Ihr Schwiegervater ist auf dem Weg ins Gefängnis und wird dort bis ans Ende seiner Tage bleiben. Und Sie haben ihn dorthin gebracht.«

»Er hat das Verbrechen gestanden, Dr. Scott. Er wird sich schuldig bekennen.«

»Ja, ich weiß«, sagte sie offensichtlich wenig beeindruckt. »Was halten Sie von Melanie Foster?«

»Ihr Fall ist wirklich tragisch.«

»Dieser Meinung bin ich auch.«

Ich trank meinen Kaffee aus. »Ich muß jetzt gehen«, sagte ich und erhob mich langsam.

»Zu Melanies Workshop?«

»Ja.«

»Um schwesterlichen Zuspruch zu bekommen? Damit Ihnen jemand bestätigt, daß Sie richtig gehandelt haben?«

»Das ist nicht meine Absicht.«

Amüsiert zog Thelma Scott die Stirn kraus. »Wirklich nicht? Na, dann ist ja alles in Ordnung«, sagte sie und öffnete ihre Geldbörse.

»Ich zahle«, erklärte ich.

»Da ist nichts zu zahlen«, erwiderte sie. »Unser Kaffee geht auf Kosten von Mindset. Ich möchte Ihnen nur etwas geben.«

Sie zog eine Karte hervor und reichte sie mir.

»Meine Visitenkarte, Jane. Meine private Telefonnummer und Adresse stehen auf der Rückseite. Sollten Sie jemals Lust verspüren, mit mir zu reden, rufen Sie mich an. Jederzeit. Ich sichere Ihnen absolute Diskretion zu, was bei anderen Kollegen nicht immer der Fall ist.«

Zögernd nahm ich die Karte. »Dr. Scott, ich bezweifle, daß wir uns etwas zu sagen haben.«

»Auch gut. Dann rufen Sie eben nicht an. Aber stecken Sie die Karte in Ihren Geldbeutel. Na los, ich möchte sehen, wie Sie es tun.«

»Okay, okay.« Folgsam tat ich – unter ihrem wachsamen Auge –, was sie mir befohlen hatte. »So, ich hab sie unter meine Kreditkarte gesteckt.«

Bevor ich aufstehen konnte, beugte sich Thelma Scott über den Tisch und ergriff meine Hand.

»Heben Sie die Karte auf. Es ist noch nicht überstanden, Jane«, sagte sie mit einer Eindringlichkeit, die mich überraschte. »Passen Sie auf sich auf.«

»Keine Sorge«, erwiderte ich und ging hinaus.

Ich betrat den Konferenzraum 3, der erheblich kleiner war als der Saal, in dem die Einführung stattgefunden hatte. Die zehn im Kreis aufgestellten Stühle waren schon fast alle besetzt; die Frauen musterten mich neugierig, als ich Platz nahm. Sollte ich mich vorstellen? Ob es unhöflich war, bis zum Beginn des Workshops eine Zeitschrift zu lesen? Ich öffnete meine Mappe, als müßte ich noch dringend etwas vorbereiten. Ich merkte, wie noch mehr Teilnehmer eintrafen. Als Melanie mich begrüßte, blickte ich auf. Kein Platz war mehr frei. Da drei Teilnehmer stehen mußten, darunter auch Alex Dermot-Brown, wurden zusätzliche Stühle hereingetragen. Alle rutschten ein Stück nach hinten, um den Kreis zu vergrößern.

»Guten Tag«, sagte Melanie, nachdem wir alle saßen. »Ich begrüße Sie zu unserer Arbeitsgruppe ›Hört uns zu!‹. Ich werde mich bemühen, nicht allzu viele Worte zu machen. Wie Sie alle wissen, ist dies keine gewöhnliche Gruppensitzung. Unter uns befinden sich einige Beobachter und ein Gast. Ich möchte nicht zu förmlich sein und übernehme die Diskussionsleitung nur im weitesten Sinne. Ich schlage vor, daß sich alle erst einmal vorstellen und erklären, weshalb sie hier sind. Wir verfahren im Uhrzeigersinn, ich fange an. Ich heiße Melanie. Ich habe mich daran erinnert, daß ich von meinen Vater und meiner Mutter mißbraucht worden bin.«

Nun stellten sich alle nacheinander vor – soviel Leid war kaum zu ertragen. Schließlich war die Reihe an mir. Meine Wangen brannten.

»Ich heiße Jane«, sagte ich. »Bitte, ich bin leider nicht recht auf das hier vorbereitet. Ich habe nichts von Ihrer Arbeitsgruppe gewußt. Ich wollte nur mal zuhören, um die Gruppe kennenzulernen.«

»Das ist doch in Ordnung, Jane«, sagte Sylvia, eine hübsche, robuste Frau mittleren Alters. »Zuerst mal müssen wir lernen, Worte für das zu finden, was uns angetan wurde. Wir haben uns so sehr daran gewöhnt, daß man uns nicht glaubt und uns verunsichern will. Aus diesem Grund haben wir unser Trauma verdrängt.«

»Entschuldigung«, sagte die Frau links von mir. »Darf ich

mich noch vorstellen, bevor wir mit der Diskussion beginnen?«

»Ja, natürlich«, sagte Melanie. »Nur zu.«

»Hallo, ich heiße Sally, und ich erinnere mich daran, daß mich mein Vater und ein Freund der Familie mißbraucht haben. Entschuldigen Sie, daß ich Sie unterbrochen habe, Sylvia.«

Alle schwiegen verlegen, denn Sylvia war eigentlich mit ihren Ausführungen fertig gewesen. Ich nutzte die Stille, um noch etwas zu sagen.

»Es tut mir leid, aber ich bin noch nicht soweit. Sie sind alle so mutig, und ich halte es kaum aus, mir vorzustellen, was ihr durchgemacht habt. Für mich ist das alles noch so frisch.«

»Wir sollten Ihnen nicht leid tun«, meinte Carla, eine junge Frau mit wunderschönen hennaroten Haaren und einem phantasievollen, langen, bunten Kleid. Sie sah traumhaft aus – wie eine Zigeunerin. »Das Schreckliche ist die Unfähigkeit, darüber zu reden. Hier in der Gruppe haben wir versucht, uns von dieser Ohnmacht zu befreien. Jane, ich weiß nicht viel über Sie, aber wahrscheinlich zweifeln Sie noch an den Erinnerungen, die Ihr Gedächtnis freigegeben hat, fühlen sich schuldig und machen sich Sorgen über die Konsequenzen. Mißbrauchsopfer durchleben alles noch einmal, wenn sie versuchen, das Geschehene in Worte zu fassen. Jeder, der die Aussage einer mißhandelten Frau in Frage stellt, wird selbst zum Täter. Der Zweck unserer Gruppe besteht darin, daß wir uns gegenseitig helfen und unterstützen. Wir glauben und vertrauen Ihnen, Jane.«

»Danke. Sicher ist Ihre Gruppe eine wichtige emotionale Unterstützung.«

Die Frauen lachten und sahen einander an. Melanie klopfte mit dem Stift auf ihren Ordner und bat um Ruhe. Dann sagte sie: »Es geht nicht nur um Gefühle, sondern um Politik. Wenn Sie bei uns mitmachen wollen, was wir sehr hoffen, werden

Sie bald herausfinden, daß Mißbrauch kein isoliertes Verbrechen ist und selbst von Menschen in verantwortlichen Positionen verübt wird. Das ist die Situation, gegen die wir antreten.«

»Das kann nicht Ihr Ernst sein!« protestierte ich.

»Denken Sie an Ihre persönliche Erfahrung, Jane. Sie haben einen Mörder und Vergewaltiger entlarvt, der fünfundzwanzig Jahre seiner gerechten Strafe entgangen ist. Und jetzt? Wird Ihre Aussage ernst genommen? Wird sie aktenkundig festgehalten?«

»Ich habe eine Aussage gemacht. Aber er hat ein Geständnis abgelegt«, räumte ich ein. »Er bekennt sich schuldig.«

»Wie praktisch«, sagte Melanie. »Die Leute wollen nicht wahrhaben, daß Mißhandlungen weit verbreitet sind und nicht nur ein Irrer zu dieser Tat fähig ist, sondern ebenso unser Nachbar, der Mann nebenan. Es ist so schrecklich, daß man gar nicht daran denken will. Deshalb sind wir, die Opfer, diejenigen, die sich nicht daran erinnern sollen und die beschimpft werden, wenn sie es doch tun. Aber damit ist jetzt Schluß. Bald werden sich uns noch mehr Leute anschließen, bis der Schutzwall bricht, der die Täter umgibt. Die Polizei und Ihre Familien haben Ihnen einzureden versucht, Ihre eigene Sicht der Dinge zu verleugnen und sich von sich selbst zu entfremden. Wir wollen Ihnen helfen.«

Nach dem Workshop wollte Alex mir noch andere Leute vorstellen, aber ich sagte ihm, daß ich gern nach Hause fahren möchte. Ich sagte ihm, ich werde ein Taxi nehmen, aber er bestand darauf, mich heimzufahren. Ich schwieg lange, während wir uns langsam durch den Berufsverkehr bewegten.

»Wie fanden Sie Melanies Gruppe?«

»Ich weiß nicht, was ich sagen soll. Es fällt mir schwer, über soviel Leid vernünftig zu reden.«

»Hätten Sie Lust mitzumachen?«

»Himmel, das weiß ich nicht, Alex. Früher mußte ich mal für ein Schulfest der Jungen einen Flohmarkt organisieren. Danach habe ich mir geschworen, mich nie mehr für so etwas zu engagieren. Menschenmengen sind nicht meine Stärke.«

Wieder schwiegen wir lange. Aber mir lagen zwei Fragen auf dem Herzen.

»Alex«, begann ich schließlich. »Sie sind Spezialist auf diesem Gebiet, und ich hatte tatsächlich eine Erinnerung, die darauf wartete, aufgedeckt zu werden. Ist das nicht seltsam?«

»Nein, Jane, das ist es nicht. Entsinnen Sie sich nicht an unser erstes Gespräch? Ich glaubte, ich könnte nichts für Sie tun. Sie sagten, es gäbe ein schwarzes Loch mitten in Ihrer goldenen Kindheit. Das hat mein Interesse geweckt. Ich suchte nach einer verschütteten Erinnerung, weil ich felsenfest davon überzeugt war, daß es eine gab.«

»Und Sie können sich nicht vorstellen, daß Sie sich vielleicht getäuscht haben?«

»Sie haben doch das wiedergefunden, was verschüttet war, oder nicht?«

»Ja, aber ich wünschte, ich könnte mich darüber freuen.«

»Denken Sie an das, was Melanie gesagt hat. Es ist nur natürlich, daß eine wiedergewonnene Erinnerung Schuldgefühle weckt. Vorher schien das Leben einfacher zu sein, nicht wahr? Aber schließlich haben nicht *Sie* Natalie umgebracht.«

»Alex, Sie haben das doch nicht etwa einem Journalisten erzählt?«

Unvermittelt riß Alex das Lenkrad herum und hielt an. Jemand hupte und schrie etwas.

»Jane, ich bin Ihr Arzt. Wie können Sie so etwas von mir glauben!«

»Auf der Konferenz war mein Fall nicht gerade ein Geheimnis.«

»Die Menschen dort haben alle viel durchgemacht. Diese Leute können Ihnen helfen und umgekehrt. Jane, Sie sind stark und intelligent, Sie haben überlebt. Sie könnten viel Gutes bewirken.«

»Aber das geht alles viel zu schnell, Alex. Ich kann keine Verantwortung für andere übernehmen. Es fällt mir schon schwer genug, die Verantwortung für mich selbst zu tragen.«

»Sie sind stärker, als Sie denken. Wenn Sie wollten, könnten Sie zu einer bedeutenden Sache beitragen. Vielleicht sollten Sie mal daran denken, ein Buch zu schreiben über das, was Sie erlebt haben, auch wenn es nur einem therapeutischen Zweck dient. Nein, sagen Sie nichts, behalten Sie es nur im Kopf. Wenn Sie Hilfe brauchen, könnten wir es auch gemeinsam versuchen.«

Ich schüttelte den Kopf. Ich war völlig erschöpft.

33. KAPITEL

Unter allen Darstellern, die in diesem schrecklichen Drama mitwirkten, kam Claud zweifellos die Rolle des Helden zu. Monatelang – nein, jahrelang, um ehrlich zu sein – war er ein fester Bestandteil meines Lebens, bis ich beschloß, ihn daraus zu verbannen. Aber jetzt war mir ein Leben ohne ihn kaum vorstellbar, obwohl ich es vermied, allzu häufig mit ihm zusammenzusein oder mich bei unseren Begegnungen zu stark auf ihn einzulassen. Kim wurde nicht müde, mich zu warnen.

»Sei nett zu ihm«, riet sie mir. »Aber überleg dir gut, wohin deine Freundlichkeit unter den gegebenen Umständen führen kann.«

Es gab Tage, da wollte ich ihn zurückhaben und konnte mir einfach nicht erklären, weshalb ich ihn überhaupt verlassen hatte. Dann hantierte ich in der Küche mit meinen Kochtöpfen herum, buddelte im Garten, trank Gin und bemühte mich, das flaue Panikgefühl im Magen zu ignorieren.

Claud war natürlich sehr bald über die Sache mit Alan informiert worden, was aber weder sein Entsetzen milderte noch den Schmerz linderte. Als erstes übernahm er, der Erstgeborene, die Rolle des Familienoberhaupts. Benommen und bewundernd beobachtete ich, wie er sich den Journalisten stellte, Briefe verfaßte und Marthas Habseligkeiten ordnete. Er vermittelte den Eindruck, als kümmerte er sich Tag und Nacht um das Wohl seiner Mitmenschen. Er wirkte plötzlich jünger. Die tiefen Falten um seinen Mund, die seinem Gesicht den Ausdruck eines traurigen Mannes mittleren Alters verliehen, verschwanden, und seine Augen bekamen einen ungewohnten Glanz. Während jeder um ihn herum zu zerbrechen drohte, erschien er unerschütterlich. Er wirkte ausgeglichen wie seit Jahren nicht mehr und war voller Tatendrang. Vielleicht waren das ja die Vorzeichen eines Nervenzusammenbruchs.

Er machte mir Vorwürfe. Ich hatte das Gefühl, als entginge ihm keine meiner Bemerkungen und Gesten, als achte er stets darauf, nichts zu sagen, was mich verletzen könnte. Seine Freundlichkeit war unerträglich und erinnerte mich an unsere ersten Rendezvous, als er mir stets die Tür aufhielt, mir Blumen mitbrachte, mich nie in meinem Redefluß unterbrach und auch nie vergaß, mir Komplimente zu meinem Äußeren zu machen. Immer war er bemüht, Streit zu vermeiden, und wenn er doch einmal anderer Meinung war, blieb sein Ton dennoch höflich und behutsam. Er brachte mich damit fast zur Raserei. Erst als unsere beiden Söhne geboren waren, wir eine Hypothek und einen großen gemeinsamen Freundeskreis hatten, ließ seine Anspannung nach. Allerdings bezweifle ich, daß er sich meiner je wirklich sicher fühlte, denn er hatte immer große Angst, mich zu verprellen und zu verlieren.

Aber eines Tages passierte es dann natürlich, und vielleicht verlor er mich, weil er sich mir nie ganz öffnen konnte. Seine Liebe und seine Stärke hatte er mir gezeigt, mich aber nicht an seinen Ängsten und Unsicherheiten teilhaben lassen. Er hatte sich zu sehr bemüht, Stärke zu zeigen. Jetzt, in seiner neu erwachten Besorgtheit, hielt er mich über alle neuen Entwicklungen auf dem laufenden. Er erzählte mir, wie Theo, Jonah und Alfred und ihre Frauen und Kinder mit der Situation umgingen. Er ließ mich sogar wissen, was sie über mich sagten. Allerdings informierte er mich nie vollständig – ich spürte, wie er alle Bitterkeit ausblendete, die sie mir gegenüber empfanden.

»Und was ist mit Alan?« fragte ich ihn bei einem seiner ersten Besuche.

»Er schweigt«, erwiderte Claud. »Er redet mit niemandem.«

Die Vorstellung, daß sich Alan – den ich von jeher als Menschen mit unstillbarem Rededrang kannte – in Schweigen zurückzog, war irgendwie beängstigend. Ich stellte mir vor, wie seine Gedanken gegen diese Mauer anrannten.

Je näher der Prozeßtermin rückte, desto verwundbarer und wehrloser fühlte ich mich. Eines Tages wurde ich ohne mein Wissen auf dem Weg zum Einkaufen fotografiert. Das Foto erschien später unter der Überschrift: »Die Frau, die ihr Gedächtnis zurückgewann.« Zwar gab es juristische Bestimmungen darüber, was im einzelnen über mich geschrieben werden durfte, aber das hielt die Journalisten nicht davon ab, medizinische Beiträge über Fälle von wiederhergestelltem Erinnerungsvermögen zu veröffentlichen. Klatschreporter schrieben über die mit einer solchen Therapie einhergehenden Probleme und berichteten über betroffene Familien und die Schwierigkeiten, mit denen ein berühmter Schriftsteller beim Älterwerden zu kämpfen hatte.

Trotz verzweifelter Anstrengungen ließ Alan sich nicht überreden, einen Anwalt zu nehmen, und lehnte auch sonst jede juristische Hilfe ab. Er berief sich auf sein Geständnis. Nein, er wolle sich nicht verteidigen und würde auch niemandem gestatten, die Verteidigung für ihn zu übernehmen. Befürchtungen wurden laut, daß es sich vielleicht um einen üblen Trick handelte und Alan das Geständnis im letzten Moment doch noch widerrufen würde. Zweimal wurde ich in ein enges Büro in der Nähe der Fleet Street bestellt, wo ich einem konventionell gekleideten jungen Mann und einer Frau Rede und Antwort stehen mußte. Die beiden waren besonders daran interessiert, wie ich an die Tagebücher herangekommen war und wie sich meine Sitzungen bei Alex Dermot-Brown im einzelnen abgespielt hatten. Fast alle meine Äußerungen riefen nervöses Geflüster und ernste Mienen hervor.

»Gibt es irgenwelche Probleme?« fragte ich.

»Es erhebt sich die Frage, ob das als Beweis zulässig ist«, antwortete der junge Mann. »Aber darüber müssen wir uns den Kopf zerbrechen, nicht Sie.«

Claud benahm sich, als könnte er allein mit Willenskraft alles wieder in Ordnung bringen. Er war der einzige, der sich mit allen seinen Brüdern traf. Außerdem führte er Gespräche mit Jerome und Robert und spielte Squash mit Paul. Auf diese Weise nährte er die Illusion, zwischen den Cranes und den Martellos herrsche nach wie vor paradiesische Eintracht. Auch Dad besuchte er mehrmals. Ich vermute, sie konnten jetzt, nachdem Claud und ich in Scheidung lebten, besser miteinander reden als vorher. Selbst mit Peggy traf er sich, obwohl sich die beiden eigentlich nie sonderlich gut verstanden hatten, und beantwortete ihre Fragen. »Daß Paul und sie geschieden sind, ist noch lange kein Grund, sie auszuschließen. Schließlich kennt sie Alan viel besser als Erica.«

Was er wohl tat, wenn er in sein kleines, penibel sauberes Apartment zurückkehrte? Womit vertrieb er sich die Zeit, wenn keine Aufgaben auf ihn warteten? Ob es jemanden gab, mit dem er über sich selbst sprach? Ich sah ihn vor mir, wie er sich ein Kotelett briet, sich dazu ein Glas Wein einschenkte und sein bescheidenes Mahl vor den Neun-Uhr-Nachrichten zu sich nahm. Anschließend ging er durch die Wohnung, strich hier einige Kissen glatt, zog dort die Vorhänge zu und prüfte, ob die Wohnungstür richtig verschlossen war und seine Anziehsachen für den nächsten Tag bereitlagen. War auch der Wecker richtig eingestellt, daß er ihn am Morgen mit Radioklängen aus dem Schlaf holte? Dann legte er sich in die Mitte des Doppelbetts und wartete darauf, daß er einschlief. Bestimmt verfolgten ihn unablässig die Bilder der jüngsten schrecklichen Ereignisse, aber er schaffte es irgendwie, sich mit ihnen zu arrangieren. Obwohl er so heikel ist, so vernünftig, ein solcher Gewohnheitsmensch und Pedant, hat er doch Mut – wahrscheinlich weil er letztlich ein Stoiker ist.

Einmal lud ich ihn zum Abendessen ein. Es war das erste Mal, seit wir uns getrennt hatten, daß ich für ihn kochte – wenn man das Pilzessen einmal außer acht läßt. Nervös plante ich das Menü; schließlich sollte es weder zu sehr aus dem Rahmen fallen – als hätten wir ein Rendezvous – noch zu alltäglich sein – als wären wir immer noch Mann und Frau. Letztlich entschied ich mich für etwas ganz Simples: Hähnchen mit Knoblauchbrot und Salat, eine Käseplatte und Obst. Fünfundvierzig Minuten bevor er erscheinen sollte, schnitt ich zwei rote Paprikaschoten in Streifen, rieb sie mit Knoblauch ein und fritierte sie. Wenn sie abgekühlt waren, wollte ich sie mit Balsamico-Essig und abgetropften Dosentomaten mischen. Ich würzte das Hähnchen mit Rosmarin und schob es in den Ofen. Anschließend wusch ich den Salat und vermengte ihn mit Fenchel und Avocado in einer Schüssel. Ich überlegte kurz, ob ich meine Bürokluft anlassen oder mich lieber umziehen sollte. Schließlich blieb ich, wie ich war – allerdings tuschte ich mir die Wimpern und tupfte mir Rosenwasser hinter die Ohren.

Claud beim Essen zuzusehen ist ein Vergnügen. Er geht ganz methodisch vor, spießt ein bißchen von allem auf seine

Gabel, kaut das Ganze gründlich und spült es mit einem Schluck schwerem Chardonnay hinunter. Ihn zu beobachten erinnert mich an früher, als ich Daddy morgens beim Rasieren zuschauen durfte. Ob wir je wieder zusammenfinden würden, überlegte ich, während ich Clauds schmale Handgelenke betrachtete, seine geschickten langen Finger, sein ruhiges konzentriertes Gesicht. Heute abend erschien mir der Gedanke gar nicht so abwegig – auch wenn ich mich im selben Augenblick fühlte, als wäre ich besiegt worden. Als er fertig gegessen hatte, legte er Messer und Gabel ordentlich nebeneinander, wischte sich mit einem Zipfel der Serviette über seinen ohnehin sauberen Mund und lächelte mich an.

»Wer ist Caspar?«

Mit dieser Frage hatte ich nicht gerechnet.

»Ein Freund.«

»Mehr nicht?«

»Ich möchte nicht darüber reden.«

»Sag mir wenigstens, ob es ernst ist.«

»Es gibt kein ›es‹. Ich habe Caspar seit Wochen nicht gesehen. In Ordnung?«

»Reagier doch nicht gleich so gereizt, Janey.«

»Nenn mich nicht Janey.«

Er schnitt sich zwei Stückchen Käse ab und nahm ein paar Cracker aus der Dose.

»Meinst du nicht, ich habe ein Recht darauf, es zu erfahren?«

»Nein, hast du nicht.«

Jetzt ging es mir schon besser – das Gefühl, wir könnten unsere Ehe vielleicht doch wiederbeleben, verblaßte. Wäre das Abendessen doch bloß schon vorbei. Ich wollte ins Bett gehen, einen Thriller lesen und dabei Tee trinken.

Claud jonglierte ein Stückchen Ziegenkäse auf einem Cracker, steckte den Happen in den Mund und kaute eine Weile.

»Das Problem ist, daß ich mich immer noch mit dir verheiratet fühle«, erklärte er sachlich. »Für mich bist du nach wie vor meine Frau. Und ich bin dein Mann.«

»Hör mal...«

»Ich bin noch nicht fertig.« Offenbar merkte er nicht, daß er den falschen Zeitpunkt erwischt und etwaige Chancen für heute bereits verspielt hatte. »Dieses Gefühl ist noch stärker geworden, seit Dad seine Schuld gestanden hat. In dieser furchtbaren Zeit, die wir durchgemacht haben – eine schlimmere kann man sich wirklich nicht vorstellen –, haben wir uns gegenseitig unterstützt. Oder habe ich dir nicht geholfen?«

Ich nickte stumm.

»Ich will offen zu dir sein – einer der Gründe, weshalb ich das alles durchgestanden habe – diese scheußliche Situation –, war die Hoffnung, daß wir dadurch möglicherweise wieder zusammenfinden. Sieh mal, Jane, wir sind inzwischen über vierzig. Wir sollten lieber nett zueinander sein, anstatt uns voneinander zurückzuziehen. Wir gehören zusammen, wir und die Jungs.«

Ich fuhr auf, als er unsere Söhne erwähnte. Sie hineinzuziehen war unfair.

Er bemerkte nicht, wie ich mich verschloß. »Wir sollten wieder eine Familie sein. Findest du nicht auch?«

Aber Claud ließ mir gar keine Möglichkeit zu antworten. Er erhob sich, ging um den Tisch herum und nahm mein Gesicht in seine Hände. Er wirkte weder aufgeregt noch ungehalten, sondern nur sehr entschlossen, als glaubte er, nachdem er alles geregelt hatte, könnte er jetzt auch noch rasch unsere Ehe wieder in Ordnung bringen. Er stand viel zu dicht vor mir, ich konnte ihn nicht klar sehen und roch in seinem Atem nur Wein und Knoblauch. Ich stieß ihn weg.

»Nein, Claud, hör auf. So einfach geht das nicht.« Ich zitterte. »Es ist meine Schuld. Du hast recht, wir sind uns in letzter Zeit wieder nähergekommen und haben uns gut verstanden. Und als ich dich zu mir einlud, hast du natürlich gedacht...«

»Sei still. Kein Wort mehr.« Zwei hektische rote Flecken erschienen plötzlich auf seinem blassen Gesicht. Er nahm seinen Mantel. »Kein Wort. Jetzt nicht. Denk einfach darüber nach, ja? Ich will nichts überstürzen und dich nicht in Panik versetzen.« Als wäre ich ein scheues Tier, das man vorsichtig anlocken mußte. Einen Augenblick lang stand er in der Tür. »Auf Wiedersehen.« Er zögerte. »Liebling.«

Ich habe nicht das geringste Verlangen gespürt, dachte ich, als ich die Teller wegräumte. Nichts, absolut nichts. Statt dessen hatte mich so etwas wie hoffnungsloses Entsetzen gepackt: Ich konnte mein altes Leben nicht einfach wieder aufnehmen, als hätte ich nach einer bewältigten Midlife-crisis mein Gleichgewicht zurückgewonnen. Claud hatte recht, wir waren über vierzig. Aber ich kam mir gar nicht so vor.

»Es tut mir leid, daß ich mich verspätet habe.«

Caspar nahm mir gegenüber Platz.

»Ich bin selbst gerade erst gekommen.«

Wir waren übertrieben höflich zueinander. Ich reichte ihm die Weinliste, die er vorsichtig entgegennahm, damit sich unsere Finger bloß nicht berührten.

»Ich habe einen Pinot Noir bestellt.«

»Gut«, sagte er. »Sollen wir auch noch was zu trinken bestellen?« Er sah auf, und unsere Blicke begegneten sich. »Hat dir mein unwiderstehlicher Humor nicht gefehlt?«

Mißbilligend schüttelte ich den Kopf. »War das etwa eine Kostprobe?«

»Na ja, ich bin ein bißchen aus der Übung.«

Der Kellner brachte den Wein. Wir tranken ihn ernst und in kleinen Schlucken. Ich zündete mir eine Zigarette an. Meine Hände zitterten ein wenig. Caspars Gesicht verfinsterte sich.

»Möchtest du lieber, daß ich stocksauer werde und dich frage, weshalb du mich erst ohne Erklärung sitzenläßt und dann aus heiterem Himmel wieder anrufst?«

»Fragen kannst du gern. Aber bitte nicht stocksauer.«

»Wie geht es dir, Jane?«

Während der Wochen, in denen ich auf Distanz zu Caspar gegangen war, hatte ich vergessen, wie aufmerksam er war. Als er mich anblickte, hatte ich das Gefühl, daß er mich wirklich sah. Wenn er mich fragte, wie es mir ging, wußte ich, daß dies keine leere Floskel war, sondern daß er es wirklich wissen wollte. Ich holte tief Luft.

»Ich glaube, nicht sehr gut.«

Er nickte. »Ist das Interesse der Presse abgeflaut?«

»Ja, ein wenig. Aber der Prozeß ist in einer Woche. Dann wird's vermutlich noch mal schlimmer.«

»Mußt du aussagen?«

»Wahrscheinlich nicht. Es sei denn, Alan besinnt sich anders und widerruft sein Geständnis. Dann hängt alles von mir ab.«

»Erzählst du mir davon?« Er hatte seine Frage genau richtig formuliert. Hätte er gesagt: »*Möchtest* du mir davon erzählen?«, hätte ich den Eindruck gehabt, er wolle mir seine Hilfe anbieten, und mich vor ihm verschlossen. So aber erkannte ich, daß ich ihm liebend gern erklären wollte, was ich in den zurückliegenden Wochen erlebt hatte. Eigentlich hatte ich mir selbst all das Geschehene noch nicht richtig klargemacht. Ich brauchte das Gespräch dringend.

»Es tut mir leid, daß ich dich nicht angerufen habe«, sagte ich spontan.

Caspar lächelte. »Freut mich, daß es dir leid tut, aber es ist schon in Ordnung«, erwiderte er. Er setzte seine Brille auf und studierte die Speisekarte. »Laß uns ein paar Dips und Oliven bestellen. Ich hab seit dem Frühstück so gut wie nichts gegessen.«

Ich vertraute Caspar alles an. Ich schilderte meine Kindheit, unsere Freundschaft zu den Martellos – Theo erwähnte ich nur flüchtig – und Natalies Verschwinden. Ich erzählte ihm von meiner Heirat mit Claud, wie jung ich damals war und wie meine Ehe im Lauf der Jahre immer mehr zerfiel – wie eine Sandburg, die der Wind nach und nach abträgt, bis nichts mehr von ihr übrig ist. Bis ich Claud endlich verließ. Ich beschrieb, wie wir Natalies Überreste gefunden hatten. Caspar war ein guter Zuhörer.

Ich erklärte ihm, daß ich irgendwann merkte, wie unglücklich ich war, und daß ich mich nach einigen fehlgeleiteten Anläufen (ich gestand meinen ersten mißglückten Therapieversuch, erwähnte jedoch William nicht) zu einer Therapie bei Alex Dermot-Brown entschlossen hatte.

»Was hast du dir von der Therapie versprochen?« erkundigte sich Caspar.

»Vermutlich wollte ich dadurch mein Leben wieder selbst in den Griff bekommen. Ich hatte das Gefühl, im Chaos zu versinken, und wußte nicht, wie ich wieder herausfinden sollte. Später entwickelte sich das Ganze allerdings mehr zu einer Suche nach meiner wahren Vergangenheit.«

»Ziemlich großes Vorhaben«, sagte Caspar leise.

Ihm von der Therapie zu erzählen war ungleich schwieriger. Die Erkenntnisse, die ich auf der Couch gewonnen hatte, entglitten mir immer wieder, wie Quecksilberkügelchen, die man mit dem Finger aufnehmen will.

»Er hat mir geholfen, aus meinem Leben eine zusammenhängende Geschichte zu machen«, wiederholte ich unbeholfen Alex' Worte.

»Ich hab immer gedacht«, entgegnete Caspar, »der Reiz der Psychoanalyse läge darin, die eigenen Lebensgeschichte kennenzulernen und in Worte zu fassen.«

War das eine Kritik an mir oder ein Kompliment? Wahrscheinlich weder das eine noch das andere.

»Es fällt mir schwer, darüber zu reden – und ich kann mich so schlecht an die chronologische Reihenfolge erinnern«, gestand ich. »Es ist mehr wie ein Raum, in dem ich mich selbst erforscht habe. Aber ich bin mir nicht sicher, ob ich weitermachen soll – welchen Zweck das jetzt alles hat. Außerdem« – die Bar füllte sich allmählich, und ich mußte die Stimme heben, damit Caspar mich verstand –, »außerdem ist es irgendwie unheimlich. Ich habe mir früher nie Gedanken darüber gemacht, wie es Menschen gelingt, so viel Leid mit sich herumzutragen und dennoch ihr Leben zu meistern. Ich bin mir auch immer noch nicht im klaren darüber, ob es richtig ist, Erinnerungen auszugraben und alte Wunden aufzureißen. Vielleicht sollte man schreckliche Ereignisse einfach ruhen lassen.« Mich fröstelte. »Natürlich nicht in meinem Fall. Aber ich bin der Ansicht, es gibt Dinge, die keiner Erklärung bedürfen. Und zuweilen muß angerichteter Schaden in absolut dichten Behältern aufbewahrt werden, wie nuklearer Müll. So was ist natürlich Ketzerei in den Augen der Psychologen. Außer bei den Skeptikern, zu denen auch Alex gehört.«

»Du stehst dem allem Gott sei Dank genauso skeptisch gegenüber«, bemerkte Caspar.

»Und du hast Gott sei Dank nicht das Wort *befähigt* verwendet«, lachte ich.

Zum Schluß erzählte ich ihm noch von der Gruppe, an der ich teilgenommen hatte, aber er sagte kein Wort dazu.

»Tja, das war's. Und jetzt weißt du hundertmal mehr über mein Leben als ich über deines.« Plötzlich war ich ganz befangen, als wären im Kino die Lichter angegangen.

»Meine Zeit kommt noch«, sagte er und winkte dem Kellner. »Die Rechnung, bitte.« Er nahm seine Brille ab und zog seine Handschuhe an. »Ich muß zu Fanny nach Hause«, sagte er. »Übrigens erwähnt sie dich immer wieder.«

Wir gingen gemeinsam hinaus. »Kommst du zurecht?«

»Ja«, antwortete ich und war auch überzeugt davon.

»Und du rufst mich an?«

»Ja. Diesmal ganz bestimmt.«

»Na dann, auf Wiedersehen.«

»Auf Wiedersehen, Caspar. Vielen Dank.«

Einen Moment befürchtete ich, er würde mich berühren, aber er tat es glücklicherweise nicht.

34. KAPITEL

Eines Abends brachte Claud mir auf dem Weg von der Arbeit meinen Karton von Stead vorbei. Zögernd stand er vor der Tür. Er fragte zwar nicht, erwartete aber offenbar, daß ich ihn auf einen Drink hereinbat, ihn zum Essen einlud oder mich bereit erklärte, wieder mit ihm zusammenzuleben. Aber ich widerstand jeder Versuchung. Ich wollte allein sein, wenn ich den Inhalt des Kartons durchsah. Claud erzählte mir, wie die Dinge auf Stead standen, nun da Jonah alles losgeworden war und der Besitz bald verkauft werden sollte. Ich hörte ihm zu, stellte aber keine Fragen und ging kaum auf seine Worte ein. Nach ein paar Minuten versiegte unser Gespräch, und ich stand noch immer unnachgiebig in der halboffenen Tür. Claud sah niedergeschlagen aus und meinte, es sei wohl besser, wenn er sich jetzt auf den Weg mache. Ich dankte ihm, daß er mir den Karton vorbeigebracht hatte. Daraufhin wirkte er noch enttäuschter und murmelte etwas, was ich nicht verstand; aber ich fragte nicht nach. Er sah mich leidend an und ging davon.

Die Brüder hatten damals natürlich ständig auf Stead gelebt, aber auch Paul und ich hatten dort unsere Kartons. Martha und Alan hatten sie uns geschenkt, als wir noch klein waren. In diese Kartons packten wir die Besitztümer, die wir auf Stead hatten; Dinge, die, wenn wir gegen Ende des Sommers zurück in den Alltag mußten, weggepackt und auf dem

Dachboden verstaut wurden. Wenn wir im darauffolgenden Juli den Alltag hinter uns ließen und zurückkehrten, liefen wir als erstes hinauf, kramten unsere Kartons hervor und holten die Dinge heraus, die in der Zwischenzeit kleiner geworden waren, weil wir gewachsen waren.

Irgendwie paßte der Karton nicht hierher, sein Anblick hatte geradezu etwas Anstößiges. Er gehörte zu Stead, zu meiner Vergangenheit. Als ich versuchte, ihn hochzuheben, bedauerte ich fast, Claud nicht hereingebeten zu haben. Meine Arme waren zu kurz, ich konnte den Karton nicht umfassen und mußte ihn daher durch den Flur ziehen. Dabei entstand ein Geräusch, wie wenn ein Fingernagel über eine Fensterscheibe kratzt, und der Karton hinterließ eine weiße Spur, die mir, wie ich fürchtete, erhalten bleiben würde. Es gelang mir, ihn bis in die Küche zu schleifen, wo ich ihn neben dem Tisch stehenließ.

Das Ganze würde eine Weile dauern. Zur Stärkung mixte ich mir einen Gin Tonic, holte ein neues Päckchen Zigaretten aus der Duty-free-Schachtel, die Duncan in einem Anfall von Toleranz letzte Woche für mich am Flughafen erstanden hatte, zündete die erste an und öffnete den Karton. Der Inhalt unterschied sich sehr von dem der Kartons, die ich auf meinem eigenen Dachboden stehen hatte. Dieser enthielt keine Bündel alter Briefe, die mit einem Band verschnürt waren, oder alte Zeitungsausschnitte, Studentenausweise, Aufsätze, Zeugnisse, Schulfotos. Sein Inhalt sagte nichts über mein Leben aus, sondern barg Bruchstücke der kurzen Momente zwischen meinem Alltagsleben.

Ich nahm ein paar alte Bücher heraus. *Das kleine weiße Pferd*, *Anna von Green Gables*, *Stolz und Vorurteil*, *Vier Schwestern*, *Kim* und einige *Wie funktioniert das?* Am liebsten hätte ich jedes sofort aufgeschlagen und durchgeblättert, doch ich legte sie mir für eine spätere Gelegenheit zur Seite. Dann kamen einige unnütze Sachen zum Vorschein wie alte Füller, Batterien, ausgetrocknete Klebstofftuben, einzelne

Ohrringe, Lippenstifthüllen ohne Lippenstift. Warum hatte ich das nicht in den Mülleimer geworfen? Jede Menge Krimskrams. Ein herzförmiges Kästchen voller Watte. Was hatte ich darin aufbewahrt? Kämme. Einen großen, bemalten Stein, den ich als Briefbeschwerer zu benutzen beschloß. Einen kleinen, getöpferten Teller mit dem Bild eines Affen. An den konnte ich mich überhaupt nicht erinnern. Ich würde ihn vielleicht für Büroklammern verwenden. Ein paar alte Kassetten. Ein paar Taschenreiseführer über Griechenland und Italien wanderten schnurstracks in den Müll. Ich hatte den Griechenlandreiseführer gekauft und war bis zum heutigen Tag nicht da gewesen.

Ganz unten entdeckte ich alte Notizbücher. Wir alle, aber besonders Natalie und ich, schrieben und schrieben, vor allem an jenen Sommertagen, an die wir uns ungern erinnerten, weil es unablässig regnete und wir im Baumhaus herumsaßen. Ich blätterte die Bücher kurz durch, entdeckte verblichene alte Zeichnungen und Geschichten, Zettel, auf denen wir Schiffeversenken gespielt oder Männchen gekritzelt hatten, Briefe. Und die Tagebücher, die ich fast jedes Jahr geführt hatte. Plötzlich durchzuckte mich ein Gedanke, und ich stöberte, bis ich schließlich ein zerfleddertes rotes Schulheft fand, auf dem »J. Crane. Tagebuch. 1969« stand. Ich blätterte es hastig durch, bis ich bei den letzten Seiten angelangt war. Das war natürlich sinnlos. Es gab keinen Eintrag am Tag nach der Party oder am Tag der Party selbst. Damals war das Leben zu sehr von Gefühlen beherrscht, um in einem Tagebuch festgehalten zu werden. Was hatte ich in den letzten goldenen Tagen gefühlt und getan? Ich blätterte ein paar Seiten zurück und las:

24. Juli
Theo Theodosius!! Mit Natalie ist es total öde, sie will nicht mit mir sprechen, Paul jammert die ganze Zeit,

keine Ahnung, was mit ihm los ist, Fred und Jonah benehmen sich fürchterlich kindisch, Claud ist am Durchdrehen, weil er die ganze Party organisiert. Er sagt, daß er nicht weiß, wo das Zelt stehen soll und wer es aufbauen wird und wessen Idee es überhaupt gewesen sei, den Grillplatz – von dem alles abhängt – erst kurz vor der Party zu bauen, und ob irgend jemand Alan und Martha im Notfall erreichen kann. Er (Claud) sieht richtig krank aus. Luke hängt auch rum und sieht elend aus, und Mum und Dad sind auch nicht gerade in Hochform. In diesem ganzen Chaos, in dem jeder kurz vor dem Nervenzusammenbruch zu stehen scheint, fühle ich mich so wundervoll wie noch nie in meinem ganzen Leben. Es hat alles gerade erst angefangen, und es ist wundervoll. Während ich dies schreibe, ist es bereits tiefe Nacht (Natalie schläft schon – sie sah *echt* schrecklich aus heute abend, aber wenn sie nicht bald netter zu mir ist, höre ich wirklich auf, mir Sorgen um sie zu machen). Ich halte eine Taschenlampe über die Seite, während ich schreibe. Ich bin so aufgeregt, daß ich den Füller kaum ruhig halten kann. Tagsüber mußte ich mich um die Dinge kümmern, die Claud organisiert hat: Lebensmittel in Westbury abholen, aufräumen, austüfteln, wer wo schläft... Hab Theo also kaum gesehen. Dann, nach dem Abendessen, als es dunkel wurde, kreuzten sich unsere Blicke. Wir trafen uns draußen und nahmen uns wortlos bei der Hand, gingen über den Rasen und durch den Wald fast bis ganz zum Cree's Top hinauf. Wir setzten uns nebeneinander und küßten und streichelten uns. Theo knöpfte mir mein Kleid auf und berührte meinen Körper durch die Wäsche hindurch, und ich berührte seinen Körper mit zitternden Händen und hoffte, daß er nicht merkt, wie sehr ich zitterte, aber eigentlich war es mir egal. Noch immer laufen Schauer durch meinen Körper, und wenn ich die Augen schließe, fühle ich genau, wo er mich berührt hat, jede noch so winzig kleine Stelle. Wir sagten einander, daß wir uns lieben. Eng umschlungen lagen wir da, und ich wollte weinen, aber ich tat es nicht. Dann gingen wir ganz langsam wieder zurück. Es war der letzte Tag des Halbmondes, die silberne Sichel war unglaublich schmal. Dann küßten wir uns ganz lange und sagten einander gute Nacht, und ich schlich auf Zehenspitzen die Treppe hinauf und schreibe das jetzt und weiß, daß ich überhaupt nicht schlafen kann.

25. Juli
Stimmt nicht ganz. Ich lag stundenlang wach, bis ich schließlich doch einschlief. Ich wurde aber schon ganz früh, um halb fünf, von den Vögeln geweckt und fühlte mich den ganzen Tag über entweder müde oder träumte vor mich hin. Ein langweiliger, langweiliger, stinklangweiliger Tag. Alan und Martha können von Glück sagen, daß sie bloß zur Pary kommen und sie nicht vorbereiten müssen. Jeder sieht noch schlechter aus als gestern. Ach ja, wir haben Zuwachs bekommen, Mr. Weston kam mit dem großen Zelt, den Backsteinen und anderen Sachen für den Grillplatz und war furchtbar mies gelaunt. Aber als Claud Mr. Weston erklärt hatte, was er tun sollte, waren beide mies gelaunt. Ich konnte nicht anders, ich mußte kichern. (Natalie ist das leibhaftige Elend, wirklich.) Erst meinte Claud, der Grill müsse gebaut werden, dann sollte plötzlich das Zelt aufgebaut werden, und am Abend stand der Grill noch immer nicht. Claud sagte, wenn wir uns morgen als erstes darum kümmern, würde alles noch klappen, Mr. Weston ist kurz vorm Durchdrehen und so weiter und so fort. Alle brüllen sich nur noch an. Morgen ist die Party, und es wird das totale

Chaos geben, alle werden wie verrückt herumrennen, und ungefähr zehn Millionen Gäste werden eintreffen, die an verschiedenen Orten übernachten sollen. Erst mal werden wir morgen alle von Seiner Hoheit Claud von Martello bis in die hintersten Winkel von Shropshire gejagt werden. Aber das juckt mich nicht weiter. Theodore und ich haben heimlich darüber geredet, und wir werden überhaupt nicht zu der Party gehen (!!!). Sein Freund Pete Nichol kommt mit seinen Eltern, und sie werden bis zum Morgengrauen bleiben, bis Claud auch noch den letzten Hot dog vom *el nouveau barbecudos* serviert hat. Theo und ich werden uns heimlich davonschleichen und zu Pete fahren. Und dann werde ich mich ihm ganz hingeben, und ich kann es kaum noch aushalten. Ich bin so glücklich, aber ich habe auch große Angst.

Als ich das gelesen hatte, weinte ich nicht wirklich, aber trotzdem waren meine Wangen naß. Ich fühlte mich nicht mitgenommen oder so. Ich hatte einen sehr befreienden Fünf-Minuten-Heulanfall, nach dem ich mich bedeutend besser fühlte, mir das Gesicht wusch und Caspar anrief. Als er den Hörer abnahm, wußte ich gar nicht mehr so genau, warum ich ihn eigentlich hatte anrufen wollen. Ich fragte ihn, ob er Lust auf einen Drink hätte, und er fragte, wann denn, und ich sagte, jetzt sofort. Aber er meinte, daß er nicht weg könne, weil ein Stockwerk höher ein Kind schlafend im Bett liege. So schlug ich vor, mit einer Flasche Wein zu ihm zu kommen, und versprach, auch höflich und anständig zu sein und keine Szene zu machen. Ich wolle keine Mitleidsbezeugungen oder weise Ratschläge. Er meinte, ich solle besser aufhören und lieber keine weiteren Versprechungen machen. In Ordnung. Also machte ich mich auf den Weg.

»Du bist wirklich sehr geduldig«, sagte ich zu Caspar, als mein Fahrrad im Flur und die Weinflasche auf seinem Küchentisch stand.

»Ich habe Geduld mit *dir*«, erwiderte er. »Aber verlaß dich besser nicht darauf.«

»Ich weiß. Du mußt ganz schön viel mit mir aushalten. Das tut mir wirklich leid.«

»Ich fühle mich anscheinend zu Frauen hingezogen, mit denen es das Leben nicht gut gemeint hat. Sicher wird es hochinteressant zu sehen, wie ich mit einer glücklichen Jane Martello zurechtkomme.«

»Glücklich?« fragte ich. »Na, ja, wir wollen es nicht gleich übertreiben.«

Ich berichtete ihm, wie mein Abend verlaufen war, und erzählte ihm, ohne ins Detail zu gehen, daß ich in meinem alten Tagebuch gelesen hatte.

»Bist du noch immer auf der Suche, Jane?«

»Nein, natürlich nicht. Ich bin dabei, das alles hinter mir zu lassen. Aber wahrscheinlich hatte ich gehofft, dort irgendeinen Hinweis zu entdecken, der auf wundersame Weise die Entwicklung der Ereignisse bestätigt. Es erscheint mir noch immer so merkwürdig. Ich möchte etwas anderes – jemand soll mir sagen, daß alles in Ordnung ist.«

Es folgte eine lange Pause. Ich hatte insgeheim gehofft, daß er dieses Schweigen mit beruhigenden Worten füllen würde, doch er tat es nicht. Er lächelte mich nur so merkwürdig an, spielte mit seinem Glas und trank schließlich einen Schluck.

»Und dennoch«, sagte er, »hast du das Angebot abgelehnt, dich dieser Selbsthilfegruppe von Frauen anzuschließen, die ihr Gedächtnis wiedererlangt haben. Sie hätten dir geholfen. Warum hast du abgelehnt?«

Ich lachte und nahm eine Zigarette aus meiner Tasche, dachte aber im selben Augenblick an Fanny, die oben schlief, und legte sie wieder weg.

»Aus mehreren Gründen, nehme ich an. Unter anderem war es ein Satz von dir.«

»Von mir?« meinte Caspar mit gespieltem Erschrecken.

»Als wir uns damals auf einen Drink getroffen haben, bevor du zu der öffentlichen Anhörung wegen des Wohnheims gekommen bist, erzähltest du mir von einer Studie, die zeigt, daß Leute, wenn sie einmal etwas öffentlich geäußert haben, bei ihrer Meinung bleiben, selbst wenn man ihnen beweisen kann, daß ihre Behauptungen nicht stimmen. So ist es doch, oder?«

»Ja.«

»Ich möchte Gewißheit, aber ich möchte Gewißheit und dazu noch *recht haben.*«

»Dabei kann ich dir nicht helfen.«

»Ich weiß nicht.«

Beide stellten wir unsere Gläser auf den Tisch. Ich weiß nicht mehr, wie es dazu kam, aber plötzlich lagen wir uns in den Armen, küßten uns leidenschaftlich, während unsere Hände den Körper des anderen erkundeten. Ich knöpfte sein Hemd auf und glitt mit den Lippen seine behaarte Brust hinab. Er zog mir den Pullover aus und schob den BH, ohne ihn zu öffnen, von meinen Brüsten.

»Warte«, sagte ich atemlos. »Ich muß erst die Stiefel ausziehen.«

Meine Schuhe waren so fest verschnürt wie ein Korsett. Er schüttelte den Kopf, und ich spürte seine Hände auf meinen Knien und dann, wie sie meine Beine hinaufglitten. Zum Glück hatte ich keine Strumpfhose an. Als er sich bis zum Slip vorgetastet hatte, zog er ihn mit einem Ruck nach unten und über meine Schuhe. Als ich auf das Sofa zurückfiel, rutschte mein Rock hoch, und schon spürte ich ihn in mir.

Später gingen wir ins Schlafzimmer und befreiten uns von unseren verknautschten Kleidern, erkundeten zärtlich den Körper des anderen und schliefen wieder miteinander. Ich fühlte, fast zum erstenmal, daß Sex etwas war, an dem ich Geschmack finden könnte. Wir lagen den Rest der Nacht nebeneinander und redeten. Gegen fünf murmelte Caspar etwas von Fanny. Ich küßte ihn, stand auf, zog mich an, küßte ihn noch einmal leidenschaftlich zum Abschied und ging. Als ich im Morgengrauen durch die Straßen radelte, dachte ich mitleidig an all die Leute, die um diese Zeit in ihrem Bett lagen und schliefen.

35. KAPITEL

Am Tag vor dem Prozeß lungerte eine Handvoll Fotografen vor meinem Haus und erwischte mich, wie ich gerade Milch kaufen gehen wollte. Als ich mir die Hand vors Gesicht hielt, konnte ich mir bereits ausmalen, wie sich das in der morgigen Zeitung machen würde. Ich sah die Schlagzeilen schon vor mir: »Das verdeckte Gesicht der Anklägerin« – »Die streitbare Schwiegertochter«. Der Verhandlung selbst wohnte ich nicht bei. Der Prozeß dauerte nur einen Vormittag. Ich hatte das Haus sehr früh verlassen – noch vor sieben –, um der Presse zu entgehen, doch ein Journalist lauerte mir bereits um diese Uhrzeit auf. »Gehen Sie zum Prozeß?« rief er, aber ich trat, so schnell ich konnte, in die Pedale und sauste wortlos auf meinem Fahrrad an ihm vorbei.

Auf dem Heimweg las ich an einem Zeitungsstand in Großbuchstaben: SCHRIFTSTELLER: »ICH TÖTETE MEINE TOCHTER«. Ich trat auf die Bremse und kaufte den *Standard*. Auf der ersten Seite prangte ein altes Foto, das einen gutaussehenden Alan zeigte. Mir brach der Schweiß aus, und mein Atem ging stoßweise.

Ich radelte nach Hause und bekam vor lauter Nervosität das Fahrradschloß nicht zu. Durch den Briefkastenschlitz hatte der Postbote ein Päckchen gequetscht. Ich erkannte die Handschrift des Absenders: Es war von Paul. Das mußte sein Video sein. Auch das noch! Da es im Haus kalt war, machte ich, bevor ich in die Küche ging, erst einmal die Heizung an. Ich setzte den Wasserkessel auf und steckte zwei Scheiben Brot in den Toaster. Die Signallampe des Anrufbeantworters blinkte unablässig, aber ich kümmerte mich nicht darum. Wahrscheinlich waren es lauter Anfragen von Journalisten, die eine Stellungnahme von mir wollten. Die Zeitung hingegen, die noch immer gefaltet im Korb lag, wirkte wie ein Magnet auf mich. Aber ich blieb standhaft. Ich schmierte mir Orangenmarmelade (ich hatte sie letztes Jahr von Martha geschenkt bekommen) auf das Toastbrot und goß kochendes Wasser über einen Teebeutel. Im Mantel setzte ich mich an den Tisch und trank einen Schluck von dem dünnen Tee.

Ich überflog den Artikel auf der Suche nach den wichtigen Einzelheiten. Alan hatte sich schuldig bekannt und es abgelehnt, strafmildernde Umstände geltend zu machen. Der Staatsanwalt hatte kurz die Beweislage dargelegt (die im wesentlichen auf Natalies Brief, wie und wo er gefunden worden war, und meinen Erinnerungen basierte). Abschließend erklärte der Staatsanwalt, daß anhand der vorliegenden Gutachten kein Grund zu der Annahme bestünde, daß Alan Martello nicht zurechnungsfähig sei. Mit keinem Wort wurde erwähnt, daß Natalie von ihm schwanger gewesen war. Ich konnte mir nicht erklären, warum. Bevor der Richter das Urteil verkündete, hatte Alan lediglich eine einzige Aussage gemacht: »Ich büße für ein grauenhaftes Verbrechen, das jahrzehntelang auf meiner Familie gelastet hat.« Er weigerte sich, näher auf diesen Satz einzugehen oder sich zu der Sache ausführlicher zu äußern. Der Richter beschrieb den Mord eines Vaters an seiner Tochter als eines der abscheulichsten und schwersten Verbrechen. Durch die Weigerung Alan Martellos, Reue zu zeigen, und durch sein wenig kooperatives Verhalten während des Verfahrens habe er die Sache nur noch schlimmer gemacht. Alan wurde zu lebenslanger Haft verurteilt, von denen er mindestens fünfzehn Jahre zu verbüßen hatte.

Ein großes Foto zeigte die finster dreinblickenden Martello-Brüder, die alle zum Prozeß gekommen waren. Sie hatten der Presse gegenüber jeden Kommentar verweigert. Der *Standard* bezeichnete ihre Haltung als »gefaßt, ja fast heldenmütig«. Claud hielt den weinenden Fred im Arm. Auf einem kleineren Foto war ich zu sehen, wie ich mit der Hand mein Gesicht verdeckte, und ein zurechtgeschnittenes Foto, das ich nie zuvor gesehen hatte, zeigte eine Porträtaufnahme von Natalie. Sie wirkte auf dem Bild jünger als fünfzehn und sah durchschnittlich hübsch aus. In ihrem Gesicht war nichts Bedrohliches oder Unheilvolles zu erkennen. Außerdem entdeckte ich einen zwei Seiten langen Artikel mit der Überschrift »DAS KURZE LEBEN VON NATALIE UND IHR GRAUSAMER TOD«. Unter einer etwas unscharfen Aufnahme, auf der alle sieben Martellos zu sehen waren, wie sie in die Kamera lächelten, stand eine kurze Erläuterung. Der erste Satz lautete: »Sie schienen eine so glückliche Familie zu sein.« Außerdem gab es noch einen Bericht über die polizeilichen Nachforschungen; mein Name fiel mir gleich im ersten Absatz ins Auge, aber ich las die Geschichte nicht; ich konnte einfach nicht.

Das Telefon läutete. Ich erstarrte und umklammerte die Tasse mit dem inzwischen kalt gewordenen Tee.

»Jane, hier ist Kim. Bitte, nimm den Hörer ab.«

»Kim.« Ich glaube, ich war noch nie so froh gewesen, eine vertraute Stimme zu hören. »Kim, Gott sei Dank, du bist es.«

»Hör mal, wir können später reden. Ich habe uns ein Zimmer in einem kleinen Hotel in Bishop's Castle an der Grenze zu Wales gebucht. Ich will mit dir übers Wochenende wegfahren. Kannst du bis halb sechs fertig sein? Ich hol dich ab.«

Ich hatte keine Einwände.

»Was würde ich nur ohne dich anfangen, Kim? Ja, das geht.«

»Gut. Vergiß nicht, deine Wanderschuhe und jede Menge warme Sachen einzupacken. Bis dann.«

Ich lief nach oben und stopfte ein paar langärmelige T-Shirts, dicke Pullover und warme Socken in eine große Reisetasche, kramte meine Wanderschuhe hervor, an denen noch der Dreck vom letzten Jahr klebte, und fand schließlich meine Regenjacke zusammengeknüllt ganz hinten im Schrank. Viertel vor fünf. Ich zündete mir eine Zigarette an und schaltete den kleinen Fernseher am Bettende an. Alans Gesicht, das nur aus Bart und bedrohlich blickenden Augen zu bestehen schien, starrte mich an, dann schwenkte die Kamera auf das ernste Gesicht eines noch sehr jungen Reporters: »Bei der Urteilsverkündung beschrieb der Richter den Mord eines Vaters an seiner Tochter als eines der schlimmsten und widernatürlichsten Verbrechen, das man sich vorstellen könne...« Ich beugte mich entsetzt vor und schob Pauls Video in den Recorder. Der junge Reporter verschwand jäh von der Bildfläche. Während der Vorspann lief, tauchte hinter aufsteigendem Zigarettendunst Stead auf dem Bildschirm auf.

Obwohl ich die letzte Sequenz bereits vorab gesehen hatte, war ich nie den Eindruck losgeworden, daß Paul bei seinem Film nicht sonderlich systematisch vorgegangen war. Also erwartete ich wohl einen Urlaubsfilm, wie man ihn mit der Videokamera dreht. Doch ich sollte eine Überraschung erleben. Der Film begann damit, daß Paul einige Verse aus *A Shropshire Lad* rezitierte:

Dringt in mein Herz ein tödlicher Wind
Aus jenem fernen Land,
Sag mir, was das für blaue Hügel sind
Und Dörfer, unbekannt.

Die Kamera zeigte in ruhigen Einstellungen die Landschaft von Shropshire, die nun im Winter zwar kahl, aber noch immer sehr imposant wirkte. Die Sonne schimmerte durch die blattlosen Äste rund um Stead, und das alte Haus mit seinen rosa schimmernden Mauern sah einladend aus. Es waren das Haus meiner Kindheit und das Land meiner verlorenen Unschuld.

Ich saß gebannt vor dem Fernseher, während die Zigarette bis zu meinen Fingerspitzen niederbrannte, und betrachtete Paul, wie er direkt in die Kamera sprach. Erinnerung, sagte er, ist etwas nicht Greifbares, und die Erinnerungen, die man an seine Kindheit hat, sind verführerisch und voller Sehnsucht. Wenn man eine glückliche Kindheit verleben durfte, dann fühlt man sich als Erwachsener wie ein Verbannter, dem diese Freuden nun für immer versagt sind. Wir können niemals dorthin zurückkehren. Die Musik schwoll an, und die Kamera zoomte zur Eingangstür von Stead. Alan trat heraus. Die Zigarettenasche fiel auf die Bettdecke, und ich fegte sie achtlos beiseite. Er zitierte etwas von Wordsworth und sprach über die Liebe. Er erklärte in seiner großspurigen Art, daß er ein zorniger, junger Mann gewesen sei, der die Familie und die damit verbundenen Werte verachtet habe. Aber er habe gelernt, daß dies – wobei er auf Stead deutete – der Ort sei, an dem er wirklich er selbst sein könne. »Ich habe für mich so etwas wie Frieden gefunden«, erklärte er. Als er da auf der Türschwelle stand, wirkte er wie der Prototyp des weisen Patriarchen. Ich betrachtete seine breiten Hände, mit denen er seinen Worten Gewicht verlieh, und erschauderte. Martha, so zart und zerbrechlich wie eine Blütenranke, kam den Flur entlang. Sie hatte einen flachen, breiten Korb und eine Gartenschere bei sich, lächelte verlegen in die Kamera und verschwand wieder aus dem Bild. Die Kamera schwenkte seitwärts und kam an der Stelle zum Stehen, wo man Natalies Leichnam gefunden hatte. Paul erzählte die Fakten. Dann wurden eine Reihe von Fotos eingeblendet, auf denen Natalie als Baby, als Kleinkind, als Zehnjährige, als Teenager, mit der Familie und allein zu sehen war, und schließlich ihr Grabstein.

Als Claud im Bild erschien und ich ihn mit den Augen eines neutralen Zuschauers betrachtete, fiel mir auf, wie gut er aussah und wie ernst er wirkte. Angespannt wartete ich darauf, daß er über mich und über das Scheitern unserer Ehe sprechen würde. Doch er beschränkte sich darauf zu sagen, daß »die Dinge sich nicht so entwickelt hätten«, wie er gehofft habe. Ich war selbst entsetzt über die Woge von Schuldgefühl und Liebe, die mich bei seinen Worten erfaßte. Schnitt zu Robert und Jerome, die in Hampstead Heath Frisbee spielten. Wie jung und unbeschwert sie aussahen! Dann Jerome, der sich liebevoll darüber mokierte, wie besessen die ältere Generation von der Erinnerung an die Vergangenheit sei. Schnitt zu Fred und seiner Familie, wie sie bei sich zu Hause auf ihrer gepflegten Terrasse sitzen. Wieder Schnitt zu Alan, der – einen Brandy in der Hand – sich lang und breit über die Macht der Vergebung ausließ. Und dann noch Schnitt zu Theo, der eine Familie mit einem Computerprogramm verglich.

Das war ja ich, wie ich mit hochrotem Gesicht in meiner Küche stand. O Gott, Weihnachten – aber das Weihnachten, das ich dort sah, während ich auf Kim wartete, war voll festlicher Ausgelassenheit; Gelächter dröhnte mir aus dem Fernseher entgegen; ich lächelte ständig und reichte den Wein herum. (Hatte ich an jenem Abend wirklich so oft gelächelt? Ich konnte mich gar nicht daran erinnern.) Erica und Kim sahen in ihren feuerroten und gelben Kleidern wie zwei extravagante Paradiesvögel aus. Dad wirkte wie ein distinguierter älterer Herr, und meine beiden Söhne verkörperten das Sinnbild der Jugend. Die Macht der Cutter – Bilder so aufzusplitten, daß sich das kollektive Trauma in ein Bild weinseliger Eintracht verwandelt.

Ich rauchte die letzte Zigarette aus meinem Päckchen. Trotz meiner Abneigung gegen die Botschaft des Films, die durch Alans Geständnis zunichte gemacht worden war, berührte mich dieses melancholische Verhaftetsein in der Vergangenheit als Ort der Unschuld und der Freude, dem verlorenen Eden für jeden von uns. Die Musik, der grüne Winter in Shropshire, die Gesichter, die auf dem Bildschirm erschienen und wieder verschwanden und mir so vertraut waren wie mein eigenes. Paul war es gelungen, daß auch diejenigen, die bei diesem Projekt nur widerstrebend mitgewirkt hatten, während des Interviews mit einer Art innerer Beteiligung sprachen, als würden sie im Gespräch Erkenntnisse über sich selbst erlangen. All dies erfüllte mich mit tiefer Trauer.

Der Film war fast zu Ende. Paul ging, die Hände in den Taschen vergraben, am Col entlang. Der Pegel des braunen Wassers war nach den letzten Regenfällen stark angestiegen. Paul blieb stehen, drehte sich zur Kamera und streckte seine Hände dem Betrachter entgegen. O Gott, er rezitierte noch einmal aus einem Gedicht:

Verlor'nes Land der Zuversicht,
Erinn'rung, strahlend klar.
Der Weg des Glücks, wie es einst war –
Doch Rückkehr gibt es nicht.

Ich war verwirrt. Wollte uns dieser Dokumentarfilm nun sagen, daß man wieder nach Hause gehen konnte oder daß man es nicht konnte? Doch Paul sprach weiter. »Familie«, sagte er. »Alan Martello nannte sie Plage und Frieden. Jane Martello, meine Schwester, meinte, daß die Menschen hier ihre besten, aber auch ihre schlechtesten Seiten offenbaren.« (Ach, du lieber Himmel!) »Für Erica, meine Frau, ist sie sowohl ein Hafen als auch ein Gefängnis – wir können immer wieder in den Schoß der Familie zurückkehren, aber ganz gleich, wie weit wir sie auch hinter uns lassen, entkommen können wir ihr niemals.« (Aus welchem Weihnachts-Knallbonbon hatte sie denn diesen Spruch?) Paul lächelte mit der

Weisheit des Alters und schritt davon, in die letzte Sequenz, die ich bereits gesehen hatte: Großaufnahme von dem Haus und dem Fundort der Leiche.

Ich schaltete den Fernseher aus und beschloß, ihn endlich zu verkaufen. Ach, vielleicht würde netterweise ein Cracksüchtiger einbrechen und ihn stehlen, während ich mit Kim weg war. Es war fast halb sechs. Ich machte die Reisetasche zu, doch dann öffnete ich sie noch einmal und packte mein altes Tagebuch ein. Ich wählte rasch Pauls Nummer, aber es meldete sich nur der Anrufbeantworter. Nach dem Piepton sagte ich: »Paul, hier ist Jane. Ich habe mir gerade deinen Film angesehen. Er ist sehr beeindruckend – ehrlich, trotz allem, was inzwischen passiert ist, hat er seine Berechtigung. Ich fahre übers Wochenende mit Kim weg, aber ich rufe dich an, sobald ich wieder da bin. Wirklich gute Arbeit.« Ich wollte schon auflegen, aber da fiel mir plötzlich noch etwas ein. »Oh, Paul – könntest du mir sagen, auf welcher Seite des Flusses du am Ende des Films stehst?«

Kaum hatte ich aufgelegt, hörte ich Kim auch schon hupen. Ich zog meine Lederjacke an, nahm meine Tasche und ging hinaus.

River Arms war ein kleines weißes Gasthaus mit niedrigen Deckenbalken und einem riesigen offenen Kamin in der Bar. Wir hatten ein Doppelzimmer mit Bad. Kim sagte, wenn man morgens aufwache, könne man von unserem Fenster aus den Fluß und die Berge schon sehen. Jetzt war es allerdings diesig und dunkel. Ich saß auf meinem Bett und fühlte mich zu erschöpft, um mich vom Fleck zu rühren.

»Es ist jetzt neun Uhr«, sagte Kim. »Warum nimmst du nicht ein Bad, und wir treffen uns in einer halben Stunde in der Bar? Die Küche hier ist zwar ganz ausgezeichnet, aber das heben wir uns für morgen auf. Wir werden einfach eine Kleinigkeit am Kamin essen.«

»In Ordnung.« Ich gähnte und stand auf. »Woher kennst du dieses Gasthaus eigentlich?«

Kim kicherte. »Tja, ein Relikt aus meiner bewegten romantischen Vergangenheit. Manchmal leistet es mir noch gute Dienste.«

Ich nahm ein heißes Bad und benutzte sämtliche Badezusätze und -gels, die herumstanden. Ich wusch mir die Haare und schlüpfte in eine Leggings und ein flauschiges, weites Baumwollhemd. Kim hatte uns Plätze am Kamin gesichert und bereits zwei große Gin Tonic bestellt. Sie hob ihr Glas und stieß mit mir an.

»Auf bessere Zeiten«, sagte sie.

Meine Augen füllten sich mit Tränen, und ich trank einen großen Schluck von dem klaren, kalten Getränk.

»Ich habe uns schon etwas zu essen bestellt«, fuhr sie fort. »Roastbeef-Sandwiches und eine Flasche Rotwein. Ist dir das recht?« Ich nickte; ich war froh, daß mir heute jemand alle Entscheidungen abnahm.

»Morgen können wir eine lange Wanderung machen, irgendwo hoch hinauf, wo die Luft dünn und der Ausblick phantastisch ist. Falls es nicht regnet. Ich habe Wanderkarten dabei, die können wir beim Frühstück studieren.«

Wir tranken unsere Drinks und sagten beide lange nichts. Es gibt nur wenige Menschen, mit denen man zusammen schweigen kann, ohne daß es peinlich ist.

Schließlich meinte Kim: »War es schlimmer, als du erwartet hast?«

»Ich weiß nicht. Ich weiß nicht, was ich erwartet habe. Aber es war trotzdem schlimm genug.«

Die Sandwiches wurden gebracht; sie waren mit dünnen Scheiben rosa gebratenen Fleisches belegt, dazu gab es eine Meerrettichsoße. Der Wein war ein schwerer vollmundiger Shiraz, samtig genug, um mich friedlich zu stimmen.

»Warum habt ihr euch, Andreas und du, eigentlich getrennt? Ihr schient so glücklich miteinander.«

»Wir waren auch glücklich. Zumindest dachte ich das.« Kim klappte ihr Sandwich auseinander und bestrich das Roastbeef mit Meerrettichsoße. »Erst hatte er mit mir noch darüber gesprochen, wohin wir nächsten Sommer in Urlaub fahren würden, und im nächsten Augenblick erzählt er mir, daß er und seine Ex-Freundin beschlossen hätten, es noch mal miteinander zu versuchen. Dann die alte Leier: ›Tut mir leid, danke für die schöne Zeit, ich werde dich nie vergessen, du bist wundervoll‹ und dieser ganze Mist.« Sie schenkte uns beiden Wein nach. »Ich war zu alt. Ich kann keine Kinder mehr bekommen. Ich verkörpere die Vergangenheit und nicht die Zukunft.« Sie hob ihr Glas: »Auf ein Altwerden in Schande.«

Ich beugte mich vor und umarmte sie. »Er ist bescheuert. Er begreift nicht, was er an dir hatte.«

Kim rang sich ein Lächeln ab. »Das Leben scheint nie so zu verlaufen, wie man es gerne möchte, oder? Wenn du mich damals, als wir zusammen studierten, gefragt hättest, was ich mir vom Leben wünsche, hätte ich dir geantwortet, daß ich alles haben will: eine gute, dauerhafte Beziehung, Kinder, viele Kinder, Karriere, Freunde. Ich habe Freunde, und ich habe Karriere gemacht, obwohl der Job mir heute nicht mehr so viel bedeutet. Den mache ich inzwischen mit links. Aber mit der dauerhaften Beziehung habe ich offensichtlich Probleme. Und Kinder werde ich nie haben.«

Was konnte ich darauf antworten?

»Das Leben ist grausam. Ich dachte immer, jeder ist seines Glückes Schmied. Aber so was denkt man, glaube ich, nur, wenn man jung ist, oder? Da wären wir also: du – schön, geistreich, warmherzig – und allein. Und ich, ich hatte eigentlich alles, was ich mir wünschte, und plötzlich lebe ich in einem Alptraum. Auf jeden Fall« – ich war inzwischen etwas angetrunken, geschwätzig und schrecklich sentimental – »haben wir uns, und daran wird sich auch nichts ändern.« Damit hob ich das Glas. »Auf uns.«

»Auf uns. Im übrigen laß uns jetzt mal was essen, ich bin schon blau.«

Mit großem Appetit verspeisten wir die Sandwiches.

»Wußtest du«, sagte ich nach einer Weile, »daß Stead gar nicht weit weg ist?«

»Ja«, erwiderte Kim. »Das wußte ich. Ist das ein Problem für dich?«

»Nein, nicht direkt. Hast du dieses Gasthaus ausgesucht, weil es in der Nähe von Stead liegt?«

»Irgendwie schon. Das heißt, ich habe es ausgesucht, weil es ein schönes Plätzchen ist, und dann dachte ich, daß du vielleicht gerne nach Stead willst. Um die Vergangenheit zu bewältigen. Ich fürchtete, daß sie dich sonst erdrücken könnte.«

Ich sah sie verwundert an.

»Kim, du bist wirklich erstaunlich. Seit wir hier angekommen sind, denke ich darüber nach, daß ich unbedingt dorthin muß. Ich muß an den Ort zurück, an dem es passiert ist. Nicht unbedingt nach Stead, aber zu Cree's Top. Ich kann es nicht erklären, aber ich habe das Gefühl, daß ich das Geschehene erst dann verarbeiten kann, wenn ich noch einmal dort war. In meiner Erinnerung bin ich x-mal dagewesen; wenn ich meine Augen schließe, könnte ich dir jeden Zentimeter, jede Senke und jeden Baum genauestens beschreiben. Aber ich war niemals wieder da – nicht seit Natalie verschwunden ist. Es wurde zu einer Art verbotener Zone für mich. Nun, inzwischen weiß ich ja, warum. Aber ich weiß auch, daß ich dem, was ich getan habe, nicht entfliehen kann. Also muß ich mich der Sache stellen. Alle Plätze noch mal abgehen. Das verstehst du doch, oder?«

Kim nickte und schüttete den Rest der Flasche in unsere Gläser. »Sicher. Wenn ich in deiner Haut steckte, würde ich es wahrscheinlich genauso machen.«

Ich wollte etwas erwidern, aber sie ließ mich nicht zu Wort kommen. »Da dem aber nicht so ist, werde ich morgen, während du nach Stead zurückkehrst, einen langen Spaziergang machen.«

Wir starrten beide, von Wein und Müdigkeit benebelt, schweigend in die Flammen.

»Woran denkst du?« fragte Kim.

»Es war nicht Memory, weißt du«, sagte ich.

»Was?«

»Das Spiel, das wir immer an Weihnachten gespielt haben, bei dem man sich an Gegenstände auf einem Tablett erinnern muß. Das heißt nicht Memory. Es heißt ›Kims Spiel‹.«

»Welches Spiel? Wovon in aller Welt redest du eigentlich?«

»Ich habe in dem Karton mit den alten Sachen aus Stead, die Claud mir vorbeigebracht hat, einen Roman von Kipling gefunden. *Kim*. Beim Durchblättern stieß ich auf die Stelle, wo Kim zum Spion ausgebildet wird. Sie trainieren sein Gedächtnis, indem er sich wahllos zusammengestellte Gegenstände merken muß, die anschließend verdeckt werden. Das ist Kims Spiel.«

»Möchtest du vielleicht noch ein Glas Wein«, erkundigte sich Kim lächelnd.

»Memory dagegen ist ein Spiel, bei dem Karten verdeckt auf dem Tisch liegen und man versuchen muß, möglichst viele Paare zusammenzubekommen. Wie konnte ich das nur vergessen?«

Kim stand auf.

»Ich vergebe dir«, sagte sie. »Komm, laß uns schlafen gehen.«

36. KAPITEL

Das Anwesen wirkte, als wäre es bereits nicht mehr bewohnt. Als ich aus dem Auto stieg und mich umsah, spürte ich Marthas Abwesenheit sofort. Sie hatte mir mal erzählt, daß ihre Bücher quasi nebenbei entstanden und die Kinder von allein groß geworden seien, aber sie habe immer das Gefühl gehabt, daß ihr Garten sie wirklich brauche. Früher war zwar ein paarmal in der Woche ein Mann aus Westbury gekommen, doch wenn ich auf Stead Ferien machte, schien sie mir jede freie Minute im Garten zu verbringen. Ich sehe sie noch vor mir, wie sie auf Knien mit einer kleinen Schaufel den Boden umgrub, Unkraut jätete und Stecklinge setzte. Unermüdlich widmete sie sich einer Aufgabe, von der wir anderen so gut wie nichts verstanden. Wenn wir die Blumen, das Obst und das Gemüse bemerkten, dann bewunderten wir das alles gebührend, wir hatten es gern um uns, aber um die vielen kleinen Schlachten, die im Lauf des Wachstumsprozesses gewonnen oder verloren wurden, kümmerten wir uns nicht. Hatte sich jemand darüber Gedanken gemacht, was ohne Martha aus dem Garten werden sollte? Es war noch nicht einmal ein Jahr her, seit sie sich – zunächst geistig, dann auch körperlich – aus dem Leben zurückgezogen hatte, und es war noch nicht Frühling, aber schon jetzt wirkte alles vernachlässigt. Stöcke, an denen nichts festgebunden war, steckten in den Beeten, Löwenzahn überwucherte den Rasen, und überall lag welkes Laub.

Das Haus war verschlossen, und ich hatte keinen Schlüssel. Ich hatte nie einen gebraucht. Als ich durch die Fenster spähte, sah ich leere Räume, kahle Borde, nackte Wände, auf deren Tapeten helle Rechtecke an abgenommene Bilder erinnerten. Das war nicht mehr unser Haus, und es bereitete mir eine bittere Genugtuung zu sehen, daß alles, was an die Martellos erinnerte, so radikal entfernt worden war. Stead stand zum Verkauf. Vielleicht würde schon bald jemand mit neuen Erinnerungen hier einziehen. Meine eigenen waren für mich noch überall spürbar, wie das raschelnde Laub, das der Wind von der kleinen Landstraße bis ans Ende der Auffahrt heraufgeweht hatte. Ich wandte mich ab. Die trostlose Grube, in der man Natalie gefunden hatte, war noch da, halbvoll mit morastigem Wasser. Warum schüttete sie denn niemand zu?

Aber deshalb war ich nicht hergekommen. Ich hatte keine Zeit zu vergeuden, und es war auch niemand da, dem ich etwas hätte vorjammern können. Ich wollte die Sache möglichst schnell hinter mich bringen und mir das ansehen, worum es mir ging. Dann würde ich Stead für immer verlassen, mich mit Kim treffen, etwas Gutes essen, ein schönes Wochenende verbringen, nach London zurückfahren und endlich mein eigenes Leben beginnen. Mit schnellen Schritten überquerte ich den ungepflegten Rasen und fühlte, wie meine Zehen feucht wurden. Verdammt, ich hatte die falschen Schuhe angezogen. Schließlich erreichte ich den Waldrand. Zu meiner Linken sah ich die Pullam Farm, und zu meiner Rechten befand sich der Weg, der am Waldrand entlang und dann in einer Kurve wieder zu Stead führte. Doch heute wollte ich nicht diesen Weg einschlagen, sondern zum erstenmal nach fünfundzwanzig Jahren durch den Wald zu Cree's Top und zum Ufer des Col gehen. Es war ein nebelverhangener, feuchter Morgen, und ich fror in meinem Anorak. Aber es würde nicht lange dauern. Der Weg gabelte sich, als ich auf die Anhöhe zukam, hinter der sich der Fluß verbarg. Ich nahm die rechte Abzweigung, die mich um Cree's Top herum zum Flußufer führen würde.

Der Weg, von Gestrüpp überwuchert, wurde anscheinend kaum noch benutzt. Nachdem ich mich durch das Unterholz gekämpft hatte, erreichte ich nach kurzer Zeit das Flußufer und den Fuß von Cree's Top. Ich war wieder da. Ein winziges Detail hatte alles ins Rollen gebracht, eine Kleinigkeit, die Alex' Interesse geweckt hatte. War es nicht so gewesen? Diese albernen Teenager-Gedichte, die ich zusammengeknüllt und ins Wasser geworfen hatte, als ich, mit dem Rücken zu Cree's Top, am Fluß gesessen und beobachtet hatte, wie sie von der Strömung davongetragen wurden. Ob wohl eins davon das Meer erreicht hatte? Oder waren sie allesamt nach der ersten Biegung im Schilf hängengeblieben? Ich kramte in meiner Anoraktasche und holte einen Werbezettel von einem indischen Restaurant heraus, das mir »Unglaublich niedrige Preise!« versprach. Ich knüllte ihn zusammen und warf ihn in den Fluß.

Und nun geschah etwas so Komisches, daß ich fast lachen mußte. Der Fluß floß in die falsche Richtung! Der zusammengeknüllte Werbezettel von »The Pride of Bengal« wurde nicht weggetragen und verschwand nicht hinter der Biegung des Flusses – nein, er schwamm direkt auf mich zu. Und tatsächlich, als ich flußaufwärts blickte, sah ich, daß es in dieser Richtung erst nach mehreren hundert Metern eine Biegung gab. Wie war das möglich? Einen Augenblick lang war ich völlig verwirrt, aber dann begriff ich plötzlich, was los war. Mit raschen Schritten erklomm ich Cree's Top. Viele Bäume waren gefällt worden, und als ich oben angelangt war, hatte sich der Morgennebel gelichtet, und man konnte den Fluß und den Weg, der am Ufer entlangführte, klar erkennen. Der Col machte eine leichte Biegung nach rechts, bevor er seine ursprüngliche Richtung wieder aufnahm. Von hier oben sah das wie ein umgedrehtes C aus. Fünfzig Meter entfernt befand sich die Brücke, von der Natalie zum letztenmal gesehen worden war.

Der Weg wurde mit einemmal sehr abschüssig, und ich mußte aufpassen, daß ich hangabwärts nicht zu schnell wurde. Als ich die Ebene erreichte, setzte ich mich, den Rücken gegen den breiten Felsen am Fuß von Cree's Top gelehnt. Ich kramte wieder in meinen Anoraktaschen und förderte den Kreditkartenbeleg einer Tankstelle zutage. Wenn ich ordentlicher wäre, hätte ich ihn natürlich schon längst am richtigen Platz abgeheftet. Ich knüllte ihn zusammen und warf ihn ins Wasser. Inzwischen hatte sich die Sonne hervorgewagt, und das hellblaue Papier auf den glitzernden Wellen war nur schwer zu erkennen, aber ich ließ es nicht aus den Augen. Es wurde schneller und verschwand schließlich hinter der grasbewachsenen Biegung. Wie ein Traum...

37. KAPITEL

Als Kinder spielten wir oft in der Nähe der Blutbuche mit dem dicken, grauen Stamm und den leuchtendbunten Blättern. Sie stand vor einer Steinmauer, und wenn man auf die Mauer stieg, waren die unteren Äste des Baums nah genug, daß man hinaufklettern konnte. Jetzt erschien er mir schwindelerregend hoch. Für alle anderen unsichtbar konnten wir durch die bronzefarbenen Blätter Stead und sein Portal sehen und beobachteten, wie die Erwachsenen kamen und gingen. Stundenlang blieben wir dort oben. Wir nahmen unsere Puppen mit und, als wir älter waren, Bücher und Äpfel. Natalie und ich saßen und redeten, während das Licht durch die Blätter flirrte. Wir sahen den vorbeiziehenden Wolken nach, tauschten Geheimnisse aus, und die Tage zogen gemächlich vorüber. Ich hatte fast vergessen, wie ausgeglichen und fröhlich Natalie sein konnte. Nach ihrem Verschwinden hatte ich mich ihr gegenüber nicht wie eine wirkliche Freundin verhalten. Wenn ich diejenige gewesen wäre, die ohne ein Wort der Erklärung gegangen wäre, hätte sie mich fieberhaft gesucht, das weiß ich. Sie hätte sich von mir im Stich gelassen gefühlt und sich wütend gegen die Beschwichtigungsversuche der Erwachsenen gewehrt. Sie hätte keine Ruhe gegeben.

Ich dagegen hatte Nacht für Nacht passiv und traurig in dem Zimmer gelegen, das ihres gewesen war, hatte zwar immer von ihr geträumt, aber nie richtig nach ihr gesucht. Einmal, als Natalie und ich im Garten Verstecken spielten, konnte ich sie nirgends finden. Nachdem ich vergeblich hinter den dichten Büschen und in den Geräteschuppen gesucht hatte, marschierte ich in die Küche, wo Martha Plätzchen buk. Gerade machte ich mich daran, die Schüssel auszulecken, da stürmte Natalie herein. »Warum gibst du immer gleich auf?« brüllte sie mich an. »Ich weiß nicht, warum ich mich überhaupt mit dir rumärgere, wenn du immer gleich aufgibst. Du gehst mir *auf die Nerven*, Jane Crane.«

Ich rieb mit dem Finger über die Rinde. Martha hatte diesen Baum auch sehr gemocht. Sie hatte Krokusse und Schneeglöckchen um ihn herum gepflanzt. Die Schneeglöckchen blühten schon, die weißen Köpfe neigten sich anmutig im kalten Wind. Helle Krokustriebe lugten aus dem Erdreich hervor. Ich setzte mich, und als ich mich an den Baumstamm lehnte, spürte ich die rauhe, alte Rinde durch meine Jacke. Mit Anfang Zwanzig hatte ich ein viermonatiges Architekturpraktikum in Florenz gemacht. Ich hatte die Stadt geliebt und in meiner Freizeit die engen Gassen durchwandert oder dunkle, nach Weihrauch duftende Kirchen erkundet, wo Madonnenstatuen in Nischen standen und alte Frauen Kerzen für die Toten anzündeten.

Zehn Jahre später fuhr ich wieder dorthin. In meiner Erinnerung hatte ich die Stadt noch ganz klar vor Augen, doch schon bald mußte ich feststellen, daß irgend etwas nicht ganz stimmte. Die Straßen waren kürzer; wo ein Aussichtspunkt sein sollte, stand ein hohes Gebäude; das Café, in dem ich immer meinen Espresso getrunken und kleine Reiskuchen gegessen hatte, war von der Mitte des Platzes in eine Ecke gerückt. Claud hatte mich zu beruhigen versucht: Man müsse einen Ort eben immer wieder neu entdecken, und das Schöne am Reisen sei doch gerade, daß neue Eindrücke hinzukämen und alte sich änderten. Aber ich kam mir irgendwie betrogen vor: Ich wollte in eine unversehrte Vergangenheit zurückkehren, in der jede Stelle ihre Erinnerungen für mich bereithielt; doch statt dessen kam ich in eine Stadt, die mir auf rätselhafte Weise entglitten war.

Die gleiche, nicht erklärbare Unzufriedenheit plagte mich auch jetzt. Einer plötzlichen Eingebung folgend, zog ich den Reißverschluß meines Anoraks bis zum Kinn hoch, stand auf und kletterte auf den niedrigsten Ast des Baums. Mühsam arbeitete ich mich von Ast zu Ast vorwärts, bis ich einen Sitzplatz erreichte. Durch das Gewirr der mit winzigen Knospen übersäten Zweige blickte ich auf Stead. Da stand das Haus, das unsichtbare Spuren des Verfalls aufwies. Wenn sich rein äußerlich nichts ändert, woran erkennt man dann den Augenblick, in dem das Leben aus dem Gesicht eines Freundes schwindet, wie weiß man, daß ein Haus verlassen ist? Von meinem Platz aus konnte ich die Haustür nicht genau erkennen, obwohl ich mich ganz klar daran erinnerte, sie als Kind von hier gesehen zu haben. Ich kletterte wieder hinunter, sprang ungeschickt auf den Rasen und setzte mich ein zweites Mal mit dem Rücken an den Baum.

Ich zog mein altes Tagebuch hervor, das ich heute morgen noch aus der Reisetasche gekramt hatte, und blätterte auf gut Glück in den hinteren Seiten. Bei manchen Eintragungen kamen mir sofort Erinnerungen: Zum Beispiel die Geschichte mit der Kerze, die Alans Bart in Brand gesetzt hatte, als er sich gierig über den Tisch beugte, um sich die letzten Kartoffeln auf den Teller zu schaufeln. Ich hatte damals so lachen müssen, daß mir hinterher der Bauch weh tat. Oder als wir auf dem nahen Baggersee segeln gingen und ich furchtbare Angst bekam, weil das Boot sich schräg legte und Wasser hineinschwappte, es aber natürlich nicht zugeben wollte – vor allem nicht vor Natalie und Theo, die sehr sportlich waren und es nicht ausstehen konnten, wenn jemand nicht so mutig war wie sie. Oder wie ich mit Alan und den Zwillingen um vier Uhr morgens aufgestanden war, um bei Tagesanbruch dem Vogelkonzert zu lauschen, und wie wir fröstelnd und hungrig, aber vollkommen begeistert zurückkehrten.

Doch es gab andere Eintragungen, die rein gar nichts bei mir auslösten: ein Streit mit Mum, den ich mit scheinheiliger Einsichtslosigkeit beschrieb, oder der Besuch eines mittelalterlichen Herrensitzes, in dem sich während der Reformation Katholiken unter den Dielenbrettern versteckt hielten. Sie waren wie die vergessenen, von Efeu und Nesseln überwucherten Gräber auf dem Highgate Cemetery. Der größte Teil unseres Lebens ist eben verschüttet.

Der letzte Eintrag war mir allerdings immer im Gedächtnis geblieben – was nicht weiter verwunderlich war, denn der Tag vor Natalies Verschwinden war für mich sozusagen der sichtbare Rand rund um ein großes schwarzes Loch. Ohne Schwierigkeit konnte ich die Vorbereitungen aufzählen, die an jenem Tag für die Party getroffen worden waren; ich erinnerte mich daran, wie ich Theo auf der freien Stelle zwischen den frischen gemauerten Steinen für den Grill geküßt hatte, der rechtzeitig für die Party am nächsten Tag fertig werden mußte, und wie wir schuldbewußt aufsprangen, als wir Jim Weston kommen hörten.

Ich klappte das Tagebuch zu und rieb mir die Augen. Regen tropfte auf den Umschlag. Ich hatte das Gefühl, etwas durch dichten Nebel zu betrachten; alle Umrisse waren verzerrt und verschwommen. Wie ich mit Theo dort stand, wo der Grill stehen würde, wie wir uns küßten. Der Grill.

Ich stand so hastig auf, daß ich beinahe gestolpert wäre, und rannte in dem stärker werdenden Regen dorthin, wo Natalies Überreste gefunden worden waren. Die Stelle war noch immer deutlich zu erkennen, ein hellerer Fleck mit aufgewühltem Lehm, Schutt und herausgerissenem Unkraut. Ich sprang in die Grube hinunter und fing planlos an, im Dreck zu graben. Das Bein einer Puppe kam zum Vorschein, eine rostige Gabel mit verklebten Zacken, eine Bierflasche mit zersplittertem Hals; dann förderte ich einen zerbrochenen Backstein zutage und Teile eines rostigen Grillgitters. Das waren die Überreste des Grills. Natalie war darunter begraben gewesen.

Schwer atmend ließ ich mich am Rand der Grube nieder und wischte mir die schmutzigen Hände an meinen schmutzigen Jeans ab. Inzwischen fiel der Regen stetig und legte sich wie ein dunkler Vorhang vor Stead und all seine Geheimnisse. Irgend etwas war hier faul. Ich konnte keinen klaren Gedanken fassen; es war, als entglitte mir ein Traum immer wieder bei dem Versuch, mich an ihn zu erinnern. Natalie war unter dem Grill begraben worden. Aber der Grill war gebaut worden, bevor sie starb!

Ich sagte laut: »Deshalb also wurde ihre Leiche hier begraben! Niemand wäre auf die Idee gekommen, hier zu suchen, weil sie unmöglich hier sein konnte.«

Ich vergrub mein Gesicht in den Händen und starrte durch die Finger in die lehmige Grube. Regen lief mir über den Nacken. Ich versuchte es noch einmal: »Natalie ist vergraben worden, bevor sie starb.«

Oder: »Natalie wurde unter dem Grill vergraben; Natalie ist gestorben, nachdem der Grill fertig war; deshalb...«

Deshalb was? Ich kickte mit dem Fuß ein paar Steinreste in das Loch und stand auf. Kim wunderte sich sicher schon, wo ich blieb.

38. KAPITEL

Als ich in den Gasthof zurückkehrte, lag Kim auf dem Bett und studierte eine Landkarte. Bei meinem Anblick setzte sie sich auf.

»Du bist ja ewig weg gewesen. Du liebes bißchen, schau dir mal dein Gesicht an! Hast du ein Schlammbad genommen oder wie? Ist was passiert?«

»Nein, nichts. Ich weiß nicht.« Ich ging ins Badezimmer und wusch mir Gesicht und Hände. Als ich wiederkam, zog Kim sich gerade die Stiefel an.

»Willst du was essen?« fragte sie.

»Nein. Geh nur, wenn du Hunger hast.« Doch dann überlegte ich es mir anders und fügte schnell hinzu: »Hast du Lust auf einen Spaziergang?«

»Klar; auf der Karte habe ich einen fünfzehn Kilometer langen Wanderweg gefunden, der gleich unten an der Straße beginnt. Wenn wir die Strecke gehen, sind wir noch vor Einbruch der Dunkelheit zurück. Der Weg führt über Berg und Tal, und bei dem Wetter heute wird es bestimmt ziemlich matschig.«

Mit einem Blick auf meine Jeans meinte ich: »Na, ich denke, damit komme ich klar.«

Auf dem ersten Teil der Strecke sagte ich kein Wort, und wir erklommen den schmalen, steinigen Pfad ohnehin in einem solchen Tempo, daß ich vermutlich nicht gleichzeitig hätte wandern und sprechen können. Brombeerranken verfingen sich in meiner Kleidung, und Regen tropfte von den nassen Blättern. Schließlich wurde der Weg breiter, und wir kamen auf eine Anhöhe, von der man bei schönem Wetter sicher einen guten Ausblick gehabt hätte.

»Ich bin vollkommen durcheinander«, begann ich.

»Weshalb?«

»Anfangs war alles klar, genauso wie ich es erwartet hatte – natürlich, schließlich kenne ich Stead wie mein eigenes Zuhause. Ich hab mich einfach ein bißchen umgesehen, du weißt schon, die ganzen alten Erinnerungen...« Kim nickte, sagte aber nichts. »Dann bin ich zu der Stelle zurückgegangen, an der es passiert ist.« Es war merkwürdig, ich brachte es immer noch nicht fertig zu sagen, ›wo Alan Natalie ermordet hat‹. »Seit sechsundzwanzig Jahren bin ich nicht mehr dort gewesen.« Ich kletterte über einen Baumstamm, der quer über dem Pfad lag, und wartete, bis Kim mich eingeholt hatte. »Und als ich zu der Stelle kam, merkte ich, daß alles falsch war. Ich habe mich falsch erinnert.«

»Warum überrascht dich das so? Du hast doch selbst gesagt, daß du fast dreißig Jahre nicht mehr dort warst. Es ist ganz normal, daß du dich nicht erinnerst.«

»Nein. Ich *habe mich erinnert* – aber falsch. Verstehst du nicht, Kim? Ich bin mit Alex in Gedanken so oft durch diese Landschaft gegangen, aber als ich jetzt tatsächlich dorthin zurückkehrte, da war alles anders! Ich meine, verkehrt herum. Oh, verdammter Mist, ich weiß nicht.« Ich zog ein feuchtes Päckchen Zigaretten aus der Jackentasche und zündete mir, während wir weitergingen, eine an.

»Nur damit ich dich richtig verstehe, Jane – willst du damit sagen, daß der Weg, den du Stück für Stück mit Alex erforscht hast, der falsche war?«

»Nein, nein, das meine ich nicht. Ich bin den richtigen Weg gegangen, jedes Detail stimmte – aber es war eben alles verkehrt herum.«

»Ich glaube, ich kapier das nicht. Was soll das denn heißen?«

»Ich weiß es selbst nicht. Ich bin total verwirrt, Kim. Und das ist noch nicht alles.«

»Wie, nicht alles?« Kim war so entnervt, daß sie mich fast anschrie.

»Nicht nur, daß der Weg andersrum verlief, als ich dachte, ich habe noch etwas anderes herausgefunden – und ich weiß nicht, warum bis jetzt niemand darauf gekommen ist. Dabei ist es eigentlich ganz naheliegend.«

»Was denn? Verdammt noch mal, Jane, hör auf, in Rätseln zu sprechen! Mach endlich den Mund auf und erklär es mir!«

»Okay. Also: Ich saß da und las das Tagebuch, das Claud mir gebracht hat. Und das beschreibt genau den Zeitraum vor Natalies Tod.«

»Aha.«

»Tja, in meinem letzten Eintrag – den ich am Tag vor Natalies Ermordung gemacht habe – schreibe ich, daß der Grill noch nicht fertig ist. Der Grill, den Jim Weston für die Party gebaut hat.«

»Und?«

»Aber dort hat man Natalie gefunden. Kim. Unter dem Grill.«

Ich beobachtete, wie Kims verständnisloser Gesichtsausdruck sich veränderte. Nachdenklich sah sie mich an: »Das ist unmöglich. Das würde bedeuten...«

»Das würde bedeuten, daß die Backsteine, unter denen man Natalie gefunden hat, gemauert wurden, bevor sie starb.«

»Aber...«

Ich zählte die verschiedenen Argumente an meinen Fingern ab: »Also, erstens: Wir wissen, daß Natalie am Tag nach der Party starb. Jemand hat sie gesehen, ein vertrauenswürdiger Zeuge, der nicht in irgendwelche Familienstreitigkeiten verwickelt war. Zweitens: Wir wissen, daß Alan sie umgebracht hat – ich erinnere mich daran, und er hat es gestanden. Aber Alan traf erst auf Stead ein, als der Grill schon fertig war. Drittens: Natalies Leiche ist unter dem Grill vergraben worden.« Wütend und frustriert steigerte ich das Marschtempo, und Kim mußte fast rennen, um mit mir Schritt zu halten.

»Wenn das stimmt, solltest du zur Polizei gehen, Jane.«

Ich blieb wie angewurzelt stehen. »Was soll ich der Polizei denn sagen? Keiner würde diese neue Laune meiner Erinnerung akzeptieren. Und es ändert sowieso nichts daran, daß Alan Natalie getötet hat. Ich will bloß wissen, *wie* er das fertiggebracht hat.«

Ich versetzte einer Brombeerranke, die mir im Weg lag, einen Tritt und kramte in meiner Jackentasche nach einer weiteren Zigarette.

»Verdammt, Jane, kannst du nicht endlich damit aufhören?« meinte Kim. »Warum ist das so wichtig für dich? Denk doch mal darüber nach. Du weißt die Hauptsache über Natalies Tod – du weißt, wer sie umgebracht hat. Jetzt willst du auch noch alle Einzelheiten rauskriegen. Und wenn du das alles rausgefunden hast, dann wirst du durch die Gegend rennen und rauchen wie eine Blöde. Aber du wirst nie alles herausbekommen, Jane. Soll ich dir sagen, was ich denke?«

»Na, mach schon. Du gibst ja sowieso nicht eher Ruhe.«

Ich war durchnäßt und wütend. Ein Steinchen drückte gegen meinen Fußballen, mein Kopf juckte unter der Wollmütze, der Wollschal kratzte am Hals, meine Hände schwitzten in den Wollhandschuhen, und meine Nase war eiskalt. Warum konnte Kim nicht einfach nur zuhören, nicken und mir die Hand halten?

»Ich glaube, das Ganze ist für dich zu einer fixen Idee geworden. Wenn du ein Rätsel gelöst hast, taucht garantiert gleich das nächste auf. Du suchst nach dem ultimativen Sinn dieser gräßlichen Tragödie. Du hast den Verstand verloren.«

»O danke.«

»Doch, du gehst mir wirklich langsam auf die Nerven. Kannst du nicht endlich Ruhe geben?«

Ich kletterte über einen Zaun und faßte dabei mitten in eine schleimige, grüne Flechte.

»Ich möchte ja gern. Und ich dachte auch, alles wäre überstanden. Ich wollte noch einmal hierherkommen, um die ganze Sache zu Ende zu bringen und – das hört sich sicher dumm an – um Natalie wiederzufinden. Sie war für mich eine Art Puzzle geworden, und die einzigen Charakterzüge, über die ich nachdachte, waren jene, die ihren Tod erklärten. Aber neulich hab ich sie plötzlich ganz deutlich vor mir gesehen;

es war, als könnte ich die Hand ausstrecken und sie berühren. Ich habe sie wirklich geliebt, sie war meine beste Freundin. Deshalb mußte ich herkommen und Natalies wahrem Ich Lebewohl sagen, dort, wo sie zuletzt gewesen ist. Aber jetzt fühle ich mich so … ach, Mist, ich brauche einen neuen Ansatzpunkt. Ich hab das Gefühl, ich werde noch verrückt.«

Kim sagte nichts. Wir gingen den Hügel hinunter zum Auto.

»Du willst das restliche Wochenende hierbleiben, oder?« fragte Kim, als wir zum Gasthof zurückfuhren.

»Ja, natürlich.« Aber dann sagte ich: »Weißt du, Kim, ich fürchte, ich kann nicht bleiben. Ich bin furchtbar unruhig. Tut mir wirklich leid, aber können wir nicht heute abend zurückfahren?«

Kim machte ein grimmiges Gesicht.

»Eine ziemlich lange Fahrt, um hier eine Nacht zu verbringen und einen Spaziergang im Regen zu machen, findest du nicht auch?«

»Ich weiß, aber ich wäre bestimmt keine angenehme Gesellschaft.« Ich kurbelte das Fenster herunter und zündete mir eine Zigarette an. »Du weißt schon, unerledigte Dinge … Wie die Frau zu mir gesagt hat: ›Es ist noch nicht überstanden.‹«

»Und wie heute schon die ganze Zeit habe ich nicht die geringste Ahnung, was du meinst. Na ja«, Kim streckte die Hand aus und berührte sanft meine Schulter, »laß uns nicht streiten. Ich wollte nicht meckern.« Sie lächelte mich wehmütig an. »Ich hatte mir schon mein Abendessen ausgemalt: Muscheln und Thunfisch in Zitronenmarinade, gefolgt von Lammbraten. Und zum Nachtisch einen Apfelstrudel mit Sahne.«

»Ich werde ein paar Sandwiches für unterwegs besorgen«, sagte ich. »Vollkornbrot mit Käse und Salat und hinterher einen Apfel.«

»Na, toll.«

Es war noch nicht ganz sechs Uhr abends, als wir den Gasthof mit Sack und Pack verließen. Ich bestand darauf, die zweite Übernachtung, die wir nicht in Anspruch genommen hatten, zu bezahlen, und entschuldigte mich bei dem Besitzer für unsere überraschende Abreise.

»Die denken wahrscheinlich, es handelt sich um eine kleine Meinungsverschiedenheit unter Liebenden«, mutmaßte Kim.

»Ach, sie werden glauben, wir sind die typischen Schönwetterwanderer aus London, die vor dem Regen flüchten.«

Und es regnete noch immer, als wir an diesem scheußlichen Februarabend aufbrachen. Die Scheibenwischer fegten das Wasser beiseite, und Kim legte eine Kassette ein. Schräge, jazzige Saxophonklänge erfüllten das Wageninnere und übertönten den prasselnden Regen. Während der Fahrt sagten wir beide kein Wort, aber unser Schweigen hatte nichts Unbehagliches. Allmählich ließ der Regen nach, doch es waren noch genügend Pfützen auf der Straße, und jedesmal, wenn ein Lkw an uns vorbeidonnerte, mußte Kim die Scheibenwischer wieder einschalten.

Erschöpft lehnte ich mich zurück und betrachtete die Landschaft, die an uns vorüberzog. In der Scheibe konnte ich undeutlich und verschwommen mein Gesicht erkennen. Ich hätte es dort nicht länger ausgehalten, aber warum ich zurückfuhr, konnte ich eigentlich auch nicht sagen. Was sollte ich jetzt bloß tun? Mein Leben war in eine Sackgasse geraten. Vielleicht wäre es das Beste, wenn ich mich wieder in Alex' Behandlung begab und versuchte, mir über die schrecklichen Widersprüche Klarheit zu verschaffen, die mich nicht mehr losließen. Mit Alex' Hilfe war es mir gelungen, einen grauenerregenden Abschnitt meiner Vergangenheit zu erhellen, aber alles andere lag noch im dunkeln. Vielleicht mußte ich auch Licht in diese Dinge bringen. Beim bloßen Gedanken daran fühlte ich mich bereits unaussprechlich erschöpft. Jeder Knochen tat mir weh. Als ich diese Reise zurück in meine

Kindheit begonnen hatte, hatte ich immer von einem schwarzen Loch in meiner Vergangenheit gesprochen. Doch jetzt schien es, als hätte sich dieses Bild – wie das Negativ einer Fotografie – umgekehrt. Das einzige, was für mich jetzt sichtbar, verwirrend sichtbar war, war der Teil, der bis dahin im dunkeln gelegen hatte. Aufgewühlte Erde, in der ein toter Teenager lag.

»Könntest du kurz das Licht anmachen? Ich will eine andere Kassette einlegen«, meinte Kim und kramte in der Ablage, in der ein heilloses Durcheinander herrschte.

»Klar.« Ich blinzelte in das Licht, und die Welt außerhalb des Wagens war ausgeblendet. »Weißt du, Kim, ich habe das Gefühl, alles ist auf den Kopf gestellt. Als ich heute morgen den Hügel hinaufging, kam ich mir vor wie Alice bei ihrer Reise hinter den Spiegeln, als sie in dem Garten spazierengeht, in dem alles umgekehrt ist. Wenn man zu einem bestimmten Punkt will, darf man nicht auf ihn zu-, sondern muß von ihm weggehen. Merkwürdig, nicht wahr?«

Erstaunt stellte ich fest, daß mir die Tränen kamen. Ich mußte blinzeln und blickte auf die Scheibe. Eine Frau mittleren Alters, deren schmales Gesicht kummervoll aussah, starrte zurück, gefangen in ihrer Welt auf der anderen Seite der Scheibe. Wir sahen einander aus weit aufgerissenen Augen erschreckt an. Sie war mir nicht fremd; wir kannten uns ziemlich gut, doch vielleicht nicht gut genug. Ein Blitz durchzuckte mein Gehirn. O nein, lieber Gott, bitte nicht! Was hatte ich getan?

Ich griff hastig nach oben und knipste das Licht aus. Der silberhelle, betörende Klang einer Flöte schwebte durch den Raum. Das Gesicht der Frau war verschwunden. Ich hatte mich selbst gesehen. Natürlich. Ich war das Mädchen auf der Anhöhe, war für eine Stunde Natalie; ich hatte mich selbst auf der Anhöhe gesehen, war mir auf der Fährte gewesen. Ich hatte mich in dem Garten hinter den Spiegeln befunden und war meinem eigenen Bild gefolgt, und als ich mich selbst gefunden hatte, hatte ich mich auf ganz schreckliche Weise verloren. Auf ganz schreckliche Weise. Ich fühlte, wie ein Schrei aus meiner Kehle aufstieg, und hielt mir den Mund zu. Es war gar nicht Natalie, die auf dem Hügel gewesen war; das war immer ich gewesen, Natalies Freundin, ihre Doppelgängerin. Der alte Mann, der damals das Zelt abgebaut hatte, hatte mich gesehen; ich war es, die Natalie genannt worden war. In meinen Alpträumen hatte ich mich gesucht.

»Kim, kannst du mich bitte an der nächsten U-Bahn-Station absetzen?«

Wir fuhren gerade durch die Londoner Randbezirke, und ich wußte, wohin ich jetzt fahren mußte.

Kim sah mich erstaunt an, hielt aber an der nächsten Haltestelle prompt an. »Ich hoffe, du weißt, was du tust, Jane, denn ich weiß es mit Sicherheit nicht.«

Ich küßte sie auf die Wange und drückte sie ganz fest an mich. »Ich weiß, was ich tue, zum erstenmal seit langer, langer Zeit weiß ich das. Ich muß unbedingt etwas herausfinden, und ich denke, es wird sehr schmerzlich sein.«

»Jane«, sagte Kim, als ich ausstieg. »Falls du das hier jemals hinter dich bringen solltest, dann schuldest du mir was. Und zwar einen großen Gefallen.«

39. KAPITEL

Hallo?«

»Hallo, spreche ich mit Dr. Thelma Scott?«

»Ja.«

»Hier ist Jane Martello. Vielleicht erinnern Sie sich an mich, wir sind uns schon mal begegnet...«

Sie unterbrach mich, und ihre Stimme klang interessiert. »Ja, ich erinnere mich.«

»Ich weiß, das klingt ein bißchen komisch, aber könnte ich vielleicht bei Ihnen vorbeikommen?«

»Wie? Jetzt gleich?«

»Ja, wenn das geht...«

»Es ist Samstagabend. Woher wissen Sie, daß ich keine Dinnerparty gebe oder vorhabe auszugehen?«

»Tut mir leid. Ich möchte Sie natürlich nicht stören.«

»Nein, ist schon in Ordnung, ich lese nur. Sind Sie sicher, daß es so wichtig ist? Können wir nicht einfach am Telefon darüber reden?«

»Wenn ich es Ihnen erzählt habe und Sie es nicht wichtig finden, dann können Sie mich ja wegschicken. Geben Sie mir fünf Minuten.«

»In Ordnung. Wo sind Sie denn jetzt?«

»An der U-Bahn-Haltestelle Hanger Lane. Soll ich ein Taxi nehmen?«

»Nein, Sie sind schon ganz in der Nähe. Steigen Sie einfach in die U-Bahn nach Shepherd's Bush.«

Sie gab mir eine kurze Wegbeschreibung, und wenige Minuten später bog ich bei der Wood Lane in eine ruhige Wohnstraße ein. Auf mein Klingeln öffnete eine zierliche Frau mit hellwachem Gesicht; ich erinnerte mich noch genau an sie. Heute trug sie allerdings Jeans und einen ausgesprochen bunten Pullover. Zwar lächelte sie ein wenig spöttisch, als entspräche mein Anblick genau ihren Erwartungen, aber ihr Händedruck war durchaus herzlich.

»Möchten Sie etwas essen?«

»Nein, danke. Ich habe keinen Hunger.«

»Dann müssen Sie mir wohl beim Essen zusehen. Kommen Sie mit in die Küche. Rauchen ist leider nicht gestattet«, sagte sie, denn sie hatte die Zigarette in meiner Hand sofort bemerkt. Rasch warf ich den Glimmstengel hinter mich auf den Weg. In der Küche goß sich Dr. Scott ein Glas Chianti ein; mir servierte sie das gewünschte Glas Leitungswasser.

»Da Sie nichts essen wollen, mache ich mir auch nur einen kleinen Imbiß«, meinte sie. »Also, worum geht es? Warum wollten Sie mich sprechen?«

Während des Gesprächs bereitete sie eine große Auswahl kleiner Gerichte zu: Pistazien, Oliven mit Sardellen- und Chilifüllung, Tortillachips mit einem Guacamole-Dip aus dem Kühlschrank, Mozzarella und Parmaschinken mit einem großen Klecks Olivenöl.

»Sind Sie Psychoanalytikerin?«

»Nein, Psychiaterin. Ist das wichtig?«

»Sie wissen, was mir passiert ist, was ich getan habe, nicht wahr?«

»Ich glaube schon. Aber erzählen Sie es mir lieber noch einmal.«

Himmel, wie ich mich jetzt nach einer Zigarette sehnte! Damit sie mir beim Nachdenken half und damit meine Hände was zu tun hatten.

»Seit November war ich bei Alex Dermot-Brown in Therapie. Ich hatte große emotionale Probleme, nachdem man die Überreste meiner Freundin Natalie gefunden hatte, die seit dem Sommer 1969 vermißt worden war. Alex zeigte besonders großes Interesse, als ich ihm erzählte, daß ich zur Zeit des Verbrechens ganz in der Nähe war. Wir haben die Szene immer wieder durchgearbeitet, sie visualisiert, und so kam mir allmählich wieder die Erinnerung. Ich war Augenzeugin. Ich habe gesehen, wie Natalie von ihrem Vater, meinem Schwiegervater Alan Martello, getötet wurde. Als ich Alan mit dieser Erkenntnis konfrontierte, hat er gestanden. Jetzt ist er … na ja, das haben Sie sicher in der Zeitung gelesen.«

»Ja, allerdings.«

»Jetzt habe ich eine Frage, Dr. Scott. Eigentlich sind es sogar zwei Fragen. Kann es sein, daß jemand ein Verbrechen bekennt, das er gar nicht begangen hat? Und, wenn ja, weshalb sollte jemand so etwas tun?«

»Darüber muß ich einen Augenblick nachdenken«, sagte Dr. Scott. »Eine knifflige Frage. Warum möchten Sie das ausgerechnet von mir wissen?«

»Weil ich mich frage, ob es möglich ist, daß sich eine Erinnerung später als falsch herausstellt. Ich meine, eine klare, detaillierte visuelle Erinnerung.« Dr. Scott setzte zu einer Antwort an, aber ich ließ sie noch nicht zu Wort kommen. »Ich hatte das Gefühl, nach einer Computerdatei zu suchen, die ich aus Versehen gelöscht hatte. Wenn man die dann wiederfindet, zweifelt man doch nicht daran, daß es tatsächlich die gelöschte Version ist, oder?«

Inzwischen hatte Dr. Scott am Tisch Platz genommen; die Teller mit den kleinen Speisen standen aufgereiht vor ihr. Sie hatte eben von einem Sandwich abgebissen und mußte erst einmal energisch kauen und schlucken, bevor sie antworten konnte.

»Nennen Sie mich doch Thelma. Übrigens ist dieser Name ein Beispiel für Irritationen bei der Übermittlung von Informationen. Er stammt aus einem Roman von Marie Corelli, geschrieben in den achtziger Jahren des letzten Jahrhunderts. Die Heldin, eine Norwegerin, heißt so. Auf einer Konferenz im norwegischen Bergen begann ich deshalb meine Ansprache mit der Bemerkung, meine Anwesenheit sei doch sehr angemessen, weil ich einen norwegischen Namen habe und so weiter und so fort. Aber danach kam ein Mann zu mir und erklärte mir, daß Thelma überhaupt kein norwegischer Name sei. Corelli muß da irgend etwas mißverstanden haben. Oder sie hat es einfach erfunden.«

»Ihr Name ist also ein Irrtum?«

»Ja, alle Frauen mit Namen Thelma müßten eigentlich neu getauft werden und einen richtigen Namen bekommen.« Sie lachte. »Aber es ist ja auch gleichgültig, solange man das mit der kulturellen Tradition nicht zu eng sieht. Ihr Vergleich mit der Computerdatei ist sehr interessant. Nicht mal die Neurologen haben ein akkurates Modell von den Funktionen des menschlichen Gedächtnisses, deshalb steht es jedem frei, eigene Befehlsmodelle zu entwickeln. Manchmal kann das Gedächtnis wie ein Speichersystem funktionieren. Ein ganzer Teil kann verlorengehen, beispielsweise alles, was mit einer alten Schulklasse zu tun hat. Dann begegnet man zufällig einem ehemaligen Klassenkameraden, der ein bißchen von früher erzählt, und plötzlich kommen eine ganze Menge Erinnerungen zurück, von denen man gar nichts mehr wußte und über die der Klassenkamerad auch nicht geredet hat.

Problematisch wird es, wenn man die eigenen Behelfsmodelle mit der Realität verwechselt. Dann nämlich kann einen der Vergleich mit dem Speichersystem zu der Annahme verleiten, daß alles, was man je erlebt hat, jederzeit erinnert und neu durchlebt werden kann – vorausgesetzt, man entdeckt den richtigen Schlüsselreiz. Aber ich würde manche Erinnerungen eher mit einer Sandburg am Strand vergleichen. Wenn das Meer sie einmal überschwemmt und weggewaschen hat, kann man sie nicht mehr in ihrer ursprünglichen Form wiederaufbauen, nicht mal theoretisch. Ist das alles, worüber Sie mit mir sprechen wollten?«

»Natürlich nicht. Ich bin verzweifelt und weiß nicht mehr, an wen ich mich wenden soll.«

»Warum sprechen Sie nicht mit Alex Dermot-Brown?«

»Ich glaube nicht, daß Alex für das, was ich sagen möchte, ein offenes Ohr hat.«

»Und jetzt glauben Sie, ich bin Alex nicht wohlgesonnen und nehme Ihnen deshalb Ihre Geschichte ab«, meinte Thelma und goß sich ein drittes (oder war es schon ihr viertes?) Glas Wein ein.

»Sehen Sie, auf der Konferenz, bei der wir uns begegnet sind, habe ich auch ein paar sehr nette Frauen kennengelernt, die schreckliche Dinge erlebt haben. Diese Frauen haben mir versprochen, mich zu unterstützen, mir Glauben zu schenken und mich nicht in Frage zu stellen. Jetzt stehe ich am Rand eines Abgrunds, aber ich möchte gar keine Unterstützung. Ich will nicht, daß man mir glaubt, wenn ich unrecht habe. Verstehen Sie, was ich meine?«

»Noch nicht ganz, aber reden Sie ruhig weiter.«

»Ich würde Ihnen gern die wichtigsten Punkte erklären. Der letzte Zeuge, der Natalie lebend gesehen hat, sagt, es war am Sonntag, dem 27. Juli, an einem Fluß in der Nähe des Herrenhauses. Meine Gedächtnisarbeit mit Alex beruhte auf der Annahme, daß ich ganz in der Nähe der Stelle war, an der zur gleichen Zeit das Verbrechen passierte. Ich hatte damals eine leidenschaftliche Liebesaffäre mit einem von Natalies Brüdern, ging hinunter zum Col, dem Fluß, und setzte mich ans Ufer, mit dem Rücken zu dem kleinen Hügel, der mich von Natalie trennte. Aus einer Laune heraus hatte ich ein paar Gedichte, die ich früher geschrieben hatte, zerrissen und ins Wasser geworfen. Dann sah ich den Papierfetzen nach, wie sie um die Flußbiegung verschwanden.«

Thelma zog eine Augenbraue hoch. »Ist das alles wirklich von Bedeutung?«

»Ja, es ist sogar sehr wichtig. Genau das gleiche habe ich auch Alex erzählt – es war der Teil, an den ich mich erinnerte, ohne Vorbehalte, der Teil, an dem es für mich keinen Zweifel gab.«

»Und?«

»Heute früh war ich zum erstenmal, seit es passiert ist, wieder am Fluß. Als ich zu der Stelle kam, an die ich mich erinnerte, floß das Wasser in die falsche Richtung.«

»Wie meinen Sie das – ›in die falsche Richtung‹?«

»Es klingt blöd, aber es stimmt. Ich habe ein Stück Papier reingeworfen, und es ist nicht von mir weg-, sondern zu mir hergeschwommen.«

Thelma sah enttäuscht aus. Sie zuckte die Achseln. Mehr hatte ich nicht zu bieten?

»Ganz einfach«, fuhr ich fort. »Ich drehte mich um und ging über die kleine Anhöhe zur anderen Seite. Und da begriff ich, daß ich *dort* gesessen und das Papier ins Wasser geworfen hatte. Ich habe probeweise sogar noch ein Stück reingeworfen, und es ist von mir weg und um die Flußbiegung geschwommen, genau wie in meiner Erinnerung.«

Thelmas Gesichtsausdruck war kühl geworden. Sie wirkte distanziert, etwas peinlich berührt sogar. Sogar das Essen schien sie nicht mehr zu interessieren. Zweifellos überlegte sie, wie sie mich ohne größere Umstände loswerden konnte.

»Tut mir leid«, sagte sie. »Bestimmt bin ich schwer von Begriff, aber ich verstehe wirklich nicht ganz, worauf Sie hinauswollen. Mir leuchtet nicht ein, warum es wichtig sein sollte, daß Sie sich an die falsche Stelle am Fluß erinnert haben.«

»Es war nicht nur falsch herum. Die Brücke, von der aus der Zeuge Natalie angeblich gesehen hat, war ebenfalls auf dieser Seite des Hügels. Aber schenken Sie mir bitte noch eine Minute Geduld. Aus Gründen, die ich nicht näher erörtern möchte, habe ich vor kurzem eine Menge Sachen von früher bekommen, aus der Zeit, als ich den Sommer immer im Haus der Martellos verbracht habe. Darunter befand sich auch das Tagebuch, das ich damals führte. Da es schon zwei Tage vor Natalies Verschwinden aufhörte, habe ich ihm nie Beachtung geschenkt. Als ich es mir jedoch heute noch einmal ansah, fiel mir ein hochinteressantes Detail auf. Mir war es schon immer seltsam vorgekommen, daß Natalies Leiche nicht gefunden wurde. Als man sie im November entdeckt hat, war das – jedenfalls für mich – beinahe noch seltsamer. Die Stelle war brillant gewählt, denn sie lag direkt vor unserer Nase, im Garten, nur ein paar Meter vom Haus entfernt. Aber wie war es dem Tätger gelungen, sie unbemerkt dort zu vergraben?«

»Ich weiß nicht. Sagen Sie's mir«, entgegnete Thelma mit spürbarer Ungeduld.

»Mein Tagebuch erinnerte mich daran, daß vor dem Haus ein Grill gebaut wurde und daß dieser Grill genau am Morgen des 26. Juli fertig war – das war der Samstag, an dem es abends eine Party gab, der Tag, bevor Natalie zum letztenmal gesehen wurde. Heute früh habe ich mir die Grube angesehen, in der Natalies Leiche gefunden wurde, und dort entdeckte ich auch die Reste dieses Grills. Er war aus Backsteinen gemauert und mit in Beton eingelassenen Tonkacheln verkleidet. Jetzt sind nur noch Scherben da, denn der Grillplatz wurde abgerissen, und die Tonkacheln wurden zertrümmert, als Martha – das ist meine Schwiegermutter – den Rasen vergrößern ließ. Aber der springende Punkt ist: Der Mörder hat Natalie in dem Loch vergraben, weil er wußte, daß darüber eine schwere Backsteinkonstruktion mit Beton und Kacheln errichtet werden würde.«

»Würde die Polizei nicht zuallererst in einem Loch im Boden suchen?«

»Aber es gab ja gar kein Loch mehr, verstehen Sie denn nicht? Als Natalie am 27. zum letztenmal gesehen wurde, war der Grill schon über vierundzwanzig Stunden an Ort und Stelle. Aber aus einleuchtenden Gründen ist es unmöglich, eine Leiche unter einem Backsteingrill zu vergraben, der schon fix und fertig auf der Wiese steht.«

»Na ja, damit beantworten Sie doch Ihre eigene Frage, stimmt's?«

»Sie verstehen immer noch nicht ganz. Natalie kann unmöglich erst am 27. gestorben sein, als man sie erstmals vermißte. Sie war schon am Morgen vor der Party, also schon am 26., tot – und vergraben.«

Thelma machte ein verwirrtes Gesicht, aber nun war ihr Interesse wenigstens wieder geweckt. »Aber Sie haben doch gesagt, man hat Natalie am 27. gesehen, oder?«

»Ja. Aber was ist, wenn ich Ihnen sage, daß Natalie und ich gleich alt waren, daß wir einen sehr ähnlichen Teint hatten und oft die gleichen Kleider trugen? Daß Natalie in der Gegend sehr bekannt war, während ich nur im Sommer auftauchte – eine Menge Nachbarn hatten mich also noch nie gesehen? Und daß ich inzwischen entdeckt habe, daß ich zur gleichen Zeit am selben Ort war, an dem man Natalie angeblich zum letztenmal lebend gesehen hat? Was dann?«

Auf Thelmas Gesicht breitete sich ganz langsam ein Lächeln aus, wie eine Flamme, die sich gemächlich durch eine Zeitung frißt. Jetzt dachte sie nach, und zwar gründlich.

»Sind Sie sicher, was den Grill betrifft?« wollte sie wissen.

»Hundertprozentig. Ich habe auf beiden Seiten des Lochs Kachelreste gefunden. Natalies Leiche lag garantiert darunter.«

»Und Sie wissen auch ganz genau, daß der Grill nicht doch ein paar Tage später fertig geworden ist? Vielleicht hat man es ja nicht bis zur Party geschafft.«

»Nein, er war der Mittelpunkt der Party. Ich habe Fotos, wie die Gäste davor Schlange stehen, um sich Rippchen und Bratwurst zu holen.«

Thelma fiel noch ein Einwand ein.

»Spielt das alles denn überhaupt eine Rolle? Alan hat ein Geständnis abgelegt. Die Polizei würde sicher behaupten, daß Sie die Daten falsch im Kopf haben.«

»Aber Alan war überhaupt nicht da. Mein Vater hat Alan und Martha am Morgen der Party in Southampton vom Schiff abgeholt. Sie kamen gerade mit dem Dampfer aus der Karibik und sind erst am frühen Abend auf Stead eingetroffen, direkt zu Beginn der Party. Alan kann Natalie nicht ermordet haben. Es gibt nur ein einziges Problem.«

»Und das wäre?«

Ich hob ratlos die Hände. »Ich hab ihn gesehen. Und er hat es gestanden.«

Thelma lachte laut auf. »Oh, weiter nichts?«

»Ja«, antwortete ich.

»Ich habe nie an so was geglaubt.«

»Wollen Sie damit sagen, ich habe mir alles nur eingebildet?«

Höchstwahrscheinlich sagte ich das ziemlich laut.

»Jane, ich mache mir jetzt einen Whisky, und Sie kriegen auch einen. Außerdem erlaube ich Ihnen, ein paar von Ihren widerlichen Zigaretten zu rauchen, und dann setzen wir uns hin und unterhalten uns mal ernsthaft. In Ordnung?«

»Ja, in Ordnung.«

Schon holte sie zwei unglaublich klobige Whiskygläser hervor und danach noch einen unglaublich klobigen Aschenbecher. In meinem Haus hätte ich beides nicht geduldet.

»Hier«, sagte sie, während sie die beiden Gläser jeweils mit einem etwa fünffachen Scotch füllte. »Nichts von diesem modischen Single-Malt-Zeug, sondern ein altbewährter Verschnitt – so sollte man Whisky trinken. Prost.«

Ich nahm einen großen Schluck und zog beglückt an meiner Zigarette.

»Also?« fragte ich.

»Erzählen Sie mir von Ihren Therapiesitzungen bei Alex Dermot-Brown«, sagte Thelma

»Wie meinen Sie das?«

»Erzählen Sie mir davon, wie Sie Ihr Gedächtnis wiedergefunden haben. Wie ging das vor sich?«

Ich berichtete kurz über das kleine Ritual, das Alex und ich jedesmal vollzogen, wenn ich mich ans Ufer des Col zurückversetzte. Während ich sprach, erschien auf Thelmas Gesicht erst ein Stirnrunzeln, dann allmählich ein Lächeln.

»Entschuldigung«, unterbrach ich mich, »hab ich was Komisches gesagt?«

»Aber nein«, entgegnete sie. »Machen Sie weiter.«

»Das war schon alles. Was halten Sie davon?«

»Haben die Vertreter der Anklage es je in Erwägung gezogen, Sie in den Zeugenstand zu rufen?«

»Wozu? Alan hat ja gestanden.«

»Natürlich. Aber hatten Sie den Eindruck, daß die Ankläger darauf brannten, Sie aussagen zu lassen?«

»Das weiß ich nicht. Na ja, ich glaube, einigen von ihnen wäre es eher unangenehm gewesen.«

»Dann sage ich Ihnen, daß man Alan Martello nie allein aufgrund Ihrer Aussage verurteilt hätte. Das wäre wahrscheinlich sogar gesetzwidrig gewesen.«

»Wieso?«

»Weil sich das Gedächtnis unter dem Einfluß von Hypnose verändert. Und Sie sind hypnotisiert worden.«

»Das ist doch albern! Ich weiß genau, was ich getan habe. Ich lag bloß auf der Couch und habe versucht, mich zu erinnern. Wenn man mich hypnotisiert hätte, müßte ich das doch wohl wissen.«

»Das glaube ich kaum. Hypnose ist kein Hokuspokus. Ich schätze, Sie reagieren sehr empfänglich auf hypnotische Prozesse. Ich könnte Sie jetzt in Trance versetzen und Ihnen sagen, daß Sie... hmm, sagen wir mal, daß Sie auf dem Weg von Shepherd's Bush hierher gesehen haben, wie jemand überfahren wurde. Wenn ich Sie aus der Hypnose zurückhole, wären Sie überzeugt, daß es stimmt.«

»Selbst wenn es so wäre – Alex hat mir nicht gesagt, woran ich mich erinnern soll.«

»Ich weiß, aber allein durch die Wiederholungen und die Verstärkung, die er Ihnen gab, haben Sie sozusagen immer mehr Erinnerungen angehäuft. Jedesmal haben Sie ein Versatzstück zu Ihrer Geschichte hinzugefügt, und bei der nächsten Sitzung erinnerten Sie sich dann an das Detail, das Sie bei der vorhergehenden dazugewonnen hatten.

Selbstverständlich ist Ihre Erinnerung in gewisser Weise real, aber es ist eine Erinnerung an Erinnerungen.«

»Aber was ist mit dem Verbrechen, das ich gesehen habe? Es war so real, so detailliert.«

»Die ganze Therapie war doch darauf zugeschnitten. Alex Dermot-Brown hat Sie darauf vorbereitet, er hat Ihnen immer wieder versichert, daß alles, woran Sie sich erinnern, der Wirklichkeit entspricht, und er hat seine Autorität als Arzt und Analytiker eingesetzt, um Sie davon zu überzeugen, daß Sie etwas wiedererlebten – und nicht etwa konstruierten.«

»Ist so etwas denn *möglich*?«

»Ja, so etwas ist durchaus möglich.«

»Hat Alex das absichtlich gemacht? Hat er versucht, mir eine falsche Erinnerung einzutrichtern?«

»Ganz gewiß nicht. Aber manchmal schafft man sich das, wonach man sucht. Ich weiß, daß Dr. Dermot-Brown leidenschaftlich an das Phänomen der wiedergewonnenen Erinnerungen glaubt, und ich bin überzeugt, daß er den Menschen helfen will, die unter Gedächtnisverlust leiden. Mittlerweile hat er sogar seine ganze berufliche Arbeit darauf ausgerichtet.«

»Sie sind also sicher, daß er sich irrt?«

»Welche Erklärung könnte es sonst geben für das, was Sie erlebt haben, Jane?«

»Und was ist mit dem Mißbrauch von Kindern? Glauben Sie, das sind alles bloß Phantasien, wie Freud behauptet hat?«

Thelma nahm einen großen Schluck Whisky. »Nein. Zur Zeit behandle ich ein halbes Dutzend Opfer von sexuellem Mißbrauch. Zwei davon sind Schwestern und haben beide jeweils zwei von ihrem Vater gezeugte Kinder zur Welt gebracht, bevor sie sechzehn waren. Beim Prozeß gegen ihn hat meine Aussage hoffentlich geholfen, ihn zu überführen. Natürlich weiß ich auch, daß sich Mißbrauch oft schwer beweisen läßt. Ich kenne Männer, die deshalb ungeschoren davonkommen, und das treibt mich zur Verzweiflung. Vielleicht ist das der Grund, weshalb ich mehr trinke, als mir bekommt.« Sie schwenkte ihr schon fast leeres Whiskyglas. »Aber ich glaube nicht, daß Mißbrauch in einem luftleeren Raum existiert, in dem die normalen Regeln – ich meine damit juristische und wissenschaftliche Grundsätze – nicht mehr gelten. Nur weil Mißbrauch extrem schwer nachweisbar ist, bedeutet das noch lange nicht, daß wir versuchen sollten, Angeklagte ohne Beweise zu verurteilen.«

»Aber in diesen Fällen *gibt* es Beweise. Bei den Frauen, die ich im Workshop kennengelernt habe. Sie erinnern sich daran, wie sie mißbraucht wurden.«

»Tun sie das? Alle? Ich kenne junge Frauen aus anscheinend liebevollen, intakten Familien, die nach ein, zwei Jahren Analyse überzeugt waren, ihre gesamte Kindheit hindurch auf entsetzliche Weise mißbraucht worden zu sein. Sie erzählen von wiederholten rituellen Vergewaltigungen, Inzest, Folter, davon, daß man sie gezwungen hat, Exkremente zu essen und an irgendwelchen schwarzen Messen teilzunehmen. Vielleicht meinen manche Leute, daß solche unerhörten Beschuldigungen von besonders stichfesten Beweisen untermauert werden müssen, aber die Leute, die sich für die Rechte dieser bedauernswerten Frauen einsetzen, vertreten die Ansicht, daß wir außer den eigenen Aussagen der Opfer keine weiteren Beweise brauchen. Alles andere ist für sie Kollaboration mit dem Täter. Es gibt nicht mal eine neurologische Erklärung für den Gedächtnisverlust, der, wie wir alle wissen, nach einem Schlag auf den Kopf, beispielsweise bei einem Autounfall, eintreten kann. Und es gibt keine Erklärung dafür, wie regelmäßig über mehrere Jahre hinweg wiederkehrende Einzelereignisse aus dem Gedächtnis gelöscht werden können. Da ist Ihr Erlebnis, daß Sie gesehen haben, wie Ihr Schwiegervater Ihre Freundin ermordet hat, noch ein vergleichsweise trivialer Fall.«

»Aber warum habe ich denn ausgerechnet Alan gesehen?«

Thelma zuckte die Achseln. »Fragen Sie mich nicht. Sie kennen ihn, ich nicht. Vielleicht haben Sie im Verlauf Ihrer Analyse besonders starke Gefühle auf ihn projiziert. Als Ihre Phantasie dann einen Bösewicht brauchte, erschien er Ihnen möglicherweise als geeignet, weil er ein Mann ist, der Frauen gegenüber zur Gewalt neigt. Das Bild des Mordes entstand in dem Moment, in dem Ihre innere und Ihre äußere Welt aufeinandertrafen. Auf eine abnorme Weise war es so etwas wie ein Triumph für den psychoanalytischen Therapieansatz. Unglücklicherweise hat sich die Realität sehr hartnäckig eingemischt.«

»Aber warum um alles in der Welt hat Alan dann gestanden?«

»So etwas kommt vor, wissen Sie. Er wird seine Gründe haben.«

»O Gott«, stöhnte ich und ließ den Kopf auf die Hände sinken.

»Wenn Sie wissen wollen, ob Alan Martello ein Mann ist, der mit Schuldgefühlen und Verzweiflung umzugehen versucht, indem er etwas absolut Irres, Selbstzerstörerisches, Theatralisches tut, dann haben Sie so ziemlich ins Schwarze getroffen.«

Thelma trank ihren Whisky aus.

»So sieht's also aus.«

Ich betrachtete mein Glas. Keine Chance, es je leerzukriegen: Mindestens ein dreifacher Scotch war noch übrig, und ich fühlte mich schon jetzt betrunken. Ein bißchen unsicher erhob ich mich.

»Ich glaube, ich gehe jetzt lieber.«

»Ich rufe Ihnen ein Taxi«, sagte Thelma, und nach ihrem Anruf vergingen nur wenige Minuten, bis es an der Tür klingelte.

»Vermutlich wollen Sie mich jetzt als Paradebeispiel in Ihrem Kreuzzug gegen die Theorie der wiedergewonnenen Erinnerung benutzen«, meinte ich im Haupteingang.

Thelma lächelte mich traurig an. »Nein, da brauchen Sie sich keine Sorgen zu machen. Das, was Sie erlebt haben, wird die Verfechter dieser Theorie nicht verunsichern.«

»Das kann doch nicht wahr sein.«

»Wieso denn nicht? Wie steht es mit Ihnen? Was hätten Sie gedacht, wenn Sie zu Ihrem Fluß gekommen wären, und die Strömungsrichtung hätte *gestimmt*?«

»Ich weiß nicht.«

»Passen Sie auf sich auf«, sagte sie, als ich ins Taxi stieg. »Sie müssen morgen früh die Polizei anrufen. Die müssen mit ihren Ermittlungen noch mal von vorn anfangen.«

»O nein, bestimmt nicht.«

Thelma sah mich verwundert an, aber das Taxi war bereits losgefahren und sie schon außer Hörweite.

40. KAPITEL

Wir fuhren auf der A 12 gegen den Strom der Pendler aus der Stadt und gelangten rasch in die nur auf den ersten Blick ländlich wirkenden Londoner Randbezirke. Ich hatte die Straßenkarte auf meinem Schoß ausgebreitet. Außer den Wegangaben, die ich machte, fiel kein Wort. Wir bogen von der Hauptverkehrsstraße ab und gelangten in das typische Chaos aus Kreisverkehr, Dorfstraßen und Industriegebieten. An der Baustelle für eine Umgehungsstraße saßen wir für eine halbe Stunde auf einer nur einspurig befahrbaren Straße fest. Ein Mann regelte per Handzeichen den Stop-and-go-Verkehr. Wiederholt sah ich nervös auf die Uhr.

Für den letzten Teil der Fahrt brauchten wir die Straßenkarte gar nicht, sondern folgten einfach den blauen Schildern in Richtung Wivendon. Wir parkten vor einem neoklassizistischen Gebäude, das genausogut als Fremdenverkehrsamt hätte durchgehen können. Aber es war ein Gefängnis.

Die anderen blieben auf dem Parkplatz. Ich ging zwischen niedrigen Ligusterhecken den Weg entlang, der zum Sicherheitstor führte. Man überprüfte meinen Personalausweis, inspizierte meinen Führerschein und nahm mir die Handtasche ab. Eine Frau in marineblauer Uniform lächelte mich freundlich an, aber tastete mich unter den Armen und meinen Kleidern ab. Ich mußte relativ schmale Türen passieren, die mich an den Personaleingang in städtischen Hallenbädern erinnerten.

Ich nahm in einem Wartezimmer Platz, in dem auf einem Tisch in der Mitte des Raums eine blütenlose Topfpflanze und alte Zeitschriften lagen. An der Wand hing ein Plakat, das für ein großes Feuerwerk warb. Die Tür öffnete sich, und ein übergewichtiger Mann in braunen Cordhosen und kariertem Hemd trat ein. Sein dichtes, rötlichbraunes Haar hing über dem offenen Hemdkragen. Er war ungefähr in meinem Alter, und unter seinem linken Arm trug er mehrere dicke, braune Aktenordner.

»Mrs. Martello?« Er kam auf mich zu, setzte sich neben mich und reichte mir die Hand. »Ich bin Griffith Singer.«

»Hallo.«

»Sie sehen überrascht aus.«

»Ich nehme an, ich habe einen Wärter erwartet.«

»Wir versuchen hier etwas legerer zu sein.«

»Wieviel Zeit habe ich?«

Stirnrunzelnd sah er mich an. »Solange Sie wollen. Tut mir leid, heute bin ich leider ziemlich beschäftigt. Sind Sie einverstanden, wenn ich Ihnen alles weitere unterwegs erzähle?«

Wir standen auf, und er führte mich durch die Tür und einen Korridor entlang, der an vergitterten Flügeltüren endete.

»Von hier aus kommen wir zu der Gruppe«, erklärte mir Griffith und drückte auf eine simple Plastikklingel, die an der Wand neben der Tür befestigt war. Ein uniformierter Mann kam aus einem gläsernen Büro, das zwischen diesen beiden Türen lag. Griffith zeigte seinen Ausweis vor, und sie suchten meinen Namen auf einer Liste und konnten ihn nicht finden. Bis jemand vom Haupteingang meine Registrierung bestätigte, vergingen ein paar Minuten.

»Wie macht er sich?« erkundigte ich mich.

»Er ist einer unserer Stars«, meinte Singer. »Wir sind wirklich sehr mit ihm zufrieden. Dies ist eine neue Gruppe, wissen Sie. Ich beziehungsweise wir haben diese Gruppe erst kurz vor seiner Ankunft eingerichtet, und er gehört zu den Leuten, die dafür gesorgt haben, daß sie läuft. Wissen Sie etwas über unsere Arbeit?«

»Wir haben ihm alle geschrieben, aber er hat nicht geantwortet.«

»Unsere Insassen müssen alle lange Haftstrafen verbüßen. Anstatt sie im Knast verrotten zu lassen, haben wir hier Bedingungen geschaffen, damit sie sich untereinander helfen und, wie wir hoffen, ihre Zeit auch kreativ nutzen können.«

»Erinnerungen austauschen.«

»Es ist nicht so, wie Sie denken«, sagte Singer. »Er macht sich verdammt gut. Er hat ein Seminar gestaltet und jeden mit einbezogen. Er … oh, gut, da kommt Riggs.«

Ein anderer uniformierter Mann polterte den Gang entlang. Nach Luft ringend murmelte er eine Entschuldigung. Ich mußte einen Zettel unterschreiben und ihn in eine durchsichtige Plastikhülle stecken, die an meinem Revers befestigt wurde. Die erste Tür öffnete sich und fiel hinter mir ins Schloß. Dann die zweite. Ein Wärter, den ich anhand des Namensschildchens als Barry Skelton identifizierte, begleitete uns.

»Bin ich hier auch sicher?«

Singer lächelte amüsiert. »Hier drinnen sind Sie sicherer als draußen auf dem Parkplatz. Außerdem wird Barry die ganze Zeit bei Ihnen sein.«

In jede Richtung führte ein weiß getünchter Korridor mit flauschigem Teppichboden.

»Ich sehe mal, ob ich ein Zimmer finde, in dem Sie beide ungestört reden können. Es gibt hier einen Lagerraum, der frei sein könnte.«

Wir kamen an mehreren Räumen vorbei. Ich konnte im Vorübergehen ein paar Männer erkennen, die fernsahen. Niemand nahm Notiz von uns. Irgend etwas – ich konnte nicht sehen,was – tat sich im Lagerraum, und so gingen wir weiter, bis wir einen leeren Seminarraum fanden.

»Barry wird sich um alles weitere kümmern«, meinte Singer und ging den Korridor weiter entlang. Plötzlich fiel ihm noch etwas ein, und er drehte sich zu uns um. »Er schreibt einen Roman, wissen Sie. Es klingt ziemlich vielversprechend.«

Wir betraten einen mittelgroßen Raum mit breiten Fenstern am anderen Ende, von denen aus man auf einen leeren Sportplatz sah. In der Mitte des Zimmers standen acht orangefarbene Plastikstühle im Kreis. Durch das Neonlicht, das brannte, war alles hell erleuchtet. Barry nahm sich einen der Stühle und stellte ihn genau in den Türrahmen.

»Ich werde mich hierhin setzen«, sagte er mit leichtem Ulster-Akzent. Er war ein auffallend großer Mann mit blasser Haut und glattem, schwarzem Haar. »Setzen Sie sich bitte mir gegenüber hin. Hier herrschen zwar keine strengen Regeln, aber es ist Ihnen nicht gestattet, einander irgendwelche Gegenstände zu reichen. Wenn Sie das Gespräch, aus welchen Gründen auch immer, beenden wollen, brauchen Sie nichts zu sagen. Berühren Sie einfach nur kurz Ihren Ausweis am Revers, dann komme ich zu Ihnen und begleite Sie hinaus.«

Ich nickte und setzte mich auf den angegebenen Stuhl. Um mich zu sammeln, bedeckte ich mein Gesicht mit den Händen.

»Hallo, Jane.«

Ich sah auf.

»Hallo, Claud.«

Claud hatte bestimmt vierzehn Pfund abgenommen. Sein Gesicht sah hagerer, spitzer aus, und seine kurzgeschnittenen Haare waren ein wenig grauer geworden. Er trug ein verwaschenes blaues Sweatshirt, schwarze Jeans und Turnschuhe. Er sah sich kurz nach Barry Skelton um, der im Türrahmen saß.

»So, dann werde ich Sie beide jetzt mal allein lassen«, meinte Singer etwas unbeholfen, als hätte er uns für ein Blind date zusammengebracht und wäre sich nicht sicher, wie es weitergehen würde.

Claud nickte.

»Soll ich mich hierhin setzen, Barry?« fragte er und deutete auf den Stuhl, der in dem Kreis mir gegenüberstand. Barry nickte. Claud setzte sich, und wir musterten einander.

»Du siehst gut aus, Claud«, sagte ich.

Er sah tatsächlich gut aus, besser als jemals zuvor. Mit einem leichten Nicken bedankte er sich für das Kompliment und griff in seine Hosentasche, um ein zerdrücktes Zigarettenpäckchen und ein graues Metallfeuerzeug hervorzukramen. Er bot mir eine Zigarette an, aber ich schüttelte dankend den Kopf. Er zündete sich eine an und nahm einen tiefen Zug.

»Die Umgebung ist sehr anregend«, meinte er. »Es werden hier interessante Ideen entwickelt. In vielerlei Hinsicht, denke ich, ist es eine Verbesserung des Barlinnie-Modells. Und für mich persönlich ...«, er zuckte leicht die Achseln, »ist es ein außerordentlich gesundes Leben. Aber wie geht es dir?«

»Hast du von Alan gehört?«

»Ich sehe nicht fern und lese keine Zeitungen. Ich nehme an, er ist aus der Haft entlassen worden.«

»Mehr noch. Er ist wieder ein berühmter Schriftsteller.«

»Wie das?«

»Als er auf freien Fuß gesetzt wurde, schrieb er innerhalb von vierzehn Tagen seine Gefängnis-Memoiren. Sie heißen *A Hundred and Seventy-Seven Days*. Die Verleger brachten es diesen Monat auf den Markt. Es war eine Sensation. Der *New Yorker* verglich Alans Werk wohlwollend mit *Ein Tag im Leben des Iwan Denissowitsch*. Alan hat mir erzählt, daß bei der Verfilmung des Stoffs Anthony Hopkins seinen Part spielen wird. Ich glaube, das einzige, worüber Alan im Augenblick nachgrübelt, ist die Frage, ob er eher den Literaturnobelpreis oder den Friedensnobelpreis verliehen bekommt.«

Claud lächelte. Er klopfte die Zigarette ab, und die Asche fiel neben seinem rechten Fuß auf den Boden.

»Ihr sprecht also wieder miteinander?« erkundigte er sich.

»Es sieht so aus. Alan schloß mich in die Arme und vergab mir. Ich war sehr gerührt, obwohl sich das Ganze live in einem Fernsehstudio abspielte.«

»Was ist aus deinem Therapeuten geworden?«

Ich zuckte mit den Achseln.

»Wie geht es den Jungen, Jane?«

»Gut, Paul übrigens auch. Er hat seinen Film noch mal komplett überarbeitet und ist jetzt gerade auf einem Fernsehfilmfestival in Seoul.«

»Gut. Ich persönlich fand die erste Fassung etwas oberflächlich.«

»Es wundert mich nicht, Claud, daß du diesen Eindruck hattest.«

»Was ist aus deinem Wohnheim geworden? Steht es schon?«

»Noch nicht, aber wir haben jetzt den dritten offiziellen Eröffnungstermin, und wir nähern uns diesem Datum unaufhaltsam, ohne daß bis jetzt etwas dazwischengekommen wäre. Ich bin optimistisch.«

»Freut mich zu hören, Jane. Das ist ein gutes Zeichen. Es ist ein phantastisches Projekt. Wie schön für dich.«

Hinter meinen Augen fing es unaufhaltsam an zu pochen.

»Und wie steht es um dein Opus magnum? Wie ich hörte, schreibst du an einem Roman.«

Claud lachte. »Hat Griff mal wieder geplaudert? Ich weiß, man sollte anderen seine Arbeit erst dann zeigen, wenn sie fertig ist. Aber ich konnte ihm seine Bitte einfach nicht abschlagen.«

»Was ist es?«

»Ich schreibe eine Art Krimi, quasi als intellektuelle Übung. Ich muß sagen, die Arbeit macht mir viel Freude.«

»Worum geht es?«

»Um den Mord an einem jungen Mädchen.«

»Wer tötet es?«

»Ein sehr interessanter Aspekt. Ich versuche von der abgedroschenen Vorstellung wegzukommen, daß junge Mädchen süße, passive Geschöpfe sind. Die Ermordete ist ein Teenager, der sich seiner erwachenden sexuellen Anziehungskraft sehr bewußt ist und sie dementsprechend einsetzt. Sie ist schön und bezaubernd, aber sie setzt diese Vorzüge ein, um allen anderen um sie herum Schaden zuzufügen. Sie kennt deren Geheimnisse und erpreßt sie.«

»Wird sie deshalb umgebracht?«

»Nein, nicht nur. Sie kann es nicht lassen, ihre körperlichen Reize auch den Männern ihrer Familie gegenüber einzusetzen. Von allen anderen unbemerkt, gelingt es ihr, ihren älteren Bruder zu verführen.

»Wie bewerkstelligt sie das?«

»Du weißt schon, gelegentliche Blicke oder Berührungen, eine gewisse Vertrautheit, ja, sie flirtet sogar mit ihm. Was ich versuche herauszuarbeiten, ist der Übergang von einer unschuldigen Beziehung der Familienmitglieder untereinander zu einem Stadium, wo ein ähnliches Verhalten sexuell aufgeladen wird, weil das Mädchen zur Frau wird und die Macht erkennt, die es ausübt.«

»Was passiert?«

»Sie bekommt mehr, als sie erwartet hat. Als er merkt, daß sie ihn an der Nase herumgeführt hat, bringt er sie dazu, zu ihrem Angebot zu stehen. Sie muß die Konsequenzen, die ihr Verhalten logischerweise haben wird, erkennen. Aber das ist gleichzeitig auch die überraschende Wendung, verstehst du. Noch in dieser Situation benutzt sie ihre Sexualität als eine Form der Macht, die sie über ihren Bruder hat. Sie verhöhnt und demütigt ihn. Was als Bestrafung für sie gedacht war, wird für sie zum Genuß.«

»Und dann?«

»Das Ganze wäre nach und nach vielleicht im Sande verlaufen, aber sie wird schwanger.«

»Kann sie nicht abtreiben lassen?«

»Diese Frage stellen sie sich gar nicht. Das Mädchen droht seinem Bruder damit, daß es ihn vor der Familie bloßstellen will.«

»Das hört sich ja an, als würdest du auf der Seite des Mörders stehen.«

»Jede Geschichte hat doch zwei Seiten, oder? Und was uns Menschen auszeichnet, ist unsere Vorstellungskraft! Sagtest du das nicht immer?«

»Denkst du, dir gelingt es, die Leser davon zu überzeugen, daß ein junges Mädchen es verdient, von seinem Bruder, der es geschwängert hat, ermordet zu werden?«

Claud zuckte die Achseln, und ein Lächeln huschte über sein Gesicht. »Das ist eine künstlerische Herausforderung.«

»Wie stellt der Junge es an?«

»Ja, das ist nicht uninteressant, nicht wahr?« Claud wirkte ruhig und nachdenklich. »Im Vergleich zu der Tat selbst besteht die weitaus größere Schwierigkeit darin, nicht überführt zu werden. Der Bruder zieht zwei ganz unterschiedliche Möglichkeiten in Betracht. Er könnte seine Schwester zum Beispiel zufällig bei einem Streit töten. Das Schlimmste, was der Täter in einem solchen Fall zu erwarten hätte, wäre eine kurze Haftstrafe; wenn er Glück hat, bekommt er Bewährung. Aber das ist keine besonders reizvolle Lösung. Ich mußte…« Claud wirkte, als habe er für einen Moment den Faden verloren. Er trat die Zigarette aus und zündete sich eine neue an. »Ich wollte über einen Jungen schreiben, der seine Schwester tötet, um den Anstand zu wahren. Ihn hat sie ganz offensichtlich provoziert, aber sie vergiftet auch die Atmosphäre in der Familie. Sie ist ein Mädchen, das hinter Geheimnisse kommt und dieses Wissen ausnutzt. Familien brauchen ihre Geheimnisse, diese kleinen Ausflüchte, die alles zusammenhalten. Dieses Mädchen ist dabei, eine gute, eine großartige Familie zu zerstören. Viele werden mir zustimmen, wenn ich sage, es ist besser, ein Mädchen zu verlieren als eine komplette Familie.«

»Vom Standpunkt des Mädchens erfährt man in der Geschichte wohl nicht sehr viel.«

»Ihr Standpunkt ist sonnenklar: Sie folgt ihren unmittelbaren Begierden, egal, welchen Schaden sie damit bei anderen anrichtet.«

»Wie begeht der Junge eigentlich den Mord?«

»In dem Haus auf dem Land, in dem die Familie lebt, soll ein großes Sommerfest stattfinden. Es werden sehr viele Menschen kommen, und so wird es nicht weiter auffallen, wenn jemand fehlt. Der Bruder organisiert dieses Fest, und dabei kommt ihm eine Idee. Er sorgt dafür, daß der Grill für die Party erst in letzter Minute gemauert wird, und weil er sich mit den Handwerkern anlegt, ist der Grill am Abend vor der Party erst halb fertig. Er bittet seine Schwester, sich mit ihm mitten in der Nacht zu treffen. Da das Mädchen mit einem Jungen aus dem Ort flirtet, schlägt er vor, es solle seiner Zimmergenossin einfach sagen, es habe sich mit seinem neuen Schwarm verabredet. Er erwürgt seine Schwester und vergräbt ihren Leichnam nicht sehr tief an der Stelle, wo der Grill am nächsten Morgen fertig gemauert werden soll.«

»Ist der Grill nicht ein viel zu auffälliger Platz?«

»Das Schöne an diesem Plan ist, daß mehrere andere Faktoren hinzukommen. Der Roman spielt im Jahr 1969. Wenn damals ein aufsässiges, schwieriges sechzehnjähriges Mädchen verschwand, nahm man an, daß es von zu Hause weggelaufen sei. Als man dann später Schlimmeres nicht mehr ausschließen kann, ist bereits einige Zeit vergangen, und bei dem ganzen Durcheinander, das auf der Party herrschte, kann niemand mehr genau sagen, wann es zum letztenmal gesehen wurde. Doch die Anwesenden haben den Eindruck, das Mädchen sei auf der Party gewesen. Der Bruder hatte mehreren Handwerkern aus dem Ort und einigen Freunden erzählt, welche Aufgaben seine Schwester bei der Party übernehmen würde. Natürlich ist sie, als das Fest beginnt, schon tot und begraben, aber sie hat eine sehr gute, gleichaltrige Freundin. Ein süßes Mädchen. Sie sehen sich ähnlich und ziehen sich gleich an. Dieses Mädchen ist in der Gegend kaum bekannt, da es in London lebt. Alles, was ich brauchte – was die Story brauchte – war, daß ein oder zwei Leute auf der Party die beiden miteinander verwechselten, und so würde aus einem guten das perfekte Versteck werden.«

Ich sah über Clauds Schultern hinweg zu Barry, der sich offensichtlich langweilte. Anscheinend hatte er nicht viel für Literatur übrig.

»Aber ich war doch gar nicht auf der Party, Claud.«

»Ja, ich weiß. Theo hat es mir erzählt, als ich aus Indien zurückkam. Nun, das ist ein Detail, das ich im Roman ausgelassen habe. Dieser Umstand würde bei dem hieb- und stichfest strukturierten Roman, den ich schreibe, einfach zu unglaubwürdig wirken. Wie du bereits sagtest, warst du nicht auf der Party und konntest mir somit auch nicht das entscheidende Alibi liefern. Doch als Gerald Docherty am Sonntag, dem 27. Juli, über die Brücke am Col ging, um uns beim Zeltabbau zu helfen, hat er dich gesehen und für Natalie gehalten. Damit hattest du nicht nur sehr wirkungsvoll vom Fundort der Leiche abgelenkt, sondern mir gleichzeitig auch ein solch perfektes Alibi verschafft, wie ich es mir selbst nie hätte ausdenken können. Du warst, ohne es zu ahnen, zu meiner Komplizin geworden.«

»Warum hast du mich geheiratet, Claud? Warum hast du mich geheiratet und Kinder mit mir bekommen?«

Zum erstenmal wirkte Claud überrascht.

»Weil ich mich in dich verliebt habe. Ich habe nie eine andere geliebt. Ich habe immer nur dich geliebt. Du bist die Frau für mich. Und ich wollte, daß du mich liebst. Was ich nicht bedacht hatte, war die Tatsache, daß du eines Tages aufhören könntest, mich zu lieben. Alles weitere entwickelte sich aus diesem Versagen.«

»Und du warst bereit, Alan für deine Freiheit zu opfern. War der Brief tatsächlich von Natalie, oder hast du ihn gefälscht?«

»Es war der Brief, den Natalie *an mich* geschrieben hat. Ich mußte lediglich das Stückchen Papier mit ›Lieber Claud‹ abreißen und einige andere verräterische Worte entfernen. Im übrigen habe ich Alan nicht geopfert. Du hast doch oft genug von seinem Hang zur Theatralik gesprochen. Ich sah, in welche Richtung sich die Dinge entwickelten, und habe der Sache lediglich einen kleinen Schubs gegeben. Er nahm die Rolle bereitwillig an, als er gestand. Und aus dem, was du mir erzählt hast, schließe ich, daß er niemals glücklicher war. Ich bin nicht stolz darauf, wenn du das meinst. Ich fürchte, ich dachte, ich könnte dich damit zurückgewinnen, und das hat womöglich mein Urteilsvermögen leicht getrübt.«

Claud beugte sich vor, und seine Stimme wurde zu einem kaum vernehmbaren Flüstern.

»Willst du wissen, was ich wirklich bedaure, Jane?« Ich reagierte nicht. »Wenn du das alles herausgefunden hättest, als wir noch verheiratet waren…« Claud runzelte die Stirn. »Ich meine nicht verheiratet, sondern als wir noch zusammen, richtig zusammen waren, dann hättest du mich verstanden. Nein, sag jetzt nichts. Ich weiß, du hättest es getan. Da ist noch etwas, was ich dir unbedingt sagen will, denn ich weiß, daß du nie wieder hierherkommen und mich besuchen wirst. Es ist schon in Ordnung, Jane. Ich nehm es dir nicht übel. Das einzige, was zählt, ist, daß ich dich noch immer liebe. Du hast nicht gesagt, was du von mir denkst, und das ist vermutlich das Beste, was ich von dir erwarten darf. Vergiß nur eins nicht, Jane: Die Familie und unsere beiden Söhne, das ist mein Geschenk an dich. Du wirst für immer in der Welt leben, die ich dir erschaffen habe.«

Ich tippte an meinen Ausweis. Als Barry mich hinausführte, vermied ich es, Claud anzusehen. Keiner von uns sagte ein Wort.

Griffith geleitete mich durch alle Korridore zur Eingangspforte zurück. Er reichte mir zum Abschied seine breite Hand.

»Auf Wiedersehen, Mrs. Martello. Wenn es Ihnen ein Trost ist, ich …«

»Auf Wiedersehen. Und danke.«

Als ich nach draußen ging, fiel die Tür hinter mir mit einem dumpfen Knall ins Schloß. Während ich weg war, war das Wetter umgeschlagen. Die Sonne schien von einem fast türkisblauen Himmel herunter. Die wenigen trockenen Blätter, die noch an den Bäumen entlang des Wegs hingen, schimmerten. Ich strich mir mit beiden Händen das Haar zurück, streckte mein Gesicht den wärmenden Strahlen entgegen und stand mit geschlossenen Augen im Sonnenschein. Allmählich verstummte das Dröhnen in meinem Kopf. »Das war's, Natalie«, sagte ich laut. »Es ist vorbei. Ich wünschte, du wärst noch unter uns. Meine Schwester. Meine Freundin.«

Langsam ging ich die flachen, gepflasterten Stufen zwischen den niedrigen Hecken und den gepflegten, leeren Blumenbeeten entlang. Ich blieb stehen, als ich auf dem Parkplatz eine kleine Gestalt in einem Dufflecoat erspähte, die wie ein

Kobold im Sonnenschein herumwirbelte. Sie hielt inne, stand schwankend auf Zehenspitzen und plumpste zu Boden, während sich in ihrem Kopf alles drehte. Ein junger Mann mit blondem, zotteligem Haar in einer abgetragenen Lederjacke, unter der ein dicker Pullover hervorlugte, rannte zu ihr hin, hob sie hoch und warf sie in die Luft. Fanny quietschte vor Vergnügen, und ihr blondes Haar flatterte im Wind. Robert warf sie wieder in die Luft, setzte sie dann behutsam ab und hielt sie an den Schultern fest.

Caspar und Jerome gingen auf die beiden zu. Sie waren in ein ernsthaftes Gespräch vertieft, und mitten in der Unterhaltung blieb Caspar stehen und legte seine Hand auf Jeromes Arm. Als sie bei Fanny angekommen waren, griff sie nach Caspars Hand. Sie reckte ihm ihr blasses, ernstes Gesichtchen entgegen und erzählte ihm etwas. Jerome setzte ihr fürsorglich die Kapuze auf.

Als sie mich erblickten, verstummte ihre Unterhaltung. Drei große Männer und ein kleines Mädchen drehten sich erwartungsvoll zu mir um. Ich holte tief Luft und ging auf sie zu.